Apfeldiebe

Roman

1. Auflage
Lektorat: Eva Weigl
Satz/Layout: Peter Hänssler
Covergestaltung: Nele Schütz Design, München,
unter Verwendung eines Motivs von Shutterstock
Druck: CPI – Clausen & Bosse, Leck
Made in Germany
ISBN 978-3-937357-52-2
www.bookspot.de

Für Artus

Prolog

Er löschte seine Taschenlampe, einfach so. Nur eine winzige Bewegung seines Daumens und alles veränderte sich. Er und sein Gegenüber verschwanden – zwei Kinder, die es plötzlich nicht mehr gab, ebenso wenig wie Felswände, Staub und jede Erinnerung an die Welt da draußen. Da oben, in der wirklichen Welt, da tickten die Uhren weiter, hier aber blieben sie stehen, und er selbst hatte sie angehalten. Er wagte kaum noch zu atmen, seine Finger zitterten, als er nach dem tastete, was nun ihm gehören sollte. Konnte man dieses Glück fassen? Ja, wusste er, ja. Glück existierte, wenn manchmal auch an Orten, an denen ein normales Kind nie und nimmer danach gesucht hätte. Aber gerade da schien sich sein Glück wohlzufühlen, hier, tief unter alten Mauern vergraben, zwischen Steinen versteckt und scheu. Und neben sich das Unglück des Anderen. Oder gab es gar kein Glück und kein Unglück? Handelte es sich vielleicht um denselben Zustand und es kam einzig darauf an, aus welcher Richtung man sich ihm näherte? Dies hielt er für möglich, allerdings nicht für wichtig genug, diesen Gedanken bis zu einem Ende zu verfolgen.

Er beugte sich nach vorn und konnte die Angst, das Unglück des Anderen riechen. Roch er selbst ebenso, wenn …? Ein Kopfschütteln, die Erinnerung zerkrümelte und verlor sich im Dunkeln. Er hasste jeden Gedanken daran. Jeden.

»Wir sind ganz allein, nur du und ich«, flüsterte er. »Spürst du mich?« Der Kopf unter seinen Händen nickte. »Kannst du mich riechen?« Es dauerte einen Augenblick, aber dann nickte der Gefragte erneut. »Hast du Angst?« Es war unnötig, auf die Antwort zu warten. Natürlich hatte er Angst. Der Gefangene wollte etwas sagen, aber das dem Kind über den Kopf gestülpte und teilweise in den Mund gestopfte T-Shirt verhinderte dies, zum Glück. Nein, sie mussten sich ganz still verhalten, da oben durfte niemand etwas hören, kein einziges

Wort. Sollten die anderen doch trinken und essen, er selbst verspürte keinen Durst, jedenfalls keinen Durst, welchen Flüssigkeit zu löschen vermochte.

Seine Finger berührten eine Stirn und der Gefangene presste die Augen so fest zusammen, wie er nur konnte. Die Hand wanderte über die Augenhöhlen hinweg, über Nase und Mund hin zum Hals. Mit den Augen konnte er nichts sehen, seine Finger sahen für ihn. Er spürte angespannte Sehnen und einen winzigen Kehlkopf unter dünner Haut. Niemand sah sie jetzt, nicht einmal sie selbst. Niemand!

Macht. Fünf winzige Buchstaben nur, allerdings in der richtigen Reihenfolge angeordnet ein Wort, das ganze Welten verändern konnte. Er registrierte die eigene Erregung, staunte über dieses Gefühl. Sein Atem ging schnell und schien genauso zu zittern wie seine Hände. Fühlte sich so Macht an?

Er wusste genau, was jetzt in diesem Augenblick im Kopf seines Opfers vorgehen musste – Wissen, welches den Wert dieses Momentes ins Unfassbare steigerte. Es tat so gut, einmal auf der anderen Seite stehen zu dürfen, mächtig zu sein.

Seine Finger wanderten über nackte Arme, über Bauch und Brust des Kindes bis zu dessen Hals. Nur er und der Gefangene, sonst nichts. Kein Erwachsener, der ihm die Macht aus den Händen riss, er konnte tun und lassen, was er wollte, ein Herr über Leben und Tod.

Schauer jagten über den Rücken des Jungen, seine Hand legte sich um einen schlanken, von jedem Schutz befreiten Hals. Er wartete, wollte diesen Augenblick genießen, wollte ihn auskosten, so lange und so intensiv dies nur ging. Der Gefangene zitterte, schluckte, wand sich und konnte doch nicht entfliehen. Er gehörte ihm, nur ihm.

Mit dieser Gewissheit im Kopf und dem Gefühl, genau das Richtige zu tun, drückte er zu.

DIE TAGE DAVOR

1 Die Entdeckung

Alex liebte diese beiden *Finger* aus Stein. Er liebte sie wirklich und er liebte es, den einen dieser Finger zu erklimmen und dabei Dunkelheit und Enge hinter sich zu lassen. Alles, was im normalen Leben wie Klötze am Bein des Jungen hing, blieb beim Bezwingen des Fingers zwischen Mauerresten und Tannen hängen und zurück – am Ziel wartete so etwas wie Freiheit, zumindest für Alex' Augen. Auf der Spitze des Turmes existierte weder Zeit noch gab es Grenzen.

Alex' Augen wanderten über das gewundene Band des zu Füßen der Burg ausgelegten Flusses, über Feuchtwiesen und kleine Baumgruppen. Wie in zu einer Schale geformten Händen öffnete sich das Land und außerhalb dieser Schale existierte nur das, was die Träume des Jungen Wirklichkeit werden ließen. Dicht an dicht stehende Baumwipfel verbargen die Welt, die er beim Besteigen des Turmes verließ, den Weg aber, der von dem Flüsschen, der Steina, kommend zur Roggenbacher Ruine hinaufführte, den ließen sie frei. Es gab keinen zweiten oder dritten Pfad herauf, nur diesen einen Lindwurm, der sich bis zum Burghof schlängelte, und eben diesen Lindwurm behielt Alex bei seinem Spiel im Blick.

Alex saß ganz oben auf dem kleineren der beiden Turmfinger. Turmfinger, ja, genau so sahen sie aus, wie zwei Finger aus Stein, die ein Riese – aus der Zeit, als es noch Riesen gab – hier vergessen hatte. Vielleicht ein Kampf. Vielleicht ein Unfall. Manchmal hielt Alex am Abend in seinem Bett eine Faust vor die nur sehr selten zum Lesen genutzte Leselampe, streckte Zeige- und kleinen Finger nach oben und schon erschien an der Wand die Silhouette der Burgruine. Er selbst verwandelte sich in einen Ritter, in einen Mann, dem die Welt zu Füßen lag und über dessen Heldentaten man an allen Enden seines Reiches sprach. Sogar Lieder sangen sie auf ihn und ein mächtiges, in Leder gebundenes Buch existierte, in dem es einzig und allein um ihn, Ritter Alex, und seine Heldentaten ging. Manchmal wunderte er sich während dieser Tagträume über sich selbst: hier auf der Ruine oder auch abends im Bett, da konnte er sich alles Mögliche vorstellen und es sich dann auch noch merken. Wenn aber Seidel, Alex' Mathelehrer, seinen Schüler bat, sich eine Zahl mit neun Nullen vorzustellen, dann kam mit einem Schlag *die große Dunkelheit*. Große Dunkelheit, so nannte Alex diese Momente der vollkommenen Leere, Augenblicke, die es allerdings nur im Klassenzimmer gab, mit nach draußen kamen sie nie. Sie gehörten in die Schule, hier auf der Burg hatten sie nichts zu suchen und das wussten sie ganz offensichtlich auch.

In diesen Stunden, in denen Alex sich in einen Ritter verwandelte, existierten weder Eltern noch eine kleine Schwester (wenn doch, dann höchstens von einem Drachen entführt), es gab keine Schule. Gut, Letztere existierte im Augenblick tatsächlich nicht – große Ferien –, trotzdem hing diese Drohung immer irgendwie über ihm und warf einen viel zu breiten Schatten. Alex aber spielte tunlichst um diesen Schatten herum.

Die großen Sommerferien hatten gerade erst begonnen, dennoch dachte er wie er fand viel zu oft an den kommenden September und damit an den Beginn der siebten Klasse, oder besser: den erneuten Beginn dieser siebten Klasse. *Ehrenrunde* hatte Vater nur gesagt und dabei wohl an seine eigene Ehrenrunde gedacht, was ihn aber nicht daran gehindert hatte, seinen Großen zu Nachhilfeunterricht zu verdonnern, den freilich nicht er geben konnte, nein, dafür bezahlte er einen Gymnasiasten. Alex' Vater hatte am Tag, als er selbst sein alles andere als sehenswertes Abschlusszeugnis in die Hand gedrückt bekommen hatte, mit allem abgeschlossen, was irgendwie nach Schule roch und – alles wiederholt sich irgendwie und irgendwann – heute sehnte sein Sohn diesen Tag herbei. Aber dieser Typ aus Bonndorf, ein Zwölftklässler, der sich mit Nachhilfe das Taschengeld aufbesserte, befand sich zurzeit mit Mama und Papa irgendwo auf einem Campingplatz in Spanien. Welcher Zwölftklässler ging in diesem Alter noch mit seinen Eltern zelten?! Für Alex stand fest, dass der Typ somit nicht ganz rundlief, einen Zacken ab hatte, in seinem Schrank ein paar Tassen fehlten. Aber sollte er doch zwischen seiner Mama und seinem Papa im Zelt liegen – jeder Tag, den dieser Kerl in Spanien verbrachte, bedeutete Freiheit. Alex konnte nach dem Frühstück in aller Ruhe verschwinden und mit dem ganzen langen Tag anstellen was er wollte, vor dem Abendessen wartete sowieso keiner auf ihn. Und wenn dann auch noch wie heute die Sonne auf Alex' Rücken schien und Leni, Alex' fünfjährige Schwester, einmal nicht an seinem Hosenbein hing, vergaß er für ein paar Stunden Schule und Ehrenrunde und Nachhilfe, ging von Wittlekofen hinunter zum Wanderparkplatz an der Steina und weiter zu seiner Burg. Mit diesem gut drei Kilometer messenden Sicherheitsabstand zu Dorf, Eltern und Schwester kletterte Alex auf seinen Zeigefingerturm, holte die kleinen Plastikritter aus den Hosentaschen und stellte sie auf den Rand der Mauer. Klar, er wusste, dass ein fast Vierzehnjähriger eigentlich anderes tun sollte als zu spielen, aber es machte eben Spaß. Außerdem wusste es ja keiner, abgesehen von Leni, aber die hielt die Klappe. Ganz sicher.

Die Burg betrat Alex immer allein und während seine Ritter auf mächtigen Streitrössern Turniere kämpften, Drachen erschlugen und die Mauern gegen Angreifer von der Steinegg verteidigten, behielt der Junge den Lindwurmweg zur Ruine im Blick.

Auf Burg Steinegg, einer zweiten Ruine, deren Turmrest Alex auf dem Nachbarhügel durch das Blätterdach ragen sah, lebte in der Welt des Kindes eine Horde Raubritter – Gestalten von der übelsten Sorte, die jede sich bietende Gelegenheit beim Schopfe packten, um zu morden, zu plündern und die wieder und wieder gegen die Herren von Roggenbach anrannten. Alex aber verteidigte sein Reich, er verteidigte es gegen die Steinegger und er verteidigte es auch gegen den Rest der Welt. Keiner musste wissen, dass er hier oben saß und mit Plastikfiguren spielte, keiner musste das von seiner Zunge imitierte Hufgetrappel hören und auch nicht die mit verstellter Stimme gesprochenen Dialoge zwischen den Rittern. Nein, das hier ging keinen was an, nicht Max, Alex' besten Freund, und schon gar nicht solche *Kinder* wie Rufus, Kasimir oder den kleinen Timi. Mit denen konnte man vielleicht Fußball spielen, Kasi gerne auch mal einen Tag gefesselt am Baum stehen lassen, aber hier, auf seiner Burg, da hatte keiner von ihnen etwas zu suchen. Die Roggenbacher Ruine gehörte einzig und allein Alexander, dem Ritter, dem Helden.

Alex nahm sein Handy aus der Tasche. Der Bildschirmschoner imitierte eine alte Bahnhofsuhr mit schwarzen Zeigern. Von dieser Uhr wanderte Alex' Blick zur Sonne. Beide – Sonne und Uhr – übten sich wieder einmal in trauter Einigkeit. Während die Sonne nur noch wenig mehr als eine Handbreit über den Baumwipfeln stand und lange Schatten unten auf dem Weg lagen, rückte der kleine Zeiger seiner Bahnhofsuhr viel zu schnell voran, die Sieben im Blick und durch nichts davon abzubringen, dieses Ziel auch in der nächsten Viertelstunde zu erreichen, am wenigsten durch Alex. Gut, man könnte diese blöden Zeiger einfach ignorieren, aber – Alex schüttelte den Kopf – eine Sache zu ignorieren bedeutete noch lange nicht, dass diese Sache nicht länger existierte. Das ging in der Fantasie vielleicht, aber im richtigen Leben funktionierte das eben nicht, er hatte es mehr als einmal ausprobiert. Man konnte die Zeit ignorieren, dann gab es aber kein Abendessen und der Fernseher blieb auch aus. Alex konnte das

Holzholen ignorieren, das aber führte zu einem kalten Haus, einer schreienden Mutter und einem kopfnussverteilenden Vater. Und Holz musste er danach trotzdem ins Haus schleppen. Man konnte auch die bevorstehenden Tests ignorieren – und die siebte Klasse wiederholen. Alles Scheiße.

Mit einem extrem riskanten Manöver wehrte Alex noch schnell den Angriff der Steinegger Raubritter ab, sammelte anschließend die Plastikfiguren ein und stieg von seinem Turm.

Vor ein paar Jahren hatte ein Verein neben dem Turm eine Wendeltreppe aus Beton errichtet und so den Zugang zu diesem erst ermöglicht. Die Treppe überbrückte den unteren Teil des Turmes, ab der Hälfte konnte man Originalstufen benutzen. Gott allein wusste, warum sie diese Betonspirale errichtet hatten; sollte beim Bau die Aussicht auf künftige Touristenscharen eine Rolle gespielt haben, dürfte die Sache gründlich in die Hose gegangen sein, vermutete Alex, denn außer ihm besuchte kaum ein Mensch diesen vergessenen Ort. Oder gab es diese Treppe einzig und allein wegen ihm, damit er hinaufsteigen konnte, damit für ihn ein Platz existierte, an dem er allein sein und spielen durfte? Damit er bis zum Weckruf der Zeiger Ritter sein konnte?

Alex rannte die Treppe hinunter, sprang wie immer zwei Meter bevor er die sogenannte reale Welt erreicht hatte übers Geländer, landete und rollte sich ab. Denn wenn Alex die Mauerreste verließ kam Svoros, der siebenköpfige Drache, aus seiner Höhle und nahm die Burg für sich in Besitz. Am Tag gehörte sie Alex, nachts Svoros. Svoros jagte dem Ritter im Tiefflug hinterher und spie Feuer aus sieben Köpfen. Hatte Alex aber erst einmal die Magie des Burghofes erreicht, nützten dem Drachen weder Feuer noch Krallen etwas. Der aus Kristallen, Gold und Diamanten bestehende Hof beschützte jeden ehrlichen Ritter und der Drache wiederum beschützte bei Dunkelheit diesen Schatz vor den Steineggern und deren

Gier. Hatte Alex wie jetzt den Hof in letzter Sekunde erreicht, drehte Svoros ab, flatterte über Turmfinger und Baumwipfel davon und verkroch sich, bevor ihn ein menschliches Auge erspähen konnte, in den Tiefen seiner Höhle, unsichtbar als habe es ihn nie gegeben.

Alex klopfte sich den Staub von der Hose und kontrollierte den ordnungsgemäßen Zustand seiner Ritter. Alle hatten diesen finalen Sprung heil überstanden. Ein letzter Blick wanderte aus dem Schatten des Hofes hinauf zum Glühen der Turmspitze – vielleicht doch noch ein paar Minuten? Alex riss sich nach einem weiteren Blick auf sein Handydisplay los: Es half alles nichts, spätestens in einer halben Stunde stand daheim das Abendessen auf dem Tisch. Vielleicht wollte Vater grillen, das Wetter dazu hatten sie schon mal. Also dann: bis morgen.

Wie immer nahm der Junge den kaum zu sehenden Trampelpfad über den ehemaligen Burghof. Hätte es nicht die Mauerreste ringsum gegeben, wäre das hier nur ein Stück Wald, mehr nicht. Jahre und Jahrzehnte hatten das Bauwerk wieder in Natur zurückverwandelt, riesige Tannen wuchsen da, wo einmal Pferde durch ein schmales Tor die Burg betreten haben mochten, Holunder und hüfthohes Gras wucherten dazwischen und alles ringsum atmete Menschenlosigkeit und Stille. Vom zweiten Turm herab beobachtete ein Falkenpaar den Eindringling, wie dieser zwischen Birkenschösslingen verschwand und einen Augenblick später durch eine Bresche in der Außenmauer stieg. Dort blieb das Kind stehen, blickte nach rechts, wo der Pfad zum Fuß der Burg seinen Ausgangspunkt hatte, und nach unten. *Warum nicht*, dachte Alex, stieß sich ab und sprang. *Warum nicht die Abkürzung nehmen?* Beide Hände auf die Taschen mit den Plastikrittern gepresst, wollte er sich den Hang hinuntergleiten lassen. Er spürte, wie die Mauerreste unter seinen Sohlen verschwanden, zurückblieben, bis morgen. Ein kurzer freier Fall, dann Gras und Geröll. Alex wollte wie schon so oft die Füße nach vorn strecken, den Hang hinabrutschen und zusammen mit einer kleinen Lawine aus Kieseln, Staub und Ästen bis zum Fuß der Ruine rutschen. Aber statt den Jungen auf seinem Rücken nach unten zu tragen, öffnete der Berg plötzlich sein Maul. Als Alex aufkam spürte er den Boden unter sich zurückweichen, es fühlte sich an wie eine Landung auf Kieselpudding, hart aber gleichzeitig auch weich, fester Boden, der nachgab, sich öffnete und ihn verschlucken wollte. Alex ließ seine Taschen los, breitete die Arme aus, spürte den Berg an ihm saugen. Ja, das traf es genau: Der Berg saugte den Jungen auf und Alex verschwand zusammen mit einer ordentlichen Portion Schutt in einem bis eben nicht da gewesenen Loch am Fuße der Mauer. Alles ging so schnell, dass Alex noch nicht einmal Zeit zu einem Hilferuf fand. Die Falken sahen die Hände des Jungen im Berg verschwinden, hörten etwas aufschlagen. Steine rollten den Hang hinab, dann endlich kehrte wieder Ruhe ein.

2 Tod eines Streicheldiebes

»Miez miez miez …« Max streckte die Hand aus, hielt sie ganz ruhig. Mit einer Stimme süßer als Honig lockte er das kaum sechs Wochen alte Kätzchen und dessen zwei Geschwister aus ihrem Versteck, einer Art Höhle im Heu, ganz hinten, da wo ein Stapel Bretter aus dem vertrockneten Gras herausragte.

Max kam selten hierher, weder in den Stall noch auf den darüberliegenden Heuboden. Seine Eltern hatten längst alle Bemühungen aufgegeben, ihren Ältesten zur Mithilfe im Stall zu animieren und er verbrachte seine Zeit lieber vor dem Fernseher oder im Bett mit einem Stapel Comics und einer Tüte Chips. »Komm mein kleines Kätzchen. Na, komm zu mir.« Max pfiff ganz leise, er säuselte und lockte die unerfahrenen

Tiere mit einem Grashalm. Eines der drei bunten Fellknäuel streckte die Pfote aus, schlug nach dem Spielzeug, sprang hervor und biss hinein. Max streichelte das Tier und das Tier ließ es geschehen, schien, als es die große warme Hand endlich bemerkte, diese Berührung sogar zu genießen. Es schmiegte sich in die Hand des Jungen, schnurrte und kaute dabei am Grashalm.

Dem Dreizehnjährigen stand der Schweiß auf der Stirn und das lag ganz bestimmt nicht nur an der hier oben herrschenden Hitze. Schweißtreibender Faktor zwei hieß: Leiter. Doch *Leiter* und *Leiter* sind nicht immer dasselbe. Bei dieser Leiter hier handelte es sich nicht etwa um ein breites Gestell, mit eng beieinanderstehenden Sprossen und so angelehnt, dass man ganz gemächlich auf ihr hinaufsteigen konnte, nein, diese Leiter hier musste ein Riese gebaut haben. Jede zweite Sprosse fehlte und da sie kaum länger war als gerade so nötig, um auf den Heuboden zu gelangen, stand sie annähernd senkrecht. Max machte seit Jahren einen ziemlich großen Bogen um diese Leiter, das Miauen aber, welches er von da oben jeden Tag lauter hören konnte, hatte ihn alle Ängste vergessen lassen.

Beim Hinaufsteigen musste er an seine Mutter denken und an seinen Stiefvater. Vielleicht hatten sie ja doch recht, wenn sie ihn *übergewichtig* nannten. Erst gestern hatten beide im Wohnzimmer vor dem Fernseher gesessen, ihren Sprössling schlafend geglaubt, doch dieser hatte, vom Klang seines Namens angelockt, vor der Tür gestanden und jedes Wort gehört. Eines davon lautete *übergewichtig*. Übergewichtig nannte ihn nur Max' Mama, Stiefvater *fett*. Mama hatte etwas von Babyspeck erwidert und Max' Vater ziemlich laut gelacht, so laut, dass im selben Moment Mamas Zischen zu hören gewesen war und Max' Kopf dazu das schon so oft gesehene Bild seiner Mutter zwischen die Ohren des Jungen gezaubert hatte, ein Bild, auf dem Mama die Lippen spitzte und ihren Zeigefinger davorlegte. Max wischte sich den Schweiß von der Stirn und wusste, dass sein Stiefvater das Problem letzte Nacht beim wirklichen Namen genannt hatte, Mutter nicht. Aber obwohl dieses Problem nun einen Namen besaß, blieb es das Gleiche und wog kein einziges Kilo weniger. Doch was sollte man in einem so winzigen Nest wie Wittlekofen denn weiter machen als Fernsehen und Computer spielen? Sicher, Alex, der mit einer beängstigenden Leichtigkeit jede Leiter hinauffliegen konnte, lebte im selben Nest, allerdings ohne Max' Rettungsring um die Hüften. Alex hatte aber auch nicht solch einen Stiefvater!

Das sind die Gene, sagte Mama manchmal. Ja, die Gene, was immer das auch sein sollte, aber wahrscheinlich hatte diesmal Mama recht.

Max besaß für einen Dreizehnjährigen bereits ziemlich breite Schultern, was allerdings auch daran liegen konnte, dass alles an ihm ziemlich breit daherkam: breite Schultern und Hüften, breite Hände (*Klodeckel* nannte sie Alex) und ein breites Gesicht, das durch die in die Stirn gekämmten Haare noch ein wenig breiter wirkte. Max investierte jeden Morgen ziemlich viel seiner reichlich vorhandenen Zeit in diese Frisur, aber was er auch tat, eine Ähnlichkeit zu seinen im Kinderzimmer an der Wand hängenden Idolen wollte und wollte sich nicht einstellen, im Gegenteil. Heute hatte die Frisur keine zwanzig Minuten gehalten, also genau bis zu den ersten Schweißperlen, die abgetrocknet werden wollten und somit die Frisur zerstörten.

»Miezi.« Nummer zwei wollte auch etwas von den Streicheleinheiten abhaben und wagte sich aus der Sicherheit ihres Verstecks, Kätzchen Nummer drei folgte. Max bedachte auch dieses mit einem Grashalm, beobachtete das Spiel der Katzenkinder, ohne eine Miene zu verziehen. Er starrte durch die Tiere hindurch, streichelte und spielte mechanisch, ohne wirklich bei der Sache zu sein. *Wieso*, ging es Max durch den Kopf, *wieso lieben die meisten Menschen Tiere mehr als ihre eigene Familie? Was besaßen Tiere, was den Menschen fehlte?* Gut, bei Hunden konnte Max das irgendwie noch verstehen – aber Katzen? Hunde, das wusste Max, die konnten Freunde sein, manchmal sogar einen Menschen ersetzen. Der alte Seiler zum Beispiel, der brauchte keine Menschen, der liebte seinen Hund und sonst nichts und niemanden. Der Alte wollte mit niemandem im Dorf etwas zu tun haben und umgekehrt gingen ihm und seinem Köter alle im Dorf aus dem Weg, einschließlich der Kinder. Hunde konnte man erziehen und sie trotteten ihrem Herrchen hinterher, als habe sie der liebe Gott einzig zu diesem Zwecke erschaffen. Aber Katzen? Die machten ihr eigenes Ding, kamen und gingen, wann immer sie Lust dazu verspürten und scherten sich einen Dreck um die Wünsche ihrer Ernährer. Und trotzdem streckte jeder die Hand nach ihnen aus und wollte sie streicheln, gab ihnen Futter. Manchmal wünschte sich Max, selbst so eine Katze sein zu können, ein Wesen, nach dem Menschen ihre Hände ausstreckten und es streichelten, mit ihm spielten. Richtig spielten, nicht wie Vater.

Max griff in seine Hosentasche. Eines der Jungen, mit leuchtend braunem Fell und einer Schwanzspitze so weiß wie Kasis Gesicht, wenn Max ihm im Schulbus seinen neuesten Pornoclip vorspielte, sprang bei dieser Bewegung zurück, blieb aber in Reichweite des Grashalmes sitzen. Es beobachtete die große Pfote des ihm fremden Riesenwesens, eine Pfote, welche in einem seltsamen Fell verschwand und plötzlich mit einem zappelnden Wurm in der Hand zurückkehrte. Oder versteckte dieses Wesen eine Maus zwischen seinen Krallen und nur der Schwanz schaute heraus? Das leuchtendbraune Kätzchen kam näher und streckte die eigene Pfote nach der fremden Pfote und der vermeintlichen Maus darin aus.

Die Katzenmutter hatte Max vorhin noch hinter dem Haus gesehen, weit genug weg also, denn beim Anblick des sich die Leiter heraufquälenden Jungen hätte sie ihre Kinder sofort in Sicherheit gebracht. Sie ging dem Menschenkind aus dem

Weg, wie man eben einem Wesen aus dem Weg geht, das bei jeder sich bietenden Gelegenheit mit Steinen nach einem wirft. *Aber Katzenmama ist weg. Weit, weit weg. Und die Kinder sind allein.*

In Max' Hosentaschen befand sich neben seinem Handy, einer Handvoll Gummibärchen und ein paar Münzen immer auch ein Schnürsenkel. Max' Mutter bestand darauf. Seit bei einem der seltenen Familienausflüge einmal Max' Schnürsenkel den Geist aufgegeben hatte, Max daraufhin den ganzen Tag mit einem offenen Schuh herumlaufen musste, diesen ständig verloren hatte, gestolpert war und am Schluss so laut geheult hatte, dass sich jeder Kopf nach der glücklichen Familie umgedreht hatte, bestand Mutter auf einen Ersatzschnürsenkel in seiner Tasche. Dass er mittlerweile aber ausschließlich Schuhe mit Klettverschluss trug, schien sie dabei nicht weiter anzufechten. Aber alles, wusste Max in diesem Augenblick, alles besaß einen Sinn, selbst wenn eine Sache auf den ersten Blick sinnlos und dumm erscheinen mochte. Max hielt dem Kätzchen den Schnürsenkel hin und wusste plötzlich, warum er diesen seit einer halben Ewigkeit mit sich herumgeschleppt hatte – eine Erkenntnis, die ein Lächeln auf das Gesicht des Jungen zauberte und ihn noch mehr schwitzen ließ.

Das Kätzchen duckte sich, sein Schwanz zuckte vor Aufregung. Plötzlich sprang es vor und stürzte sich auf den Mäuseschwanz. Das Tier biss hinein, drehte sich auf den Rücken. Und Max streichelte es. Er kraulte das Junge am Bauch und es störte ihn keineswegs, dass das Braune Krallen und Zähne in seine Finger grub. Max lächelte und betrachtete dabei die eigenen Hände. Kannten sich die beiden überhaupt? Wusste die eine, was die andere tat? Mochten sie sich, auch wenn sie ganz gegensätzliche Dinge taten? Max wusste keine Antworten, seine Hände hingegen schon, denn während Max' Linke das Katzenkind streichelte, schlossen sich die Finger seiner Rechten um Mamas Schnürsenkel.

»Achtung!« So schnell sah sie ihren Sohn selten rennen! Max stieß die Küchentür mit der Schulter auf, schob sich an seiner Mutter vorbei.

»Wieso hast du dein Shirt ausgezogen?« Max' Mutter stand am Herd und wendete irgendetwas in der Pfanne, das entfernt nach gebratenem Fleisch roch. Max aber wusste, dass es wieder nur diese *Dinger* sein konnten, Tofuklößchen, ihm zuliebe natürlich. Aber das spielte im Augenblick keine Rolle. Sein T-Shirt hielt er wie einen Schatz in der Hand und legte es auf den Küchentisch.

»Da Mama, die hab ich gefunden.« Max schlug den Stoff zur Seite – auf dem Küchentisch lag ein Katzenjunges, mit rotbraun leuchtendem Fell und einer weißen Schwanzspitze. »Ich weiß nicht, ist die ..., ist die tot? Sie lag hinten am Schuppen. Ich wollte sie streicheln. Mama, kannst du ihr helfen? Komm, wir fahren zum Tierarzt!«

Eine halbe Stunde später stand da, wo eben noch die Katzenleiche gelegen hatte, das Mittagessen auf dem Tisch: Kartoffeln, Gemüse und Tofuklößchen. Max' Teller aber unterschied sich in einer nicht unbedeutenden Kleinigkeit von denen der anderen: statt der Tofuklößchen lag ein wundervolles Kotelett vor ihm. Timi, Max' achtjähriger Halbbruder, schielte immer wieder mit unverhohlenem Interesse auf den Teller seines Bruders, er verstand nicht, dass der Fleisch bekam, er selbst aber nicht! Bloß weil Max versucht hatte, der Katze das Leben zu retten? Deswegen diese Ungerechtigkeit? Und es hatte noch nicht einmal geklappt!

»Nach dem Essen gehst du mit deinem Bruder hinters Haus. Dort hebt ihr ein Loch aus und dann beerdigen wir das Kätzchen, ja?«

Timi nickte, während Max schon die Hälfte seines Koteletts verschlungen hatte. Max genoss das Fleisch und er genoss es, den Teller seines kleinen Bruders fleischlos zu sehen. Und er genoss die Hand seiner Mutter, die gerade bereits zum zweiten Mal über den Tisch gewandert kam und ihren Sohn streichelte. *Danke Kätzchen*, dachte Max und meinte es genau so. *Danke.*

3 Zwei Freunde

»Meine Fresse, was ist denn mit dir passiert?« Wie aus dem Boden gewachsen stand Alex plötzlich hinter der zweiköpfigen Trauergemeinde. Max drückte Timi die Schaufel in die Hand, das letzte bisschen Erde konnte der auch allein über dem Kätzchengrab aufhäufen. Er wischte sich die Hände an der Hose ab, stand auf und ging zu Alex. »Diesmal hat es dein Alter aber ganz schön übertrieben!« Max betrachtete Alex' geschwollene Augenbraue – eine Kruste aus getrocknetem Blut klebte zwischen den Haaren und die Haut auf dieser Seite des Gesichtes sah aus wie mit einem Reibeisen bearbeitet: viele kleine Striemen und Streifen, annähernd parallel zueinander, nicht so tief, als dass sie hätten genäht werden müssen, aber auch nicht so oberflächlich, dass Max sie hätte übersehen können. Außerdem entdeckte Max weitere kleine Wunden und Kratzer an beiden Händen des Freundes. »Diesmal musst du aber ganz schön was ausgefressen haben, dass dein Alter so ausgeflippt ist!« Max konnte nicht verhindern, dass seine Worte beinahe bewundernd klangen. Deshalb also hatte Alex ihn den ganzen langen Vormittag warten lassen, denn selten verging ein Ferientag, an dem Alex nicht schon kurz nach dem Frühstück an die Tür klopfte; heute nicht, was zu Max' Begegnung mit dem Kätzchen geführt hatte. Genau genommen trug also Alex' Vater die Schuld an dem kleinen Grabhügel hinter Max' Elternhaus.

»Nein, mein Vater hat diesmal nichts damit zu tun«, sagte Alex und gab die Schuldfrage damit zurück. Er ging zu Timi und legte dem die Hand auf die Schulter. »Dein Meerschwein?« Timi, die Schaufel mit einem Häufchen Erde darauf in der Hand, hielt mitten in der Bewegung inne. Meerschwein? Was war mit seinem Meerschwein? »Ist es gestorben?« Jetzt verstand er. Er vollendete die angefangene Bewegung, warf das letzte bisschen Erde auf das Grab und lachte dazu.

»Nein, Mausi geht's gut!«, sagte er voller Überzeugung, dann fiel ihm ein, dass er heute noch gar nicht nach ihm gesehen hatte und er fügte ein »glaub ich« hinzu.

»War nur 'ne junge Katze, hat sich an einem Strick erhängt.« Max wiederholte die Geschichte, die er auch schon seiner Mutter erzählt hatte. Was sich tatsächlich zugetragen hatte, das konnte er Alex später haarklein schildern, nachher, wenn sich Timis große Ohren außer Hörweite befanden. Alex hörte sich ohne große Anteilnahme Max' Worte an, sein Blick aber verriet, dass ihn das Kätzchen einen Dreck interessierte, dass er an etwas ganz anderes dachte. »Und was ist jetzt mit deinem Gesicht passiert? Wer war es, wenn nicht dein Alter?«

»Ich war's.«

»Hä?«

»Ich.«

Max hielt in Bezug auf seinen Freund sehr, sehr viel für möglich, aber dass der sich selbst mit einem Reibeisen bearbeitet hatte, schien ihm dann doch etwas zu weit hergeholt.

»Seid ihr hier fertig?« Max' Blicke folgten der auf das Grab weisenden Hand. Timi klopfte mit der Rückseite der Schaufel soeben den Grabhügel glatt, das versprochene Holzkreuz konnten sie auch später basteln. Oder gar nicht. Was brauchte das blöde Katzenvieh ein Kreuz? »Also, dann komm mit, ich muss dir was zeigen.«

»Darf ich auch mit?« Timi stand plötzlich kerzengerade, die Füße beinahe schon militärisch korrekt nebeneinander.

Bitte, dachte er, *bitte*. Er wusste, mit Alex gab es immer etwas zu erleben, ohne ihn und ohne den großen Bruder wartete hingegen doch wieder nur ein endlos langer Nachmittag in der Nähe seiner Mutter, einer Mutter, die jede seiner Bewegungen, vor allem die draußen auf dem Apfelbaum, mit Argwohn verfolgte und in der Regel lange bevor es richtig Spaß machen konnte mit einem *Timi!* unterbrach. Aber Alex schüttelte den Kopf.

»Heute nicht, Timi, echt nicht.« Rührt euch. Der Junge sackte in sich zusammen und die ihn gerade eben noch umgebende Erwartungsaura verwandelte sich in fast schon greifbare Enttäuschung. Alex tat der Kleine leid. Er ging zu ihm, wollte ihm schon die Hand auf den Kopf legen, besann sich aber eines Besseren und zog Timi stattdessen nur leicht am Ohr. »Morgen vielleicht, okay? Morgen machen wir was ganz Tolles und du kannst mitkommen, ja?« Timi sah auf und versuchte ein Lächeln. Morgen, immer hieß es entweder *morgen* oder *Wenn du größer bist*. Aber auf Alex konnte man sich verlassen, das wusste er und wenn Alex *morgen* sagte, dann meinte er das auch genau so, anders als Max, der manchmal das Blaue vom Himmel herunterlog und Sachen versprach, die selbst ein Achtjähriger wie Timi schon beim Hören als Lüge identifizieren konnte.

Timi brachte die Schaufel an ihren Platz in den Schuppen. Als er zurückkam, sah er Alex und Max gerade hinter der Kuppe Richtung Bolzplatz verschwinden.

»Eine Höhle?!«

»Nein, verdammt noch mal, keine richtige Höhle. Ein Raum, ungefähr so groß wie eure Küche oder so.« Max blieb stehen, einerseits weil sein Körper danach verlangte, zum anderen, um sich in Ruhe die Größe dieser Küche vor Augen halten zu können. Wie groß mochte sie sein? Drei Meter an der Stirnseite und vier lang?

»Und die liegt unter der Burg?« Alex nickte und ging weiter, ohne auf die körperlichen Bedürfnisse seines Freundes Rücksicht zu nehmen.

»Das Loch, durch das ich eingebrochen bin, liegt unterhalb der alten Mauer. Ich weiß nicht, wie oft ich da schon dran vorbeigegangen bin.«

»Frag mich eh, was du ständig auf dem alten Ding verloren hast.«

»Ich hab echt Glück gehabt! Stell dir vor, die Mauer wäre auch noch eingestürzt und hätte den Ausgang versperrt. Aber so bin ich in diesen Raum gefallen oder besser: gerutscht, zusammen mit einem ganzen Haufen Steinen und Schutt und Gras. Und plötzlich stand ich in diesem Raum, ein richtiges altes Zimmer mit gewölbter Decke und so. Und das Beste …«

Die Jungen hatten den Bolzplatz erreicht, eine der hier seltenen ebenen Wiesen. Rechts und links selbst gezimmerte Tore und zwischen Spielwiese und Waldrand eine Feuerstelle mit ein paar Baumstämmen drum herum, Stämme, die, wie ihre glattgescheuerten Oberseiten verrieten, schon seit Jahrzehnten den Kindern und Jugendlichen des Dorfes als Sitzgelegenheit dienten. Max ließ sich auf einen der Stämme fallen und streckte die Beine aus. Alex aber ging, ohne seinen Satz zu vollenden, weiter zum Waldrand und verschwand in einem Gebüsch. Gerade als Max mit einem Fluch auf den Lippen dem Freund folgen wollte, tauchte der aber mit einem langen Stock in der Hand wieder auf. Max fiel zurück auf den Stamm.

»Und das hier habe ich dort unten gefunden.« Alex flüsterte, trug den Stab auf beiden Handflächen und präsentierte Max so seinen Schatz, hielt ihn dem Freund unter die Nase. Max wischte sich Schweiß und eine Haarsträhne aus dem Gesicht und streckte die Finger nach Alex' Fund aus. Auf den ersten Blick sah dieser wie ein hundsgewöhnlicher Stecken aus, allerdings ein ungewöhnlich gerader. Max' Blicke wanderten über das Holz und was zuerst wie ein angespitztes Ende wirken konnte, entpuppte sich bei genauerem Hinsehen als eine Spitze aus Metall. Max nahm Alex den Fund aus der Hand, verteilte etwas Spucke zwischen zwei Fingern und rieb damit über das Metall, genauer über den Teil der Spitze, in dem das Holz wie in einer Hülse steckte. Die Spitze selbst sah alles andere als toll aus, rostig und, als hätte ein an Mineralienmangel leidendes Erdhörnchen damit seinen Eisenbedarf gedeckt, fehlten rechts und links winzige Stücke. Der Schaft aber gab unter Max' Spucke winzige Verzierungen frei. Max prüfte mit dem Finger die Spitze, wog den Fund in der Hand, holte plötzlich aus und machte Anstalten, Alex' Schatz über den Bolzplatz zu werfen.

»Darf ich?« Max' Augen leuchteten. »Bitte.«

Alex zögerte, schließlich nickte er, im selben Augenblick rannte Max drei, vier Schritte, riss den Arm nach vorn und ließ das Geschoss sausen. Ein kurzes Sirren, der Speer flog in einer perfekten, wenn auch nicht sonderlich weiten Flugbahn Richtung Tor, bohrte sich kurz vor diesem in den Boden und blieb stecken. Das Holz schwang hin und her und gerade, als Max die Hand hob, um sich den verdienten Gratulationsschlag des Freundes abzuholen, brach dieses Holz – ein sauberer, holzwurmgeförderter Bruch unmittelbar unterhalb der Metallspitze. Max' Hand blieb ohne Gegenschlag noch einen Moment in der Luft stehen. »Oh. Das, das hab ich nicht gewollt. Ehrlich, das ...«

Alex holte tief Luft und schluckte den jetzt eigentlich angebrachten Fluch wieder hinunter. »Schon gut«, sagte er nur und rannte zu seinem Schatz.

»Das kann man reparieren. Wir haben bestimmt noch irgendwo einen alten Besenstiel in unserem Schuppen.«

»Besenstiel?!«

Max nickte, kniete sich ins Gras und untersuchte die Bruchkanten.

»Oder wir machen das hier raus«, Max pulte Holzmehl aus der Hülse, »sägen den Rest sauber ab und stecken ihn wieder rein, was meinst du?«

»Ich meine, dass wir jetzt zusammen zur Burg runtergehen und in den Raum da klettern.«

»Nie und nimmer!« Max ließ die beiden Teile fallen und rutschte ein Stück zurück. »Mich bekommst du nicht in so eine Höhle!«

»Und warum nicht?«

Max zählte die Gründe auf und nahm dabei seine Finger zu Hilfe: »Erstens ist es viel zu weit bis zur Burg …«

»Drei Kilometer – ’ne gute halbe Stunde, selbst wenn wir in deinem Tempo laufen.«

»… außerdem ist es schon zu spät …«

»Wir haben kurz nach drei, Zeit genug.«

»… drittens pass ich vielleicht gar nicht in dieses Loch.«

»Kann man zur Not auch größer machen.« Alex stand auf, nahm Spitze und Holz und ging zu seinem Freund. »Und viertens: du hast Schiss.«

»Hab ich nicht!«

»Doch, genau das ist der Grund: Du hast die Hosen gestrichen voll, Mann!«

»Hab ich nicht.« Es klang schon nicht mehr ganz so entrüstet.

»Du hast Angst und du bist faul, wie immer.« Alex betrachtete die Metallspitze und achtete nicht weiter auf die Widerrede seines Freundes. Er wusste, dass er mit seinen Anschuldigungen vollkommen recht hatte und Max wusste dies auch.

»Max, von so einem Fund träumen andere ihr ganzes Leben!«

»Ich nicht.« Max wischte sich etwas aus dem Auge, was Schweiß aber auch eine einzelne Träne sein konnte. Er wusste wie er aussah und er wusste auch, dass ihm dieses Aussehen jeden Schritt zur Qual machte, trotzdem musste er sich das nicht anhören, schon gar nicht von seinem besten Freund!

»Du bist mir was schuldig«, sagte Alex. Max sah endlich auf. »Du hast die Lanze kaputt gemacht und jetzt gehst du mit mir da runter und wir schauen uns alles genau an. Vielleicht finden wir ja noch mehr?«

»Du bist gemein, Alex! Du hast mir erlaubt, das Ding zu werfen! Ich kann nichts dafür, dass …«

»Du bist mein Freund. Kommst du jetzt mit?«

Max wand sich wie ein in die Enge getriebenes Tier. Einerseits interessierte ihn ja auch ein ganz kleines bisschen, was es da in der Ruine noch zu entdecken gab, andererseits graute ihm vor dem steilen Aufstieg.

»Wir könnten ja die Fahrräder nehmen.«

Für den bergab führenden Hinweg keine schlechte Idee, aber bei der Vorstellung, am Abend dann das Rad den endlos langen und sehr steilen Berg aus dem Steinatal hinauf nach Wittlekofen schieben zu müssen … Max schüttelte den Kopf.

»Dann geh ich eben allein!« Alex, die beiden Teile seines Fundes in den Händen, wartete noch eine Sekunde, ging dann aber, als die erhoffte Meinungsänderung seines Freundes ausblieb, ohne ein weiteres Wort davon.

»Morgen?«

Alex blieb stehen. »Was *morgen?*«, fragte er, ohne sich umzudrehen.

»Na, morgen eben. Morgen komm ich mit.«

»Und wieso nicht jetzt?«

»Weil, weil wir gar nichts vorbereitet haben.«

»Was müssen wir da groß vorbereiten, Mann? Wir gehen da runter, klettern in den Raum und schauen, was wir noch so alles finden. Da gibt's nichts vorzubereiten.«

»Und was ist mit einer Lampe?« Alex' Blick verriet Max, dass er einen Punkt ansprach, den Alex bisher wohl noch nicht in seine Überlegungen einbezogen hatte. »Oder ist es da unten so hell, dass wir keine Lampe brauchen?«

»Stimmt. Also komm, ich hab eine ziemlich gute Lampe zu Hause.«

»Und was zu essen und zu trinken wär nicht schlecht.«

Natürlich, dachte Alex, behielt es aber für sich. War doch klar, dass nur jemand wie Max an diesen Punkt denken konnte. »Und mein Handy.«

»Was ist mit deinem Handy?« Max zog es aus der Hosentasche und hielt es Alex hin.

Der zuckte nur mit den Schultern. »Was?«

»Der Akku ist fast leer. Und mit leerem Akku geh ich nirgendwo hin.«

»Mein Gott, du wirst doch mal ein paar Stunden ohne dieses Ding da auskommen, oder? Außerdem hab ich ja auch noch eines.« Alex prüfte die Anzeige des eigenen Gerätes. »Okay, das ist auch gleich leer. Aber wir gehen schließlich nicht da runter, um zu telefonieren.«

»Und was ist, wenn irgendwas passiert, he? Wie willst du dann Hilfe holen?«

»Es passiert nichts.«

»Und wenn doch?« Außerdem konnte er damit nach überstandener Expedition seine Mutter anrufen und die würde ihren Großen samt Freund anschließend vom Wanderparkplatz abholen. »Morgen früh, okay? Morgen, wenn wir alles vorbereitet haben.«

Alex dachte über das Gehörte nach. Sofort zu gehen wäre toll, zu zweit aber wäre es noch besser. Na gut, der Raum wird weder weglaufen noch wird ihn jemand anderes in der Zwischenzeit entdecken, schließlich hatte Alex am Vortag den Eingang mit Zweigen und Reisig verdeckt. Dann eben morgen.

»Also gut. Gleich nach dem Frühstück?« Max nickte, seine Erleichterung konnte man beinahe mit Händen fassen.

»Dann spielen wir jetzt aber Fußball!«

4 Rufus

Auf einem Hügel zwischen dem keine zweihundert Einwohner zählenden Wittlekofen und dem benachbarten doppelt so großen Wellendingen konnte man seit einem halben Jahr jeden Morgen einen völlig in Schwarz gekleideten Jungen beobachten. Er kam von Montag bis Freitag mit dem Schulranzen auf dem Rücken aus Wittlekofen herauf, manchmal mit einer Blume in der Hand, manchmal mit einem Blatt Papier, welches er dann auf der Anhöhe, direkt unter dem Funkmast, verbrannte. Von Montag bis Freitag hatte er es eilig, der Schulbus wartete nie, am Wochenende aber oder in den Ferien nahm er sich Zeit und wenn das Wetter mitspielte saß der Junge oft stundenlang unter dem Mast, vor sich die lose dahingestreuten Dächer seiner neuen Heimat, am Horizont schneebedeckte Alpengipfel.

In diesen ersten großen Sommerferien hier im Süden des Schwarzwaldes verbrachte er oft ganze Tage auf seiner Anhöhe, allein mit sich und tausend Gedanken. Vater hatte eine Fahrt nach Südfrankreich vorgeschlagen, gestern erst diverse Ausflüge zum Bodensee, an den Rheinfall oder die Wasserfälle in Triberg, aber für Rufus gab es keinen einzigen Grund, diesen Platz hier zu verlassen, denn unter dem Funkmast fühlte er sich seiner Mutter so nah wie nirgends sonst auf der Welt. Selbst der abschließende Gang hinunter ins Dorf verkörperte für den Zwölfjährigen bereits eine Art Abschied und wenn er am Abend noch wach in seinem Bett lag, spürte er, wie Mutter an ihm zog, nach ihm rief, wie damals am Strand. Nicht immer konnte er diesem Rufen widerstehen, manchmal zog er sich daraufhin ganz leise an, kletterte aus dem Fenster und rannte zu ihr, so nahe wie es irgend ging und setzte sich unter den Mast. Dieser wirkte in Rufus' Fantasie wie eine Antenne, eine Antenne, welche die Rufe der Mutter aufsammelte, bündelte und an den richtigen Empfänger zu ihren Füßen weiterleitete. Und umgekehrt fing dieser Mast Rufus' Worte an seine Mutter auf und wenn der Junge auch nicht so richtig an einen Gott glauben mochte, so glaubte er doch, dass Mutter irgendwo da oben zwischen den Wolken und Sternen weiter existierte und von da aus die Gedanken ihres Sohnes lesen konnte. Es musste so sein, denn wenn nicht, welchen Sinn hätte dann noch dieses Leben?

Mutter war, kurz nachdem sie die alte Wohnung bei Hamburg weihnachtlich dekoriert hatte, gestorben und bis heute wusste ihr Sohn nicht, warum. Er vermutete zwar, dass Mutters Tod etwas mit dem Verlust ihres ältesten Sohnes zu tun hatte, mit Leon, dessen Augen Rufus niemals vergessen würde. Aber ganz sicher war er sich da nie. Ein Grund spielte jetzt aber auch keine Rolle mehr, weder für Leons Tod noch für den der Mutter – und, wusste Rufus, ganz bestimmt auch nicht für das eigene Weggehen. Irgendwann.

Rufus glaubte sich heute zu erinnern, dass sie schon, während sie an diesem letzten Tag Räuchermännchen und Pyramiden auf Tischen und Fensterbänken verteilt hatte, viel länger als sonst vor den Fenstern erstarrt war und minutenlang hinüber zum zwischen Bäumen vorbeiziehenden Spiegel der Elbe geblickt hatte. Aber er konnte sich auch irren, so genau wusste man das schließlich nie, Rufus jedenfalls nicht. Im Nachhinein erinnerte man sich immer nur an Sachen, Gesten und Worte, die in dem Moment, in dem man sie entdeckte, bereits eine Bedeutung für einen selbst besessen hatten oder aber zurückblickend eine Bedeutung erhielten. Im ersten Fall übersah man vielleicht manches Detail und dessen Wahrheit, im zweiten war alles bereits so verschwommen, dass man die Erinnerung vermutlich eher selbst konstruierte denn sich tatsächlich erinnerte. Rufus hatte lernen müssen, dass man einem Kopf und dem, was in diesem vor sich ging, einfach nicht trauen konnte, niemals, schon gar nicht, wenn es sich bei diesem Kopf um einen kranken Kopf handelte, wie bei Mutter.

Aber was bedeutete *krank*, was *gesund*? Diese Frage beschäftigte ihn, seit die bis dahin wichtigste Person in seinem Leben das Haus verlassen und den Weg zurück nicht mehr gefunden hatte. Als dies im Dezember des vergangenen Jahres geschehen war, hatte Rufus am Küchentisch gesessen und seine Hausaufgaben erledigt. Vorher hatte er, was, so sagte es ihm jedenfalls seine Erinnerung, in diesen ersten Dezembertagen öfter vorgekommen war, eine Büchse Ravioli öffnen müssen und den Inhalt in der Mikrowelle erhitzt. Mutter hatte wieder nichts gekocht, nur auf ihrem Stuhl gesessen, noch im Morgenmantel. Sie hatte den Begrüßungskuss ihres Sohnes ebenso ignoriert wie den Teller, den er ihr hinstellte und die sieben oder acht Teigtaschen, die er ihr zu essen gab. Sie hatte ihn einfach nicht wahrgenommen und Rufus – Angst? Selbstschutz? Hilflosigkeit? – hatte von seinem Tag in der Schule erzählt, gegessen, den Tisch abgeräumt und zuletzt mit seinen Hausaufgaben begonnen.

Und plötzlich hatte sie sich erhoben und war aus der Küche gegangen, Rufus dachte, ins Bad oder ins Bett, aber seine Mutter hatte zu diesem Zeitpunkt bereits andere Pläne gehabt. Vielleicht hatte sie jemand gerufen, so wie sie heute jeden Tag nach ihrem Sohn rief. Wer wusste so etwas schon. Hausaufgaben sind wichtig, alle Aufgaben sind wichtig, verhindern sie doch das Denken und das Zuhören. Rufus tauchte in seine Aufgaben, Mutter wird im Bad sein. Bis er sie rufen hörte, seinen Namen, von draußen.

Vom Küchenfenster aus hatte er sie im Morgenmantel am Elbestrand stehen sehen, auf einem vier, fünf Meter breiten Streifen aus feinem Kies und Sand, ein Platz, den kein Fremder kannte und der einzig und allein Rufus und seinen Eltern gehörte. Im Sommer hatte er oft ganze Nachmittage und Abende hier verbracht, gebadet, kleine Schiffe gebastelt und treiben lassen und nachts manchmal an besonderen Tagen zusammen mit Vater Teelichter auf Brettchen gestellt und vom

Fluss ins nahe Hamburg und vielleicht noch darüber hinaus geschickt. Mutter starrte zum Küchenfenster herüber, rief den Namen ihres Sohnes und winkte. Rufus *wusste* damals ganz genau, was dies jetzt für ein Augenblick war und wie dieser Augenblick alles verändern sollte. Als ob es sich nicht gehört hätte, diesen Augenblick durch eigene Worte und Bewegungen zu zerstören, hatte er am Fenster gestanden, reglos, sprachlos, und zugesehen, wie Mutter ihm einen Handkuss zugeworfen, sich umgedreht und den Morgenmantel ausgezogen hatte. Unter diesem Mantel hatte man später auch ihre Hausschuhe gefunden, sie selbst nie.

Möchtest du noch hier bleiben, weiter hier am Fluss leben?, hatte Vater gefragt. Die Suche hatte sich zwei Tage hingezogen und nur einen weiteren Tag nach ihrem Abbruch hatten auch Rufus' Großeltern das Haus verlassen. Rufus hatte nicht lange überlegen müssen und mit dem Kopf geschüttelt. Damals trug er schon schwarze Kleider, hatte alles was Farbe besaß aus seinem Kleiderschrank verbannt, in Säcke gestopft und diese Säcke in die Garage getragen. Was aus ihnen geworden war – keine Ahnung, Rufus interessierte es nicht. Er hatte sich die dunkelblonden Haare schwarz gefärbt und während andere in seinem Alter nach dem Zähneputzen etwas Gel auf dem Kopf verteilten oder erste Schminkübungen vor dem Spiegel vollführten, kämmte er sich jeden Morgen schwarzen Schaumfestiger in die Haare. Das gehörte inzwischen zu ihm wie der Gang zur Toilette, wie Zähneputzen und Duschen. Vater ließ ihn gewähren. Vielleicht hoffte er, dass sein Sohn auf diesem Weg den Verlust der Mutter bewältigen konnte.

Rufus hatte sich auf einer überdimensionalen Karte von Deutschland ein neues Zuhause aussuchen dürfen. Bis heute fragte er sich, wieso Vater das erlaubt hatte, schließlich ließen sie so nicht nur Mutter und das jetzt so unwirkliche Haus, in dem alles an sie erinnerte, zurück, sondern auch Vaters Arbeitsstelle in Hamburg, Freunde und Bekannte. Vielleicht, weil er in diesen Tagen nach Mutters Tod selbst nichts entscheiden konnte oder wollte, vermutete Rufus heute. Instinktiv hatte der Junge damals sofort von ganz oben – Hamburg – nach ganz unten gesehen. Dort stand *Schwarzwald*, entfernt glaubte er sich zu erinnern, dieses Wort einmal im Unterricht gehört zu haben. Wie es dort unten, ganz im Süden aussah – davon hatte er damals keine Ahnung, wichtig schien ihm einzig und allein der Name. Sein Finger wanderte ganz in den Süden dieses Waldes, dessen Namen so gut zu seiner Trauer passte und Vater hatte nur genickt. Drei Wochen später hatten sie ihr Haus verschlossen und den Schlüssel und alles, was dieser Schlüssel wegsperrte, einem Makler übergeben.

Auf der Fahrt durch die Republik hatte Rufus immer wieder an eine Rückkehr seiner Mutter denken müssen. Jedes Mal, wenn er Wasser gesehen hatte, sah er *sie* aus dem Wasser kommen und zum Haus gehen. Aber niemand öffnete ihr. War es richtig, einfach so zu gehen, ohne Mutter gefunden und beerdigt zu haben?

Ja, es war richtig, das wusste er heute. In Hamburg hatte Rufus nie etwas von ihr gehört, in Wittlekofen aber änderte sich dies radikal. Schon als er in dieser letzten Januarwoche aus dem Auto gestiegen war, hatte er sie gehört, zwar noch recht leise und fern, aber er hatte sie gehört. Aber nur er, Vater nicht. Am Abend dieses ersten Tages war Rufus bereits diesem Locken gefolgt, in die Nacht hinausgegangen und losgelaufen, umgekehrt, wenn Mutters Stimme leiser wurde, hatte Kurven geschlagen, Kreise im Schnee hinterlassen, bis er irgendwann am Fuß des Sendemastes angekommen war und wusste, dass dies hier der einzige Ort auf der ganzen Welt war, an dem er jemals wieder ein Zuhause haben würde. Er hatte seine Mutter wiedergefunden.

Rufus lehnte mit dem Rücken am Sendemast und unterhielt sich mit seiner Mutter. Jeden Tag wünschte er ihr Guten Morgen, jeden Abend Gute Nacht und wenn er, wie jetzt in den Ferien, reichlich Zeit übrig hatte, erzählte er ihr von dem was er sah, wie sich das neue Leben hier anfühlte, las ihr etwas vor. Vater hatte eine Stelle in Waldshut gefunden, zwar deutlich schlechter bezahlt als der Job in Hamburg, aber er schien damit zufrieden, vor allem, als er gesehen hatte, wie sehr sein Sohn diesen Ort hier liebte. Und Rufus liebte Wittlekofen, vor allem aber den Berg im Rücken des Dorfes, tatsächlich.

»Was ich mittags gegessen habe?« Rufus griff in seinen neben ihm liegenden Rucksack. Seine Hand fand die Dose, er nahm sie heraus und sah nach. »Zwei Brote.« Da noch eines in der Dose lag und er sich jeden Morgen drei von ihnen einpackte, musste er also zwei gegessen haben. Er legte die Dose zurück. Rufus sah nach dem Schatten des Sendemastes, welcher bei Sonnenschein wie der Zeiger einer Sonnenuhr im Tagesverlauf über die Wiese und den Jungen zu seinen Füßen wanderte, und wusste fast auf die Minute genau, wie spät es sein musste. In zwei Stunden wird Vater kommen und versuchen, fröhlich zu sein und Rufus wird ihm zuliebe ebenfalls fröhlich sein und über seine Scherze lachen, obwohl es doch eigentlich nichts zu lachen gab. Wäre Mutter noch hier, ja dann ... Manchmal, in den Zeitspannen, in denen die Medikamente besser gewirkt oder es den Geistern in Mutters Kopf eben einfach so gefallen hatte, schien es beinahe, als gäbe es die Krankheit gar nicht; es waren schöne, wenn auch viel zu kurze Tage, die Tage, in denen es bei seiner Rückkehr von der Schule im Haus nach Gekochtem gerochen, die Küche geblitzt hatte, als habe soeben erst ein ganzes Bataillon Heinzelmännchen sie verlassen und Mutter schon an der Tür auf Rufus gewartet und ihn in die Arme genommen hatte. Wie eine richtige Mutter hatte sie sich nach seinem Tag erkundigt, zugehört, getröstet, wenn es etwas zu trösten gegeben hatte. Nur bei seinen Schularbeiten hatte sie ihm nie helfen können. Sie hatte nur gelacht, wenn Rufus sie darum gebeten hatte und gefragt, ob er das

Schuljahr etwa wiederholen wolle. An dieses Lachen erinnerte er sich oft, Leons Lachen aber wollte und wollte ihm nicht mehr einfallen, es war fast, als habe der große Bruder nie gelacht.

Rufus beschattete die Augen mit einer Hand. Wie schön es sein könnte, wären alle noch zusammen. Eine richtige Familie, in der es wirklich etwas zu lachen gab.

Rechts von dem Jungen, im Westen, wo zwischen Dorf und Waldrand Streuobstwiesen und ein kleiner Sportplatz lagen, sah Rufus zwei Jungen spielen, einer stand im Tor, der andere dribbelte um imaginäre Gegner herum und brach nach einem Treffer in Jubelschreie aus, die, etwas verspätet zwar, bis hierher zu hören waren. Es sah lustig aus, wie der Junge – Rufus tippte auf Alex, den Sitzenbleiber – stumm die Arme in die Höhe riss und einen Augenblick später, wenn er sich vielleicht gerade nach dem Ball bückte oder am Kopf kratzte, Jubel an Rufus' Ohr drang. Alles kam eben auf die Perspektive an und auf die Entfernung, alles im Leben. Rufus Gedanken kreisten immer wieder auch um dieses Thema, vor allem seit Mutters Tod. Er wünschte sich, er könnte dieses Leben verstehen, das Warum, das Wohin, aber keiner konnte es erklären, nicht einmal Mutter, obwohl die doch jetzt die Schlaueste von allen sein musste. Vater versuchte es gelegentlich, aber wie soll jemand etwas erklären, das er selbst nicht verstand? Meist endete es damit, dass er seinen Sohn auf später vertröstete, jetzt sei er noch zu klein. Klein, was bedeutete *klein*, was *groß*?

Vom Dorf her näherten sich drei weitere Kinder dem sogenannten Fußballplatz, eines davon war wohl Kasimir: Haare, die in der Sonne wie eine zu groß geratene Kastanie leuchteten – Kasi, der Einzige hier im Dorf, mit dem man ganz gut auskommen konnte. Er war zwar erst zehn, dafür aber doppelt so schlau wie der ganze Rest hier zusammen, was regelmäßig dazu führte, dass dieser Rest seinen Frust über diese ihm durchaus bewusste Tatsache an dem Jungen ausließ. Auch heute würde es so enden, wusste Rufus. Kasi wird weinen und der Rest darüber lachen und sich gut dabei fühlen. Seltsam kam Rufus nur vor, dass dieser Kasimir trotzdem regelmäßig die Nähe der anderen suchte, mit ihnen spielen, dazugehören wollte. Wahrscheinlich wusste auch er jedes Mal, wie der Tag für ihn enden würde. Ein einziges Mal, das musste so zwei Monate zurückliegen, hatte dieser Junge sich auch hier oben sehen lassen, gerade, als Rufus seiner Mutter einen Strauß Wiesenblumen unter den Mast gelegt hatte. Blumen gab es hier – so etwas hatte Rufus nie zuvor irgendwo gesehen! Ganze Wiesen sahen im Mai und Anfang Juni wie abstrakte Tupfengemälde aus, ein betörendes Durcheinander aus Farbe, Wärme und Summen, welches der Choreografie des Windes folgend die Köpfe bewegte – ein Wellenmeer aus Blüten und Blättern und Halmen, bevor die Bauern dieser jeden Betrachter verwirrenden Schönheit ein Ende bereiteten. Lila, rot, gelb und weiß – alle Farben verschwanden in dicken Ballen, welche anschließend wie Riesengolfbälle auf millimeterkurzen Stoppeln ihren Abtransport erwarteten. Mutter hatte Blumen über alles geliebt und in den Tagen des Wenigerkrankseins hatte es überall im Haus nach ihnen geduftet.

Kasimir hatte an diesem Tag vor zwei Monaten plötzlich neben Rufus gestanden und ihn gefragt, was er hier tue, Rufus ihm daraufhin gesagt, dass ihn das nichts angehe und den Eindringling weggeschickt. Seither hatte niemand mehr gestört und Kasi das Thema auch nie wieder angesprochen, auch die Großen nicht. Diese hatten zwar keine wirkliche Angst vor dem *schwarzen Heini*, wie sie ihn unter sich nannten, wussten aber aus diversen Erfahrungen, dass Rufus auf Fragen nach seinem Platz unter dem Mast oder nach seiner Mutter umgehend reagierte, meist mit einem Tritt oder einem Schlag in die Magengrube. Also sprachen sie dieses Thema nur unter sich an, was zu seltsamen Theorien führte. Momentan hatten sie sich darauf geeinigt, dass einer wie dieser *Schwarze* gar keine richtige Mutter haben könne. Viel wahrscheinlicher sei, dass er das Ergebnis eines Genexperimentes sein musste, im Reagenzglas gezeugt. Und unter dem Funkmast musste er nur sitzen, weil all die Strahlen und Wellen dort oben Rufus' krankes Hirn am Leben erhielten. Alex hatte prophezeit, dass, sollte jemand den Mast einmal abschalten, Rufus sofort wegziehen oder aber mausetot umfallen werde. Bis heute aber funktionierte alles einwandfrei, somit fehlte also noch der zweifelsfreie Beweis für Alex' Theorie.

Die drei Kinder hatten den Platz erreicht. Kasis Kastanienkopf blieb abseits, während Alex jemand, vielleicht war es seine kleine Schwester, in die Höhe hob. *Kasi wird heute Abend weinen.*

»Du meinst, ich soll auch da hingehen?« Rufus bog den Kopf nach hinten und sah zur Spitze des Mastes, als hinge da ein Zettel mit der Antwort auf seine Frage. Aber die Antwort hörte er in seinem Kopf. Oder glaubte er nur, sie zu hören? Die Antwort lautete wie immer so, dass sie in keiner Weise mit Rufus' bereits vorhandenen Wünschen und Gedanken kollidierte. Konnte Mutter die Gedanken ihres Sohnes lesen und antwortete aus diesem Grund immer in seinem Sinne? Oder bildete er sich ihre Antworten nur ein und ihre Stimme in seinem Kopf war nichts anderes als ein Hirngespinst? Rufus wusste es nicht und er wollte es auch nicht herausfinden. So wie es war, fand er es schön, denn Mutter war immer in seiner Nähe, heute viel mehr als zu der Zeit, in der sie noch gelebt hatte. Und viel mehr als damals hörte er heute auf das, was sie ihm riet.

»Also gut.«

5 Der Schwur

»Los! Spiel ab, Mann!« Kasimir aber verfolgte andere Pläne. Er rannte, ohne weiter auf seinen Mitspieler zu achten, Richtung Tor und dribbelte dabei einen unsichtbaren Gegner aus. Er wollte es den anderen beweisen, ihnen zeigen, dass auch er Fußball spielen konnte, dass er Ausdauer und Kraft besaß. Was konnte er denn dafür, dass für ihn in der Schule alles ein wenig besser lief als für die anderen? Was konnte er für seinen Namen und die Brille? Und warum zogen sie ihn immer an den schulterlangen Haaren und nannten ihn *Mädchen*? Sie sollten endlich aufhören, ihn herumzuschubsen wie es ihnen gerade beliebte. Jeder durfte ungestraft Kopfnüsse an ihn verteilen, selbst die Kleinen, vorausgesetzt Alex oder Max hielten sich in der Nähe auf. Aber wenn er ein Tor schoss, wenn er ihnen zeigte, was er konnte … nur noch sechs Meter, fünf, vier …

»Hierher!«

… er trat ein letztes Mal gegen den Ball. Im Tor stand Max. Manchmal konnte Kasimir nicht anders und nannte Max in Gedanken *Schwabbelbacke* und schämte sich umgehend dafür, obwohl er ganz objektiv betrachtet mit dieser Bezeichnung ins Schwarze traf. Trotzdem wusste er, dass man solche Worte nicht denken sollte und schon gar nicht aussprechen. Er mochte es nicht, wenn sie ihm *Brillenschlange* und *Mädchen* nachriefen, wenn er umgekehrt nun Max als *Schwabbelbacke* titulierte, was unterschied ihn dann noch von den anderen? Vater hatte ihm dies einmal erklärt, was aber jetzt nicht verhinderte, dass, als Kasi schoss, plötzlich ein Gedanke in seinem Kopf saß und sich die Hände rieb, weil er – der Gedanke – ganz genau wusste, dass der Besitzer dieses Kopfes so etwas nicht denken sollte: Wie schön wäre es, wenn der Ball dem drei Jahre Älteren mitten ins Gesicht flöge, in das glänzende, runde Etwas, das Kasi ohne erkennbare Emotionen anstarrte, als könne Max allein mit seinem Blick den Ball parieren. Eigentlich wusste jeder, dass er selbst, Kasimir, einen viel, viel besseren Torwart abgab, aber Max als Feldspieler einzusetzen wäre in etwa so sinnvoll wie Alex beim Mathewettbewerb. Also stand Max jedes Mal zwischen den Pfosten und hoffte, dass die Schüsse irgendwie seinen gut gepolsterten Körper träfen, möglichst ohne sich dabei selbst bewegen zu müssen.

Kasimirs Abschluss zeigte Ambitionen für diese Kategorie Schüsse, hätte es da nicht diesen Maulwurfshügel gegeben. Kurz vor Max setzte der Ball auf, änderte den zweiten Teil seines Fluges radikal und verfehlte das Tor um gut zwei Meter.

»Du bist die größte Pfeife weit und breit, ein Mädchen eben!« Alex trabte heran und gab Kasimir die bereits erwartete Kopfnuss. »Hast du nicht gesehen, dass ich viel besser stand?!« Kasimir schwieg und rieb sich den Hinterkopf. Jedes Wort wäre jetzt sinnlos, das hatten ihn die Erfahrungen der letzten Jahre gelehrt. Wenn er jetzt erklärte, dass er gut geschossen hatte und ohne dieses Häufchen Erde da mit Sicherheit getroffen hätte, gäbe es mehr als nur diese eine Kopfnuss. Also hielt er den Mund, starrte auf seine Füße und hoffte, dass sie ihn nicht wieder *Arschloch* nannten und vom Spielfeld trieben.

»Lass gut sein.« Rufus stellte sich zwischen Alex und Kasimir, schob den Kleinen ein Stück zur Seite. Alex brummte etwas und brüllte schließlich Max' kleinen Bruder an, weil der, mit offenem Mund auf die unausweichliche Auseinandersetzung wartend, den Ball noch immer nicht geholt hatte. Wie es aussah durfte Kasi heute bleiben. Ohne den Versager weiter zu beachten, nahm Alex dem achtjährigen Timi den endlich geholten Ball aus der Hand und trabte zurück zum Anstoßpunkt.

»Wenn du es jetzt nicht besser machst und wieder nicht abgibst, ritz ich dir ein Herz auf die Stirn, verstanden, Mädchen?« Kasimir nickte.

In den vergangenen Jahren, Jahre, in denen er manchmal – Alex' Gnade vorausgesetzt – mit ihm und den anderen Kindern des Dorfes spielen durfte, hatte es eigentlich nur eine Handvoll Tage gegeben, an denen Kasimir mit einem Lächeln im Gesicht das gemeinsame Spiel beendet hatte. Dabei handelte es sich durchweg um Tage, an denen Alex gefehlt hatte, vielleicht weil er krank im Bett lag, mit seinen Eltern wegmusste oder wieder einmal Nachhilfe bekam. Ohne ihn ging alles besser, gab es weniger Streit und sogar Max verwandelte sich dann manchmal in ein ganz normales Kind, mit dem man spielen und mit etwas Glück sogar einigermaßen vernünftig reden konnte. Und Max und die anderen Kinder nannten Kasimir an solchen Tagen weder *Arschloch* noch *Mädchen* oder *Versager*, sondern sprachen ihn ganz normal mit seinem Namen an, was ihn am Anfang dann immer ganz durcheinanderbrachte. Dann mussten sie zwei- oder dreimal *Kasi* und *Kasimir* sagen, bis er reagierte.

Zu sechst verbrachten die Kinder die letzten Stunden dieses Ferientages und Kasimir freute sich ehrlich, dass Rufus den Weg von seinem Berg heruntergefunden hatte und, wenn auch recht lustlos, mit ihnen spielte. Kasimir bewunderte den zwei Jahre älteren Jungen. An Tagen wie dem heutigen wünschte er sich, Rufus *Freund* nennen zu können, doch Rufus besaß nur sehr wenig Interesse an einem Freund. Eigentlich gar keins. Er wirkte immer ein wenig abgehoben, als sei er nur zu Besuch in diesem Leben und wenn er einmal von sich aus den Mund aufmachte, sagte er Sachen, die keiner verstand und über die Kasi manchmal abends im Bett noch nachdachte. Zum Beispiel das mit dem Müll. Rufus meinte, dass die Menschen diesen Planeten zerstören und sich selbst am Ende mit, was nicht das Schlechteste sei. Alex und Max hatten nur gelacht, sich an den Kopf getippt und das Thema gewechselt. Kasimir aber hatte diese Worte mit nach Hause genommen und darüber nachgedacht. Und war zu dem Schluss gekommen, dass Rufus vielleicht ein klein wenig recht haben könnte. Überall gab es Müll, oft nahm man ihn gar nicht mehr wahr. Im Wald konnte man an den abgelegensten Stellen Plastikreste finden. Oder Flaschen und Konservenbüchsen. Das stimmte. Aber warum sollte es gut sein, wenn es keine Menschen mehr gab? Wer kümmerte sich dann um alles? Gern hätte Kasi sich darüber noch länger mit Rufus unterhalten, aber normalerweise packte der, wenn ihn jemand ansprach und er keine Lust auf eine Antwort hatte, einfach seinen schwarzen Rucksack und verschwand, entweder nach Hause oder, wahrscheinlicher, hoch auf seinen Berg. Aber heute hatte er den Weg herabgefunden und Kasimir freute sich darüber, was bedeuteten da noch Alex' Stänkereien?

Max blockierte das Tor, Alex kommandierte herum, forderte ständig den Ball und gab, wenn er vorbeischoss, den anderen die Schuld. Timi, Max' Bruder, spielte Balljunge und Leni saß am Spielfeldrand und interessierte sich scheinbar viel mehr für ihre Puppe als für das Spiel der großen Jungs. *Anhängsel* nannte ihr großer Bruder sie meist und, wenn sie ihm besonders auf die Nerven ging, *überflüssiges Anhängsel*, was Leni so sicher wie das Amen in der Kirche zum Weinen brachte. Keiner wollte ein Anhängsel sein, am wenigsten, wenn man gerade erst fünf Jahre alt war. Heute aber stellte sie keine dummen Fragen, saß im Schatten der Birke, an der ihr Bruder sie mit einem langen Seil angebunden hatte, und spielte in dem so geschaffenen Radius mit ihrer Puppe.

»Pause!« Mitten in Alex' Angriff hinein räumte Max seinen Platz zwischen den Pfosten, Alex' Protestschreie prallten von ihm ab wie die meisten der heutigen Torschüsse. Max setzte sich neben Leni ins Gras und trank mit der Selbstverständlichkeit des Stärkeren aus Rufus' Flasche.

»Fragen kannst du wohl nicht?« Max ignorierte Rufus' Worte, trank weiter. Er trank und betrachtete dabei über die Flasche hinweg den Zugezogenen, den Besitzer der Flasche, die er gerade leerte. Dass Rufus nichts unternehmen konnte, außer den Dieb aus dunklen Augen heraus mit Pfeilen zu bombardieren, machte die Sache noch reizvoller. Das Wasser schmeckte so besonders gut und erst, als er seinen Durst gelöscht und kaum mehr als zwei, drei kleine Schlucke übrig gelassen hatte, setzte er ab. Rufus riss ihm die Flasche aus der Hand, sie kippte um und was eben noch Rufus gehörte, ergoss sich ins Gras.

»Selber schuld«, lautete Max' Kommentar. Rufus packte die Flasche und richtete sich auf. Hand und Plastikflasche zitterten. Nur zu gern hätte er sich auf den Älteren gestürzt, es ihm heimgezahlt. Aber er wusste, dass er in einem direkten Kampf keine Chance hatte. Man muss warten können, warten, auch wenn es das Letzte ist, was man gerade tun möchte. Rufus presste die Lippen aufeinander.

»Hier, kannst was von mir haben.« Kasimir streckte Rufus die eigene Flasche hin und als der nicht gleich reagierte, stieß er ihn an. »Hier.«

»Wollt ihr mal was richtig Tolles sehen?« Alex schob Rufus und Kasimir auseinander und fiel neben seinem Freund ins Gras. Hinter ihm spielte die kleine Schwester. Sie hatte ihrer Puppe ein Zelt aus Zweigen und Blättern gebaut mit einem Eingang, vorn, und einem Ausgang auf der gegenüberliegenden Seite. In Lenis Puppenwelt gefangen spazierte das Spielzeug an der Hand des Mädchens und verschwand schließlich im neuen Zuhause. Alex streckte sich nach hinten und zog etwas aus einem Versteck im Gras. Er vergewisserte sich noch einmal, dass die Schwester sich auf ihre Angelegenheiten konzentrierte und legte schließlich, beinahe feierlich, die Lanzenspitze vor seine gekreuzten Beine.

Alex und Max hatten in den vergangenen Stunden mehr als eine Hypothese, die Bedeutung des von Alex entdeckten Raumes betreffend, entwickelt: Es könnte sich um ein Verlies handeln, mit etwas Glück, so Alex, könnte man vielleicht noch an die Wände gekettete Skelette finden. Max plädierte für eine Schatzkammer oder doch wenigstens den Zugang zu einer solchen.

»Was ist das?« Timi setzte sich auf den Ball, stützte den Kopf in beide Hände und sah abwechselnd auf das verrostete Eisending und Alex. Max hatte während des Spiels schon so komische Andeutungen gemacht, irgendwas von *Geheimnis* und *Schatz*. Was jetzt aber da im Gras lag, sah weder nach dem einen noch nach dem anderen aus, eher wie etwas, das ein Schrottsammler verloren hatte. Timi streckte die Hand nach dem Ding aus, Alex stieß sie zurück.

»Aber ihr dürft niemandem etwas verraten, auf keinen Fall unseren Eltern, versprecht ihr das?«

»Willst du die da auch einweihen?« Max deutete auf Rufus und Kasimir. Beide standen noch etwas abseits, hörten zu, wussten aber nicht, ob Alex tatsächlich auch sie meinte. »Das Mädchen und der da, die werden doch niemals die Klappen halten. Dann können wir auch gleich ein Plakat unten an der Kirche aufhängen.« Alex dachte über die Worte des Freundes nach, aber alles in ihm brannte darauf, die Entdeckung mit jemandem zu teilen und sei es auch nur mit Max' kleinem Bruder, dem Mädchen und dem Schwarzen. Was soll's, Alex wollte reden und wenn die anderen nicht ihre Klappen hielten, dann gnade ihnen Gott.

»Könnt ihr den Mund halten?« Alex' Augen musterten nacheinander Timi, Rufus und auch Kasimir, der sein Glück gar nicht fassen konnte. Sollte er wirklich dazugehören? Er nickte und auch Timi nickte, nur Rufus schien das ganze *Theater*, wie er Alex' Geheimniskrämerei nannte, noch nicht richtig einordnen zu können. *Kinderkram*, dachte er und wollte schon gehen. Aber als Einziger hatte er den Fund als das identifiziert, was er war und *Kinderkram* und *Theater* hin oder her, es interessierte ihn. »Was ist mit dir?« Auch Rufus nickte schließlich.

»Ihr müsst es schwören«, sagte Max, trat gegen den Ball, auf dem sein Bruder saß und Timi fiel auf den Rücken. Gelächter.

»Schluss jetzt«, schrie Alex, das Gelächter erstarb. Alex angelte sich den Ball, legte ihn in die Mitte und als Erster seine Hand darauf. »Aber Max hat recht, ihr müsst schwören, sonst erfahrt ihr nichts. Los, eure Hände. Jeder legt seine Rechte auf den Ball. Du auch, Max.« Max kniete sich wie die anderen um den Ball, ein Kreis aus fünf Jungen. »Schwört, dass ihr niemals etwas von dem weitererzählt, was ich euch jetzt verrate.«

»Ich schwöre.«

»Ich auch.«

»Ja. Ich schwöre.«

»Rufus, was ist mit dir?«

»Meinetwegen. Ich schwöre.« Und, etwas leiser: »Kinderkram.«

»Von wegen Kinderkram!« Max trat in Rufus' Richtung, verfehlte ihn aber.

»Hört auf damit!« Alex richtete sich auf, überzeugte sich noch einmal davon, dass jeder die richtige Hand auf dem Ball liegen hatte. »Wenn ich diesen Schwur breche, wird niemals wieder einer der anderen mit mir sprechen. Und jeder darf mich verprügeln, wenn er mich sieht. Los, sprecht das nach.«

»Wenn ich diesen Schwur breche, wird niemals wieder einer der anderen mit mir sprechen. Und jeder darf mich verprügeln, wenn er mich sieht«, antwortete ein Kinderchor.

Alex räusperte sich.

»Ich war gestern unten an den Roggenbachern.«

»Schön für dich. Und …«

»Rufus, jetzt halt doch endlich mal die Klappe und hör zu. Oder verschwinde, wenn dir das hier alles so blöd vorkommt!« Rufus öffnete den Mund, schluckte die Erwiderung aber im letzten Moment wieder hinunter.

»Ich habe einen verschütteten Raum entdeckt, am Fuß der Burgruine.« Vier Augenpaare starrten Alex an. »Er ist ziemlich groß. Und an der Wand lehnte das hier, ein Speer.«

»Lanze.«

»… oder Lanze, meinetwegen. Auf jeden Fall war da seit was weiß ich wie vielen Jahren niemand mehr drin.«

»Darf ich?« Rufus hatte die Hand nach dem Fundstück ausgestreckt und wartete auf Alex' Nicken. Er drehte die Spitze in den Händen, betrachtete sie von allen Seiten und, wie vor einigen Stunden Max, benetzte auch er seine Finger mit etwas Speichel und rieb ziemlich genau an der gleichen Stelle wie zuvor Max. »Und das kleine Ding hat *an der Wand gelehnt*?« Max rutschte ein Stück zurück. Jetzt musste es kommen, gleich würde Alex von seinem missglückten Wurf erzählen! Aber in Alex hatte er einen wirklichen Freund.

»Der Stiel war total wurmstichig. Ist abgebrochen.« Der Fund wanderte in Kasimirs Hände.

»Und wieso hast ausgerechnet *du* das entdeckt?« Es sollte zwar nicht so klingen wie es letztlich klang, aber Kasimir verstand einfach nicht, dass einer wie Alex solches Glück haben sollte und einen verschütteten Raum entdecken durfte.

»Zufall. Plötzlich hat der Boden unter mir nachgegeben und ich bin eingebrochen.«

»Kommt das hier«, Kasimir zeigte auf Alex' Blessuren, »kommt das davon?« Alex nickte. Er zeigte jedem seine Handflächen und die Ellenbogen, das Gesicht. Nachdem jeder die Wunden ausführlich inspiziert und den Träger dieser Wunden bewundert hatte, berichtete Alex. Seine Plastikritter verschwieg er, dafür schmückte er Sturz, Schmerzen und die Gefahr, in der er sich befunden hatte, deutlich aus und wiederholte am Schluss seinen Vortrag ein zweites Mal, Satz für Satz.

»Morgen geh ich zusammen mit Max noch einmal runter zur Ruine. Wir nehmen Lampen mit …«

»Und was zu essen.«

»Was haltet ihr davon, wenn wir alle zusammen gehen?« Die Frage folgte einer plötzlichen Eingebung, darüber nachgedacht hatte Alex bisher noch nicht. Mit Timi, Kasimir und diesem seltsamen Rufus einen ganzen Tag verbringen? Aber Alex' Augen leuchteten. Ja, sie sollten ruhig alle mitkommen, *ihm* folgen. Und er würde als ihr Anführer vor ihnen her in den Berg steigen. Der Berg und alles in seinem Innern gehörte ihnen! »Also, seid ihr dabei? Wir nehmen Lampen mit, klettern runter und erkunden alles. Was sagt ihr?«

Das folgende Schweigen brach Kasimir als Erster. Er wusste immer noch nicht genau, ob Alex das alles wirklich ernst meinte oder ob er und Max sich nur wieder einen Spaß auf seine Kosten erlaubten. Andererseits aber hatte er eben geschworen, gehörte nun also doch irgendwie dazu.

»Ich könnte die Lampe von Papa mitbringen«, platzte Timi in Kasis Überlegungen. »Die ist vorne so groß.« Timis Hände formten ein tellergroßes Rund. »Und der hat noch mehr Lampen, stimmt's Max?« Timis Bruder brummte etwas, was man als Zustimmung werten konnte. »Und wenn wir Papa fragen, bekomm…«

»Timi«, unterbrach Alex und die Drohung in seiner Stimme entging keinem. Timi schwieg.

»Wahrscheinlich sind wir schon ein paar Stunden dort unten, was zu essen wäre also nicht schlecht«, sagte Max.

»Klar, dass das von dir kommt.« Rufus, in sicherer Entfernung zu Max und dessen Fäusten, streckte den Bauch heraus, rieb ihn mit beiden Händen. »Eeesseeen«, sagte er mit verstellter Stimme, fiel auf die Seite und rollte durchs Gras. Max wollte aufspringen, aber Alex hielt ihn zurück.

»Das mit dem Essen ist keine schlechte Idee. Jeder bringt was zu essen und zu trinken mit. Außerdem eine Taschenlampe. Und«, Alex deutete auf die Sandalen, die die meisten von ihnen trugen, »Turnschuhe.«

»Seile.« Rufus hatte sich erholt.

»Wozu Seile?«, wollte Max wissen und vermutete insgeheim einen erneuten Anschlag auf seine Leibesfülle.

»Du hast erzählt, dass es ziemlich steil nach unten geht.« Alex nickte. »Außerdem haben wir einen Hosenscheißer dabei.« Timi sprang sofort auf und stürzte sich auf Rufus. Auch wenn der vier Jahre mehr auf dem Buckel hatte, durfte er ihn nicht so nennen! Außerdem waren seit seinem letzten Malheur inzwischen schon vier Monate vergangen, Hosenscheißer war also völlig übertrieben.

»Du entschuldigst dich sofort!« Max stand plötzlich neben den beiden sich balgenden Jungen. »Hast du gehört?! Entschuldige dich!« Timi kletterte von Rufus' Brust, stellte sich neben seinen Bruder und ahmte dessen Körperhaltung nach: die Beine leicht gespreizt, beide Hände in die Seiten gestützt. Es war schön, einen großen Bruder zu haben.

»Okay.«

»Was hast du gesagt?!«

»Okay! Tut mir leid.« Aber was er parallel zu dieser Entschuldigung dachte, wusste nur Rufus allein: Es hatte etwas mit einer gewissen braunen Pampe in den Hosen der beiden zu tun. Er entschuldigte sich mit einem Blick auf Max' Schritt und einem Lächeln auf den Lippen.

»Wann treffen wir uns?«, wollte Kasimir wissen. »Bei Sonnenaufgang?«

»Nein. Viel zu früh, das würde unseren Eltern auffallen. Nach dem Frühstück dürfte reichen.«

»Also so gegen neun?« Alex sah in die Runde, keiner hatte Einwände. Sein Blick blieb an Leni hängen; hoffentlich musste er am nächsten Tag nicht wieder auf die kleine Schwester aufpassen. Er schob den Gedanken beiseite. »Neun Uhr hier. Taschenlampen, Turnschuhe, Essen, Trinken.«

»Und Seile.«

»Und Seile meinetwegen. Und noch mal: kein Wort!«

»Und was soll ich sagen, wenn meine Mutter mich fragt?« Kasimir fand die Sache mit der Ruine und Alex' Entdeckung spannend – aber deswegen lügen? Er hatte seine Eltern noch nie belogen.

»Sag, dass wir in den Wald gehen und uns eine Hütte bauen«, schlug Max vor, aber Kasimir schüttelte den Kopf.

»Das wäre eine Lüge.«

Max schlug sich mit der flachen Hand gegen die Stirn. »Oh, du wieder. Einmal im Leben wirst du deinen Alten doch wohl eine kleine Lüge auftischen können. Das merken die doch gar nicht.« Kasi aber schüttelte den Kopf.

»Weißt du was?« Rufus stand auf. »Sag einfach, wir spielen Forscher. Wir spielen Archäologe oder so, damit verrätst du nichts, musst aber auch nicht lügen.« Kasimir dachte kurz über den Vorschlag nach und nickte schließlich. Ja, das konnte so durchgehen. Und er musste niemanden belügen.

»Also, dann ist alles klar?« Alex stand auf und ging zu seiner Schwester. »Ich muss jetzt das Anhängsel abliefern.« Leni sah kurz auf und schenkte Alex einen missbilligenden Blick. »Morgen früh um neun.«

»Und das Essen nicht vergessen«, ergänzte Max.

6 Seilers Apfelbaum

Auf dem Weg zurück ins Dorf passierten die Kinder eine Streuobstwiese. Zwei Dutzend Apfel- und Birnbäume standen in lockerem Abstand zueinander seit Urzeiten hier, so jedenfalls schien es jedem, der einmal bewusst über diese Bäume nachdachte. Kasimir liebte diese Wiese und jeden einzelnen der Bäume, egal ob gerade oder krumm, hoch oder eher breit – er liebte sie. Er liebte die raue Rinde der Bäume, die Blumen zwischen den Stämmen. Wenn ihn seine Eltern wieder einmal in der Hoffnung, dass er vielleicht doch einen Freund im Dorf finden möge, von seinem Schreibtisch und den Büchern wegholten und vor die Tür schickten, ging er normalerweise genau hierher. Im Frühjahr hingen tausend Düfte über der Wiese, so süß und schwer, dass einem davon ganz schwindlig werden konnte, übertroffen einzig vom Summen der Insekten. Wie an Ästen hängende Schneebälle kamen dem Jungen die Blütentrauben vor. Im Sommer gab es nichts Schöneres, als im Schatten eines Baumes ein Buch zu lesen und im Herbst zu beobachten, wie zuerst die Äpfel ihre Farbe veränderten, danach das Laub. Und selbst im Winter übte die Wiese auf Kasimir eine eigentümliche Anziehungskraft aus, wenn der Schnee unter den Sohlen knirschte und die Zweige und Äste der Bäume aussahen, als habe sie über Nacht jemand zugedeckt.

Selbst der älteste Einwohner Wittlekofens konnte sich nicht erinnern, wann jemand diese Bäume gepflanzt hatte, also mussten sie so an die einhundert Jahre alt sein, schätzte Kasimir. Vielleicht schmeckten die Früchte deshalb so gut, so süß. Manchmal wagte er es, einen der im Gras liegenden Äpfel oder eine Birne aufzuheben und einzustecken, mit seinem Schatz ganz schnell nach Hause zu gehen und da, in einem Versteck, hineinzubeißen.

»Was meinst du, Timi, sind die schon reif?« Max warf einen Blick nach oben und schluckte den in seinem Mund versammelten Speichel. Timi zuckte die Schultern, woher sollte er denn wissen, ob die Äpfel gut waren? Ihm wäre ein Baum voller Steaks oder Würste lieber. Er trottete ohne Interesse weiter, während Max stehen blieb und sich den Kopf verrenkte. Sahen lecker aus, jedenfalls wenn man Äpfel mochte.

»Nimm doch den da.« Rufus' Finger deutete auf eine im Gras liegende Frucht. Max stieß sie mit der Fußspitze an und drehte den Apfel herum.

»Wurmstichig, wetten? Außerdem voller brauner Stellen.« Max sah wieder nach oben. »Die da an den Ästen sind tausendmal besser, kannste mir glauben.«

Rufus zuckte aber nur mit den Achseln, Vater dürfte demnächst eintreffen. Er verabschiedete sich, sein Zuhause lag rechts von hier, während alle anderen noch ein paar hundert Meter gemeinsamen Weges vor sich hatten. Auch Alex warf einen Blick in die Baumkrone, ging aber im Gegensatz zu Max, Timi und Kasimir weiter und zog dabei seine Schwester am Seil wie ein Hündchen an der Leine hinter sich her. Auch für ihn hieß der Hauptgrund, die kleine Gruppe zu verlassen und nach Hause zu eilen, *Vater*. Aber anders als Rufus trieb Alex keine Freude an, sondern Angst. Sollte er sich auch nur zwei Minuten zum Abendessen verspäten ... Auf Kopfnüsse oder ein vorzeitiges Zubettgehen ohne etwas im Bauch verspürte er keine Lust – der Zug an Lenis Leine verdoppelte sich und das Mädchen stolperte ihrem Bruder über die Wiese hinterher.

»Also, bis morgen früh, ja?«, rief Alex über die Schulter zurück und winkte.

»Bis morgen.«

Alex und sein Anhängsel verschwanden, Max aber bewegte sich keinen Schritt weiter, sondern betrachtete mit unverhohlenem Interesse die in seinen Augen viel zu vollen Zweige, Äste, die sich unter dem Gewicht des Obstes bogen und teilweise mit langen Stangen abgestützt werden mussten. Für die meisten Äpfel war es noch zu früh, allerdings aber eben nur für die meisten. Kasimir wusste genau, welche Früchte (reif und saftig und süß) nur darauf warteten, gepflückt und gegessen zu werden.

»Soll ich hochklettern und ein paar nach unten werfen?«, fragte Timi. Zwar hasste er Obst in all seinen Variationen und da besonders Äpfel, Abenteuer aber liebte er umso mehr. Er sah zu seinem Bruder auf und hoffte mit jeder Faser seines Körpers, dass Max endlich einmal sein Okay gäbe. Aber wie zu erwarten war, schüttelte der nur den Kopf.

»Noch nicht. Hast noch viel zu kurze Arme.«

»Soll ich?« Max drehte sich um.

Die Frage war Kasimir einfach so herausgerutscht, er wusste auch nicht, wo sie plötzlich her kam. Am liebsten hätte er sie sofort wieder verschluckt, aber dazu war es schon zu spät, Timi hatte ihn verstanden und – viel schlimmer – Max ebenfalls.

»Du?«

»War nur so eine Idee. Ist schon gut.« Kasimir trat aus dem Schatten des Baumes, wollte schnellstmöglich Richtung Dorf davon, aber Max hielt ihn zurück.

»Hätte ich dir gar nicht zugetraut. Also los, zeig mal was du kannst.« Kasi drehte sich um.

»Und wenn jemand kommt?« Wiese und alles, was darauf wuchs, gehörte dem alten Seiler, ein Junggeselle, der jedem aus dem Weg ging und den im Gegenzug keiner aus dem Dorf sonderlich mochte. Gesprochen hatte Kasi mit dem alten Mann bisher kein einziges Wort, im ganzen Leben nicht. Und, um ganz ehrlich zu sein, sehr viel Lust auf ein Gespräch mit dem alten Seiler verspürte er wirklich nicht. Aber das änderte nichts daran, dass es, selbst wenn die Äpfel nur dem alten Seiler gehörten, Diebstahl wäre.

»Wer soll schon kommen, he? Klettre einfach rauf und wirf ein paar Äpfel runter, das merkt der Seiler nie und nimmer. Wir bleiben hier und passen auf.«

»Und lesen die Äpfel auf und Max probiert, ob sie gut sind«, ergänzte Timi.

»Ich weiß nicht«, sagte Kasi. Max verzog das Gesicht, als hätte er gerade in einen absolut unreifen Apfel gebissen.

»Also doch bloß wieder Geschwätz, wie von einem Mädchen eben.« Max drehte sich um, packte seinen Bruder am Arm und zog ihn mit sich fort. »Hätten wir uns eigentlich denken können, dass der es nicht draufhat, was?« Timi nickte und warf einen sehnsüchtigen Blick auf den Baum, einen enttäuschten zu Kasimir.

Er könnte dazugehören. Er könnte … Kasimir betrachtete den Baum, der riesig und wie zum Hinaufklettern gemacht in der Abendsonne stand und nach ihm rief. Frühe rotwangige Äpfel leuchteten wie Farbkleckse. Bis auf Max und Timi weit und breit niemand zu sehen, die Dächer des Dorfes noch hinter dem Hügel verborgen.

»Wartet.« Etwas lauter: »Wartet, ich mach's.«

Wenige Sekunden später lehnte Max mit dem Rücken am Stamm, verschränkte die Hände vor seinem Körper und Kasi kletterte, ohne weiter über Recht oder Unrecht seines Tuns nachzudenken, die Räuberleiter hinauf, bekam den ersten Ast zu fassen und zog sich nach oben. Mit einer Leichtigkeit, die Kinder wie Max an ihm bewunderten, bewegte er sich und je höher er kam, desto mehr Spaß bereitete ihm die ganze Sache. Für einen zehnjährigen Jungen viel zu zierlich und zu leicht, kehrte sich beim Klettern der angebliche Makel in einen herrlichen Vorteil um. Kasi kletterte immer weiter und weiter, von Höhenangst keine Spur. Hier oben, wo der Wind anders wehte und die Luft anders roch, wo Vögel nur wenige Zentimeter vor der eigenen Nase aufflogen, hier oben fühlte er sich frei. Er zog sich von Ast zu Ast, immer weiter hinauf und hielt erst inne, als er oben aus dem Baum herausschauen konnte. Er schloss die Augen und atmete durch. Nein, er war kein Mädchen, ganz bestimmt nicht.

»Und wo bleiben die Äpfel?«

»Hier oben ist es herrlich«, rief er.

»Äääpfel!«

»Ja, ja.« Kasi kletterte zwei Äste zurück, suchte nach einem besonders roten und makellosen Exemplar. Er fand es und warf die Frucht nach unten.

»Der ist gut«, hörte er kurz darauf Max schmatzen, »wirf noch ein paar runter, für morgen. Wir nehmen jedem zwei Äpfel mit, Alex wird sich freuen.«

Alex wird sich freuen!

Kasi pflückte Apfel für Apfel und ließ sie nach unten fallen, meist direkt in Max' Hände. Ab und an plumpste einer ins

Gras, Max legte diese zur Seite, für Rufus, zu dem Äpfel mit braunen Stellen deutlich besser passten als unversehrte. Max lächelte bei diesem Gedanken und nach und nach entstanden am Fuße des Baumes zwei Häufchen, ein größerer mit den gefangenen Äpfeln, ein kleiner für Rufus.

»Genug?«, fragte Kasi.

»Noch zwei«, lautete die Antwort.

Kasi rutschte auf seinem Ast ein Stück nach außen, streckte sich, um ein besonderes Prachtexemplar zu erreichen. Seine Fingerspitzen berührten gerade den Traum in Rot und Gelb und Grün, da gellte ein Schrei über die Wiese.

»He!« Kasi zuckte zusammen, hätte um ein Haar das Gleichgewicht verloren. »Was macht ihr auf meinem Baum, ihr Diebe, ihr?!«

»Der alte Seiler mit seinem Hund!«

Auf dem Bauch rutschte Kasi zurück. Unter sich konnte er Max und Timi beobachten, wie sie eine ganze Menge Äpfel in ihren Hemden verschwinden ließen und anschließend, ohne noch einmal einen Blick nach oben zu werfen, in unterschiedliche Richtungen davonliefen.

»He, wartet!«

»Wir sehen uns morgen«, rief Max über die Schulter zurück und winkte. »Du schaffst das schon, bist ja schließlich kein Mädchen, oder?« Kasi hörte Max lachen, aber Zeit, über diesen angeblichen Freund nachzudenken, blieb ihm nicht. Vor dem alten Seiler, vor allem aber vor dessen Hund, hatte jeder Angst. Das riesige Tier lebte die meiste Zeit hinter einem Zaun und kläffte jeden an, der dem Grundstück nach Hundemeinung zu nahekam, was einer Distanz von etwa zehn Metern entsprach. Kinder mieden den Gang direkt an Seilers Haus vorbei und hielten den von seinem Mischling vorgegebenen Sicherheitsabstand ein, was im Laufe der Jahre zu einem exakt zehn Meter entfernten Trampelpfadgeflecht um das Grundstück des Alten geführt hatte. Aber selbst diese zehn

Meter waren dem Tier an schlechten Tagen nicht genug und es sprang gegen den Zaun, fletschte die Zähne und sein Geifer spritzte.

Kasi musste sich beeilen. Er rutschte zurück, seine Fußsohlen berührten bereits den Stamm. Er ließ sich ein, zwei Äste tiefer gleiten, wollte gerade zu einem Zweimetersprung ansetzen, als Seiler den Fuß des Baumes vor dem Kind erreichte.

»Rotzlöffel, elende«, schimpfte der Alte den bereits außer Sichtweite gelangten Brüdern nach. Sein Hund schnüffelte im Gras und Seiler selbst schob mit seinem Stock die für Rufus reservierten Äpfel auseinander. Kasi richtete sich auf und drückte sich so eng wie möglich an den Stamm. *Wenn der alte Mann seine Augen auf dem Boden lässt* … Ließ er aber nicht!

»Da ist ja noch so ein kleiner Apfeldieb! Da Hasso, dort oben.« Kasi hörte Seilers Stock gegen den Baum klopfen, er spürte es sogar. Immer wieder schlug der Alte gegen das Holz und plötzlich geiferte sein Hund los, als säße auf dem Baum kein Zehnjähriger, sondern die gesamte Hundekonkurrenz des Dorfes. Hasso sprang gegen den Stamm, kläffte nach oben.

»Komm runter! Sofort!«

Kasi sagte kein Wort. *Nein, ich bin nicht hier und ich höre nichts und ich komme nicht runter. Ich bin doch nicht verrückt!*

»Hast du nicht gehört?! Komm jetzt sofort runter!« Seilers Hund kläffte weiter und Seiler selbst lief um seinen Apfelbaum und versuchte, den Dieb zu identifizieren. Schließlich, als das Kind keinerlei Anstalten machte, dem Erwachsenen Folge zu leisten und sich einer gerechten Strafe (Seilers Griff um seinen Stock wurde fester) zu stellen, als dieses sogar noch ein Stück höher kletterte, änderte der Alte seine Taktik. »Gut, wenn du es so willst, dann hole ich eben die Polizei.« Seiler band Hasso an den Baum, schielte dabei aus den Augenwinkeln nach oben. Aber entweder beeindruckte diese Drohung den Dieb da oben nicht weiter oder die Angst des Jungen vor Seiler und dessen Hund wog schwerer. Wie dem auch war, Seiler sollte es egal sein. Er gab Hasso einen Klaps, drohte noch einmal nach oben und ging.

Kasi kletterte einen weiteren Ast höher, dann noch einen. Durch die Zweige hindurch konnte er den alten Mann Richtung Dorf laufen sehen. Er ging langsam und sah sich immer wieder nach dem Apfeldieb um. Wenn er in diesem Tempo weitermarschierte, überlegte der Junge, würde er in zehn Minuten in seinem Haus sein. Und damit am Telefon. Und er würde die Polizei rufen! Und ...

Jetzt verschwand Seiler hinter dem Hügel! Wenn doch wenigstens Max noch hier wäre! Der könnte das Tier unten ablenken!

Kasi kletterte zurück und dabei einmal um den Stamm herum. Kasi wollte nicht ins Gefängnis, wollte auch nicht, dass Mama und Papa sich seinetwegen Sorgen machen mussten! Durfte man Zehnjährige schon einsperren? Und wenn ja, wie lange und wo? In normale Gefängnisse, zusammen mit anderen, mit erwachsenen Verbrechern? Wahrscheinlich eher nicht, davon hätte er schon gehört.

Auf seinem Ast sitzend, den Kopf in die Hände gestützt, starrte Kasi nach unten. Warten. Warten auf Seiler und die Polizei. Und seine Eltern. Vor ihnen hatte er am meisten Angst, nein, nicht dass Schläge drohten, aber Mama würde dann wieder diesen Blick bekommen, den ganz traurigen ...

Wieso ist die Leine auf einmal kürzer?

Kasi richtete sich auf, blickte zuerst rechts um den Stamm, dann links. Seilers Hund hatte bei seinen Sprüngen um den Stamm die Leine einmal um den Baum gewickelt. Das war die Lösung!

Ohne weitere Gedanken an Seiler, Telefon und Polizei zu verschwenden, kletterte Kasi von einem Ast zum nächsten, immer links herum. Er kletterte langsam, damit Hasso auch genügend Zeit fand, das Ziel im Auge zu behalten und ihm zu folgen. Nach drei Umrundungen hing Hassos Kopf unmittelbar am Stamm, so nah, dass er sich nicht einmal mehr hinlegen konnte, dazu hätte er zuerst einmal in entgegengesetzter Richtung marschieren müssen. Kasi lächelte, sich seines Sieges über das Tier gewiss. Er setzte sich auf einen starken Ast und rutschte auf diesem so weit wie möglich nach außen. Hasso beobachtete ihn dabei, kläffte noch wütender, blieb aber notgedrungen mit dem geiferndem Maul nah am Stamm und musste von da aus mit ansehen, wie das Kind, auf das er doch aufpassen sollte, plötzlich an den Vorderpfoten vom Baum hing, kurz hin und her pendelte und zuletzt aus zwei Metern Höhe ins Gras fiel. Das Tier zerrte, kläffte, riss an der Leine, aber der alte Seiler kaufte nur wirklich gute Sachen. *Wir sind zu arm, um uns billiges Zeug zu kaufen*, hatte seine Mutter immer gesagt und an diesen Spruch hatte ihr Sohn sich bis ins hohe Alter gehalten. Leider. Denn Hassos Leine hielt und Kasi, das Mädchen, rannte über die Wiese, frei und unbestraft.

7 Leni

»Gute Nacht, ihr zwei. Schlaft schön.«

»Gute Nacht, Mama.«

»Nacht.«

Die Tür schloss sich und nahm den schmalen, aus dem Flur hereinfallenden Lichtkegel mit sich. Leni konzentrierte sich auf die winzigen Lichtpunkte, die ihre geblendeten Augen ihr vorgaukelten und wie jeden Abend fragte sie sich, wo das Licht eigentlich hinging zum Schlafen. Wenn man, wie Mama eben, eine Tür schließt und das Licht mitnimmt, wo ist es dann? Und wie sieht schlafendes Licht aus? Wahrscheinlich rot, vermutete die Kleine, denn rot leuchtete der Himmel, wenn das Licht am Morgen erwachte, rot auch, wenn die Sonne und damit das Licht verschwand. Es gab aber auch graue Tage mit grauem Licht, sogar grün konnte es manchmal leuchten oder weiß, aber Leni mochte die Vorstellung, dass schlafendes Licht in allen nur möglichen Rottönen schien, die Frage hieß nur: Wo?

»Schläfst du schon?« Alex hatte bereits auf diese Frage gewartet, sie erklang jeden Abend, so sicher wie Fräulein Gerstners Geschrei in der großen Pause, wenn die Siebtklässler unter Alex' Führung mal wieder einen Jüngeren kopfüber ans Klettergerüst auf dem Hof gebunden und ihm das Shirt über den Kopf gezogen hatten. »Schläfst du?«

»Ja.« Pause, aber nur ganz kurz.

»Wieso hörst du mich dann?«

»Kann ich eben.«

»Ich kann nichts hören, wenn ich schlafe. Ich bin dann – *weg*.« Leni drehte sich auf den Rücken, verschränkte die Arme unter dem Kopf und sah hinüber zum Fenster. Schade, dass Mama jeden Abend das Rollo herunterließ und extra noch die dunklen Vorhänge zuzog. Draußen leuchtete bestimmt noch der Himmel. Rot?

»Nimmst du mich morgen mit?«

»Mitnehmen? Wohin?« Alex wollte schlafen und das Anhängsel sollte endlich einmal den Mund halten.

»Na, in die Höhle, die du gefunden hast.«

Die Worte hingen noch im Kinderzimmer, da stand Alex schon am Bett seiner kleinen Schwester.

»Was hast du eben gesagt?!«

»Ich, ich …«

»Was hast du vorhin mitbekommen? Hast du uns belauscht?« Alex' Gesicht tauchte unmittelbar vor dem Lenis auf, Leni konnte Alex' Atem spüren, ihn riechen. Er hatte sich die Zähne wieder nicht geputzt.

»Ich hab nicht gelauscht.« Leni spürte diesen Kloß im Hals und ein Kribbeln im Bauch. Beides tauchte immer dann auf, wenn jemand sie zu Unrecht beschuldigte. Sie hatte nicht gelauscht! Sie hatte gespielt und die Jungen hatten so laut über ihr *Geheimnis* geredet, dass sie jedes Wort verstanden hatte, verstehen musste. Alex' Gesicht verschwamm hinter einem Schleier aus Tränen. Sie wollte nicht weinen, Alex mochte das nicht, trotzdem fand eine erste Träne ihren Weg und kullerte über Lenis Wange.

»Sag schon, was hast du gehört?« Alex versuchte, freundlich zu klingen. Er schob Lenis Plüschschätze zur Seite und setzte sich zu ihr aufs Bett. »Na?«

»Alles, was ihr erzählt habt«, sagte Leni wahrheitsgemäß. Die Jungs dachten immer, nur weil sie mit ihrer Puppe spielte, sei sie plötzlich taub oder so ähnlich. Sie hielten sich für die Stärksten und Schlausten der Welt, dabei verstanden sie nicht einmal die einfachsten Dinge und eines dieser einfachen Dinge hieß: sie konnte spielen UND hören. Gleichzeitig. »Ihr wollt morgen zur Ruine und in die Höhle steigen. Darf ich mit? Bitte?« Leni setzte sich auf, faltete die Hände, als säße sie mit Mama in der Kirchenbank und legte den Kopf auf die Seite. Das half in der Regel. Alex tat zwar immer so als möge er sie nicht, aber Leni wusste, dass dies nur an seinen Freunden lag. Allein mit ihr verwandelte er sich in den besten großen Bruder der Welt und Leni liebte und bewunderte ihn. »Ich bin auch ganz leise und stehe nicht im Weg. Versprochen.«

In Alex' Kopf tanzte ein halbes Dutzend Gedanken gleichzeitig, Bilder eher, denn die wirklich klaren Gedanken versteckten sich in diesen ersten Sekunden des Schrecks als seien sie selbst erschrocken. Wenn Leni alles wusste, konnten er und die anderen die morgige Expedition vergessen! Bliebe Leni zu Hause, würde sie, ganz Anhängsel, sofort zu Mutter rennen und ihr alles brühwarm erzählen. Und Mutter daraufhin mit Leni ins Auto springen und bereits am Wanderparkplatz unten an der Steina warten und ihren Großen vor seinen Freunden bis auf die Knochen blamieren. Leni mitnehmen? Niemals! Alex wusste nur zu gut, dass das Anhängsel ihm jetzt alles versprechen würde, nur um ein *Ja* zu hören und dass sie all diese

Versprechungen morgen zwar nicht vergessen hätte, aber trotzdem nicht anders könnte. Ein Anhängsel muss einfach langsam laufen, an jeder Ecke stehen bleiben, irgendwelche blöden Ameisen und Käfer beobachten und diese mithilfe kleiner Zweige umleiten. Es muss Regenwürmer vom Asphalt retten und seiner blöden Puppe einen Pilz zeigen. Das Anhängsel würde erst jammern, dann heulen und schließlich einfach sitzen bleiben und selbst wenn Leni es bis zur Ruine hinauf schaffen sollte, was Alex völlig ausschloss, in diesen Raum würde sie nie und nimmer mit hinabsteigen, erstens weil sie Angst davor haben und zweitens, weil Alex es ihr verbieten würde. Sollte Leni etwas passieren …

»Nein.« Alex hörte kein Schluchzen, wusste aber, dass sie weinte; das Bett zitterte. »Du kannst nicht mit, das ist nur was für Große. Für große Jungs«, fügte er hinzu und wusste schon, als er diese Worte sagte, dass er einen Fehler begangen hatte. Für *große Jungs* bedeutete, dass sie nie und nimmer an diesem Abenteuer teilnehmen konnte, egal wie sehr sie sich auch anstrengte, ein großer *Junge* würde nie aus ihr. »Wenn du etwas größer bist, nehmen wir dich mit. Später«, versuchte er sie zu vertrösten, doch das Anhängsel hatte sehr wohl verstanden. Es würde kein Später geben!

Leni schlug die Bettdecke zurück, ihre Füße suchten nach den Pantoffeln.

»Wo willst du hin?«

»Zu Mama.«

»Bleib hier!«

»Ich kann nicht schlafen«, log die Kleine. Alex hielt sie am Arm fest. Gut, dann eben auf die unsanfte Tour, wenn sie das so wollte, bitte.

»Wenn du uns verrätst, dann …«, wovor hatte sie am meisten Angst? »… dann kommt deine Puppe ins Feuer.« Leni hielt den Atem an. »Und das ganze Zeug hier auch!« Alex' Arm wedelte über das Bett und Teddys, Katzen und Hunde aus Plüsch purzelten auf den Boden. »Und ich pinkel jede Nacht wenn du schläfst in dein Bett und Mama und Papa werden denken, dass du es warst!« Das saß! Sie liebte ihre Kuscheltiere und ihre Puppe über alles, aber das mit dem Pipi ... Erst seit Kurzem hatte das aufgehört, das mit dem nassen Fleck im Bett, jeden Morgen. Es hatte aufgehört und damit aus ihr endlich ein *großes Mädchen* gezaubert. Sie war so stolz, dass Mama nicht mehr jeden Tag das Laken wechseln musste, stolz, dass dieses quietschende Gummiding unter dem Betttuch verschwunden war. Sollte Alex das wirklich machen, niemand würde ihr glauben, alle würden denken, sie lüge, auch wenn sie die Wahrheit erzählte! Lenis Tränen kannten jetzt kein Halten mehr.

»Aber, aber ... das ist gemein!«

»Pst! Nicht so laut!« Alex legte ihr die Hand auf den Mund, zog sie an sich. »Es ist gemein, ich weiß, aber du bist selbst schuld. Wenn du auch nur ein einziges Wort verrätst, mach ich's genau so; wenn du sagst, dass wir Forscher im Wald spielen, passiert nichts. Hast du das verstanden?!« Die Fünfjährige musste nicht lange überlegen. Sie nickte und zog die Nase hoch. Mit ihrem Teddy wischte sie sich die Tränen vom Gesicht.

»Ich sag nichts. Versprochen. Du darfst aber nicht in mein Bett Pipi machen, ja?« Alex nahm seine kleine Schwester in den Arm und küsste sie auf die Stirn, gut dass das keiner von den anderen sah.

»Ich mach nichts, wenn du den Mund hältst. Versprochen. Und ich bringe dir etwas aus der Höhle mit.« Er legte seine Schwester zurück ins Bett und deckte sie bis an die Nasenspitze zu, las die Tiere vom Boden auf und drapierte sie um Lenis Kopfkissen herum. »Und denen passiert auch nichts – wenn du den Mund hältst.«

ERSTER TAG

8 Der Raum

Wie verabredet fanden sich am nächsten Morgen fünf Jungen am Sportplatz ein. Beinahe zeitgleich erreichten sie kurz nach neun den Treffpunkt. Der Schönwetterhimmel des Vortages hatte sich über Nacht in eine ebene graue Fläche verwandelt, aus der heraus Nieselregen Schleier über das Land warf, doch keinen der Jungen hatte diese Metallplatte über ihren Köpfen vom Gang zum Waldrand abschrecken können. Sogar Max erschien, auch wenn der am Morgen bei seinem ersten Blick aus dem Fenster daran gedacht hatte, das schlechte Wetter als Ausrede zu benutzen und lieber in seinem Zimmer zu bleiben. Er wusste aber auch, dass Alex diese Ausrede niemals hätte gelten lassen, zog sich die Regenjacke über und ging.

Kasimir hatte den Umweg durch den Wald gewählt und so ein Zusammentreffen mit dem alten Seiler und dessen Hund vermieden. Kasi hatte während des Abendessens und noch lange nach Sonnenuntergang in seinem Bett auf das Heulen nahender Polizeiwagen gewartet – zum Glück vergebens. Keine Polizei, keine Feuerwehr, niemand klingelte und erzählte seinen Eltern, dass sie einen Dieb großgezogen hatten. Der alte Mann hatte den Jungen also nicht erkannt. Als Kasi am Morgen erwachte und sich erinnerte, wagte er kaum den Gang hinab ins Bad und in die Küche, aber Mutter verhielt sich ganz normal, nichts deutete darauf hin, dass sie etwas wusste.

»Na, Mädchen, wie es aussieht hat er dich ja laufen lassen.« Max klopfte Kasi anerkennend auf die Schulter und er lachte dazu, dass sein Bauch wippte. Dann griff er in seinen Rucksack und streckte Kasi zwei Äpfel hin. »Hier, dein Anteil.« Für Max und seinen Bruder schien sich damit der Verrat vom Vortag erledigt zu haben. Kasi zögerte, streckte dann aber doch die Hand aus und nahm die beiden Äpfel. Was soll's, warum sich mit den Brüdern auf eine Diskussion einlassen? Sie waren zu zweit, Max stärker und am Ende der Auseinandersetzung würden Kasi doch wieder nur die Schultern von Max' Knien schmerzen und wahrscheinlich würde er dann auch nicht mit zur Burg gehen dürfen. Also verstaute Kasimir das Diebesgut in seinem Rucksack und legte die Äpfel zu einer Kurbeltaschenlampe, einem Seil, einer Flasche Wasser mit einem Schuss Zitrone und ein paar Broten mit Wurst und Käse. Mutter hatte sie ihm am Morgen gerichtet, in der Mitte geteilt und in eine ihrer Dosen gelegt. Er hatte frei, den ganzen langen Tag!

»Wollen wir es nicht lieber verschieben?«, fragte Max mit einem Blick zum Himmel. »Wir könnten zu uns gehen und in der Scheune irgendwas spielen. Der Weg zur Ruine ist bestimmt ganz schmierig und glatt und …«

»Max, halt doch einfach mal die Klappe, ja?« Max setzte zu einer Erwiderung an, aber Alex kam ihm zuvor. »Sei doch froh, dass es nicht so heiß ist wie gestern, brauchst so nur halb soviel zu schwitzen.« Kasi und Timi kicherten.

»Können wir jetzt endlich?« Rufus wartete, zum Abmarsch bereit und wie immer existierte kein einziger Farbklecks an dem Jungen. Er trug eine schwarze Regenjacke mit Kapuze, die er sich weit ins Gesicht gezogen hatte. Das Gesicht unter dieser Kapuze verschwand beinahe in dem so entstandenen Schatten. Das Einzige, was Rufus' Lieblingsfarbe vermissen ließ, war das Seil, welches über seiner Schulter hing. Seit dem Umzug hatte es in der Garage an der Wand gehangen, als habe es von seiner Bestimmung gewusst und nur auf den heutigen Tag gewartet, den Tag, an dem sich diese Bestimmung erfüllen sollte. »Also, was ist? Gehen wir?«

»Ja«, rief Alex. Er bückte sich nach seinem Rucksack, zog die Kapuze in die Stirn. »Auch wenn der Wettergott unser

Vorhaben bekämpft, werden wir heute Abend siegreich zurückkehren. Folgt mir.«

Das fünfköpfige Expeditionskorps marschierte im Gänsemarsch Richtung Steina, folgte der steil abfallenden Straße. Zu beiden Seiten ihres Weges begleitete Wald den Weg der Kinder und je weiter diese sich von ihrem Heimatdorf entfernten, desto steiler stieg rechts und links das Gelände an, unterbrochen nur von Rinnsalen, vom Regen der Nacht genährt. Alex ging selbstverständlich vorweg und in seinen Ohren verwandelte sich das Plätschern dieser Rinnsale in Fanfarenstöße, aus den sich über die Straße neigenden Tannen und Buchen wurden Standarten und im Wind flatternde Fahnen und Wimpel. Er freute sich auf das vor ihm liegende Abenteuer und es konnte ihm gar nicht schnell genug gehen. Aber er musste das Tempo immer wieder zügeln, meist wegen Max und Timi. Obwohl es kontinuierlich bergab ging, schwitzte sein Freund bereits, als habe er die vergangenen Stunden in einer Sauna verbracht. Der Schweiß rann in Strömen von seiner Stirn, vermischte sich mit Regentropfen und zeichnete dunkle Flecken auf das unter seiner offenen Regenjacke hervorleuchtende T-Shirt. Nur einmal fiel Max freiwillig in eine Art Trab und zwar, als aus dem Wald rechts von ihnen plötzlich ein Hund kläffte, zwar ziemlich weit entfernt, dennoch zu nah, um es einfach zu ignorieren. »Das ist doch dem Seiler sein Köter«, sagte Max, dachte an den Apfelraub vom Vorabend und überholte Alex.

Tatsächlich durchstreifte der alte Mann – wie an jedem Morgen, so auch heute – bereits die Wälder auf der Suche nach Pilzen, Beeren, einem Armvoll Holz. Hasso bellte, Seiler kämpfte sich aus dem Unterholz und blickte in die Richtung, in die sein Hund blickte. Tief unter sich konnte er auf dem feuchten Asphaltband fünf Kinder erkennen, alle Kapuzen auf den Köpfen und mit Rucksäcken beladen.

»Was haben die hier zu suchen?« Wahrscheinlich Pfadfinder, vermutete der Alte, welches Kind trieb sich sonst bei solch einem Wetter freiwillig im Wald herum? Zum Glück gingen sie auf der Straße und nicht durch *seinen* Wald. Und zum Glück entfernten sie sich, ohne *seine* Beeren und *seine* Pilze zu stehlen. Er beobachtete die kleine Gruppe, bis sie hinter einer Biegung verschwand, Hasso verlor das Interesse und beschnüffelte den Stamm einer Buche. Er hinterließ seinen Anwesenheitsnachweis.

»Bist ganz ein Braver.« Der alte Mann tätschelte den Rücken seines Freundes, wischte sich Wassertropfen und Hundehaare am Hosenbein ab und wandte sich erneut den wirklich wichtigen Dingen seines Lebens zu.

Am Wanderparkplatz angekommen führte Alex sein Gefolge nach links. Rötlich schimmernder Kies ersetzte von nun an das Asphaltband. Rechts schlängelte sich die Steina, unschlüssig wie ein Kind vor einem Süßwarenautomaten. Mal bog das Flüsschen nach rechts ab, kurz darauf wählte es die entgegengesetzte Richtung. Einmal sprang es, in ein kaum zwei Meter breites Bett gepresst, über Steine und angespültes Holz, fünfzig Schritte weiter ruhte es sich von dieser Anstrengung in einer Feuchtwiese aus, machte sich breit und gaukelte dem Betrachter den unbeweglichen Spiegel eines Teiches vor. Ein Reiher äugte nach der sich nähernden Schar, stieß sich ab und segelte einem stilleren Plätzchen entgegen, ohne dass auch nur einer der Störenfriede Notiz von ihm genommen hätte.

Obwohl Alex die kleine Gruppe immer wieder zur Eile antrieb, brauchten sie seiner Empfindung nach doch eine halbe Ewigkeit, bis sie zuerst links über sich den Turm der Ruine Steinegg und nur ein paar Schritte weiter die beiden Finger der Roggenbacher Burg zwischen den Tannen aufragen sahen.

»Jetzt bewegt euch doch endlich mal!« Alex wollte so schnell wie möglich in dem am Vortag entdeckten Loch verschwinden. Er traute seiner kleinen Schwester nicht. Klar, er hatte wirklich alles an Drohungen aufgeboten, was ihm eingefallen war – aber reichte das auch? Wer wusste schon, was in so einem Lenikopf vorging, was sie dachte und warum. Und wer wusste schon, was am Ende dieses Denkens dann dabei herauskam. Und selbst, wenn Leni es nicht absichtlich sagen sollte – ihr Plappermaul stand nur selten still und es wäre nicht das erste Mal, dass ein Geheimnis aus ihr herausrutschte, einfach so. Schwupps – da liegt es ja. *Oh, tut mir leid, aber es ist einfach so herausgefallen. Ich kann wirklich nichts dafür! Bitte, nicht in mein Bett pinkeln!*

Alex nahm Max beim Gedanken an seine Drohung den Rucksack ab und trieb den Gleichaltrigen vor sich her. Wenn Mutter und Vater etwas von diesem Ausflug heute erfahren sollten, dürfte es Ärger geben. Wenn sie dann auch noch von seiner Drohung hörten, würde dieser Ärger allerdings sein kleinstes Problem sein.

»Kannst du mir mal verraten, was du alles in deinem Rucksack drin hast? Der wiegt ja bald doppelt so viel wie meiner.«

»Taschenlampe.« Luftholen. »Cola.« Luftholen. »Essen.« Stehen bleiben und Luftholen. Alex schüttelte den Kopf und trat einen Schritt zur Seite, um Rufus vorbeizulassen. Zwei schwarze Stöpsel in den Ohren, interessierten diesen weder Alex' Träume noch Max' Atemprobleme. Zwei Stöpsel füllten die Welt zwischen seinen Ohren mit der Lieblingsmusik seiner Mutter: Mischa Maisky. Maiskys Cello verschmolz mit dem Grau des Himmels, mit Regentropfen, die von den Blättern über Rufus' Kopf perlten, mit den eigenen Gedanken. Ein Sonnentag hätte überhaupt nicht zu dieser Musik gepasst, wusste der Junge und freute sich. Er freute sich über das schlechte Wetter, über die beiden Schlammklumpen an seinen Sohlen. Und ein ganz klein wenig nahm er, als er sich an Max vorbeiquetschte, nun doch von dessen Problemen Notiz und freute sich noch etwas mehr.

Wie von Max vermutet hatte der Regen den Lindwurmweg hinauf zur Ruine tatsächlich in einen nicht ungefährlichen Untergrund verwandelt, Rufus aber konnte dies in keiner Weise anfechten. Mit einer Leichtigkeit, die Max, immer wenn er sie ertragen musste, an Betrug erinnerte, zog Rufus sich an einer Wurzel einfach an den beiden vorbei und kletterte senkrecht den Hang hinauf, als gäbe es weder Schwerkraft noch lose Steine oder Nässe. Max' Augen stritten noch um einen gemeinschaftlichen Ausdruck; in einem Auge Neid, im anderen Bewunderung. Rufus aber registrierte weder das eine noch das andere. Rufus kletterte, Maiskys Cello trug das Kind nach oben und Mutter begleitete ihr Kind. In Gedanken längst in dem sogenannten *Raum*, ahnte er, dass sich am Ende alles wohl doch wieder nur als ein großer Witz herausstellen würde. Wenn es hier oben ein wirkliches Geheimnis gäbe, hätte man es längst entdeckt. Soweit er wusste, gab es Menschen, die ihre gesamte Freizeit und ziemlich viel Geld in die Erforschung solcher Plätze wie diesem hier steckten, manche suchten nach Gold und Edelsteinen, andere nach Ruhm. Vielleicht machte es ihnen aber auch einfach nur Spaß, wer wusste das schon so genau? Fest stand für Rufus jedenfalls, dass es hier nichts zu entdecken geben konnte und schon gar nicht für Typen wie Alex und Max, der eine mit dem Gehirn einer Stubenfliege ausgestattet *(Wenn er ein etwas größeres Exemplar verschluckt, hat er mehr Hirn im Magen als im Kopf, haha!)*, der andere so fett, dass man ein ganzes Dorf in Afrika einen Monat lang von ihm ernähren könnte; so hatte es jedenfalls einmal ein Zehntklässler im Schulbus ausgedrückt, als Max im Gang zwischen Schülern und Schultaschen eingeklemmt nicht mehr vor oder zurückkam und hinter ihm eine lange Schlange entstand, die bis auf den Gehweg raus reichte. Der Zehntklässler hatte in Max' Hinterteil getreten und das mit Afrika gesagt und dass man Max ja als Entwicklungshilfe verschiffen könnte. Rufus behielt den Vergleich im Kopf, was dazu führte, dass er immer an

Afrika denken musste, wenn er Max schwitzen und nach Luft ringen sah. Zehn kleine Negerlein sitzen um einen großen Kessel und aus diesem Topf schaut wer heraus? Rufus zog sich an einem Mauervorsprung nach oben und lächelte. Er setzte sich, ließ die Beine baumeln und schaltete die Musik ab. Er konnte Max sehen, Max also auch ihn und Rufus wusste, dass dieser immer wieder zu ihm heraufsah und so schmeckte das Wasser aus seiner Flasche gleich noch einmal so gut, kam ihm die Melodie, die er pfiff, beinahe fehlerfrei über die Lippen.

Aber, man sieht sich eben immer zweimal im Leben und manchmal ganz kurz hintereinander. Vom Ballast seines Rucksacks befreit, schaffte es schließlich auch Max auf den alten Burghof. Im Vorbeigehen gab er Rufus' auf dem Mauersims stehenden Wasserflasche einen *versehentlichen* Schubs.

»Du Heini! Das hast du absichtlich gemacht!« Max verzog das Gesicht zu einem sehr breiten Grinsen und sah der Plastikflasche nach, die den Hang hinunterhüpfte, als gäbe es da unten eine Leergutannahmestelle. Gute zwanzig Meter unterhalb der Mauer verfing sie sich in einem Brombeergeflecht und blieb liegen. Rufus sprang von seinem Platz. »Lass ja meinen Rucksack in Ruhe!«

Als Rufus mit seiner Flasche zurückkam, standen die anderen am gegenüberliegenden Ende des Burghofes. Eigentlich war der Platz kaum noch als solcher zu erkennen, es gab nur ringsum aufragende Mauerreste unterschiedlicher Höhe sowie links den kleineren Turm mit der Betonwendeltreppe davor und rechts den großen Turm mit dem Horst eines Falkenpaares als Krönung. Zwischen beiden Türmen ein alter Torbogen, daneben – mitten in diesem Hof – wuchsen Tannen sowie reichlich Holunder. Rufus trat zu den anderen und wartete wie alle hier, dass der große Entdecker nun endlich seine sogenannte Entdeckung präsentierte. Ebenfalls unabsichtlich rempelte er Max an.

»Und? Wo ist jetzt das Kellerloch?«

Alex genoss die Blicke der kleinen Gruppe, *seiner* Gruppe. Max, dieser schwarze Rufus, das *Mädchen* Kasimir und der kleine Timi – eine seltsame Mischung. Und sie alle sahen zu ihm herüber und warteten. Er suchte die Stelle, an der vor zwei Tagen mit einem Sprung alles begonnen hatte und seine Truppe folgte ihm wie ein vierfach ausgefertigter Schatten. In der Hand hielt Alex die abgebrochene Lanzenspitze.

»Hier.« Alex stieg auf einen Mauerrest und deutete nach unten. Im Schutt unterhalb der Mauer noch deutlich erkennbar die Spuren seines Sprunges und der anschließenden Rutschpartie, von einem Einstieg in einen unterhalb ihres Standpunktes befindlichen Raum jedoch keine Spur. Ehe aber einer der Jungen Zweifel anmelden konnte, enterte Alex die Mauerreste, sprang nicht, sondern kletterte diesmal nach unten. Dort zerrte er ein paar Zweige zur Seite und tatsächlich, Alex hatte weder gelogen noch übertrieben – am Fuße der Mauer, im Schatten einer Tanne, klaffte ein Loch, ein ausreichend großes Loch sogar, wie Max schätzte. »Ich präsentiere euch die Entdeckung des Jahrtausends: den Einstieg in eine vergessene Welt!« Alex trat einen Schritt zur Seite, rutschte aus, konnte sich aber gerade noch an einer Wurzel festhalten. Von den Bäumen trommelten Regentropfen auf den großen Entdecker und sein Heer, auf einen Entdecker, der zurückkletterte, sich aufrichtete und gegen den Baumstamm lehnte. Er streckte die Hand aus und zeigte auf das Loch. *Vergessene Welt* – das klang richtig gut. Genau so hatte er es sich auf dem Weg hierher zurechtgelegt. Er blickte nach oben und erwartete die Reaktion seiner Truppe.

•

Timi kletterte die Mauer hinunter, ohne dabei allzu viel Rücksicht auf die Proteste seines großen Bruders zu nehmen: »Warte! Erst ich!« Aber Timi stand schon neben Alex und so musste Max seinen Rucksack selbst über die schmierigen Steine tragen. Währenddessen kramte der Achtjährige seine

Taschenlampe aus dem Rucksack, kniete sich vor die Öffnung und leuchtete hinein.

»Wahnsinn.«

»Ich gehe als Erster runter«, sagte Alex, als alle Kinder vor dem Einstieg standen und schob Timi zur Seite.

»Dann ich«, sagte Kasi, aber Max machte ihm sehr deutlich klar, dass das Betreten dieses Raumes auch etwas mit dem Alter und einer Art Rangordnung zu tun hatte. Kasi rieb sich den schmerzenden Oberarm, trat zur Seite und sah zu, wie Alex kopfüber verschwand, danach Max auf die Knie ging, zuerst seinen Rucksack nach unten warf und anschließend recht lange den Raum ausleuchtete und zögerte. Ohne Timi, Rufus und Kasi im Rücken hätte er an dieser Stelle vielleicht aufgegeben, wäre zurück bis zum Wanderparkplatz, hätte seine Mutter angerufen und in der Wartezeit seine Vorräte dezimiert. So aber hörte er nicht nur Alex rufen, er fühlte auch drei Augenpaare auf seinem Allerwertesten.

»Jetzt mach schon. Oder hast du Angst, dass du stecken bleibst?« Max warf einen Blick über die Schulter, einen Blick, mit dem er Rufus einen Schritt zur Seite zwang. Er atmete tief durch, schloss die Augen und ließ sich kopfüber die Rampe aus Schutt und Geröll hinabgleiten. Als Max' Hinterteil in der Öffnung verschwand und dabei an beiden Seiten über altes Mauerwerk schrammte, trafen sich Rufus' und Kasis Blicke. Sie dachten wahrscheinlich das Gleiche, lächelten sich an und wäre Timi nicht dabeigestanden, Rufus hätte mit Sicherheit das Bein gehoben und einen Tritt angedeutet.

»Max?« Timi leuchtete in die Öffnung. »Alles in Ordnung?«

»Ja.« Alex. »Komm jetzt, Zwerg.«

Timis Finger suchten ganz von allein den kleinen Anhänger, welchen er an einem Lederband Tag und Nacht um den Hals trug. Tante Franzi hatte ihn ihm geschenkt – ein Kruzifix, ohne Kreuz, nur Jesus, mit weit ausgebreiteten Armen und hängendem Kopf. Immer, wenn Tante Franzi aus Bonndorf herüberkam, schaute sie als Erstes, ob er das Geschenk auch ordentlich um den Hals trug. Sie zog dann den kleinen, silbernen Jesus an seinem Band unter Timis Hemd hervor, hauchte ihn an und rieb das Metall mit dem Daumen blank. Zum Schluss küsste sie ihn sogar, zuerst den armen Jesus, danach Timi, erst auf die rechte Wange, dann auf die linke und am Ende *(Nein, nicht den Kopf zur Seite drehen!)* folgte ein sehr feuchter Kontakt mit den Lippen des ach so süßen Kleinen. Timi dachte dabei immer nur an Wasser, an viel Wasser, mit dem er sich und Jesus wieder rein waschen konnte.

Das ist Jesus, er ist für uns alle gestorben, auch für dich, mein Schatz. Er passt auf dich auf, weißt du? Und immer wenn du Angst hast, brauchst du nur Jesus in deine kleinen Knubbelfinger zu nehmen. So kommt er in dein Herz und beschützt dich und nimmt dir deine Angst. Vielleicht hatte sie mit diesem Beschützen und so ja gar nicht mal unrecht, dachte Timi, schließlich erinnerte der Gekreuzigte entfernt an Superman, der mit ausgebreiteten Armen durch die Luft flog, Unheil verhinderte oder es wenigstens wieder einigermaßen geradebog. Manchmal klappte das auch im richtigen Leben, warum also nicht auch jetzt?

Timi starrte auf das Loch, in der einen Hand seinen Rucksack, in der anderen Jesus.

»Bitte Jesus, beschütze mich«, flüsterte Timi, »und mach, dass mir nichts passiert und dass meine Hose nicht kaputt geht und …«

»Komm!«

Timi atmete drei Mal tief durch, schob dem Vorbild des großen Bruders folgend zuerst den Rucksack durch das Loch und folgte schließlich selbst kopfüber. In seiner Hand zauberte Jesus, beschützte ihn, als er über das Geröll schlitterte, sich überschlug und schließlich vor den Füßen der beiden Großen landete. Timi sprang auf und freute sich – das Schwierigste lag hinter ihm, das Abenteuer konnte beginnen!

»Los, jetzt du«, hörte er Rufus oben sagen. Seine Stimme hörte sich für die Kinder im Berg irgendwie komisch an, als stünde er in einem anderen Raum und als lauschten sie an der Wand zu diesem Raum.

»Nein, Kasi kommt als Letzter. Und er soll bloß nicht vergessen, die Zweige wieder vor das Loch zu legen!«, rief Alex.

Der durch das Loch nach unten fallende Lichtkegel verschwand, Rufus landete vor Timis Füßen und das Licht kehrte zurück. Kurz darauf erneute Dunkelheit. Timi wartete darauf, dass das Licht auch diesmal zurückkehrte, Kasi aber leistete ganze Arbeit. Wie von Alex angeordnet, rutschte er in die Öffnung, hielt sich dabei mit einer Hand am Rand fest und zog mit der anderen Äste und Zweige vor das Loch. Als er schließlich ebenfalls in Alex' vergessener Welt stand, reichte das von oben hereinfallende Licht gerade noch aus, den Nachbarn zweifelsfrei identifizieren zu können. Durch das Astwerk gefiltert fanden nur noch wenige Lichtfäden den Weg in diese Welt, Timi aber interessierte sich weder für Kasis Rutschpartie noch für Lichtfäden. Im Schein seiner Taschenlampe hatte er am anderen Ende des Raumes längst etwas Interessanteres entdeckt. Dort lehnte eine weitere Lanze, vielleicht seit Jahrhunderten, und dem abgebrochenen Rest in Alex' Rucksack zum Verwechseln ähnlich. Timi berührte sie, beinahe ehrfürchtig strichen seine Finger über das Holz und er erwartete, dass das Relikt bei diesem Kontakt mit seiner Hand zu Staub zerfallen müsse. Aber sie hielt und sie hielt auch noch, als er sie in die Hand nahm. Spinnweben hingen wie ein Seidenschleier an der Spitze und als Timi sie neben den anderen auf den Boden stieß, löste sich eine Staubwolke und rieselte durch Lichtfinger.

»Wahnsinn! Zeig mal her!« Max nahm seinem Bruder die Waffe aus der Hand, wog sie, kratzte mit dem Fingernagel am Holz. Schließlich drehte er sich um und hielt sie Kasi an den Hals. »Ergib dich, Eindringling!« Max' Stimme hallte, brach sich an der gewölbten Decke und Timi fühlte sich gut. Das hier, das konnte man endlich einmal als richtiges Spiel bezeichnen, ein Abenteuer und nicht dieses ewige Herumgesitze auf dem Bolzplatz!

»Lass das.« Kasi schob die verrostete Spitze zur Seite. Er bückte sich nach seinem Rucksack, nahm die Lampe heraus und begann zu kurbeln.

»Was soll *das* denn sein?!« Max starrte auf Kasimirs Hände. Diese hielten eine kleine Taschenlampe, an der sich eine Kurbel befand und je länger Kasimir kurbelte, desto heller strahlte das Licht. »Solchen Müll kannst auch bloß du mitbringen. Willst du mal 'ne richtige Lampe sehen?«, und obwohl der Gefragte nicht nickte, präsentierte Max *seine* Lampe: ein unterarmlanges, schwarzes Etwas, welches mehr an einen Schlagstock als an eine Taschenlampe erinnerte. Max schaltete sie an und ein Dutzend LEDs übergoss den Raum mit einem Meer aus Licht, verschluckte den Schein der Kurbellampe.

Die Kinder befanden sich in einem vielleicht fünf Meter langen und drei, vier Meter breiten Raum. Über ihnen blähte sich aus allen vier Ecken kommend die Decke, vier gewölbte Dreiecke, die in einem achteckigen Stein mündeten. Fünf Lichtkegel tasteten Wände, Boden und Decke ab, ein sechster Lichtkegel, besser: ein Gemisch aus vielen kleinen Strahlen, die ihren Weg durch die Zweige vor dem Eingang fanden, fiel als Echo der Welt da draußen mitten in den Raum.

Die die Kinder umgebenden Wände bestanden aus grob behauenem Gestein, teilweise offensichtlich der Fels, auf dem die Burgruine über ihnen thronte, teilweise Brocken grauen Gesteins mit schmalen Mörtelfugen dazwischen. Und in regelmäßigem Abstand zierten die beiden langen Wände jeweils vier rechteckige Vertiefungen, jede mindestens so groß wie zwei hochkant aufeinanderstehende Computermonitore, so jedenfalls dachte Timi, als er als Erster mit Jesus in der Hand zu einer dieser Nischen rannte und hineinleuchtete. Hinter ihm zeichneten sich im Staub seine Fußspuren ab, die ersten seit Hunderten von Jahren.

»Hier ist ja überhaupt nichts drin.« Timi versuchte erst gar nicht, seine Enttäuschung zu verbergen. Er hatte, als er die Vertiefungen in den Wänden sah, sofort an Edelsteine gedacht, an versiegelte Gefäße, die man nur reiben müsse, um den Geist in ihnen zu wecken. Im Schein seiner Lampe aber sah er nur ein paar Steine, über denen fingerdick Staub lag wie eine Decke. Timi pustete in die Nische und ging hustend zur zweiten.

»Timi, du Pfeife, lass das! Du nebelst uns hier alle ein, bis keiner mehr Luft kriegt.« Max hinderte den kleinen Bruder gerade noch rechtzeitig daran, mit der zweiten Nische wie mit der ersten zu verfahren. Er zog ihn weg und drückte ihm zum Trost die Lanze in die Hand.

»Ist das ein richtiger echter Speer?«

»Eine Lanze«, korrigierte Alex. »Mit Speeren kannst du Wildschweine jagen, Lanzen aber«, der Fund wechselte in Alex' Hände, »Lanzen waren für den Kampf. Mann gegen Mann.«

»Stimmt das?« Timi leuchtete seinem Bruder ins Gesicht, der nickte, obwohl er den Unterschied zwischen Lanze und Speer erstens nicht wusste und, sollte es da wirklich einen Unterschied geben, ihn dieser nicht weiter interessierte. Alex würde schon wissen, was er sagt.

»Hier dahinter dürfte der Hang runter zur Steina liegen.« Rufus stand am anderen Ende des Raumes und klopfte gegen die Wand. Er zog ein Taschenmesser aus seiner Hose und kratzte an einer Mörtelfuge.

»Lass das! Nicht dass uns das alles noch über dem Kopf zusammenbricht!«

»Ja klar, mit meinem Taschenmesser bringe ich alles zum Einsturz.« Rufus' Zynismus fiel – wie immer, wenn er sich Richtung Max auf den Weg machte – auf fruchtbaren Boden. Aber bevor dieser Rufus das Messer wegnehmen und sie so vor dem sicheren Untergang bewahren konnte, veränderten Timis Worte alles.

»Hier ist noch ein Loch.«

9 Schätze, nichts als Schätze

Timis Taschenlampe rückte einen weiteren Einlass ins Rampenlicht. Der Raum, in dem die Kinder standen, verlor mit einem Schlag jede Bedeutung; die Jungen versammelten sich in der Ecke neben der nach oben führenden Schutthalde und betrachteten den neu entdeckten Gang. Im Laufe vieler Jahre hatten sich Staub und Steine wie eine Zunge in diesen nach unten weisenden Einlass gelegt und nicht mehr als ein enges Loch übrig gelassen.

»Zeig mal.« Alex schob Timi zur Seite und beleuchtete nun seinerseits die Entdeckung, konnte ja nichts Großartiges sein, wenn es der Winzling gefunden hatte. Als er sich aber bückte und die Entdeckung genauer betrachtete, erkannte Alex, dass es sich nicht nur um ein einfaches Loch in der Wand handelte.

»Da geht's noch weiter unter die Burg«, sagte Rufus.

»Seh ich selber.« Alex legte sich auf den Bauch und sein Kopf verschwand. »Gib mal die Lanze.« Timi wollte dem Befehl nachkommen, aber Max nahm ihm die Lanze aus der Hand und schob sie neben Alex in die Öffnung. Die Lanze verschwand und Alex kroch immer tiefer in den Gang, bis nur noch der Markenname seiner Turnschuhe auf den Fußsohlen zu sehen war.

»Nicht so tief!« Kasi achtete als Einziger auf das in Alex' Gang ragende Geröll. Immer wieder lösten sich kleinere Steinchen unter Alex' Bewegungen und eilten ihm nach. Alex aber spürte, dass es hier noch mehr zu entdecken gab als nur diesen einen Raum, in dem sein Trupp wartete, mehr als diese zweite Lanze. Der Gang führte steil nach unten und er konnte von seiner Warte aus erkennen, dass der von oben eingedrungene Schutt nach zwei Metern endete und so etwas wie Treppenstufen freigab. Der Gang bog nach links unten ab – eine Wendeltreppe. Alex stieß die Lanze an mehreren Stellen gegen Wand und Decke, etwas Putz löste sich, das Bauwerk an sich aber schien stabil.

Alex kroch zurück. Er klopfte sich den Staub von Knien und Händen und betrachtete dabei abwechselnd den Gang, seine Begleiter und das Loch hinauf zum Burghof.

»Und, was hast du gesehen?« Max kauerte neben der Öffnung und leuchtete hinein. »Was ist da hinten?«

»Nicht viel«, antwortete Alex. »Aber da ist noch irgendwas hier drunter.« Er stampfte auf den Boden. Und ohne lange Erklärungen stürzte er sich plötzlich erneut kopfüber in die Öffnung, diesmal aber verschwand er, hörte Max hinter sich noch etwas von *Mut* sagen. Er rutschte über die Geröllzunge und stand eine Sekunde später auf uralten Stufen. »Wartet da, ich bin gleich zurück«, sagte er zu den vier Taschenlampen, die ihm entgegenleuchteten.

Die Treppe führte durch einen niedrigen Gang nach unten. Alex folgte den Stufen, eine Hand an der Wand, in der anderen die Taschenlampe. Die Stufen führten nach links, Alex verschwand. Die Wartenden hielten die Luft an, Kasimir zählte die Sekunden, Timi suchte ganz automatisch nach der Hand seines Bruders. Der entzog sie ihm gerade in dem Moment, als zuerst Alex' Lampe die Kinder blendete, dann sein Gesicht erschien.

»Los, kommt her! Das ist der absolute Wahnsinn! Das müsst ihr sehen!« Alex strahlte über das ganze staubverschmierte Gesicht und bevor noch einer eine Frage nach dem, was denn so toll war, stellen konnte, hatte die Dunkelheit ihn erneut verschluckt.

Alex erwartete seinen Trupp in einer Art Lagerraum. Alles, was der Lichtkegel seiner Lampe zeigte, entpuppte sich als der

Stoff, aus dem Jungenträume bestehen. Alex leuchtete hin und her, unfähig, sich für einen Fund zu entscheiden. Der Raum oben war nicht mehr als eine nette Entdeckung gewesen, das hier aber ... Alex stellte sich den Rummel vor, den das alles auslösen würde. Hier, im hintersten Zipfel des Schwarzwaldes, unter einer von niemandem mehr beachteten Ruine, entdeckte *er* das alles! In einer Ecke stand ein bauchiger Topf, so riesig, dass sich Leni ohne Weiteres in ihm verstecken könnte, vielleicht sogar Timi. Gleich daneben ein Helm, völlig verrostet zwar, aber eindeutig ein Helm, mit aufgeklapptem Visier und oben einer kleinen Öffnung. Alex sah die Federn, die diesen Helm einmal geziert haben mochten, roch die Suppe aus dem Lenitopf.

Verzierte Halterungen schmückten die Wände und über diesen Halterungen glänzte die Decke rußgeschwärzt. Sie erzählte von Fackeln, züngelnden Flammen und Rauch und, die Kinder trauten ihren Augen kaum, in der hintersten Ecke wartete die Krönung dieses Raumes – eine ganze Sammlung mittelalterlicher Waffen: Lanzen, die meisten von ihnen zwar zerbrochen, aber immerhin doch echte, alte Lanzen. Da eine Standarte, von der die Zeit kaum mehr als ein paar Fetzen übrig gelassen hatte. Dazwischen ein Schwert! Alex bückte sich danach und gerade als hinter Max und Timi nun auch Rufus den Raum betrat und dabei sogar einmal seine neunmalklugen Bemerkungen für sich behielt, reckte Alex seine schwertbewehrte Rechte in die Höhe und stieß die Waffe gegen die Decke. Staub und Mörtel rieselten auf Alex' Kopf und Schultern, er aber bemerkte das gar nicht. Er lachte, die Klinge sauste durch die Luft und die Kinder starrten ihn und all die Schätze an. Sie hatten eine vergessene Welt gefunden, genau so, wie Alex es ihnen versprochen hatte. Ja, eigentlich noch viel, viel mehr. An etwas wie das hier hatte keiner von ihnen ernsthaft gedacht.

»Zeig mal her.« Max löste sich aus seiner Erstarrung und ging zu seinem Freund. Alex reichte ihm das Schwert und Max fuhr mit den Fingerspitzen über die Klinge. »Stumpf wie die Zähne von meinem Opa.«

»Das ist das Paradies!« Alex zerrte aus einem Berg Ketten etwas heraus, das er umgehend als etwas definierte, mit dem man früher ganz bestimmt Gefangene gefesselt hatte: vier annähernd gleich lange Kettenstücke, in der Mitte miteinander verbunden und an jedem der vier Enden eine Schelle, zwei davon etwas kleiner, zwei größer. »Das gibt's doch nicht.« Vergeblich leuchtete Alex im Kettenhaufen nach den ausgebleichten Knochen des Verurteilten.

»Was meinst du, was man dafür kriegt?« Max vermutete, dass jedes der Stücke hier unten locker zehn, vielleicht sogar zwanzig Euro einbringen könnte, mit etwas Glück bei einer Internetauktion auch mehr. Und wenn hier nicht so um die fünfzig Einzelstücke herumlagen, wollte er einen Besen fressen. Ein richtiger Haufen Kohle also, locker ein paar Tausend Euro. Rufus hatte seine vom Anblick all dieser Schätze hervorgerufene Sprachlosigkeit inzwischen überwunden und erklärte Max, dass Funde wie dieser hier zu melden wären. Sie unter der Hand zu verkaufen, stellte ein Verbrechen dar, das …

»Ach halt doch die Klappe, Mann. Immer versuchst du, den anderen den Spaß zu verderben«, unterbrach ihn Alex. Die Ketten noch in der Hand überlegte er kurz, wie schön es doch sein müsste, den Schwarzen jetzt und hier zu fesseln, ihm einen alten Lappen in den Mund zu stopfen und da hinten in der Ecke einfach liegen zu lassen. Alex leuchtete in eben diese Ecke.

»Da geht's ja noch weiter!« Und tatsächlich versprach eine zweite, diesmal unverschüttete Öffnung weitere Geheimnisse in noch mehr Räumen.

Alex' Taschenlampenrund wanderte über die Wände. Im Gegensatz zum oberen Raum hatte sich hier jemand die Mühe gemacht und die Wände verputzt, zwar nicht so ordentlich, wie es Alex' Vater getan hätte, aber immerhin. Einige Putzhäufchen lagen am Boden, aber der Großteil klebte noch immer an den Wänden. Vor einer dieser Wände stand ein Tisch, beladen mit ein paar Krügen und Bechern aus Ton. Alex blieb davor stehen und nahm einen Krug, ein bauchiges Gefäß, dessen einzige Verzierung aus den Abdrücken der Finger bestand, die ihn einmal geformt haben mochten. In Alex' Krug schwappte Cola, nein, besser *roter Wein*. Als Willkommensgruß nach seinem erfolgreichen Kampf gegen die auf der Steinegg hausenden Raubritter hatte der Graf ihm soeben den Krug überreicht und vor seinem versammelten Hofstaat angekündigt, dass Alex am Nachmittag im Festsaal der Burg zum Ritter geschlagen würde. *Ritter Alex. Ritter Alexander von Roggenbach.*

Alex schloss die Augen, hörte das Gemurmel und die Aufregung der versammelten Männer, Frauen und Kinder. Das war schon eine Sensation, dass ein Sitzenbleiber die Ritterwürde erhielt, das gab es nicht oft. Genau genommen hatte niemand bisher von solch einem Vorgang gehört. Allerdings hatte auch noch niemand zuvor Heldentaten wie Alex vollbracht: die Steinegger vernichtend geschlagen und quasi nebenher auch noch Svoros, den siebenköpfigen Drachen, erlegt – seine Köpfe steckten, wie auch die bärtigen und blutverschmierten Köpfe der Raubritter, auf den Lanzen und Spießen, die seine Getreuen in diesem Augenblick in den Hof trugen. Alex führte den Krug zum Mund. Es tat so unendlich gut, im Mittelpunkt zu stehen – als Held, nicht als Versager vor der versammelten Klasse. Ein Held zu sein, den alle bewunderten, nach dem man sich umdrehte und vor dem man den Blick senkte, wenn er vorüberging, noch das Blut seiner Feinde an den Kleidern. Aber jeder wirkliche Held weiß auch, dass es immer einen Neider gibt, eines dieser unfähigen Wesen, die selbst nichts auf die Reihe bekamen, in dunklen Ecken hockten und von da aus vergiftete Pfeile in die Welt hinausschossen. Und einer dieser Pfeile traf Alex' Krug. Gerade als seine Lippen das Gefäß berührten, brach die Nahtstelle zwischen Henkel und Krug. Das Gefäß fiel und Alex hielt nur noch einen nutzlosen Henkel in der Rechten. Der Krug zerbrach vor seinen Füßen.

»He, wenn du hier alles kurz und klein schlägst, bekommen wir gar nichts mehr dafür!« Max kroch über den Boden und sammelte die Scherben ein. Plötzlich ließ er sie fallen. »Schaut euch das mal an.«

Unter dem Tisch mit all seinen Bechern und Krügen stand eine Truhe oder besser eine Holzkiste inklusive einem mit zwei Lederriemen befestigten Deckel. Alex schüttelte seine Heldentaten ab, legte den Henkel zurück auf den Tisch und zerrte zusammen mit Max die (Schatz-)Kiste aus ihrem Versteck. Aber schon als sich diese viel zu leicht unter dem Tisch hervorziehen ließ, wusste Alex, dass die Schätze woanders liegen mussten und tatsächlich enthielt die Truhe fast nichts, nur ein paar Bahnen alter Stoffe, Gewebe, welches bei der leisesten Berührung zu Staub zerfiel.

»Kommt, wir laden das ganze Kleinzeug hier rein und schaffen es nach oben.« Max verspürte zwar keine allzu große Lust, sich die Hände schmutzig zu machen, aber irgendwie musste der ganze Krempel ja nach oben, wollte man ihn verkaufen. Alex aber schüttelte den Kopf. Davon abgesehen, dass sie erst den ganzen Schutt aus dem Gang hätten schaufeln müssen, um die Truhe da hindurchzubekommen, musste er leider Rufus recht geben.

»Wenn wir das hier nach draußen bringen, nimmt man es uns doch nur weg.« Max' Traum vom großen Geld flog davon.

»Sagte ich doch.«

»Ich dachte, wir könnten es verkaufen und …«

»Das wandert alles in ein Museum.« Rufus zeichnete mit dem Finger ein großes M auf die verstaubte Tischplatte. »Wenn das hier bekannt wird, kommt alles nach Bonndorf ins

Heimatmuseum. Wenn du Glück hast, hängen sie ein kleines Schild mit unseren Namen darüber an die Wand: Diesen Schatz«, Rufus verwandelte sich in einen schwarz gekleideten Museumsführer mit gebeugtem Gang und einschläfernder Stimme, »diesen in der Fachwelt auch als *Roggenbacher Kleinode-Schatz* bekannten Fund entdeckten die braven Kinder Timi, Kasimir …«

»Das Mädchen!«

»… Alex, Max und Rufus.«

»Blödsinn!« Alex wischte nun seinerseits durch den Staub und das M verschwand. »Das bleibt alles hier!«, entschied er.

»Aber …« Timis Super-Jesus sagte etwas anderes.

»Kein *Aber*. Wenn wir es melden, dann ist das Zeug weg, so schnell können wir gar nicht *Scheiße* sagen. Wir lassen alles hier und können, wann immer wir wollen, herkommen und damit spielen.«

»Spielen?« Max vergaß eine Sekunde den soeben einsetzenden Hunger.

»Klar, was denn sonst. Komm«, Alex drückte Max das Schwert in die Hand, zog sich selbst eine abgebrochene Lanze aus dem Fundus, »wir kämpfen. Los, greif mich an. Na mach schon.« Max spürte die Blicke seines Bruders und der anderen Kleinen auf sich. *Kämpfen*, wenn er das schon hörte. Trotzdem hob er den Arm, machte einen für seine Verhältnisse außerordentlich behänden Schritt nach vorn und schlug, überraschend wie er dachte, zu. Nur stand da, wo die Schwertspitze den Boden traf, längst kein Alex mehr. Der hatte sich, als er Max ausholen sah, einfach geduckt und zur Seite gerollt und stand nun plötzlich hinter Max. Max spürte eine Metallspitze im Genick.

»Ergib dich, feiger Eindringling. Was wagst du, deine dreckigen Füße in mein Reich zu setzen, frage ich dich! Wolltest du das holdige Fräulein räubern oder all meine goldenen Schätze stehlen?« Timi kicherte hinter vorgehaltener Hand, aber Alex hatte es gesehen. Er sprang nun zu Timi und hielt diesem die Lanze vors Gesicht. Sofort erstarb das Kichern und die Hand des Kindes wanderte an seine Brust. »Gesteh, du winzliger Zwerg, was suchest du allhier?«

»Musst noch etwas üben, das mit der Mittelaltersprache, meine ich.« Die Lanze zeigte nun auf Rufus und der leuchtete Alex direkt ins Gesicht.

»Sag, schwarzer Ritter, wirst du dich uns anschließen?« *Und mit uns Ritterspielchen spielen*, vervollständigte Rufus im Stillen Alex' Frage und nickte.

»Ich bin dabei.«

»Ich mach auch mit«, schloss sich Kasi an und auch Timi wollte nichts lieber als ein Ritter sein. Fehlte also nur noch Max.

»Aber nur, wenn ich mit dir mitmachen kann.« Alle wussten, dass einzig Alex gemeint sein konnte.

10 Das Spiel

Alex und Max diskutierten den Inhalt des anstehenden Spieles, während Timi neben seinem großen Bruder stand und das Gespräch mit offenem Mund verfolgte. *Plötzlich sind diese großen Helden wieder Kinder, die spielen wollen und sich streiten*, dachte Rufus. Er selbst wusste noch immer nicht so recht, was er von dieser Art Spiel halten sollte. Einerseits war er nicht mehr und nicht weniger als eben ein zwölfjähriger Junge, ein Kind, welches spielen wollte, ein Junge, der sich nach Jungenspielen sehnte. Andererseits kam ihm dies alles so unendlich banal vor. Rufus entdeckte einen Schemel – drei Beine mit einer quadratischen Sitzfläche obendrauf. Er pustete den Staub weg und setzte sich, ganz langsam und immer in der Erwartung, die wurmstichigen Beine gäben nach. Aber sie hielten.

Max' Stimme, die vor allem in Momenten der Aufregung ungeahnte Höhen erklimmen konnte, hatte Rufus noch nie gemocht. In seinen Ohren hörte sie sich immer nach einer einzelnen Geigensaite an, die jemand mit einem Sägeblatt traktierte. Gerade schwang sich dieser Jemand zu wahren Höchstleistungen auf – Max wollte unbedingt ein König sein, wahrscheinlich einer, der den ganzen Tag auf seinem Thron saß und die Huldigungen, vor allem aber die kulinarischen Ergebenheitsbekundungen seiner Untertanen in Empfang nahm, dachte Rufus. Alex' Pläne hingegen sahen eine Art Räuber-und-Gendarm-Spiel vor. Alex wollte mit noch jemandem an seiner Seite (Mit wem wohl?) die anderen drei verfolgen und gefangen nehmen. Gerade eben hatte er sich den nächsten Raum angesehen. Fässer, Fässer und nochmals Fässer. Und zwei weitere Ausgänge – genügend Möglichkeiten also, sich zu verstecken, einander zu jagen und gefangen zu nehmen. Kinder.

Rufus steckte sich die Stöpsel in die Ohren und Max' Lachen verschwand hinter Maiskys Cello. Er schloss die Augen. Was sollte das hier alles? Warum hatte er sich zu diesem Ausflug überreden lassen? Er vermisste das Tageslicht. Er vermisste seine Mutter und die Unterhaltung mit ihr. Er sollte nicht hier sitzen, metertief unter der Erde, mit Typen wie Alex und Max, Jungen, denen er normalerweise aus dem Weg ging und die in diesem halben Jahr, das er nun schon in Wittlekofen lebte, gelernt hatten, dass er sich weder besonders gut ärgern ließ noch auf ihre Provokationen angemessen reagierte. Wie hatten sie sich, allen voran Alex, auf den Neuankömmling gestürzt, ihn im Schulbus wegen seiner schwarzen Kleidung verhöhnt. Wie hatten sie sich über seine täglichen Gänge auf den Berg lustig gemacht. Aber alles ohne Erfolg, Rufus versteckte sich hinter Ohrstöpseln und geschlossenen Augen und die Attacken prallten von ihm ab wie Tischtennisbälle. Nur einmal, als sie ihn nach seiner Mutter fragten und Mutmaßungen über deren Verbleib anstellten, hatte er beinahe die Beherrschung verloren. Ein Neuntklässler stellte die Vermutung in den

Raum, dass die abhandengekommene Mutter des Schwarzen wahrscheinlich davongelaufen war, welche Mutter wollte schon so ein komisches Kind haben. Rufus musste alles an Selbstbeherrschung aufbieten, stellte die Musik etwas lauter, ballte die Fäuste und Mutter hatte ihm dabei geholfen. Sie sah ihn an und schüttelte nur mit dem Kopf, wie sie es immer dann getan hatte, wenn er sie im Morgenrock am Küchentisch sitzend fand und sie fragte, ob alles in Ordnung sei. Dann hatte sie den Kopf geschüttelt und dabei etwas von der Traurigkeit ihrer Augen in seine Augen gelegt. Mutter war immer bei ihm und würde es immer bleiben und jetzt sollte er bei ihr sein, oben auf dem Berg, ihr von dieser *Expedition* erzählen, ihr zuhören. Die Felsmassen über seinem Kopf aber wirkten wie ein Schild, welches Mutters Gedanken abhielt und den Kontakt zu ihr unmöglich machte. Natürlich, Rufus konnte an sie denken und das tat er auch, aber seine Mutter antwortete nicht.

Kasi hatte sich das Schwert geschnappt und kämpfte gegen den eigenen Schatten an der Wand. Dieser wehrte sich, wich Angriffen aus, schlug zurück und wahrscheinlich würde er, der Schatten, den Sieg davontragen, auf jeden Fall aber ein Remis erzwingen. Kasi, fand Rufus, gehörte ebenso wenig hierher wie er selbst. Was hatte ein kleiner Streber mit Brille und frisch gewaschenen, langen Haaren hier zu suchen? Wieso saß er nicht zu Hause und las ein Buch? Wieso saß er nicht neben Mama und Papa in der Kirchenbank und trällerte Liedchen? Wahrscheinlich, weil eben auch ein Kasimir nichts anderes als ein Kind war, ein Junge auf der Suche nach Freunden, nach Anerkennung und einem kleinen Abenteuer. Es war eben ein Unterschied, ob man all die Rittergeschichten nur las oder ob man sie selbst erlebte, auch wenn es nur ein Spiel war und seltsame Gestalten, die sich *Ritter Alex* und *Ritter Max* nannten, dabei im Wege standen. Aber in jeder guten Rittergeschichte gab es eben auch Ungeheuer, dass es hier allerdings gleich zwei sein mussten …

»Los!« Plötzlich stand Max neben Rufus, riss diesem einen Stöpsel aus dem Ohr und brüllte ein zweites Mal: »Los! Verschwinde! Du bist ein Böser und ich und Alex werden dich finden, dich und Kasi, die zwei Schwerverbrecher!« Gänsehaut. Rufus' Hand schlug ins Leere. Er steckte den Stöpsel zurück, es reichte, Max sehen zu müssen. Der, schon vorsorglich einen Schritt zurückgetreten, wartete vor Rufus, in der einen Hand eine Lanze, in der anderen seine Taschenlampe. Er leuchtete Rufus direkt ins Gesicht, entschlossen, damit erst aufzuhören, wenn Rufus endlich seine dämliche Musik abstellte und die ihm zustehenden drei Minuten Vorsprung in Anspruch nahm. Rufus aber reichte es. Er fand es zwar ganz interessant hier unten, aber auf Versteckspiele hatte er im Moment überhaupt keine Lust. Mutter hatte sich versteckt, das reichte.

»Ich verschwinde«, sagte Rufus schließlich und stand auf.

»Ja, endlich!«, brüllte Max. »Ihr habt genau drei Minuten und ...«

»Nein, ich verschwinde richtig. Ich gehe.« Er wollte zum Gang nach oben, aber Alex versperrte ihm den Weg.

»Was soll das?! Eben hast du doch noch gesagt, dass du mitmachst! Denkst wohl, du bist was Besseres oder so?«

»Komm, hör auf und lass mich durch. Ich hab's mir eben anders überlegt.« Aber Alex dachte nicht daran, den Ausgang freizugeben. Er verschränkte die Arme vor der Brust und blieb, wo er stand.

»Jetzt sei kein Spielverderber, Mann. Kasi macht auch mit. Ihr zwei bekommt drei Minuten Vorsprung und Max und ich suchen euch. Wird bestimmt lustig und vielleicht finden wir ja noch irgendwas Verrücktes hier unten? Los jetzt, mach *einmal* mit.«

Rufus und Alex standen sich gegenüber, der eine fast einen Kopf größer als der andere. Rufus wusste, dass er in einer direkten Auseinandersetzung keine Chance gegen Alex hätte, auch weil Max sich ebenfalls umgehend auf ihn werfen würde.

Er sah von Alex und Max zu Kasimir hinüber. Dieser hatte den Kampf gegen den eigenen Schatten wie es aussah unbeschadet überstanden. Im Gesicht des Jungen glaubte Rufus so etwas wie Freude zu erkennen. Ja, dachte Rufus, wahrscheinlich freute er sich tatsächlich, endlich einmal mit den Großen spielen zu dürfen, einmal dazuzugehören, wenn auch nur als deren Opferlamm. Er selbst aber wollte nicht zum Altar geschleppt werden.

Rufus wollte gerade einen erneuten Anlauf unternehmen und sich den Weg nach draußen mit Worten freikämpfen, als Kasi die Augenbrauen hochzog und ehe Rufus selbst überhaupt verstand, was er da tat, nickte er. »Aber nur eine Runde«, sagte er und Kasimirs Gesicht verwandelte sich in ein einziges Leuchten. »Einmal könnt ihr uns suchen, dann hau ich aber ab.« Alex nickte.

»Abgemacht.« Er streckte Rufus die Hand hin, der nahm sie nach kurzem Zögern. »Du und Kasi, ihr könnt euch was aus dem Haufen da hinten aussuchen, dann verschwindet ihr.«

»Aber nicht nach oben!«, ergänzte Max. »Wenn einer von euch da hochgeht, habt ihr verloren.«

»Und was ist mit Timi?«

»Der bleibt hier und bewacht den Ausgang, nicht wahr, Timi?« Timi nickte, obwohl er sich bei der Vorstellung, allein hier im Dunkeln warten zu müssen, während die anderen ihr Spiel spielten, alles andere als wohlfühlte. Rufus Lampe wanderte von Alex zu dem Kleinen. Gut, sollten sie ihr Spielchen haben, er würde sich ziemlich bald an Timi vorbei nach draußen stehlen und den ganzen Kinderkram hier hinter sich lassen.

»Kasi?« Der Junge und sein Schatten zitterten. »Hast du, was du brauchst?« Kasi nickte, das Schwert in seiner Rechten gab ihm Kraft. Rufus zog eine abgebrochene Lanze aus dem Fundus.

»Was willst du mit dem kurzen Ding?«

»Dir in den Allerwertesten pieksen«, sagte Rufus. Dass eine intakte, mehr als zwei Meter lange Waffe hier unten nur hinderlich wäre, erklärte er nicht. Sollte Max doch mit solch einem Zahnstocher rumlaufen und an jeder Ecke anstoßen oder hängen bleiben, er und Kasi mussten mit den Waffen und Vorteilen kämpfen, die sie von Max und Alex unterschieden und die ihnen in der Welt da oben oft genug nur Scherereien eingebracht hatten: ihrer Größe und ihrem Grips. Hier unten könnte das zum entscheidenden Vorteil werden. Rufus pustete die Spinnweben von seiner Lanze, aus Versehen direkt in Max' Nacken, und polierte mit seinem Ärmel die Spitze. Lust hatte er auf diesen Kinderkram immer noch nicht, aber er spürte eine nicht unangenehme Spannung in sich aufsteigen. Ein Duell mit den beiden Großen wäre immer und überall eine ziemlich unfaire Angelegenheit und wahrscheinlich dachten dies auch Alex und Max und freuten sich bereits auf ihren bevorstehenden Sieg. Hier unten aber lagen die Dinge ein wenig anders. Die Dunkelheit, die niedrigen Räume, der ganze Krempel, der überall herumlag und stand und dann noch die Gänge, die immer weiter in den Berg führten, Gänge und Räume, in denen sich keiner der vier auskannte – all dies könnte ihnen in die Karten spielen, hoffte Rufus. Lieber klein und schlau als groß und dumm. Rufus lächelte.

»Was grienst du so dämlich?«, fragte Max.

»Nichts weiter. Ich freu mich nur auf unseren Sieg.«

»Das möchte ich sehen! Du und siegen! Wenn einer der geborene Verlierer ist, dann doch wohl du.« Rufus lächelte weiter, blieb eine Antwort schuldig und ging hinüber zu Kasi.

»Und wie sind die Regeln?«, fragte er.

»Regeln?« Alex und Max sahen sich an, als hörten sie jetzt und hier zum ersten Mal in ihrem Leben dieses Wort und könnten es beim besten Willen nicht mit einem Inhalt füllen. Wahrscheinlich lag Rufus, als er diesen Vergleich anstellte, gar nicht einmal so weit neben der Wirklichkeit; Regeln existierten für beide höchstens im Elternhaus, erzwungenermaßen noch in der Schule, außerhalb dieser beiden Gefängnisse jedenfalls nicht. Alex kratzte sich mit der Taschenlampe am Kopf. »Regeln«, wiederholte er noch einmal das fremde Wort.

»Wie lange soll das Spiel dauern?«, fragte Rufus.

»Eine halbe Stunde?«

»Also: eine halbe Stunde. Wenn ihr uns bis dahin nicht gefangen habt, sind wir die Sieger.« Ein Sägeblatt kratzte über Max' einzelne Geigensaite. Rufus ignorierte dieses Lachen und zog sein Handy hervor. Er stellte den Wecker, Alex folgte seinem Beispiel. »Wenn es klingelt, sind wir frei. In einer halben Stunde.«

»Halbe Stunde, pah! Euch Nieten haben wir in zehn Minuten. Spätestens!«

»Jaja, und morgen ist Weihnachten.« Rufus wedelte mit seiner Lanze in Max' Richtung. »Und wie viel Vorsprung haben wir? Drei Minuten?« Alex und Max nickten. »Aber ihr wartet oben!«

»Warum das denn?« Max, das erkannte Rufus am Klang seiner Stimme, wollte die Treppe nicht wieder zurückgehen. Max wollte nicht zwei Mal über die Geröllzunge klettern und das nur, um da oben drei Minuten zu warten, aber genau das war es ja, was dieser Forderung ihren Reiz verlieh, jedenfalls für Rufus.

»So sind eben die Regeln«, sagte der, verschränkte die Arme und wartete. Max wollte etwas erwidern, aber Alex zog den Freund zur Treppe.

»Lass, ist schon in Ordnung so«, hörte Rufus ihn sagen. Was Alex etwas leiser sagte und was nicht bis an Rufus' Ohr drang, bestand aus *abwarten* und *fangen*, *fesseln* und *Rache*. Max' Gesicht verzog sich zu einem Grinsen, er lachte und verschwand.

»Drei Minuten.«

»Drei Minuten«, wiederholte Rufus. Alex drehte sich um und folgte Max und Timi. Kurz konnten Rufus und Kasi noch einen Lichtkegel im Gang tanzen sehen, schließlich verschwand auch der wie ein heller Schatten, der seinem Besitzer folgen muss.

Kasis Lampe erhellte noch einige Sekunden den Gang. Erwartete er, dass die Gendarmen zwei Minuten früher als verabredet die Jagd aufnähmen? Aber kein Gesicht spähte um die Ecke, nur von oben, sehr weit weg, wie es sich für die beiden Jungen anhörte, drangen Stimmen an ihre Ohren, Max' Gelächter.

»Komm, worauf wartest du noch?« Rufus stand bereits im Durchgang zum nächsten, bisher einzig von Alex betretenen Raum, in dem, wenn man Alex glauben durfte, nur ein Haufen leerer Fässer stand. »Die werden gleich kommen!« Aber irgendetwas hinderte Kasimir daran, sofort ins Unbekannte davonzustürmen, ein Gefühl nur, eine Ahnung, die sich wie eine Schranke vor diesen Ausgang da legte. Kasi kurbelte und sein Taschenlampenstrahl wanderte durch den Raum, über Tisch, Truhe, Lanzen und Kessel.

»Wir bleiben hier«, flüsterte er schließlich.

»Dann haben die uns doch gleich!«

»Oder auch nicht.«

»Aber …«

»Die denken bestimmt, wir sind weiter in den anderen Raum dort und von da aus was weiß ich wohin. Dass wir uns hier verstecken«, Kasis Zeigefinger tippte gegen die eigene Stirn, »darauf kommen die beiden nie.«

Rufus versuchte sich in die Jäger hineinzuversetzen. Kasis Argumente leuchteten ihm ein, aber verhielten sich Alex und Max auch entsprechend? Was, wenn sie ihren leeren Köpfen folgend irgendetwas ganz anderes dachten und entschieden? Kasi rannte zu dem in der hinteren Ecke liegenden Ensemble aus Lanzen, Standarten und zerbrochenen Einzelteilen. Er hob ein paar von ihnen an.

»Los, du versteckst dich hier. In deinen schwarzen Klamotten sehen die dich nie.«

»Und du?« Kasi lächelte, er hatte sein Versteck längst gefunden.

»Ich setz mich da rein.« Der Lampenstrahl wanderte einmal durch den Raum und blieb an dem riesigen Kessel hängen, der vor Jahrhunderten einmal im Burghof gestanden haben mochte, angefüllt mit Fleisch und Gemüse und Kräutern. Rufus wollte etwas erwidern, aber die verstreichende Zeit legte ihm ihre Hand auf den Mund. Ein Blick auf sein Handy genügte, um zu wissen, dass in knapp zwei Minuten Alex und Max mit sehr viel Lärm hereinstürmen würden. Er warf Jacke und Seil in das von Kasimir vorgeschlagene Versteck, kauerte sich darüber und Kasi stellte die Fundstücke so davor, dass Rufus selbst in Kasis Taschenlampenlicht kaum noch zu erkennen war. Wenn der das Gesicht unten behielt … Kasi zerrte die unter dem Tisch stehende Truhe hervor und stellte sie mit hochgeklapptem Deckel in den Gang zum Raum mit den Fässern, rannte zurück und nahm vier von den Lanzen.

»Was machst du noch? Versteck dich!«

Kasi rannte mit den Waffen wieder zum Durchgang und verkeilte eine nach der anderen zwischen den eng beieinanderstehenden Wänden. Zum Schluss wirkte es wie ein von Laserstrahlen überwachter Durchlass. Kasi blieb wenig Zeit, sich an diesem Bild zu freuen. Er rannte zum Kessel, kletterte hinein …

»Wir kommen!«

… rollte sich auf dessen Grund zusammen und zog sich die dunkelblaue Regenjacke über den Kopf. Er behielt die Lampe in der Hand, rückte seine Brille zurecht und hörte im selben Augenblick Schritte.

Kasi hielt den Atem an, nicht weil er Angst hatte, dass der Kessel diesen Atem aufnehmen, verstärken und als regelmäßiges Schnaufen hinauswerfen könnte, er tat es ganz automatisch und schloss die Augen. Was nicht atmet, sich nicht bewegt, nichts sieht, das existiert nicht und kann also auch nicht gefunden werden.

Von einer Staubwolke verfolgt stolperte Alex in den Raum. Er rannte weiter, leuchtete dabei nach rechts und links, in der Rechten sein Schwert. Unmittelbar vor Rufus' Versteck blieb er stehen, aber nicht weil er diesen entdeckt hatte. Nein, er bückte sich nach einem ihm deutlich zu großen Helm, setzte diesen auf und versuchte, das Visier herunterzuklappen. Rufus hätte nur die Hand ausstrecken brauchen, um Alex' Fuß zu berühren. Aber er tat es nicht, rührte sich nicht und verschmolz so mit den Waffen und deren Schatten. Als Max den Raum erreichte, kämpfte Alex noch immer mit dem Visier.

»Das blöde Ding ist eingerostet.« Aber der Helm erfüllte auch so seinen Zweck: er musste den Kopf darunter nicht schützen, er sollte ihn erhöhen, Alex zu etwas Besonderem machen. Und der Helm gab sich alle Mühe, die in ihn gesetzten Erwartungen wenigstens teilweise zu erfüllen. Max starrte den Freund mit großen Augen an, warf den hinteren Teil seiner Lanze weg – er hatte sie auf dem Weg zwischen den beiden Räumen zerbrochen – und griff nach der ihm von Alex angebotenen Kopfbedeckung. Seine passte besser, rutschte nicht bei jedem Schritt hin und her wie bei Alex, der jetzt, eine Hand am Kopf, weiterstürmte.

»Glaubst du wirklich, dass die sich in den Fässern versteckt haben?«, fragte Max. Die abgebrochene Lanze unter den Arm geklemmt, rückte Max seinen Helm zurecht und folgte dem Freund.

»Ganz bestimmt! Entweder sitzen sie *in* den Fässern oder irgendwo dahinter!« Er freute sich auf die Festnahme der beiden Kleinen, lachte, sich eines schnellen Sieges gewiss. Weder für den einen noch für den anderen der Gejagten empfand er besonders viel Sympathie. Dass sie hier mit dabei sein durften, verdankten sie einzig und allein seiner Redseligkeit vom Vorabend. Sich dessen voll und ganz bewusst, ärgerte Alex sich jetzt ein wenig über sich selbst. Hätte er gewusst, was hier unten unentdeckt seit Ewigkeiten schlummerte – auf den Schwarzen und die Brillenschlange hätte er verzichtet. Aber gut, sie befanden sich nun einmal hier und – die andere, die glänzende Seite der Medaille – ohne sie gäbe es dieses Spiel jetzt nicht.

Alex stürmte voran, erreichte den Durchgang in den Fässerraum, das Licht seiner Taschenlampe streifte die von Kasi eingeklemmten Hölzer, die wie vier einzelne und ziemlich dicke Spinnenfäden den Gang versperrten. Bevor Alex sich über diese Veränderung ernsthaft Gedanken machen konnte fing ihn dieses Netz, traf sein Kinn auf die erste Stange, er riss den Kopf nach oben und das Holz schlug ihm auf den Kehlkopf. Der folgende Aufschrei klang in Kasis und Rufus' Ohren wie eine von unten nach oben geschriene Tonleiter: Das Aufeinandertreffen von Kehlkopf und Holz verursachte den ersten Ton – ein Schrei, vermengt mit Husten und Röcheln. Aber dies dauerte nicht einmal eine ganze Sekunde, wie Kasi schätzte, denn während Alex sein Schwert fallen ließ und sich an den Hals griff, während er seinen Helm verlor, traf Alex' bereits vom vorgestrigen Sturz ramponiertes Schienbein die in den Weg gestellte Truhe – der nächste und übernächste Ton, schon klarer, lauter.

Max schaffte es nicht, seinen einmal in Bewegung gesetzten Körper rechtzeitig zum Stehen zu bringen, er versuchte es, wirklich, er gab sich alle Mühe, trotzdem prallte er, annähernd ungebremst wie Alex empfand, von hinten auf den Freund und schleuderte diesen gegen die verbliebenen Stangen. Eine dieser Stangen traf Alex' Augenbraue, Blut lief ihm ins Auge. Das

Gewicht des Freundes katapultierte Alex über die Truhe, er verlor Gleichgewicht und Taschenlampe und stürzte kopfüber zu Boden. Und als sei dies alles noch nicht genug, spürte er unmittelbar darauf Max. Zwar hatte Alex mit Kopf und Oberkörper alle von Kasi gespannten Spinnenfäden zerrissen, die Truhe aber stand weiterhin im Weg. Max sah sie, wollte noch abspringen, blieb aber (Willkommen im Sportunterricht!) mit dem Fußrücken hängen und fiel auf die vor ihm ausgebreitete *Turnmatte* – der vorerst letzte Laut auf Alex' Tonleiter, diesmal wieder eher ein Röcheln denn ein wirklicher Schrei.

»Elender Mist! Was soll das?!« Alex stieß Max zur Seite, der traf mit dem Hinterkopf die Wand.

»Au! Kann ich irgendwas dafür?!«

»Ach, halt die Klappe!« Alex stand bereits wieder auf eigenen Füßen. Mit den Fingerspitzen betastete er seinen Hals, das Kinn und schließlich die Augenbraue. »Leuchte mal hierher«, sagte er und hielt Max die feuchten Finger hin. Wie ein Maikäfer strampelte Max, kam auf die Knie, nahm seine Lampe. Alex starrte auf seine Hand. Blut glänzte, das eigene Blut! »Ihr verdammten Säcke! Ihr Arschlöcher!« Alex' Stimme überschlug sich und Rufus dachte in seinem Versteck kurz, dass die beiden, Alex und Max, sich immer ähnlicher wurden. Tatsächlich erreichten Alex' Schreie beinahe Max' Tonlage und sorgten bei den Verursachern dieser Schreie für Gänsehaut.

»Zeig mal.« Max leuchtete Alex ins Gesicht. Er suchte ein fast unbenutztes Papiertaschentuch aus seiner Hosentasche, tupfte damit Alex' Braue ab.

»Au!«

»Halt still! Ist gar nicht so schlimm, nur so ein kleiner Schlitz.« Max' Finger maßen einen, höchstens zwei Zentimeter ab. »Und es blutet auch schon fast nicht mehr.« Er riss ein kleines Stück Zellstoff ab und klebte es Alex auf die Wunde.

»Wenn ich die in die Finger bekomme! Das hat sich bestimmt der Schwarze ausgedacht!« Und, jetzt schrie er: »Hörst du mich, Schwarzer? Bete, dass wir euch nicht finden!«

»Was machen wir mit ihnen?«, flüsterte Max.

»Was weiß denn ich. Auf jeden Fall werden sie es aber nicht vergessen.« Alex bückte sich nach seiner Lampe, betrachtete die am Boden liegenden Spinnenfäden und trat sie zur Seite. Max stand bereits im Fässerraum.

»Meinst du, die sind alle voll?«

»Was?« Alex dachte nach.

»Die Fässer. Ist da noch was drin?«

Was, wenn die beiden gar nicht weggerannt sind, sondern sich …

Max trommelte gegen das erste der Fässer. »Klingt ziemlich leer«, sagte er und ging zum nächsten, aber auch dessen Klang verhieß keinen jahrhundertealten Wein, sondern höchstens saure Luft.

Der Raum, in dem sich Max befand und den zu betreten Alex noch immer zögerte, ähnelte in Größe und Bauweise dem anderen: eine niedrige, gewölbte Decke mit einem verzierten Stein in der Mitte, festgestampfter Boden. Während aber der hinter ihnen liegende Raum wohl eine Art Gerümpelkammer gewesen sein musste, hatte dieser hier eindeutig als Weinlager gedient. Rechts und links lagen zwischen den Mauern eingeklemmt jeweils sechs ziemlich große Fässer, so groß, dass ein Erwachsener locker darin Platz gefunden hätte. Über diesen großen Fässern stapelten sich noch etliche kleinere Vorratsbehälter, vor Jahrhunderten einfach auf ihre großen Brüder geworfen und da vergessen. Am Ende des so gebildeten schmalen Ganges, an der gegenüberliegenden Wand, entdeckte Max zwei weitere Öffnungen. Der Schwarze und das Mädchen konnten so ziemlich überall sein.

»Glaubst du, dass die sich vielleicht in einem der Fässer verstecken? Oder dahinter?« Max ging in die Knie und suchte hinter den Behältnissen nach Füßen oder Händen, einem Gesicht, sein Freund aber stand noch immer im Gang, betrachtete die Truhe und sah abwechselnd zu Max und zurück. »He! Gibt's dich noch oder hat das hier«, Max tippte sich an die Braue, »irgendwas bei dir da oben durcheinandergebracht?«

»Ich denke nach«, sagte Alex.

»Oh, ganz was Neues. Und worüber denkst du nach?«

Alex räusperte sich. »Ich überlege, was die beiden wohl gemacht haben. Was die *gedacht* haben.«

»Na was schon? Sie haben die Hosen gestrichen voll, sind weggerannt und haben da halt ein paar Hindernisse eingebaut, damit wir sie nicht so schnell kriegen. So haben sie ihren Vorsprung vergrößert.«

»Und was, wenn sie gar nicht weggelaufen sind?«

»Hä?«

»Was, wenn sie nur wollen, dass wir das denken?« Wieder wanderte Alex' Taschenlampenstrahl in den zurückliegenden Raum.

»Und wo sollen sie dann sein?« Max konnte sich einfach keinen Reim auf Alex' Worte machen. Wenn sie nicht hier zwischen oder hinter den Fässern vor Angst schlotterten und auch nicht durch einen der beiden Ausgänge da rausgelaufen waren, wo sollten sie dann sein? In Luft aufgelöst haben konnten sie sich ja wohl schlecht. Das wollte er seinem Freund gerade sagen, als der sich umdrehte und Max aufforderte, ihm zu folgen. Er ging zur Treppe nach oben und stellte den dreibeinigen Schemel in den Gang.

»Du bleibst hier«, befahl er und deutete auf den Schemel.

»Und warum bitte schön?« Max freute sich zwar, dass die Sucherei an ihm vorübergehen sollte, trotzdem hätte er das Warum gern verstanden. Alex drückte Max auf den Sitz und stellte sich neben ihn, zwei kreisrunde Lichter wanderten durch den Raum.

»Die könnten sich hier irgendwo versteckt haben«, hörte Kasi Alex' Stimme. Kasis Finger krallten sich um seine Taschenlampe. Ganz langsam zog er die Beine noch ein Stück weiter an. Sein Herz klopfte, er spürte jeden einzelnen der viel zu schnellen Schläge und wunderte sich, dass Alex und Max das nicht auch hören konnten. Hinter seinen zusammengepressten Augenlidern tanzten Sterne und Lichtblitze. Warum hatte er nur mitgemacht?! Er könnte zu Hause sitzen, im Garten vielleicht auf seiner Bank, mit einem Buch in der Hand. Er könnte von Abenteuern in verwunschenen Schlössern *lesen*, könnte mit den Helden mitfiebern, ohne selbst ein Held sein zu müssen, ohne selbst in Gefahr zu geraten!

»Wär aber ziemlich blöd, hier zu bleiben, anstatt sich da hinten irgendwo zu verstecken.« *Bitte Max, bitte überzeuge Alex weiterzugehen! Geh einfach los und widersetz dich seinem Befehl!* Kasi faltete die Hände um seine Lampe und betete. Aber entweder hörte gerade niemand zu oder es sollte eben so sein, *vorherbestimmt*, wie Kasis Mutter gesagt hätte; Alex erklärte seinem Freund, dass da oben schließlich nur Timi wartete und wenn sie beide zusammen weiter in den Berg hineingingen und die Opfer sich hier versteckten, könnten die in aller Seelenruhe nach oben steigen, Timi überwältigen oder auch einfach nur links liegen lassen und verschwinden. Deshalb sollte Max hier bleiben.

»Die beiden sind ziemlich link, hast du ja eben gesehen.« Kasimir vermutete, dass Alex jetzt in den Gang leuchtete. Kasi musste trotz seiner Angst lächeln. Vorhin, bei Alex' Schreien und dem ganzen Lärm der beiden, hatte er sich zum allerersten Mal als richtiger Sieger gefühlt. Sicher, in der Schule erlebte er das ziemlich oft, aber eine solche Auseinandersetzung hier war halt doch etwas anderes, als mal wieder die beste Note der ganzen Klasse zu bekommen. Das hier, also Spiele, die beinahe schon an Abenteuer grenzten, zählte nicht zu seinen Stärken, umso mehr freute er sich über diesen kleinen Etappensieg. Allerdings hatte sich dieses trügerische Hochgefühl bei Alex' Wutgeschrei in Luft aufgelöst und als er nun hören musste, wie Alex nicht nur seinen Plan durchschaute, sondern auch schon eine Art Rückversicherung ersonnen hatte, hämmerten die Herzschläge in seinen Ohren jede Zuversicht aus dem Jungen. *Entweder finden sie uns und dann gnade uns Gott oder aber sie warten einfach so lange, bis einer von uns beiden nicht mehr liegen und kauern kann und aufgibt.* Und Max überwältigen? Der Gedanke reichte nicht einmal mehr für ein Lächeln.

»Ich warte also hier, sonst nichts?« Kasi hörte die Erleichterung in Max' Stimme und wusste, dass der sich über die unerwartete Ruhepause freute. *Vielleicht bricht ja der Schemel unter ihm zusammen? Vielleicht muss er mal und geht nach oben? Oder, am wahrscheinlichsten, vielleicht bekommt er Hunger?*

»Und warum durchsuchen wir nicht erst hier alles?« Kasi zog die Augenbrauen nach oben, so viel Logik hätte er Max nie und nimmer zugetraut.

»Weil es nur eine Möglichkeit ist, glauben tue ich es nicht. Aber es ist immerhin *möglich*, dass die beiden hier stecken oder wenigstens einer von ihnen. Aber wahrscheinlich ist, dass sie weitergegangen sind. Wenn wir jetzt hier erst alles auf den Kopf stellen, geben wir ihnen noch mehr Vorsprung und wer weiß schon, wie weit das alles noch in die Tiefe führt, wie viele Räume da noch sind. Wenn aber einer hier irgendwo steckt, kommt er früher oder später vielleicht ganz von allein raus und ergibt sich.« Max murmelte irgendwas, das Kasi nicht verstand, dann Schritte, die sich entfernten.

»Aber mach nicht so lange«, hörte er Max rufen.

Kasi öffnete die Augen, nein, eigentlich nur eines, denn er lag auf der Seite und die rechte Hälfte seines Gesichtes drückte gegen die Kesselwand. Er öffnete das linke Auge, es änderte sich aber nichts; die Dunkelheit blieb und auch die kleinen Sterne und Blitze blieben. Vielleicht kamen sie ja von seinem anderen Auge und sein Gehirn verarbeitete alles zu einem einzigen Bild? Irgendetwas klopfte außerhalb seines Kessels. Kasi versuchte, sich Max vorzustellen, wie der auf dem für seinen Hintern viel zu kleinen Schemel saß, nach vorn gebeugt und die Taschenlampe in der Hand. Vielleicht hielt er in der anderen einen Stock und schlug damit auf den Boden, so jedenfalls hörte es sich an. *So wird er jetzt sitzenbleiben, bis sein toller Freund unverrichteter Dinge zurückkommt und sie gemeinsam hier das Unterste zuoberst kehren.* Wen würden sie zuerst finden? Rufus? Wahrscheinlich eher ihn selbst, vermutete Kasi, denn er selbst hätte auf jeden Fall als Erstes in den Kessel gesehen, der ja geradezu danach schrie, sich in ihm zu verstecken. Jeder einigermaßen klar denkende Mensch musste darauf kommen, Rufus' Versteck hingegen lag nicht so offensichtlich auf der Hand.

In das Klopfen mischte sich zuerst Summen, kurz darauf Pfeifen. Max klopfte den Rhythmus dazu.

Kasi mochte es eigentlich, wenn die Welt um ihn herum in Dunkelheit verschwand. Und noch mehr mochte er, wenn er sich dabei an einem Ort befand, der ihn beschützte, an dem er sich geborgen fühlen konnte. Im Grunde besaß dieser Kessel alles, was Kasi wollte, von einer weichen Decke als Unterlage einmal abgesehen, und wahrscheinlich hatte er sich instinktiv ausgerechnet für dieses doch so offensichtliche Versteck entschieden, weil es Schutz und Geborgenheit vorgaukelte, Eigenschaften, die er kannte, die er liebte und nach denen er sich jetzt so sehr sehnte. Mutter und Vater gaben ihm Geborgenheit und beschützten ihn, aber jetzt? Er hatte Angst und am liebsten wäre er aufgestanden (der Geist aus dem Kessel), hätte zu Max gesagt, dass er jetzt nach Hause müsse und Tschüss. Aber Max würde ihn nicht an sich vorbeilassen, höchstens für eine Kiste Cola. Nein, so einfach ging es nicht und kein Erwachsener stand irgendwo im Hintergrund und konnte eingreifen und ihn retten. Kasi fühlte sich allein, vielleicht zum ersten Mal in seinem Leben wirklich allein und auf sich gestellt und das in einer Lage, in der ein Zehnjähriger besser nicht stecken sollte. Nicht das Entdecktwerden sah Kasi als das große Problem, auch nicht, dieses Spiel hier zu verlieren; das wirkliche Problem hieß Alex. Kasi wusste, dass es sich bei der Sache mit dem blockierten Gang um keine so gute Idee gehandelt hatte. So hatte er Alex indirekt verletzt und dessen Wut provoziert. Aber vielleicht fiel ja Rufus irgendetwas ein. Kasi hoffte es, denn er fürchtete sich vor Alex. Vielleicht fand Rufus einen Ausweg. Kasi wusste, dass er ganz ruhig bleiben musste, gleichzeitig aber auch so aufmerksam wie es irgend ging auf jedes Geräusch da draußen achten und sofort reagieren, sollte Rufus aus seinem Versteck stürmen.

Wenn sie das hier gemeinsam unbeschadet überstanden, gab es vielleicht eine realistische Chance, Rufus' Freund zu werden, überlegte Kasi. Er mochte den anderen, wahrscheinlich, weil der nicht so viel sprach wie Alex oder Max, vor allem nicht so laut und so viel dummes Zeug. Rufus zog ihn an, schade nur, dass der ganz offensichtlich keine Freunde brauchte, um zufrieden zu sein, sein Berg genügte ihm, was immer er da oben auch fand. Einige Male, da hatte noch Schnee gelegen, hatte er den Neuen verfolgt, beobachtet, wie der unter dem Funkmast irgendwelche Zettel verbrannte. Einmal hatte er auch eine Blume dort zurückgelassen. Als Rufus schließlich hinunter ins Dorf gegangen war und Kasi sein Versteck verlassen und die Blume im Schnee liegen gesehen hatte, war er sich wie ein Eindringling vorgekommen, als sei er an einem nicht für ihn bestimmten Ort. Die Blume lag unter dem Mast, der Stiel im Schnee vergraben, sodass sie der Wind nicht davonwehen konnte.

Kasi hatte sich am Abend darauf entschuldigt, nicht bei Rufus, nein, er wählte den Umweg über Gott. Gott hörte zu, Gott beschützte, liebte und verzieh. Und Gott sah einem nicht während eines Geständnisses direkt in die Augen. Er mochte enttäuschte Augen überhaupt nicht. Vielleicht würde Rufus nun sein Freund werden.

»Kasimir, du Brillenschlange, vor dir ist es uns nicht bange«, sang Max vor sich hin. Er wiederholte die Zeile drei-, viermal und fand schließlich auch eine Fortsetzung: »Bist ein Mädchen klitzeklein, deine Brille schlag ich ein. Kasi, Kasi, Kasimir …«

Dieser Name! Manchmal überlegte Kasi, ob sein Leben mit einem anderen Namen wohl anders verlaufen wäre. Kein Lars, kein André wurde wegen seines Namens schon im Kindergarten aufgezogen und geärgert, ein Kasimir schon. Eigentlich sprach doch alles dafür, dass Eltern ein Kind gar nicht haben wollten, es vielleicht sogar hassten, wenn sie ihm einen solchen Namen gaben. Er aber wusste, dass Mutter und Vater ihn liebten, mehr als alles andere auf der Welt, und er liebte sie mehr als alles andere auf dieser Welt. Das klang zwar irgendwie hochtrabend und übertrieben, in seinem Fall aber stimmte es. Warum aber dann dieser Name?! Vielleicht wäre Rufus längst sein Freund, wenn er Leon hieße, obwohl *Rufus* auch nicht gerade wie das Gelbe vom Ei klang. Aus *Kasimir* konnte man dafür immerhin noch eine einigermaßen erträgliche Koseform basteln: Kasi, Rufi hingegen klang so richtig schräg. Aber schlussendlich eben immer noch besser als *Kasimir*!

Seine Eltern liebten ihn, das stand fest. Die Sonne ging auf und Mutter liebte ihn. Er kam aus der Schule – Vater liebte ihn und er ging ins Bett und seine Eltern liebten ihn noch immer. In anderen Familien sah das anders aus, soviel bekam er bei seinen seltenen Kontakten zu den Kindern im Dorf mit. Rufus lebte allein mit seinem Vater, wo sich seine Mutter befand erzählte er keinem. Kasi tippte auf *tot*, warum sonst die schwarze Kleidung und die schwarz gefärbten Haare? Timi liebte Max wahrscheinlich mehr, als der von seinen Eltern geliebt wurde. Für diese Vermutung existierten zwar keine richtigen Beweise, aber Kasi hatte schon öfter beobachtet, dass Max ganz schnell verschwand, wenn sein Stiefvater irgendwo auftauchte und dabei darauf achtete, dass Timi immer in seiner Nähe blieb. Warum? Kasi wusste es nicht, vermutete aber, dass die Gründe denen von Alex recht ähnlich sein mussten. Gründe, die in regelmäßigen Abständen dafür sorgten, dass Alex einen Tag eingesperrt im Keller hockte oder, während alle anderen Kinder im Freibad tollten, in der prallen Sonne den kompletten Nachmittag auf den Knien durch den riesigen Garten rutschen und Unkraut jäten musste. Alle wussten, dass dies an seinem Vater lag.

»Seid ihr noch da? Max?« Timis Stimme, eindeutig. Ziemlich weit weg zwar, aber trotzdem Timi.

»Halt die Klappe, Kleiner. Ich bin hier unten, musst also keine Angst haben.« Summen.

»Ist die halbe Stunde nicht bald rum?«

Max' Lachen. »Zehn Minuten erst.«

»Habt ihr sie schon gefangen?« Kasi vermutete, dass Max jetzt die Augen verdrehte und den Kopf schüttelte.

»Nein, Kleiner. Aber bald.«

»Könnt ihr jetzt endlich mal die Klappen halten?!« Alex. Offensichtlich noch im Nebenraum.

»Hast du was?«, fragte Max, erhielt aber nur ein knappes Nein zur Antwort. Dann Ruhe.

Auf dem Boden des Kessels hatten sich im Verlauf der Jahrhunderte, die er nun schon unbenutzt und unbewegt an dieser Stelle hier stand, Staub und, was dem in ihm liegenden Jungen ganz langsam ins Bewusstsein rückte, kleine, von der Decke gefallene Mörtelstücke und Steinchen angesammelt. Die dicke Staubschicht hatte diese größeren Teilchen, als Kasi sich darauf legte, abgepolstert, vielleicht hatte er in den ersten Minuten in seinem Versteck auch anderes im Kopf gehabt als eine Steinerbse unter den darüber liegenden sieben Matratzen aus Staub. Je länger er aber unbeweglich so zusammengekrümmt auf der Seite liegen musste, desto deutlicher spürte er jeden einzelnen dieser Steine. Kasi versuchte, sich ein klein wenig zu bewegen, was alles aber nur noch verschlimmerte, denn mit jedem Anspannen seiner Arme und Beine, mit jedem tiefen Luftholen drückte er die Staubschicht weiter auseinander und befreite so Steinchen um Steinchen. Eines drückte gegen Kasis Schläfe. Er bog den Kopf zuerst nach hinten, drückte ihn gegen den Kessel und schob so Staub und das störende Steinchen nach vorn. Mit den Störenfrieden an Schulter und Hüfte ging dies aber nicht so einfach, denn dazu hätte er seinen gesamten Körper bewegen müssen und davor hatte er Angst. Sein ganzes Gewicht zu verlagern, konnte den Kessel zum Schwanken bringen und selbst wenn Max' Taschenlampe in diesem Moment vielleicht gerade eine andere Stelle anleuchtete, ein schwankender Kessel verursacht Geräusche und Max war vielleicht dick und dumm, aber eben leider nicht taub.

Kasi dachte an Rufus und wie der seit zehn Minuten – wenn man Max trauen durfte – in seiner Ecke hockte. Ihm mussten mittlerweile die Beine eingeschlafen sein, anzunehmen, dass er sie kaum noch spürte. Kasi kannte dieses Gefühl, er aber hatte bisher dann immer aufstehen und ein paar Schritte gehen können, bis seine Beine, die sich ganz taub anfühlten, zuerst kribbelten, schmerzten und schließlich wieder zurückkamen, sozusagen ausgeschlafen hatten. Befand sich Rufus also nicht in einer viel schlimmeren Lage? Wahrscheinlich schon, dachte Kasi, was die störenden Steinchen aber keineswegs weniger störend machte, ganz im Gegenteil. Der eine, der unter seiner Hüfte lag, pikste plötzlich viel mehr als gerade eben noch. Er veränderte sich, schien zu wachsen. Auch wenn der Junge wusste, dass dies natürlich unmöglich der Fall sein konnte, er empfand es aber so. Nur eine Bewegung, nur ein einziges Mal hin und her rutschen und danach wieder ganz, ganz still liegen. Vielleicht schlief Max ja schon?

Kasi versuchte, seine Konzentration weg von den störenden Steinchen hin zu den Geräuschen zu lenken, die Max verursachte, aber der gab keinen Laut von sich. Das Summen und Klopfen hatte nach dem kurzen Wortwechsel mit seinem Bruder nicht wieder eingesetzt. Schlief er vielleicht wirklich? Hoffnung entzündete ihr Licht. Aber wenn er schlief, musste doch sein Atem zu hören sein! Kasi hielt die Luft an und lauschte. Nichts, rein gar nichts, nur ein immer lauter werdendes Rauschen in seinen Ohren, ein Rauschen, das an- und abschwoll, Max aber verhielt sich still. Er schlief. Er schlief, aber eben nicht auf dem Rücken liegend und mit offenem Mund wie letztes Jahr beim Dorffest, als Max nach drei Steaks und zwei großen Gläsern Cola ein abgeschiedenes Plätzchen gesucht und hinter dem Festzelt gefunden hatte, eingeschlafen war und mit offenem Mund Geräusche von sich gegeben hatte, die seine Abgeschiedenheit frühzeitig beendet und ihn für den Rest des Abend zum Gespött des Dorfes gemacht hatten. Jetzt schlief er bestimmt auch, aber eben im Sitzen, die Arme auf die Knie gelegt und den Kopf auf diesen Armen. Die Taschenlampe lag wahrscheinlich zwischen seinen Füßen und leuchtete quer durch den Raum. Kasi sah Max ganz deutlich, sah sogar, wie sich dessen Rücken hob und wieder senkte und wieder hob. Max schlief. Und das Steinchen hatte sich inzwischen zu einem Stein entwickelt, einem Stein mit spitzen, scharfen Kanten und diese Spitzen und Kanten wuchsen immer noch weiter und drückten sich durch Kasis Fleisch, mussten jeden Augenblick Knochen erreichen. Nur eine einzige Bewegung. Nur eine.

Kasi atmete dreimal tief durch, dann hielt er die Luft an.

Alex nahm sich Zeit. Wie ein Raubtier schlich er zwischen den Fässern umher, bückte sich, leuchtete in die hintersten Winkel, aber immer umsonst, hier steckten die Gesuchten nicht. Selbst als er auf einen der Vorratsbehälter kletterte, konnte er von dieser erhöhten Warte aus nichts weiter entdecken, überall nur Spinnweben, Staub und in den zurückliegenden Jahrhunderten von der Decke geworfene Schuppen. Ja, genau so sah es hier oben aus, wie auf den Schultern eines Riesen, der unbedingt einmal etwas gegen die Probleme auf seinem Kopf unternehmen sollte.

Auch in den beiden anschließenden Räumen fanden die Augen des Raubtieres keinen einzigen Hinweis auf seine Beute. Nichts, rein gar nichts. Schon am Zugang zu diesen sehr kleinen Räumen, in denen sich im ersten überhaupt nichts und im zweiten nur ein paar zerbrochene Tongefäße befanden, wusste Alex, dass sie hier nicht sein konnten, es sei denn, sie hätten inzwischen das Fliegen gelernt und klebten jetzt wie Fledermäuse an der Decke. Es existierten keine Verstecke in diesen Räumen, auch kein weiterer Ausgang und – das Hauptindiz seiner Schlussfolgerungen – die dicke Staubschicht vor ihm lag völlig unberührt! Alex zeichnete mit der Schwertspitze einen Strich auf den Boden, setzte einen Fuß nach vorn, trat auf und nahm ihn wieder zurück – zwei Spuren im Staub. Die beiden einzigen Spuren.

Alex überlegte gerade, ob ihm zwischen den Fässern vielleicht doch ein Hinweis entgangen sein konnte, als er Max schreien hörte.

»Alex! Schnell, ich hab das Mäd…« Max brach mitten im Satz ab, etwas schepperte, dröhnte wie eine Glocke.

Alex rannte los, stieß sich an einem Fass die Schulter, rannte weiter, sprang über die Truhe und erreichte den Schauplatz der Festnahme keine Sekunde zu früh. Eine Lampe lag am Boden, blendete ihn beim Eintreten, aber im Schein seiner eigenen Lichtquelle sah Alex den Freund am Boden liegen, über ihm der Schwarze mit einer Lanze in der Hand, die er Max an den Hals hielt. Das Mädchen kroch gerade aus dem mitten im Raum liegenden Kessel.

Ohne Zeit mit langem Überlegen zu vergeuden, stürzte sich Alex auf Rufus. Noch immer schmerzte sein Schienbein, an seiner Schläfe klebte Blut und die Schuld daran trugen diese beiden Idioten da. Alex' Schwert hinterließ einen langen Kratzer in der Decke, Rufus sah abwechselnd auf den Angreifer, zu dessen missratenem Freund und zum Ausgang. Ja, hab Angst, dachte Alex, du hast allen Grund dazu! Ich an deiner Stelle ...

Alex streckte die Hand, es fehlten nur noch Zentimeter bis zu seiner Beute, da sprang diese im letzten Augenblick von Max runter und stolperte Richtung Ausgang. Die Spitze der Lanze in Rufus' Händen verließ Max' Hals und richtete sich nun gegen Alex. Der setzte zu einem Sprung über seinen Freund an, als plötzlich der Kessel seinen Weg kreuzte. Das Mädchen, statt sich darin zu verkriechen und zu beten und zu weinen, rollte ihn Alex vor die Füße und wie zuvor die Truhe verwandelte sich auch dieser Kessel in ein ausgesprochen schmerzhaftes Hindernis. Alex' Arme wirbelten durch die Luft, das Schwert flog zur Seite und landete – glücklicherweise mit dem Griff zuerst – auf Max' Oberschenkel.

»Los, weg hier!« Rufus stand schon halb im Gang nach oben. Er wollte weg, er wollte aber auch Kasi nicht allein zurücklassen.

Kasimirs Kurbellampe verriet seinen Weg Richtung Ausgang. An der Wand, weit weg von den übereinanderliegenden Großen, tastete er sich vorwärts, nur noch fünf Schritte, vier, drei ... Jetzt musste er springen, über Max' Kopf hinweg und hoffen, dass er bei der Landung nicht einem von beiden auf die Hand trat. Kasi sprang – und spürte plötzlich, wie sich eine Klammer um sein Fußgelenk schloss! Und Alex fühlte, dass er ihn hatte. Er warf sich herum, die zweite Hand bekam die Hose des Mädchens zu fassen und Max schrie wie ein zur Schlachtbank gezogenes Schwein, als ein Ellenbogen seinen Magen traf.

Rufus verharrte noch immer in relativ sicherem Abstand zum Handgemenge. Alex schaffte es auf die Knie, zerrte seine Beute weg vom Ausgang und setzte sich auf den Zehnjährigen, der sich zuerst noch wand, um sich schlug, schließlich aber jeden Widerstand aufgab. Kasi weinte, zuerst nur einzelne Tränen, zum Schluss einen Sturzbach, der all die Verzweiflung und Demütigung herausspülen sollte, es aber nicht tat. Alex leuchtete Kasi ins Gesicht und freute sich.

»Heulen, das kannst du, was? Heulen wie ein kleines Mädchen!«

»Der Penner hat mir voll in den Bauch getreten.« Max kniete zwischen Alex und Kasi auf der einen und Rufus auf der anderen Seite. Er hielt sich mit beiden Händen die schmerzende Stelle, kam aber, als er Kasimir wehrlos vor sich sah, ziemlich schnell auf die Beine und trat ihm gegen das Knie. Kasi schrie auf.

»Hört auf! Ich will nicht mehr! Ich will nach Hause!«

»Oh, das kleine Mädchen hat Heimweh, was? Aber keiner wird dich vermissen, jedenfalls nicht vor dem Abendessen und bis dahin ist noch viiiel Zeit.« Alex' Gesicht kam ganz nah heran.

»Habt ihr sie? Habt ihr sie?« Timi hatte den Lärm gehört, auch einzelne Worte verstanden und anfangs auch noch brav auf den ihn herunterlockenden Ruf seines Bruders gewartet, als der aber einfach nicht kommen wollte selbst die Initiative ergriffen. Er rannte direkt in Rufus' Arme. Rufus packte den Achtjährigen.

»Lass sofort Kasi los!«, brüllte Rufus und hielt den einen Kopf Kleineren wie ein Schild vor sich. Der aber zeigte wenig Begeisterung für diese Art Spiel. Er trat Rufus auf die Füße, schlug die Ellenbogen nach hinten. »Halt still! Ich tu dir doch nichts«, flüsterte Rufus Timi ins Ohr, aber statt sich über diese Botschaft zu freuen, warf dieser nur den Kopf nach hinten und traf Rufus am Kinn.

Als Max sah, dass der Schwarze nun nicht einmal mehr vor einer Geiselnahme zurückschreckte, ließ er das Mädchen Mädchen sein. Jetzt hört der Spaß auf, sagten seine Augen, bei Timi hörte der Spaß auf. Ganz langsam durchquerte er den Raum, gab dem Kessel einen Tritt. Unter seinem Fuß zersplitterte Rufus' Lanzenstiel. Den Kopf gesenkt und beide Fäuste schlagbereit vor der Brust, näherte er sich. Es durfte viel passieren, sehr viel sogar, aber das hier nicht. Timi durfte nichts geschehen, weder zu Hause noch hier.

Rufus sah die Gefahr kommen, sie näherte sich wie eine im Schritttempo anrollende Dampfwalze, allerdings eine Dampfwalze mit leerem Führerstand. Nichts würde Max aufhalten. Alex hatte sich inzwischen ans andere Ende des Raumes zurückgezogen und hielt Kasimir ebenso vor sich wie Rufus Timi. Aber Kasi wehrte sich nicht, niemand stand vor Alex und bedrohte ihn.

»Hört auf!«, schrie Rufus in einem letzten Versuch, dieses ganze Theater hier doch noch wie normale Kinder zu beenden, aber weder Alex noch Max wollten normale Kinder sein. Oder sie definierten diesen Zustand eben anders. Alex lächelte, er wusste, dass Max mit diesem Schwarzen da gleich kurzen Prozess machen würde. Und Max? Den trennten jetzt nur noch wenige Schritte von seinem kleinen Bruder und dessen Entführer. Nur noch drei Schritte, zwei …

Rufus stieß seine Geisel weg. Timi stolperte, noch immer um sich schlagend, in die ausgebreiteten Arme des großen Bruders. Rufus sah dem Kleinen nach und fühlte sich einen kurzen Augenblick wie ein Zuschauer, fremd, als gehöre er gar nicht wirklich dazu. Fünf Taschenlampenkegel erhellten die ganze so seltsame Szenerie bruchstückhaft, offenbarten nicht das Ganze sondern nur kleine Ausschnitte, die, jeder für sich genommen, irreal wirkten, in ihrer Gesamtheit zu einem absurden Bild verschmolzen: Alex' Lampe strahlte gegen Max' Rücken, was diesem aus Rufus' Sicht etwas Übernatürliches verlieh, jedenfalls solange Rufus ihn nicht von vorn beleuchtete und alles Übernatürliche in die dicke Realität zurückverwandelte. Kasis Lampe lag am Boden und zeichnete einen Vollmond an die Wand, während sich die Lampen der beiden Brüder, nun endlich wieder glücklich vereint, gemeinsam gegen den Feind, den schwarzen Mann wandten. Nein, hier hatte er nichts zu suchen!

»Rufus, hilf mir!«

Max schob seinen Bruder zur Seite und ging auf den Feigling zu.

»Ja, Mann, schnapp ihn dir«, feuerte Alex an und auch Timi stimmte mit ein. Er klatschte in die Hände, Kasi weinte …

»Ihr könnt mich mal«, schrie Rufus, ging rückwärts, bis sein Absatz die erste Stufe erreichte. Dort drehte er sich um und rannte nach oben. Er packte seinen Rucksack und folgte den durch Blätter und Zweige hereinfallenden Leitstrahlen, kletterte über Schutt und Steine und verschwand. Max kletterte ihm nach und sah gerade noch die Fußsohlen des Flüchtenden Richtung Freiheit verschwinden.

»Der Feigling ist abgehauen«, rief Max nach unten. »Wirklich toller Freund.« Er sah ihm ein paar Sekunden nach als erwartete er, dass Rufus' Gesicht noch einmal zurückkäme, aber nichts dergleichen geschah. Ein paar Steine kullerten ihm vor die Füße und als sie zum Liegen kamen, erinnerte nichts mehr an den Schwarzen.

Max' Taschenlampe streifte auf dem Weg zu den anderen den eigenen Rucksack und kam sofort zu diesem zurück. Auf der Stelle vergaß er den schwarzen Ritter. Er hatte Durst, einen Riesendurst und Hunger. Er hätte auf der Stelle ein halbes Schwein vertilgen können.

»Max! Komm, hilf mir!«

»Gleich.« Max stopfte sich einen Muffin in den Mund, wollte noch einen zweiten hinzufügen, aber Alex' erneuter Ruf hielt ihn davon ab. Mit der Colaflasche in der Hand rutschte er über die Geröllzunge zur Treppe und weiter in Raum zwei.

Kasi lag inzwischen wieder am Boden, von Widerstand keine Spur. Sein Weinen hatte sich in der Zwischenzeit in leises Schluchzen verwandelt. *Kasimir* hieß der Verlierer und Kasimir wusste dies. Alex saß rücklings auf dem Mädchen.

»Und? Wo ist der Schwarze?«

»Abgehauen«, antwortete Max, wobei ihm die zerkauten Muffinreste in die Quere kamen. Ein paar von ihnen tanzten im Lampenschein, ein oder zwei entschieden sich für Max' Atemwege, er verschluckte sich und der anschließende Hustenanfall verteilte einen Großteil des Muffins zwischen den Kindern. »Abgehauen«, wiederholte er noch einmal, wischte sich mit dem Handrücken die Reste der Schokoladenglasur von den Lippen und lenkte sie ab. »Hat seinen Rucksack geschnappt und weg.«

»Schade.« Alex stand auf und leuchtete dem am Boden Liegenden ins Gesicht. »Wirklich schade.« So verwandelte sich dieser Sieg also doch wieder in eine halbe Niederlage, wenn die Hälfte der Beute das Weite suchen konnte. Max hatte versagt. Alex vermutete, dass der Freund den Schwarzen sicher hätte fangen können, wenn er unterwegs nicht an seinem Rucksack vorbeigekommen wäre. Er wollte schon etwas in dieser Art sagen, als das Mädchen den Oberkörper aufrichtete und sich die Nase mit dem Handrücken abwischte. Tränen schimmerten in Kasis Augen.

»Darf ich jetzt gehen?« Kasis Stimme zitterte. Er hatte Angst. Max lachte, ihm gefiel das alles hier, sehr sogar und bevor Alex was auch immer antworten konnte, zog Max zur Antwort die vier miteinander verbundenen Kettenstücke aus dem Haufen Fundsachen und hielt sie in die Höhe, dabei strahlte sein Gesicht, als habe er soeben erst den Sinn dieses Tages erkannt.

Für Alex hatte das Spiel an dieser Stelle eigentlich sein Ende gefunden. Für das Mädchen gäbe es noch einen heftigen Tritt in den ollen Kasi-Arsch, danach könnte man zu dritt oben im Burghof den mitgebrachten Proviant dezimieren, vielleicht noch eine Stunde unten an der Steina verbringen, einen Damm bauen oder einfach nur in der Sonne liegen. Als Max jetzt aber die Kette hochhielt, wusste Alex, dass das Spiel gerade erst so richtig begann! Man durfte einen Verbrecher wie dieses Brillenschlangenmädchen nicht einfach so ungestraft laufen lassen, kein Ritter der Welt würde dies tun. Keiner! Die Kette verscheuchte die Vorwürfe gegen den Freund. Was soll's, den schwarzen Ritter könnten sie auch ein andermal unschädlich machen, jetzt hieß es erst einmal, die Beute zu sichern und – vor dem Kopfabschlagen – zu verhören.

»Das ist gut«, sagte Alex. Auch er strahlte, nur Timi verstand nichts. Aber die beiden Großen zeigten ihm nur zu gern, was es mit dieser Kette auf sich hatte. Alex packte Kasi am Arm und zerrte ihn auf die Beine. »Deine Hände!« Kasi schluchzte, kam dem Befehl aber nach und Max legte ihm die beiden kleineren der vier Schellen um die Handgelenke.

»Da fehlt irgendwas«, sagte er. Die Schellen passten zwar, zum Verschließen brauchte es aber noch einen Stift oder irgendetwas in dieser Art, das man durch die beiden Öffnungen stecken konnte. Alex durchsuchte seine Hosentaschen und fand rechts sein Taschenmesser und links eine Schnur. Ein richtiger Ritter trug beides immer und überall bei sich! Er zerschnitt den Strick in vier gleich lange Stücke und am Ende stand Kasi an der Wand, um jedes Gelenk ein breites, verrostetes Stück Eisen, von dem eine lange, ebenso verrostete Kette baumelte. Diese vier Enden hingen an einem Ring, so groß wie ein Armreif. Max packte diesen Reif und zerrte Kasi quer durch den Raum und wieder zurück. Kasi trippelte in kleinen Schritten hinterher, darauf bedacht, nicht auf eines der auf dem Boden schleifenden Kettenstücke zu treten. Das Metall hing schwer an seinen Armen und Beinen und nachdem ihn nach Max sogar Timi durch den Raum ziehen durfte und Timi unter dem Beifall der beiden Großen gar nicht mehr damit aufhören wollte, brannten Kasis Gelenke wie Feuer.

Doch dann verließ Alex' Lampenstrahl das Gespann aus Timi und Mädchen. Das Licht wanderte zuerst in die Ecke mit den Lanzen und Ketten und kletterte schließlich zur

Decke. An einem fingerdicken Haken zögerte der Lichtkegel. Was mochte hier früher einmal alles von der Decke gehangen haben, sinnierte Alex und zählte insgesamt vier weitere, unbesetzte Halterungen, die wie gekrümmte Zeigefinger lockten und riefen. Alex verstand die Botschaft dieser Finger.

»Kommt, wir hängen ihn auf!«

Timi stoppte und sein Gesichtsausdruck stand, was Unverständnis, Entsetzen und eine Prise Dummheit anbetraf, dem seines Bruders in nichts nach. Alex atmete einmal tief durch und verdrehte die Augen. »Natürlich nicht richtig, ihr Deppen. Da«, er zeigte zur Decke, auf einen Haken unmittelbar vor dem Gang nach oben, »da haken wir die Kette ein und unser lieber Kasimir darf ein wenig schaukeln.«

11 Das andere Leben

Oben auf der Burg, versteckt hinter einem Mauervorsprung, saß Rufus auf einem Stein. Über dem Kopf des Jungen breitete eine Buche ihre Arme aus. Durch diesen löchrigen Schirm aus Blättern und Zweigen fielen Tausende winzige Sonnenstrahlen und verwandelten die Welt unter dem Baum in einen Flickenteppich aus Hell und Dunkel, aus Licht und Schatten. Die Überreste des Regens vom Vormittag glitzerten wie Diamanten auf jedem Grashalm, jedem Zweig, an den Spitzen der Blätter, von wo aus sie, wie ein Echo dieser abgezogenen Schlechtwetterepisode, einen zweiten Regen zauberten und das Kind zu seinen Füßen durchnässten. Aber Rufus nahm weder die Nässe noch den Zauber dieses Augenblickes wahr. Er sah keinen aufsteigenden Dunst, nicht die sich in diesem Dunst zu Säulen manifestierenden Sonnenstrahlen. Er hörte nicht den Gesang der Vögel. Der Zwölfjährige schloss die Augen, hielt seinen Rucksack auf dem Schoß und legte den Kopf darauf. Er zitterte – aus Angst, weil er fror, er wusste es selbst nicht und das Warum bedeutete auch nichts, wichtig nur, dass er nicht mehr da unten sein musste, nicht mehr bei Max und Alex. Er hatte sich hier hinter den Mauerresten versteckt, weil er eigentlich damit rechnete, dass man ihn verfolgen würde – aber nichts tat sich. Alles blieb still, nur ein kaum spürbarer Windhauch, der an den Hängen der Burg nach oben stieg, spielte mit den Blättern. Vögel tanzten dazu, sangen und hoch über der Burg drehte ein Milan ohne Flügelschlag seine Kreise. Hin und wieder stieß er einen Ruf aus – eine Welt im Gleichgewicht, eine Welt, die das Kind nicht brauchte und die dieses Kind nicht einmal bemerkte.

Nach und nach entspannte sich Rufus' Haut, der Flaum im Nacken und auf seinen Armen legte sich und das Zittern seiner Schultern ließ nach. Doch, gestand er sich ein, doch, was er empfand, hieß *Angst*. Angst. Angst, wie er sie seit letztem Winter nicht mehr empfunden hatte, nein, eigentlich in dieser Form überhaupt noch nicht kannte. Letzten Winter hatte sich seine Angst um Mutter gedreht, heute um ihn selbst. Max' Augen, wie diese auf ihn zukamen, dazu Kasis Weinen – das alles zusammen ergab mehr als genug Grund, sich zu ängstigen. Aber jetzt befand er sich in Sicherheit und dieses hirnrissige *Spiel* hatte ein Ende gefunden, jedenfalls für ihn. So verbrachten sie also ihre Zeit. Rufus verzog den Mund zu einem Lächeln, ein Lächeln, welches allerdings eher zu Schmerzen passen wollte. Nein, er gehörte nicht dazu und er würde auch nie im Leben dazugehören. Nie! Er gehörte auf den Berg, unter den Funkmast und der einzige Grund, warum er überhaupt noch am Leben blieb, hieß: Vergebung. Mutter musste ihm vergeben, irgendwann und dann könnte endlich auch er gehen. Aber noch wusste er nicht mit abschließender Sicherheit, dass sie ihm vergeben hatte, noch nicht.

Seit sich zuerst Leon, Rufus' zwei Jahre älterer Bruder, und schließlich auch Mutter für dieses andere Leben entschieden hatten, dachte Rufus eigentlich nur noch über dieses andere

Leben nach. Die meisten nannten es *Tod*, er *ein anderes Leben*. Der Glaube an solch ein anderes Leben gab dem Kind Kraft, das Geschehene zu überwinden, in erster Linie aber ließ er es weiterleben und die eigenen Schuldgefühle ertragen. Schuld – darum drehte sich alles. Wäre Vater nicht gewesen, er hätte diese Schuld längst gesühnt.

Depressive Verstimmungen hatte ein Hamburger Kinderarzt diagnostiziert, damals zählte Leon gerade einmal neun Jahre. Rufus hatte nie bewusst über das Verhalten seines Bruders nachgedacht, warum der lieber allein in seinem abgedunkelten Zimmer saß, während der kleine Bruder am Elbufer spielte, weshalb er sich manchmal mehrere Tage hintereinander weigerte, das Bett zu verlassen und zur Schule zu gehen, wenig sprach und wenn, dann meist über Dinge, die Rufus einfach nicht verstand: den Tod, den Sinn hinter allem Tun, Einsamkeit. Das zweite Schuljahr hatte Leon wegen dieser Betttage wiederholen müssen und Rufus hatte sich damals lauthals auf den Tag gefreut, an dem er mit seinem großen Bruder die gleiche Klasse besuchen würde. Aber dazu kam es nicht. Leon bekam ein ganzes Bataillon Tabletten und Tropfen, die ihm angeblich gute Gedanken schenken sollten. Rufus selbst hatte sie nach Mutters Tod ein paar Tage genommen und wusste so aus eigener Erfahrung, dass diese Mittel nicht hielten, was sie versprachen, ganz im Gegenteil. Bei Rufus hatten sie die Trauer über Mutters Tod und die eigenen Schuldgefühle nicht etwa in Fröhlichkeit und Lebenslust verwandelt, sondern das eigene Denken nur auf eine schwer zu beschreibende Art und Weise vernebelt. Bis zum heutigen Tage musste noch ein Rest dieser Wirkung in ihm sein, denn manchmal war es noch immer so: er fand einen Gedanken, über den er nachdenken, den er zu einem Ende denken wollte und konnte es nicht. Die Worte und Sätze zerrissen, die Gefühle fühlten sich schwammig an und all das trieb dann wie Fetzen durcheinander und Rufus' Wut über diese Unfähigkeit, klar denken zu können, überdeckte alles andere, sogar Mutter. Nein, diese Medikamente hatten ihm nicht geholfen und sie hatten Leon nicht geholfen. Sie halfen vielleicht dem Arzt, der sie verschrieben hatte oder der Frau in der Apotheke oder denen, die sie erfanden, aber Leon und Rufus nicht. Rufus hatte nach nicht einmal zwei Wochen aufgehört, sie zu nehmen und Vater dies stillschweigend akzeptiert, er brauchte schließlich auch keine Tabletten, um nach Mutters Tod weiterleben zu können, warum dann sein Sohn? Leon aber hatte sie bis zum letzten Tag geschluckt. Vielleicht hatte er gehofft, dass sie ihn am Leben erhalten konnten, wer wusste das schon, darüber gesprochen hatte er mit seinem kleinen Bruder jedenfalls nie. Über so etwas sprach man nicht, wenn man es ernst meinte, das wusste Rufus inzwischen aus eigener Erfahrung. Man spricht immer nur über Zweit- oder Drittwichtiges, jedenfalls wenn es sich dabei um eine angeblich nicht in das Denken eines gesunden Kindes passende Angelegenheit handelte und der eigene Tod gehörte ganz offensichtlich zu dieser Art Angelegenheiten. Kinder sollten lachen und toben und lernen und den Beispielen ihrer Eltern folgen, aber bitte nicht über den Sinn ihres Lebens und schon gar nicht über den eigenen Tod nachdenken, das gehörte sich nicht, für Erwachsene nicht und schon gar nicht für Kinder. Und wer es doch tat, der musste Tabletten schlucken, das Alter spielte dabei keine Rolle. Kinder wie Max und Alex, die sinnlose Spiele spielten, andere verhöhnten und ärgerten, diese Kinder galten als gesund, Kinder, die sich mit ihrer toten Mutter unterhielten als krank.

Rufus kramte seine Wasserflasche hervor, trank einen Schluck und schüttete sich einen zweiten in den Nacken, verrieb ihn da und fuhr sich mit der Hand über das Gesicht. Nein, wenn Alex und Max als gesund und normal galten und gesunde Normalität das anzustrebende Ziel hieß, dann wollte er nie und nimmer gesund werden. Er wollte nicht oberflächlich in seinem Leben herumvegetieren und schon gar nicht wollte er aufhören, über den Tod nachzudenken. Nie! Schließlich sah er selbst in diesem anderen Leben das wirkliche Ziel, auf das doch alles hinauslief. Sicher, ob dieser Zustand dann einen Endpunkt darstellte oder ob es danach vielleicht erst richtig losging, das wusste keiner und auch Mutter hatte ihm bisher noch nichts darüber verraten. Aber er würde es erfahren und darauf freute sich Rufus mehr als auf alles andere, fast noch mehr als auf das Wiedersehen mit Mutter und Leon.

Durfte man sich auf den Tod freuen? Rufus hatte diese Frage für sich inzwischen mit einem klaren Nein beantwortet, freute sich aber trotzdem. Dieses Nein bezog sich auf die Sicht der Normalen, zu denen er sich nach reiflicher Überlegung jedoch nicht mehr zählte. Die aus seiner Freude erwachsene Freiheit nutzte er für eigene Gedanken und weitere, eigene Freuden. Er wusste inzwischen, warum er und seine Gedanken als krank galten: man brauchte nichts weiter für diese Freuden, weder Menschen noch Dinge, musste nichts kaufen. Es handelte sich um eine vollkommen private Freude, diese Vorfreude, Rufus aber verstand nicht, warum nicht jeder so dachte wie er, warum die Menschen sich nicht ununterbrochen über dieses Mysterium Tod unterhielten. Es ging alle etwas an und fast alle beteten zu einem Gott und glaubten an ein Leben nach dem Tod, aber keiner schien sich auf dieses Leben wirklich zu freuen oder sich bewusst für einen vorgezogenen Beginn dieses Lebens zu entscheiden. Wie stark und ehrlich konnte dann dieser Glaube sein, wenn er nicht zu Gesprächen über dieses Mysterium und zum Freitod führte?

Ob Leon wohl ähnliche Gedanken mit sich herumgeschleppt hatte? Diese Frage stellte Rufus sich oft, auch Mutter fragte er danach, erhielt aber keine Antwort. Seltsam, dass er oben auf dem Berg auch nur Mutters Stimme zu hören glaubte, Leons nie und auch keine anderen Stimmen. Dass er überhaupt etwas hörte, das wusste nur Vater und ob er es wirklich glaubte … na ja, Rufus wusste, dass dies eine der Fragen war, die er einerseits nicht beantworten konnte und, sollte doch eine Antwort existieren, dass diese Antwort keine Bedeutung besaß, denn auch Vater gehörte wohl eher zur Normalenfraktion, Vater hörte vielleicht nur zu, weil Rufus noch lebte.

Nach Mutters Tod, dem Umzug hierher und der Entdeckung des Berges hatte Rufus gehofft, dass die Menschen hier anders mit dem Tod umgingen als die Menschen in Hamburg. Wenn es an diesem Ort einen Berg gab, an dem er Mutter hören konnte, dann musste dies ein besonderer Ort mit besonderen Menschen sein. Am zweiten Schultag hatte er seinen Lehrer gefragt, ob man nicht eine »Arbeitsgemeinschaft Tod« gründen könne. Es folgte noch am selben Abend ein Gespräch zwischen Lehrer und Vater und die Hoffnung auf besondere Menschen löste sich in dummen Bemerkungen im Schulbus und Getuschel hinter vorgehaltenen Händen auf.

Leon hatte Stärke gezeigt und dass man sich seine Vorfreude erfüllen konnte. Er hatte sein dunkles Zimmer verlassen, sich von Rufus verabschiedet, ihm sogar sein ferngesteuertes Auto geschenkt, und sich im Wäldchen hinter dem Haus erhängt. Einfach so, zwölf Jahre alt. Und Rufus hatte es nicht verhindert, obwohl er damals gespürt hatte, dass Leon irgendetwas vorhatte. Aber er wollte das Auto behalten, unbedingt. Von den daraus resultierenden Schuldgefühlen hatte er nie zu jemandem gesprochen und als die Traurigkeit von Mutter immer mehr Besitz ergriffen hatte und sie viele Tage in ihrem Morgenmantel am Küchentisch verbracht hatte, ohne ein Wort zu sagen, ohne irgendetwas zu tun, da hatte Rufus erkannt, dass es nur eine Frage der Zeit sein konnte, bis Mutter den selben Weg gehen würde wie Leon. Gut, Leon hatte sich erhängt, sie ging ins Wasser, aber das war in etwa wie eine Reise, die der eine zu Fuß angeht, während sich ein anderer in den Zug setzt. Das Ziel aber blieb dasselbe: ein anderes Leben.

Rufus verstaute die Trinkflasche und warf einen Blick zurück über die Mauer. Dort, wo sich der Einstieg in Alex' Welt befand, lagen noch immer nur Äste und Zweige, von Rufus' Verfolgern keine Spur. Wahrscheinlich hatten sie die Verfolgung überhaupt nicht erst aufgenommen, schließlich besaßen sie ja noch Kasi. Rufus steckte sich die Stöpsel in die Ohren und das Rauschen der Blätter, der Gesang der Vögel verschwand hinter Maiskys Cello. Rufus nahm den Rucksack, kletterte über die Mauer und rutschte ein kleines Stück den Hang hinab, bis er den Trampelpfad zur Steina erreichte. *Armer Kasi*, dachte er, ging aber weiter. In dessen Haut wollte er jetzt wirklich nicht stecken. Alex hatte sich, den Geräuschen nach, die der vorhin ausgestoßen hatte, ziemlich heftig wehgetan und dürfte diesen Schmerz wohl jetzt an Kasi auslassen. Aber gut, so ist es eben, wenn man glaubt, dazugehören zu müssen, denn Kasi gehörte ebenso wenig zu Alex und Max wie Rufus selbst. Aber das musste der jetzt eben lernen, besser heute als morgen.

Rufus warf immer wieder einen Blick zurück über die Schulter, blieb auch zwei Mal stehen und stellte die Musik ab, weil er meinte, etwas gehört zu haben. Er erreichte gerade in dem Moment den Wanderweg am Steinaufer, als Alex und Max ihr Opfer unter die Decke hängten. Bevor Rufus hinter einer Wegbiegung verschwand, blieb er ein paar Sekunden stehen und sah zurück zur Ruine – alles still, niemand zu sehen. Armer Kasi.

Aber was soll's, helfen hätte er ihm ja doch nicht können.

12 Das Ende

»Hört bitte auf. Bitte.« Kasi weinte. Max und Alex betrachteten ihr Opfer mit einem Interesse und einer Aufmerksamkeit, die keiner der beiden von sich kannte. Fasziniert von der

Macht, die ihnen dieses Spiel in die Hände gelegt hatte, ausgestattet mit dem Wissen, dass jeder erwachsene Zwischenruf weit, weit entfernt irgendwo da oben ungehört verhallte, genossen sie den Anblick. Das schmächtige Mädchen baumelte einfach so von der Decke, hing an dem am einfachsten zu erreichenden Haken, welcher unmittelbar am Ausgang nach oben aus dem Deckengewölbe ragte. Es ging sogar viel einfacher als zuerst von Alex vermutet. Max hatte seinen kleinen Bruder auf die Schultern genommen, sodass dessen Kopf fast an die Decke stieß und Alex das holde Fräulein Brillenschlange (Wo war eigentlich die Brille?) auf die Arme genommen. Zuerst hatte Kasi sich noch gewehrt, sich gewunden und gebettelt, aber Alex hob ihn einfach nach oben, bis Timi die Kette einhaken konnte. Spannend dann der Moment des Loslassens. Hielt der Haken? Konnte er das Gewicht des Kindes tragen? – Er hielt und so hing Kasi jetzt wie ein an allen vier Läufen gefesseltes Stück Wild von der Decke, den Kopf von der Schwerkraft nach hinten gebogen, sodass Kasis kleiner Kehlkopf wie eine verschluckte Pfeilspitze durch die Haut schimmerte. Gut anderthalb Meter über dem Boden hing er so und die Kinder standen daneben und tauchten ihren Gefangenen in viel zu helles Licht. Kasis Hand- und Fußgelenke schmerzten, Max bemerkte an einem Knöchel etwas Blut, das aus geröteter und wundgescheuerter Haut perlte und freute sich noch mehr. Das hier, das gefiel ihm und er fühlte sich gut, fast noch besser als bei der Sache mit der Katze.

Alex löste sich als Erster der drei aus seiner Beobachterposition. Er setzte erneut seinen Helm auf, nahm das Schwert und schritt so zu seinem Gefangenen, dabei trug er die Klinge aufrecht vor sich her und das Metall berührte Alex' Nase und Stirn. Da er die Waffe mit beiden Händen hielt, diese Hände aber auch noch ein Taschenlampenrelikt aus einer lange zurückliegenden Zukunft mitschleppen mussten, beleuchtete Alex' Lampe den Recken und seine Waffe nun von unten. Max konnte seine Augen nicht von dem Ritter abwenden, wollte es auch gar nicht. Timi suchte bei diesem Anblick automatisch die Nähe des großen Bruders und beide starrten auf ein Wesen, das, so von unten beleuchtet, wirkte, als ginge es über den Höllenschlund. Züngelten nicht schon Flammen um seine Füße? Stoben nicht Funken bei jedem seiner Schritte?

Alex schritt zu Kasi und der sah ein an der Decke gehendes Monster auf sich zukommen. Max' Lampe fixierte das Gesicht des Mädchens und seine Augen wanderten zwischen Recke und Gefangenem hin und her. Er stand etwas abseits und war trotzdem ganz nah dabei, ein Schauspiel, ein Film, ein Computerspiel. Es kribbelte in der Magengegend.

Vor seinem Gefangenen angekommen, blieb Ritter Alex stehen. Ohne ein Wort zu sagen betrachtete er das Paket, das in Höhe seiner Augen vor ihm hin und her pendelte, ganz langsam. Dabei drehte sich der Gefangene um die eigene Achse, sodass er immer wieder den Kopf wenden, anheben oder erneut nach hinten fallen lassen musste, um seinen Richter nicht aus den Augen zu verlieren.

»Der schwarze Ritter konnte fliehen«, sagte Alex endlich. Er sprach langsam, betonte jedes einzelne Wort und versuchte seiner Stimme so viel Männlichkeit wie nur irgend möglich zu verleihen. Aber das Mädchen brauchte keinen donnernden Bass, um sich zu ängstigen, es brauchte keine Eisenschellen an Händen und Füßen, um nicht davonlaufen zu können, es brauchte weder Alex noch Max und schon gar nicht den kleinen Timi, um zu wissen, dass es sich nicht in einem bösen Traum befand. Kasi wusste das alles, aber Wissen allein reichte eben nicht und manchmal wusste man gar nichts. »Der Schwarze ist weg und nur du kannst uns verraten, wo er sich versteckt hält, er und sein blutrünstiges Gefolge.«

»Hört doch bitte auf«, sagte Kasi und es klang nun wirklich, dachte Max, wie das Winseln eines Mädchens. Max lächelte. *Ja, weine nur, fürchte dich.* »Es tut mir leid, dass,

dass …« Kasi versuchte, den Kopf anzuheben. Er hatte Schmerzen, das sah jeder. Hätte er nicht so viel in seinem Kopf, dachte Max, wäre der vielleicht ein wenig leichter und so einfacher anzuheben? Kasis Kopf fiel zurück, er schluckte und die Pfeilspitze in seinem Hals hüpfte auf und wieder zurück. »Bitte lasst mich gehen, bitte. Ich …«

»Schweig, Elender!«, brüllte Alex und das Schwert sauste nieder und stoppte erst an Kasis Hals. Timi zuckte zusammen und Max' Begeisterung verwandelte sich in Bewunderung für seinen Freund. »Was winselst du? Glaubst du etwa, wir hier auf Burg Roggenbach vergessen all eure Angriffe und Missetaten?« Das Mädchen schluckte und das Schwert hob und senkte sich einen Zentimeter. »Seit vielen Jahrhunderten verfolgt ihr uns. Ihr, ihr habt den Drachen gegen uns gehetzt«, Max kicherte und erntete einen Blick des Ritters, der ihn sofort verstummen ließ. »Wie lauten eure Pläne? Wann werdet ihr angreifen?« Die Klinge kratzte über Kasis Hals und hinterließ kleine rostbraune Krümel. Alex setzte die Spitze an Kasis Kinn. »Sprich endlich und hör auf zu flennen!« Aber dieser Gefangene aus dem Gefolge der Steinegger besaß weder Ehre noch Mut und zu wissen schien er auch nichts. Denn, statt die Hoffnung auf ein Weiterleben oder wenigstens auf einen ehrenvollen Tod zu nähren und wie ein Mann zu gestehen, schluchzte er und brachte kein klares Wort heraus und wenn doch, dann klang es immer wieder nur nach *bitte* und *bitte* und *bitte*. Ritter Alex in seiner bemerkenswerten Langmut sah sich dieses weibische Verhalten ein paar Sekunden mit an, packte dann Kasis T-Shirt und zog es diesem über das Gesicht. Von einem Mann wollte er keine Tränen sehen, keine verzerrte Fratze, keine Nase, aus der grünes Zeug tropfte. »Diese Grimasse beleidigt unsere Ehre. Und unsere Augen.« Max' Beifall übertönte Kasimirs Angstschrei.

Das über sein Gesicht gezogene T-Shirt verwandelte Kasimirs Angst in Panik. Sie sollten ihn endlich herunternehmen!

Das durften sie alles nicht! Das war gemein! Kasi schrie, spannte alle Muskeln an. Sein Nacken schmerzte, die Gelenke brannten. Noch einmal schüttelte er den Kopf, noch einmal zog er sich nach oben, aber seine Kräfte reichten nicht aus. Er fiel zurück, die Ketten zerrten an seinen Gliedmaßen und die Schmerzen in seinen Schultern waren kaum noch zum Aushalten. Kasimir schrie. Max löste sich aus seiner Erstarrung, sprang zu dem Gefangenen hin, holte aus, Licht flackerte über die Decke. Ritter Alex aber packte den Arm seines treuesten Gefährten und hinderte ihn so daran, eine Dummheit zu begehen. Er schob Max' Hand zur Seite und beendete Kasis Geschrei, indem er diesem einfach einen Teil des eigenen T-Shirts in den Mund stopfte. Dann drehte er sich zu seinem Gefolge um und verkündete, dass er nach der gewonnenen Schlacht hungrig und durstig sei. »Ihr bewacht den Gefangenen. Und wehe, er flieht oder ihm geschieht ein Unglück.« Alex' Taschenlampenstrahl wanderte zu Max. »Ich steige jetzt hinauf, schaue nach, ob der schwarze Ritter noch irgendwo in der Nähe ist und bringe auf dem Rückweg aus der Burgküche unseren Proviant mit. Speisen und Getränke im Überfluss.« Max applaudierte und auch Timi freute sich.

»Wir werden den Gefangenen und die Burg mit unserem Blut verteidigen«, antwortete Max, schlug dabei die Hacken zusammen und legte militärisch korrekt die Finger der rechten Hand an die Schläfe. Ritter Alex wollte zu einer Erklärung ansetzen, Max zeigen, wie ein mittelalterlicher Gruß auszusehen hatte (Kniefall!), ließ es aber. Er hatte Hunger. Und Durst. Seine Kehle fühlte sich wie ein Stück Sandpapier an und die geschriene Unterhaltung mit dem Gefangenen hatte diesen Zustand nicht gerade verbessert, im Gegenteil. Also nickte er nur, gab Kasi einen Stoß, sodass der zur Seite pendelte und kurz den Gang nach oben freigab. Alex schlüpfte hinaus, drehte sich auf der ersten Stufe aber noch einmal um.

»Und keinen Blödsinn machen, verstanden?«

»Verstanden!« Wieder dieser unpassende Gruß. Alex verschwand.

Max' Blicke folgten dem Freund, wanderten anschließend zu Kasimir und an diesem vorbei. Kasis Kurbellampe lag noch immer am anderen Ende des Raumes und beleuchtete mit abnehmendem Interesse Rufus' leeres Versteck. Als Rufus während des Lärms, den Kasis Kesselsturz verursacht hatte, aus seinem Schlupfwinkel gesprungen war, hatte er all die Lanzen, Standarten und Spieße umgeworfen und so lagen die Sachen jetzt wie ein mittelalterliches Mikado im Raum. Max ging hinüber und bückte sich nach Kasis Lampe. Er betrachtete sie, drehte zweimal an der Kurbel und schüttelte den Kopf.

»So 'ne bescheuerte Lampe, das kann auch bloß dem da einfallen.« Max schaltete das nutzlose Ding aus und warf es in eine der Nischen in der Wand. Mit der Fußspitze schob er anschließend die Mikadostäbchen hin und her und bückte sich schließlich nach seinem Helm. Er setzte ihn auf, nahm eine Lanze und hielt sich die Lampe unter das Kinn, sodass nur Nase, Augenbrauen und der Rand des Helmes Licht abbekamen, der Rest lag im Schatten.

»Hör auf, Max«, sagte Timi. »Du machst mir Angst.«

»Uaaah, ich bin der alte Ritter Max und soeben von den Toten auferstanden.« Er ging zu seinem Bruder, humpelte und stützte sich dabei auf seine Lanze. Die aber fühlte sich der ungewohnten Belastung nicht gewachsen, es knackte, sie brach und Max, der mit seinem nicht unerheblichen Gewicht an dem Stecken hing, verlor das Gleichgewicht, stolperte drei Schritte nach vorn und stieß mit dem behelmten Kopf gegen Kasi. Der schrie auf, ein von Stoff erstickter Schrei. Max fiel zu Boden, genau unter dem von der Decke hängenden Sack. Er schlug Kasi die Faust in den Rücken.

»Halts Maul, du, du Mädchen!« Und noch ein Schlag. Kasi wand sich, aber Max' Faust traf ihn, immer wieder und immer exakt an derselben Stelle.

»Hör auf!«, Timi sprang dazwischen. »Hör auf, du tust ihm weh!«

»Na und? Er hat angefangen!« Max stand auf und rammte im Weggehen Kasi den Ellenbogen in die Seite. »Oh, entschuldige bitte.« Max streichelte Kasis Kopf, da wo er die Augen fühlte etwas fester. Der nackte Oberkörper straffte sich, genau wie es das Kätzchen getan hatte. Besaß auch ein Mädchen sieben Leben, denen man sieben Minuten die Luft abdrücken musste? Sieben Minuten, so lange hatte das Katzenjunge mit dem Schnürsenkel um den Hals zwischen Max' Händen gehangen und gezappelt und gestrampelt und sich gewunden. Sieben Minuten, bis Max schon gedacht hatte, das blöde Ding würde niemals mehr damit aufhören. Seine Arme hatten geschmerzt, hier aber müsste er niemanden in die Höhe halten, ganz im Gegenteil. Hier besaß das von der Decke hängende Opfer keine Chance und er selbst zwei freie Hände.

»Max?«

»Was?« Max wollte weiterspielen. »Was ist?«

»Ich hab Durst.«

»Hast du nicht zugehört? Alex sieht nach dem Schwarzen und dann bringt er was zu essen mit. Und was zu trinken.«

»Wollen wir nicht nach Hause? Wie spät ist es?« Timi spürte, dass dies hier irgendwie nicht mehr passte. Max verhielt sich anders als sonst, er vergaß sogar das Essen. »Wie spät?« Max ließ von dem Gefangenen ab und sah auf sein Handy.

»Kurz nach drei erst. Wir haben noch massig Zeit.«

»Aber …«

»Weißt du was, Kleiner? Wenn dein Durst so groß ist, dann geh doch einfach hoch und hol dir was. Ich bleibe solange hier und«, der Lichtkegel wanderte vom kleinen Bruder zurück zum wirklich interessanten Ding in diesem Berg, »und ich bewache solange das da. Alex hat's befohlen.«

Max' Augen leuchteten, wie sie es nur sehr selten taten. Schweiß klebte an seiner Stirn, was hingegen öfter vorkam. Aber hier unten war es kühl und Max hatte sich kaum angestrengt, trotzdem glänzte sein Gesicht. Timi spürte, dass von Max Gefahr ausging, nicht für ihn, seinem kleinen Brüder würde er nie und nimmer etwas antun, von einer Kopfnuss einmal abgesehen. Aber Max' Interesse an Kasi jagte dem Achtjährigen Angst ein. Er könnte nach oben gehen, etwas trinken und nach Hause rennen und Mutter alles erzählen. Das bedeutete allerdings mit Sicherheit ziemlich großen Ärger für Max, denn Mutter würde es am Abend Vater erzählen und der ... Na ja, Timi wusste nicht, was Vater mit Max immer anstellte, wusste aber, dass Max hinterher eigentlich nie zu Späßen aufgelegt war und sollte Timi heute der Grund für *Vaters Behandlung*, wie Max das nannte, sein, dann dürfte Max mit Sicherheit seine Wut darüber an ihm, an Timi, auslassen.

»Ich hol was zu trinken.«

»Jaja, geh du nur. Nimm dir ruhig Zeit.« Wieder dieser komische Blick, »Kannst ja mal nach Alex schauen, vielleicht braucht der Hilfe mit dem schwarzen Ritter.«

Während Timi über die Gesteinszunge in den oberen Raum krabbelte und Alex an einen Baum gelehnt in der Sonne lag und den Augenblick in vollen Zügen genoss, blieben Kasimir und Max allein in der Tiefe des Berges zurück. Max wartete neben dem von der Decke hängenden Boxsack und lauschte. Die Krabbelgeräusche des kleinen Bruders entfernten sich, schließlich Stille. Max löschte seine Lampe.

»Jetzt ist es ganz dunkel, du Brillenschlange.« Max' Lippen berührten Kasis T-Shirt da, wo sich ein Ohr befand, er spürte es, konnte mit den Lippen sehen. »Wir sind ganz allein, nur du und ich. Spürst du mich?« Nicken. »Kannst du mich riechen?«

Es dauerte einen Augenblick, aber dann nickte der Gefragte erneut. »Hast du Angst?« Es war unnötig, auf die Antwort zu warten. Das Mädchen wollte etwas sagen, aber Alex' Knebel verhinderte dies, zum Glück. Nein, sie mussten sich ganz still verhalten, Timi durfte nichts hören, kein einziges Wort. Sollte der Kleine doch trinken, sein großer, starker Bruder verspürte keinen Durst, jedenfalls keinen Durst, welchen Flüssigkeit zu löschen vermochte.

Max' Finger berührten Kasis Stirn und Kasi presste in Erwartung zudrückender Finger die Augen so fest zusammen, wie er nur konnte. Lichtblitze. Aber Max' Hand wanderte über die Augenhöhlen hinweg, über Nase und Mund hin zum Hals. Seine Augen sahen nichts, seine Finger sahen für ihn.

Er sah nichts, spürte aber angespannte Sehnen und die kleine Pfeilspitze unter dünner Haut. Max konnte mit den Fingerspitzen sehen, besser als jedes Auge. Niemand sah sie jetzt, nicht einmal sie selbst. Niemand!

Macht. Fünf winzige Buchstaben nur, allerdings in der richtigen Reihenfolge angeordnet ein Wort, das ganze Welten verändern konnte. Max registrierte erstaunt die eigene Erregung, sein Atem ging schnell und schien genauso zu zittern wie seine Hände. Fühlte es sich so für seinen Stiefvater an? Empfand dies hier der Lehrer, wenn er seine Macht auskostete, Max zur Tafel rief und ihm eine Aufgabe stellte, bei der er doch von Vornherein schon wissen musste, dass Max sie nie und nimmer korrekt ausführen konnte? Es fühlte sich gut an, viel besser als die Minuten auf dem Heuboden. Warum? Max vermutete, dass es am Objekt lag. Eine Katze fühlt sich zwar genauso lebendig an wie dieses von der Decke baumelnde Mädchen hier, ist aber eben doch nur eine Katze, ein Ding, das keiner vermisst, ein Tier, viele Stufen unter ihm selbst angesiedelt. Bei Kasimir aber handelte es sich um einen Jungen und während Max' Finger über fremde Haut zitterten, wusste er genau, was jetzt, in diesem Augenblick, im Kopf des Anderen vorgehen musste – Wissen, welches den Wert dieses Momentes ins Unfassbare steigerte. Es tat so gut, einmal auf der anderen Seite stehen zu dürfen, mächtig zu sein.

Max' Finger wanderten über Kasimirs nackte Arme, über Bauch und Brust des Kindes bis zur verschluckten Pfeilspitze in dessen Hals. Nur er und der Gefangene, sonst nichts. Kein Erwachsener, der ihm die Macht aus den Händen riss, er konnte tun und lassen was er wollte, ein Herr über Leben …

… und Tod.

Schauer jagten über Max' Rücken, seine Hand legte sich um einen schlanken, von jedem Schutz befreiten Hals. Max drückte zu.

Kasi riss den Kopf nach oben, es arbeitete unter Max' Fingern und die Geräusche, die der T-Shirt-Knebel in Kasis Mund gestattete, erinnerten Max an gurgelndes Wasser, an einen Strudel, der alles mit sich in eine niemals endende Tiefe zerrte. *Ja, so fühlt es sich an, genau so fühlt sich Angst an, so fühlt sich Macht an.* Max genoss es. Er kannte dieses Gefühl auf der anderen Seite nur zu gut, aber endlich einmal der Angstmachende zu sein, Macht über einen Menschen zu besitzen … Die Herzen der beiden Kinder hämmerten, Max hielt mit der freien Hand das sich windende Etwas fest und drückte mit der anderen Hand weiter zu. Das Ding da wollte atmen und konnte es nicht, wollte fliehen, um Hilfe rufen. Was half dem hellen Köpfchen nun all sein neunmalkluges Wissen, was seine Belobigungen? Was sein lieber Gott? Wo waren jetzt Mama und Papa und der liebe Gott der glücklichen Familie?

»Keiner da«, flüsterte Max. »Keiner da.« Er lockerte seinen Griff und Kasi sog Luft durch den in seinem Mund steckenden Stoff. *Wie ein menschlicher Handstaubsauger*, dachte Max und streichelte dabei einen dünnen Hals. Hustete Kasi jetzt? Störte ihn der Stoff zwischen seinen Zähnen? Es klang danach und Max lauschte wie andere Menschen einer Sinfonie lauschen. Aber in gewisser Hinsicht war dies wirklich eine Sinfonie und Max komponierte sie. Und Kasimir das einzige Instrument in den Händen des Maestros. Drei, nein vier hastige, tiefe Atemzüge ließ dieser Meister seinem Opfer, dann mussten die Finger erneut zudrücken, fester diesmal, auch etwas länger und Max spürte die Erregung seine Hose erreichen. *Nein, du sollst nicht sterben, ich werde dich nicht töten. Aber du sollst dich fürchten, so wie ich mich fürchte, du sollst weinen, so wie ich weine.* Und wieder ließ er Luft in sein Opfer strömen, allerdings nicht mehr als dieses unbedingt benötigte.

Max dachte nicht mehr, er tat nur noch und obwohl er wusste, dass diese Situation hier nicht Wirklichkeit sein sollte, verhalf er ihr doch zu einer Existenz. Kasi wehrte sich, versuchte es jedenfalls, wie sich das kleine Kätzchen gewehrt hatte, wie Max selbst sich am Anfang einmal widersetzt hatte. Aber dieser eigene Widerstand lag inzwischen Jahre zurück und Max hatte sich bis zu diesem Augenblick jetzt eine Ewigkeit nicht mehr daran erinnert. Nun aber, da sich Kasis nackter Bauch anspannte, während Max' Fingerspitzen in verlogener Gleichgültigkeit darüber hinwegfuhren, jetzt spürte er es wieder: die Angst, den alles beherrschenden Gedanken *Angst*. Sicher würde Kasi jetzt alles in der Welt geben, nur um diesen Augenblick ungeschehen zu machen oder ihn wenigstens ganz schnell vorbeigehen zu lassen. Max hatte schon so oft spüren müssen, was Kasi jetzt spürte. Aber heute hatte der Zufall ihm die Macht in die Hände gelegt, Rufus, Alex und Timi weggelockt und das Kasi-Mädchen an die Decke gehängt und Max' Denken hatte sich längst von Gut und Böse, von richtig und falsch befreit; er folgte nur noch einem erwachten Tier in ihm. Die Haut auf Kasis Bauch zitterte und obwohl der Junge die Muskelstränge darunter aufs Äußerste gespannt hielt, fühlte sie sich weich und verletzlich an.

Max beugte sich vor. Kasi roch nach Angst. Max wusste gar nicht, dass man Angst riechen konnte. Roch er selbst auch so, wenn er es über sich ergehen ließ? Ja, früher vielleicht schon, heute hielt sich seine Angst dabei in Grenzen, wusste er doch, was kam und wie es endete. Dass es endete. Kasi wusste dies nicht und mit Sicherheit empfand er diesen Augenblick jetzt als den wirklichsten Moment seines Lebens. Todesangst schärfte die Sinne. Todesangst gebar Wahrheit und Erkennen. *Todesangst* hieß die einzige Wahrheit im Leben, Max wusste Bescheid. Beim allerersten Mal, da gab es noch Todesangst, danach nie wieder. Aber dieses allererste Mal hatte sich in seinen Geist gefressen, würde ihn den Rest seines Lebens wie ein Brandzeichen begleiten und immer an dieses erste Mal erinnern. Max roch an Kasis Körper und wusste plötzlich, dass es nun an ihm war, diesem Mädchen einen solchen Moment der Wahrheit zu schenken, etwas Unvergessliches, ein von einem dunklen Gott erdachtes und von dessen Werkzeug – Max – verwirklichtes Moment, stark genug, ein ganzes Leben zu verändern. Eine Sinfonie der Angst.

Max' Nase berührte Kasimirs Hals, die Achselhöhle, roch über einen warmen, weichen Arm. Plötzlich riss Max den Mund auf und biss zu. Es war *sein* Arm, dünner vielleicht, aber an *seinem* Arm spannten sich ebenso die Sehnen und Muskeln, wenn er … *SEIN* Arm! Ja, dies war *sein* Arm. Aber heute besaß dieser Arm keine Macht, heute hieß der Stärkere Maximilian! Kasimir quiekte, der Stoff dämpfte seine Schreie.

Max hatte es sich nicht vorgenommen, nichts geplant, es überkam ihn und er spürte unschuldige Haut (*seine* Haut) zwischen seinen Zähnen ihre Unschuld verlieren, schmeckte Kasis Blut (*sein* Blut). *Er* schrie. Ja, dieser Moment jetzt besaß soviel Wirklichkeit und Wahrheit, dass es für mehrere Leben gereicht hätte, es reichte für Kasimir und für ihn. Dieses Jetzt atmete Leben und Macht und Wahrheit und es sollte niemals mehr ein Ende finden. Es gab kein Danach, es gab nur noch das Jetzt und dieses Jetzt schmeckte warm und süß und fremd. Max' Kiefer schmerzten – ein Schmerz, der an dem Jungen vorüberzog. Max spürte, dass er lebte. Und er spürte das Zappeln des Mädchens. Er spürte *seine* Angst.

Kein Tod kann so schön sein, dass man darüber vergisst.

Dieser Satz steckte von jetzt auf gleich in Rufus' Kopf, so als hätte ihn jemand von außerhalb da Wort für Wort hineingelegt, die Worte hin und her geschoben, bis sie sich in der richtigen Reihenfolge befanden und anschließend dem Kind von innen gegen die Stirn geklopft und es so zum Denken dieses Satzes aufgefordert. *Kein Tod kann so schön sein, dass man darüber vergisst* – der Satz hätte von Mutter stammen können. Ja, dachte Rufus, von Mutter, obwohl sie doch selbst über ihrer Sehnsucht alles um sich herum vergessen hatte. Er sollte es nicht?

Rufus befand sich noch höchstens einhundert Meter vom Wanderparkplatz und damit der Straße entfernt. Er konnte hin und wieder Fahrzeuge hören, Motorräder, welche die gewundene Straße als Rennstrecke missbrauchten.

Kein Tod.

Rufus blieb stehen. Sicher, der Kleine ging ihn ziemlich wenig an, genau genommen gar nichts. Andererseits hatte sie das Spiel heute zusammengebracht, zwar nur für ein paar Stunden, trotzdem aber zusammen. Auf der einen Seite Alex und Max, auf der anderen Kasimir und er – eine herzlich unfaire Konstellation. Und während er selbst jetzt die Sonne genießen durfte und fast schon die Hälfte des Heimweges hinter sich hatte, saß der andere Teil seiner Partei – oder wie auch immer man das, was er und Kasimir darstellten, nennen mochte – allein im Dunkeln. Rufus ahnte, nein er wusste, dass Alex seinen Frust über Rufus' Entkommen an Kasimir auslassen würde. Warum schafft es einer zu fliehen, der andere aber nicht? Rufus wusste es nicht. Dumme Frage. Warum erlebt einer seinen hundertsten Geburtstag, ein anderer stirbt nach dem ersten Atemzug? Unwichtig alles, unwichtig. Hauptsache, man begann dieses andere Leben irgendwann und Hauptsache, man verbrachte die Zeit bis zu dieser neuen Geburt so, dass man sich später dafür nicht schämen musste. Aber genau diese Überlegung hatte Rufus' Füße angehalten. Sich schämen.

Rufus wusste, dass er Kasimir im Stich gelassen hatte, dass er, wenn er denn schon nur noch wenige Schritte vom Parkplatz entfernt im Wald stand, nicht allein hier stehen sollte und im Umkehrschluss Kasimir, wenn er noch unter der Ruine festsaß, dort nicht allein sitzen sollte.

Aber es spielte doch keine Rolle, es war so unwichtig wie nur irgendwas.

Was würde Mutter dazu sagen?

Rufus brach den soeben begonnenen Schritt ab und blieb erneut stehen. Er sollte zurück! Er wollte es nicht, wusste aber, dass er es musste. Egal, wie sinnlos alles auch erscheinen mochte, niemand durfte weglaufen und einen Freund (?) allein in einer Notlage zurücklassen.

Aber sie würden nur noch zwei, drei Stunden spielen, Kasimir vielleicht fesseln und auslachen und am Spätnachmittag die Ruine Richtung gedeckte Tische verlassen. Es war nur ein Spiel und vielleicht gefiel es Kasimir sogar. Sie würden sich krummlachen, wenn er zurückkehrte, sie würden ihn auslachen, alle zusammen.

Er hatte Leon gehen lassen und das nur, weil ihm das ferngesteuerte Auto wichtiger war als das Wissen, dass sein Bruder etwas im Schilde führte. Immer wieder musste Rufus an diesen Tag zurückdenken und immer wieder fragte er sich, wie das Leben weitergegangen wäre, hätte er damals auf die Stimme in seinem Innern gehört. Hätte er Leon verfolgt, könnte der vielleicht noch leben. Und wäre Leon noch am Leben, hätte die Trauer Mutter nicht aufgefressen. Rufus wollte diese Gedanken nicht zu einem Ende denken. Scham.

Schuld.

Rufus schaltete sein Handy aus, verstaute es zusammen mit den Ohrstöpseln im Rucksack und versteckte diesen hinter einem Holzstoß am Wegrand. Ein letztes Mal hörte er in sich hinein, dann rannte er den soeben gegangenen Weg zurück. Manchmal weiß man eben, dass eine Sache richtig ist, manchmal, dass man gerade das Falscheste vom Falschen tut und selbst, wenn man sich tausendmal alle für dieses Wissen sprechende Argumente vorbetet, ändert das schlussendlich doch nichts an der Tatsache, trotzdem etwas Falsches zu tun. Manchmal *tut* man einfach, egal was die Welt, egal was der eigene Kopf auch dagegen einzuwenden hat. Außerdem rannte er nicht wegen Kasimir zurück, auch nicht wegen Mutter oder Leon. Rufus' Jacke und das Seil lagen noch immer da unten. Rufus rannte, obwohl er wusste, dass er gegen Alex und sein Gefolge keine Chance hatte. Er rannte und fühlte sich gut dabei. Mutter, wusste er, würde inzwischen von der Sache mit Leons Spielzeugauto wissen und sie beobachtete ihn seitdem sicher. Auch eine tote Mutter bleibt eine Mutter, die ihrem Kind hinterhersieht, die alles wissen will, all das, was das Kind tut und auch die ungetanen Dinge. Eine Mutter eben. Rufus wollte sie stolz machen.

An der Wegbiegung, die einen ersten Blick auf die zweifingrige Ruine gestattete, blieb Rufus stehen und versteckte sich hinter einem Baum. Von da aus beobachtete er eine Minute die Burg. Nichts bewegte sich, niemand hielt auf dem Wendeltreppenturm nach ihm Ausschau.

Gebückt überquerte er die von oben einsehbare offene Fläche und erreichte den Anfang des Lindwurmweges hinauf zu den Mauerresten. Rufus rannte jetzt nicht mehr, er ging langsam, achtete auf jedes Geräusch, versuchte selbst so geräuschlos wie nur irgend möglich auf die Anhöhe zu gelangen. Ein Eichelhäher entdeckte den schwarz gekleideten Eindringling, flog auf, kreischte und schimpfte, landete sieben Bäume weiter und beobachtete jetzt von da aus. Und beschimpfte das Kind.

Steht jemand da oben, der den Vogel hört? Steht jemand da oben, der hört und *versteht*? Rufus wartete, lauschte. Er hatte die äußere Mauer erreicht, duckte sich in deren Schatten. Über ihm schien alles ruhig und verlassen. Nirgends ein Gesicht, niemand schrie, kein Stein flog heran.

Als er loskletterte, besaß er keinen Plan, wusste nicht, wie die anstehenden Minuten verlaufen sollten, er wusste nur, dass er das Richtige tat. Seine Hand erreichte die Mauerkrone, er zog sich an den Fingerspitzen die letzten Zentimeter nach oben und – erstarrte mitten in der Bewegung. Keine vier Meter von ihm entfernt stand Alex mit dem Rücken zu ihm und streckte sich …

»Was hast du hier zu suchen?!« Alex setzte seinen Helm auf, nahm das an einem Stein lehnende Schwert und versuchte, so ritterlich wie möglich zu schauen. Aber Timi beeindruckte das wenig. Er blinzelte nur und beschattete die Augen mit der Hand.

»Ich wollte kurz mal raus. Unten ist es so kalt.« Alex nickte, nahm Timis Hand und half ihm die letzten Zentimeter aus dem Loch. Timi streckte sich und betrachtete die ihn umgebende Welt, als würde er sie in diesem Augenblick zum allerersten Mal erfahren.

Er ließ sich in das vom Morgenregen noch feuchte Gras fallen und blinzelte in die Sonne. Dabei hielt er sich eine Hand vors Gesicht und ließ die Sonnenstrahlen zwischen den Fingern hindurchwandern. Auf den Ästen und Zweigen und Blättern der Bäume, die sich über dem Kopf des Kindes wie zu einem Kirchenschiff vereinten, glitzerten unzählige Sonnen und blendeten Timi, ihm aber machten weder die kleinen Sonnen noch das nasse Gras etwas aus, ganz im Gegenteil. Nach den trockenen und dunklen Stunden im Gewölbe unterhalb der Roggenbacher Ruine erschien ihm dieser Moment jetzt fast wie ein Erwachen. Zum allerersten Mal in seinem Leben nahm er dieses Leben bewusst wahr und hätte ihm jetzt ein allwissender Beobachter auf die Schulter getippt und ein baldiges Ende dieses Glückes in Aussicht gestellt, hätte Timi diesem wahrscheinlich einen Vogel gezeigt. Selbst einem erwachsenen Beobachter. Timi fühlte sich wohl.

Vor einer Handvoll Wochen erst hatte er seinen achten Geburtstag gefeiert und diesem Umstand verdankte er wohl auch sein Hiersein, vermutete er. Ein richtiges Abenteuer und er mitten drin!

Timi genoss die Sonne und ahnte nicht, dass seine kleine heile Welt an diesem Tag noch untergehen sollte. Und nicht nur seine Welt. Aber auf solch einen Augenblick hatte weder ihn noch die anderen Kinder irgendjemand vorbereitet; kein »Kleine-Welt-Untergangskurs« in Kindergarten oder Schule, keine Ratgebersendung im Kinderkanal, kein Großvater, der seinen Enkelsohn zur Seite nahm und diesem die Sache mit der *heilen Welt*, ihrem wackligen Fundament und dem Herausziehen eines einzigen Steinchens erklärte. Nichts. Trotzdem kam es so und als Timi seine Rechte ins Gras fallen ließ und stattdessen die linke Hand zwischen Gesicht und Sonnen hielt, ahnte er nicht, dass der *Untergangsbeauftragte* gerade neben ihm saß, ebenfalls fünf Finger nach oben hielt, wie Timi einen nach dem anderen einknickte und dabei rückwärts zählte.

FÜNF.

»Alex?« Timi nahm die Hand vom Gesicht und setzte sich auf. Alex stand nur wenige Meter entfernt an eine Tanne gelehnt und fuhr mit dem Daumen über die Klinge seines Schwertes.

»Was ist?« Alex sah herüber. Gesicht und T-Shirt des Dreizehnjährigen waren von einer dünnen Staubschicht überzogen und in den zum Himmel weisenden Haaren hingen Spinnweben. Irgendwie, fand Timi, als er den Großen betrachtete, irgendwie sah Alex selbst aus, als habe man ihn gerade erst unter der Ruine entdeckt.

»Müssen wir wieder da runter?«, fragte Timi und blickte zu dem Loch, aus dem er erst vor wenigen Minuten herausgeklettert war.

VIER.

»Wollen wir hier weiterspielen?« Auch Alex' Lust, erneut in den Berg zu klettern, hatte mit jedem wärmenden Sonnenstrahl abgenommen und erreichte gerade ihren Nullpunkt. Er vermutete, dass Kasimir inzwischen Hände und Füße ziemlich schmerzen dürften, immerhin *spielte* der nun schon fast eine Stunde den Gefangenen und hing da unten von Max bewacht an der Decke. Man könnte Kasi auf den Burghof bringen und ihn hier weiterverhören oder auch ein kleines Turnier ausfechten. Ja, ein Turnier! Jeder gegen jeden und er selbst erhielte am Ende den dem Sieger zustehenden Lorbeerkranz, denn dass Max, Timi und erst recht Kasimir keine Chance gegen ihn hätten, stand für Alex von vornherein fest. Weit weniger sicher schien ihm allerdings, ob Kasi nach einer Stunde an der Decke noch Lust auf eine Fortsetzung des Spieles verspürte. Alex hoffte, dass er, indem sie Kasi einfach in ihren Bund der Roggenbacher Ritter aufnähmen, dies ändern könnte. Aber wie immer sich der Kleine auch entscheiden sollte, es war Zeit, ihn von seinem Haken zu nehmen. »Was meinst du? Spielen wir hier weiter?«

»Holst du unsere Rucksäcke?«, antwortete Timi mit einer Gegenfrage. Alex nickte. Er streckte sich, setzte sich vor die Öffnung und rutschte mit den Füßen voran und seinem Schwert in der Hand nach unten. Dunkelheit empfing ihn, eine Dunkelheit, die ihn nicht mehr loslassen sollte.

»Aber nimm dich vor dem Schwarzen in Acht«, hörte ihn Timi noch rufen. Ein paar Steine rollten dem großen Freund nach wie ein Abschiedsgruß der Welt hier draußen. Sie verschwanden mit ihm.

DREI.

Timi beschattete seine Augen mit der Hand und spähte zwischen den Bäumen hindurch in alle Richtungen, aber von Rufus keine Spur. Timi vermutete, dass der mittlerweile, zusammen mit seinem schwarzen Rucksack und all den schwarzen Gedanken in seinem Kopf, die ersten Häuser Wittlekofens erreicht haben dürfte. Oder unter seinem Funkmast saß und in den Himmel starrte.

Timi strich mit den Händen durchs Gras und sammelte Wassertropfen, die er sich anschließend im Gesicht verrieb. Vielleicht brachte Alex nicht nur seinen Rucksack und damit die Trinkflasche mit nach oben, sondern auch noch ein paar der Waffen, die sie gefunden hatten: Lanzen und Schwerter und Helme. Timis Augen leuchteten. Wenn er das nach den großen Ferien in seiner Klasse erzählte … Das Leben war richtig schön, fand das Kind, lächelte und leckte seine Hände ab. Es war schön, weil er die ersten großen Ferien seines Lebens genießen konnte, es war schön, weil er mit Max und Alex hier sein durfte. Zählte er selbst somit auch schon zu den Großen? Wahrscheinlich schon, entschied der Achtjährige und lächelte noch ein wenig breiter.

ZWEI.

Es dauerte einen Moment, bis sich Alex' Augen an die erneute Dunkelheit gewöhnt hatten. Er knipste seine Lampe an und sammelte die Rucksäcke ein: seinen, Timis inzwischen schon ziemlich leichtes Gepäck und auch Max' und Kasis. So bepackt, steckte er den Kopf in die Öffnung nach unten.

»Max?« Keine Antwort. »Max?«

»Was denn?«

»Alles in Ordnung?« Wieder dauerte es, bis Max antwortete.

»Ja.«

»Mach Kasi los und dann kommt hoch. Wir spielen hier oben weiter. Und wir essen erst mal was. Du hast doch sicher

Hunger!« Aber entgegen allem, was Alex über seinen Freund wusste, antwortete kein Jubelgeschrei, sondern irgendwas, das Alex nicht verstehen konnte. »Ist wirklich alles in Ordnung?«

Kasimirs Zunge drückte gegen den Stoff in seinem Mund. Er riss den Mund auf und drückte und drückte …

Der Schrei aus dem Innern des Berges traf Timi wie ein Faustschlag mitten auf die Stirn. Kein spielendes Kind schrie so, nicht in dieser Tonlage! Timi sprang auf und
EINS
während der Schrei in einem Röcheln unterging, während er plötzlich fror, auf seinen Arm schaute und an die Weihnachtsgans denken musste (die blasse Version der Gans, bevor sie im Backofen verschwand), setzte hinter ihm ein Schatten über Mauerreste und brach durchs Unterholz. Ein Ast zersplitterte, Timis Kopf flog herum, seine Augen weiteten sich und er öffnete den Mund.

Der Schrei aus dem Berg verlor mit einem Schlag all seine Bedeutung, denn allein, Auge in Auge mit dem schwarzen Ritter, schossen Timi plötzlich ganz andere Gedanken durch den Kopf. Er sah sich als Gefangenen des Schwarzen, als dessen Pfand. Der Schwarze würde ihn packen und fesseln und wer weiß was sonst noch alles mit ihm tun und er war allein.

Die Öffnung im Berg und die hinter dieser Öffnung wartenden Ungeheuer *Dunkelheit* und *Kälte* verloren mit einem Schlag all ihren Schrecken. Timi hechtete vor dem schnell näher kommenden Schatten weg in das Loch.

»Der Schwarze! Der schwarze Ritter kommt!«, schrie er und wusste nicht, dass er, hätte er den Verlauf des vor ihm Liegenden geahnt, vor dem Schwarzen in die Knie gegangen wäre und sich ergeben hätte. Aber natürlich wusste Timi nichts, das Wissen kam erst später. Wie so oft.

Timi verschwand unter der Roggenbacher Ruine, wo ein paar Tage zuvor alles mit Alex' Liebe zu diesen alten Steinen begonnen hatte. Und mit einer Handvoll Rittern aus Plastik in Alex' Taschen.

NULL.

Kasi hatte es geschafft und den Knebel mit seiner Zunge aus dem Mund gedrückt. Er schrie so laut er nur konnte. Max drückte ihm sofort das T-Shirt wieder zwischen die Lippen und erstickte den langen Rest des Hilferufes, aber Kasi hatte sein Ziel erreicht: Alex rutschte nach unten, rannte die Treppe hinab. Als seine Taschenlampe Max und den Gefangenen erfassten, hätte er am liebsten kehrtgemacht. Das Mädchen hing noch immer an den Ketten von der Decke und Max' Kopf steckte irgendwo dahinter.

»Max!« Der Kopf erschien! Aber er besaß nur noch wenig Ähnlichkeit mit dem Max, den Alex vor nicht einmal einer Stunde hier zurückgelassen hatte. Max' Augen leuchteten, was Alex aber so schockierte hieß nicht *Leuchten*, sondern *Blut*. Max' Lippen glänzten rot und an Nase und Kinn seines Freundes klebte ebenfalls Blut. Zuerst dachte Alex, dass Kasi Max getreten oder gestoßen haben musste, dann aber gab der Gefangene selbst die Antwort. Er drehte sich langsam um sich selbst und Alex sah eine tiefe Wunde am Oberarm des Jungen, eine Wunde, die in ihrer Form und Größe ziemlich genau Max' aufgerissenem Mund entsprach. Blut lief über den zur Decke weisenden Arm, über Schulter und Oberkörper. Dieser schneeweiße Körper zuckte und Alex hörte Kasis Jammern, unterdrückt, erstickt. Max aber starrte Alex nur wie aus einem Traum heraus an und sagte kein Wort. Max wartete auf das, was jetzt passieren musste, wartete auf die Befehle seines Ritters, aber es kamen keine Befehle. Und kein einziges Wort der Anerkennung und des Lobes.

Alex stolperte an Kasi vorbei in den Raum, warf die Rucksäcke zur Seite und stürzte sich auf Max. Sicher, Kasi war unwichtig, ein Mädchen, eine Brillenschlange, aber …

»Spinnst du?« Max verstand überhaupt nichts mehr. Warum stieß Alex ihn zur Seite? Was sollte das?

Im selben Moment, da Alex seinen Freund gegen die Wand drückte, rutschte Timi nach unten, dicht gefolgt von Rufus. Timi wollte nicht als Gefangener enden, wollte nicht wie Kasi von einer Decke baumeln. Er flüchtete in den Berg, duckte sich unter Kasi hinweg. Zwei Lampen lagen am Boden, die eine leuchtete in den Kessel, die andere quer durch den Raum. Vier Füße (Tänzer?) kreuzten immer wieder den Lichtkegel und wirbelten Staub auf, Bodennebel. Instinktiv flüchtete Timi ans andere Ende des Raumes, dahin, wo sein Bruder mit Alex rang.

»Der Schwarze! Der Schwarze kommt!« Timis Stimme überschlug sich. Die Tänzer stoppten ihren Reigen, im selben Augenblick erschien Rufus' Lampe und blieb an Kasimir hängen. Zu Worten unfähig, starrte Rufus sekundenlang auf das von der Decke baumelnde Paket, wie es sich drehte, ein Nichts im Wind.

»Spinnt ihr?!«, flüsterte Rufus. Er erwartete keine Antwort. Wer das hier tat, der antwortete nicht, der versteckte sich höchstens. Er ließ die Lampe fallen, hob Kasi an, aber seine Kraft reichte nicht, um den Jungen zu befreien. Er sprang zur Decke, zwei Mal, drei Mal und jedes Mal fehlte eine Handbreit. »Helft mir!« Am anderen Ende des Raumes bewegte sich niemand. Max zuckte kurz, aber weniger, um Rufus zu helfen, als um diesen zu packen, zu fesseln und an einem anderen Haken aufzuhängen. Aber Alex stand vor ihm und Alex bewegte sich nicht, obwohl er es wollte. Alex wusste, dass sie Kasimir sofort befreien mussten, Rufus' Erscheinen aber hatte die Situation verändert. Rufus würde das Mädchen an der Hand vom Berg führen – kein Turnier. Die beiden würden nach Wittlekofen gehen und *ihre* Version dieses Tages verbreiten.

Rufus bückte sich nach seiner Lampe und leuchtete zu den anderen hin. Zwei, drei Sekunden starrten sich die Kontrahenten in die Augen. Timi sah zu Boden.

Manche Dinge musste man allein erledigen. Rufus sagte etwas von *Idioten* und *bereuen*, packte den Schemel und stellte ihn neben Kasi. Jetzt erst entdeckte er die Wunde und das dem Freund in den Mund gestopfte T-Shirt. Er zog es heraus, konnte aber die Augen nicht von Kasis Oberarm reißen. »Was habt ihr mit ihm gemacht?« Rufus flüsterte, aber jeder im Raum hörte und verstand seine Worte.

»Das war ich nicht«, sagte Alex, »das …« Was er noch sagte, ging in Kasis Schrei unter. Kasi schrie die Schmerzen, die Angst der vergangenen Stunde hinaus, seinen Zorn.

Rufus stieg auf den Schemel und seine Hände erreichten nun endlich den Haken. Er klemmte sich die Taschenlampe in den Hosenbund und versuchte mit beiden Händen, den schreienden Freund anzuheben. Es gelang, ein Fingerbreit fehlte höchstens noch, da kapitulierte der Schemel unter dem nun doch zu großen Gewicht. Ein Bein brach, die Ketten krachten mit all ihrem daran hängenden Gewicht zurück in den Haken, Rufus spürte, dass er stürzte, klammerte sich an die Ketten und wie zuvor für den Schemel erwies sich nun auch für diesen Haken die schlagartige Verdoppelung des an ihm zerrenden Gewichtes als zu groß. Kasis Schreie brachen ab und alle im Raum hörten plötzlich zuerst ein Knacken, unmittelbar danach einen Knall. Irgendetwas zerbrach und Rufus erkannte als Erster, um was es sich handelte. Er sah nach oben. Die in seiner Hose steckende Lampe beleuchtete einen fingerdicken Riss. Dieser begann kurz vor dem Haken, an dem er und Kasi hingen und sich drehten und wanderte weiter Richtung Treppe. Hunderte kleinere Risse mäanderten in alle Richtungen.

»Die Decke! Die De…« Ein faustgroßer Stein traf Rufus' Schulter und plötzlich verwandelten sich Knirschen und Staubregen in lauten Donner. Rufus schrie, spürte, dass der Haken seinen Halt verloren hatte, sie stürzten, Kasi knallte auf den Boden, schlang instinktiv die Arme um den Kopf und rollte zur Seite. Alex sprang durch die auf ihn zukommende Wand aus Staub, packte das Ende der Kette und zerrte den Gefangenen aus der unmittelbaren Gefahrenzone.

»Rufus!«

Rufus landete auf den Knien. Überall um ihn herum trommelten Gesteinsbrocken. Er suchte Kasi, konnte ihn aber nirgends entdecken.

»Kasi!« Aber Kasi hatte sich in all dem Staub und Lärm einfach aufgelöst. Rufus tastete Steine, einen kalten Boden, stieß mit dem Kopf gegen eine Wand, aber von Kasimir keine Spur. Wohin hatte er sich gerollt? »Kasi?« Rufus' Hände wanderten über die raue Haut der Wand; wo befand er sich selbst? Wo ging es nach draußen?

Ein Felsbrocken von der Größe eines Eimers beendete Rufus' Suche und löste den endgültigen Einsturz des vorderen Teiles der Decke aus. Der Brocken traf kurz hinter Rufus auf den Boden und trieb den Jungen so weiter in den Gang hinein, genau in dem Augenblick, als dieser wie ein Kartenhaus in sich zusammenstürzte. Etwas traf den Jungen am Kopf, Staub nahm ihm den Atem, legte sich effektiver als jeder Knebel in seinen Mund und erstickte den folgenden Hilfeschrei. Rufus versuchte weiterzukriechen, aber etwas hielt sein Bein fest. Hilfe?

Als wolle sich der Berg für das Sakrileg eines Eindringens in seine Eingeweide rächen, spuckte er Geröll und Felsbrocken. Rufus spürte dieses Trommelfeuer, spürte Treffer an Beinen, Rücken, seiner Hand. Er hustete, versuchte zu schreien, brachte aber noch nicht einmal ein Röcheln zustande. Die das Kind umgebende Wand aus Staub, Steinen und Dunkelheit legte ihm ihre Finger auf die Lippen. *Nein, sag nichts*, flüsterte sie ihm ins Ohr und Rufus hörte diese Worte tatsächlich, *sei still. Leon hat nicht geschrien und Mutter hat nicht geschrien.* Rufus' Finger krampften sich um einen Stein, schoben diesen zur Seite und wieder versuchte er zu schreien.

13 Und ich pinkel in dein Bett

»Gute Nacht, Liebling.« Leni nahm den Kuss entgegen, allerdings ohne das an normalen Abenden übliche Ritual. An solchen normalen Abenden tat sie, als könne sie kaum noch die Augen offen halten, doch sobald sie Mutters Mund auf ihrem spürte, presste sie Luft durch die zusammengedrückten Lippen und erzeugte so ein Geräusch, welches ganz und gar nicht an einen Kuss erinnern wollte. Heute klammerte sie sich nur an ihren Teddy. »Machst du dir Sorgen?« Leni nickte.

Alex hatte das Abendessen verpasst. Gut, das kam schon ab und zu mal vor, selten zwar, aber es passierte. Vater brüllte dann herum, schickte seinen Großen ohne Abendessen in den Keller und ließ ihn da nach Belieben sitzen. Einmal die ganze Nacht. Aber so verspätet wie heute hatte Alex sich noch nie. Leni hatte während des Abendessens darüber nachgedacht, aber an ein Zubettgehen ohne Alex konnte sie sich nicht erinnern.

»Und du hast wirklich keine Ahnung, wo sie hin sind?« *Und ich pinkel jede Nacht, wenn du schläfst, in dein Bett und Mama und Papa werden denken, dass du es warst!* Leni zögerte nur ganz kurz, dann schüttelte sie wie schon mindestens drei Mal an diesem Abend den Kopf.

»Nein.«

»In den Wald wollten sie?« Nicken. »Mit Max und Timi?«

»Und Kasi und Rufus.«

Lenis Mutter streichelte ihr Kind. Dass Alex mit Max und Timi spielte – in Ordnung. Aber die anderen beiden? Mit denen hatte er sonst gar nichts am Hut, nie hatte einer von denen hier geklingelt, geschweige denn das Haus oder Alex' Zimmer betreten. Im Gegenteil, soweit sie wusste, wollte mit diesem seltsamen, immer in schwarz gekleideten Jungen vom anderen Ende des Dorfes keiner etwas zu tun haben und über Kasimir machten sie sich normalerweise immer lustig. Aber es musste wohl stimmen, denn außer ihrem Zögling hatten auch alle anderen von Leni aufgezählten Kinder das Abendessen verpasst. Im Augenblick durchsuchten die Väter mit Freunden und Verwandten aus dem Dorf das Waldstück hinter dem Sportplatz. Leni hoffte fast, dass wirklich irgendwas passiert war, denn sollte Vater Alex in die Finger bekommen und dieser *keinen guten Grund für diese Frechheit parat haben, dann gnade ihm Gott.* So hatte es Vater vorhin gesagt. Und Leni wusste, was dieses *gnade ihm Gott* bedeutete. Einmal, als Gott keine Gnade gekannt hatte, musste Alex nicht nur in den Keller, sondern hatte von Vater auch noch einen Faustschlag auf die Schulter erhalten. Am nächsten Abend hatte Alex seiner kleinen Schwester diese Stelle gezeigt – ein Fleck, zu Anfang rot, einen Tag später blau und wieder ein paar Tage darauf dann grün. Im Gegensatz zu ihrem Bruder hatte Leni dieses Grün gefallen, vor allem kurz vor seinem Verschwinden, als es sich in ein ganz seltsames Gelb verwandelt hatte. Aber Leni wollte nicht, dass Alex noch einmal einen solchen Fleck erhielt und sie wollte auch nicht, dass er in den Keller musste. Sie hasste diesen Keller, die Dunkelheit, die vielen Spinnweben. Außerdem fror Alex hinterher immer. Wenn er keine richtige Ausrede hatte, würde Vater ihn für mindestens zwei Tage einsperren. Dann sollte er sich doch lieber ein Bein brechen, dachte Leni, während ihre Mutter das Licht löschte, die Tür aber einen Spaltbreit offen stehen ließ, denn ein gebrochenes Bein war sicher nicht so schlimm wie zwei Tage im Keller. Obwohl – die Ferien hatten ja gerade erst begonnen und mit einem gebrochenen Bein könnte Alex nicht klettern, nicht Fußball spielen, keinen Kasimir durchs Dorf jagen.

»Aber das Licht anlassen! Bitte.«

»Im Flur lasse ich es an.«

Leni hatte Angst, nein, eigentlich stritten zwei Ängste in dem Kind und sie wusste noch nicht, bei welcher dieser beiden Ängste es sich um die stärkere handeln sollte. Sie hatte Angst, dass Alex tatsächlich einen Unfall gehabt haben könnte. Sie wollten zu den Burgruinen und da lauerten Gefahren genug. Umsonst hingen da nicht überall die Schilder mit herabfallenden Steinen drauf. Mutter hatte ihr einmal ein Schild vorgelesen: *Betreten auf eigene Gefahr* – das klang gefährlich. Vater suchte wahrscheinlich an der vollkommen verkehrten Stelle. Sie hätte ihm einen Tipp geben können, aber … Jetzt meldete sich die zweite Angst und diese betraf Leni viel persönlicher als Alex' vielleicht gebrochenes Bein: Pipi. Nein, Alex durfte das nicht tun, er würde es aber, wenn sie etwas verrät! Und dann, dann …

Das Mädchen warf sich auf die andere Seite. *Nein, Alex wird es nicht tun müssen. Morgen früh wird er wieder am Tisch sitzen und alles wird gut. Morgen früh.*

Später als sonst schlief Leni ein und sie schlief unruhiger als sonst. Als ihre Mutter sie gegen elf zudeckte, flüsterte Leni den Namen ihres Bruders und schüttelte dabei ihren Kopf. »Kein Pipi. Bitte, kein Pipi.«

14 Angst

Im Westen erlosch das letzte Glühen abziehender Wolken. Die Welt bedeckte sich mit Dunkelheit, während die Nacht den Kosmos im Berg bereits seit Stunden in ihrem Griff hielt und keine Taschenlampe etwas daran zu ändern vermochte.

Im Gegenteil. Jedes Anschalten zeugte vom Bestand dieser Nacht. Der Staub hatte sich gelegt, nach Stunden. Aber selbst hier, im letzten Winkel dieses unterirdischen Reiches, durch den Fässerraum und zwei enge Durchlässe vom Unglücksort entfernt, trug inzwischen alles eine wachsende Schicht winzigster Partikel und Körnchen.

Als die Decke zusammenbrach und Timi zu schreien begann, hatte Alex als Einziger einen klaren Kopf behalten. Er hatte Kasi hinter sich hergeschleppt, ihn über den Boden gezogen und so vor den umherfliegenden Steinen gerettet. Er konnte dabei weder auf Max und den kleinen Timi noch auf Kasis Schreie Rücksicht nehmen. Die Wunde musste höllische Schmerzen verursachen und Alex wusste, dass er Kasi wahrscheinlich genau mit dieser Wunde über den Boden zog, aber es ging nicht anders, die ganze Burg schien zu beben und über den Kindern einzustürzen. Erst als Alex diesen entferntesten Platz erreicht und Kasi in den hintersten Winkel geschleppt hatte, löste er dessen Fesseln. Und jetzt saß Kasi seit Stunden in eben diesem hintersten Winkel, unbeweglich, überzogen mit einem dünnen grauen Schleier. In der Nachbarecke hockte Alex und neben ihm die beiden Brüder und warteten, dass der Staub sich legte. Immer wieder leuchtete Alex in Kasis Richtung, aber außer Kasis Augen bewegte sich da drüben nichts. Alex' Taschenlampe wanderte zu ihm und Kasi schloss die Augen. Ein grauer, versteinerter Kasimir, verzaubert von einer alten Berghexe, die dem Kind als einzig Lebendiges noch dessen Augen gelassen hatte. Mit diesen konnte er sehen, aber er verstand nichts. Vor einer Stunde dann dieser dunkle Fleck, dort, wo der Kasi aus Stein mit dem Boden verschmolz.

Max und Timi verhielten sich ungewöhnlich still, wahrscheinlich, weil sie ebensolche Angst hatten wie er, vermutete Alex. Oder weil Max nicht reden wollte, um nicht über das reden zu müssen, was er mit Kasi getan hatte. Alex konnte es immer noch nicht verstehen. Wäre er nicht nach oben gegangen, um sich fast eine Stunde lang zu sonnen … Alex wischte diesen Anflug von Selbstvorwurf aus seinem Gedächtnis. Nein, *er* trug ganz bestimmt keine Schuld!

Alex' Handy sagte, dass es gleich halb elf sein musste. Man musste sie inzwischen vermissen, in genau vier Häusern in Wittlekofen würden noch Lichter brennen. Vater …

»Rufus?« Alex hatte sein Rufen nach dem Jungen schon vor über drei Stunden aufgegeben, Timi aber konnte nicht anders, im Zehnminutenrhythmus formte er beide Hände zu einem Trichter und rief nach dem Fehlenden.

»Jetzt lass es doch endlich, Timi«, sagte Alex, »er hat es bestimmt nach draußen geschafft.« Etwas anderes zu glauben verbot sich von selbst.

»Wirklich?«

»Bestimmt. Warum sonst sollte er nicht antworten?«

Timi fiel spontan eine weitere Möglichkeit ein, aussprechen wollte er sie jedoch nicht. Aber zufrieden wollte er sich auch noch nicht geben, deshalb stellte er die mildere Variante seiner Frage.

»Und wenn er sich nun verletzt hat und ganz allein da vorn liegt?«

»Ich …« Ein Hustenanfall unterbrach Alex' Antwort. Als er sich etwas beruhigt hatte, erklärte er Timi schon zum vierten Mal, dass er, sobald der Staub sich gelegt habe, nach Rufus sehen wolle.

»Der liegt bestimmt schon in seinem schwarzen Bett«, sagte jetzt Max, »und freut sich.«

»Lass doch solchen Schwachsinn! Du machst Timi bloß Angst!«

»Ich würd's jedenfalls so machen. An seiner Stelle eben.«

»Du bist aber nicht an seiner Stelle. Zum Glück. Der Schwarze wird Hilfe holen, zwar nicht unbedingt wegen dir und mir, aber für den da.« Wieder wanderte Alex' Licht zu Kasi. Egal wem die Hilfe galt, Hauptsache es kam bald jemand.

Die Akkuanzeige auf Alex' Handy zeigte nur noch ein mageres Strichelchen. Alex wusste, dass er diesen Strich nicht zum Telefonieren verbrauchen würde. Obwohl die Anzeige keine gegenteiligen Erwartungen zuließ, hatte Alex kurz nach dem Unglück alle möglichen Nummern angerufen, angefangen mit der seiner Eltern über Max' Familie, Schulfreunde, den Handyprovider und zum Schluss die ihm einfallenden Notrufe: Polizei, Feuerwehr. Natürlich behielt die Anzeige auf dem Display recht, der Empfang hier war gleich Null. Selbst außerhalb dieses Gefängnisses musste man auf den Turm hinaufsteigen, wollte man eine einigermaßen stabile Verbindung aufbauen. Trotzdem wählte er auch jetzt wieder willkürlich eine Nummer aus seinen Telefonbucheinträgen, die Hoffnung stirbt zuletzt. Hoffentlich ist der Akku bald leer, dachte Alex. Hoffentlich sind wir vorher hier wieder raus.

»Ich hab Durst.« Timi wiederholte auch diesen Satz alle zehn Minuten. Alex hatte ihm schon vor gut zwei Stunden versprochen, nicht nur nach Rufus, sondern auch nach ihren Rucksäcken zu schauen und Timi erinnerte Alex nun an dieses Versprechen. »Man kann doch schon wieder ganz gut sehen.« Alex verstand und auch Max hatte den kleinen Bruder verstanden und nickte, machte aber keinerlei Anstalten, selbst in den Unglücksraum zu gehen. Ob Kasi von den Gesprächen etwas mitbekam, ob er überhaupt etwas hörte, ließ sich nicht zweifelsfrei sagen.

»Also gut, ich gehe.« Alex' Handy verschwand in der Hosentasche. »Ihr bleibt hier«, Max zog die Augenbrauen nach oben als wollte er fragen, wo sie denn hingehen könnten, »wenn ich Hilfe brauche, rufe ich. Verstanden?« Alle außer Kasi nickten. »Und lass ihn bloß in Ruhe.« Der Taschenlampenstrahl wanderte zu Kasi.

»Ja«, knurrte Max. Es klang aber weder nach Betroffenheit noch Scham, vielmehr genervt, als wollte er an das alles nicht weiter erinnert werden.

Alex verschwand im Durchgang.

Im Gegensatz zu ihrem Unterschlupf hing im anschließenden Raum mit den Fässern noch ordentlich Staub in der Luft. Alex zog sich den Saum seines T-Shirts über Mund und Nase und sah sich um. Alles erinnerte ihn an Filme über die Welt nach einem Atomkrieg: Großes und Kleines verschwand unter einer fingerdicken Staubschicht, Konturen glichen sich einander an. Winter, der erste unberührte Schnee und Alex trat in diesen Schnee und es knirschte, als liefe er tatsächlich über Eiskristalle, nicht über Dreck und Staub. Aber das Brennen in den Augen strafte die Assoziation *Schnee* Lügen. Alex hinterließ seine Spuren im Lügenschnee, erreichte den Durchlass am gegenüberliegenden Ende – und blieb stehen. Er hatte Angst. Angst, ganz einfach. Alex fürchtete sich vor einem restlos verschütteten Ausgang. Die letzten Stunden hatten sich die Kinder von der Hoffnung genährt, dass sie, sobald der Staub sich gelegt haben würde, über den zu erwartenden Schuttberg nach draußen klettern könnten. Was aber, wenn es kein *Darüber* gab?

Der Junge stand am Eingang zum Unglücksraum und befand sich somit in unmittelbarer Nähe des Atomschlages, im Epizentrum. Noch wagte er nicht, diesen alten Lagerraum zu betreten. Er blieb im Durchgang stehen und leuchtete zuerst Richtung Decke. Direkt über ihm schien sie noch weitgehend intakt. Zwar hatten sich einige Stücke Putz gelöst, auch ein paar Risse konnte Alex durch den Staubnebel hindurch erkennen, aber im Großen und Ganzen schien sie stabil. Alex versuchte von hier aus, das gegenüberliegende Ende des Raumes zu erkennen. Bis zur Mitte des Raumes reichte die Kraft der Lampe, weiter nicht, Alex musste wohl oder übel eintreten.

Der Staubschnee erreichte hier eine Dicke von drei oder vier Zentimetern, so Alex' Schätzung. All die Gegenstände, welche die Jahrhunderte fast wie in einem Vakuum überstanden hatten, versteckten sich nun. Alex leuchtete nach links, da mussten die Waffen liegen – ein Dutzend linienförmige Erhebungen.

So vorsichtig wie möglich trat der Junge ein, beinahe feierlich schritt er voran, darauf bedacht, keinerlei Erschütterungen zu erzeugen. Mitten im Weg lag der Kessel, verwandelt in eine Schneehöhle. Die schwarze Öffnung glotzte den Besucher an, daneben ein kleiner Hügel. Alex stieß mit der Fußspitze gegen die Erhebung, Staub rieselte herab und etwas reflektierte den Schein der Lampe. Alex bückte sich – den ersten Rucksack hatte er gefunden. Es musste Kasis sein, da er fast ausschließlich aus Reflektorstreifen bestand. Alex öffnete ihn, fand Kasis Trinkflasche und nahm einen Schluck. Mit dem ersten spülte er sich den Mund aus, den zweiten trank er, mit geschlossenen Augen, und es handelte sich dabei um den wirklich allerersten bewusst getrunkenen Schluck seines Lebens. Leitungswasser mit einem Schuss Zitronensaft.

In unmittelbarer Nähe fand Alex auch die anderen Rucksäcke, wie Kasis vergraben und auf den ersten Blick eher Steine. Aber auch von diesen Steinen gab es mehr als genug. Mit jedem weiteren Schritt Richtung Ausgang veränderte sich die zuerst noch ebene Staubschicht am Boden in ein Gewirr aus kleinen und schließlich immer größer werdenden Brocken. Und über Alex' Kopf? Nach dem verzierten Mittelstein der Decke verwandelte sich diese Decke in ein anfangs noch grobes, seines Verputzes beraubtes Gewölbe, dann in nackten Fels und zum Schluss stand Alex vor einem bis zu eben dieser Decke reichenden Berg aus Schutt und Gestein. Es sah aus, als habe sich irgendein größerer Brocken aus dieser Decke gelöst und den Weg für all das über ihm wartende Geröll frei gemacht. Alex löschte seine Lampe, wartete fast eine Minute in absoluter Dunkelheit in der Hoffnung, dass, wenn sich seine Augen an diesen lichtlosen Zustand gewöhnt hatten, er irgendwo in diesem Steinhaufen oder da oben an der Decke vielleicht ein Leuchten erkennen könnte. Aber die Dunkelheit blieb einfach nur dunkel. Alex spürte, wie die Angst einen erneuten Anlauf unternahm, spürte Mut und Hoffnung den Rückzug antreten. Doch dann verzog sich sein Gesicht mit einem Mal zu einem breiten Grinsen und der Kloß im Hals des Jungen verschwand. Alex schüttelte den Kopf über die eigene Dummheit. Konnte ein Alex allein wirklich so dumm sein? Er zog das Handy aus der Tasche: kurz vor Mitternacht! Wo bitte sollte um diese Uhrzeit ein Lichtschein herkommen? Sie müssten da draußen schon den ganzen Berg mit Scheinwerfern erhellen, damit er hier unten etwas erkennen könnte. Morgen, morgen früh würde er zurückkommen und dann auch das Licht erkennen, denn erst morgen früh konnte es Licht geben!

Die Rucksäcke über der Schulter, wollte Alex gerade umkehren, als das Licht seiner Lampe etwas im Schutt streifte. Parallel zueinander ragten zwei Felsstücke hervor und die Schatten, die sich daran abzeichneten, bildeten von Alex' Standpunkt aus die Silhouetten zweier Füße. Zweier aus dem Berg ragender Füße.

Rufus!

Nein, nur ein Zufall. Zwei lange Steine, mehr nicht. Und dick Staub darauf. Unwichtig, uninteressant. Die Lampe schwenkte herum, verzerrte die Schattenfüße zu einer Grimasse und ließ schließlich ganz von ihnen ab. Rufus hatte es geschafft, der Schwarze lag längst in seinem Bett, während die Erwachsenen da draußen standen und Steine wegrollten.

Aber warum dann diese vollkommene Stille? Weshalb drang kein Laut von oben herunter, warum blieben Alex' Atem, sein Räuspern und Ausspucken, das Knirschen seiner Schritte die einzigen Geräusche?

Weil sie gerade dabei sind, schweres Gerät für die Rettung zu organisieren, beantwortete sich Alex seine dummen Fragen selbst. *Warum denn immer vom Schlimmsten ausgehen? Da oben sitzt sicher jemand, ganz bestimmt sogar! Und dieser Jemand weiß wie all die anderen Retter, dass es Tageslicht braucht. Im Dunkeln in diesem steilen und unsicheren Gelände – das ist vollkommen unmöglich. Morgen, morgen wird nicht nur die Sonne zwischen den Steinen nach unten scheinen, morgen werden wir von hier aus auch Bagger hören, Stimmen.*

Morgen.

»Und, wie sieht es aus?« Max empfing Alex am Eingang und nahm ihm die Rucksäcke ab.

»Juhu! Du hast sie gefunden!« Timi schnappte sich was ihm gehörte, die Freude darüber, etwas zu trinken zu haben, wandelte sich beim Anblick seiner Flasche aber schnell in Enttäuschung. Er hatte seine kurze Pause am Nachmittag vollkommen vergessen, die Pause, während der sich sein Bruder um Kasi *gekümmert* hatte. Zwei Fingerbreit über dem Boden schwappte der Colaspiegel. Nur zwei, höchstens drei Schluck.

»Die ganze Decke am Ausgang ist runtergekommen.« Alex beschrieb so gut es ging, was er gesehen hatte. Auch erzählte er von seiner Vermutung, dass sie am nächsten Morgen vielleicht einen Sonnenstrahl sehen, auf jeden Fall aber Geräusche von oben hören würden. Timi nahm diese frohe Botschaft zum Anlass, seine Flasche zu leeren. Morgen gab es Nachschub von oben! Er warf die Flasche quer durch den Raum, legte den Kopf auf seinen Rucksack und verschränkte die Arme vor der Brust. Trotz seiner langen Hose und der Regenjacke fror er und sein Rücken, die Beine und der Po schmerzten von der langen Warterei, aber wenn er jetzt etwas schlafen könnte, dann verging die Zeit schneller, dann war es ruck, zuck morgen früh. Er schloss die Augen und versuchte, sich sein Bett vorzustellen, die leuchtenden Sterne an der Zimmerdecke. Hundi fehlte ihm, ein Kuscheltier mit abgekauten Ohren, nur noch einem Auge und einem großen Flicken auf dem Rücken. Mutter hatte ihn letztes Jahr *operieren* müssen, weil Timi eingeschlafen war und vergessen hatte, seine Nachttischlampe zu löschen. Irgendwie musste er dann im Schlaf Hundi hin zu dieser Lampe geschoben haben, jedenfalls stank es, als Mutter in der Nacht noch einmal nach ihrem Kleinen sah, im Zimmer fürchterlich nach verkohltem Stoff und auf Hundis Rücken rauchte ein ziemlich großer schwarzer Fleck. Gut, dass Mutter ihn hatte operieren können …

»Glaubst du wirklich, dass die Feuerwehr kommt? Auch die aus Wellendingen und Bonndorf?«, fragte Max gerade als sein kleiner Bruder einschlief. Alex nickte.

»Natürlich müssen die kommen. Presslufthämmer, vielleicht einen kleinen Bagger – das bekommt niemand den schmalen Weg hier herauf. Dazu braucht es Drehleitern und Seilwinden. Wer weiß, vielleicht alarmieren die sogar die Bergwacht.« Alex sah zu Kasi herüber, der noch immer wie versteinert in seiner nassen Ecke saß. Er hatte sich in der zurückliegenden halben Stunde keinen Millimeter bewegt. »Hat er irgendwas gesagt?« Alex deutete mit dem Kinn auf Kasi.

»Nein.« Max schüttelte den Kopf. »Kein einziges Wort. Und bewegen tut der sich auch nicht mehr!« Der letzte Satz klang vorwurfsvoll, als sei Kasi einzig und allein in dieser Lethargie versunken, um sich an Max zu rächen. Alex zog Kasis Rucksack zu sich heran, nahm dessen Trinkflasche und ging zu ihm.

»Lass doch«, sagte Max. »Wenn er was will, soll er sich's doch holen.« Wobei er damit rechnete, dass Kasi es sich eben nicht holen würde. Er selbst hatte einen ziemlich großen Durst mit seiner Cola nicht löschen können, ganz im Gegenteil. Jeder Schluck, den er nahm, verlangte nach einem weiteren Schluck und nach noch einem. Jetzt hielt er eine Flasche in den Händen, die der seines Bruders auffallend ähnelte. Aber Max' Worte prallten an Alex ab. Er hielt Kasi die Flasche vors Gesicht und als dieser nicht reagierte, träufelte er sich etwas von dem Zitronenwasser in die Hand, tauchte zwei Finger hinein und berührte damit Kasis Lippen. Wieder reagierte der Junge nicht.

»Der pennt. Oder träumt von besseren Zeiten«, kommentierte Max.

Alex träufelte Kasi die Tropfen an seinen Fingern auf die Lippen. Und plötzlich kehrte Leben in das Kind zurück. Kasi leckte sich die Lippen ab und schluckte. Und er öffnete die Augen.

»Hier. Du musst was trinken. Und setz dich mal anders hin, mir tun vom Zusehen schon sämtliche Knochen weh.«

Kasi betrachtete Alex, als könne er sich beim besten Willen nicht daran erinnern, wer da jetzt vor ihm stand und mit ihm sprach. Schließlich aber bewegte er sich, Staub rieselte von Kasis Fingern, seinem Arm und er nahm die Flasche. Aber statt zu trinken, ließ er sie in seinen Schoß sinken und starrte wieder ins Leere. »Trinken!« Alex nahm Kasis Hand und führte die Flasche so an dessen Lippen. Der Junge öffnete den Mund und ließ etwas Wasser hineinlaufen, vergaß aber zu schlucken. Plötzlich hustete er, Zitronenwasser spritzte bis zu Max und Kasi änderte notgedrungen nun auch seine Position.

»Siehst du, der will gar nichts. Lass ihn doch einfach in Ruhe, tust ja gerade so, als wäre er dein liebsterbester Freund.«

»Ohne uns säße er jetzt nicht so da. Hätte ich euch nicht allein gelassen, wäre das alles nicht passiert.«

»Und wenn du ihn nicht gefesselt hättest«, ergänzte Max und erst, als er die Worte aussprach, drang ihm diese Tatsache auch wirklich ins Bewusstsein. Ja, hätte Alex nicht die Idee gehabt, Kasi zu fesseln und an der Decke aufzuhängen – nichts wäre passiert. Also trug genau genommen Alex die Verantwortung für Kasis … *Missgeschick*. Aber Alex sah diese Tatsache ganz offensichtlich etwas anders. Plötzlich ließ er Kasis Hand los (und siehe da, Kasi konnte inzwischen auch allein trinken) und kam herüber. Jetzt wieder ganz der alte Alex, baute er sich vor seinem Freund auf und leuchtete ihm ins Gesicht.

»Nur dass du es weißt, Max, nur dass du es weißt und nicht wieder vergisst: Glaub bloß nicht, du könntest dich später irgendwie herauswinden und mir alles in die Schuhe schieben. Ich weiß, was ich getan habe und ich weiß, dass ich da wahrscheinlich zu weit gegangen bin. Aber irgendwie hat sich alles so ergeben.«

»Genau«, pflichtete Max bei. »Es hat sich *ergeben.*«

»Aber das da mit seinem Arm, Max, das hast *du* gewollt ...«

»Hab ich nicht!«

»Aber du hattest eine ganze Stunde Zeit mit dem da und hast nicht aufgehört! Ich will gar nicht wissen, was du noch angestellt hättest, wenn ich nicht runtergekommen wäre.«

»Aber du hast ihn auch nicht runtergenommen«, konterte Max. »Du hast *das Mädchen* nicht gerettet.«

»Hör jetzt auf, ihn so zu nennen!« Alex wusste das doch alles! Er wusste ganz genau um das eigene Versagen. Und er wusste, wie Vater auf dieses Versagen reagieren würde. Er setzte sich und lehnte sich neben Max an die Wand. Kasi verschwand im Dunkeln, trank aber weiter, wie sie hören konnten, trank viele kleine Schlucke. Max hörte das Mädchen trinken, konnte sich ganz genau vorstellen, wie der kleine Kehlkopf hochsprang und wieder zurückfiel. Ohne es zu wollen, wischte er sich mit dem Handrücken über den Mund.

»Was meinst du, werden wir Ärger bekommen?«

»Werden wir.« Alex dachte an seinen letzten Kelleraufenthalt – das Ergebnis der anstehenden Ehrenrunde. Aber Vater und Keller, ja selbst ein blauer Fleck dürften nach dem hier das kleinste Problem sein, das wusste Alex. Eine Ohrfeige tut weh, ein paar Stunden im Keller gehen vorüber. Aber wenn die Erwachsenen Kasimirs Gelenke und vor allem seinen Oberarm sahen, würde es richtigen Ärger geben.

»Meinst du, dass sie mich ... einsperren?« Max fürchtete sich vor dem Moment der Entdeckung. Selbst wenn das Mädchen die Klappe hielt, seine ach so fürsorgliche Mama würde die Wunde entdecken und feststellen, dass kein Stein dieses Loch geschlagen haben konnte, es sei denn, dieser Stein besaß rein zufällig Ränder, die Zähnen zum Verwechseln ähnelten. Max sah sich bereits auf dem Polizeirevier in Bonndorf, zusammen mit Alex, Timi und Rufus in einer kleinen Schlange vor Kasis Arm und ein Kind nach dem anderen musste den Mund öffnen und auf Kasis Wunde legen. Bei jedem Kind schüttelten Kasimirs Eltern und die Polizisten nur mit den Köpfen bis, ja, bis Max eben den Mund aufmachte. Sofort klickten Handschellen um seine Gelenke und sie steckten ihn für diese erste Nacht in eine kleine Zelle, bei Wasser und Brot, bevor am nächsten Tag ein Transport nach, nach … Max hatte keine Ahnung, wo sie Jungen wie ihn hinbrachten, aber es dürfte ziemlich weit weg sein. »Also: Wo kommen Kinder wie ich hin?«

»Woher soll ich das denn wissen?« Alex sah auf sein Handy; an der Empfangsanzeige hatte sich nichts verändert. Der letzte Akkustrich blinkte jetzt – sicheres Zeichen für ein Abschalten in den kommenden Minuten. Kurz vor eins. Alex steckte das Gerät weg und legte sich an die Wand. »Wir sollten jetzt etwas schlafen. Morgen früh ist hier sicher einiges los.« Aber Max beschäftigten andere Gedanken.

»Und wenn wir einfach sagen, dass Rufus das da gemacht hat?«

»Du meinst deinen Biss?«

»Ja.« Alex' Antwort ließ auf sich warten. »Schau mal«, mit einem Schlag wieder hellwach, stützte Max sich auf und leuchtete dem Freund ins Gesicht, »wir sind zu dritt und wir sind die Älteren. Sie müssen uns glauben!« Alex schob die Lampe weg.

»Und *warum* sollte Rufus das getan haben?«

»Weil, weil … weil er eben nicht alle Tassen im Schrank hat!« Max' Stimme steigerte sich vom anfänglichen Flüstern zu normaler Zimmerlautstärke, eine Lautstärke, die unter der

Gewölbedecke eher an Geschrei erinnerte denn an ein Gespräch. Timi wälzte sich auf die andere Seite. Und Kasimir? Alex leuchtete in dessen Ecke. Kasimir lag auf seiner unverletzten Seite, das Gesicht der Wand zugekehrt und die Hände zwischen den Oberschenkeln. Hände und Beine zuckten und Alex legte einen Finger auf die Lippen.

»Nicht ganz so laut, ja? Du weckst die beiden noch.«

»Aber …«

»Leiser!«

»Aber der Schwarze ist ja wirklich nicht ganz dicht, das weiß jeder im Dorf«, flüsterte Max. »Wir erzählen einfach, dass wir draußen gespielt haben, also ich und du und Timi, und der Schwarze mit dem Mädchen in den Berg ist …«

»… und als wir Kasis Schreie gehört haben, war es schon zu spät«, ergänzte Alex.

»Genau!« Wieder zu laut, diesmal merkte Max es aber selbst. »Genau.« Max schöpfte Hoffnung. Vielleicht musste er ja doch nicht ins Gefängnis, stattdessen der Schwarze! Zwei Fliegen mit einer Klappe …

»Allerdings wird sich jeder wundern, warum Kasimir seinen angeblichen Beißer schützt und dich, seinen Retter, anschuldigt.«

»Aber der sagt doch gar nichts. Guck ihn dir doch an.«

»Der sagt *jetzt* vielleicht nichts. Morgen sieht das bestimmt ganz anders aus, wenn er erst wieder bei Mama und Papa ist, dann wird er schon losplappern, wetten?« Max starrte auf seine Füße. Es musste doch eine Lösung geben! Musste es, musste es, musste es! »Jetzt mach die Lampe aus und leg dich hin. Wir werden uns schon irgendwie rausreden. Wir sagen eben, dass die angefangen haben.« Alex gähnte und drehte Max den Rücken zu. Es dauerte keine zwei Minuten und Alex' Atem wandelte sich in ein ruhiges Auf und Ab, seine überstandenen Kellerstunden halfen ihm, auch diesen Keller zu ertragen.

Max aber konnte lange nicht einschlafen. Tausend Bilder und Gedanken schwirrten ihm durch den Kopf, die Bilder des vergangenen Tages und die Bilder des kommenden. Und ganz viele Möglichkeiten, sich und seine Haut zu retten. Man könnte das Mädchen einfach hier unten zurücklassen – die einfachste und effektivste Variante. Oder Kasis Zunge herausreißen. Allerdings könnte der dann immer noch schreiben. Eine dritte Möglichkeit wäre, diese Wunde an seinem Oberarm so zu vergrößern, dass sie nicht länger an Max' aufgerissenen Mund erinnerte. Kasimir könnte dann zwar immer noch die Wahrheit erzählen, aber wenn die angebliche Bisswunde nicht mehr zu einem Biss passte, tja, dann hatte der Kleine verloren.

Mit diesen Gedanken im Kopf schlief schließlich auch Max ein, neben sich seine Lampe. Er ließ sie brennen, er mochte die Dunkelheit nicht. Gegen halb vier ging das Licht trotzdem aus.

ZWEITER TAG

15 Gernot Seiler

Fast im selben Augenblick, in dem Max' Lampe verlosch und sich ihr Besitzer auf die andere Seite wälzte, erwachte in Wittlekofen der alte Gernot Seiler. Wie jede Nacht tasteten seine Finger nach dem Schalter der Nachttischlampe, anschließend seine Füße nach den Pantoffeln. Und wie jede Nacht schüttelte er im Hinausgehen den Kopf, hustete und brummte vor sich hin.

»Eine Gemeinheit ist das, Hasso. Eine riesengroße Gemeinheit.«

Als ob es nicht reichte, dachte Seiler, dass man alle möglichen Begebenheiten und Namen vergaß. Als ob es noch nicht genug war, dass einem von Tag zu Tag die Knochen mehr schmerzten und an jedem verfluchten neuen Morgen die Widerstandszahnrädchen in den eigenen Gelenken einen Zahn nach vorn schnappten und es eine Ewigkeit dauerte, den Zustand des Vortages wenigstens annähernd wieder herzustellen. Und als ob es auch noch nicht genug damit war, dass der Husten vom letzten Winter trotz Hochsommer nicht gehen wollte und das Sodbrennen nach jeder Mahlzeit inzwischen bereits vor diesen Mahlzeiten einsetzte, hatte der liebe Gott auch noch den Trick mit dem *nächtlichen Harndrang* erfunden. Mit einem alten Mann wie ihm, mit keinem Gramm Fett auf den Rippen und kaum noch Haaren auf dem Kopf, ja mit dem konnte man es ja machen.

Nächtlicher Harndrang – so nannten es die Verkäufer aus dem Fernsehen, die in ihren Werbefilmen einen fidelen Großvater zeigten, der im Halbdunkel aus dem Bett sprang (!) und zu seiner *Apotheke* eilte, während eine sympathische Stimme Abhilfe in Form kleiner (sehr teurer) Pillen versprach. Idioten, wusste Seiler, alles Idioten – die, die solches Zeug produzierten und die, welche dieses Zeug fraßen und auf ein Wunder warteten und weiter jede Nacht, wie Gernot Seiler, mindestens dreimal das warme Bett verlassen mussten. Weil sie mussten. Nächtlicher Harndrang – von wegen! *Eine Gemeinheit* nannte Seiler seine Ausflüge aufs Klo und so, wie er sie jedes Mal verfluchte, würde Gott sich noch einiges mehr an Gemeinheiten ausdenken müssen, wollte er sein alterndes Ebenbild zur Räson bringen. Aber vielleicht – und dies hoffte Seiler von ganzem Herzen – vielleicht hatte Gott dieses Vorhaben längst abgehakt und verschonte ihn in seinen letzten Jahren wenigstens vor solch grauenvoll klingenden Sachen wie *Krampfadern*, *Inkontinenz* und *Magengeschwür*. Seiler hoffte dies, die Hand würde er für die Erfüllung solch einer Hoffnung allerdings nicht ins Feuer legen. Aber bei Gott wusste man nie. Dem alten Despoten konnte plötzlich sonst was einfallen. Statt jedoch erst einmal in Ruhe darüber nachzudenken und die Sache mit seinen Erzengeln zu besprechen – nein, ich bin Gott und was ich denke, Gesetz – und schwupp, ehe man es sich versah, hatte man eine Eiterbeule im Nacken oder Hämorrhoiden und all solches Zeug und wünschte sich, man hätte diesen ganzen irdischen Kram endlich hinter sich. Wahrscheinlich, so vermutete Seiler, wahrscheinlich machte Gott dies absichtlich, damit sich von den Alten ja keiner zu lange an sein bisschen Leben klammerte. Jaja, früher oder später kamen sie alle zu ihrem Schöpfer und, Seiler klappte den Toilettendeckel hoch und stellte sich auf mindestens sieben Minuten Tropfenbildung ein, hoffentlich recht bald!

Die Schlafanzughose um die Knöchel gewickelt, saß der alte Mann vornübergebeugt und wartete und zählte jedes einzelne Tröpfchen. Prostata. Sein Arzt sagte, man könne das vielleicht mit einer kleinen Operation beheben, irgendetwas rausschaben und dehnen, aber Gernot Seiler hatte dankend abgelehnt, erstens wegen dieses *Vielleichts* und zweitens wegen Hasso.

Wer sollte sich während seiner Abwesenheit um das Tier kümmern, ihm sein Futter geben, ihn nach draußen lassen, damit er sein Geschäft erledigen konnte, wer seine Ohren kraulen? Außerdem, selbst wenn man dieses Prostata-Ding da vielleicht tatsächlich wieder in Ordnung bringen konnte, schlafen würde sein Besitzer deswegen trotzdem nicht besser, denn ob er nun musste oder nicht, alle zwei, drei Stunden zog der Schlaf sein Tuch zurück, sah nach dem alten Mann und rüttelte ihn wach. Mit kranker Prostata existierte wenigstens ein Grund, aufzustehen und ein paar Minuten totzuschlagen und nicht einfach nur dazuliegen und Löcher, so groß wie ein Wagenrad, in die Decke zu starren. »Nein, nein«, Seiler schüttelte den Kopf, »das hat schon seine Richtigkeit so. Genau so kommt es eben, wenn man alt wird, dann setzt man sich sogar zum Pinkeln hin wie eine Frau.« Denn sieben Minuten stehen konnten für einen Mann Mitte siebzig ziemlich lang werden, vor allem, wenn diese sieben Minuten drei- oder viermal jede Nacht anklopften. Dann setzte man sich eben, sah ja keiner.

Gernot Seiler hatte in diesem Haus das Licht der Welt erblickt und seither jede einzelne Nacht seines langen Lebens in Wittlekofen verbracht.

»Stimmt nicht ganz«, unterbrach er sich selbst. »Vierzig Jahre?« Er überlegte und fügte zwei weitere Jahre hinzu. »Zweiundvierzig Jahre ist es nun schon wieder her.« Seiler meinte zehn Tage, die er wegen eines geplatzten Blinddarmes im Bonndorfer Krankenhaus hatte verbringen müssen – die einzigen Tage seines Lebens, die er nicht im eigenen Bett gelegen hatte. Heute gab es dieses Krankenhaus schon lange nicht mehr, wie auch den Bahnhof. Wegrationalisiert oder so. Dafür existierten jetzt größere Krankenhäuser und größere Bahnhöfe, alle leider zu weit weg für einen alten Mann ohne Auto. Aber Seiler vermisste weder das eine noch das andere. In ein Krankenhaus wollte er nie wieder gehen. Sie sollten ihn hier sterben lassen, wenn der liebe Gott irgendwann einmal meinte, die Zeit sei nun endlich gekommen. Und einen Bahnhof? Den brauchte er nun wirklich nicht. Wen sollte er schon besuchen?

Gernot Seiler zerriss nebenher die jede Woche in seinem Briefkasten steckenden kostenlosen Wochenzeitungen zu handlichen Quadraten – Toilettenpapier, welches er auf einen aus der Wand ragenden Nagel spießte. Es musste vor dem Benutzen nur kurz unter den Wasserhahn gehalten werden. Das führte zwar zu Druckerschwärze, zuerst an Seilers Gesäß und anschließend in seiner Unterhose, aber auch das sah ja keiner.

»Wüsste nur gern, was die heute so lange am Waldrand gesucht haben.«

Von seinem Fernsehsessel aus besaß Gernot Seiler einen unverstellten Blick auf seinen kleinen Garten und über den Zaun hinweg auf die anschließenden Wiesen bis hin zum Waldrand. Den Sportplatz, auf dessen Vorgänger an gleicher Stelle er vor einem Menschenleben schon Fußball gespielt hatte (mit Seilen umwickelte Stofffetzen), diesen Sportplatz allerdings konnte er nicht sehen, ein Hügel verbarg ihn, genauso wie Seilers Streuobstwiese. Trotzdem hatte Seiler genug erkennen können: Autos, die auf sonst höchstens noch von Traktoren benutzten Feldwegen fuhren, Männer mit Telefonen. Und als die Dämmerung anbrach und alle Kontraste mit grauer Ausgleichsmasse verkleisterte, da flackerten doch tatsächlich überall am Waldrand Taschenlampen. Zuerst hatte er an eine Treibjagd gedacht, diese Möglichkeit aber schnell wieder verworfen. Auch wenn er mit diesen *Mördern*, wie Seiler Jäger bezeichnete, nichts zu tun haben wollte, wusste er, dass sie lieber am Morgen jagten. Außerdem fiel weit und breit kein Schuss. Seiler hatte extra seinen Sessel verlassen und den Fernseher abgeschaltet, das Fenster einen Spaltbreit geöffnet und gelauscht, aber nichts. »Ich werde es erfahren. Irgendwann. Und wenn nicht …« Seiler schüttelte den Kopf, zog seine Hose nach oben und verließ ohne zu spülen die kleine Toilette. Er zog die Tür hinter sich zu und wusste, dass er vor dem morgendlichen Geschäft noch mindestens einmal zwischendurch hier mit seinen Tropfen auftauchen würde, spülen konnte er dann wie jeden Tag erst am Morgen, dann, wenn es etwas zu spülen gab.

Seiler tastete sich im Dunkeln durch den engen Flur des Bauernhauses, erreichte das Wohnzimmer und blieb am Fernseher stehen. Trotz der auch hier herrschenden Dunkelheit konnte er genau sehen oder besser: seine Erinnerung sah für ihn. Seit Jahrzehnten stand in diesem Haus alles am selben Fleck, wurde allerhöchstens etwas ausgetauscht, wenn das Original seinen Zweck nicht mehr erfüllte. Aber so etwas kam herzlich selten vor, zuletzt der Fernseher und das lag nun auch schon wieder vierzehn Jahre zurück. Der Alte hatte mit einem lauten Knall und sehr viel Rauch mitten im Abendprogramm seinen Dienst quittiert und Seiler anschließend fast ein halbes Jahr suchen müssen, bevor er für damals noch zwanzig Mark fast dasselbe Modell in einer Anzeige entdeckt hatte.

Seilers Fuß tastete nach der Teppichkante. Er wusste links den kleinen Tisch, ging zwei Schritte und stand vor seinem Fernseher. Er blieb immer stehen, wenn er hier vorbeikam und, auch dies ein immer wiederkehrendes Ritual, die Fingerspitzen des alten Mannes berührten das auf seinem Fernseher stehende Bild.

»Ich komm ja gleich, Hasso. Bin gleich bei dir.« Das Fiepen des Mischlings drang durch die Schlafzimmertür. Aber Seiler hatte es nicht eilig und eigentlich hätte das Tier inzwischen wissen müssen, dass sein Herrchen zuerst dieses Bild streichelte, bevor er sich in sein Bett legte, eine Hand heraushängen ließ und ihn streichelte.

Die ein halbes Jahrhundert zählende Schwarzweißfotografie zeigte bei Licht betrachtet eine junge Frau, gerade zwanzig Jahre alt. Seiler kannte jedes Detail der sich inzwischen an manchen Stellen bräunlich verfärbenden Aufnahme: er kannte ihre Augen, die groß und ernst immer eine Winzigkeit an ihm vorbeisahen. Seiler hatte es aus allen Positionen heraus versucht, es aber nie geschafft, ihr direkt in die Augen zu sehen. Wie eine Mona-Lisa. Sie sah an ihm vorbei als hätte sie damals, als sie dieses Bild bei einem Fotografen in Bonndorf hatte aufnehmen lassen, schon gewusst, dass ihr Weg sie an diesem Mann vorbeiführen sollte.

Wie jede Nacht mindestens drei Mal und unzählige Male an den Tagen dazwischen, streichelten Seilers Finger den schlanken, ungewöhnlich langen Hals der Frau. Sie trug ihr Haar straff nach hinten gekämmt und zu einem Dutt geknotet, was diesen Hals noch länger erscheinen ließ – wie aus Marmor oder Glas, durchscheinend und zerbrechlich wie alles an ihr. Seilers Finger wanderten über diesen Hals, über Kinn und Mund. Die Erinnerung an die Küsse dieses Mundes zauberten auch heute noch ein Brennen auf die Lippen des Alten. Er liebte dieses Gefühl, denn dann kam sie zurück, schlang die Arme noch einmal um ihren Geliebten und …

Seiler stellte das Bild zurück, das Brennen ließ nach und Hasso freute sich über die Rückkehr seines Herrchens, als habe der das arme Tier eine halbe Ewigkeit allein im Schlafzimmer zurückgelassen. Hasso wedelte zwischen Bett und Wand stehend mit dem Schwanz und schlug abwechselnd gegen das eine und die andere – der Rhythmus seiner Liebe.

Seiler tastete sich ins Bett, zog die Decke bis ans Kinn (Eine weitere Strafe Gottes: Frieren, selbst im Hochsommer. Und das als Mann!) und schenkte Hasso die erwarteten Streicheleinheiten.

»Brut, elende.« Der alte Mann lag auch eine halbe Stunde später noch wach und starrte an die Decke. Er besaß so unendlich viel Zeit nachzudenken, nur nichts, worüber sich nachzudenken lohnte. Trotzdem führten ihn Erinnerungen und Träume jede Nacht durch sein ganzes langes Leben und taten das, was man sich als Mensch selbst nur wünschen konnte: Er durfte in der einen Sekunde die Frau aus dem Wohnzimmer küssen, einen Wimpernschlag später als Kind Fußball spielen, während britische Bomber im Tiefflug die nächstgelegene Großstadt ansteuerten und, wieder nur einen Gedanken später, Apfeldiebe vom Baum zerren. »Elende Brut.«

Vor zwei Tagen erst hatten sie ihn bestohlen und, noch schlimmer, waren ihm anschließend entwischt. Aber, und der alte Mann konnte sich auch jetzt ein anerkennendes Lächeln nicht verkneifen, der Bengel auf dem Baum hatte seinen Hasso überlistet. Und das Herrchen gleich mit dazu. Und er selbst hatte doch allen Ernstes geglaubt, dem Rotzlöffel mit seiner Drohung von Polizei und so Angst einjagen und ihn zum Aufgeben zwingen zu können. Aber mit einem alten Mann konnte man es ja machen, den durfte jedes Kind im Dorf bestehlen und verhöhnen und auslachen und von den Eltern dachte niemand daran, diese kleinen Ungeheuer zur Vernunft zu bringen. Sicher, auch er hatte als Kind den Alten im Ort Streiche gespielt und auch manchen Apfel gegessen, der nicht auf dem Baum seiner Eltern gereift war, trotzdem hatte es damals noch Anstand gegeben. Und so etwas wie Respekt, vor allem den Alten gegenüber.

Seiler wälzte sich auf die Seite und Hasso tat es seinem Herrchen gleich.

»Wenn ich den Bengel nur besser gesehen hätte. Und wenn du dich nicht einfach so um den Baum hättest wickeln lassen.« Hasso spitzte die Ohren, jedoch zu spät. Das Kind vom Apfelbaum war längst über alle Berge und mit ihm sicher auch ein ganz hübsches Häufchen Äpfel. Ärgerlich, aber eben nicht mehr zu ändern, wie so vieles im Leben. Künftig jedoch wollte Seiler sich besser um seine Wiesen kümmern, vor allem öfter mit Hasso zu diesen hinaufgehen. Und vielleicht hatte er ja Glück und erkannte einen der Jungen oben auf dem Sportplatz wieder und dann gnade denen Gott.

Wie gut es all diesen Kindern heute geht, dachte Seiler und strich mit den Fingerspitzen über sein Laken. Hier, in genau diesem Zimmer, hatte er das Licht der Welt erblickt und hier zwischen Vater und Mutter geschlafen und geträumt. Bis Vater in den Krieg musste. Polen, Frankreich und schließlich Russland. »Sowjetunion«, korrigierte sich Seiler. Vater ging und die einzige Erinnerung an diesen Vater trug eine Uniform und eine Mütze und irgendwo glitzerte ein Totenkopf. Der Mann unter dieser Mütze salutierte vor dem winzigen Gernot, lachte und warf seinen Sohn in die Luft. Und ging. Und kehrte niemals mehr zurück. Er fiel in den ersten Tagen, erschossen von einem im Hinterhalt lauernden Russen. Aber er hatte Mutter etwas hinterlassen, was in den folgenden neun Monaten in ihr herangewachsen war und ein Bruder, vielleicht sogar ein Freund hätte werden können, was aber kurz nach der Geburt starb. Und so wuchs Seiler allein bei seiner Mutter auf, wurde von ihr unterrichtet, arbeitete neben ihr auf dem Feld. Damals besaßen sie drei Kühe, ein Schwein und auch ein Pferd, Letzteres aber mussten sie noch kurz vor Kriegsende dem Militär überlassen. Für den Endsieg. Nach dem ausgebliebenen Endsieg kamen die Franzosen und nahmen sich den Rest, einzig eine Kuh hatte Mutter retten können, wie, das hatte sie ihm nie erzählt, nur zur Seite gesehen, wenn die Rede darauf kam.

Die Franzosen gingen und es kam Mutters Husten. Er dauerte genau einen Winter, dann lag sie, nur noch Haut und Knochen, nebenan im Wohnzimmer auf genau diesem Sofa, den Kopf auf dem Kissen, auf dem heute noch der Kopf ihres Sohnes nach dem Mittagessen lag. Tot. Gernot zählte da gerade fünfzehn Jahre.

Mit fünfzehn hätte er eigentlich in ein Heim gemusst. Hätte. Aber hier im Südschwarzwald tickten die Uhren schon immer ein klein wenig anders, denn er durfte bleiben. Er bekam einen Vormund aus Bonndorf, einen Lehrer, der jeden Sonntag zuerst mit Gernot in das winzige Kirchlein des Dorfes ging und anschließend Haus und Hof inspizierte. Diesem Herrn entging nichts. Zuerst trat er sich die Schuhe ab und musterte währenddessen den Vorgarten des Hauses. Wehe, er fand ein Hälmchen, das nicht dahin gehörte, wo es stand. Aber meist gab es diesbezüglich nichts zu beanstanden, denn Gernot verbrachte den Samstagabend genau aus diesem Grunde in seinem Garten, jätete Unkraut, schnitt verwelkte Blumen und goss keimendes Gemüse. Danach betrat Herr von Arnstorff das Haus. Am Eingang musste er sich bücken und Gernot schwankte damals immer zwischen Erstaunen (Er verbeugt sich vor mir?!) und Lachen, denn dieser Herr aus der nahen Stadt wollte so gar nicht nach Wittlekofen und da zuallerletzt in dieses Haus passen. Herr von Arnstorff musste ähnliche Gedanken gehabt haben, denn einmal im Haus, beeilte er sich, dieses schnellstmöglich wieder zu verlassen. Allerdings vernachlässigte er dabei kein einziges Mal seine ihm auferlegten Pflichten: Er öffnete jeden Schrank und jede Schublade. Er bestand darauf, dass die Kleidungsstücke Kante auf Kante lagen und dass der Junge selbst seine Taschentücher bügelte. Sein Finger fuhr an den unmöglichsten Stellen über Schränke und Kanten, immer auf der Suche nach einem Krümel Staub.

Hatte er im Haus alles zu seiner Zufriedenheit vorgefunden, ging er vor dem Jungen her in den Stall. Am ersten Inspektionstag hatte er Gernot die Regeln erklärt: Das Vieh musste gut genährt im Stall oder auf der Weide stehen, es musste sauber sein, wie auch Stall und der davor liegende Hof. Hatte Herr von Arnstorff nach einer halben Stunde seinen Besuch beendet, nickte er Gernot nur zu und tippte sich an den Hut. Beanstandungen gab es selten, denn Gernot wollte um keinen Preis der Welt in ein Kinderheim, ihm reichten schon die Kinder hier im Dorf, die, seit er allein für sich sorgen musste, absichtlich vor seinem Haus spielten, während er arbeitete. Sie hüpften über die Wiesen oder lagen faul im Gras, während er auf dem Feld daneben hinter seinem Gespann aus inzwischen wieder zwei Kühen herstolperte und den Acker bestellte. Aber er hatte es überlebt und es hatte dazu geführt, dass er bis zum heutigen Tag kaum mit jemandem aus dem Dorf sprach, denn entweder gehörten sie zu diesen Kindern von damals oder waren mit diesen verheiratet oder ihre Brut in zweiter und dritter Generation.

Die sonntäglichen Inspektionsbesuche hatte Seiler gefürchtet, hing doch immer das Damoklesschwert *Kinderheim* über seinem Kopf. Es waren lange Jahre gewesen, in denen er nur auf den Tag seiner Volljährigkeit und auf die damit verbundene Freiheit gewartet hatte. Und dieser Tag kam, mit ihm ein letzter Besuch des Herrn von Arnstorff, danach aber blieb seltsamerweise alles beim Alten. Nichts änderte sich an seinem Leben, ausgenommen die Sonntage, die gehörten fortan ihm, auf Kirche und Inspektionen verzichtete er, alles andere aber, was ihm der alte Lehrer beigebracht hatte, behielt er bei und versorgte seinen Besitz bis zum heutigen Tag in Herrn von Arnstorffs Sinne.

Gernot Seiler lächelte. Er dachte gern an seinen Lehrer, wer wusste schon, wie das Leben ohne ihn verlaufen wäre.

»Dann hätte ich ins Heim gehen müssen und das hier alles wäre verfallen und zugewachsen.« So aber hatte er die angebotene Gelegenheit genutzt und sich zu einem ordentlichen Menschen entwickelt, ganz anders als all die Bälger, die heute die Gegend hier unsicher machten. »Alles Diebe. Ohne Respekt.« Hasso atmete einmal tief durch, als hätte er jedes Wort verstanden. *Mein Herrchen hat ja so recht*, sagte dieses Schnaufen. *Alles Diebe.*

16 Das letzte Frühstück

Nein, dieser Lärm gehörte nicht mehr zu Kasis Traum! Der Boden unter dem Jungen vibrierte! Reiter, die Reiter kamen!

Pferde galoppierten durch den Kopf des Jungen, die Reiter schrien, ihre Stimmen überschlugen sich!

Kasi sprang auf, schwankte. Er wollte weglaufen, stieß gegen eine nicht in seine Traumwelt passende Wand, riss beide Arme nach oben und schrie auf. Ein Huf musste seine Schulter getroffen haben. Nicht nur die Schulter, der ganze Arm schmerzte als habe jemand, während er schlief, ein glühendes Hufeisen in sein Fleisch gebrannt.

»MAMA!«

Die Wand zitterte unter den Fingern des Jungen, gefangen in einem Karton aus Stein und da draußen, außerhalb dieser kartonierten Traumwelt, hielt ein Riese das Gefängnis in den Händen und schüttelte es. Kasi stürzte zu Boden. Warum ging die Tür nicht auf? Warum schaltete Mutter das Licht nicht an? Sie musste ihn doch gehört haben! Warum konnte er seinen rechten Arm kaum bewegen? Woher kamen diese Schmerzen, dieses unerträgliche Brennen? Und weshalb besaß die ihn umgebende Nacht eine so endgültige Vollkommenheit, dass der Junge sie als etwas Körperliches empfand, als ein Wesen oder einen Zustand, der ihn gefangen hielt? Er kroch über den Boden, stieß gegen die Wand, Schreie. Ein Licht blitzte auf, zuckte durch diese Dunkelheit und zerstörte sie und plötzlich, als sei dieser Lichtstrahl das verabredete Signal, verstummte der Lärm, beruhigte sich der Boden.

Mama?

»Max!« Kasi kam diese Stimme bekannt vor. Timi? Was tat Timi in seinem Traum?

»Hier!«

Kasimir identifizierte Max' Stimme und zuckte zusammen. Ohne um den Grund seiner Angst zu wissen, drückte er sich gegen die Wand, zog beide Beine an und versteckte das Gesicht.

»Was ist passiert?«, schrie Alex.

»Der Berg stürzt ein!«

»Ich hab Angst!« Timi weinte und Kasimir wartete auf eine erwachsene Stimme, eine Stimme, die Timis Angst verscheuchte, die sich auch der eigenen Angst annehmen konnte. Aber niemand tröstete den Kleinen. Warum kam niemand und nahm Timi in den Arm, streichelte ihn, bis der Schlaf ihn wieder mit sich nahm? Warum? Kasimir hob den Kopf. Der Lichtkegel verdoppelte sich – zwei weiße Finger, die Lehmboden streiften, einen Boden voller Staub und Fußabdrücke; die eine gewölbte Decke berührten, ohne diese zu zerbrechen; die drei Kinder zeigten.

Es dauerte fast eine Minute, bis Kasimir den Weg zurück in diese Wirklichkeit der Taschenlampen fand. Er schüttelte die letzten Fetzen seines unterbrochenen Traumes ab, die Reiter flogen davon und ließen ihn mutterseelenallein zurück – einen halbnackten Zehnjährigen, umgeben vom Bösen. Kasimir erinnerte sich an das Gestern. Wie lange hatte er geschlafen? Oder hieß der Schlaf *Ohnmacht* und *eine* Nacht *drei* oder *fünf* oder *sechs*? Die Stimmen gehörten Timi und Alex und, Kasi drückte sich in seine Ecke, Max. Max schrie.

»Scheiße! Meine Lampe!« Etwas flog durch den Raum. Die von Max beim Einschlafen brennen gelassene Lampe knallte nur einen Meter neben Kasimir gegen die Wand. Kasi zuckte zusammen. Nadelstiche.

»Max!«

»Ruhe jetzt!« Alex' Stimme dröhnte, als spräche er durch ein Megaphon. »Ruhe!« Die beiden Lampenfinger versammelten sich am Ausgang und leuchteten in ein mannshohes, schwarzes Loch, in den Durchgang zum Raum mit den Fässern. Erwarteten sie jemanden?

»Irgendwas ist eingestürzt!« In Max' Stimme schwang Angst. Wenn sich das Böse fürchtet, hoffte Kasimir, ist es nicht länger böse und gefährlich. Oder erst recht, wie ein in die Enge getriebenes Raubtier, lautete das Gegenargument, welches er doch gar nicht hören wollte.

»Das sind die von draußen!« Alex wusste als Erster und Einziger eine Erklärung für den Lärm und das Zittern des Raumes. »Die arbeiten dort oben! Die suchen nach uns!«

»Hallo!« Max brüllte so laut er konnte. Kasimir hielt sich die Ohren zu. »Hier sind wir! Hier hinten!«

Stille. Alle vier hielten den Atem an und lauschten. Aber die ersehnte Antwort blieb aus. Keiner bewegte sich. Die Kinder hörten das Rauschen der eigenen Lebendigkeit in ihren Ohren, sie hörten sich atmen und zwei- oder dreimal ein fernes Rumpeln aus dem vorderen Raum, als sei da noch ein letzter Stein aus der Decke gefallen. Nicht einmal die Kinderschatten an den Wänden bewegten sich, jeder wartete auf eine ihm bekannte Stimme. Sie warteten auf die Erlösung. Aber vergebens. Max brach als Erster die Stille.

»Aber sie müssen uns doch gehört haben.« Er flüsterte, wie er zuvor in Kasimirs Ohr geflüstert hatte.

»Vielleicht sind sie …«

»Hallo!!!« Max wollte Alex' *Vielleicht* nicht hören. Er schrie und auch Timi fiel in diese Schreie ein und die Gewölbedecke fing die Worte auf und warf sie zurück und weiter in den Raum mit den Fässern. Aber auch der wollte die Hilfeschreie nicht behalten, spuckte sie aus: überall Timis und Maxens und alle schrien sie.

»Hört auf jetzt! Ihr bringt mit dem Lärm noch alles zum Einsturz!« Das wirkte. »Die arbeiten dort oben und durch die Erschütterungen sind ein paar Steine nachgerutscht.«

»Und warum antwortet niemand?«, wollte Timi wissen.

»Weil sie noch nicht durch sind. Wir sind hier zwei Stockwerke in der Tiefe, das dauert eben.«

Timi schwieg und dachte über Alex' Worte nach. Und auch Kasimir dachte über das Gehörte nach. Richtig, sie befanden sich ja unter der Burg. Aber warum gingen sie nicht hinaus? Warum saßen sie hier und schrien um Hilfe? Kasimir lauschte den Worten der anderen, ohne diese zu verstehen. Was sollte sie daran hindern, diesen Raum auf demselben Weg zu verlassen, wie sie ihn betreten hatten?

»Warum gehen wir nicht einfach rauf?« Kasimir flüsterte, aber jeder hatte ihn verstanden. Und verstand nicht, warum Kasimir diese Frage stellte.

»Hä? Bist du bescheuert?« Max fuhr herum und der Lichtfinger (natürlich gehörte Timis Lampe jetzt dem großen Bruder) blendete Kasimir. »Der Eingang ist eingestürzt, falls du es vergessen hast! Wegen dir sitzen wir hier in der Falle! Wegen einer bescheuerten Brillenschlange!« Der Lichtfinger drehte ab und beäugte Wichtigeres. Kasimir nahm den Arm von den Augen. Hatte er wirklich an der Decke gehangen und Max … Und dann geschrien und Alex kam und … Rufus?

»Wo ist Rufus?«

»Der ist draußen«, sagte Alex. Er sprach ganz ruhig, normal, als unterhielte er sich mit seinesgleichen. »Der Schwarze hat es geschafft und hat Hilfe geholt.«

»Abgehauen ist der Feigling«, schilderte Max seine Sicht der Dinge. »Hat uns im Stich gelassen und gibt jetzt da draußen seine Lügengeschichten zum Besten.«

Rufus ist kein Lügner. Kasi wollte das gerade sagen, als sich mit einem Mal zwei Synapsen im Kopf des Kindes die Hände reichten und gemeinsam viele der verschlossenen Türen und Fenster seiner Erinnerung aufstießen. Die ihn beschützende Dunkelheit zerbröckelte, der Pegel des Gestern stieg und ehe Kasi überhaupt recht begriff, was sie mit ihm gemacht hatten, stand er auch schon bis zum Hals in einem Sumpf aus Schmerzen, Demütigung und Angst. Er hing an der Decke. Kasis Blick wanderte zu seinen Hand- und Fußgelenken: Armbänder aus Roststaub, wunder Haut und getrocknetem Blut. Plötzlich konnte er noch einmal Max in sein Ohr flüstern hören, konnte ihn riechen. Und spüren! Kasis Schulter verdoppelte ihre Anstrengungen, die Erinnerung durch Schmerzen zu übertünchen, aber es half nichts, durch die nun weit aufgestoßenen Tore flutete das Gestern in Kasis Kopf und trieb das Kind in den hintersten Winkel des Raumes. Kasimir krabbelte davon, fort von seinen Erinnerungen, fort von Max. Er drückte sich gegen kaltes Gestein, wimmerte, zitterte und watete dabei noch einmal durch jede einzelne vergessene Sekunde. Sie klebten an ihm und das Kind an ihnen wie ein Insekt in einem Spinnennetz. Und mit jeder weiteren Vergessensbewegung verstrickte er sich tiefer in das, was er doch vergessen wollte. Da drüben stand Max, zwar mit dem Rücken zu ihm, aber er stand da. Der Peiniger befand sich hier, nur wenige Schritte von seinem Opfer entfernt. Kasimir spürte noch einmal seinen Aufprall, als die Decke eingestürzt war, noch einmal, wie ihn jemand an den Ketten über den Boden zerrte. Alex?

Von den anderen Kindern nahm zuerst keiner etwas von dieser Kasi überfallenden Veränderung wahr, zu sehr konzentrierten sie sich auf ihre Hoffnungen und Wünsche. Dann aber drehte Max sich um und ein zitterndes Häufchen Kind erschien im Rampenlicht.

»Was is'n mit dem los?« Auch Alex' Lampenstrahl riss sich von der Verheißung – dem Ausgang – los und wanderte zu Kasimir. Max starrte auf das Mädchen. Warum tat dieses brillenlose Mädchen das jetzt wieder? Warum? Um sich an ihm zu rächen natürlich, fiel es Max ein. Das Mädchen wollte Angst säen, wollte, dass auch er und Alex und Timi so an der Wand kauerten und wimmerten und sich fürchteten. Das Mädchen konnte mit seinen dünnen Ärmchen nichts gegen ihn ausrichten, also versuchte Kasimir es eben so. Hinterhältig und gemein und …

Max stürzte quer durch den Raum und ehe Alex eingreifen konnte, beugte Max sich bereits über Kasimir. Der schaffte das Unmögliche und sank noch weiter in sich zusammen. Instinktiv schützte er Kopf und verletzte Schulter so gut es ging mit seinem gesunden Arm.

»Reiß dich gefälligst zusammen, du, du …«

Kasimir kniff in Erwartung eines Schlages oder Trittes die Augen zusammen. *Gleich wird er sich auf mich stürzen*, schoss es ihm durch den Kopf, *er wird auch noch in meinen anderen Arm beißen, mich zerreißen.* Kasi zitterte gefangen im hintersten Winkel des Berges, ohne Ausweg, ohne Rettung.

Plötzlich aber schrie er auf – ein Angstschrei, schrill, laut. Kasi rollte sich zur Seite und über den pochenden Arm. Aber der Schmerz drang nicht mehr in sein Bewusstsein. Weg hier, weg von Max, sagte jede Faser seines Körpers und Kasi tat, was dieser Körper ihm befahl: er rollte, kam auf die Beine und rannte an Max vorbei Richtung Ausgang in den Fässerraum. Bevor er das rettende Ufer aber erreichen konnte, fand er sich plötzlich in Alex' Armen wieder.

»Komm, schieb ihn rüber, dann zeig ich dem Weichei mal, was passiert, wenn man uns Angst einjagen will«, sagte Max und streckte die Hand aus. Kasi wollte sich befreien, aber Alex ließ ihn nicht mehr los. Und er stieß ihn auch nicht seinem Freund in die Arme. »Hast du gehört? Komm, wir zeigen ihm, was …«

»Halts Maul!« Timi zuckte zusammen und schlich sich in die eben noch von Kasi besetzte Ecke. Zum ersten Mal in seinem Leben sah er seinen Bruder mit offenem Mund eine Antwort schuldig bleiben. Max' Blick löste sich von dem Mädchen und wanderte zu Alex. Hatte er sich eben verhört? Alex war doch sein Freund und das Mädchen eben nur ein Mädchen. Wieso stellte Alex sich plötzlich gegen ihn?

»Aber …«

»Hör jetzt endlich mit deinem blöden Getue auf«, sagte Alex schließlich. »Das ist jetzt kein Spiel mehr. Wir, wir gehören jetzt zusammen, verstehst du?« Max verstand nur, dass sein *Freund* die Seiten gewechselt hatte. »Ab sofort lässt du Kasi in Ruhe oder du bekommst es mit mir zu tun. Du hast schon genug angerichtet.«

Timi verließ seine Ecke und ging zu seinem großen Bruder. Er nahm dessen Hand. Am liebsten hätte er diese Hand in Kasis gelegt, damit endlich alle Freunde wären, aber er wusste, dass Max dies nie und nimmer zulassen würde. Also hielt er nur die Hand seines Beschützers.

»Sollen wir nicht mal nachsehen, was da vorn passiert ist?«, fragte Timi schließlich, froh, von Kasi ablenken zu können. Eine Sekunde sahen die beiden Großen einander in die Augen, dann ließen Alex' Arme Kasimir frei.

»Machen wir's so?«, fragte er Max. »Hören wir auf, uns zu streiten?« Max zögerte, er verstand die ganze Situation nicht, nur dass Alex ihn soeben verriet. Trotzdem nickte er. Er löste sich aus seiner Erstarrung und nickte und Timi drückte Max' Hand ein wenig fester. In diesem Augenblick war er stolz, einen solchen Bruder zu haben, richtig, richtig stolz.

»Ich gehe vor und sehe nach«, sagte Alex.

»Ich komm auch mit«, sagte Kasi und blieb hinter Alex stehen, sodass dieser zwischen ihm und dem Bösen stand.

»Ich will auch mit«, sagte nun auch Timi und zog Max hinter sich her. Und auch Max wollte sich den anderen anschließen. Warum sollte er hier allein ausharren? Er wollte mit eigenen Augen sehen, wie es da vorn aussah. Vielleicht hatte Alex gestern ja auch gar nicht richtig hin- und den Fluchtweg übersehen?

»Also, dann gehen wir eben alle zusammen«, sagte Alex. »Aber nichts anfassen da vorn. Das könnte alles endgültig zum Einsturz bringen. Timi, hast du das verstanden?« Timi nickte. »Ihr auch?« Das Licht wanderte zu Max – Nicken – und weiter zu Kasimir.

»Verstanden.«

Alex ging ganz selbstverständlich voraus, Max und Timi folgten und Kasimir bildete die Nachhut. *Die Decke ist eingestürzt* – ein weiteres Erinnerungssteinchen, welches von draußen durch das Fenster flog und sich in Kasis Gedankenmosaik einfügte. Deshalb also der ganze Staub. Kasimir verstand. Und er erinnerte sich. Rufus wollte ihn befreien. Deshalb tat sein Rücken so weh, der Sturz auf den Boden. Oder Max' Schläge? Schläge, mit der Faust, in den Rücken und immer wieder auf dieselbe Stelle. Der Lärm, Donner – eine eingestürzte Decke?

Was Kasimir, Max und Timi schließlich mit eigenen Augen sehen mussten, überstieg deren schlimmste Erwartungen, ja selbst Alex blieb wie angewurzelt stehen. Der von Alex bereits in der Nacht entdeckte Schuttberg hatte sich bewegt. Gute zwei Meter weiter ragte er nun in den Raum und aus der Öffnung in der Decke rieselten immer wieder kleinere und kleinste Steinchen, hüpften die Rampe nach unten. Einige kullerten durch den gesamten Raum und landeten vor den Füßen der Kinder. Wieder hing Staub in der Luft.

»Deshalb der Krach eben«, sagte Alex. »Da ist noch mal ein ganzer Haufen nachgerutscht.«

»Sieht man jetzt Licht?«

»Von oben?«

»Natürlich von oben. Woher denn sonst, Mann? Scheint schon die Sonne? Wie spät ist es, Alex?« Alex nahm sein Handy, aber wie beim Einschlafen schon erwartet, hatte sich inzwischen auch der letzte Strich verabschiedet und das Handy in ein totes Stück Technik verwandelt. Unnütz. Alex schüttelte nur den Kopf und steckte das Stück Technik zurück in die Hosentasche.

»Hat jemand eine Uhr?« Keine Antwort. Also gab es nun nicht nur kein Tageslicht und keinen Kontakt nach draußen, sondern auch keine Uhrzeit mehr. »Müsste irgendwann am Morgen sein, vermutlich. Vielleicht ist ja die Sonne noch gar nicht aufgegangen.«

Kasimir verstand erst in diesem Augenblick wirklich, was sich am Vortag zugetragen haben musste. Er hatte die Stunden nach dem Unglück, nach seiner Befreiung, wie in Trance verschlafen, jetzt aber stand er der Wirklichkeit gegenüber. Nein, kein Traum, kein dummes Geschwätz, kein Märchen – sondern Wirklichkeit, ein bis an die Decke reichender Berg Wirklichkeit, eine Wirklichkeit, die jeden Erwachsenen erschlagen konnte. Kasimir starrte auf den Schutthaufen. Max' Lampenstrahl wanderte darüber hinweg, erreichte die Decke, den Boden und wieder dieses Loch da oben, einen Trichter, welcher Kasimir wie der aufgerissene Rachen eines Monsters vorkam. Kasimirs Blicke folgten dem Weg des Lichtes, ein Licht aber, welches nichts erhellte, keinen Ausweg zeigte, sondern nur verwirrte und Mutlosigkeit auf den Betrachter häufte. Mutter und Vater werden sich Sorgen machen, nein, keine Sorgen – sie werden vor Angst um ihn halb verrückt durchs Haus rennen. Wahrscheinlich waren sie seit Stunden irgendwo unterwegs und suchten nach ihm. Aber wo? Wo sollten sie suchen, er hatte sie schließlich belogen.

»Rufus hat es nach draußen geschafft?« Eine Frage wie ein Eiskristall, so zart und durchscheinend. So zerbrechlich. »Hat er?« Alex nickte und legte Kasimir die Hand auf die gesunde Schulter.

»Natürlich hat er es geschafft.« *Hoffentlich.* »Und jetzt gehen wir zurück und frühstücken!«

Alex' letztes Wort wirkte wie ein Zauber auf die kleine Gruppe, wie ein guter Zauber. *Nein,* sagten diese Worte, *dieser Haufen da, dieses bis zur Decke reichende Ungetüm, ist und bleibt nur ein Berg Steine, mehr nicht. Einen Berg Steine kann man aus dem Weg räumen.*

Er hat aber den Ausgang versperrt? Na wenn schon, dann dauert es eben ein paar Stunden. Was sind schon vier oder sechs oder neun Stunden, wenn noch ein ganzes langes Leben vor einem liegt? Was bedeuten diese Stunden, wenn da draußen Erwachsene suchen und graben und finden? Ein Abenteuer, was sonst?

Danach gefragt, hätte in diesen Minuten einzig Kasimir den Begriff *Abenteuer* infrage gestellt, aber ihn fragte niemand. Doch die Normalität, welche Alex' Worte vorgaukelten, die Aussicht auf baldige Befreiung legten auch über ihn ein Zaubertuch, ein Tuch, welches eben noch unerträgliche Schmerzen in Pochen wandelte. Nur Kasis Angst vor Max vermochte dieses Tuch nicht zu überdecken, aber, ein Blick des Jungen genügte: Max' Interesse galt mittlerweile anderem, denn er, der doch hin und wieder ganz offiziell den Sinn der eigenen Existenz mit *Essen* definierte, hatte über den Schock ihrer Gefangenschaft und der dieser Gefangenschaft höchstwahrscheinlich folgenden Bestrafung die Bedürfnisse seines Körpers schlichtweg vergessen. Als habe jetzt aber dieses eine Wort nicht nur das Sättigungsbedürfnis erweckt, drehte Max sich zur Seite, klemmte die Lampe unters Kinn und fingerte an seiner Hose herum.

»Ich muss mal.«

»Aber doch nicht hier«, sagte Alex. Ihm widerstrebte die Vorstellung, dass die erwarteten Rettungskräfte als Erstes eine Toilette betreten sollten.

»Und wo dann?«, fragte Max und zeichnete mit seinem Urin bereits ein großes M in den (Schnee) Staub, »etwa da, wo unsere Rucksäcke liegen?« Er drehte sich völlig ungeniert um, schüttelte die letzten Tropfen ab, gut sichtbar, als könne er so den eigenen Worten zusätzliches Gewicht verleihen. »Soll ich es etwa so wie das Mädchen machen und dahin pinkeln, wo ich liege?«

»Hab ich gar nicht!« Kasi drehte sich um, er sah zu Alex, aber Alex lächelte nur und zuckte mit den Schultern. Sein Blick wanderte zu Kasis Schritt, an dem auffallend viel Staub klebte, verbacken zu einer von Rissen durchzogenen Glasur.

»Tut mir ja leid Kleiner, aber Max hat recht. In beiden Punkten.« Alex fügte Max' Anfangsbuchstaben den eigenen hinzu und auch Timis Blase meldete sich.

»Wartet ihr?«, fragte er und ließ in der folgenden halben Minute die anderen nicht aus den Augen. Den hieraus resultierenden nassen Fuß nahm er für diese Sicherheit in Kauf.

Zurück bei ihren Rucksäcken stürzte sich jeder auf das bisschen Proviant, das Alex so überschwänglich als *Frühstück* bezeichnet hatte. Die Enttäuschung ließ nicht lange auf sich warten, teilweise jedenfalls: Timi starrte in einen fast leeren Rucksack und auch bei seinem Bruder sahen die Vorräte nicht besser aus – zwei Muffins und eine angebrochene Tüte Gummibärchen. Alex hingegen hatte am Vortag seine beiden Brötchen nicht angerührt und auch Kasis Brote, obenauf ein Zettel seiner Mutter (*Lass es dir schmecken! Ich hab dich lieb!*, gefolgt von einem großen Herz), lagen noch so in ihrer Dose, wie Mutter sie vor nicht einmal vierundzwanzig Stunden hineingelegt hatte.

Timi nahm den am Vortag noch verschmähten Apfel. *Obst und rohes Gemüse – das ist was für die Viecher. Und die Körnerfresser, was aufs Selbe rauskommt* – so Timis Vater. Dieses Vorbild hatte dazu geführt, dass Timi freiwillig weder das eine noch das andere anrührte. Normalerweise schlug er einen großen Bogen um alles, was nach Vitaminen roch, als sei in diesen das Übel der Welt verborgen. Letzteres konnte allerdings durchaus stimmen, fand Timi. Seit er im Religionsunterricht die Sache mit dem Paradies und diesem Apfel da gehört hatte, ergaben Vaters Worte für den Jungen einen Sinn. Äpfel und all das andere Zeug verdarben den Menschen und ganz offensichtlich gehörte es zu den Hauptaufgaben der Frauen, ihre Männer und Kinder damit vom richtigen Weg abzubringen, denn wie Eva hinter Adam rannte auch Mama ständig mit einem Apfel in der Hand hinter Timi her. Diesen hier hatte sie hinter seinem Rücken in den Rucksack ihres Sohnes geschmuggelt. Oder stammte er von Seilers Baum? Timi hielt ihn in der Hand, wagte aber nicht hineinzubeißen. Sehnsüchtig schielte er auf Max' Muffin. Alex biss gerade in sein Brötchen, dick mit Käse, Schinken und einem Salatblatt belegt, und Kasi saß da drüben im Halbschatten, kaum zu erkennen. Aß er etwas?

Timi gab der zwischen den beiden Brüdern liegenden Taschenlampe einen *unabsichtlichen* Schubs und Kasi erschien im Rampenlicht. Mit hochgekrempelten Hosenbeinen saß er an der Wand und jeder konnte die verkrusteten Streifen an Hand- und Fußgelenken erkennen. Wie Armbänder. Den rechten Ärmel seines T-Shirts hatte er ebenfalls nach oben gewickelt, so scheuerte der Stoff wenigstens nicht mehr bei jeder Bewegung über die Bisswunde, aber, Timi senkte den Blick, so erinnerte dieser Anblick ununterbrochen an das, was Max getan hatte. Timi schämte sich ein wenig für seinen Bruder.

Die Augen geschlossen, hielt Kasi ein Brot in den Händen, biss aber nicht hinein. Seine Lippen bewegten sich. Beten vor dem Essen gehörte dazu – eine Gewohnheit vielleicht, aber wenn, dann auf alle Fälle eine ehrliche Gewohnheit. Schon immer hatte er vor dem Essen die Hände gefaltet, Kasi tat es selbst, wenn andere Kinder mit am Tisch saßen und ihn auslachten. Allgemein vermutete man, dass Kasi das auch schon im Bauch seiner Mutter so gemacht hatte, bevor er sich einen Schluck aus der Nabelschnur gönnte oder später an ihrer Brust. Kasi selbst hielt dies durchaus für möglich. Er dankte für dieses Brot und bat um eine schnelle Rettung. Und um Schutz.

»Betet der etwa?!« Max leckte die Krümel aus dem Faltenpapier, knüllte es zusammen und legte es sich auf die flache Hand. »Das Kasi-Mädchen betet«, lachte Max, zielte auf den Betenden und schnippte. Das Geschoss prallte von der Wand ab und fiel in den Staub.

Timis Finger wanderten ganz von allein unter sein Shirt und umklammerten den silbernen Super-Jesus. Erst jetzt biss er in den Apfel und hoffte, dass dieser nicht wie im Märchen vergiftet war. Und er hoffte, dass Jesus Max das mit dem Papier eben und das vom Vortag nicht übel nahm. Und Timi hoffte, nein: er betete, dass Jesus sie aus diesem Loch hier retten mochte. Jesus oder Rufus und die Leute aus dem Dorf, egal, Hauptsache gerettet.

Während Timi an seinem Apfel knabberte, beobachtete er Kasi. Der Achtjährige störte sich daran, dass Kasimir ganz allein da drüben saß, während Alex, Max und er selbst eine kleine Gruppe bildeten. Timi spürte die Wärme seines Bruders. Kasi fror sicher. Aber er zitterte nicht, aß sein Brot und nahm dazwischen immer wieder einen kleinen Schluck aus der noch immer halbvollen Flasche. Ob Kasi ihm vielleicht etwas abgab, etwas von seinem Essen und Trinken? Die Frage beantwortete sich Timi mit einem klaren Nein, schließlich war er Max' Bruder und Max Kasis Feind. Feind? Na ja, vielleicht nicht unbedingt Feind, aber ganz bestimmt nicht sein Freund. Erst einmal wieder draußen, würde Kasi wohl nie wieder mit ihnen spielen, vielleicht sogar niemals wieder ein Wort wechseln und das alles nur wegen Max. Der hatte inzwischen seinen Muffin in sich hineingestopft und schielte nun abwechselnd auf Alex' Brötchen und Kasis Brot. Und auf die Trinkflaschen der beiden. Timi wusste genau, was Max dachte und insgeheim freute er sich darüber, dass er selbst bis auf den Apfel weder etwas zu essen noch Flüssigkeit besaß, Max hätte ihm beides längst weggenommen. Aber auch einen Apfel konnte man wegnehmen, wie Timi sofort erfuhr. Plötzlich nahm der große Bruder Timi den Apfel aus der Hand und biss zwei Mal davon ab.

»He! Das ist meiner!« Timi sprang auf, Max aber drehte sich einfach um, biss ein drittes Mal zu und gab anschließend nicht mehr als ein Kerngehäuse mit Stiel daran zurück.

»Ich hab solchen Durst«, sagte Max mit vollem Mund und lächelte seinen Bruder alles andere als ehrlich an. Apfelstückchen klemmten zwischen Max' Zähnen und Saft lief ihm aus dem Mundwinkel. Timi griff nach dem Rest, Max aber hielt ihn ein paar Zentimeter höher. Und noch höher und …

»Hör auf damit.« Alex stieß Max den Ellenbogen in die Seite, Max ließ den Arm sinken und Timi bekam den Rest seines Apfels zu fassen. Er drückte ihn wie einen Schatz an sich und rutschte mehr als eine Armlänge von seinem Bruder weg. Tränen liefen ihm über die Wangen, sein Magen knurrte und immer wieder musste er an einen gedeckten Frühstückstisch denken, an duftende, heiße Brötchen, Eier, Wurst, Marmelade, Honig. Er hatte solchen Hunger!

»Timi?«

Ach, lasst mich doch in Ruhe.

»Timi, hier.«

Timi sah auf, aber nicht Max oder Alex hatten ihn gerufen. Kasi streckte ihm ein Brot hin. Timi sah aus den Augenwinkeln, dass Max nach vorn zuckte, aber diesmal wollte Timi schneller sein. Er sprang auf und rannte zu Kasi.

Kasi sah komisch aus ohne seine Brille, aber er lächelte und hielt Timi das halbe Wurstbrot hin.

»Hast du denn keinen Hunger?« Timi zögerte. Sollte das jetzt nur ein Trick sein, um durch ihn Max zu ärgern? Aber Timi fiel keine einzige Begebenheit ein, in der Kasi irgendwas Gemeines getan hätte. Außerdem lächelte Kasimir, wie er immer lächelte, wenn ihm die Großen ausnahmsweise das Mitspielen gestattet hatten. Wie vorgestern. Timi streckte die Hand aus, erwartete, dass diese jeden Augenblick wieder weggezogen würde, aber Kasi war nicht Max. Das Brot wechselte seinen Besitzer. Timi biss hinein und blieb dabei vor Kasi stehen.

»Kannst dich ruhig hinsetzen«, sagte der und schlug mit der Hand auf den Boden, aber nur einmal. Er hatte auf die Stelle geklopft, auf der er die Nacht verbracht hatte und da wollte Timi sich nun ganz und gar nicht hinsetzen. Aber auf die andere Seite, das wäre in Ordnung. Und Kasi wäre dann auch nicht mehr so allein.

»Wag es ja nicht!« Max' Stimme riss den kleinen Bruder zurück. »Gib dem seinen Fraß zurück und mach, dass du hierherkommst!«

Timis Kiefer erstarrten in der eben begonnenen Kaubewegung. Speichel sammelte sich in seinem Mund, er schluckte und das Brot schmeckte so wunderbar, ganz anders als Mutters Brote. Er sah auf das Brot und zu Kasi.

»Hast du mich verstanden?!«

Timi hatte. Timi hatte Max verstanden. Max hatte ihm den Apfel weggenommen und jetzt gönnte er ihm Kasis Geschenk nicht, er selbst hätte es wahrscheinlich genommen. Wieso benahm Max sich so blöd? Wieso … *(… denn bloß? Pfui, pfui!)*.

»Aber …«

»Von der Brillenschlange wird nichts genommen, verstanden?«

»Aber du hast mir meinen Apf…« Max stand jetzt auf.

»Komm sofort hierher!« Sein ausgestreckter Finger zeigte auf die Stelle neben ihm, als würde er einen Hund herbefehlen. »Du gehörst nicht zu dem da, du gehörst zu uns!« Timi aber wollte kein Hündchen sein und er wollte auch nicht auf das Brot verzichten. Er klammerte sich an seinen Super-Jesus und der hatte ein Einsehen und schickte Alex vor.

»Wir gehören jetzt alle zusammen«, sagte Alex. »Wir sitzen zusammen in dieser Falle und du solltest jetzt endlich mal dein doofes Getue Kasi gegenüber ablegen.« Max starrte Alex an, als sei der gerade erst auf unerklärliche Weise im Raum erschienen. Er leuchtete ihm (mit Timis) Taschenlampe ins Gesicht. »Und die solltest du vielleicht auch mal abstellen, es reicht, dass du deine Lampe hast brennen lassen. Wer weiß, wie lange es noch dauert, bis die uns finden, ich hab keine Lust, bis dahin im Dunkeln zu hocken.«

»Du, du …« Max fuchtelte mit den Armen durch die Luft, »du führst dich auf, als hättest du hier das Sagen! Timi ist mein Bruder und ich befehle ihm, niemand sonst!«

»Du sollst mir aber nichts befehlen. Mama sagt das auch immer.«

»Ich, ich …«

»Jetzt krieg dich wieder ein«, versuchte Alex zu beschwichtigen. »Setz dich hin, mach die Lampe aus und lass Timi meinetwegen das Brot essen. Du hast ihm ja von deinem Zeug nichts abgegeben.«

»Was kann ich denn dafür, wenn der gestern schon alles in sich reingestopft hat? Ist doch selber schuld!« Max wollte nicht aufgeben. Er war immerhin der Älteste hier, wenn zwar auch nur ein paar Wochen älter als Alex, aber immerhin. Mochte der zehnmal größer und stärker sein – der Älteste ist der Anführer! Das wollte er den anderen gerade erklären, als Jesus ein weiteres Mal eingriff. Alex legte Max den Arm um die Schultern.

»Weißt du was? Wir zwei gehen jetzt nach vorn und sehen noch mal nach. Vielleicht hört oder sieht man jetzt etwas. Wir könnten auch anfangen, ein paar Steine wegzuräumen. Vielleicht schaffen wir es ja aus eigener Kraft, hier wieder rauszukommen? Lass die Kleinen ihr Ding machen …«

»Aber …«

»Jetzt komm.«

Alex zog Max aus dem Raum und mit den Freunden verschwanden auch die beiden Taschenlampen, aber daran störten sich weder Kasi noch Timi. Letzterer setzte sich neben den neu gewonnenen Freund (auf die richtige Seite!) und stopfte das Brot in sich hinein. Die Kinder rutschten ganz nah zueinander und jedem tat die Wärme des anderen gut. Nur als Timi aus Versehen Kasis Oberarm berührte, zuckte dieser zusammen und stöhnte auf.

»Entschuldige.«

17 Der Fund

Im vorderen Raum angekommen, fanden Alex und Max alles unverändert vor. Erneut löschten sie ihre Lampen und suchten die Decke nach einem Funken Hoffnung ab, einem Fingerzeig in Form eines Sonnenstrahles. Aber Licht und Hoffnung blieben draußen und die Kinder hier. Alex hatte nichts anderes erwartet, trotzdem spürte er beinahe körperlich, wie das in ihm flackernde Flämmchen Hoffnung erlosch und sich die über den Kindern auftürmende Burg mit ihrem ganzen Gewicht auf seine Schultern legte. Er setzte sich auf die alte Truhe, stützte den Kopf in beide Hände. Die Taschenlampe ließ er lichtlos, es reichte schließlich, wenn Max wie blöde die Decke anstrahlte, als könne er Licht durch Licht sichtbar machen. Die Batterien schonen … Dies zu formulieren bedeutete, dass man sich Gedanken über einen längeren Aufenthalt hier im Berg machte und als Alex dies bewusst wurde, verdoppelte die Burg noch einmal ihr Gewicht. Warum kamen von draußen keine Geräusche? So dick konnte der Fels doch gar nicht sein, dass diese Arbeiten hier drinnen ungehört blieben! Selbst wenn die Retter nur mit Hacke und Schaufel arbeiteten, musste das zu hören sein!

Welche Retter?

Welche Retter?!!!

Mit einem Mal entstand in Alex' Kopf eine Vision, die ihm Gänsehaut über den Rücken jagte: Was, wenn Rufus nun einfach nach Hause gegangen und in sein Bett gekrochen war? Alex wollte das nicht denken, trotzdem folgte der ersten Frage sofort eine zweite: Was, wenn Rufus so tun würde, als habe er den Tag allein (auf seinem verstrahlten Berg) verbracht? Kein Mensch käme auf die Idee, dass der Junge lüge, ganz im Gegenteil! Alex stellte sich seine Eltern, Rufus' Vater und die ganzen Leute im Dorf vor, selbst den alten Seiler; jeder von ihnen würde, vor den beiden Möglichkeiten *Rufus spielt mit Alex,*

Max, Timi und Kasimir und *Rufus lässt sich unter dem Funkmast verstrahlen* stehend, auf die zweite Variante tippen! Wenn es dem Schwarzen gefallen sollte, der Welt eine Lüge aufzutischen und sich so an ihnen zu rächen, würden sie ihm alle glauben. Und natürlich würde dann kein Mensch hier nach ihnen suchen. Selbst einen Zufall vorausgesetzt, würde jemand, der den Berg nach den Kindern absuchte, nichts entdecken; ihr Gepäck lag hier und den Zugang nach unten fand nur wer danach suchte, beziehungsweise davon wusste. Höchstens (Hoffnung?), der Erdrutsch hat oben die Landschaft verändert …

»Wieso hört man denn nichts?!« Max starrte zur Decke. Wollte er mit einem magischen Blick außerhalb dieses Gefängnisses jemanden zum Klopfen und Rufen motivieren? Wenn ja, versagte dieser Blick. Stille.

»Leuchte mal auf den Haufen da«, sagte Alex. Das Licht schwenkte nach unten. Alex betrachtete Geröll und Felsbrocken. »Was meinst du: Wie viel ist das da?« Max betrachtete den Haufen und suchte seine Erinnerung nach einer vergleichbaren Menge ab. Zwei Lkw-Ladungen? Oder doch drei? Wahrscheinlich drei, mindestens. »Vielleicht sollten wir selbst versuchen rauszukommen.«

»Das alles wegschaffen?« Max starrte abwechselnd die unlösbare Aufgabe und den in seinen Augen verrückten Aufgabensteller an. »Du spinnst!«

»Vielleicht. Aber es zu versuchen ist immerhin besser, als nur dazusitzen und zu warten.« Von seinen Rufus' betreffenden Ängsten erzählte er nichts.

Max dachte noch über Alex' Worte nach, als dieser den Schuttberg hinaufkletterte. »Hier«, Alex klopfte gegen die oberen Steine, »hier ungefähr müsste der Gang liegen. Wir müssen ja nicht alles wegräumen, nur hier, bis wir durchkriechen und hochklettern können.«

»Aber das ist doch alles überflüssig, die finden uns in den nächsten paar Stunden.« Max schlenderte seinem Licht folgend bis zur Truhe und setzte sich. Er schüttelte den Kopf. »Nee, die ganze Schinderei ist absolut hirnlos. In ein paar Stunden sind wir frei.« Max verzichtete auf das Ausrufezeichen am Ende dieses Satzes und ein ganz klein wenig klang dieser Satz sogar nach einer Frage. Ein paar Stunden lagen nur noch zwischen Jetzt und Rettung und die verbleibende Zeit sollte man Max' Verständnis nach besser dazu nutzen, eine plausible Ausrede für Kasis Entstellungen zu finden. Und um das Mädchen dahingehend zu motivieren, diese Erklärungen dann vor den Erwachsenen auch zu bestätigen, auf jeden Fall aber nichts von dem zu erzählen, was sich tatsächlich zugetragen hatte. Kasi zu *motivieren* durfte dabei das kleinste Problem sein, Kopfzerbrechen bereitete Max vielmehr die benötigte Ausrede. Und Alex. Konnte Max sich wirklich noch auf einen Freund verlassen, der, wenn es wie vorhin einmal hart auf hart kam, Partei für das Mädchen ergriff? Wie würde er sich dann erst draußen verhalten? Das Gute war nur, dass das alles ohne Alex niemals geschehen wäre und Max konnte sich beim besten Willen nicht vorstellen, dass sein Freund, nur um Max zu verpfeifen, die eigene Schuld eingestehen wollte. Nein, Alex würde zu ihm halten, sie mussten nur noch eine Ausrede finden.

Alex setzte sich auf den Berg, der ihre Heimkehr verhinderte. Er nahm eine Handvoll Steine und warf einen nach dem anderen nach unten, manche bis an die gegenüberliegende Wand, andere ließ er einfach nur nach unten kullern. Letztere versammelten unterwegs andere Steine um sich und rutschten als Miniaturlawine zu Boden, kleine Staubwolken stiegen auf und im Lampenschein sah dies tatsächlich wie eine Lawine aus, beobachtet von einem gegenüberliegenden Sechstausender.

Alex überlegte, ob er dem Freund von seinen Befürchtungen erzählen sollte. Aber nein, wozu die Pferde scheu machen, das alles war mit Sicherheit nur ein blöder Gedanke, eine Möglichkeit zwar, aber eine ziemlich abstruse. Rufus, bescheuert hin oder her, war kein Mörder, soviel stand schon mal fest.

»Los, komm jetzt«, sagte Alex schließlich. »Lass es uns wenigstens versuchen.« Max aber wollte nicht. Er hatte keine Lust. Außerdem widerstrebte es ihm, Alex Folge zu leisten, sich herumkommandieren zu lassen. Er verschränkte zum Zeichen seiner Missbilligung die Arme vor der Brust und lehnte sich zurück. »Dann eben nicht.« Alex drehte sich um und begann, einen Stein nach dem anderen an der von ihm als Ausgang definierten Stelle wegzunehmen und nach unten zu rollen. Innerhalb weniger Sekunden verschlechterte sich die Sicht, füllte sich der Raum mit aufgewirbeltem Staub. Statt aber aufzuhören, zog sich Alex nur das T-Shirt über Mund und Nase und arbeitete weiter. Max aber wusste, wie man diesem sinnlosen Treiben ein Ende machen konnte. Er löschte einfach das Licht, Alex' Lampe lag für diesen unerreichbar neben Max auf dem Boden.

»He! Spinnst du!« Das Poltern hörte auf. Na also, ging doch. »Mach sofort das Licht wieder an!«

»Und wenn nicht?«

»Verdammt noch mal, hör doch endlich auf, hier den Blödmann zu spielen! Mach die Lampe an und dann komm her und hilf.« Nichts geschah. Alex wollte schon nach unten rutschen und Max ein für alle Mal klarmachen, wer hier der Stärkere war, als ihm ein besserer Gedanke kam. »Wenn du mir hilfst, teile ich nachher mein anderes Brötchen mit dir.«

Es dauerte fast eine Minute, bis Max reagierte. Alex ärgerte sich bereits, dass er von diesem Brötchen erzählt hatte, sah Max schon im Dunkeln nach hinten schleichen und seinen Rucksack durchwühlen, da flammte seine Lampe auf. Max gab sich geschlagen.

»Aber nur eine halbe Stunde. Höchstens. Ich hab jetzt schon Hunger.«

Max warf Alex die Lampe nach oben und kletterte auf einen

Brocken von der Größe eines Sackes. Von da aus hielt er sich an einem länglichen aus dem Schutt ragenden Stein fest. Die diesem Zupacken folgende Empfindung und Überlegung, nämlich dass sich dieser Stein überhaupt nicht wie ein Stein anfühlte, befand sich noch in einer Art Warteschleife in Max' Denken, als ein Teil dieses *Steins* plötzlich abbrach. Max wedelte mit beiden Armen und als Alex zu seinem Freund leuchtete, sah er diesen gerade noch nach hinten kippen. Max schlug auf den Lehmboden, im selben Moment begann er zu schreien. Alex wollte schon etwas wie *Weichei* und *kann doch gar nicht so schlimm sein* sagen, da erkannte er, warum Max schrie. Nicht der Aufprall, kein Schmerz hatte ihn dazu gebracht. Max hielt einen Turnschuh in der Hand. Rufus' Schuh! Und das, was Max für ein Stück Fels gehalten hatte, ragte jetzt von Schuh und Staub befreit als das, was es war, aus dem Schutt: Rufus' nackter Fuß!

»Scheiße! Was ist das? Alex, sag mir, was das da ist?!« Max ließ den Schuh fallen, schrie weiter und krabbelte rückwärts vor dem Fund davon. Alex' Lampe aber leuchtete weder zu ihm noch zu diesem Schuh, sondern auf ein aus dem Fels ragendes Bein. Und jetzt erkannte endlich auch Max, an was er sich da eben noch festgehalten hatte!

18 Mona-Lisa

»Weißt du, Hasso, sie stand plötzlich einfach so vor mir.« Natürlich wusste Hasso, er hatte diese Geschichte bereits Hunderte Male gehört. Und es verging kaum ein Tag, an dem sein alterndes Herrchen sie ihm nicht noch ein weiteres Mal erzählte, wie ein Vergessender, der durch ständiges Wiederholen versucht, dem Vergessen ein Schnippchen zu schlagen. Oder wie ein Vergessender, der sich eben nur noch an diese eine Geschichte aus seinem Leben erinnert.

Kurz nach sechs hantierte Seiler wie jeden Morgen in seiner Küche. Er goss von einem Tauchsieder zum Kochen gebrachtes Wasser in seine Lieblingstasse und warf einen Löffel Pfefferminzblätter dazu.

»Den könnten wir auch mal wieder sauber machen«, sagte Seiler mit Blick auf die Heizspirale, an der eine dicke Kruste klebte. Aber jetzt musste sie erst einmal abkühlen. Und es gab Frühstück, die wichtigste Mahlzeit des Tages. Und die schönste, wie Seiler fand. Frühstück bedeutete, die Nacht hatte ein Ende. Er durfte endlich aufstehen, obwohl Hasso, je älter er wurde, und er zählte inzwischen bereits elf Jahre, diesbezüglich eine ganz andere Meinung vertrat. Nur ungern verließ der Hund seinen warmen Platz vor Seilers Bett, ein Schaffell, welches er sich jeden Abend zu einem Lager zusammenscharrte, sich drei Mal darauf drehte und zuletzt mit einem Geräusch, welches an eine gegen die Wand hämmernde Faust erinnerte, fallen ließ. Sein Herrchen stand nach Meinung des Hundes viel zu früh auf, trotzdem schlappte er hinter ihm her bis zur Toilette, mit hinein durfte er nicht, der Enge wegen.

Von der Toilette ging es in die Küche, wo Seiler zuerst sein Teewasser aufsetzte und sich anschließend am Spülbecken, welches gleichzeitig auch als Waschbecken diente, Gesicht und Oberkörper wusch und den Mund ausspülte. Das Putzen der Zähne hatte er bereits vor einem guten Dutzend Jahren aufgegeben, sie fielen ja trotzdem aus. Heute besaß er noch genau sieben Stück von ihnen und so, wie einer von ihnen wackelte, dürfte es bald nur noch sechs geben. Offensichtlich gehörte auch dies zu Gottes Lockplan in sein Himmelreich. Der große Chef da oben machte es seinen Geschöpfen wirklich leicht, dies Leben auf Erden zu verlassen.

Seiler schüttete eine Handvoll Haferflocken in einen Teller, gab Milch und Zucker dazu und füllte den Rest bis zum Rand mit heißem Wasser auf. Natürlich hätte er lieber heiße

Milch genommen, die aber konnte man mit dem Tauchsieder nicht erhitzen, gab 'ne riesige Schweinerei. Und wegen einem einzigen Töpfchen Milch den Herd anheizen? Seiler schüttelte den Kopf und setzte sich, Hasso hatte sich bereits unter dem Tisch zusammengerollt.

»Meine Mona-Lisa stand plötzlich am Gatter, legte die Arme oben auf die Stange und sah mir bei der Arbeit zu. Einfach so.« Hasso wusste Bescheid.

Seiler tunkte ein Stück Brot in das Haferflocken-Wasser-Milch-Gemisch und steckte es sich in den Mund. Mona-Lisa – so hatte er sie beinahe vom ersten Tag an genannt, vielleicht weil ein aus einer Illustrierten herausgerissenes Bild des Originales damals als einziges Schmuckstück in der Stube gehangen hatte, vielleicht aber auch, weil dieses Mädchen, fast noch ein Kind, den bei dieser ersten Begegnung gerade Zweiundzwanzigjährigen tatsächlich an Mona-Lisa erinnert hatte. Oder wegen ihres Blickes – er wusste es nicht mehr und es spielte auch keine Rolle. Warum und Wieso und Weshalb – am Ende zählte nur das, was dabei herauskam und bei Mona-Lisa hieß dieses Ergebnis eben *Mona-Lisa*. Fertig.

Die in diesen Junitagen gerade Siebzehnjährige stammte aus einem Nachbardorf, Bettmaringen und hatte in Wittlekofen irgendetwas abgeliefert, Seiler hatte vergessen was.

»Wie lange sie da so stand und mich beobachtet hat?« Hasso öffnete ein Auge. »Sie sagte *nur ganz kurz*, aber ich weiß nicht.«

Mona-Lisa war, von diesem ersten Zusammentreffen an, jeden Sonntag herübergekommen, eine Stunde hin und eine weitere zurück und das nicht, um etwas im Dorf abzuliefern, sondern einzig und allein, um ihn zu besuchen. Beide hatten nur einen einzigen Blick benötigt, um sich ineinander zu verlieben, es brauchte aber Monate, bis dieser Mann, der kaum ein Wort sprach, selten lächelte und dessen Körper bei der Arbeit niemals müde werden wollte, dem Mädchen vertraute.

»Nein, sie gehörte nicht zu denen, die über mich lachten.« Seiler schüttelte den Kopf, sah zum Fenster hinaus und verrückte den Stuhl so, dass die Morgensonne auf seinen steifen Rücken schien. »Sie war etwas ganz Besonderes, weißt du?« Hasso wusste es. »Oh, wie ihre dunklen Augen geleuchtet haben, wenn sie sich über etwas aufgeregt hat! Dann konnte einem angst und bange werden. Wirklich. Aber auch so hatte sie die schönsten Augen auf der ganzen großen Welt, wie zwei ... wie zwei Kohlenstücke, weißt du. Warme Augen, egal was sie gerade sagte oder dachte, ihre Augen blieben ganz warm.« Seiler stellte den fast leeren Teller unter den Tisch und Hasso übernahm im Liegen die Aufgabe des Spülens, während Seiler die Teeblätter aus seiner Tasse fischte und zum Fenster hinauswarf.

Ihre erste Umarmung spürte er noch heute, als hätte diese gerade eben erst stattgefunden. Er wusste noch genau, wo ihn ihre Hand und wo er sie berührte, an einem Sonntag im Advent. Erster Schnee lag an diesem Tag auf dem Land, zu wenig, um etwas Sinnvolles damit anfangen zu können, zu viel für einen normalen Fußmarsch herüber. Aber sie war trotzdem gekommen, unter dem Arm eine Dose randvoll mit herrlich duftenden Plätzchen, von ihr gebacken. Lebkuchenherzen, dick mit Zuckerguss verziert und kleine Taler, in die sie so viel Kirschschnaps gemischt hatte, dass einem trotz der Süße der Rachen brannte. Beim Abschied, hier in genau diesem engen Flur, hatte sie zum ersten Mal ihre Arme um seinen Hals geschlungen, ihr Gesicht in seinem Wollpullover vergraben und nicht mehr losgelassen.

Die große Angst, auch von Mona-Lisa verlassen zu werden, hatte seine Arme festgehalten, an ihnen gezogen und gezerrt wie zwei riesige Gewichte. Alle hatten ihn verlassen: Vater, der kleine Bruder, Mutter. Sogar Herr von Arnstorff, nachdem er seine Pflichten erfüllt hatte. Auch Mona-Lisa würde gehen. Trotzdem hatte er die Gewichte besiegt und sie an den Hüften berührt und dieser Stromstoß kitzelte auch heute noch ab und zu in seinen Fingerspitzen.

Die Zeit des Kennenlernens nannte der alte Mann heute nur noch *Zeit-des-Wunderns*, denn es verging damals kaum ein Sonntag, an dem sie sich nicht wunderten, vor allem über ihre gemeinsamen Vorlieben: Seiler mochte gekochte Eier, aber das Gelbe musste noch ganz flüssig sein. Mona-Lisa verweigerte jedes hart gekochte Ei. Mona-Lisa liebte Apfelkuchen, mit Streuseln und einer Prise Zimt – Seiler ebenfalls. Und als Seiler das erste Mal Pellkartoffeln auf den Tisch stellte und Mona-Lisa schon fragen wollte, ob es dazu Butter und Salz und Quark mit viel Zwiebeln darin gäbe, hielt sie den Mund, weil sie *wusste*, dass genau das in wenigen Augenblicken auf dem Tisch stehen würde. Es gab kaum etwas, das der eine mochte und der andere nicht, als habe ein Bäcker vor Jahren ein Lebkuchenherz gebacken, auseinandergerissen und in die Welt hinausgeschickt. Die beiden nutzlosen Teile hatten zueinandergefunden und jetzt erst begann dieses Herz, wirklich zu schlagen.

Im Frühjahr des Folgejahres sprachen beide zum ersten Mal von Heirat und von Kindern. Mona-Lisa kannte sich inzwischen in Seilers Haushalt so gut aus, dass er in Ruhe die Tiere versorgen konnte, während sie den Tisch deckte oder Wäsche auf die Leine hinter dem Haus hing. Sie sprachen von Kindern und einem neuen Stall und von einem alten Traktor, den Mona-Lisas Vater in seinem Schuppen stehen hatte und als Hochzeitsgeschenk in Aussicht stellte.

»Wir hätten bestimmt bessere Kinder in die Welt gesetzt. Nicht solche Diebe.« Seiler bückte sich nach dem Teller. Mit einem Tuch entfernte er die letzten Streifen und stellte das Geschirr zurück in den Schrank und Hasso sah ihm dabei mit inzwischen schon etwas wacheren Augen zu. Das Tier wusste genau, was wann kam. Schranktür schließen und das Tuch über die Stuhllehne hängen. Seiler tat dies. Jetzt das Fenster –

Seiler schloss es und Hasso lag nun wie eine Sphinx unter dem Tisch, mit gespitzten Ohren, und gähnte. Sein Herrchen trank wie erwartet im Stehen den letzten Schluck Tee und brachte die Tasse zum Spülbecken, der Ton, als das Gefäß Metall berührte, wirkte auf den Hund wie ein Weckruf. Er hob das Hinterteil, streckte sich und rannte mit wedelndem Schwanz zur Tür. Seiler steckte sich einen Hustenbonbon in den Mund, sah aufs Thermometer und beschloss, seine zweite Jacke zu Hause zu lassen; schon achtzehn Grad und kein einziges Wölkchen am Himmel, ganz anders als gestern Morgen, wo die Feuchtigkeit, die der Nieselregen sogar hierher ins Haus getrieben hatte, wie Klebstoff in den Gelenken des Alten gehangen und jede Bewegung zur Qual gemacht hatte. Heute fühlte er sich gut und was er gestern der Pilze wegen, die jetzt drüben im Schuppen auf einem Faden aufgefädelt trockneten, versäumt hatte, wollte er heute nachholen. Der nächste Winter kam bestimmt, Seiler hoffte zwar ohne ihn, aber man wusste ja nie. Denn, so Seiler, Hoffnungen existierten schließlich nur, um zu enttäuschen. So wie er Mona-Lisa, wie sie ihn.

Für das kurze Stück bis zum Waldrand legte Seiler seinem Mischling eine Leine an, in die Tasche, die er sich umhängte, stopfte er eine Flasche Wasser und zwei Seile für das Holz, das er heute sammeln wollte, denn der nächste Winter kam bestimmt. »Ich weiß, ich wiederhole mich.«

Als das Paar Seilers Haus verließ, fiel dem Alten ein Stück weiter die Straße hinunter ein Polizeiauto auf. So weit er das von hier aus sehen konnte, stand es in der Hofeinfahrt vom alten Richard. Gut, so alt nun auch wieder nicht, denn diesen Richard und Gernot Seiler trennte nicht einmal ein halbes Jahr, zu Seilers Ungunsten. Viel zu tun hatte er mit Richard nie gehabt, weder als Kind noch als Erwachsener. Richards Vater, dienstuntauglich und somit vom Fronteinsatz verschont, hatte seinen Sohn mit beiden Fäusten großgezogen und dieser, als die Zeit für dessen Kind kam, die Tradition der Familie am

Leben erhalten. Alles wiederholte sich eben, wie in einem Hamsterrad: eine Runde für dich, gut gemacht, jetzt aber bitte aussteigen, der nächste ist an der Reihe. Und so weiter und so fort. Zurzeit schlug da vorn gerade die vierte Generation, denn auch der Sohn, den Richard großgeprügelt hatte, sprang mit seinem Nachwuchs nicht gerade zimperlich um. Sicher, heute durfte man sein Kind nicht mehr in aller Öffentlichkeit zur Ordnung rufen, heute gab es Jugendämter und Sozialarbeiter und petzende Nachbarn. Alle passten sie schön auf, Seiler aber wusste, dass auch eine Nacht im Keller erzieherische Wirkungen zeitigen konnte, war zwar auch nicht gerade die feine englische Art, aber immerhin besser, als den Nachwuchs halbtot zu schlagen wie früher. Er selbst – Seiler – hätte seine Kinder bestimmt nicht geschlagen. Nein. Er und Mona-Lisa hätten ihre Kinder geliebt und in die Arme genommen und erzogen, anders als die anderen. Aber das alles ging den alten Seiler nichts an, das war Richards Sache und die von seinem Sohn. Trotzdem freute er sich über die Anwesenheit der Polizei.

»Vielleicht bekommen die jetzt endlich einmal richtig Ärger, was? Wär doch gut, oder?«

Auch am Sportplatz stand ein Polizeiwagen, Seiler sah ihn, als er über seine Streuobstwiese darauf zuhielt, und blieb stehen. Eigentlich hatte er in dem hinter dem Sportplatz liegenden Waldstück Holz suchen wollen, aber genau dort warteten Uniformierte, unterhielten sich, einer verschwand im Wald. Seiler musste nicht lange überlegen, um die Pläne für diesen Tag kurzerhand über den Haufen zu werfen. Polizei bei Richard und hier am Waldrand? War dem oder einem aus seiner Sippe etwas zugestoßen? Hatten die einmal zu viel zugeschlagen? Und wenn schon, er hatte damit nichts zu tun und er hatte auch keine Lust, von denen da drüben befragt zu werden, sollten die doch ihr Ding machen und er seins – beides aber schön getrennt voneinander.

Gernot Seiler schwenkte nach links, überquerte die Straße hinab ins Steinatal und befand sich nach wenigen Metern außer Sichtweite der Uniformierten. Er ließ seinen Hund von der Leine und Hasso verschwand vor seinem Herrchen im Wald. »Dann sammle ich eben hier mein Holz. Soll hinterher bloß keiner kommen und meckern!«

19 Tot

»Was ist das?! Nimm es weg! Weg!«

Max' Schreie rollten von der Fundstelle kommend durch den Raum mit den Fässern und weiter bis zu Kasimir und Timi. Die in der Dunkelheit in ihrem Spiel gefangenen Kinder erstarrten mitten in den einmal angefangenen Bewegungen, Timi dabei mit beiden Händen in Kasimirs Gesicht.

Nachdem die beiden Großen – und mit ihnen die Lampen – nach vorn gegangen waren, hatte Kasi die Idee zu diesem Spiel gehabt, zu Hause spielte er es oft mit seinen Eltern: Einer bekam die Augen verbunden und das Gegenüber – manchmal Mama, manchmal Papa, meist aber er selbst – zog Grimassen und der Blinde musste mit den Händen diese Grimasse lesen. Fast jeden Sonntagmorgen hatten sie dieses Spiel im Riesenbett der Eltern gespielt, zuerst gekuschelt, danach gespielt. Für Timi war dieses Spiel neu, in Kasimir aber weckte es Erinnerungen und zum allerersten Mal in seinem Leben so etwas wie Melancholie, ein Gefühl, welches immer nur dann auftaucht, wenn man sich an etwas Vergangenes erinnert, etwas, das man nicht wieder zurückholen kann. Und das Spiel verstärkte die Sehnsucht des Jungen nach seinen Eltern.

Kasi hatte die erste Runde gewonnen (gerümpfte Nase, abstehende Ohren, herausgestreckte Zunge), auch wenn ihm die schielenden Augen Timis natürlich entgangen waren. Die gerade laufende zweite Runde jedoch zog sich in die Länge, aber jetzt, als Timi Kasis über die Oberlippe geschobene untere Zahnreihe betastete und sich ein Bild zu machen begann, drang Max' Geschrei zu ihnen. Gänsehaut. Timi sprang auf.

»War das Max?«

»Ja.«

»Da ist was passiert!«

Timi rannte los oder besser, er versuchte es. Er stolperte gegen Kasimir und fiel zu Boden. Auf allen vieren tastete er sich bis zur Wand und, als er Kasimirs Arm erreichte, Hand in Hand mit diesem zum Durchgang in den Fässerraum. Am gegenüberliegenden Ende dieses Raumes sahen sie Licht.

Als die beiden Kleinen zu Alex und Max stießen, verstanden sie zuerst überhaupt nichts. Alex saß auf halber Höhe des Schuttberges, Max kauerte unter dem Tisch, exakt da, wo die letzten Jahrhunderte einmal die Truhe gestanden hatte. Max weinte wie ein kleines Kind, nichts erinnerte mehr an den großen, starken Bruder und Mädchenquäler. Dieses Weinen an sich irritierte Timi nicht weiter, denn Max weinte oft, allerdings ausschließlich im Beisein eines Erwachsenen. Max konnte auf Kommando heulen wie ein Schlosshund und tat dies immer dann, wenn er mit seinem begrenzten Vorrat an Argumenten nicht weiterkam. Mit Tränen ging vieles leichter, sie wirkten in dieser Welt wie Schmiermittel, wie Öl, auf dem die Verbote der Erwachsenen ausrutschten und Max bekam plötzlich das neue Computerspiel, er durfte länger fernsehen und auch die eingeworfene Scheibe verlor ihre Bedeutung. Außer seinem Vater fiel Timi niemand ein, der diesen Tränen widerstehen konnte. Da Max jetzt also heulte, schlussfolgerte der Achtjährige, mussten Erwachsene in der Nähe sein! Wahrscheinlich benutzte er seine Tränen, um die Sache mit Kasi irgendwie geradezubiegen. Timi rannte in die Mitte des Raumes und starrte zur Decke. Aber nichts. Kein Licht, keine Stimme, nur eine schwarzes Loch, ein metertiefer Trichter und darunter ein Haufen Geröll, exakt an der Stelle, wo Kasi von der Decke gebaumelt hatte.

»Was ist passiert?« Kasi blieb stehen. Dass Max weinte, gefiel ihm und gefiel ihm nicht. Wenn er weinte, bedeutete dies, dass es ihm nicht gut ging und daran fand Kasi nichts auszusetzen. Wenn allerdings einer der Großen heulte, einer von denen, die doch vorangehen mussten, besaß dies etwas Bedrohliches. »Was …?«

Alex drehte sich um, richtete sich zur Hälfte auf und ehe er auch nur daran denken konnte, es zu verhindern, starrten Kasimir und Timi auf das, was da aus dem Schutt ragte: auf einen nackten Unterschenkel! Auf den nackten Unterschenkel und den Fuß eines Kindes!

Timis erste Reaktion, die Hände vors Gesicht zu schlagen, versteckte zwar das Bild, aber er konnte es noch immer sehen. Und er sah Dinge, die er so gar nicht sehen wollte, von denen er wusste, dass sie nicht passten. Doch es gibt Momente, da machen die Gedanken einfach das was sie wollen – Erwachsene nannten so etwas Fantasie. Timi verfluchte diese Fantasie, denn sie schaffte es, dass er eine Hand sah, eine Hand, die Rufus' aus dem Schutt ragende Fußsohle kitzelte und plötzlich stoben all die Steine und Steinchen auseinander und Rufus sprang auf, zornig, denn sie hatten ihn gefunden.

Rufus' Bein zog die Blicke der Kinder an wie ein Magnet, selbst Max blinzelte zwischen den vors Gesicht geschlagenen Fingern immer wieder herüber, als müsste er sich ein ums andere Mal von der Wirklichkeit dieses Albtraums überzeugen.

»Vater unser im Himmel, geheiligt …« Kasimir bekreuzigte sich.

Auch Alex und dessen Lampe starrten auf dieses Bein. Bis zum Knöchel erinnerte es den Jungen eher an ein Stück Fels. Aber bei diesem Felsgrau handelte es sich nur um Staub, dort, wo bis vor ein paar Minuten noch ein Turnschuh gewesen war, konnte es jeder sehen.

»Amen.« Kasimir bekreuzigte sich ein weiteres Mal und auch Alex' Finger berührten die eigene Stirn, Brust und beide Schultern. Kasi sah es, obwohl er noch immer die nackte Fußsohle anstarrte. Seine Gedanken kreisten, eins kam zum anderen und Gedanke für Gedanke zeichnete sich eine Wirklichkeit ab, die keines der Kinder hier wissen, geschweige denn aussprechen wollte. Kasimir aber tat es.

»Das ist Rufus«, flüsterte er und wieder schlug seine Rechte ein Kreuz, als habe er mit dem Aussprechen dieses Namens ein Sakrileg begangen.

»Ja, wahrscheinlich«, sagte Alex, wusste aber genau, dass dieses *wahrscheinlich* nicht hierher gehörte. Rufus lag dort, es sei denn, er hatte nur ein Bein zurückgelassen und hüpfte jetzt da draußen mit einem tropfenden Stumpf den Berg hinauf nach Wittlekofen. Das da war Rufus, nicht nur ein Stück von ihm, Rufus und um ihn herum lagen sämtliche Hoffnungen der Kinder. Alle.

»Rufus konnte also keine Hilfe holen.« Kasimir fragte nicht, er stellte fest, was Alex und die anderen gerade dachten.

»Nein.«

Max' Wimmern erstarb. Er nahm die Hände vom Gesicht. Plötzlich sprang er aus seinem Versteck.

»Das ist niemals Rufus! Ihr dürft so was nicht sagen, verstanden?! Das ist irgend, irgendein uralter Ritter oder so! Der liegt schon ewig da! Den hatten sie in die Decke eingemauert …«

»Max.«

»Rufus will uns nur zappeln lassen. Bestimmt sitzt er jetzt bei meinen Eltern und erzählt denen alles. Ganz bestimmt sogar und in …«

»Max!« Alex rutschte nach unten.

»… in ein paar Stunden sind wir draußen! Der Arsch soll nicht solche Lügen erzählen und sein blödes Gebete lassen. Das Mädchen soll aufhören, uns Angst einzujagen! Die Brillenschla…«

»Jetzt halt die Klappe! Kasimir erzählt keine Lügen, das da *ist* Rufus!« Alex packte Max bei den Schultern. *Wieso erzählst du jetzt auch noch solche Lügen?*, fragten dessen Augen. Max wollte den Mund aufmachen, die Wahrheit herausschreien, die Wahrheit in die anderen hineinschreien, seine Kraft reichte aber nur noch für ein »Aber …« Die Tränen schossen aus ihm heraus, sein Kopf fiel Alex auf die Schultern, noch bevor der einen Schritt zurücktreten konnte. Das alles durfte nicht sein! Es durfte einfach nicht. Max wusste wie jeder hier im Raum, dass dieser Fund alles veränderte, alles zerstörte. Hatten die vier Kinder vor ein paar Minuten noch mehr oder weniger entspannt einfach die Zeit bis zu ihrer Befreiung abwarten können, erzählte ihnen dieses Bein, dass es sich bei ihrer Gewissheit, ihrer Hoffnung um nichts anderes als um Lügen handelte. Max' Schultern bebten und an Alex' Schulter klebte nach wenigen Sekunden ein nasses T-Shirt. Eine Hand in der Hosentasche, tätschelte er mit der anderen unbeholfen Max' Rücken, und er genierte sich dafür vor den beiden Kleinen. Ein Mann weint nicht, Punkt. Und ein Mann tröstet keinen anderen Mann, ebenfalls Punkt.

»Kommen wir jetzt nie wieder nach Hause?« Beide Hände vorm Gesicht, hatte Timi sich diese Frage längst beantwortet, aber er hoffte, dass wenigstens Alex ihm widerspräche. Der aber tat ihm diesen Gefallen nicht. Alex befreite sich von Max und setzte sich auf den Boden.

»Ich weiß es nicht, Timi«, sagte er. Timi öffnete seine Finger einen Spaltbreit, um Alex sehen zu können. »Ich weiß es nicht. Auf jeden Fall aber gibt es niemanden dort oben, der *hier* nach uns sucht.«

Die Stunden verstrichen und in der Welt über den Kindern näherte sich die Sonne ihrem höchsten Stand. Das Thermometer erreichte zum ersten Mal in diesem Sommer die Dreißig-Grad-Marke. Die Suchtrupps rund um Wittlekofen verfluchten diese Hitze, während die Jungen, nach denen sie Ausschau hielten, froren. Regenjacken und lange Hosen boten auf Dauer nur einen unzureichenden Schutz gegen die Kühle im Innern des Berges.

Nach einer Ewigkeit des Starrens löschte Alex die Lampe. Nicht einmal Max protestierte. Keiner sagte ein Wort, ab und an schniefte Timi, ansonsten blieb es still. Die Entdeckung des Beines hatte jedes weitere Wort überflüssig werden lassen. Jeder kannte die Wahrheit.

Max bewegte sich als Erster. Auf allen vieren krabbelte er aus seinem Versteck.

»Mach mal das Licht an.«

Max streckte sich und als sei dieses Strecken das Zeichen zur allgemeinen Rückkehr ins Jetzt, spürte Alex mit einem Mal die Kälte, welche ihm aus der Wand, an der er lehnte, in den Körper gekrochen war. Timi beschützte mit der Hand die Augen vor dem Licht und vor Rufus' Bein und folgte seinem Bruder, der ohne ein weiteres Wort im Durchgang zum Fässerraum verschwand. Nur Kasimir starrte noch immer ins Leere, streichelte dabei seine verletzte Schulter.

»Na komm, ich hab noch ein Brötchen.«

Drei Minuten später saßen alle vier Kinder im Kreis um diese letzte Mahlzeit.

Alex legte das Brötchen auf seinen Rucksack. Er klappte das Taschenmesser auf und so, wie er es tat, so langsam und jede Bewegung von einer kurzen Pause unterbrochen, bekam dieser alltägliche Vorgang etwas Feierliches und verwandelte sich in eine Andacht. Timi, Max und Kasi folgten jeder seiner Bewegungen. Das Messer teilte das Brötchen in zwei Hälften und Max wollte schon zugreifen und sich die versprochene Hälfte sichern, Alex aber schlug ihm auf die ausgestreckte Rechte. Alex teilte durch vier.

»Nehmt. Mehr haben wir nicht«, sagte er.

Ich schon, dachte Max und stopfte sein Viertel in sich hinein. *Noch einen Muffin, noch eine halbe Tüte Gummibärchen.*

»Ich hab noch etwas Wasser«, sagte Kasi, stand auf, holte die Flasche und stellte sie neben den Rucksack.

Ohne ein weiteres Wort zu verlieren, aßen die Kinder. Die auf dem Boden liegende Taschenlampe zeichnete lange Schatten an die gegenüberliegende Wand, sprachlose Schatten. Jeder hing ganz eigenen Gedanken nach, fast jeder biss nur winzige Stückchen von dieser letzten Mahlzeit ab und kaute, bis es nichts mehr zu kauen gab, aber so unterschiedlich das auch sein mochte, woran jeder in diesem Augenblick dachte, all diese Gedanken mündeten in einem abschließenden *das war's*. Sie hatten Angst, einer wie der andere, und jedem von ihnen spukte ein *Was-wäre-wenn* durch den Kopf. Alex: Was wäre, wenn ich Kasi nicht an die Decke gebunden hätte? Oder gar nicht erst in dieses verfluchte Loch gefallen wäre? Timi: Was wäre, wenn Papa jetzt hier wäre? Der wüsste einen Ausweg! Max gab Rufus an allem die Schuld und überlegte, was wäre, wenn dieser nicht versucht hätte, das Mädchen zu befreien. Und Kasimir musste immer wieder an ihre alte Hoffnung denken: Was wäre, wenn Rufus noch leben würde und Hilfe geholt hätte? Was wäre, wenn …

Timi leckte sich die Krümel von den Fingern und nahm einen winzigen Schluck aus Kasimirs Flasche. Er stellte sie zurück und starrte auf den sich bewegenden Flüssigkeitsspiegel. Als es letzten Sommer in Teilen Afrikas über Monate hinweg nicht geregnet hatte und überall in den Zeitungen und im Fernsehen Berichte erschienen – zuerst von verhungerten und verdursteten Tieren, später von verhungerten und verdursteten Menschen –, hatten sie in der Schule eine ganze Stunde darüber gesprochen. Später wurde eine Tombola organisiert, Kuchen gebacken, dieser auf dem Supermarktparkplatz in Bonndorf verkauft und der Erlös gespendet. Aber zuvor hatten sie über das Verhungern und Verdursten gesprochen. Obwohl – gesprochen hatte eigentlich nur der Lehrer, die Kinder zugehört oder unter dem Tisch mit ihren Handys gespielt und viele in erster Linie nicht etwa Mitleid mit denen da in Afrika, sondern wohliges Desinteresse empfunden. Was ging sie das denn alles an? Hier bei ihnen, da musste niemand verdursten, das Wasser kam aus der Wand und Essen aus dem Kühlschrank. Afrika war fern.

»Wie lange dauert es, bis man verdurstet ist?« Timi wusste noch, dass Wasser wichtiger war als Essen, aber wie lange man es ohne aushielt?

»'ne Woche vielleicht?«, antwortete Max. Alex zuckte mit den Schultern und auch Kasi wusste es nicht besser, aber das mit der Woche konnte hinhauen. Sieben lange Tage warten. Und dann einfach tot umfallen.

»Ist das schlimm, wenn man verdurstet?«

»Mein Gott, Timi, woher sollen wir das denn wissen? Von uns ist noch keiner verdurstet und wir kennen auch niemanden.« Alex' feuchte Fingerspitze las die Krümel von seinem Rucksack auf. Anschließend schüttelte er ihn aus und legte ihn zur Seite. Das Taschenmesser aber behielt er in der Hand. Er klappte die Klinge auf und wieder zu und erneut auf.

»Ich komm gleich wieder.« Max erhob sich. Es musste Abend sein, schätzte er und wusste, dass er mit dieser Schätzung ziemlich richtig liegen dürfte, denn mit einer erstaunlichen Regelmäßigkeit meldete sich jeden Tag so gegen fünf Max' Verdauungssystem, ganz knapp vor dem Abendessen. Wahrscheinlich, um Platz für eben dieses Abendessen zu schaffen, schätzte er.

»Wo willst du hin?«, fragte Alex. Max blieb stehen. Er lächelte.

»'ne Stange Lehm aus meinem Kreuz drücken.«

»Hä?«

»Ich muss mal scheißen.«

»Jetzt?!« Sie hatten Rufus *tot* gefunden, wussten, dass niemand sie hier entdecken würde, hatten gerade ihr letztes Brötchen gegessen und Max musste jetzt mal?

»Warum nicht jetzt? Hast du was Besseres zu tun?«

»Nein, das mein' ich nicht«, sagte Alex. »Ich frag mich nur wo, wo … na ja, wo du hingehen willst?«

»Nach vorn, da wo wir vorhin gepinkelt haben.« Genau das hatte Alex vermutet und genau das wollte er nicht. Er hatte absolut keine Lust, die verbleibende Zeit hier zu sitzen und auf den Tod zu warten, zu tun aber gab es nur in diesem ersten Raum etwas: die Steine einen nach dem anderen wegrollen und hoffen, dass der Rest der Decke dabei hielt und sie vielleicht doch noch irgendwie nach draußen kämen.

»Kannst du das nicht woanders machen?«

»Und wo? Im Wald vielleicht?!« Max trat von einem Fuß auf den anderen, es eilte.

»Außerdem liegt da Rufus.« Max' Gehübungen kamen ins Stocken. Rufus – den hatte er total vergessen!

»Komm mit.« Alex ging voraus in den Raum mit den Fässern. Gestern hatte er hier nach den Flüchtigen Kasi und Rufus gesucht und dabei in jede Ecke geleuchtet. Jetzt erinnerte er sich an ein kleineres Fass gleich neben dem Eingang, ein Fass ohne Deckel. Alex fand es, gemeinsam drehten sie es um und brachten es in den zweiten leeren Raum. »Bitte, da hast du dein Klo.«

Max stieß Alex zur Seite, die Hose hing ihm bereits in Kniehöhe und in der Hand hielt er ein altes Papiertaschentuch. Er wuchtete sich auf das gut einen Meter hohe Fass, es schwankte, kippte, aber nach hinten und somit gegen die Mauer. Max' Hände umklammerten den schmalen Rand. Zum Glück warf er seine benutzten Taschentücher niemals weg, sondern sammelte sie, zum Leidwesen seiner Mutter, in sämtlichen Hosentaschen.

»Das klingt wie ein Betrunkener, der Posaune spielt«, scherzte Alex, als er wieder zwischen Timi und Kasimir saß. Timi versuchte ein Lächeln, das keiner sah – Alex hatte die Lampe neben Max zurückgelassen.

»Und was machen wir jetzt?« Kasi nutzte die maxlose Situation. »Können ... können wir denn gar nichts *machen*?« Timi brach in Tränen aus. Er wollte nicht sterben, niemals, und er wollte nicht mit einem aufgeblähten Bauch hier liegen und aussehen wie die Kühe und die Kinder in Afrika.

»Das Einzige, was wir machen könnten ...« Alex zögerte.

»Ja?«

»Wir könnten versuchen, die Steine vom Eingang wegzuräumen.«

»Aber?«

»Rufus liegt da drunter.« Schweigen.

»Jetzt geht's mir besser!« Max stieß seinem weinenden Bruder die Fußspitze in die Seite. »Rück mal.« Max wollte nicht neben dem Mädchen sitzen. Er ließ sich auf den Boden sinken, atmete dabei gut hörbar aus und streckte die Beine von sich. Er wirkte zufrieden, erleichtert und wollte so gar nicht hierher passen. Gefangen, einer von ihnen tot und Max legte sich seinen Rucksack unter den Kopf und schloss die Augen – ein Bild purer Zufriedenheit.

»Also«, Kasimir räusperte sich, »dann befreien wir jetzt Rufus und legen ihn dort vorn irgendwo ordentlich hin?« Max setzte sich auf.

»Kannst du das?«, fragte Alex. Beim Gedanken, eine Leiche anzufassen, und sei es auch nur die des schwarzen Ritters, drehte sich ihm der Magen um. »Ich weiß nicht, ob ich ...«

»Aber ich weiß es!« Max' Zufriedenheit flatterte davon. »Was soll jetzt *der* Käse wieder?«

»Kasi hat schon recht«, sagte Alex. »Wenn wir uns selbst befreien wollen, müssen wir erst einmal den, den ...«

»Rufus.«

»Ja, den Rufus ausgraben. Das ist vielleicht unsere einzige Überlebenschance.«

»Es ist auf jeden Fall das Einzige, was wir selbst tun können. Die Alternative hieße hier sitzen und abwarten.«

»Und was wäre daran so verkehrt? Wenn wir da vorn anfangen rumzubuddeln, riskieren wir nur, dass noch einer von uns verschüttet wird oder einen Stein auf den Kopf kriegt. Wollt ihr das?«

Kasimir sah zu Boden und Timi schniefte und wischte sich mit dem Handrücken die Nase ab. Alex dachte über Max' Worte nach; der hatte mit seinen Bedenken nicht ganz unrecht, allerdings kannte Alex Max inzwischen so gut, dass er die eigentlichen Beweggründe – Faulheit, Angst, sich die Hände schmutzig zu machen – hinter den angeblichen Argumenten erkannte. Vielleicht wäre Max am nächsten oder übernächsten Tag bereit, selbst mit anzupacken, dann, wenn die Wirklichkeit endlich in seinen dicken Schädel gedrungen wäre, wenn er richtigen Hunger bekäme und Durst, wie er ihn noch nie im Leben ertragen musste. Wenn er kapierte, dass oben niemand nach ihnen grub. Vielleicht musste der Freund erst abwarten, Alex aber wollte dies nicht. Er gehörte nicht zu denen, die eine Aufgabe Aufgabe sein ließen und nichts taten, außer zu hoffen, dass ihnen irgendwer schon die Arbeit abnehmen würde. Vater tat dies nie und sein Sohn auch nicht. Nein, wusste Alex und setzte sich aufrecht hin, er wollte nicht abwarten. Auch wenn die Vorstellung, diesen toten Rufus anfassen zu müssen, ein ganz unangenehmes Gefühl in Alex' Magengegend zauberte, es musste getan werden. Sein Entschluss stand fest.

»Also, ich gehe jetzt vor und fange an, den Dreck zur Seite zu schaffen. Wer macht mit?« Kasis gesunder Arm schnellte in die Höhe. Auch Timi setzte sich jetzt auf.

»Untersteh dich.« Max' Stimme ähnelte einem knurrenden Straßenköter und Timis Hände verschwanden zwischen seinen Knien, als müsse er sie festhalten, damit sie keinen Blödsinn anstellten, sich erhoben, sich gegen den eigenen Bruder stellten und dieser dann den Händen zeigen musste, wer hier das Sagen hatte.

»Ihr könnt ja nachkommen, wenn es euch langweilig wird.« Alex nahm seine Lampe und verschwand. Kasi ging ihm nach und, wie Max mit zwei weinenden Augen feststellte, auch dessen Trinkflasche. »Lasst das Licht nicht die ganze Zeit an«, sagte Alex am Ausgang. »Das brennt nicht ewig.«

Kasimir folgte Alex zwischen die Fässer. Aus dem Nachbarraum schlug ihnen eine von Max hinterlassene Wolke entgegen.

»Schade, dass keine Türen drin sind«, sagte Alex. Dann blieb er stehen, als fiele ihm gerade etwas noch Wichtigeres ein. »Geht es bei dir?« Kasi verstand nicht.

»So schlimm stinkt es nun auch wieder nicht.«

»Ich meine mit deinem Arm! Geht's damit?«

Kasimir hob seinen rechten Arm und betrachtete die Wunde. Schorf klebte da, wo eigentlich Haut sein sollte und an Schulter und Hals des Kindes war angetrocknetes Blut zu sehen. Die Wunde selbst sah aber, soweit Kasi das beurteilen konnte, ordentlich aus. Kein Eiter lief heraus, nur die Ränder hatten sich stark gerötet. Kasi bewegte den Arm, hoch, wieder runter, streckte ihn nach vorn und nach hinten. Es schmerzte, vor allem, wenn er die Muskeln anspannte, aber es tat lange, lange nicht mehr so weh wie am Vortag. Vielleicht lag es aber auch nur daran, dass sie mit jedem Schritt in die richtige Richtung den Verursacher dieser Wunde einen weiteren Schritt hinter sich ließen, wer wusste das schon, es zählte nur das Ergebnis. Und dieses Ergebnis hieß: Kasis Arm ging es besser.

»Ja, ich denke es geht«, sagte er. Alex aber ging nicht weiter. Er leuchtete von Kasis Arm auf dessen Handgelenke, schließlich auf die Füße. »Es, es tut mir leid.« Nur ein Flüstern.

»Ja.«

»Nein, ich meine das ehrlich. Es tut mir wirklich leid. Ich weiß auch nicht, was mich da geritten hat, aber irgendwie hat mich das mit der Truhe und den Stangen hier im Gang so wütend gemacht.« Alex leuchtete sich ins Gesicht und zeigte auf die blutverkrustete Augenbraue. »Hier, das hat Rufus mit seinen blöden Ideen angestellt! Wenn der das nicht gemacht hätte, würde er vielleicht noch leben.« Kasimir sah zu Boden. »Es war doch Rufus' Idee oder?« Kasi schüttelte den Kopf. »Oh.« Alex kratzte sich am Kopf, der Lichtkegel verließ sein Gesicht und wanderte zu Boden. »Ich dachte echt, dass so eine gute Idee nur aus seinem verrückten Kopf kommen könnte. Hätt' ich dir gar nicht zugetraut.« Kasimir glaubte, sich verhört zu haben. Ein Kompliment? Er jagte ihn nicht davon? »Na gut, ändert jedenfalls nichts daran, dass es mir leid tut.« Alex drehte sich um, eine Antwort wollte er nicht hören, es reichte schon, dass er das jetzt gesagt hatte.

»Wo sollen wir ihn hinlegen?«, fragte Kasimir, als sie beide vor dem Schutthaufen standen.

Alex leuchtete die Ränder des Raumes ab. An der entgegengesetzten Wand, gleich neben dem Ausgang in den Fässerraum, blieb das Licht hängen. »Da?«, fragte er. Kasi nickte.

»Und wohin mit dem ganzen Schutt?«

»Ringsum an die Wände. Vielleicht müssen wir gar nicht soviel wegschaffen, vielleicht sind wir schon durch, wenn wir den da freihaben, wer weiß?« Alex gab Kasi die Lampe und kletterte in einem weiten Bogen an dem aus dem Geröll ragenden Bein vorbei bis ganz nach oben. »Ich roll dir die Dinger runter und du räumst sie zur Seite, später können wir uns ja mal abwechseln.« *Bestimmt nicht!*, dachte Kasi. Niemals wollte er auf Rufus herumklettern, einen Stein wegnehmen und plötzlich in sein Gesicht blicken. Nie!

Die Lampe legte Kasi so auf den Tisch, dass sie die Schutthalde anstrahlte. »Was meinst du, wie lange werden die Batterien noch halten?« Alex wusste es nicht.

»Keine Ahnung. Aber es schadet bestimmt nicht, wenn wir uns beeilen und Rufus hier weghaben, bevor es so weit ist. Blöd, dass deine komische Kurbellampe weg ist.« Alex zog sein T-Shirt aus und band es sich um Mund und Nase. »Mach das lieber auch, hier wird gleich mächtig dicke Luft sein.«

Die Vermummten nickten sich zu, beide hatten sie noch Max' Unkenrufe im Kopf und hofften, dass der nicht recht behielt. Sie froren, wussten aber auch, dass wenigstens dieser Punkt nicht mehr allzu lange Bestand haben dürfte. Alex bückte sich nach einem kindskopfgroßen Stein, gab ihm einen Schubs und ließ ihn nach unten rollen, wo Kasi neben ihm herging und, als er allein nicht mehr weiterwollte, diesen ersten Stein an die Wand schob. Stein um Stein fand so einen Weg nach unten, manche blieben auf halbem Weg hängen (einer an Rufus' Knie) und Alex musste ein Stück zurückklettern. Den mit den größeren Brocken herunterrutschenden Kleinkram schaufelten Kasis Hände auf ein Brett, welches er zur Wand zog und da abkippte und nach und nach erschien dem Jungen von hier unten der Berg irgendwie kleiner. Und breiter. Und auch Alex hatte das Gefühl, dass er inzwischen bereits an Stellen knien konnte, an denen vor einer guten Stunde der Schutt noch bis zur Decke reichte. Nach einer kurzen Pause, einem Schluck Wasser und einer weiteren Stunde lag unter einem Stück Decke plötzlich Rufus' Hand. Obwohl Alex die ganze Zeit, zwar mit abnehmender Intensität, aber immerhin, an diesen Moment gedacht hatte, kam dieser dann doch so plötzlich und traf den Betrachter so unvorbereitet, dass der ganz automatisch einen kleinen Schritt nach hinten tat und nach unten rutschte. Dabei streifte sein Gesicht Rufus' Bein.

Alex sprang auf die Füße und schlug sich mit beiden Händen ins Gesicht, als wäre ein Stück Haut von Rufus' Körper an ihm hängen geblieben.

»Was ist denn?«

»Ach«, Alex atmete tief durch. Seine Wangen brannten. *Atmen, ganz ruhig atmen.* Er wischte sich den Schweiß von der Stirn. »Nichts weiter. Nichts. Nur Rufus.« Kasi ließ das Brett sinken und kam herüber.

»Wie sieht er aus?«

»Keine Ahnung, hab nur eine Hand gesehen. Aber es geht schon, hab bloß gar nicht mehr damit gerechnet. War ganz in Gedanken.« Kasi nickte, er wusste genau, was Alex meinte. Auch er hatte sich in den letzten beiden Stunden immer weiter aus seinem Gefängnis herausgearbeitet und befand sich, als Alex die Hand entdeckt hatte, gerade auf der Terrasse hinter dem Haus, wo er sich in der Sonne aalte. Und neben ihm saßen Mutter und Vater und auf dem Tisch standen Berge von Obst, eine Schüssel mit Klößen, Schnitzel und Apfelmus und und und. Kasi wusste genau, was Alex meinte.

»Sollen wir?«, fragte er schließlich, obwohl er sich viel lieber hingelegt und geschlafen hätte. Aber wenn sich niemand um Rufus kümmerte, dann würde er hier verwesen. Kasi hatte im Frühjahr im Wald Richtung Wellendingen einmal ein verendetes Reh gefunden: alles voller Fliegen. Und Maden, so dick wie sein kleiner Finger. Vor allem an den Augen, der Nase und dem Maul saßen die Insekten und aus diesen Nasenlöchern und dem Maul des Tieres krochen ihre weißen, dünnen Nachkommen. Den Gestank konnte er jetzt noch riechen. Kasi wollte Rufus' Körper nicht berühren. Er hatte noch nie zuvor einen toten Menschen gesehen, geschweige denn berührt. Er wollte aber auch nicht, dass dieser Körper hier verweste und zu stinken begann und die Kinder vor dem anstehenden Tod durch Verdursten erstickten. Nein, das wollte er noch viel weniger als Rufus' (kalten?) Körper zu berühren.

Alex nickte schließlich. »Ja, etwas anderes bleibt uns nicht übrig.«

Dieses Mal stiegen sie gemeinsam auf den Grabhügel. Obwohl Alex' Reaktion eben Kasi zwar vorbereitet hatte, starrte er doch auf diese Hand, als sei sie ein Ding aus einer fernen Welt, soeben aus dem Nichts vor seine Augen gefallen. Die Hand lag mit der Innenseite nach unten auf dem Schutt und die herabgefallene Decke hatte ihre Spuren auf Rufus' Rechter eingegraben, die Knöchel dunkel verfärbt und der kleine Finger stand im rechten Winkel zur Seite ab. Kasi überlegte, ob Rufus dieses Kunststück schon zu Lebzeiten beherrscht hatte, fand aber keine Antwort, zu kurz die Zeit, die Rufus in Wittlekofen gelebt hatte, zu wenige Nachmittage, die sie gemeinsam verbracht hatten. Kasi selbst konnte seinen Daumen – allerdings nur den linken – so weit nach hinten biegen, dass dieser den dazugehörenden Unterarm berührte, aber so etwas wie das hier hatte er noch nie gesehen.

Alex dachte weder über diesen Finger noch über seine Zusammentreffen mit Rufus nach. Punkt eins hatte er sich bereits beantwortet (gebrochen), Punkt zwei existierte nicht. Abgesehen vom Schulbus oder ein, zwei unbeabsichtigten Begegnungen im Dorf, hatte er mit dem Schwarzen absolut nichts am Hut gehabt. Alex setzte sich neben die Hand in den Schutt und warf Stein für Stein nach unten, Kasi folgte diesem Beispiel auf der anderen Seite.

Kasi legte Rufus' Schulter frei, Alex dessen Hüfte und Kasi dachte, dass dieser Tod eigentlich zu Rufus passte. Rufus hatte auf Kasi immer abgehoben oder völlig in den eigenen Gedanken gefangen gewirkt, als lebte er gar nicht dieses Leben hier, sondern ein ganz anderes tief in sich drinnen. Klang vielleicht komisch, aber bessere Worte fielen Kasimir nicht ein.

»Sein Vater ist jetzt ganz allein?« Alex sah auf, die Hand an der Stelle, wo Rufus' Kopf liegen musste. Er unterbrach die Arbeit eine Sekunde, dann nickte er. Und machte weiter.

Ganz allein. Kasi konnte sich nicht vorstellen wie das sein mochte, ganz allein. Er hatte Mutter und Vater und die hatten sich und ihn. Aber, wie Mutter immer sagte, es geht weiter, irgendwie. Bis zum jüngsten Gericht. Die Frage dabei hieß nur: War dieses Jüngste Gericht eine gemeinsame Veranstaltung oder wartete auf jeden Menschen ein ganz eigenes Jüngstes Gericht? Kasi hatte über diesen Punkt schon ebenso viel wie ergebnislos nachgedacht. Niemand wusste eine Antwort auf diese Frage. Mutter sagte nur, dass dies auch gar nicht wichtig sei und dass er das Jüngste Gericht bitte nicht *Veranstaltung* nennen solle. Wenn jeder so lebte, dass er sich am Abend noch im Spiegel in die Augen schauen konnte und sein letzter Satz, den wer auch immer zu hören bekommen hatte, ein guter Satz gewesen war, dann musste man sich nicht fürchten. Ganz im Gegenteil. Aber Kasi wusste nicht, ob das alles so stimmte. Auf Rufus' Vater jedenfalls wartete ein Jüngstes Gericht und Rufus selbst hatte es bereits hinter sich.

Während Kasi diesen Gedanken nachhing, befreite Alex beide Beine des Schwarzen, Kasimir selbst Schultern und den größten Teil des Rückens. Nur an den Kopf traute sich bisher noch keiner ran, dieser lag unter kleinen und mittelgroßen Steinen vergraben, als wolle Rufus selbst nicht sehen, was hier mit ihm geschah und wie dieses *andere Leben* begann. Aber es musste beginnen.

Alex' Rücken schmerzte. Trotz des schützenden Stoffes sammelte sich mit jedem Luftholen mehr Staub in seiner Nase, wo er zu harten Klumpen verbuk, Klumpen, die ihn zwangen, durch den Mund zu atmen. Aber auch das brachte keine wirkliche Besserung. Die Staubkörnchen legten sich auf Zunge und Zahnfleisch, schwebten in den Rachen und saugten dabei alle Flüssigkeit auf, die sie bekommen konnten. Kasimir erging es nicht besser und je länger beide arbeiteten, desto öfter mussten sie diese Arbeit unterbrechen, den Stoff anheben und ausspucken. Kasimirs Wunde am Oberarm schmerzte und die anfängliche Euphorie, sich aus eigener Kraft befreien zu können, ließ nach, verflog endgültig bei Rufus' Anblick. Sie verebbte und das Entfernen der Steine von Rufus' Körper entwickelte sich für die Kinder zu einer Qual, jeder Stein erschien ihnen schwerer als der vorherige und beide dachten sie immer wieder an den Moment, an dem sie ihn umdrehen und nach unten tragen mussten.

Alex nahm den letzten Stein von Rufus' Rücken. Jetzt nur noch den Kopf befreien. Er zögerte, seine Hand wollte nicht. Dann aber rutschte Alex doch dieses kleine Stück weiter und seine Finger taten ganz automatisch, was getan werden musste. Pechschwarzes Haar tauchte auf. An Rufus' Hinterkopf klaffte eine gut zehn Zentimeter breite Wunde und trotz der schlechten Lichtverhältnisse konnte Kasimir zwischen Haaren und getrocknetem Blut etwas Weißes in dieser Wunde sehen. Kasi drehte sich weg, schloss die Augen.

»Geht's?« Er atmete drei Mal tief durch, hustete und nickte. Sein Blick fiel dabei auf die Schatten an der Wand – zwei Scherenschnittmarionetten mit riesigen Köpfen auf einem schwarzen Berg.

»Ja, es geht schon.«

Als Kasimir sich wieder umdrehte, hatte Alex die letzten Steine entfernt. Vor ihnen lag Rufus, schwarz gekleidet, ein Turnschuh fehlte. Rufus der Schweigsame, der Schwarze, der mit Wunden Übersäte. Rufus der Tote.

»Komm rüber«, sagte Alex. »Fass du da an der Hüfte an, ich nehm ihn hier oben.«

Kasi stieg über den Leichnam, seine Rechte schlug ein Kreuz und er kniete sich an die von Alex angewiesene Stelle. Aber die Hände behielt er im Schoß.

»Ich weiß nicht, ob ich das kann«, sagte er endlich. »Ich habe noch nie einen, einen …«

»Toten?« Kasi nickte.

»… noch nie einen Toten angefasst. Und das ist doch Rufus.« Rufus!

Warum hatte sie niemand in der Schule auf solch eine Situation vorbereitet? Warum hatte der Pfarrer in der Kirche kein Sterbenswort über so etwas verloren? Jeden Sonntag predigte er, mahnte, erzählte etwas von Liebe, manchmal auch über den Tod, aber bei ihm sah der Tod nie *so* aus! Und auch Kasis Eltern hatten ihm nie etwas von Leichenflecken und dieser teigigen Blässe berichtet, ja noch nicht einmal, dass man auf dem Bauch liegend sterben konnte und dabei ein kleiner Finger im rechten Winkel abstand. Für Kasi hieß sterben nur Abschied und bei diesem Abschied lag man auf dem Rücken, mit gefalteten Händen, in weißer Spitzenbettwäsche. Und sie sahen genau so aus wie immer, nur dass sie eben schliefen, anders schliefen. Bisher hatte dieser Abschied für den Jungen kaum etwas Abstoßendes verkörpert, denn wenn man seinen Eltern und dem Pfarrer glauben durfte, sahen sich alle Menschen irgendwann im Paradies wieder. Einschlafen und beim nächsten Augenöffnen befand man sich im Himmel. Aber das hier? Musste Rufus jetzt eine ganze Ewigkeit so dort oben herumlaufen?

»Jetzt fass an, du schaffst das.« Kasi sah Alex' Hände unter Rufus' Schultern verschwinden. Wenn er das kann …

Kasimir achtete darauf, dass sich Stoff zwischen den eigenen Handflächen und Rufus' Haut befand, trotzdem musste er die Augen schließen und durch den Mund atmen. Die Leiche roch, nein, sie stank, stank nach Urin und sie fühlte sich selbst durch den Stoff der Hose hindurch komisch an. Während sie auf Alex' Kommando hin Rufus anhoben und schließlich auf den Rücken drehten, dachte Kasi über dieses *komisch* nach und als Rufus schließlich mit unter dem Rücken eingeklemmten Arm vor ihnen lag, wusste er auch, warum er sich so seltsam anfühlte. Das da sah immer noch aus wie ein Mensch, wie Rufus, stellte aber nicht mehr als ein kaltes Ding dar, ein Etwas, dem jede Kraft und Spannung fehlte. Diesem Körper fehlte alles das, was Leben auszeichnete: Wärme, Farbe, Energie. Leben.

Gerade, als Kasimir dies für sich geklärt hatte, sah er in

Rufus' Gesicht. Das unvermutete Zusammentreffen mit Rufus' totem Augenpaar schaltete praktisch im selben Moment eine Art Rührgerät im Magen des Jungen an. Er drehte sich weg, aber zu spät. Kasi rutschte die Halde hinunter, schaffte es aber nicht mehr bis in den Fässerraum. Er würgte und spuckte grünen, bitter schmeckenden Schleim auf Alex' Schwert und zerbrochene Lanzen. Rufus' Gesicht sah aus wie eine Maske aus einem Horrorfilm.

Auch Alex drängte sich dieser Vergleich beim Anblick des hervorquellenden Augenpaares auf, Augen, die durch ihn hindurchsahen und in denen man auch jetzt noch, bald dreißig Stunden nach ihrem Brechen, den Schmerz und die Überraschung erkennen konnte, die Rufus im Augenblick seines Todes gefühlt haben musste. *Wie, ich bin jetzt tot?*, fragten sie und weit und breit niemand, der Rufus widersprach. Alex wollte nicht hinsehen, aber er konnte nicht anders. Rufus' Gesicht zog Alex'Augen an, als gäbe es zwischen ihnen eine unsichtbare Verbindung, dünne Schnüre, die das eine mit den anderen verbanden. Denn Alex sollte dies hier sehen, diese Augen und einen offenen Mund, aus dem eine aufgequollene Zunge hing. Auch im Gesicht überall Kratzer und an der Stirn eine größere Wunde.

So also sah der Tod aus.

Gemeinsam drehten sie Rufus, bis dessen Kopf die Halde hinabzeigte. Jeder der beiden Leichengräber nahm einen Arm. Sie versuchten, Rufus' Oberkörper und damit seinen Kopf etwas anzuheben, damit dieser nicht über die Steine rutschen musste, aber der Leichnam wog Tonnen, selbst ein einzelner Arm erreichte annähernd das Gewicht eines kompletten lebenden Kindes. Sie zerrten an Rufus und brachten ihn mithilfe von Schwerkraft und wegrutschendem Untergrund an den Fuß der Halde. Das ist nicht Rufus, versuchte sich Kasi einzureden, das ist nur ein Sack voller Mehl. Und wenn der

Kopf eines Sackes über Steine holpert, ist dies nicht weiter schlimm. Gott wird es verstehen.

Am Fuß des Schuttberges wollte Kasi stehen bleiben, aber Alex zog einfach weiter. Er wollte die Sache hinter sich bringen und Rufus endlich aus den Augen haben und ihn niemals wieder anfassen. Sie zerrten ihn an die vorher ausgesuchte Stelle und legten ihn da ab.

»Und jetzt Steine.«

»Also, auch wenn Alex' Handy ausgeschaltet ist, kann es die Polizei von oben ordnen?«

»Orten! Wie oft soll ich es dir denn noch erklären, das heißt *orten*, wie *der Ort*. Von daher kommt das Wort auch, glaub ich.«

Timi sah zu seinem großen Bruder auf. Wie viel der wusste! Max gab dem Kleinen eine lieb gemeinte Kopfnuss und lachte.

Nachdem Alex und Kasimir diesen Raum verlassen hatten, wollte Timis großer Bruder schlafen. Er hatte sich an die Wand gelegt, den Rucksack unterm Kopf und Timi in den Arm genommen. Wegen der Wärme, erklärte er dem Kleinen, als müsse er sich für den engen Körperkontakt entschuldigen. Timi genoss diese Nähe, auch jetzt noch, schlafen aber konnte er nicht. Tausend Dinge gingen ihm durch den Kopf: Wie spät mochte es jetzt sein, was machten Mama und Papa gerade, was hatte es heute zu essen gegeben … Dazwischen stellte er unentwegt immer wieder die gleichen Fragen: Wie lange dauerte es, bis der Erste von ihnen verdursten würde? Wie lange dauerte es noch, bis man sie endlich fand? Max' Meinung nach sollte Letzteres am nächsten Tag stattfinden und er erklärte dem *dummen Hosenscheißer*, dass die Polizei den Aufenthaltsort eines Handys feststellen konnte.

»Die senden Funkwellen aus, über Satellit, glaub ich.«

»Und der kann ganz genau erkennen, wo wir sind? Woher will der wissen, dass wir hier unter der Ruine sind und nicht oben auf dem Turm?« Max kratzte sich am Kopf. Timi wusste, dass er Max mit dieser Frage ins Grübeln brachte, wollte sich schon entschuldigen, da fiel Max etwas ein. Er schob Timi zur Seite, stand auf und stellte sich etwas links in den Raum.

»Vor ein paar Wochen hatten wir das im Unterricht. Wenn ich es noch richtig zusammenbekomme, ist es nicht *ein* Satellit, sondern mehrere.«

»Und was machen die?«

»Die messen von unterschiedlichen Stellen aus die Entfernung.« Max legte einen Stein rechts auf den Boden, einen drückte er Timi in die Hand, einen dritten legte er in eine Nische in der Wand. »Das sind unsere Satelliten. Und angenommen, ich bin das Handy, dann können die Satelliten aus dem Weltall ganz genau die Entfernung messen. Bis auf den Millimeter!«

»Wow!«

»Und genau an der Stelle, wo sich die Entfernungen treffen, liegt das Handy, also wir.« Timi versuchte zu verstehen, verstand aber nur Bahnhof. Den eigentlichen Sinn der Ausführungen, den begriff er aber: Rettung war unterwegs! Dann konnte man natürlich auch schlafen oder wenigstens hier sitzen und abwarten.

Max ging zurück zu seinem kleinen Bruder und legte sich gerade neben ihn als Alex erschien. Er trug sein T-Shirt um den Hals, als habe er sich eine Erkältung eingefangen und an manchen Stellen glänzte sein nackter Oberkörper trotz des ganzen Staubes, der überall an ihm klebte. Schweiß hatte breite Linien in diesen Staub gegraben und als Timi Alex sah, musste er an eine Landkarte denken.

»Wir sind fertig«, sagte Alex. Max und Timi sprangen auf.

»Ihr habt den Ausgang frei?!« Max hüpfte durch den Raum und nahm Alex in die Arme. »Du hast es geschafft! Du bist der Größte!«

»Nein!«, Alex befreite sich und trat einen Schritt zurück. »Wir haben Rufus ausgegraben und, na ja, wir haben ihn an die Wand gelegt und mit Steinen bedeckt und dachten jetzt, ihr wollt vielleicht kurz mit nach vorne kommen.«

Enttäuschung stürzte sich auf das Brüderpaar und für einen Moment beschlich Timi das Gefühl, gerade ein zweites Mal verschüttet zu werden. Aber ihm blieb keine Zeit, sich ausführlicher mit diesem Gefühl zu beschäftigen. Rufus lag da vorn und er sollte ihn sich ansehen dürfen!

»Und was sollen wir da?« Max' Interesse an dem Schwarzen tendierte auch im Tod noch gen Null.

»Na ja, es ist ja keine richtige Beerdigung, aber so etwas Ähnliches. Und immerhin war er unser Freund.«

»Meiner nicht.«

Alex sah zur Decke, ballte beide Fäuste und atmete tief durch, bevor er weiterredete. »Aber wir haben zusammen gespielt. Und er ist vor unseren Augen gestorben!« Keinem entging, dass Alex kurz vor einer seiner gefürchteten Explosionen stand. Die kamen zwar selten vor, aber ein oder zwei Mal hatten Max und Timi sie miterleben müssen und wussten, dass Alex danach mit denen, die so eine Explosion ausgelöst hatten, tagelang nicht sprach, sie wie Luft behandelte.

»Komm doch«, sagte Timi zu Max. Max drehte das Gesicht zur Wand. Aber Alex besaß noch ein weiteres Argument, eines, von dem er wusste, dass es Max überzeugen würde.

»Ich denke, wenn wir der Polizei erzählen, was hier so alles passiert ist, wird es sich ganz gut machen, dass wir alle zusammen an seinem Grab gestanden sind. Auch du.«

Die Kinder verließen den Raum und in Timis Magengegend kribbelte es. Gleich sollte er einen echten Leichnam sehen dürfen? Er war neugierig, aber mit jedem Schritt hin zum Grund dieser Neugier zog sich diese zurück und an ihre Stelle trat zuerst Unbehagen, schließlich Angst. Wäre er doch als Letzter in der Kinderreihe gegangen, dann hätte er jetzt einfach zwischen den Fässern stehen bleiben können, so aber musste er weiter. Seine Beine fühlten sich schwer an, aber Max stieß ihn nach vorn. Als Timi über die Ziellinie stolperte, sah er sofort, dass Alex und Kasi den Leichnam bereits komplett mit Steinen bedeckt hatten.

»Man sieht ja gar nix mehr«, sagte Max.

Alex überhörte Max' Einwurf. Er räusperte sich, wusste mit seinen Händen nicht wohin und steckte sie schließlich in die Hosentaschen. Kasi hatte ihn gebeten, ein paar Worte zu sagen *(Das macht man so, ich hab's im Fernsehen gesehen. – Warum ausgerechnet ich? – Du bist der Anführer.)*, Kasi selbst wollte ein Gebet sprechen. Alex räusperte sich ein zweites Mal.

»Also ... Wir nehmen Abschied ...« Max verdrehte die Augen. »Es, es tut uns leid, Rufus. Wir wollten wirklich nicht, dass so etwas passiert. Bei Kasi hab ich mich entschuldigt«, Max sah herüber und zog eine Augenbraue nach oben, »bei dir konnte ich das leider nicht mehr. Vielleicht sehen wir dich ja schneller wieder als wir denken, aber ich hoffe, sie finden uns alle.«

»Und ob!«

»Wenn du uns hören kannst, vielleicht gibt es jetzt für dich ja eine Möglichkeit, meinem Vater oder jemandem von der Polizei einen Tipp zu geben, damit es schneller geht.« Max musste sich auf die Zunge beißen, um nicht laut loszulachen. »Vielleicht gefällt es dir ja da, wo du jetzt bist, besser als hier. Wir wünschen es dir.«

Kasi faltete die Hände, Alex folgte dem Beispiel. Max hielt seine Hände hinter dem Rücken (gefaltet?), aber Timi machte es wie die anderen beiden, faltete die Hände vor der Brust und senkte den Kopf.

»Vater unser im Himmel, geheiligt werde Dein Name ...«, Kasi begann und einer nach dem anderen fiel in dieses in ihre Kinderköpfe gehämmerte Gebet ein, sogar Max bewegte die Lippen. Timi kannte jedes einzelne Wort, wusste, wo man eine kleine Pause machen musste. Er hatte dies schon zigmal gebetet, besser: er hatte es aufgesagt wie ein Gedicht, auswendig gelernt und an den wenigen Sonntagen im Jahr, an denen er den Gottesdienst besuchte, wie die anderen heruntergeleiert. Jetzt aber empfand er etwas, etwas, das über Kälte und Wärme hinausging. Tot. Da, unter diesen Steinen, lag ein Kind, nur vier Jahre älter als er selbst, jünger als Max und Alex. Tot. Timi weinte.

»Amen.«

Timi wischte sich die Tränen aus dem Gesicht und betrachtete den Steinhügel. Alex und Max unterhielten sich, Kasi setzte sich auf den Boden, Timis Augen aber starrten auf das Grab und plötzlich sah er daneben ein zweites, dann ein drittes und ein viertes. Rufus' Tod vor Augen, klangen Max' Worte von *Satelliten* und *Ortung* mit einem Mal gar nicht mehr so überzeugend. Was, wenn Max sich irrte? Wer würde dann als Nächstes hier neben Rufus liegen und wer würde der Letzte sein, der, der keinen Grabhügel mehr bekam, sondern ungeschützt zwischen den anderen liegen musste? Für immer.

»Komm jetzt!«, Max packte seinen Bruder am Handgelenk, zerrte die noch immer gefalteten Hände auseinander und zog ihn Richtung Ausgang.

»Ihr wollt uns wirklich nicht helfen?«, fragte Alex. Seine Hoffnung, dass Max sich eines Besseren besinnen könnte, schwand. Kasi hingegen freute sich. Max' Anwesenheit hier in diesem Raum empfand er als störend. Er vermied jeden Blickkontakt und versteckte sich so gut es ging hinter Alex und als Max und Timi nun gingen, verließ das Böse diesen Raum. Die Decke hob sich und auch die Taschenlampe strahlte einen Tick heller. Und der Schutthaufen, den es noch abzutragen galt, schrumpfte in sich zusammen.

»Macht ihr nur euer Ding, wenn ihr Spaß dran habt«, sagte Max am Ausgang, »wir legen uns jetzt hin. Macht also bitte nicht mehr so viel Lärm.« Er leuchtete Alex und Kasimir ins Gesicht, drehte sich um und hielt nach diesem Augenblick des Blendens plötzlich Kasis noch zu einem guten Viertel gefüllte

Trinkflasche in der Hand. Timi wollte schon den Mund aufmachen, aber Max schob ihn einfach vor sich her. »Halt bloß die Klappe!«, zischte er. Timi hielt die Klappe.

Wieder allein, gingen Alex und Kasi umgehend die noch vor ihnen liegende Arbeit an. Müde zwar, aber sie wollten weitermachen. Jeder zur Seite getragene Stein brachte sie der Welt da draußen ein winziges Stück näher. Jedes Bücken, Anheben und Wegtragen vertrieb die Zeit. Und die Arbeit drückte Kasis Angst vor Max ein wenig nach hinten, schob sie in eine Windung seines Hirns, in der sie zwar weiterhin auf der Lauer lag, bereit, jeden Augenblick hervorzuspringen und das Kind zu verschlingen, sich in dieser Windung vorerst aber still verhielt. Kasi wusste nicht, welche Angst stärker sein mochte, die vor Max oder die, hier für immer eingesperrt zu bleiben, aber gegen diese zweite Angst konnte er wenigstens etwas unternehmen, auch wenn sein Rücken dabei schmerzte und sein verletzter Oberarm glühte. Arbeiten und betäuben. Arbeiten und leben. Und nicht an Ängste denken.

»Gibt es eigentlich irgendwas, vor dem du dich fürchtest?« Kasi kam gerade mit dem leeren Brett zurück. Er blieb vor der Halde stehen und ließ das vordere Ende seines Transportmittels auf den Boden knallen. Und es knallte wirklich! Kasi freute sich jedes Mal aufs Neue darüber und die Vorstellung, dass Max da hinten bei jedem Knall aus dem Schlaf schrak und Flüche gegen das *Mädchen* ausstieß, gab ihm zusätzliche Kraft.

Alex zuckte ebenfalls zusammen, im Gegensatz zu Kasi konnte er aber absolut keine Freude daran empfinden, das Geräusch erinnerte ihn zu sehr an zerberstende Mauern und Wände und – an eine herabstürzende Decke. Obwohl er auch jetzt ganz genau um den Ursprung des Geräusches wusste, galt sein erster Blick doch sofort eben dieser Decke und erst der zweite Kasi.

»Angst?«

Kasi nickte und setzte sich auf das Brett, eine ganz kleine Pause konnte nicht schaden. Wie Alex zog Kasi sich das T-Shirt vom Gesicht.

»Gibt es irgendwas, wovor du dich so richtig fürchtest?«

Alex rutschte von der Halde nach unten. »Reicht das hier nicht, um sich zu fürchten?« Er zeigte mit dem Daumen über die Schulter. »Ist dir das nicht genug?«

»Doch, natürlich. Aber stell dir vor, wir wären jetzt draußen und das hier gäbe es alles nicht. Wovor hättest du dann Angst?«

»Vor meinem Vater«, kam es wie aus der Pistole geschossen.

»Und wieso?« Kasi wusste, dass Alex' Vater ihn hin und wieder einsperrte oder zulangte, wie es Alex nannte, aber vorstellen konnte er sich das alles nicht. Sein eigener Vater hatte ihn noch nie geschlagen, kein einziges Mal. Doch Alex wollte über diese Angst nicht sprechen. Noch nicht. Er stand auf und kletterte zurück.

»Der ganze Mist hier reicht doch wohl, oder? Mir jedenfalls schon. Und dann muss ich mir mein bisschen gute Laune jetzt ganz bestimmt nicht mit Gedanken an meinen Alten versauen, bin froh, dass der nicht hier ist.« Mit den letzten Worten zog er sich das Shirt wieder über Mund und Nase. »Weiter geht's!«

Kasi folgte Alex' Beispiel. Ja, dachte er, wahrscheinlich hatte Alex recht, wenn er sich so beeilte, Licht würde es nicht mehr lange geben. Kasi wusste nicht, ob er es sich nur einbildete, ob es an seinen müden Augen lag oder ob die Batterien tatsächlich langsam ihren Geist aufgaben, aber in der Stunde nach Rufus' *Beerdigung* (Be*stein*igung), erschien ihm das Licht irgendwie matter. Ihm graute bei der Vorstellung, in absoluter Dunkelheit weiterarbeiten zu müssen, er wusste aber auch, dass dieser Moment kommen würde und wahrscheinlich standen die finsteren Minuten hier schon irgendwo Schlange, drängelten und schubsten und wussten, dass die Ladentür zum

Kinder-Sommerschlussverkauf demnächst auffliegen musste. Also weiter. Kasi nahm Alex' Ritterhelm und schaufelte damit den ganzen Kleinkram auf das Brett; jede dritte, vierte Fuhre bestand nur aus Steinchen und Dreck. Der Junge kratzte am Fuß der Halde, als der Helm an einem größeren Brocken hängen blieb und sich so unglücklich darunter verkantete, dass Kasimir ihn allein nicht mehr herausbekam. Er zerrte, trat dagegen, zog.

»He! Du machst noch meinen Helm kaputt! Den wollte ich eigentlich mitnehmen. Als Andenken.«

»Ich krieg ihn nicht los!«, Kasi versuchte es ein weiteres Mal, schließlich gab er auf. Der Rücken tat ihm weh und die Bisswunde schmerzte inzwischen so stark, dass er nicht wusste, wie lange er so noch weitermachen konnte. Kasi richtete sich auf. »Kannst du mal?«

Alleine schaffte es Alex zwar, Helm und Stein etwas zu bewegen, befreien konnten sie Alex' Schatz aber erst gemeinsam. Kasi zog am Helm, Alex steckte eine Lanze unter den Stein und hebelte diesen so an.

»Ja! Ich schaff es! Nur noch ein kleines Stück!«

Alex drückte, plötzlich aber rutschte der Stein zur Seite und – nach unten! Kasi fiel mit dem Helm in der Hand nach hinten, Alex zur anderen Seite, der Stein verschwand, als gäbe es keinen festen Boden in diesem Raum und mit ihm setzte sich die Schutthalde in Bewegung. Der Hang kam ins Rutschen, brüllte und polterte und ließ den Kindern keine Zeit, weiter auf das Wunder im Boden verschwindender Steine zu starren. Sie sprangen zurück, gerade noch rechtzeitig, denn plötzlich sackte ein kreisrunder Teil des Bodens in sich zusammen und verschwand ebenfalls. Steine donnerten die Schutthalde herab und stürzten in dieses Loch.

»Scheiße, was ist das?!« Alex stand am Durchgang zum Fässerraum, starrte auf das Schauspiel und wartete auf eine Erklärung. Aber für Kasimir gab es Wichtigeres. Eingeklemmt zwischen Wand und diesem Loch kauerte er mit angezogenen Beinen auf Rufus' Grab.

»Hilf mir!« Den Weg zu Alex blockierten ein Loch von mehr als einem Meter Durchmesser und Steine, die auf diesen nun stöpsellosen Ausguss zujagten, verschwanden oder ihn verfehlten und daran vorbeirollten. »ALEX!!!«

20 Gottes Einsehen mit einem alten Mann

Bäume konnten Freunde sein, jeder einzelne von ihnen, ja, sogar ganze Wälder. Jede Pflanze durfte man getrost als Freund bezeichnen, auch Tiere, aber niemals Menschen, nein, Menschen nie. Pflanzen und Tiere – sie alle boten Verlässlichkeit, der Mensch nicht. Sicher, alles besaß seine ganz individuellen Eigenheiten, manchmal sogar Macken, aber selbst auf diese Macken konnte man sich bei Tieren und Pflanzen verlassen. Schmetterlinge zum Beispiel: wunderschön anzuschauen, aber kurzsichtig, flatterten sie einem im Sturzflug beinahe ins Auge, hielten aber kurz vorher an und versöhnten mit einem Flügelschlag, welcher sogar Hasso verwirren konnte. Und Bäume ließen im Frühjahr manchmal winzigste Tropfen auf einen niederregnen, klebrige Tropfen, die ärgerten, die störten, welche die Kraft dieses Baumes aber in keinster Weise beeinträchtigten. Und dieser Baum gab jedem, der wollte, von seiner Kraft, wusste Seiler. Man musste nur die Hände an seinen Stamm legen (klebrig oder nicht) und schon konnte man spüren, wie diese Kraft in einen hineinfloss. Menschen versprühten auch klebrige Tropfen, Kraft hingegen gaben sie selten, verlässlich waren sie kaum. Freunde nie.

»Du bist mein Freund.« Hasso sah kurz auf und schlug zweimal mit dem Schwanz auf das Moos. Danach legte er den

Kopf zurück zwischen seine Pfoten und blinzelte in die zwischen den Bäumen herabfallenden Sonnenstrahlen. Dem Winkel dieser Sonnenstrahlen nach musste es so gegen fünf sein, schätzte Seiler, also höchste Zeit, zusammenzupacken und den Heimweg anzutreten.

Seiler und sein Hund hatten den ganzen Tag hier im Wald zugebracht. Wenn er gekonnt hätte, wäre der alte Mann lieber heute als morgen weg aus dem Dorf und in den Wald gezogen. Was brauchte man mehr als eine kleine Hütte? Den Rest schenkte die Natur. Für den, der sehen konnte, hielt der Wald alles bereit, was man so zum Leben brauchte: Pilze und Beeren im Überfluss, dazu Holz und Moos, welches eine bessere Schlafunterlage abgab als jede Matratze. Man sollte noch einmal um die zwanzig sein, wünschte sich Seiler an solchen Tagen wie heute, dann könnte er seinen Traum Wirklichkeit werden lassen und einfach davongehen. Aber Anwandlungen dieser Art gehörten ausschließlich zu Tagen dieser Art. Wenn er im Herbst auf nassen Baumstämmen aus- und einige Meter den gerade erst bezwungenen Hang wieder hinabrutschte, existierte weit und breit kein Wunsch nach einer Hütte im Wald. Und im Winter blieb er eh lieber in der Nähe des Ofens und träumte vor sich hin.

Heute hatten sie ordentlich was geschafft. Neben dem alten Mann lagen drei Bündel, bestehend aus trockenen Ästen und Zweigen, manche dünn wie ein Streichholz, die dicksten daumenstark. Ast für Ast hatte Gernot Seiler sie im Verlaufe des Tages zusammengelesen, Holz, welches niemand beachtete oder brauchen konnte. Er schon. Warum Holz kaufen, wenn es hier nur darauf wartete, eingesammelt zu werden? Der nächste Winter kam und mit diesem Kälte, Feuchtigkeit und ein Wind, der jede Ritze im Haus entdeckte, durch die gesprungene Fensterscheibe in der Küche zog und die geschlossenen Vorhänge davor bewegte, als habe er in Seilers Haus das Kommando übernommen. Dann stand es einem alten Mann wie Seiler gut zu Gesicht, einen Schuppen voller Äste und Zweige zu besitzen, dreimal am Tag hinüberzugehen und einen Armvoll davon zu holen und dabei zu wissen, dass einem nichts passieren konnte. Vorausgesetzt allerdings, man verbrachte den kurzen Sommer zwischen zwei Wintern nicht faul im Urlaub oder im Liegestuhl hinter dem Haus, sondern sammelte Vorräte, wie dies jedes vernünftige Wesen hier im Wald tat. Eichhörnchen vergruben Eicheln und Nüsse und Hamster stopften sich draußen auf dem Feld die Backen voll. Ameisen legten Vorräte an und Igel, ja selbst Rehe und Hasen lebten nicht von der Hand in den Mund, sondern nutzten den Überfluss der warmen Jahreszeit und fraßen sich einen Vorrat in Form einer ordentlichen Schwarte an.

Die letzten der vor ein paar Minuten noch an einem Strauch gehangenen Himbeeren verschwanden in Seilers Mund. Er drehte sich auf die Knie, zog sich an einem Baumstamm nach oben und streckte sich, dabei beide Fäuste ins Kreuz gedrückt. Während Hasso bereits Richtung Waldrand und Futternapf trottete, lud sich Seiler zwei der mit Stricken zusammengehaltenen Bündel auf den Rücken, das dritte klemmte er sich unter den Arm.

Den ganzen Tag über hatten genau über Wittlekofen kreisende und irgendwann nach Süden abdrehende Flugzeuge die Ruhe im Wald gestört. Aber das war nichts Neues. Neu war, dass Hasso ein paar Mal die Ohren nach einem Hubschrauber spitzte. Einmal hatten sie ihn sehen können, ganz kurz nur und als das Paar jetzt den Wald verließ, schoss ein lärmendes Ungetüm keine hundert Meter über ihre Köpfe hinweg. Der Hund suchte instinktiv Schutz bei seinem Herrchen, das, die Augen mit der flachen Hand gegen die Sonne geschützt, dem Störenfried nachsah.

»Überall Polizei.« Seiler schüttelte den Kopf. »Verstehst du das?« Aber der Gefragte hatte den Hubschrauber bereits vergessen und schnüffelte an einem Mauseloch.

Ohne weitere Zwischenfälle erreichten Hund und Herrchen einen Feldweg. Nach wenigen Metern verwandelte sich dessen Staub und Gras unter Seilers Füßen in Asphalt und mündete kurz darauf in die Dorfstraße. Ohne auf das zu achten, was sich rechts und links dieser Straße in den Vorgärten und Höfen abspielte, hielt der Alte auf sein Haus zu, Hasso jetzt wieder an der Leine. Wie er mochte auch der Hund keine Kinder und seit Hasso vor ein paar Jahren einmal eines von ihnen durch das halbe Dorf und auf einen Baum gehetzt hatte, behielt er das Tier hier im Ort lieber unter Kontrolle. Sicher, Hasso könnte nie und nimmer jemanden etwas zuleide tun, aber es machte ihm nun einmal Spaß, allem hinterherzurennen, was vor ihm davonlief – Katze oder Kind, egal. Damals hatten sie ihm Hasso wegnehmen wollen. Wegnehmen, das Einzige, was er noch besaß, von *Katze* einmal abgesehen, aber Katzen konnten keine richtigen Freunde sein, die hatten ihre eigenen Sachen im Kopf, Hunde hingegen nur ihr Herrchen.

Wie immer musste Seiler auch an diesem Tag am Haus der Witwe Probst vorbei. Und wie immer hatte diese den Einsiedler bereits weit draußen auf dem Feldweg entdeckt, hatte ihre Wäsche Wäsche sein lassen und stand nun, als Seiler die Straße entlangkam, am Gartenzaun.

»Na, wieder fleißig gewesen, ihr zwei?« Seiler brummte etwas, das von einem Gruß bis hin zu einem Fluch alles sein konnte. Er mochte die Probst ebenso wenig wie alle anderen hier im Ort. Keiner hatte ihm jemals seine Hilfe angeboten, weder bei Mutters Tod noch nach der Sache mit Mona-Lisa. Im Gegenteil, Marianne Probst – damals hieß sie noch Brunner – hatte versucht, die Lage für sich auszunutzen und Gernot Seiler, für eine Frau viel zu aufdringlich, Avancen gemacht. Avancen, die Seiler natürlich abgelehnt hatte. Nach Mona-Lisa konnte es keine Frau mehr geben und es hatte keine gegeben, was Seiler auch nicht mehr zu ändern gedachte. Mona-Lisa war die einzige Frau in seinem Leben und dabei würde es bleiben, egal, wie oft Marianne Probst noch hier auf ihn wartete und ihre riesigen Brüste über den Gartenzaun hängen ließ.

»Hast du das mit den Kindern gehört?« Seiler schüttelte den Kopf und ging weiter. Was interessierten ihn Kinder. »Was, du hast noch nichts gehört?« Seiler schüttelte noch einmal mit dem Kopf, beinahe fühlte er sich schuldig, so vorwurfsvoll klang Marianne, als hätte er das Ende der Welt verpasst. »Die Kinder sind weg!«

Seiler blieb stehen. Etwas in ihm hüpfte in die Höhe. *Halleluja!* Äußerlich aber blieb das Heraufziehen einer Augenbraue die einzige Reaktion auf diese Neuigkeit. »Welche Kinder?«

»Na, der Enkel vom Richard, der Alex. Und dann dieser Neue, kennst du auch. Wohnen erst ein halbes Jahr hier. Der Junge läuft immer ganz in Schwarz durch die Gegend.« Seiler nickte.

»Die beiden?«

»Ja. Und noch der Max und dem sein Bruder, der Tom. Oder Tim, eins von beiden. Und dann noch der Kleine mit den langen Haaren, dieser Kasimir. Kennst ihn bestimmt aus der Kirche. Ach nein, da gehst du ja nicht mehr hin. Warst du überhaupt schon einmal in der Kirche?«

»Und was heißt *weg*?«

»Na, weg eben, verschwunden. Sind vorgestern einfach nicht mehr vom Spielen zurückgekehrt. Keiner weiß was, nirgends eine Spur. Keiner hat irgendwas gesehen. Die Polizei sucht überall, sogar mit einem Hubschrauber. Den wirst du doch wenigstens bemerkt haben, oder? Wie geht's dir eigentlich? Willst du nicht auf einen Kaffee rein …«

Gernot Seiler ließ die Frau einfach stehen. Er drehte sich um, ging weiter zu seinem Haus, Marianne Probst sah ihm mit offenem Mund hinterher. So viel Unfreundlichkeit! So ein undankbarer alter Einsiedler. Kein Wunder, dass niemand etwas mit ihm zu schaffen haben wollte. Aber Seiler hatte während des Gesprächs mit einem Mal fünf Kinder gesehen, Kinder, die im Gänsemarsch die Straße zur Steina hinunterliefen. Vorgestern Morgen, während er Pilze gesucht und Hasso angeschlagen hatte. Fünf: dieser Alex und sein Freund mit Bruder Tom, dann der Neue und der mit den langen Haaren. Und die sollten verschwunden sein?

Seiler verriegelte die windschiefe Gartenpforte. Einer, wenn er sich richtig erinnerte, dieser Alex, also Richards Enkelsohn, hatte ihm einmal Schuhcreme auf die Türklinke geschmiert. Und diese anderen, der Dicke und sein kleiner Bruder, die machten sich immer einen Riesenspaß daraus, seinen Hasso zu ärgern. Und Äpfel hatten sie ihm bestimmt alle zusammen schon einmal gestohlen, nur beweisen konnte er es ihnen nicht.

Seiler brachte die Ausbeute des heutigen Tages zu den vielen Bündeln der Vortage und schloss den Schuppen hinter sich ab. Hatte der liebe Gott also doch ein Einsehen mit einem alten Mann gehabt, dachte Seiler. Fünf Apfeldiebe, einfach so verschwunden, wenn man das nicht Glück nennen durfte!

Zur Feier des Tages bekam Hasso ein getrocknetes Schweinsohr, mit dem er sich umgehend in die hinterste, allerdings immer noch ziemlich nahe Ecke der Küche zurückzog und Seiler selbst genehmigte sich ein Gläschen Bier. Er öffnete ein Glas Wurst, biss dazu in ungeröstetes Toastbrot und freute sich. Den ganzen langen Tag hatte er sich über die Polizisten am Sportplatz und den Lärm dieses Hubschraubers geärgert. Schade, dass er den Grund all dessen nicht schon früher erfahren hatte, der Ärger wäre nur halb so groß gewesen; ach was, er hätte sich den lieben langen Tag über gefreut. Aber wenigstens wusste er nun Bescheid und freute sich. Natürlich, die Kinder hatten sich irgendwo versteckt, amüsierten sich gerade über die Aufregung im Dorf und bissen wahrscheinlich nebenher in gestohlene Äpfel, für den Moment aber gab es hier im Ort fünf Nervensägen weniger. Und eines dürfte sicher sein: Dieser ganze Spaß da draußen kostete ganz bestimmt eine ordentliche Stange Geld und sollten die Bälger keine wasserdichte Ausrede bei ihrer Rückkehr präsentieren können, würden sie das alles Pfennig für Pfennig selbst bezahlen dürfen, beziehungsweise die lieben Eltern.

»Das wird Schläge geben. Sehr gut!« Seiler prostete Hasso zu.

Seiler schnitt ein extragroßes Stück Wurst ab, verschloss das Glas und trug den Leckerbissen an seinem Hund vorbei nach draußen. Hasso sah ihm mit großen Augen nach. Dem Hund gehörte die Vorderseite des Hauses und jedes Zimmer darin, der Hintereingang aber führte zum Reich von *Katze*. Hasso hatte dies akzeptiert und mittlerweile interessierte ihn die Konkurrentin nur noch der Form halber. Als Hund musste er ihr nachrennen und sie anbellen, das reichte aber auch, jedenfalls seit er wusste, dass die Haut an seiner Nase ihren Krallen nichts Ebenbürtiges entgegenzusetzen hatte.

Seiler zog die Tür hinter sich ins Schloss und setzte sich auf die von der Abendsonne aufgeheizten Stufen. Er streckte die Beine. »Katze. Komm her, komm. Hab dir einen Leckerbissen mitgebracht. Warum?«, Seiler lächelte und zerkleinerte das Geschenk mit den Fingern. »Die Kinder sind weg.«

Das auf einem Holzklotz liegende Tier streckte sich und stieg von seinem Ruheplatz. Sein rotes Fell leuchtete in der Sonne und als die Katze mit erhobenem Schwanz so lange um Seilers Bein strich, bis dieser Schwanz zitterte, musste Seiler an Flammen denken. »Ein kleiner Teufel bist du, weißt du das?« Im Haus bellte Hasso, ein kurzes, anklagendes *Wau. Was kümmerst du dich um die? Komm rein und lass die Katze in Ruhe, die hat ja noch nicht einmal einen richtigen Namen.*

Katze fraß die ihr angebotenen Leckerbissen und leckte zum Schluss die Finger des alten Mannes, bis diese glänzten. Danach legte sie sich für fünf Minuten auf seinen Schoß und genoss es, hinter den Ohren gekrault zu werden.

21 Das Loch

Kasimirs Hilfeschreie tönten durch alle Räume der unter der Roggenbacher Ruine abgeschlossenen Welt. Sie brachen sich an den Wänden, ein neuer Schrei überlagerte das Echo des Vorgängers und komponierte eine Sinfonie, die Max und Timi die Nackenhaare aufstellte. Selbst wenn sie geschlafen hätten, was Kasis regelmäßige und erfolgreiche Weckbemühungen verhindert hatten, den Lärm aus dem vorderen Raum konnte niemand ignorieren. Die Brüder verstanden ganz deutlich, was Alex rief und Kasis Schreie zerrten sie von ihrem Lager.

»Die brauchen Hilfe!« Timi rannte los, Max bekam ihn aber gerade noch zu fassen.

»Du bleibst hier!«

»Aber da ist irgendwas passiert!« Timi versuchte, sich zu befreien, aber bis er dazu eine reelle Chance bekommen sollte, mussten noch viele Jahre vergehen, Max' Finger schlossen sich wie eine Schelle um das Handgelenk des kleinen Bruders und zogen ihn zurück.

»Sei jetzt still!« Timi öffnete die Lippen zu einer Erwiderung, doch Max hielt ihm einfach den Mund zu und sperrte die Worte weg. »Pst!«

Max versuchte, etwas zu verstehen. Kasi rief noch immer um Hilfe, jetzt aber leiser. Das Rumpeln hörte auf. Hatte es einen erneuten Einsturz gegeben? Hatte es diesmal das Mädchen erwischt? Bei der Vorstellung, dass da vorn in diesen Sekunden Max' größtes Problem unter einem Haufen Schutt verschwunden sein könnte, besserte sich die Laune des Jungen schlagartig. Er starrte in die Dunkelheit, lauschte auf die weniger werdenden Geräusche und dabei ratterte es unter seinem dichten Haarschopf, fügte sich eines zum anderen und alles zusammen ergab am Ende ein perfektes Bild, DAS perfekte Bild! Wenn Kasi nicht mehr wäre, dann würde niemand etwas von seinem kleinen Ausrutscher erfahren! Sie würden dieses Mädchen und Rufus nach oben schleppen und aufbahren und sich über die komische Wunde an Kasis Oberarm wundern. Tja, was eine Steinlawine so alles anrichten konnte. Sehr bedauerlich. Timi würde die Klappe halten, entweder weil man dies so macht, wenn es um den eigenen Bruder geht oder, sollte Timi darüber anders denken, weil dieser große Bruder ihn dazu zwingen würde. Und Alex? Max, der vor zwei Tagen noch die Hand für seinen Freund ins Feuer gelegt hätte – eine Hand im Asbesthandschuh –, konnte die Frage nach Alex' späteren Aussagen nicht spontan zu seinen Gunsten beantworten. Ja, bis sich das hier alles in ein Gefängnis verwandelt hatte, gab es kein Zögern – Alex stand auf seiner Seite. Aber jetzt? Alex benahm sich irgendwie komisch, wie ein Weichei. Er redete mit dem Mädchen als sei es ihresgleichen. Was Alex nach ihrer Rettung aussagen würde, das stand noch in den Sternen, aber Alex und Max, sie waren immer noch Freunde, gehörten zusammen – auch, wenn Alex im Moment so etwas wie eine *schwierige Phase* durchmachte. Vielleicht lag es an der Pubertät, an seiner in letzter Zeit so komischen Stimme und den beiden Haaren an seinem Kinn? Vielleicht an der ganzen Situation hier?

»Lass uns nachsehen. Bitte.« Max schüttelte den Kopf, als Antwort und um aus seinen Gedanken ins Jetzt zurückzukehren.

»Nein.« Das klang endgültig. »Haben die etwa nach uns gerufen?« Kopfschütteln. »Also. Wenn die unsere Hilfe brauchen, werden sie sich schon melden.« Oder auch nicht. Hoffentlich nicht.

Die Brüder setzten sich zurück an die Wand. Max trank aus Kasis Flasche und auch Timi nahm, mit schlechtem Gewissen, einen Schluck. Alles blieb jetzt still da vorn. Tot? Lebendig? Verletzt?

Max musste an seinen Stiefvater denken. Manchmal erwachte Max am Morgen und *wusste*, dass er seinen Vater getötet hatte – ein perfekter Augenblick. Eine Woge des Glücks schlug in solchen Momenten über dem Jungen zusammen, aber nur ganz kurz, dann sah er durch die Gischt dieser Woge hindurch einen winzigen Ausschnitt der Realität und verbesserte sich: *Ich habe* Timis *Vater umgebracht.* Es tat so unendlich gut, diese Gedanken zu denken, es befreite und füllte aus dem großen Füllhorn *Wahrheit* das Wissen, zum ersten Mal etwas wirklich Richtiges getan zu haben, in das Kind. Aber dieses Glück wollte nie lange bleiben; die Glückswoge überschritt ihren Zenit, teilte sich und zog sich dahin zurück, von wo sie gekommen war: ins Nichts – Max' Heimat. Das Glücksgefühl schwand und zurück blieb die so bitter schmeckende Erkenntnis, es wieder einmal nicht getan zu haben, ausgeliefert zu sein und gewartet zu haben.

Verletzt? Lebendig? Tot?

»Du bleibst hier!« Max musste Gewissheit haben. Er nahm seine Taschenlampe und ließ den kleinen Bruder allein im Dunkeln zurück. Timi kroch Max bis zum Ausgang hinterher, sodass er von hier aus dessen Licht durch den Fässerraum verfolgen konnte und selbst, als Max im Gang zum Unglücksraum verschwand, blieb doch noch ein fernes Leuchten. Timi behielt dieses Licht im Auge. Hoffentlich war Kasi und Alex nichts Schlimmes zugestoßen.

Von dem hinter ihm stehenden Beobachter bekam Alex nichts mit, zu sehr nahm ihn das Loch am Boden gefangen. Wie aus dem Nichts gekommen, lag es zwischen ihm und Kasi. Auch Kasi starrte auf diese Öffnung und, so vermutete Alex, wahrscheinlich gingen dem die gleichen Gedanken durch den Kopf wie ihm: ein Ausgang?

»Glaubst du, dass der Boden hält?« Kasi klebte beinahe an der Wand, versuchte, sich so dünn wie möglich zu machen. Zwar lagen zwischen ihm und dieser Öffnung gute zwei Meter, aber Kasi traute diesem Boden nicht mehr. Wie oft hatten er und Alex am Vortag und gerade eben noch den Fuß darauf gesetzt, wie oft waren sie über eben diese Stelle da gegangen? Wie oft hatten sie auf diesem zu der Zeit noch verschlossenen Loch gestanden?

Alex legte sich auf den Rücken. Er streckte ein Bein nach vorn und stampfte auf den Boden. Nichts passierte. Etwas mutiger schob er sich weiter und wiederholte diese Zeremonie, die Arme gespreizt und auf den Boden gedrückt, den Oberkörper weit nach hinten gelehnt. Es öffnete sich kein zweiter Schlund, weder ihn noch Kasi zog es in die Tiefe. Alex kroch zurück, wagte sich auf die Beine und hinter ihm trat Max zwei Schritte zurück. Die Lampe hatte der sich für die letzten Meter hierher zuerst unter das Hemd gesteckt, zuletzt ganz abgeschaltet. Alex tastete sich an der Wand entlang zum Tisch, auf dem seine eigene Lampe lag. Die strahlte weiter gegen den oberen Teil der Schutthalde und den darüber folgenden Trichter. Alex erreichte Tisch und Lampe, leuchtete zuerst zu Kasi, »Alles okay?«, und nach dessen Nicken zu diesem Loch.

Was sich dort kreisrund im Boden auftat, sah stabil aus, beinahe wie ein Fenster, nur dass dieses Fenster nicht in der Wand hing und dahinter auch keine Blumen blühten oder Vögel zwitscherten. Ein Fenster ins Nichts. Der Taschenlampenstrahl wanderte die gemauerte Einfassung dieses Loches entlang; grob behauene Steinquader fügten sich zu einem Rund und außerhalb dieses Rundes zeigte der Boden keinerlei Veränderung, keine Risse, keine Vertiefungen oder sonst irgendwas, das auf eine Instabilität des gesamten Untergrundes hindeute.

»Sieht fest aus«, sagte Alex nach einigem Zögern und Überlegen und ging einen Schritt nach vorn. »Wie ein Brunnen.« Kasi entspannte sich ein wenig, blieb aber vorsichtshalber auf seinem vermeintlich sicheren Platz und beobachtete Alex. Der wagte sich Schritt für Schritt weiter nach vorn und am Ende lag er auf dem Bauch am Rande dieses Loches und leuchtete hinein.

»Und? Was siehst du?«

Kasi wusste, dass es keine Ungeheuer gab. Er wusste, dass keine Drachen existierten und auch Zombies, Vampire und all die anderen Gespenstergeschichten menschlichem Geist entsprungen waren – trotzdem wartete er darauf, dass jeden Augenblick ein glühender Rachen aus diesem Loch hervorschießen musste, mit schneeweißen Zähnen, Zähnen, die Alex am Kopf packten und ihn in die Tiefe rissen. Aber nichts dergleichen geschah, die Welt hielt sich auch hier unten an ihre festgeschriebenen Gesetze und diese Gesetze schlossen Geister und Ungeheuer aus.

»Steine«, antwortete Alex nach einigen Sekunden, »nichts als Steine. Und – Wasser!« Das Licht, das eben noch über brüchige, grobe Steinwände gewandert war, traf am Grund der Röhre auf eine glatte Oberfläche und kam zurück. Alex wusste, wenn sich nicht ein verrückter Ritter einen Scherz erlaubt und am Grund dieses Brunnens einen Spiegel hatte liegen lassen, konnte dies dort nur Wasser sein! Er sprang auf, nahm einen Stein von der Größe einer Kinderfaust, stellte sich an den Rand der Öffnung, streckte den Arm aus und öffnete die Finger. Der Stein verschwand im Loch, ein paar Mal schlug er gegen den Rand, polterte hin und her und beendete seinen Sturzflug mit einem Geräusch, welches Kasi endlich von der Wand löste und Max das Wasser im Mund zusammenlaufen ließ. Ein Brunnen! Und es gab noch Wasser da unten!

»Heilige Hühnerscheiße, wir haben Wasser, verdammt noch mal! Wasser!« Alex hüpfte durch den Raum, landete bei Kasi und ehe der sich dessen bewusst werden konnte, lagen sich die beiden Kinder bereits in den Armen und Alex wirbelte Kasi im Kreis herum. »Verdammt, Kasi, wir haben Wasser!«

»Du sollst nicht fluchen.«

»Ach, scheiß drauf, Kasi. Freust du dich denn gar nicht? He, wenn wir Wasser haben, können wir locker eine Woche länger hier unten überleben! Wir können länger weiterarbeiten. Wir schaffen es, wir kommen hier raus!« Alex gab Kasi einen Kuss auf die Stirn und schließlich frei. »Komm, das müssen wir feiern!«

»Feiern?«

»Logisch! Wo ist deine Flasche? Jetzt können wir trinken, so viel wir nur wollen!«

Kasi hatte etwas wie *Und wie bekommen wir das Wasser nach oben?* auf den Lippen, öffnete bereits den Mund, sah aber im gleichen Moment, dass seine Trinkflasche nicht mehr auf dem Tisch stand.

»Auf dem Tisch. Ich hatte sie auf den Tisch gestellt!«

Max hatte genug gehört.

Alex leuchtete auf den Tisch, darunter, aber nichts, von Kasis Flasche keine Spur.

»Ist sie vielleicht in den Brunnen gefallen?«, fragte Kasi und formulierte damit die einzige ihm vorstellbare Möglichkeit, wie seine Flasche hatte verschwinden können. Alex schüttelte den Kopf.

»Nee, bestimmt nicht. Die Lampe lag bis eben auch noch hier und zwar genau so, wie du sie hingelegt hattest. Warum sollte die also liegen bleiben und die Flasche nicht? Außerdem hätte sie dazu von hier«, Alex stand am Tisch und ging zwei große Schritte bis zum Brunnenrand, »bis hier rollen müssen.« Das leuchtete Kasi ein. Aber wo war sie dann? »Hast du sie vielleicht woanders hingestellt?« Hatte Kasi nicht, ganz bestimmt sogar, trotzdem leuchtete Alex noch einmal sämtliche Ecken ab, diesmal sah er sogar in jeder einzelnen der vielen Nischen nach. »He, schau mal, was ich gefunden habe!« Alex' Hand hielt plötzlich Kasimirs verloren geglaubte Kurbellampe. Max hatte diese in eine der Nischen geworfen und vergessen und Kasi und Alex waren davon ausgegangen, dass die

Lampe zusammen mit Kasis Brille irgendwo unter dem Schutthaufen liegen musste. »Na, wenigstens müssen wir dann nicht im Dunkeln weitermachen.« Alex probierte die Lampe aus – sie funktionierte einwandfrei, trotzdem wollte sich eine Freude über den Fund nicht so recht einstellen. Sie hatten Durst und eine Trinkflasche verschwindet nicht einfach so mal eben!

»Vorhin, als wir, als wir gebetet haben, da stand sie noch dort.« Dies konnte Kasimir mit Gewissheit sagen, denn während er versucht hatte, nicht zu Max zu schauen, hatte er sich die verschwommene Silhouette der Trinkflasche als Fixpunkt gewählt. Ohne Brille hätte er aus dieser Entfernung zwar niemals sagen können, ob sich noch Flüssigkeit in der Flasche befand oder welche Farbe ihr Verschluss hatte, aber ein ihm bekanntes Objekt zu identifizieren, das ging.

»Und danach hast du sie nicht mehr gesehen?«

Kasi überlegte und zuckte mit den Schultern. »Nein, nicht dass ich mich erinnern könnte.«

Plötzlich erhellte sich Alex' Miene. Er zählte eins (Max und Timi) und eins (das Verschwinden der Flasche) zusammen und kam zu einem Ergebnis, allerdings einem Ergebnis, welches das Lächeln über des Rätsels Lösung sofort in zusammengezogene Augenbrauen verwandelte.

»Was ist?«

»Max.«

»Wo?!« Kasi sprang zurück.

»Nein, nicht hier. Ich meine, Max muss die Flasche mitgenommen haben.« Alex flüsterte und leuchtete zum Ausgang, dahin, wo vor wenigen Augenblicken noch eben dieser Max gestanden und sie belauscht hatte. »Als wir alle vorhin für Rufus gebetet haben, stand die Flasche noch an ihrem Platz. Jetzt sind Timi und Max weg und deine Flasche ebenfalls und damit das letzte Wasser, das wir noch hatten!«

»Jetzt gibt's Ärger!« Max stolperte herein, Timi konnte gerade so noch ausweichen und einen Zusammenprall mit seinem Bruder verhindern. Der große Bruder flüsterte, leuchtete jede Ecke des Raumes ab. »Mist, wir sind gefangen wie eine Maus in der Falle.« Timi verstand gar nichts.

»Wieso gibt es Ärger? Und was ist da vorn passiert? Max? Jetzt erzähl doch endlich! Geht's Alex und Kasi gut?«

»Ja. Leider.«

Timi hätte an die Decke springen können, zuvor fiel ihm aber wieder das mit dem Ärger ein und er blieb am Boden. »Und wieso sollte es dann Ärger geben?«

»Du mit deinen blöden Fragen immer!« Max stieß Timi auf dessen Lager – Dreck mit einem Rucksack als Kopfkissen – und legte sich selbst daneben. »Tu so als ob du schläfst, verstanden?«

»Warum?«

»Die haben gemerkt, dass die Flasche weg ist.«

Timi stützte sich auf den Ellenbogen. »Ich hab doch gesagt, dass das nicht recht ist«, flüsterte er, Max aber beachtete den Kleinen nicht länger. Ohne Timi zu fragen, ob der eventuell auch noch etwas abhaben wolle (Ich doch nicht! Hab vorhin erst einen ganzen Kasten Cola getrunken.), leerte er die Flasche. Und wohin jetzt damit? Wohin?! Nirgends ein anständiges Versteck! Max sah kurz auf den Rucksack seines Bruders, überlegte es sich in letzter Sekunde aber doch anders, rannte nach nebenan und Timi wusste ganz genau, was er mit Kasis Flasche tat. Es polterte ganz leicht, als Max diese in das Toilettenfass fallen ließ. Unmittelbar darauf kam er zurück, zischte »Schlaf jetzt!« und warf sich auf seinen Platz. Er drehte das Gesicht zur Wand, gerade noch rechtzeitig, denn plötzlich wurde es hell und dieser Helligkeit folgten Kasi und Alex.

Die Enttäuschung über seinen Freund wog so schwer, dass Alex allen Anstand vergaß. Er stürmte in den Raum, seine Taschenlampe konzentrierte sich ganz kurz auf Timi, dann schwenkte sie auf den *schlafenden* Max. Timi sprang viel zu schnell für einen angeblich soeben erst wach Werdenden auf die Beine, versuchte, sich Alex in den Weg zu stellen, der aber stieß den Achtjährigen einfach zur Seite und stand nun vor Max' Lager.

»Hör auf, hier den Schlafenden zu spielen«, brüllte Alex. Timi hielt sich die Ohren zu, entdeckte Kasi im Gang zum Fässerraum und rannte zu dem hin. »Hast du mich verstanden?!« Alex stieß Max die Fußspitze in die Rippen.

»Was? He, lass den Scheiß.« Max drehte sich auf den Rücken, schützte die Augen vor dem grellen Licht. Aber Alex wollte sich nicht länger für dumm verkaufen lassen. Max hatte den einzigen beiden, die etwas für die Befreiung der kleinen Gruppe taten, also ihm und Kasi, die letzten Tropfen Wasser gestohlen! Er hatte nicht darum gebeten, er hatte sie sich nicht etwa verdient, er hatte sich einfach genommen, was ihm als allerletztem hier zustand!

»Wo ist die Wasserflasche?« Max wollte sein Spiel noch immer nicht aufgeben. Einen verschlafen am Boden Liegenden schlägt man nicht, so sein Kalkül, nicht einmal Alex, dessen Faust doch sonst recht locker saß.

»Welche Flasche denn? Was soll der ganze Lärm eigentlich? Habt ihr nichts Besseres zu tun? Geht doch wieder in euern Sandkasten und buddelt noch ein paar von euern schönen großen Löchern …«

Max wusste in dem Augenblick, in dem die Worte seinen Mund verließen, dass er das Falsche gesagt hatte. Wer hier lag und schlief, der konnte nichts von diesem Loch da vorn wissen! Alex starrte ihn an, die Taschenlampe begann zu zittern.

»Timi, komm her!«, schrie Max, der kleine Bruder aber bewegte sich nicht. Er hatte Angst, Angst, dass Max' Lügen und Gemeinheiten zu einem Unglück führten. »Komm her oder es setzt was!« Was wollte der Kleine bei dem Mädchen? Hatte sich jetzt alles und jeder gegen ihn verschworen?

»Du schwules Stück Scheiße!«, flüsterte Alex.

Der Tritt traf Max völlig unvorbereitet, obwohl der ganz genau wusste, dass er sich soeben selbst verraten hatte und mit solch einer Reaktion hatte rechnen müssen. Die im Großen und Ganzen mehrheitlich entspannten Bauchmuskeln des Jungen federten den Tritt seines Freundes kaum ab, einzig Max' Fettpanzer verhinderte, dass ihm sofort die Luft wegblieb. Er krümmte sich vor Schmerzen, trotzdem wog dieser Schmerz nicht annähernd so schwer wie Alex' Worte.

»Ich bin nicht schwul!« Max sprang auf, beide Fäuste vor der Brust. »Du sollst mich nicht so nennen, du, du …«

»Eine fette, schwule Schwuchtel bist du. Und ein Dieb noch dazu. Ein schwuler Dieb. Pfui!« Alex spuckte Max vor die Füße. »Und jetzt rück die Fla…« Max' Faust beendete diesen Satz vor seiner Vollendung. Sie traf Alex am Kinn, dessen Kopf flog zur Seite, die Taschenlampe aus seiner Hand und Kasi trat automatisch zwei Schritte zurück. Max nutzte das Überraschungsmoment, setzte Alex nach und trat ihm gegen das Schienbein. Alex stürzte, rollte sich über den Boden und konnte so den folgenden Tritten ausweichen. Statt sich aber zum Ausgang zu rollen und das Weite zu suchen, wählte er die dunkelste Ecke des Raumes. Die am Boden liegende Taschenlampe blendete Max einen Augenblick, eine Sekunde, die für Alex reichte, um wieder auf die Beine zu kommen und sich dem Kampf zu stellen. Und Max wollte kämpfen! Niemand durfte ihn *so* nennen! Niemand durfte ungestraft *Schwuchtel* zu ihm sagen! Und das wusste Alex ganz genau und sagte es trotzdem, da, schon wieder! Also wollte er die Fresse poliert bekommen, er wollte es so und er sollte es auch haben!

Max griff im Stil einer führerlosen Dampfwalze an: den Kopf gesenkt, beide Fäuste im Anschlag, rollte er auf Alex zu. Vergessen die Trinkflasche, vergessen die gemeinsame Gefangenschaft in diesem Berg, vergessen auch die vielen Stunden, die sie da draußen miteinander verbracht hatten. Für beide vergessen.

Max' Rechte schnellte nach vorn, doch das Ziel verschwand plötzlich! Alex, der wusste, dass man diese heranrollende Gewalt niemals würde aufhalten können, warf sich auf den Boden und Max in den Weg. Ehe der recht verstand, was sein Opfer tat, hing seine Fußspitze bereits an Alex' Hüfte, der Rest von Max aber wollte weiter, immer noch weiter, knallte gegen die Wand, vor der doch eben noch Alex gestanden hatte. Und der ließ Max keine Zeit, sich auf diese neue Situation einzustellen, gab ihm nicht einmal eine einzige Sekunde, um sich umzudrehen. Alex trat Max in die Kniekehle, zeitgleich traf seine Faust Max' Nierengegend. Max schrie auf, rutschte die Wand herunter. Alex stürzte sich nun auf den, der ihnen dies hier alles eingebrockt hatte. Seine Faust traf das Gesicht dessen, der nichts tat außer stehlen und lügen und schikanieren. Alex hatte heute zusammen mit Kasi den Schwarzen ausgegraben und wieder vergraben, sie hatten den Brunnen entdeckt und dabei Todesangst ausgestanden. Sie hatten etwas getan, während Max nur faul herumlag. Und er hatte ihnen den letzten Wasservorrat gestohlen!

Alex wollte seine Anschuldigungen herausschreien, seine Kehle aber, so trocken, dass man mit ihr einen Teich hätte entwässern können, brachte gerade noch ein »Du« heraus, dann musste er husten. Seine Finger entspannten sich, er stützte sich auf Max' Brust ab, der schlug ihm den Arm weg, drückte den hustenden ehemaligen Freund von sich herunter. Er sah sich nach einer Waffe um, einem Stock, vielleicht ein ... Sein Blick blieb an der Taschenlampe hängen. Er rannte zu ihr hin, packte sie, drehte sich um – und Alex' Faust traf ihn mitten ins Gesicht. Und noch einmal. Und ein dritter Treffer. Dieser brachte Max zu Fall. Von den üblichen Schutzreflexen befreit, schlug Max der Länge nach auf den Lehmboden. Blut lief ihm aus der Nase, Max versuchte, etwas zu sagen, lallte, wie Alex'

Vater am Wochenende meistens lallte und auch seine Arme taten ganz offensichtlich nicht das, was ihr Besitzer von ihnen erwartete. Zuletzt plumpsten sie neben Max in den Staub, die Lampe rollte zur Seite.

Alex stand vor dem Besiegten, rang nach Luft – ein Boxer nach der neunten Runde. Auch ihm lief etwas Warmes übers Gesicht. Max' Schläge hatten die gerade verheilende Augenbraue erneut aufplatzen lassen. Sei's drum.

»Und wo ist jetzt Kasis Flasche?« Aber Max antwortete nicht. Selbst wenn er gewollt hätte – in seinem Kopf drehte sich alles, die Wände dieses Raumes tanzten und Alex bestand nicht mehr nur aus einem Alex, sondern aus dreien, drei durchsichtige Körper, die absolut synchron das Gleiche taten, sich übereinanderlegten und wieder verrutschten und ... Max schloss die Augen. »Wo die Flasche ist, will ich wissen!« Alex stieß Max die Fußspitze in die Seite. Jammern.

»Sie, sie liegt nebenan!« Timi stellte sich vor seinen Bruder. Und senkte den Kopf. »Max hat sie ins Klo geworfen.«

»Ist noch was drin?«, fragte Alex, obwohl er seinen Allerwertesten für ein Nein verwettet hätte. Und wie erwartet schüttelte Timi den Kopf. Alex wollte etwas sagen, aber ein weiterer Hustenanfall machte ihm einen Strich durch die Rechnung. Er räusperte sich, versuchte auszuspucken, der zähe Faden aber wollte und wollte sein Zuhause nicht verlassen. Er klammerte sich an Alex' Lippe, bis dieser den Handrücken zu Hilfe nahm. Er wischte ihn an seiner Hose ab.

22 Ich hab dich lieb

Schade, dass sie auf diesem Bild nicht lächelte.

Gernot Seiler stand nach seinem ersten *Ausflug* dieser Nacht vor Mona-Lisa. Seine Fingerspitzen berührten das Bild, aber anders als in all den Nächten zuvor, folgte er heute nicht sofort nach dieser flüchtigen Berührung Hassos Fiepen. Seiler nahm stattdessen das auf dem Fernseher stehende Bild, schaltete die Leselampe ein und setzte sich. Hasso kratzte an der Tür.

»Bin ja gleich wieder bei dir.«

Es war schon eine seltsame Sache mit dieser *Erinnerung*. Man glaubte, wenn man etwas Wichtiges erlebte, dass man dies nie und nimmer würde vergessen können, selbst nicht bis zum hundertsten Geburtstag (Gott behüte!), und dann vergaß man doch, jeden Tag ein ganz kleines bisschen. Die Erinnerung war wie eines dieser antiken Mosaike: am Tag des Erlebens fehlte kein einziges Steinchen. Sie leuchteten um die Wette, in Farben, so lebendig, dass man beim Sich-Erinnern meinte, alles noch einmal zu erleben, zusammen mit all den Gefühlen, Berührungen und Gerüchen, die dieses Erlebnis seinerzeit umgaben. Geräusche kehrten zurück, ja selbst die Wärme, die der alte Ofen hier damals bei Mona-Lisas erster Umarmung ausstrahlte, konnte Seiler bis heute spüren. Aber die winzigen glasierten Mosaiksteinchen hielten nicht besonders gut an dieser Erinnerungswand. Jeden Tag fiel eines davon zu Boden, je weiter man sich vom Erlebten entfernte auch immer mehr, und dies machte es verdammt schwierig, die aufgelesenen Steine wieder an die richtigen Stellen zu kleben. Manche wollten überhaupt nicht mehr passen und andere Erinnerungsbruchstücke sich beim besten Willen nicht mehr in das Große und Ganze einfügen, obwohl man doch ganz genau wusste, dass sie dazugehörten.

Seiler liebte diese Frau, bis zum heutigen Tag. Zwischen der allerletzten Erinnerung und dem Jetzt lagen fünf Jahrzehnte, Jahrzehnte voller Einsamkeit, die der alte Mann sofort für einen einzigen letzten Tag mit seiner Liebe eingetauscht hätte. Er küsste das Bild. Schade, dass sie nicht lächelte. Sie hatte immer gelächelt, ach was, sie hatte gelacht und gesungen wie ein übermütiges Kind.

Als sie sich kennenlernten, hätte es Seiler nie und nimmer für möglich gehalten, dass aus zwei so unterschiedlichen Menschen einmal ein Paar werden könnte. Seiler sprach selten viel, während Mona-Lisas Mund nur ganz, ganz selten stillstand. Sie redete über Sachen und Begebenheiten, über die Seiler nicht einmal nachdachte, sie trug ihr Herz auf der Zunge und wollte mit ihrer Lebenslust und ihrem Temperament so gar nicht in dieses Dörfchen passen. Aber immer, wenn er etwas in dieser Art zu ihr sagte, hatte sie ihn ausgelacht und ihn in die Arme genommen. Ja, dieses Lachen. Seiler drückte das Bild an seine Brust, schloss die Augen und versuchte, sich zu erinnern. Damals nach Mona-Lisas Hauptmerkmal befragt, hätte Seiler sofort ihr Lachen genannt. Aber sie hatte ihr Lachen mit sich genommen und heute konnte er sich an kaum mehr als an das erinnern, was dieses einzige Bild ihm Tag für Tag in den alten, dummen Kopf hämmerte: dunkle Augen, weiß strahlende Zähne, breite Kieferknochen, die diesen zerbrechlichen Hals noch zerbrechlicher erscheinen ließen und die von ihrer Kraft und ihrem Willen erzählten. An dies alles konnte Seiler sich erinnern, an ihr Lachen nicht.

Auf diesem Bild lag Mona-Lisas Rechte auf ihrer linken Schulter. Zum Glück, so schenkte ihm die Fotografie doch wenigstens noch die Erinnerung an ihre Hände. Seiler hatte sich immer gewundert, dass ein Mädchen aus einer Bauernfamilie solche Hände haben konnte, so zierlich und beinahe überlang. Sie passten zu ihrem Hals. So, wie sie der Fotograf auf seinem Bild präsentierte, wirkte sie eher wie eine Pianistin oder eine Schauspielerin, aber ganz bestimmt nicht wie eine Frau, die einen Gernot Seiler heiraten wollte. Doch sie hatte gewollt, mehr als alles andere auf der Welt. Und auch Seiler selbst hatte, nachdem er ihr endlich vertraute und dieses Gefühl in sich zuließ, nur noch sie im Kopf gehabt.

Wenn man keinen Menschen zu nahe an sich heranließ, fehlte einem dieser Mensch auch nicht und die Vorfreude auf ein Wiedersehen uferte ebenfalls nicht in das aus, was Seiler in den mona-lisa-losen Tagen zwischen zwei Besuchen empfunden hatte. Ging sie am Sonntagabend, blieb er lange am Zaun stehen und winkte ihr nach, bis sie hinter dem Hügel verschwunden war. Er ging ins Haus und zählte die Tage. Ab Freitag zählte er die Stunden und wenn sie dann am nächsten Sonntag so gegen zehn hinter diesem Hügel auftauchte, stand Seiler bereits wieder am Zaun. Einmal sagte sie, dass sie glaube, er bewege sich die ganze Woche überhaupt nicht.

Hatte sie Seiler erspäht, rannte sie los. Sie rannte und rannte, sprang einen Meter vor ihrem Geliebten ab und in dessen offene Arme und schlang ihre Beine um seine Hüften. Sie liebten sich und dieses Willkommen war, auch wenn es sich an jedem Sonntag wiederholte, kein Ritual, sondern sprach beiden aus den Herzen. Den Preis einer solchen Liebe aber, den bezahlt man immer erst hinterher. Vorher hatte keiner etwas von Selbstvorwürfen erzählt. Niemand hatte ihn vor all den schlaflosen Nächten gewarnt. Und wenn er bis heute noch jeden Sonntagmorgen in die Richtung schaute, aus der sie früher einmal gekommen war, wusste er, dass dies der Preis war, den er für diese kurze glücklichste Zeit seines Lebens eben zahlen musste. Fertig. Alles hatte seinen Preis, nichts gab es umsonst. Nur wer nichts brauchte und nichts nahm, musste auch nichts bezahlen, soviel wusste er jetzt – allerdings eben fünfzig Jahre zu spät.

Um halb eins lag der alte Mann wieder in seinem Bett, stand Mona-Lisas Bild an seinem Platz. Es kam selten vor, dass sich Seiler so viel Zeit für sie nahm wie heute. Meist ließ er nur kurze Gedanken- und Erinnerungsfetzen zu und stürzte sich sofort auf eine Arbeit, die all seine Konzentration erforderte, nur um nicht zu intensiv zurückdenken zu müssen. Wahrscheinlich, so vermutete Seiler beim Einschlafen, wahrscheinlich trug Marianne Probst die Schuld an diesen sentimentalen Minuten eben, sie und das, was sie ihm von den Kindern erzählt hatte. Er wusste, was Abschied bedeutete und wenn er auch nicht wusste, wie Eltern ihre Kinder liebten, konnte er sich doch etwas von diesem Schmerz und der Angst, die diese jetzt fühlen mussten, vorstellen. Ja, die Angst, dass diese Liebe niemals wiederkehrte, die kannte er. Liebte eine Mutter ihr Kind so ähnlich? War das, was die Eltern der vermissten Kinder jetzt durchmachten, vergleichbar mit den eigenen Qualen?

Seiler wusste es nicht. Er wollte auch nicht länger darüber nachdenken. Nachzudenken brachte nie etwas, außer, dass es traurig machte, so traurig, dass man manchmal gar nicht anders konnte, als den Kopf ins Kissen zu drücken und zu schreien, so laut es nur ging. Es half nur nichts. Es half gar nichts, hinterher tat einem nur der Hals weh, mehr nicht.

Hasso warf sich auf die Seite, während sein Herrchen die Minuten bis zum nächsten Toilettengang auf den Leuchtzeigern seines Weckers verfolgte.

»Ich hab dich lieb.«

DRITTER TAG

23 Wasser

Im Halbschlaf tastete Max' Hand über den Boden. Er suchte den Lichtschalter. Hier irgendwo neben seinem Bett musste er doch sein.

Die Dunkelheit verhinderte, dass Max sich bei seinem Erwachen sofort im Jetzt und Hier zurechtfand. Während noch die letzten Finger des Schlafes an ihm klebten und den Jungen nicht erwachen lassen wollten, wunderte der sich über die ihn umgebende Stille. Das ganze Haus schien zu schlafen. Selbst Timi verhielt sich mucksmäuschenstill, obwohl er doch sonst jeden Tag noch vor dem ersten Hahnenschrei wach war und nur an ein oder zwei glücklichen Tagen im Jahr still in seiner Ecke spielte und dabei manchmal auch das Rollo unten ließ. An allen anderen Tagen aber verbreitete er viel zu viel Krach und weckte *ganz aus Versehen* seinen großen Bruder. Wieso stellte Timi heute nicht seine dummen Fragen und wieso konnte Max selbst mit offenen Augen nichts sehen?!

Max drehte sich auf den Bauch, oder besser: er *wollte* sich auf den Bauch drehen. Auf halbem Weg besann er sich eines Besseren und fiel zurück. In seinem Kopf polterte bei jeder Bewegung eine ganze Wagenladung leerer Eimer hin und her; sie schlugen gegen die Außenwände ihres Zuhauses, dröhnten wie Glockenschläge. Max fror und seine Rechte suchte nach der verrutschten Bettdecke, zu fassen aber bekam er nur Staub und Steinchen. Wo lag er? Wo ...

Die Erinnerung kam und schlug dem Kind ihr Wissen ins Gesicht und so, wie Max nach seinen guten Träumen am nächsten Morgen feststellen musste, dass er eben nur geträumt und Timis Vater nicht umgebracht hatte, blinzelte auch jetzt die Wirklichkeit auf ihn herab, lächelte und erklärte ihm das

Leben: Gefangen. Geschlagen. Verraten. Max wünschte sich, er läge tatsächlich in einem Bett aus Staub, aber bitte im eigenen Zimmer. Ein Staubbett, seinetwegen auch ohne Bettdecke, ohne Licht, ohne Timi, ohne Zeit. Aber alles Wünschen half nichts, er blieb in diesem letzten Raum, metertief unter der Erde. Lebendig begraben.

»Timi?« Keine Antwort. Max vermutete den Bruder noch schlafend. Sollte er doch; wer schlief, musste nicht nachdenken, musste nichts spüren. Max wünschte sich, schlafen zu können, aber die Eimer in seinem Kopf hielten mit mehr als nur einem Argument dagegen. Und sie besaßen Verbündete: Max' Nase gehörte dazu. Sie schmerzte, ließ kaum noch Luft hindurch und als er sie betastete, fühlte sie sich nicht wie eine Nase, sondern wie eine Max ins Gesicht geklebte Wurst an. Alex – fiel es Max wieder ein, Alex hatte dies getan. Und alles nur wegen dieser bescheuerten Flasche?

Max blinzelte zur Decke, ohne etwas sehen zu können. Nacht. Mehr als eine Nacht, alle Nächte der Welt hatten sich hier versammelt. Er wünschte, er hätte seine Armbanduhr mitgenommen, ein Weihnachtsgeschenk seiner Großeltern vom letzten Jahr. Aber wie die meisten Geschenke alter Leute, sah das Ding in den Augen des Jungen aus, als hätte es die Entdeckung Amerikas in der ersten Reihe miterlebt: goldfarben, ohne aus richtigem Gold zu sein, mit einem Armband aus Leder, lauter kleine Löcher darin wie bei einem Gürtel. Ein einziges Mal hatte er probiert, sich das Ding ums Handgelenk zu binden und dabei fast einen Finger eingebüßt. Sie hatten ihm die Uhr in ein kleines Kistchen gelegt und einen handgeschriebenen Zettel dazugepackt; Mutter musste ihn ihrem Ältesten vorlesen: *Halte sie in Ehren* stand da, mehr nicht. Und Max hielt sie in Ehren, so in Ehren, dass er das hässliche Etwas, das noch nicht einmal eine Batterie besaß, sondern von Hand aufgezogen und gestellt werden musste, in der hintersten Ecke seines Schreibtischs verstaute – auf Nimmerwiedersehen. Jetzt aber erinnerte Max sich an das einzig Gute dieser Uhr: sie besaß fluoreszierende Zeiger und ebenso grün leuchtende Punkte, exakt da, wo sich Drei, Sechs, Neun und Zwölf befanden. Hätte er sie jetzt am Handgelenk, wüsste er wie spät es war und das Ticken könnte vielleicht das Pulsieren und Rauschen aus Max' Ohren vertreiben.

Nach reglosen zwanzig Minuten, die Max wie drei Stunden vorkamen, unternahm er einen erneuten Anlauf, seine Rückenlage zu verlassen. Die Schulterblätter schmerzten, ebenso der Po und überhaupt alles an ihm. Diesmal aber nahm er sich etwas mehr Zeit und richtete nur ganz langsam Oberkörper und damit auch Kopf auf. Zwar polterte es immer noch in seinem Kopf, aber lange nicht mehr so wild wie beim ersten Anlauf.

»Timi?« Wieder keine Antwort. Aber gut, wenn Timi einmal schlief, dann schlief er, dann musste man schon mit einer Trompete neben seinem Bett stehen, um ihn wach zu bekommen, vor allem mitten in der Nacht. Vielleicht lag die Schlägerei mit Alex ja doch nicht, wie von Max ursprünglich angenommen, schon eine ganze Nacht zurück, wer wusste das schon? Ohne Uhr und ohne jede andere Orientierungshilfe wie Sonne oder Dämmerung konnte man sich hier einzig und allein auf die eigene, die innere Uhr verlassen. Vielleicht hatte Alex' Schlag diese ja verstellt, möglich schien alles.

Max rutschte Zentimeter um Zentimeter nach hinten, er wusste, egal in welche Richtung er sich bewegte, nach spätestens drei Metern musste er gegen eine Wand stoßen. Als dies eintrat, lehnte er sich dagegen und lauschte, aber nichts. Kein Atmen, kein Zähneknirschen, kein geflüsterter Albtraum, es war, als sei Timi gar nicht hier. Diese Möglichkeit aber schloss Max kategorisch aus. Er und Timi, das war wie Asterix und Obelix oder wie, wie … Micky und Maus. Max dachte kurz über diesen letzten Vergleich nach, aber ihm fiel kein besserer ein. Timi und er, das gehörte eben zusammen, auch wenn es mal Ärger gab, auch wenn Timi mal wieder nach einer Kopfnuss schrie und Max sich erbarmte und sie ihm aushändigte. Sie gehörten zusammen und Max wusste, dass Timis Leben ohne diesen großen Bruder, der auf ihn aufpasste, ein ganz anderes Leben wäre. Ein Leben, wie er es leben musste.

Ein letztes Mal: »Timi?« Aber Timi musste wohl am anderen Ende des Raumes liegen. *Soll er doch schlafen*, dachte Max. »Schlaf, kleiner Bruder, schlaf. Ich pass auf dich auf.«

Timi schlief tatsächlich, allerdings nicht – wie seit seiner Geburt – mit Max in einem Zimmer, sondern zwei Räume weiter, zwischen Alex und Kasimir. Versteckt hinter Kasimir, hatte Timi seinen Bruder zu Boden gehen sehen. Er hatte mit angesehen, wie dieser anschließend irgendetwas murmelnd ein Stück über den Boden gekrabbelt war, sich dann auf die Seite gelegt, die Beine angezogen und eine Hand unter die Wange geschoben hatte. So war er eingeschlafen. Kasis Drängen, ihnen in den vorderen Raum zu folgen, ihnen zu helfen und etwas für einen Ausweg aus dieser ausweglosen Situation zu tun, hatte Timi nachgegeben und als er jetzt erwachte, glaubte er sich im allerersten Moment – diesem gnädigen Sekundenbruchteil, welcher noch zaubern konnte – zwischen Mama und Papa. Jesus in der Hand, spürte er rechts und links Wärme, Brustkörbe, die im regelmäßigen Auf und Ab gegen ihn drückten und er fühlte zum ersten Mal seit vielen Stunden Geborgenheit und keine Angst. Doch der Zauber verflog und Mama verwandelte sich in Alex und Papa in Kasimir. Aber auch das schien Timi so in Ordnung; er erwachte, fand sich zurecht und dachte sofort an Max. Aber statt aufzuspringen und sich bei diesem zu entschuldigen und sich neben ihn zu setzen, blieb Timi liegen, genoss die Wärme und freute sich darauf, Steine zur Seite zu schleppen. Auch mit acht konnte ein Junge schon arbeiten, woanders mussten Kinder dies sogar, in Bergwerken oder Webstuben. Immer dachten alle, er sei noch zu klein und zu schwach und solche Sachen – auf jeden Fall aber noch nicht in der Lage, etwas zu bewegen. Denkste! Heute, das spürte Timi durch dieses Erwachen hindurch, heute würde er etwas bewegen! Stein um Stein und am Abend konnten sie mit etwas Glück vielleicht bereits wieder zu Hause sitzen. Auch Max. Auch, wenn der nichts dafür tat, hier vergessen würden sie ihn nicht.

Timi wollte sich auf den Rücken drehen, aber Alex' Arm und dessen Bein, das wie eine Schraubzwinge über Timis Hüfte lag, ließen dies nicht zu. Also bewegte er sich nur ein ganz klein wenig, sodass Schulter und Bein nicht mehr ganz so sehr schmerzten. Er versuchte sich vorzustellen, dass es Papa war, der ihm seinen Atem ins Gesicht blies und dass Mama hinter ihm läge. Die Vorstellung mit Papa klappte einigermaßen, Mama hingegen wollte und wollte Alex' Platz nicht einnehmen. Alex fühlte sich kantig an, dessen Kinn spürte Timi da, wo sein Hals und die Schulter aufeinandertrafen, dessen Knie in der eigenen Kniekehle. Mit Mama verband er ganz andere Erinnerungen: weich und irgendwie wie ein großer, lebendiger Kissenberg, in dem man sich vergraben konnte, der beschützte, zudeckte und liebte. Aber wenigstens strahlte Alex etwas Wärme aus und so blieb Alex eben Alex – kein Problem für das Kind. Das wirkliche Problem trug einen anderen Namen: Durst. Trinken. Und er lag keine zwei Meter von diesem Brunnen entfernt!

Den Gedanken an etwas zu trinken, an Wasser ganz in seiner Nähe einmal im Kopf, konnte das Kind an nichts anderes mehr denken. Nach einer Ewigkeit wie es ihm vorkam, einer Ewigkeit, in der weder Kasi noch Alex Anstalten machten zu erwachen, rüttelte er schließlich, zuerst ganz vorsichtig, bald aber deutlich heftiger, Alex am Arm. Alex' Atem stockte, Timi wollte schon losplappern, Alex aber räusperte sich nur und drehte sich auf die andere Seite. Doch Timi wusste wie man jemanden wach bekommt, schließlich hatte er dies die letzten Jahre jeden Sonntag zuerst mit Max und danach mit Mama und Papa üben können. Und so bekam er auch Alex und danach Kasi wach und wenige Minuten später saßen die drei Jungen an einer reich gedeckten Frühstückstafel. Auf frischen, noch warmen Brötchen schmolz goldgelbe Butter. Die Kinder stürzten sich auf heiße Schokolade und Orangensaft, auf Marmelade und Honig und …

»Ich hab keine fünf Minuten geschlafen, du Nervensäge.« Alex streckte sich, nachdem er als Erstes die neben ihm liegende Lampe eingeschaltet hatte. Er setzte sich auf, rieb sich den Schlafdreck aus den Augen. »Hast du in die Hose gemacht?« Alex leuchtete Timi in den Schritt.

»Hab ich nicht!«

»Schon gut. Reg dich nicht gleich auf. Ich dachte nur, es riecht irgendwie nach Pisse.« Alex nahm Timis noch gar nicht so lange trockene Problemzone aus dem Rampenlicht.

»Es riecht nach deiner Pis… nach dir eben«, sagte Kasi. Er stand auf, zog zuerst das rechte, danach das linke Bein nach hinten, als müsse er sich für einen Langstreckenlauf aufwärmen, und deutete schließlich auf die Steine neben dem Ausgang. Alex folgte Kasis Blick, brauchte ein paar Sekunden, erinnerte sich aber schließlich genauso wie Timi an den Vortag. Oder war es schon der Vorvortag? Auf jeden Fall sah er vor seinem geistigen Auge ein dunkles M und ein A und einen nassen Timifuß.

»Ah ja, das kann sein.«

»Es ist so«, beharrte Kasi auf seiner Erklärung, auch wenn er selbst keinen Millimeter weit riechen konnte, Staub und Flüssigkeitsmangel hatten ganze Arbeit geleistet.

»Hier darf man jetzt wohl nicht mehr?« Timi stand vor dem Steinhaufen.

»Spinnst du?!« Alex zog ihn weg. »Kannst da hinten in das Fass pinkeln, aber hier nicht.« Timi bekam Kasis Lampe in die Hand gedrückt und ging, aber nur bis zum Durchgang in den Fässerraum. Dort drehte er sich um.

»Kommt jemand mit?«

Alex wollte sich schon über Timi lustig machen, behielt die Bemerkung aber für sich. Er und Kasi sahen sich an.

»Hast du noch deine Trinkflasche?«, fragte er Timi. Der nickte. »Und du?«

»Im Rucksack«, antwortete Alex. »Warum?« Kasi druckste herum, denn den Gedanken, der ihm plötzlich gekommen war, fand er selbst komisch, um nicht zu sagen eklig. Aber er hatte einmal im Fernsehen gesehen, dass Leute, die in einer ähnlichen Lage wie sie jetzt gewesen waren, ihren eigenen Urin getrunken und deshalb überlebt hatten. Schließlich erklärte er es den anderen.

»Jeder pinkelt in seine eigene Flasche und wenn er Durst bekommt …«

»Wir haben Durst!«

»… dann kann er das eben trinken.«

Alex schüttelte sich, Timi trat von einem Bein auf das andere. Wollte denn niemand mitkommen? Wollten sie so lange reden, bis er doch wieder in die Hose machte? Alex trat an den Rand des Brunnens und leuchtete hinab – der Spiegel da unten funktionierte noch immer.

»Da unten ist Wasser. Und das holen wir. Ich trink doch nicht meine eigene Pisse!«

Zu dritt gingen sie zum Toilettenfass und erleichterten sich einer nach dem anderen und es tat gut, auch wenn es sich nur um ein paar Tropfen handelte, die jeden der Körper verließen. Bei Alex brannte es.

Als sie an Max' Raum vorbeikamen, blieben sie kurz stehen. Alex leuchtete hinein.

»Lasst mich bloß in Ruhe!«, schrie Max. »Und Timi, du Arschloch, du brauchst dich gar nicht wieder blicken zu lassen, du Verräter! Haut ab, ihr, ihr …« Ein Hustenanfall zwang Max, den Satz abzubrechen, Timi aber freute sich. Max ging es gut, das konnte niemand überhören! Und wenn sie erst einmal das Wasser aus dem Brunnen hatten, wollte er etwas davon in seine Flasche füllen und es zu Max bringen. Max würde ihm verzeihen. Bestimmt.

Zurück im Raum, der, so Timis Hoffnung, den Kindern bald Wasser und einen Ausgang schenken sollte, versammelten sich die drei wie abgesprochen um das Loch im Boden. Alex leuchtete hinab, nahm wie am Vortag einen Stein und ließ ihn nach unten fallen. Der Spiegel zerbrach in tausend tanzende Spiegelchen, in Lichtteile, die zitterten und (Danke, Super-Jesus!) nach wenigen Sekunden erneut eine Kopie des herabstrahlenden Lichtes zu den Jungen nach oben warf. Gut, es handelte sich um Wasser. Aber wie sollte dieses Wasser nun zu ihnen heraufkommen?

Alex nahm eine Kette.

»Helft mir mal«, sagte er und deutete auf das Sammelsurium im Raum. »Bringt mir mal den Kessel da. Und jede Kette, die ihr findet.«

»Wozu?«, fragte Timi. Er hob ein etwa zwei Meter langes Kettenstück an. Jedes einzelne Glied stellte den Durchmesser seines Mittelfingers deutlich in den Schatten. Timi versuchte, die Kette über seinen Kopf zu heben, schaffte es nicht und ließ sie wieder fallen.

»Irgendwie muss das Wasser ja nach oben kommen«, erklärte Alex. »Wir verbinden die einzelnen Ketten und …«

»Warum nehmen wir nicht einfach die Seile?«

Kasi ging zu seinem Kopfkissenrucksack, griff hinein und zum Vorschein kam eine säuberlich zusammengewickelte Leine – nicht besonders dick, auch erinnerte sie auf den ersten Blick eher an eine Wäscheleine, aber wenigstens sah sie stabil aus. Und vor allem wesentlich leichter als das, was Alex bauen wollte. Er warf sie Alex zu, der sie anstarrte, als habe er noch nie zuvor etwas Ähnliches gesehen. In der Ecke, in der sich Rufus versteckt gehalten hatte, stocherte Kasi mit der Fußspitze und schob staubbedeckte Lanzen und Standarten auseinander. Im Durcheinander aus Linien, Steinen und Staub fand er Rufus' Jacke und darunter das vom Schwarzen mitgebrachte Seil.

»Das reicht auf jeden Fall«, sagte Alex und strahlte. »Beide Seile aneinandergeknüpft werden reichen. Ganz sicher sogar.« Mit einem halben Dutzend Knoten verband Alex beide Seile.

»Wird das nicht zerreißen, wenn der Kessel dranhängt?« Timi konnte sich nicht vorstellen, dass diese dünne Leine solch einen riesigen Kessel würde tragen können.

Kasi teilte Timis Bedenken: »Das Monstrum werden wir drei nie und nimmer da hinunterlassen können. Und hoch erst recht nicht«, sagte er. Alex kratzte sich am Kopf und sah sich um. Kasi hatte recht, natürlich. Aber irgendwie mussten sie das Wasser nach oben bringen, wollten sie nicht verdursten. Irgendwie! Plötzlich lachte Alex und griff in Timis Rucksack.

»He! Was suchst du?«

»Deine Colaflasche.« Alex fand sie, nahm sein Taschenmesser und ohne auf Timis große Augen zu achten, stieß er die Klinge circa ein Drittel unterhalb des Schraubverschlusses in den Kunststoff, genau an der breitesten Stelle.

»He, da ist doch noch Pfand drauf!«, protestierte Timi.

»Zahl ich dir irgendwann mal. Versprochen.«

Alex trennte den oberen Teil der Flasche ab und bohrte anschließend knapp unterhalb dieser neu entstandenen Kante zwei kleine Löcher. Durch diese zog er seine Schnur – ein wahrer Ritter trägt immer ein Stück Schnur unter seinem Kettenhemd – und befestigte die Flasche am Seil. Stolz betrachtete er sein Werk.

»Und warum musstest du meine Flasche kaputt machen? Du hättest sie doch auch so anbinden können.«

»Klar, hätte ich. Bloß dass dann kein Tropfen hineingelaufen wäre. Deine Flasche wär einfach nur da unten geschwommen und fertig. Kapiert?« Timi kapierte es nicht.

»Alex meint, dass, weil die Flasche doch so leicht ist, nichts hineinlaufen kann. Weil die Öffnung ein paar Zentimeter *über* dem Wasser ist. So aber«, er zeigte auf die pfanduntaugliche Hoffnung, »so aber legt sie sich auf die Seite und Wasser läuft *rein.*«

Timis Flasche am Haken, setzte sich Alex an die Brunnenkante. Kasi und Timi lagen auf dem Bauch und beobachteten jede von Alex' Bewegungen. Die Flasche verschwand und Kasi leuchtete ihr hinterher. Keiner sagte ein Wort, alle warteten auf das entscheidende Geräusch aus der Tiefe, vorausgesetzt, das Seil reichte. Und es reichte. Als Alex ein ganz schwaches Klatschen vernahm, lagen hinter ihm noch gut drei oder vier Meter von Rufus' Seil.

»Jetzt ist sie unten«, sagte Kasi.

»Hat sich so angehört«, antwortete Alex. Er zählte bis zwanzig – jetzt sollte die Flasche voll sein.

Neben Alex wuchs der Seilberg und mit jedem über die Kante gezogenen Zentimeter ging es leichter. Am Schluss bezweifelte Alex schon, dass überhaupt noch etwas am anderen Ende hing, aber dann hielt er plötzlich das letzte Stück Seil in der Hand, es fühlte sich feucht und kalt an! Er sah seine Schnur, von dieser Schnur tropfte es und an ihrem Ende hing Timis Flasche. Und in der Flasche – Wasser!

»Wir haben es geschafft!«

Kasimir und Timi sprangen auf. Das Gefäß in beiden Händen, rutschte Alex vom Brunnenrand zurück. Drei Augenpaare strahlten um die Wette, gierten nach der Flüssigkeit, die das Zittern von Alex' Händen aufnahm und ebenfalls zitterte, als wäre sie ebenso aufgeregt wie die Kinder.

»Ist es kalt?«, fragte Timi. Alex nickte. Er roch an der Flasche, wollte schon kosten, da hielt er sie plötzlich Kasi hin.

»Da, nimm du den ersten Schluck.« Kasi zögerte. Er dachte an Rufus, der nie wieder etwas trinken sollte und an Max und an dieses Gefängnis und …

»Los jetzt«, sagte Alex und wedelte mit beiden Händen, »wir haben auch Durst!«

Kasimir nahm die Flasche und setzte sie an den Mund. Als könnte das Wasser vergiftet sein, benetzte er zuerst nur seine Lippen, nahm dann einen ersten, winzigen Schluck, der nicht einmal seine Kehle erreichte, sondern auf dem Weg dahin einfach so verschwand. Erst der dritte Schluck rann dann in seinen Körper. Niemals zuvor hatte er etwas Köstlicheres getrunken. Wasser.

Er gab die Flasche an Timi weiter, der sie wie ein Heiligtum in den Händen hielt und anstarrte.

»Was ist«, fragte Alex, »willst du nicht trinken?«

Timi schluckte und sah abwechselnd zu Alex und dem Schatz in seinen Händen. »Doch«, sagte er schließlich und nickte, »aber wir dürfen das nicht trinken.«

»Wie?«

»Mama hat gesagt, dass ich krank werden kann, wenn ich draußen Wasser trinke. Da ist Pesti…, Pes… Da ist eben Pest drin.«

»Pestizide!« Kasi lachte.

In der Tat hatte Timi, den Warnungen seiner Mutter folgend, immer nur das getrunken, was diese ihm erlaubt hatte. Die allermeisten dieser erlaubten Getränke kamen aus Flaschen, normales Wasser höchstens aus dem Wasserhahn. Niemals zuvor hatte Timi seine Hände in einen Bach getaucht und Wasser geschöpft, niemals den Mund unter ein von einem Stein tropfendes Rinnsal gehalten.

»Tja«, sagte Alex und streckte die Hand nach der Flasche aus, »dann musst du eben warten. In ein paar Stunden siehst du ja, ob Kasi und ich noch leben oder ob dein Pestwasser uns umgebracht hat.« Alex' Finger berührten bereits die Flasche, als Timi sich wegdrehte, ansetzte und gar nicht wieder aufhören wollte. Er trank in großen, gierigen Schlucken das eisig kalte Wasser. Er hatte solchen Durst! Es würde schon nichts passieren! Vielleicht gab es die Pestdinger nur oben und hier unten war alles sauber? Timi wollte nicht vertrocknen und dann sterben, er wollte trinken und leben! Plötzlich aber setzte er ab, streckte Alex die Flasche hin, stürzte zur Wand und übergab sich. Und lächelte, als er sich wieder umdrehte.

Auch Alex trank. Anschließend schüttete er sich ein wenig Wasser auf die Hand und verrieb es in Gesicht und Nacken. Jetzt besaßen sie also Wasser und damit auch wieder eine Zukunft. Timis Hand wanderte zu Jesus und umschloss diesen. Er hatte sie gerettet, daran bestand für den Achtjährigen kein Zweifel. Er hatte sie mit (hoffentlich sauberem) Wasser versorgt und als Nächstes würde er sie aus diesem Gefängnis führen. Ganz bestimmt.

24 Die urinierende Königin und ihr Sklave

Max kauerte am Ausgang seines selbst gewählten Exils. Er lauschte, konnte aber die zu ihm dringenden Geräusche nicht einordnen. Da vorn, in dieser anderen Welt, da schien alles in bester Ordnung zu sein, er hörte Timis so vertrautes Lachen, die Stimmen der anderen. So nah und doch so unendlich weit von Max entfernt zogen Alex, Timi und Kasimir ihre Trinkflasche ein ums andere Mal aus dem Brunnen, tranken, wuschen sich und reinigten eine Wunde, deren Existenz Max' einziger Gruß an diese fremde Welt darstellte.

Vom Jubelgeschrei der anderen geweckt, hatte es erneut einige Sekunden gedauert, bis Max wusste, wer und vor allem, *wo* er war. Als sich dann die Wirklichkeit in seinem Kopf manifestierte, hätte er sie am liebsten in Stücke gerissen und erneut vergessen. Timi hatte ihn verraten! Er, den er doch ein ganzes Timi-Leben lang beschützt hatte, saß jetzt bei Alex und dem Mädchen! Timi. Max wusste nicht, ob er wütend sein sollte über diesen Verrat oder einfach nur traurig. Er musste an eine kleine Tafel denken, die gut sichtbar an Seilers Haustür hing und da seit Jahren eine Wahrheit verkündete, die Max heute zum allerersten Mal verstand. An die ersten Zeilen konnte er sich nicht mehr erinnern, nur an den letzten Satz: *Der Hund blieb mir im Sturme treu, der Mensch nicht mal im Winde!* Timi – der kleine Luftzug vorhin hatte den Bruder davongeweht, einfach so. So lange Max noch Wasser besessen hatte, war Timi an seiner Seite geblieben und hatte getrunken, auch wenn es sich dabei um Mädchenwasser gehandelt hatte. Der letzte Schluck – und tschüss. Und er hatte doch das Wasser nur für ihn gestohlen, nur für Timi, den wichtigsten Menschen seines Lebens.

Max' Hände umklammerten die Taschenlampe, Timis Lampe. Doch Timi brauchte diese Lampe nun nicht mehr, schließlich hatte er jetzt *Freunde* und was für tolle. So tolle, dass man dafür den eigenen Bruder vergaß. *Was soll's*, dachte Max und lehnte sich zurück, *das spielt jetzt alles keine Rolle mehr.* In den zurückliegenden Stunden hatte er nachdenken können, an Schlafen war bei dem Krach, den die da vorn veranstalteten, nicht zu denken. Kein Satellit der Welt würde Alex' Handy finden, so einfach lautete das Ergebnis seines Nachdenkens. Das hatte Max gestern schon gewusst, doch einem erst acht Jahre alten Bruder erzählt man diese Wahrheit nicht, es sei denn, man konnte ihn nicht leiden. Klar, jetzt würde er ihm diese Wahrheit genau so kalt und vernichtend wie sie sich anfühlte auftischen, aber Timi hörte ja nicht mehr zu.

Die Hände steif und gefühllos, schaltete Max seine Lampe an, aber anstatt, dass das Licht die Einsamkeit vertrieb, verstärkte es diese nur noch. Ohne Licht konnte er sich wenigstens noch einen anderen Ort erträumen, Fenster vielleicht, deren Vorhänge nur zurückgezogen werden mussten. Einen Fernseher. Einen Kühlschrank! Menschen. So aber erhellte der immer schwächer werdende Lichtschein nur gesammelte Trostlosigkeit. Nichts hatte sich seit dem letzten Anschalten verändert, kein Staubkorn sich bewegt. Wozu Licht? Ein Klicken und Max fiel zurück in seine lichtlose Traumwelt. Sie würden hier alle sterben, so wie der Schwarze, nur dass es bei ihnen etwas langsamer ginge. Sie würden hier verhungern und verdursten und sollte in ein paar Jahren oder Jahrzehnten wieder einmal so ein Dummkopf wie Alex auf dieser dämlichen Ruine herumstolzieren und einen Zugang hier herab finden, werden ihn vertrocknete Kinderleichen empfangen, er selbst mitten drin. Max lächelte. Komisch, diese Gedanken und komisch, dass er bei diesen Gedanken nicht einmal richtige Angst empfinden konnte. Und warum? Weil er sich nicht fürchtete. Da oben gab es nichts mehr, das eine Rückkehr reizvoll machen könnte. Sicher, er vermisste die Sonne und seinen Fernseher, den Computer und ganz besonders Frühstück, Mittagessen und Abendbrot sowie die vielen namenlosen Mahlzeiten dazwischen. Die letzten Stunden jedoch, vor allem aber Timis Verrat, hatten ihm klargemacht, dass es doch eigentlich gar nicht so schlimm war, hier unten zu sterben. Einfach so, wie das Abschalten eines Fernsehers. Aus und vorbei.

Max kroch auf allen vieren durch den Raum und zu seinem Rucksack. Er fand ihn und er fand noch ein paar Muffinkrümel darin. Er steckte sich den Finger in den Mund und tupfte mit diesem feuchten Magneten anschließend all die kleinen Verräter auf und leckte sie ab. Sie hatten ihren großen Muffinbruder verraten, genauso, wie Timi ihn verraten hatte und jetzt tilgte er sie von dieser blöden Welt. Fertig.

Die letzten drei Gummibärchen in der Hand, kroch er zurück und lehnte sich erneut am Durchgang an die Wand. Beinahe andächtig leckte er an der wohl letzten Mahlzeit seines Lebens. Wie zufällig doch alles war, dachte er und schluckte das erste zerkaute Gummibärenbein. Rein zufällig hatte sich Max' wirklicher Vater aus dem Staub gemacht und Mutter zufällig einen anderen Mann kennengelernt, diesen geheiratet und zu Max' Stiefvater gemacht. Und rein zufällig mochte der seinen neuen Sohn. Max spuckte aus. Zufälligerweise hatte Alex das alles hier entdeckt und hätte der Zufall letzte Woche Max nicht vor seinem Sprung bewahrt, läge er jetzt mit gebrochenem Bein und angeschaltetem Fernseher im eigenen Bett und das Leben besäße weiterhin noch ein Morgen und ein Übermorgen.

Letzte Woche war Max auf den alten Heuboden geklettert, mit dem unumstößlichen Vorsatz, von da oben drei Meter in die Tiefe zu springen und sich ein Bein zu brechen – nach Meinung des Jungen die einzige Möglichkeit, seinem Stiefvater für ein paar Tage oder Wochen zu entkommen. Er hatte die Riesenleiter bezwungen, sich da oben ganz an den Rand gestellt und an einem Balken festgehalten. Und gewartet. Und noch länger gewartet. Auf was? Vielleicht auf Mut, vielleicht auf Mutter. Ja, hatte er danach gedacht, das wäre schön gewesen, wenn Mutter gekommen wäre und ihren Großen gesehen und gerettet hätte und er ihr all das, was sie doch wissen musste, hätte erzählen können. Es kam aber niemand, nicht einmal die Streicheldiebe ließen sich sehen, obwohl er darauf hätte wetten können, dass die sich alle auf einem Balken – schräg gegenüber, mit einem ausgezeichnetem Blick auf den Steinewerfer und dessen Fall – versammeln würden, um seinem Sturz beizuwohnen. Aber sie hatten nichts verpasst, vielleicht waren sie auch genau aus diesem Grund nicht erschienen, wer wusste das schon? Katzen besaßen ja so etwas wie einen sechsten Sinn. Oder verwechselte er das mit den sieben Leben? Auch egal, die Katzen blieben der Vorstellung fern und Max stieg nach einer halben Stunde vom Heuboden. Und warum? Weil er Timi beschützen musste und weil man sich nicht einfach so ein Bein brechen durfte, wenn man von seinem Bruder gebraucht wird.

Heute könnte er springen.

Die aus dem vorderen Raum bis hierher dringenden Geräusche – Kratzen und Scharren – klangen in Max' Ohren nach

Totengräbern, nach Kindern, die ihr eigenes, großes Grab zuschaufelten. Aber wahrscheinlich versuchten sie gerade genau das Gegenteil dessen, sie verbrachten ihre letzten Stunden mit Sinnlosigkeiten wie dieser Kerl aus Griechenland – Max versuchte, sich zu erinnern, der Name aber wollte und wollte ihm nicht mehr einfallen. War ja auch nicht wichtig. Wichtig schien ihm vielmehr die Parallele. Die da vorn gruben und scharrten und was sie wegtrugen, rutschte von oben nach. Und ebenso sinnlos hatte dieser alte Grieche den lieben langen Tag einen Stein auf einen Berg geschoben, dieser rollte früher oder später zurück und der Kerl begann von vorn. Und wieder von vorn. Als ihnen ihr Lehrer diese Geschichte einmal im Unterricht erzählte, hatte Max sich schon über so viel Dummheit gewundert. Erstens: Wieso musste dieser Stein auf den Berg? Zweitens: Warum hatte keiner ihn von diesem Blödsinn abgehalten? und drittens: Warum erzählte man sich Tausende Jahre später noch die Geschichte von diesem offensichtlichem Versager, er selbst aber – Max – würde in null Komma nichts vergessen sein. Vielleicht dachten Alex, Timi und das Mädchen, dass man sich später einmal ihre Geschichte im Unterricht erzählen würde? Blöd genug dazu war es ja, was sie da vorn machten. Ja, blöd genug. Dann doch lieber hier sitzen und nichts tun.

Max rutschte zur Seite. Wenn bloß diese Kälte nicht wäre, ohne sie könnte man es sonst ganz gut hier aushalten. Alles, dachte Max, alles fühlte sich so ... so leicht an, so angenehm. Lag es an den fehlenden Vitaminen oder dem Wassermangel? Oder einfach nur an der Gewissheit, dass er nun mit seinem Vater – *Stief*vater! – nie mehr allein sein musste? Ja, dies musste der Grund sein, entschied Max und lächelte sogar bei der Vorstellung, dass Vater wohl der einzige Mensch sein dürfte, dem er wirklich fehlen würde. Max legte sich den Rucksack unter den Kopf, zog die Beine an und behielt die Taschenlampe wie ein Kuscheltier im Arm. Die Geräusche aus dem ersten Raum entfernten sich, verwandelten sich in drei wirklich dumme Kinder, die Steine auf einen Berg rollten und wieder hinaufrollten und noch einmal – wirklich dumme Kinder, von denen Lehrer noch in tausend Jahren erzählen werden.

Und wieder sprang ein Stein ins Tal.

»Ich brauch 'ne Pause.« Alex brachte den gerade ausgegrabenen Stein persönlich nach unten. Er warf ihn auf den ordentlich angewachsenen Berg an der Wand und setzte sich anschließend auf exakt diesen Stein. Sollte sich jeder Brocken so wehren wie dieser, dürften sie Weihnachten noch hier unten sitzen. Aber Alex hatte es geschafft, hatte gehebelt und gezogen, dagegengetreten und so die Spannung gelöst, die dieses Stück Fels gefangen gehalten hatte.

Timi und Kasimir setzten sich neben ihren *Chef*, einer musste schließlich der Chef sein, der Anführer, der die Kleinen mit Wasser versorgte, der sie motivierte. Alex gefiel sich in dieser Rolle, sie war ihm nicht neu, schließlich hatte letztendlich jedes Kind beim Spiel auf sein Kommando gehört, nur dass man dies hier eben nicht mehr als Spiel bezeichnen konnte. Es ging um Leben und Tod, wie der Steinhaufen gegenüber belegte. Um Leben und Tod. Aber statt sich von dieser Last erdrücken zu lassen, gab sie Alex Kraft.

»Wie geht's deinem Arm?«

»Geht schon.« Kasi drehte sich zur Seite. Alex beobachtete Kasimir schon eine ganze Weile und es war ihm nicht entgangen, dass Kasi seinen rechten Arm kaum noch benutzte. Beim Aufladen der Steine hielt er diesen Arm angewinkelt und kratzte mit der Linken den ganzen Kleinkram auf sein Brett. Und statt die Brocken, die Alex nach unten rollte, zum Depot an der Wand zu tragen, rollte er diese. Inzwischen arbeitete Timi beinahe effektiver als Kasi und auch jetzt hielt dieser seine Flasche in der linken Hand und das als Rechtshänder.

Alex holte Kasimirs Kurbellampe. Ihr Licht ließ, je nachdem wie viel Zeit man vorher investiert hatte, nach spätestens einer halben Stunde so weit nach, dass eines der Kinder die Arbeit unterbrechen und den Akku neu aufladen musste. Sich seiner Verantwortung für die Kleinen bewusst, achtete Alex stets darauf, dass es immer so hell blieb, dass sie sich gegenseitig und – ganz wichtig – den Brunnenschacht sehen konnten. Sie hatten zwar den Tisch verkehrt herum über das Loch gelegt, aber Alex traute diesem wurmstichigen Ding keinen Meter. Sollte da einer drauftreten, dürfte es zusammenbrechen und mitsamt dem Drauftreter in die Tiefe fallen. Trotzdem fand er es so besser, als den Schacht unbedeckt zu lassen, denn sollte sich einer von ihnen dem Loch ohne dieses zu bemerken nähern, musste er gegen eines der Tischbeine stoßen. Sozusagen eine Tischbeinalarmanlage.

»Jetzt zeig deinen Arm her!« Kasi aber drehte sich erneut weg. Er wusste, wie dieser Arm aussah. Zum Davonlaufen, jedenfalls fühlte er sich ganz genau so an. Was mussten das die anderen sehen? Aber Alex gab nicht nach. Seine langen Arme ließen Kasi keine Chance.

»Auweia!« Timi starrte mit offenem Mund auf Kasis Oberarm.

Die Wunde hatte sich entzündet und Kasimirs Oberarm deutlich an Umfang zugelegt. Alex dachte, dass dieser Arm jetzt seinen eigenen an Masse deutlich übertraf und überhaupt nicht mehr zu dem Mädchen passen wollte. Als hätte Kasi in den vergangenen Stunden jemand seinen ursprünglichen rechten Arm abmontiert, blind in einen großen Armhaufen gegriffen, dummerweise den eines Bodybuilders gepackt und diesen dem Kind angeschraubt. Bis weit über die Schulter auf der einen Seite und über den Ellenbogen auf der anderen glühte Kasis Arm, spannte die Haut, glänzte wie mit durchsichtiger Plastikfolie umwickelt. Die Wunde selbst aber sah noch schlimmer aus. Als Alex und Timi sie betrachteten, hätten sie am liebsten sofort wieder angefangen, um Hilfe zu schreien; Kasi musste Qualen leiden. Aus dem aufgerissenen Fleisch liefen Flüssigkeiten, oben ziemlich klar, unten eher gelb. Kasi musste sie wohl ein paar Mal weggewischt haben, denn breite Schlieren – eindeutig von Kinderfingern, von *schmutzigen* Kinderfingern – verliefen quer über diesen Monsterarm.

»Oh Mann, sieht das Scheiße aus. Mir wird ganz schlecht.« Alex drehte sich weg.

»Danke«, sagte Kasimir, »jetzt geht's mir doch schon viel besser. Du verstehst es echt gut, jemandem Mut zu machen.«

»Entschuldige.« Alex setzte sich wieder auf seinen Stein. »Da musst du irgendwas machen«, sagte er nach einer kurzen Pause und er wusste auch schon, was. Seine Großmutter hatte es ihm einmal erzählt, was sie damals im Krieg gemacht hatten, machen mussten, weil es nirgendwo mehr Ärzte und Medikamente gegeben hatte. Als sie ihm das erzählte, hatte er es für das übliche Geschwätz der Alten gehalten, die Sachen eben, die mit *Damals, als ich noch jung war …* oder *Wir hatten es nicht so gut, wir mussten noch …* begannen und im Normalfall mit einem erhobenen Zeigefinger und einem Appell zur Dankbarkeit endeten. Dankbarkeit natürlich gegenüber den Alten, die das fantastische Leben, welches die Kinder heute lebten, mit ihren Opfern erst ermöglicht hatten. Angesichts von Kasis Wunde fielen Alex jetzt die Worte seiner Großmutter ein, denn alles andere, was er da oben jetzt unternehmen würde, ging eben nicht mehr; weit und breit kein Erwachsener, kein Arzt, kein Krankenhaus.

»Und was sollte ich deiner Meinung nach machen?«

»Draufpinkeln«, sagte Alex nur und nickte dazu. »Du solltest da draufpinkeln, so hat es jedenfalls meine Großmutter früher gemacht.« Trotz seiner Schmerzen verzog Kasi das Gesicht zu einem Grinsen. Er stellte sich Alex' Großmutter vor und wie sie auf ihren verletzten Oberarm urinierte. Wie sollte das funktionieren? »Was gibt's da zu lachen? Ich mein das ernst!«

»Glaub ich dir, aber meinst du, dass das wirklich was bringt?« Kasi hatte zwar auch schon etwas von Eigenurinbehandlung gehört, seine Mutter hatte ihn, wenn er sich richtig erinnerte, als ganz kleines Kind mal eine Zeitlang mit seinem Urin eingerieben und so auch seine Sonnenallergie wegbekommen, aber das Zeug auf eine entzündete Wunde schütten? »Soll das wirklich helfen?«

Alex zuckte nur mit den Schultern. »Was weiß denn ich, hab's noch nie ausprobiert. Aber meine Großmutter. Und die lebt immerhin noch, also kann es auf jeden Fall schon mal nicht schädlich sein. Außerdem ist es das Einzige, was wir im Moment machen können«, sagte Alex.

»Ich würde es sogar trinken, wenn das da davon weggeht«, sagte Timi und zeigte auf Kasis Arm. »Ehrlich, ich würd's trinken.«

»Du hast gut reden.«

»Auf jeden Fall aber solltest du es sauber machen«, sagte Alex. »Hast ganz schön Dreck in die Wunde gerieben, wahrscheinlich hat es sich deswegen entzündet.«

»Oder weil Max sich die Zähne wieder mal nicht geputzt hat.«

Zum Glück hatten sie von Max seit Stunden weder etwas gehört noch gesehen. Bis eben hatte Kasi fast vergessen, dass der, der ihm das angetan hatte, nur ein paar Meter von ihnen entfernt saß und jederzeit hierherstürmen konnte, um Kasimir weiterzuquälen. *Wenn ich hier sterbe*, dachte Kasimir, *dann hat Max mich totgebissen. Die anderen verdursten, ich wurde totgebissen.*

»Los jetzt, Schluss mit dem Geschwafel!« Alex nahm seine noch zur Hälfte gefüllte Flasche, ging zu Kasi und träufelte diesem das Wasser über den Arm. Kasi zuckte zusammen, stöhnte, aber er hielt still und weder Alex noch Timi konnten übersehen, dass ihm die Kühle gut tat. »Ist dein T-Shirt noch einigermaßen sauber?«, fragte Alex. Es hing, wie bei den anderen beiden, um Kasis Hals, während der Arbeit war es Mund- und Nasenschutz. Kasi zog es sich über den Kopf.

»Na ja, sauber kann man das nicht mehr nennen.« Alex sah sich um, an sich herunter, aber hier gab es weit und breit kein einziges sauberes Kleidungsstück mehr. Was die Kinder am Leib trugen strotzte inzwischen vor Schmutz, die Regenjacken dienten als Schlafunterlagen und befanden sich in keinem besseren Zustand. Aber …

Alex zückte sein Taschenmesser, klappte es auf und drückte Timi die Lampe in die Hand.

»Komm mit.«

Sie gingen zu Rufus' Grab und ehe Timi etwas sagen konnte, hatte Alex bereits die ersten Steine von dessen Beinen herabgenommen. Auch als Kasi vom anderen Ende des Raumes aus protestierte, arbeitete Alex weiter. Stein um Stein legte er zur Seite, in einem Lichtkegel, der Timis Zittern auf das Grab übertrug, auf Rufus' weiße Füße, auf eine schwarze Hose. Alex zog sich sein Shirt über Mund und Nase, man wusste schließlich nie, wie so eine Leiche roch oder was aus ihr aufstieg, ob sie giftig war oder so. Nun untersuchte er die Hose, fand, dass das rechte Hosenbein noch ganz passabel aussah und schnitt es ab.

»Mach die Steine wieder drauf«, sagte er zu Timi, nahm diesem die Lampe aus der Hand und ging zu Kasi. Mit etwas Wasser wusch er das Hosenbein aus, zerschnitt es in breite Streifen und hielt Kasi die Innenseite unter die Nase. »Sauberer bekommen wir es nicht hin. Pinkel drauf und dann wickeln wir es dir um den Arm.«

Auf Kommando Wasserlassen, das hatte Kasimir noch nie gekonnt und mit absoluter Sicherheit funktionierte es nicht, wenn ihm jemand dabei zusah. Aber gut, sie befanden sich weder auf der Schultoilette noch beim Kinderarzt, trotzdem starrte Kasimir auf den Stoffstreifen, als sei dieser der Grund allen Übels.

»Auf was wartest du?« Alex hielt Kasi mit beiden Händen den künftigen Verband hin. »Pinkel drauf.«

»Aber, aber es ist doch *seine* Hose.«

Alex' Augenbrauen wanderten nach oben. »Rufus'?« Nicken. »Ich glaub, der braucht sie erst mal nicht mehr. Auf jeden Fall nicht so dringend wie du.« Alex kniete neben Kasi und der zog endlich seine Hose herunter – mit der linken Hand. Die Rechte hielt er angewinkelt vor der Brust. Sollten ihn in letzter Sekunde doch noch Zweifel über die Richtigkeit dieses Augenblicks befallen, hätte er nur auf diesen rechten Arm hören müssen, um diese Zweifel zu vertreiben.

»Aber du musst weggucken!« Ein unnötiger Befehl, denn Alex sah auch so schon zur Seite, er verspürte keine große Lust, dem Mädchen – dabei noch in Augenhöhe mit seinem winzigen Ding – beim Wasserlassen zuzusehen. Auch ohne hinzusehen haftete dem Ganzen hier schon etwas sehr, sehr Peinliches an, jedenfalls für Alex. Sollten sie das hier heil überstehen, würde Kasimir ihm versprechen müssen, darüber nie und nimmer auch nur ein einziges Wort zu verlieren. Wenn davon etwas nach außen drang und die anderen aus seiner Klasse dies erfuhren, dann gnade ihm Gott. Selbst in seiner neuen Klasse, in der er ab September der Älteste sein würde, dürfte ihn keiner mehr ernst nehmen, geschweige denn Respekt vor ihm zeigen. Alexander, der große Ritter, beugte Knie und Haupt vor Königin Kasi. Zum Zeichen seiner Niederlage breitete er ein Leichentuch vor deren Pipimann aus und sie wiederum pinkelte darauf – ihr Zeichen, dass sie Ritter Alex' Unterwerfung annahm.

Alex konnte Kasi riechen, lange bevor der Stoffstreifen dessen Urin auffing. Alex versuchte, an etwas anderes zu denken, während dieser Stoff sein Gewicht verdoppelte. Max kam ihm in den Sinn, der in diesem Augenblick mutterseelenallein zwei

Räume weiter ziemlichen Durst haben musste, ganz abgesehen von dessen Kopfschmerzen. Oder stand Max etwa da hinten in diesem schwarzen Loch, welches in den Fässerraum führte? Aus diesem Schatten heraus musste man einen wunderbaren Blick auf die urinierende Königin und ihren Sklaven haben, einen Sklaven, über dessen Hände gerade ein paar warme gelbe Tropfen perlten.

»Hast du es bald?«

Kasi quetschte die letzten Tropfen heraus und ließ den Gummibund seiner Hose zurückschnellen.

»Fertig.«

Bewegte sich da hinten etwas? Hatte Max das hier gesehen?

Alex wollte Rufus' uringetränktes Hosenbein so schnell wie möglich loswerden, sich die Hände waschen, etwas trinken und weiterarbeiten, hier raus!

»Streck deinen Arm zur Seite«, sagte er zu Kasi und stand auf. Aber dies war leichter gesagt als getan. Kasi versuchte, Alex' Aufforderung zu befolgen, Tränen liefen ihm übers Gesicht, er biss sich auf die Lippe. Erst als Alex Timi dazurief und der Kasis Arm anhob, konnte Alex den Verband anlegen. Er wickelte den schwarzen Stoffstreifen zweimal um den geschwollenen Oberarm. »Und aus dem Rest machen wir dir eine Schlinge.«

Eine halbe Stunde später saßen die drei Kinder im Dunkeln, jeder seine gefüllte Wasserflasche im Schoß. Timi saß rechts von Kasi, ganz nah an dessen verletztem Arm und er konnte diesen riechen und wunderte sich darüber. Aber fragen wollte er die Älteren dazu nicht, wahrscheinlich gab es einen ganz einfachen Grund, warum er, seit sie wieder etwas zu trinken hatten, plötzlich auch wieder riechen konnte. Vielleicht hatte es ja zuvor einfach keine Gerüche hier unten gegeben – eine plausible Möglichkeit wie Timi fand. Tante Franzi – die mit dem Super-Jesus – hatte es ihm einmal erklärt, das mit Wärme und Sonne und Gerüchen und so. Bei ihr hatte die Erklärung fast einen ganzen Nachmittag beansprucht, gespickt mit reichlich Hinweisen auf Gott und dessen Gnade und allem, was dazugehörte. Und natürlich mit kleineren und größeren Anekdoten aus ihrem unvorstellbar langen Leben. Aber sie hatte ihm etwas gezeigt, an das er sich jetzt, Kasis Uringeruch in der Nase, erinnerte: Dinge rochen nur, wenn es warm genug war. Tante Franzi hatte mit ihm ein paar Blätter Pfefferminze aus dem Garten geholt, ihn riechen lassen (Riecht toll, Tante.) und anschließend diese Blätter in die Gefriertruhe gelegt. Zwei Stunden später rochen diese gefrorenen Blättchen nach gar nichts mehr, als hätte es ihren Kaugummiduft nie gegeben. Vielleicht verhielt es sich jetzt ebenso. Kasis Arm glühte, Timi konnte dessen Wärme spüren. Und deshalb auch wieder riechen. Es stank, aber wenigstens gab es jetzt etwas zu riechen, konnte er durch die Nase atmen. Die geruchlosen Stunden mit verstopfter Nase, offenem Mund und rissiger Zunge hatte Timi als einen Vorgeschmack des Todes empfunden. Zuerst starb die Nase, danach Zunge und Hals und schließlich hörte dann das Herz auf zu schlagen. Wenn man Glück hatte, denn Timi vermutete insgeheim, dass dieses Sterben noch viel langsamer gehen würde und nicht vom Hals gleich auf das Herz übersprang, sondern vorher erst noch eine Abschiedsrunde durch den Körper drehte und sich von einem Organ nach dem anderen verabschiedete, sozusagen mit Handschlag, einem Handschlag, der Magen, Bein und Arm abschaltete. Für immer. Und erst ganz am Schluss kam der Abschied von Herz und Kopf. Aber das Wasser hatte Nase und Mund befreit und inzwischen fühlte sich beides schon wieder richtig normal an, gesund. Also starben sie noch nicht.

Wie aber ging es Max? Alex hatte fast ganz allein das Seil drei Mal aus dem Brunnen gezogen, Timi hatte ihm zwar dabei geholfen, aber bestimmt hätte Alex es auch ohne ihn geschafft. Sie hatten Wasser geschöpft und Timis Gedanken wanderten dabei immer wieder zu seinem Bruder. Jetzt versuchte er sich vorzustellen, was Max da hinten wohl gerade tat. Hatte er Durst? Blöde Frage, natürlich hatte Max Durst! Starb er schon? Konnte er riechen? Die Tatsache, dass er, Timi, trinken und das Sterben verscheuchen durfte, Max aber nicht, verbitterte den eigentlich süßen Geschmack des Wassers. Ein schlechtes Gewissen? Timi nickte. Ja, ein schlechtes Gewissen. Er durfte trinken, Max nicht.

»Alex?«, Timi flüsterte, Kasis Atem hörte sich an als ob er schliefe. »Alex?«

»Was ist?«

Timi drehte seine Flasche in den Händen und sah schließlich auf. »Darf ich Max etwas von meinem Wasser bringen?« Timi sprach so leise, dass er, als Alex nicht sofort ein NEIN! schrie, schon vermutete, dass Alex ihn gar nicht verstanden hatte. Schon wollte er seine Frage wiederholen, da kam eine Antwort, eine unvermutete Antwort.

»Hab auch schon dran gedacht«, sagte Alex.

»Ich auch.« Kasi schlief nicht?

»Du?« Timi hätte alles vermutet und diese Vermutungen, die absolut nichts mit Hilfe oder Verzeihen zu tun hatten, Kasi noch nicht einmal übel genommen.

»Ja.« Kasi hörte sich müde an, und krank. »Ich finde, du solltest ihm etwas Wasser bringen.«

»Echt? Ich dachte, du würdest ihn am liebsten umbringen oder so was.«

»Würde ich auch«, sagte Kasi, während er sich Wasser über Schulter und Verband träufelte. »Aber sich etwas zu wünschen und das dann auch zu verwirklichen, das sind halt zwei Paar Schuhe.« Ehe Timi fragen konnte, was das alles denn mit Schuhen zu tun hatte, ergriff Alex das Wort.

»Du hast recht. Wenn wir ihn einfach vergessen und da hinten verdursten lassen, sind wir auch nicht besser als er. Und …« Alex dachte auch noch an die peinliche Situation von vorhin. Er hatte keine Ahnung wie ihre Chancen standen, dies hier lebend zu überstehen, aber sollten sie sich doch aus eigener Kraft befreien können oder Leni petzen und sie damit retten, wäre es wahrscheinlich nicht schlecht, wenn Max in ihrer Schuld stünde. Der Gedanke, dass Max seinen Kniefall vor dem pinkelnden Kasi vielleicht doch gesehen hatte, nagte in seinem Kopf wie ein Schwelbrand in einem alten Balken. Und irgendwann fing dieser Balken richtig an zu qualmen, Flammen schlugen aus ihm hervor und jeder konnte es sehen. Und genau so würde Max – es sei denn, etwas hinderte ihn daran – da oben über das Gesehene berichten!

»Was *und*?«

»Und, na ja, vielleicht, wenn Kasi nix dagegen hat, kommt Max mit hierher und hilft uns«, schob Alex schnell den zweitwichtigsten Grund nach vorn, einen Grund, den die Kleinen wenigstens verstehen konnten. »Wär' das okay für dich, wenn Max uns hilft?«

Timi hielt die Luft an, jetzt hing alles von Kasi ab. *Bitte, sag ja. Brüder gehören zusammen. Immer.* Kasimir aber konnte nicht einfach zustimmen. Er hatte beinahe vergessen, dass es diesen Max überhaupt noch gab, hatte ihn verdrängt und dabei nichts vermisst. Er wusste aber auch, dass man der Realität nicht davonlaufen konnte, schon gar nicht in einer so winzigen Welt wie dieser hier. Es gab einen Max. Was wäre das Beste? *Wenn er mit anpacken würde*, beantworte er sich diese Frage.

»Kasi? Darf ich Max Wasser bringen?« Kasi nickte. »Darf er auch mit hierher?« Kasimir starrte auf seine Hände, schließlich nickte er auch zu dieser Frage. Es fiel ihm alles andere als leicht, trotzdem nickte er. Mutter und Vater hätten ebenfalls genickt. Ganz bestimmt.

Timi sprang auf die Beine, strahlte mit einem Mal über das ganze Gesicht. Kasis Nicken hatte die ganzen zentnerschweren Gewichte von seinen Schultern weggenickt. *Max wird kommen! Max gehört wieder dazu! Alles wird gut!*

Alles wird endlich wieder gut. Alles.

Timi fiel Kasi um den Hals, drückte ihn an sich. Dabei berührte er aus Versehen den glühenden Arm, Kasi zuckte zusammen und stöhnte. Sofort gaben Timis Arme den Freund frei.

»Entschuldige.«

»Schon in Ordnung«, sagte Kasi und versuchte ein Lächeln. Er zupfte den Verband zurecht. »Und jetzt geh.«

Timi packte seine Flasche.

»Da ist doch kaum noch was drin«, sagte Alex und erst jetzt fiel Timi auf, dass er seinen Bruder mit einer Flasche, die höchstens noch zwei kleine Schlucke enthielt, besuchen wollte. »Komm mal her.« Timi ging zu Alex, der einen großen Teil seines Wasservorrates in Timis Flasche rinnen ließ. Und auch Kasi (Timi konnte beim besten Willen nicht verstehen, dass Kasi dies alles tat und erlaubte), selbst Kasi schüttete etwas von seinem Wasser in Timis Flasche.

»Jetzt kommt dieses Wasser von uns allen«, sagte Alex. Er drehte Timi Richtung Ausgang, drückte ihm die Lampe in die Hand und trat ihm in den Hintern. »Geh jetzt. Kannst ja ’nen Gruß von uns ausrichten.«

25 Schweigen und Schweigen

Von Westen her näherten sich Wolkenberge. Die erst im frühen Nachmittag stehende Sonne verschwand hinter Vorhangbahnen, die aus diesen Wolkenbergen kommend über das Land strichen. Viel früher als gewohnt schickten sie Gernot Seiler nach Hause. Mit nur einem Bündel Holz, dafür aber auch einem kleinen Korb voller Pilze beladen, machte sich der alte Mann auf den Heimweg. Hasso trottete vor ihm her und abwechselnd wanderten die Blicke der beiden zu der sich aus entgegengesetzter Richtung Wittlekofen nähernden Schlechtwetterfront.

»Komm, beeil dich«, sagte Seiler und überholte seinen Freund. »Wenn wir in den Regen kommen, dauert es Stunden, bis die Sachen wieder trocken sind.« Hasso aber interessierte sich mehr für die am Wegrand ausliegenden neuesten Nachrichten. Hier eine Mitteilung des uralten Dackels vom anderen Ende des Dorfes – Hasso ignorierte sie; da die Botschaft eines Rüden, der noch nicht einmal seine Milchzähne verloren hatte. Diese Mitteilung radierte Hasso mit dem eigenen Urin aus, scharrte zweimal und rannte an Seiler vorbei. Plötzlich aber blieb er stehen, kam zurück und legte die Ohren an. Ein Grasbüschel duftete. Eine Hündin. DIE Hündin. Sie rief nach ihm, sie … »Jetzt lauf doch.« Seiler nahm den Hund an die Leine und zog ihn hinter sich her, ignorierte dessen Sehnsucht.

Zusammen mit dem ersten Donnerschlag erreichten sie das Haus. Seiler warf das Holz in den Flur und brachte die Pilze in die Küche.

»Jetzt will es der da oben aber wissen.« Kaum, dass Seiler Zeit gefunden hatte, die Pilze auf einer alten Zeitung auszubreiten, trommelte es gegen das Haus. »Zum Glück haben wir es rechtzeitig geschafft.« Er wollte sich an den Tisch setzen und das Gewitter Gewitter sein lassen, als Hasso den Schwanz aufstellte, knurrte und zur Tür sprang – was beide zuerst für Donner gehalten hatten, entpuppte sich bei genauerem Hinhören als Schläge gegen Seilers Haustür.

Seiler sperrte seinen Hund ins Schlafzimmer und ging zur Tür. Wer könnte etwas von ihm wollen? Seit Jahren hatte niemand mehr an diese Tür geklopft.

»Wenn das wieder einer dieser Streiche ist, dann …«

Seiler öffnete die Tür – zwei Polizisten in Uniform.

»Ja?« Erste Regentropfen klatschten in den Staub.

»Dürfen wir kurz reinkommen?« Die ungebetenen Gäste musterten demonstrativ den Himmel und auch Seiler streckte den Kopf heraus, ein Tropfen traf ihn ins Gesicht.

»Also auf Besuch bin ich gar nicht so richtig eingerichtet.« Was störten schon ein paar Regentropfen?

»Bitte. Es dauert wirklich nicht lange«, und ehe Seiler überhaupt begriff, was er tat, gab er dem einen Schritt auf ihn zu kommenden Polizisten den Weg frei.

Die beiden Beamten traten sich die Füße ab, folgten Gernot Seiler durch den Flur und zogen an der Küchentür instinktiv die Köpfe ein. Dort warteten sie, bis Seiler die beiden Stühle von diversen Wäschestücken und seinem Pilzkorb befreit hatte. Sie setzten sich, während Seiler die Spuren seiner noch nicht einmal begonnenen Arbeit zur Seite schob.

»Sie können sich denken, weswegen wir hier sind«, sagte einer der Männer, nicht als Frage gestellt und auch ohne aufzusehen. Er hatte das jetzt schon einige Dutzend Male hinter sich gebracht. Dieser alte Mann noch, dann hatte er seine Liste endlich abgearbeitet. »Ihre Nachbarin, Marianne Probst, sagte uns zwar schon, dass Sie gestern erst von ihr vom Verschwinden der Kinder gehört haben – trotzdem: können Sie einen der Sache dienenden Hinweis geben?«

Einen der Sache dienenden Hinweis.

Regen peitschte gegen die Fensterscheibe und Windböen jagten einander ums Haus, rüttelten an allem, was sie zu fassen bekamen. Die Gewitterfront hatte Dämmerung in Seilers Küche geschüttet. Seiler lehnte am Küchenschrank, die einzigen beiden Stühle hatten die Polizisten in Beschlag genommen. Der Frager sah Seiler an. Natürlich, dachte der alte Mann, natürlich hätte er einen solchen Hinweis geben können, aber was er sah und was er hörte, ging niemanden etwas an. Ebenso das, was er dachte.

»Und was haben Sie vor drei Tagen …« Ein Donnerschlag brachte die beiden Gläser im Küchenschrank zum Klirren und zwang den Polizisten zu einer Pause. »Also, was haben Sie gemacht, als die Kinder verschwanden?«

»War im Wald«, antwortete Seiler. Jetzt sahen beide Beamten herüber.

»Das wissen Sie, ohne lange nachdenken zu müssen?«

»Sie meinen, bloß weil ich Ihr Großvater sein könnte, wüsste ich nicht mehr, was ich so treibe?«

»Nein, nein«, der Uniformierte hob beide Hände, »verstehen Sie mich nicht falsch. Es ist nur, weil kaum jemand spontan sagen kann, was er vor drei Tagen getan hat, mich eingeschlossen. Wenn Sie mich jetzt fragten, was ich vorgestern zu Mittag gegessen habe – ich wüsste es nicht. Und an manchen Morgen bin ich wirklich froh, wenn ich den Kerl im Spiegel noch einwandfrei identifizieren kann.«

»Und das ist bei Gott nicht immer der Fall!« Seilers Besucher lachten über ihren Witz und Seiler wartete. Der Regen fiel inzwischen nicht mehr waagerecht, sondern in immer dünner werdenden Fäden fast senkrecht vom Himmel und, wusste Seiler, würde in wenigen Minuten ganz aufhören. Und die Welt würde riechen, als sei sie soeben erst erschaffen worden, als habe alles bis zu diesem Augenblick nur diesem Geruch zugearbeitet und gedient. Die Welt nach einem Gewitterschauer im Sommer – eine reine Welt. Ehrlich.

»Ich bin jeden Tag im Wald«, sagte Seiler schließlich. »Ich frühstücke gegen sechs, danach bin ich draußen und das an jedem Tag in der Woche und jede Woche im Jahr. Nur wenn so wie heute ein Gewitter aufzieht oder der Wind so stark bläst, dass es gefährlich wäre oder wenn zu viel Schnee liegt, bleibe ich zu Hause, aber das hätte Ihnen die alte Probst eigentlich auch erzählen können.«

»Hat sie auch.«

»Und warum fragen Sie dann noch?«

»Es könnte ja sein, dass Sie auf Ihren Spaziergängen …«

»Ich arbeite.«

»… während dieser Arbeit im Wald irgendwas gesehen haben. Haben Sie?«

»Was?«

»Etwas gesehen. Können Sie irgendetwas zum Verbleib dieser fünf Kinder sagen?« Der Beamte zog ein Blatt aus seiner Mappe. Seiler musste nicht zum Tisch treten, um zu wissen, wer da so brav lächelte: Apfeldiebe!

Einen der Sache dienenden Hinweis ... Für einen Augenblick stand Seiler kurz davor, sich von der Reinheit und Ehrlichkeit der Welt da draußen anstecken zu lassen und vom Gänsemarsch der Kinder hinunter zur Steina zu berichten. Er könnte den Beamten erklären, dass sie die ganzen Tage über in einer völlig falschen Gegend gesucht hatten. Aber wie das Gewitter zog auch dieser Augenblick vorüber und Seiler ließ es geschehen. Nein, er wollte mit nichts und niemandem etwas zu schaffen haben, am wenigsten mit diesen Polizisten da. Wenn er jetzt berichtete, würden sie als Nächstes fragen, warum er sich nicht spätestens, als er von der Probst vom Verschwinden der Kinder erfahren hatte, bei ihnen gemeldet hatte. Sie würden ihn vielleicht sogar mit nach Bonndorf aufs Revier nehmen. Er wollte nicht im Mittelpunkt stehen, nicht einmal ganz am Rande. Er wollte außerhalb der Wahrnehmung der Leute bleiben. Was war, wenn sie aufgrund seines Hinweises die Blagen fanden? Leute, die ihn seit Jahren nicht beachtet hatten, würden sich bedanken und Blumen bringen. Und ein Reporter würde anklopfen, um ein Gruppenbild zu arrangieren: Apfeldiebe plus Bestohlener, aber bitte lächeln.

Sollte den fünfen aber etwas zugestoßen sein, würden ihm alle hier im Dorf sein bisheriges Schweigen vorwerfen und, was immer mit den Kindern auch sein mochte, ihm ankreiden. So oder so, er wäre immer der Dumme.

»Und? Haben Sie etwas beobachtet? Oder gefunden? Jede Kleinigkeit könnte helfen.«

»Tut mir leid. Ich und mein Hund«, Hassos anfängliches Kläffen hatte sich über gelegentliches Bellen jetzt hin zum bekannten Fiepen gewandelt, »wir haben nix gesehen. Gar nix.«

»Du meinst, ich hätte es ihnen sagen sollen?«

Der Fernseher lief und das seit einer Stunde ohne Ton, aber Gernot Seiler schien weder das eine noch das andere zu bemerken. Er müsste nur aufstehen, die zwei Meter bis zum Gerät gehen und diesen kleinen Knopf drehen und schon wäre er wieder allein, stattdessen aber betrachtete er Mona-Lisas Bild. Nur ein paar Zentimeter unter diesem Bild lockte ein sprachloser Moderator mit seinem Zauber, einer Kraft, die all diese dummen Gedanken und Fragen und Überlegungen einfach so wegpusten konnte. Aber Mona-Lisas Zauber wog schwerer.

»Ich weiß, ich hätte auch damals etwas sagen sollen, statt …, ja … Du weißt genau, dass es mir leid tut, also hör bitte auf, mich damit zu quälen«, aber er wusste, dass seine Liebe keine Ruhe geben würde. Andere nannten diese Gedanken und Zweifel *Gewissen*, bei ihm aber besaß dieses Gewissen einen Namen und ein Gesicht, er konnte sich mit diesem seit fünfzig Jahren unterhalten, was es ihm sehr schwer machte, ihre Fragen einfach zu ignorieren. Einen namenlosen Gedanken kann man übergehen und sogar vor sich selbst so tun, als gäbe es ihn gar nicht, Mona-Lisas Worte aber nicht. Ihr gegenüber durfte er nie wieder schweigen, dies hatte er ein einziges Mal getan und dieses Schweigen hatte ihm seine Liebe genommen.

Seiler betrachtete ihr Gesicht.

»Weißt du, Hasso, das war einer dieser elenden Ausschusstage.«

Tatsächlich entstammte dieser letzte gemeinsam mit Mona-Lisa verbrachte Tag dem Vorrat jener Tage, die man im Nachhinein unter der Rubrik *Ausschuss* zusammenfassen konnte. *Ausschusstage* – so nannte sie Seiler, Tage, an denen sich scheinbar alles und jedes gegen den Besitzer dieses Tages verschworen hatte und nichts gelang. Seiler erinnerte sich noch ganz genau an jenen Sonntag, der damit begann, dass er nicht wie gewohnt kurz nach fünf von allein erwachte, sondern erst eine gute halbe Stunde später. »Die Kühe im Stall riefen bereits nach mir und dem Melkeimer. Eines der Tiere tänzelte, als es endlich an die Reihe kam, so sehr hin und her, dass es den halbvollen Eimer umwarf. Und der schepperte über den Steinboden, die Kuh erschrak, schlug aus und traf mich ausgerechnet am rechten Arm. Wegen dieses Treffers musste ich anschließend beim Frühstück das Brot mit der linken Hand abschneiden.« Hasso wusste, was jetzt kam: sein Herrchen schnitt sich in den Finger.

»Als sie eine halbe Stunde später hinter dem Hügel auftauchte, hat sie schon von Weitem gerufen und gelacht. Weißt du, sie hatte eine Stimme – schöner als der Gesang jeder Lerche. Ganz rein. Und wenn sie lachte, war es so, als ob Goldstaub vom Himmel regnete. Sie kam angerannt und wusste natürlich weder etwas vom Tritt der Kuh noch von meinen Verletzungen. Sie rannte und ihr Zopf kam kaum nach und sie sprang in meine Arme. Aber statt sie in die Höhe zu heben und zu küssen, habe ich sie einfach fallen gelassen, weißt du, weil mein Arm so wehtat.« Hasso drehte den Kopf zur Seite, von ihm durfte der alte Mann keine Absolution erwarten. »Ich habe es ihr erklärt, aber eben erst, als sie vor mir am Boden lag. Und weißt du, was sie getan hat? Sie hat sich entschuldigt, kannst du dir das vorstellen? *Ich* hätte mich bei *ihr* entschuldigen müssen, aber nein, ich habe so getan, als hätte alles seine Richtigkeit so. Konnte sie etwas von meinem Verschlafen wissen? Nein. Etwas von der Kuh und dem Messer? Natürlich nicht. Aber ich habe dem schönsten Mädchen auf der ganzen Welt das Gefühl gegeben, sie sei an allem schuld.« Seiler schüttelte den Kopf. Er versuchte, einen Blick seiner Liebe zu erhaschen, sie aber starrte wie seit Jahrzehnten an ihm vorbei. Wie sie heute wohl aussah? Lebte sie überhaupt noch? Ein Jahr nach diesem letzten Sonntag hatte er in Bonndorf auf dem Markt eine Bäuerin aus Bettmaringen getroffen und den Mut aufgebracht, diese nach Mona-Lisa zu fragen. Sie wusste nur, dass das Mädchen schon vor Monaten eine Stelle auf einem großen Hof in der Schweiz angenommen hatte. Hatte sie Kinder? Und wenn ja, liebte der Vater dieser Kinder seine Mona-Lisa so sehr wie er?

Liebe. Seiler spuckte in sein Taschentuch. Was hatte sein Verhalten an diesem Tag mit Liebe zu tun gehabt? Er wusste die Antwort: Gar nichts.

Mona-Lisa hatte ihn wegen seiner Blessuren ins Haus geschickt, seinen Finger verbunden und anschließend allein all die Arbeiten erledigt, die sie sonst gemeinsam taten: Sie hatte den Tieren frisches Stroh in den Stall geworfen und vorher den Mist hinters Haus gefahren. Sie hatte die Wohnung gefegt, seine Wäsche zusammengelegt, die Hühner versorgt und gerade, als sie mit einem Körbchen frischer Eier in die Küche kam …

»… stand ich am Herd, weil ich uns einen Tee kochen wollte. Ich drehte mich um und, ich weiß nicht, ob sie mir ausweichen wollte oder ob ich an sie gestoßen bin, jedenfalls lagen plötzlich elf noch warme Eier am Küchenboden. Alle kaputt. Und, und … ach, du kennst ja die Geschichte.«

Du dumme Nuss, hatte Seiler gesagt. Und der Liebe seines Lebens eine Ohrfeige gegeben.

Ihren Blick würde er nie und nimmer vergessen. Wenn auch alle Steine seines Erinnerungsmosaiks eines Tages am Boden liegen würden, die Steine dieses Tages klebten und klebten und klebten. Erst der Vorschlaghammer, der sich *Tod* nannte, würde sie von der Wand reißen, das wusste Seiler. Vielleicht sehnte er sich deshalb so nach diesem Tod, um endlich zu vergessen, um einen Blick vergessen zu können, in dem alles Unverständnis, alle Enttäuschung dieser Welt lag. Sie konnte es nicht verstehen. Und der Mann, den sie liebte, erklärte ihr nichts. Er sah ihren Tränen zu und tat nichts, nicht einmal, als sie aus dem Haus ging. Er starrte nur auf die Schweinerei auf dem Küchenboden und Mona-Lisa verschwand hinter dem Hügel und niemand stand am Zaun und winkte ihr nach. Sie kam nie wieder und Seiler schämte sich so sehr, dass er nicht nach ihr suchte. »Ein dummer, alter Mann bin ich. Dumm.«

Seiler schaltete den Fernseher ab, blieb aber vor dem Bild darauf stehen.

Ja, du bist dumm. Und du hast bis heute nichts dazugelernt. Die Finger des alten Mannes zitterten.

»Nichts gelernt? Du meinst, wegen der Kinder?« Sie antwortete nicht, Seiler aber wusste, dass es um die Kinder ging. Und um sein Schweigen. »Aber das ist doch etwas ganz anderes«, versuchte er sich zu rechtfertigen. Aber war es das wirklich? Alt zu werden bedeutete noch lange nicht, dass man sich dabei auch in ein besseres Wesen verwandelte, ganz im Gegenteil, denn der Körper, in dem man steckte, erzählte seinem Besitzer jeden Tag aufs Neue von der Sinnlosigkeit aller Bemühungen und Träume und Ideale. Alt werden bedeutete nur, Dinge sehen und erkennen zu können, welche die Scheuklappen der Jugend dahin gesperrt hatten, wo sie Seilers Meinung nach auch hingehörten, nämlich weg. Als junger Mensch hält man den Blick auf eine einzige Sache gerichtet und rechts und links davon existiert nichts, im Alter aber *sieht* man. Alles. Man sieht so viel gleichzeitig, dass all die Dinge ineinander über gehen, verschwimmen und man einfach nicht mehr sagen kann, was nun wahr ist und was erlogen, was wichtig ist und was nicht. Man wird alt und bereut all die Ideale und Träume der Jugend, die einen, weil man ihnen nachgelaufen ist und die anderen, weil man sie aus den Augen verloren hat. Alt zu werden heißt *bereuen* und *verlieren* und *nie wieder*. Das war das Alter und es hatte weder etwas mit Weisheit noch mit Milde und schon gar nichts mit Besserung zu tun.

Und wenn doch? Willst du deinen Fehler wirklich noch einmal wiederholen?

Seiler starrte Mona-Lisa an. »Ich überlege es mir, ja? Ich denk drüber nach. Versprochen.«

Gernot Seiler ging zu Bett, löschte das Licht, konnte aber nicht einschlafen. Und so wie ihm erging es nur ein paar Häuser weiter auch der Enkelin vom alten Richard. Sie lag in ihrem Bett und starrte auf die leuchtenden Sterne an der Zimmerdecke. Alex fehlte ihr.

Zuerst hatte Leni die Abwesenheit des großen Bruders bei aller Angst um ihn trotzdem ein ganz klein wenig genossen. Sie durfte fernsehen und kein Alex kam herein und schaltete auf dumme Pokersendungen um. Sie konnte ungestört ihre Serien anschauen und bei all der Aufregung, die dem Verschwinden der Jungs folgte, vergaßen Lenis Eltern sogar, auf die Uhr zu schauen und wie üblich den Fernseher nach einer Stunde abzuschalten.

Bei den Mahlzeiten klaute ihr niemand das leckerste Stück vom Teller und auch die Süßschublade – ein Fach in der Küche, randvoll mit Schokolade, Gummibärchen, Kaugummis – gehörte ihr ganz allein. Kein Alex streckte seine Finger vor ihr nach all den Schätzen aus und kein Alex machte am Abend im Bett so lange komische Geräusche *(Uaaaahhhh)*, bis Leni wirklich Angst bekam und anfangen musste zu weinen.

Aber trotz all dieser ziemlich schwerwiegenden Vorteile vermisste sie Alex und dies jede Minute ein bisschen mehr. Drei lange Tage fehlten er und die anderen nun schon und mit jedem neuen Erwachen fehlte er ihr mehr. Es fehlte ihr, sich am Morgen in sein warmes Bett zu kuscheln und ihn wach zu ärgern. Ihr fehlten seine verrückten Ideen und seine Streiche, die ihnen zwar regelmäßig ein wenig Ärger einbrachten, die aber vielleicht gerade deswegen so besonders waren. Wie die Sache mit der Schuhcreme auf Seilers Türklinke. Alex hatte damals im Dorf eine Katze angelockt und sich unter den Arm geklemmt. *Komm mal mit*, hatte er zu Leni gesagt, *ich zeig dir mal was Lustiges.*

Aber dem Kätzchen darf nichts passieren!

Alex hatte das versprochen und zusammen waren sie zum Haus des alten Seilers gegangen, wo natürlich dessen Hund schon auf sie wartete. Alex hatte das Gartentor geöffnet und bevor der Hund über den Eindringling herfallen konnte, hatte Alex die Katze freigelassen und Seilers Hund, vor der Wahl zwischen zwei erstarrten Kindern und einer weglaufenden Katze stehend, hatte sich ohne Zögern für Letztere entschieden. Leni war ihrem Bruder durch den unbewachten Vorgarten gefolgt, hatte zugesehen, wie Alex eine Tube aus der Tasche gezogen und aus dieser drei pechschwarze Streifen auf die Türklinke gedrückt hatte. Als sie innen jemanden mit einem Schlüssel hantieren gehört hatten, waren sie weggerannt. Am Gartentor hatten sie sich umgedreht und – beim Gedanken an diesen Anblick musste Leni auch heute noch lachen – da stand der alte Seiler, die Hand auf der Klinke. Bis heute verstand das Mädchen nicht, wieso Seiler die Schuhcreme an der Hand nicht bemerkte, das hatte sich doch bestimmt ganz eklig angefühlt. Aber vielleicht hatten ihn die beiden Kinder so aufgeregt, vielleicht war es auch wegen Hasso, dessen Gebell sich immer weiter entfernte, jedenfalls drohte er Alex und Leni mit einer schwarzen Handfläche und fuhr sich danach über den Kopf. Breite schwarze Streifen klebten nun an Seilers Stirn und an seinen wenigen Haaren. *Ein Zebra*, hatte Alex gerufen. Eine Woche Fernsehverbot – ein guter Tausch.

Alex fehlte ihr.

Komisch, was Leni alles so einfiel, Dinge und Begebenheiten, die bisher keinerlei Bedeutung besessen hatten. Gestern hatte sie das Regal mit Alex' Modellautos abgestaubt, alle Fahrzeuge mit Spülmittel gereinigt, zum Trocknen in die Sonne gelegt und anschließend wieder eingeräumt. Wahrscheinlich würde Alex das bei seiner Rückkehr sofort bemerken, denn jedes einzelne Fahrzeug besaß einen ganz bestimmten Platz und die Logik hinter dieser Anordnung erschloss sich einzig und allein Alex. Aber als die Modelle im Spülbecken gelegen hatten, war es für eine Markierung oder ein Foto mit Papas Digitalkamera schon zu spät. Leni hoffte, dass Alex Gnade walten lassen würde, schließlich hatte sie es ja nicht böse gemeint. Sicher, wenn sie früher zwei, drei der kleinen bunten Dinger vertauscht und Alex dies am Abend natürlich sofort bemerkt hatte, da wusste sie, was auf sie zukam: mindestens eine Kitzelattacke – oder er warf sie, wenn er nach einem Nachmittag im Keller nicht mehr ganz so gut gelaunt war, auf den Rücken, setzte sich auf sie drauf und ließ seine Spucke, die er dem Geräusch nach von seeehr weit unten holte, als langen Faden über ihrem Gesicht baumeln und zog diesen, kurz vor einem ekligen Zusammentreffen mit ihrem Auge, zurück in seinen Mund. Einmal war dieser Faden gerissen.

Mama und Papa hatten es inzwischen aufgegeben, Leni nach ihrem Wissen auszufragen, sie glaubten ihr. Und so richtig gelogen war es ja auch nicht, wenn sie den Kopf schüttelte, denn dass Alex und die anderen so lange wegbleiben würden, das hatte sie wirklich nicht gewusst. Inzwischen machte aber auch sie sich Sorgen. Was trieben die Jungs da unten an der Ruine? Was konnte so interessant sein, dass Alex darüber Vater und Keller vergaß?

Heute Abend hatte Leni im Fernsehen die Bilder von Alex, Rufus, Max und Timi und von Kasimir gesehen. Das von Kasimir sah richtig lustig aus! Er trug eine Krawatte und seine langen Haare waren ganz streng nach hinten gekämmt, sodass Leni ihn erst gar nicht erkannt hatte. Dieselben Bilder waren heute auch in der Zeitung erschienen. Alle suchten Alex und nur Leni wusste, wo er sich versteckte.

Das Bett blieb trocken, heute, morgen und hoffentlich auch übermorgen. Sie durfte Alex nicht verraten, nicht nur, weil sie ihr Bett trocken halten wollte, sondern auch, weil Alex ihr vertraute. Warum sonst wusste sie als einziger Mensch alles und alle anderen nichts? Weil Alex ihr vertraute.

Leni legte sich auf das Bett des großen Bruders und drückte ihr Gesicht in das riesige Kissen. Es roch immer noch nach Alex, wenn auch nicht mehr ganz so stark wie gestern und noch etwas weniger als vorgestern. Er würde bestimmt bald zurückkehren. Zum Glück fragten die Erwachsenen nicht mehr – obwohl, heute hatte sie es sich gewünscht, also dass Mama fragt und sie ihr antworten könnte, damit die Jungs bald wiederkämen. Drei Tage waren ganz schön lang.

Leni schüttelte Alex' Kopfkissen auf, stellte es senkrecht hin und schlug genau wie Mama mit der Handkante einen Knick in die Mitte. In diesen Knick setzte sie eines der Autos. Danach legte sie sich in ihr Bett. Warten, fand sie, war eine ganz schön blöde, vor allem aber auch eine langweilige Sache. Man selbst konnte gar nichts machen, eben nur warten.

Nun gut, Alex wollte es so, also warte ich eben weiter. Morgen wird er bestimmt nach Hause kommen und mir eine Überraschung geben und dann von seinen Abenteuern erzählen. Er wird lachen und mich in den Arm nehmen und hoffentlich eine Ausrede parat haben, die ihm Keller und blaue Flecken erspart. Er wird zurückkommen und alles ist wieder wie immer.

Leni küsste ihren Teddy und wischte sich mit einem seiner Ohren eine Träne ab. *Alex wird kommen.*

Morgen.

26 Die Rückkehr

Vor Stunden schon hatte Max seinen Bruder zum Teufel gejagt und mit ihm dieses vergiftete Wasser.

Die Welt des Jungen hatte ihren Bestand verloren und das alles nur wegen ein wenig Wasser. Oder besser: wegen des

Fehlens dieses Wassers. Max hatte inzwischen zwei Tage überhaupt nichts mehr getrunken und am Tag davor ausschließlich Cola. Sein Herz raste und als er jetzt nach der Taschenlampe tastete, bemerkte er, dass jeder einzelne seiner Finger zitterte. Kurz, bevor Timi sich so voller Hoffnung auf den Weg zu ihm gemacht hatte, hatte ihn zum ersten Mal ein Zustand vollkommener Verwirrung überfallen. Für wenige Minuten wusste er weder wie er hieß noch wo er sich hier befand – ein Gefühl, vermutete er später, wie es manche Alte haben müssen, wenn in deren Oberstübchen nicht mehr alles richtig tickte. So zu erwachen und nichts zu sehen und dabei all das, was er nicht sah, auch nicht zu verstehen, versetzte Max, als er wieder klarer denken konnte, in Panik. Er hatte Angst, in einen Zustand zu verfallen, der ihn zu einem dummen Stück Fleisch degradierte, noch weit unterhalb jeden Tieres angesiedelt, denn Tiere besaßen wenigstens noch Instinkte, er aber nichts als diese Angst.

Als er in die Wirklichkeit zurückstolperte, schossen ihm beim Erkennen des Hier und Jetzt Tränen in die Augen. Aber dieses Erkennen hielt nicht lange an. Als Timi vor ihm gestanden und ihm das Wasser hingehalten hatte, identifizierte sein ausgetrockneter Geist dieses Trugbild sofort als das, was es sein musste: als eine Lüge, eine Versuchung, die alles nur noch viel schlimmer machen würde. Ein Stein hatte dieses Hirngespinst, welches wie der kleine Timi aussah, nur knapp verfehlt. Aber es verschwand.

Was, zum Teufel, hatte eine Spinne hier unten verloren?

Max betrachtete das Tier. Es erreichte nicht einmal die Größe seines Daumennagels. Das Licht seiner Lampe – man konnte es kaum noch als solches bezeichnen, aber Max fiel kein besserer Begriff ein – genügte zwar, um die acht Beine zu erhellen, die Zeiten aber, in denen Max von einem Ende seines Gefängnisses bis zur gegenüberliegenden Wand hatte leuchten und sehen können, diese Zeiten hatten sich längst verabschiedet. Wohin? Max zählte die Beine. Ja, dies schien eine der von ihm nicht zu beantwortenden Fragen zu sein: Wohin ging das Licht? Wohin er selbst? Existierte überhaupt noch ein *Wohin* oder hatte der Deckeneinsturz dieses Wort unter sich begraben und es lag jetzt neben dem Schwarzen im Grab und wartete wie der auf das Verfaulen seiner Bestandteile? Das kleine i dieses *Wohin* dürfte sich als Erstes in Luft auflösen. Max gab der Spinne einen Stups und lächelte bei der Vorstellung, dass Maden das i-Pünktchen zerfressen würden, genau so, wie sie wohl bald auch Rufus aushöhlten. Zuerst den Punkt, dann den Strich, am längsten dürfte das W überleben, zusammen mit Rufus' Knochen.

In den letzten Stunden hatte Max immer wieder kurz die Lampe angeschaltet und die Spinne betrachtet. Was sie hier unten zu suchen hatte, wovon sie sich ernährte – diese Fragen konnte er nicht beantworten, inzwischen wollte er es auch nicht mehr. Er wünschte sich nur, dass das Tierchen etwas größer wäre, vielleicht von den Ausmaßen eines Huhnes oder so. Er hatte Hunger, obwohl das Wort Hunger mittlerweile nicht mehr den Nagel auf den Kopf traf. Als Hunger hatte er dieses Gefühl die ersten Tage bezeichnen können, ein Gefühl, welches jeden anderen Gedanken verdrängte, sich aufspielte und im Mittelpunkt stehen wollte, jetzt aber konnte Max wieder denken, an etwas anderes denken als an Essen und diese Erkenntnis machte ihm Angst.

Das Licht verlosch, obwohl Max' Finger den kleinen Schalter nicht berührt hatten. Trotzdem schaltete er nun ein paar Mal an und aus – ohne Erfolg. War es das jetzt? Sollte das Letzte, was er in seinem Leben gesehen hatte, eine winzige Spinne gewesen sein?

Max setzte sich, drehte die Lampe um und schraubte sie auf, schüttete die drei dicken Batterien in seinen Schoß. Eine nach der anderen hauchte er sie an und rieb, zuerst mit den Fingern, zuletzt mit seinem Shirt, über die beiden Kontakte – ein

Notarzt für Batterien. Und dieser Notarzt schaffte es zwar nicht, seinen Patienten mit neuer Energie zu versorgen, aber er mobilisierte ein letztes Mal alles, was in diesem noch steckte, alles an Kraft, Energie und Leben. Ja, die Spinne hielt er für wertvoll genug, dieses letzte Licht zu erhalten! Sie sollte der letzte Anblick seines Lebens sein. Und – Max erinnerte sich an eine Survival-Show im Fernsehen – seine letzte Mahlzeit. Dem Gewinner im Fernsehen winkte damals eine Million, und ihm?

Max verschloss die Lampe, betete um einen einzigen letzten Lichtstrahl und – erhielt diesen. Max konnte seine im Schritt fleckige Hose sehen, Hände mit so kurz geknabberten Nägeln, dass kein Staubkorn sich unter diesen verstecken und schwarze Ränder bilden konnte. Aber was interessierten ihn Hose und Hände? Max krabbelte zur Wand und fand seine Freundin. Schlief sie? Sah sie ihn an, wunderte sie sich über das Dämmerlicht und dieses seltsame Wesen, welches sie in ihrem ganzen langen Leben hier unten noch nie gesehen hatte? Schade, dass er kein Feuerzeug besaß, er hätte sie rösten können wie ein Hühnchen. Knusprige Haut mit reichlich Maggi gewürzt.

Max schluckte. Seine Hand zitterte, als er sie nach dem Tier ausstreckte. Hoffentlich rannte es nicht davon!

»Bleib bei mir«, flüsterte Max und versperrte der Spinne mit dem Zeigefinger den Fluchtweg. »Komm, nicht weglaufen, meine Schöne«, wobei er nicht einmal lügen musste, denn etwas Schöneres als dieses Tierchen hatte er im Leben noch nicht gesehen. Ihr Körper, vor allem aber ihre Beine, leuchteten im Lampenlicht. *Wie auf einem Röntgenbild*, dachte Max, obwohl er noch niemals ein echtes Röntgenbild gesehen hatte. Aber er wusste, dass diese Bilder Dinge sichtbar machten, die unter der Haut lagen, vergraben im Fleisch. Er konnte die Gelenke der Spinnenbeine erkennen, winzige Härchen und etwas an ihrem Kopf, das wie Augen aussah, dazwischen eine Zange oder etwas in der Art. Konnte sie ihn sehen? Ahnte sie etwas?

Ersteres schien möglich, wenn Max auch bezweifelte, dass die Spinne ihn so sah wie er wirklich war. Vielleicht sah sie das Kind verzerrt, wie durch den Boden einer Glasflasche hindurch oder nur als ein Puzzle verschieden großer Farbtupfer, die sich in ihrem Kopf einfach nicht zu einem erkennbaren Wesen zusammensetzen wollten. Max fand es amüsant, dass dieses Tierchen da an der Wand saß, ihn anstarrte, nichts verstand und sich dabei in keiner Weise der Gefahr bewusst schien, in der es schwebte. Denn – Antwort auf die zweite Frage – würde sie etwas ahnen, bräuchte sie ihren acht Füßen nur zu befehlen, die Haftung zu verlieren. Aber sie tat es nicht.

Pech gehabt.

Max' Gesicht näherte sich der Wand, er öffnete den Mund, streckte die Zunge heraus, spürte eine Bewegung, ein Kitzeln, die Lippen schlossen sich und an der Stelle, an der bis eben noch das Tier gesessen hatte, klebte nun als minderwertiges Tauschobjekt etwas Speichel – einer dieser Fäden, die seit Stunden an Max' Lippen hingen.

Max löschte das Licht, setzte sich und lehnte sich gegen die Wand. Etwas Putz rieselte herab und ihm in den Nacken. *Kleine Spinne, du bist jetzt am schönsten Platz der Welt. Gott hat dich bestraft, weil du, weil du …* Max fiel keine Sünde ein, derer sich das Tier schuldig gemacht haben könnte, hielt dies aber auch nicht für so wichtig. Irgendetwas würde sie getan haben, jeder ist schuldig. Jeder. Er war in diesem Augenblick der Gott dieses Tierchens, ein Spinnengott sozusagen und verstanden hätte die kleine Sünderin all die Gründe ihres vorzeitigen Ablebens ja doch nicht, wie auch der Schwarze bestimmt nichts verstanden hatte, als der liebe Gott ihm einen Stein auf den Kopf geknallt hatte. *Weil er unbedingt den Funkmast anbeten musste*, fiel es Max ein und er wusste, dass in der Bibel kein einziges Wort von Funkmastanbetung stand, der Schwarze also gesündigt hatte und rums. Aus die Maus. Vielleicht hatte

Spinni ja auch einen Funkmast angebetet? Wohl eher nicht, vielleicht aber etwas anderes und *Max* hieß nun die Strafe.

Die Spinne krabbelte über Max' Zunge und Max dachte zum ersten Mal an die Möglichkeit, dass das Tier giftig sein könnte, sie ihn in den Mund biss, er starb und sie fortan in eben diesem Mund lebte und durch die Nasenlöcher ein und aus ging; durchs rechte rein in die gute Stube und durchs linke wieder hinaus. Sie würde in Max' Mund ihre Kinder großziehen und denen von diesem Wunder erzählen, vom Tag, an dem eine nahrhafte Behausung vom Himmel gefallen war – ein Geschenk Gottes sozusagen. *Wegen guter Führung überreiche ich dir diese essbare Wohnstatt. Halte sie in Ehren, vermehre dich und verkünde überall von meiner unendlichen Gnade, meiner Güte und Liebe allen Spinnentieren gegenüber.*

»Scheiß drauf«, flüsterte Max, drückte seine Zunge gegen den Gaumen und änderte den Lauf der Spinnengeschichte. Keine neue Religion, keine Liebe, keine Gnade, nur ein bittersüßer Geschmackscocktail, mehr blieb von der Spinne und ihrem Leben nicht übrig.

Max ließ sich auf die Seite fallen. Er verspürte kein Hungergefühl, wusste aber, dass er Hunger hatte. Er vertrocknete langsam, ohne dabei permanent an Wasser in all seinen Formen denken zu müssen. Und ihm war kalt, ohne dass er fror. Noch hatte er sie nicht geschluckt, diese allerletzte Mahlzeit, noch lag sie ihm auf der Zunge. Wie schön sie ausgesehen hatte, wie filigran und zerbrechlich. »Du sollst nicht töten«, sagte er und verschluckte die Spinnenleiche. Ende gut, alles gut, jedenfalls für Spinni, die Märtyrerin dieses Raumes, die ihr kleines Leben gegeben hatte, um seines zu verlängern. »Gelobet seiest du in Ewigkeit. Amen.«

Hatte er sie aus Versehen in eines ihrer Beine gebissen? Max setzte sich auf, die Frage stand plötzlich vor ihm und mit ihr eine ganze Reihe unangenehmer Bilder: Aus einem ihrer Armbeine lief Blut. Eine tiefe Wunde klaffte und das Spinnenherz klopfte und immer noch mehr Blut spritzte aus diesem Loch und all die unsichtbaren Spinnen hier im Raum sahen dies, sie verließen ihre Höhlen, Netze und Verstecke, krabbelten die Wände herunter – ein nicht enden wollendes Heer winziger Leiber. Sie ergossen sich wie in diesen Raum schießende Flüssigkeit (Wasser!) auf den Boden, brandeten heran, schlugen von allen Seiten gleichzeitig gegen Max' Körper, schwappten darüber hinweg und vergruben ihn unter Tausenden kaum fingernagelgroßen Körpern. Und diese Körper wollten ihn, nur ihn! Sie sahen in diesem Kind keinen Gott, sondern den Tod und sie bissen ihn, krochen in Nase und Ohren, unter seine Augenlider. Zwei endlose Karawanen verschwanden in seinen Hosenbeinen und fanden auch da die Zugänge zu seinem Körper.

Max warf sich auf die Seite, rollte über Spinnenleiber, tötete dabei weiter und immer weiter, steigerte seine Schuld ins Unermessliche. Er schlug sich ins Gesicht, versuchte, die Tiere aus seinem Kopf zu ziehen, aber es waren zu viele, viel zu viele, als dass ein Einzelner gegen sie hätte gewinnen können. Überall juckte es, überall bissen sie ihn, Max' Mund füllte sich mit achtbeinigen Besuchern, die es sich in der neuen Bleibe gemütlich machen wollten und sofort in Gottes Geschenk bissen.

»NEIN! GEHT WEG!«

Max' Schreie hallten bis in den vorderen Raum und rissen die Kinder aus dem Schlaf. Timi hatte sich nach der Enttäuschung bei seinem Bruder in den Schlaf geweint. Er sprang auf, Alex schaltete die Lampe an. Timi riss sie ihm aus der Hand und stürzte aus dem Raum.

»Weg! Geht weg!« Max rollte über den Boden. »Weg, bitte. Ich wollte das nicht. Wirklich.« Aber die Invasoren verstanden Max nicht oder wollten ihn nicht verstehen, was das Ergebnis in keiner Weise beeinflusste. Fressen, sie wollten fressen und bestrafen und …

»Max?«

… und sie wollten Gottes Geschenk ehren und es quälen.

»Max?!«

Sie kannten seinen Namen, alle. Ein offenes Geheimnis, wie der Tod hieß, das Wesen, welches mit den Zähnen Fleisch aus Spinnenbeinen riss. Sie riefen seinen Namen, ein millionenstimmiger Chor und sie schleppten Scheinwerfer herbei, denn jedes Mitglied der Gemeinde sollte dem Ableben des Todes beiwohnen, sollte teilhaben an dessen schmackhafter Schuld, sollte sich in dessen Blut reinwaschen.

»Max! Wach auf!«

Timis großer, immer starker Bruder wälzte sich am Boden. Er schlug um sich, hätte, als Timi sich neben ihn kniete und ihm ins Gesicht leuchtete, um ein Haar den kleinen Bruder getroffen. Max schwitzte, einen kalten, giftigen Schweiß, der beinahe noch stärker stank als das, was in Max' Hose klebte.

»Was wollt ihr?« Max flüsterte, starrte in das Licht, das Wesen dahinter erschloss sich ihm nicht. Wozu auch, es waren ja doch nur Spinnen.

Timi konnte nicht sofort antworten. Das da sollte der große Bruder sein? Max' immer so sorgsam frisiertes Haar klebte an dessen Kopf. Unter Max' Augen lagen Schatten und von seinen Lippen, in deren Rissen Dreck klebte, hingen Hautfetzen.

Max richtete den Oberkörper auf. »Weg«, flüsterte er, dann fiel er nach hinten. Sollten sie doch alles zu einem Ende bringen, je schneller, desto besser.

»Max, ich bin's!« Timi stand auf und leuchtete sich ins Gesicht. »Ich bin es, dein Bruder.« Timi weinte. Warum musste Max bloß immer so stur sein? Warum konnte er nicht ein einziges Mal zugeben, dass er etwas falsch gemacht hatte? Warum musste er sich hier hinten verstecken, statt ihnen zu helfen, statt etwas zu trinken?!

Alex und Kasimir erschienen. Aber im Dunkel des Durchganges zum Fässerraum blieben sie stehen. Das da, das war eine Sache zwischen Timi und Max.

Timi hob seine Wasserflasche ins Licht. »Schau, ich hab dir was zum Trinken mitgebracht, von *uns*.« Timi kauerte sich neben Max und hielt dem seine Flasche hin. »Komm Max, du musst was trinken. Wenn du nichts trinkst, wirst du verdursten.« Die Tränen schossen aus dem Kind. Timi schluchzte, zog den Rotz hoch und verschüttete dabei einen Gutteil des für Max gedachten Wassers.

»Entschuldige.« Timi stellte die Flasche ab, wischte sich übers Gesicht und schnäuzte in sein T-Shirt. »Ist nicht so schlimm, wir haben noch ganz viel davon«, (Rotz?), »Wasser, mein ich. Noch ganz viel, einen ganzen Brunnen voll und …«

Max hielt mitten in der begonnenen Flucht inne. Seine Pupillen zitterten und Timi konnte die Zweifel darin erkennen, Max' Angst. Timi wusste wie es aussah, wenn der große Bruder Angst hatte und er wusste noch ganz genau um seine Enttäuschung, als er diesen ängstlichen Max zum ersten Mal gesehen hatte. Ein großer und starker Bruder durfte keine Angst haben, wie sollte er denn dann den kleinen Bruder beschützen können? Die Ängste, die Timi an Max kannte, hatten alle etwas mit Papa zu tun, so wie jetzt aber hatte er Max noch niemals zuvor gesehen! Max' Schultern zitterten, sein ganzer Körper vibrierte. Max öffnete den Mund, wollte etwas sagen, brachte aber nur ein Röcheln zustande. Es klang wie das, was die Toten in Max' Computerspiel von sich gaben, wenn sie auf einen Mausklick hin aus ihren Gräbern kletterten und anschließend in weißen Spitzenhemden durch die Straßen seiner Computerwelt stolperten und nichts ahnenden Großmüttern die Finger in Nasenlöcher und Münder schoben, bis die freundlichen Großmütterköpfe zerplatzten. Timi durfte diese Spiele nicht sehen, aber manchmal, wenn Max dachte, der Kleine schliefe bereits, konnte er unter seiner Bettdecke hervor doch das eine oder andere erkennen und hören, obwohl Max Kopfhörer trug. Aber der schob den Lautstärkeregler grundsätzlich bis zum Anschlag, sodass Timi selbst unter seiner Bettdecke diesem Röcheln lauschen konnte. Und es klang wie Max, beziehungsweise Max klang jetzt genau wie dieses Totenröcheln.

Timi ließ seine Lampe fallen und hielt sich beide Ohren zu. Er hatte Angst! Max sah nicht mehr wie Max aus. Max klang nicht mehr wie Max. Max benahm sich nicht mehr wie der Max, den er kannte! Diese Augen – Timi kamen sie wie die Augen eines Verrückten vor. Sie sahen an Timi vorbei, durch ihn hindurch. Timis Augen folgten diesem Blick. Max starrte auf die Flasche am Boden, als habe er noch niemals zuvor im Leben so etwas gesehen. *Wieso nimmt er sie nicht?*, fragte sich der Kleine. *Er soll trinken und sich zurück in den richtigen Max verwandeln!*

Timi überwand seine Angst, gab seine Ohren frei und hielt Max die Flasche erneut hin.

»Du musst trinken«, flehte er. »Bitte, trink!«

Aber Max' Augen kannten kein Halten. Noch befürchtete er eine neue Lüge. Noch war seine Angst vor den Spinnen größer als sein Durst. Doch plötzlich blieb Max' Blick an seinem kleinen Bruder hängen und so etwas wie Erkennen schwappte in den Dreizehnjährigen. Sein Blick durchbohrte Timi, die Wasserflasche und wieder Timi.

»Wo sind sie?«, fragte er. »Wo sind sie hin?«

»Wer?«, fragte Timi. »Hier ist niemand außer dir und mir.« Max aber konnte dem Bruder noch nicht glauben. Er blieb in seiner Ecke.

»Die Spinnen. Tausende Spinnen.«

»Max, hier ist nichts.« Timi wagte sich die letzten zwei Schritte nach vorn. Er kniete sich neben Max, träufelte etwas

Wasser über seine Finger und benetzte damit Max' Lippen. »Du musst keine Angst haben, Max. Schau, ich hab dir Wasser mitgebracht, ganz frisch.« Er setzte dem Älteren die Flasche an den Mund, kippte sie, bis die Flüssigkeit über dessen Lippen rann, in Max' Mund, über Kinn und Brust des Jungen. Alex und Kasimir tasteten sich zurück in den vorderen Raum.

Mit Worten konnte Timi seinen Bruder nicht versöhnen. Was aber die aneinandergereihten Entschuldigungen des Achtjährigen nicht vermochten, schaffte das Wasser. Max spürte es auf seinen Lippen. Trugbilder aber konnte niemand spüren, also musste das Wasser echt sein. Und somit auch Timi. Max berührte Timis Hose, den Arm des kleinen Bruders – echt.

Plötzlich konnte Max zwar nicht vergeben, aber er konnte wenigstens über Timis Verrat hinwegsehen. Das Wasser hatte die Spinnen aus dem Raum gespült, das Wasser oder das so wunderbar hell strahlende Licht der Taschenlampe. Kasimirs Lampe? Das Ding mit der Kurbel? Egal, Hauptsache Licht.

Nur mit Mühe und Timis Hilfe schaffte es Max auf die eigenen Beine, nur ganz langsam folgte er seinem Bruder und musste sich dabei wie ein Greis rechts und links an den Fässern festhalten. Konnte der gesunde Körper eines Dreizehnjährigen in so kurzer Zeit all seine Kraft verlieren? *Ja, konnte er*, antwortete sich Max. Aber vielleicht konnte er auch ebenso schnell wenigstens einen Teil der alten Kraft und Energie zurückgewinnen (Wozu?), Max spürte, dass dies ging. Das Wasser, das er in vielen kleinen Schlucken getrunken hatte und von dem er auch jetzt nach jedem zweiten Schritt etwas nahm, wirkte wie ein Elixier, ein Zaubertrank, der nicht nur die bösen Träume aus seinem Kopf spülte, sondern gleichzeitig durch seinen Körper sickerte und einen Muskel nach dem anderen wiederbelebte. Ja, er lebte, wenn er auch nicht wusste, wozu. Max lebte und er wollte leben.

»… und zuerst wussten wir nicht, wie wir das Wasser nach oben kriegen sollten. Aber dann hatte Alex die Idee mit der abgeschnittenen Flasche und damit klappt es echt gut!«

Max hörte nur mit einem Ohr zu. Sie hatten den Raum mit den Fässern fast durchquert und Timi quasselte ohne Punkt und Komma. Toll, dachte Max, sie hatten Wasser beschafft. Ganz, ganz toll. Und weiter? Timi tat, als sei dieser Brunnen der Ausgang aus der Ruine, als läge da unten ein Handy – aufgeladen und mit astreinem Empfang. Das Wasser, so Max' Vermutung, dürfte ihre Leiden nur verlängern. Soweit er wusste, zog sich der Hungertod ein ganzes Stück länger hin als sein trockenes Geschwisterlein. Trotzdem folgte Max Timi, trotzdem zog es ihn zum Wasser und zu seinem Bruder und zu Alex. Max wollte nicht mehr allein sterben, nicht noch einmal.

»… dass du uns hilfst. Ich wette, du mit deinen starken Armen bringst uns in null Komma nichts hier raus! Mit dir schaffen wir es!« *Gelobet sei deine Naivität.*

Alex kam ihnen entgegen, nahm Max am Arm und führte ihn die letzten Meter. Max setzte sich neben Rufus' Grab. Alex strahlte dabei, als seien sie die dicksten Freunde. Lag es an diesem Wasser? Löste das die Zungen? Verwandelte es Bosheit in *Heideidei*? Zuerst wurde man geschlagen und getreten und allein und ohne Wasser zurückgelassen und dann dies hier? Und wo war dieses Mädchen, wo versteckte es sich?

Kasimir kauerte am Fuß der Schutthalde. Instinktiv hatte er sich den dunkelsten Platz ausgesucht, sich versteckt, obwohl er ganz genau wusste, dass man sich hier nicht verstecken konnte und es dauerte auch nur ein paar Sekunden, bis ihn die Lampe in Timis Hand verriet. Max' und Kasis Blicke trafen sich.

»Schön, dass wir jetzt endlich wieder alle zusammen sind!« Alex klopfte dem verlorenen und wiedergefundenen Freund auf die Schulter. »Wirklich! Wir freuen uns *alle*!« Kasi spürte plötzlich drei Augenpaare auf sich gerichtet. Freute er sich auch? Konnte er Max verzeihen? »Ist doch so, oder? Wir sind alle froh!« Alex erwartete ganz offensichtlich, dass Kasi das Geschehene vergaß oder doch wenigstens darüber hinwegsah und Kasi stand auf. Aber er tat dies nicht weil er es wollte, sondern weil Alex es wollte und weil er diesen nicht enttäuschen durfte. Kasi ging zu den anderen und streckte Max die Linke hin.

»Schön, dass du wieder bei uns bist«, sagte er. Max betrachtete Kasis in der Schlinge liegenden rechten Arm, den Verband und erst danach die angebotene Hand. Kasi dachte schon, dass Max sein Friedensangebot ausschlagen und den ganzen alten Streit von vorn beginnen würde und auch Alex musste Ähnliches durch den Kopf gegangen sein, denn er boxte Max in die Seite.

»Frieden?«

»Ja.« Jetzt nahm Max die angebotene Hand. »Ja, ich bin auch froh, dass ich wieder hier bin.« Es klang erschöpft und müde, aber es klang ehrlich. Von Kasis Schultern polterten tausend Steine. Frieden – das klang zu schön, um wahr zu sein. Aber Max drückte seine Hand, ohne diese dabei zu zerquetschen, ohne ihm den Fingernagel in die Handfläche zu drücken, ohne ihn zu beißen. »Ihr habt ja doch ganz schön was geschafft in der Zwischenzeit«, sagte Max und ließ Kasis Hand los. »Alle Achtung.«

»Klar, faul waren wir nicht«, sagte Alex.

»Und wo ist der Brunnen? Timi hat von fast nichts anderem erzählt.«

»Hier.« Alex ging zum auf dem Kopf liegenden Tisch und zog diesen zur Seite, dabei strahlte er wie seit Tagen nicht mehr. »Geil, nicht?« Max kroch an den Brunnenrand, zeigte aber keine Regung, nichts von dem, was man normalerweise von einem Jungen in seiner Situation erwarten durfte. Weder sprang er auf und hüpfte um den Brunnen herum noch bat er um mehr Wasser, um endlich seine Hose auszuwaschen, und schon gar nicht nahm er Alex oder seinen Bruder in den Arm.

Max nickte, mehr nicht und dabei zeigten seine Augen keinerlei Emotionen. Erst als sein Blick vom Brunnen zu Kasi wanderte, blitzte ein kaum wahrnehmbares Leuchten in Max' Augen auf.

»Ja, das ist geil.«

VIERTER TAG

27 Hoffnung

Mitternacht zog, von keinem der Kinder bemerkt, vorüber und auch die Stunde danach. Und noch eine. Timi lag, zusammengerollt und seinen Rucksack unter dem Kopf, neben dem Eingang und schlief, während Kasi von der höchsten Stelle des Steinhaufens aus Alex' Ausführungen lauschte. Alex erzählte Max nun schon zum dritten Mal haarklein und fast wortwörtlich dieselbe Geschichte: Die Entdeckung des Brunnens, Kasis Idee mit den Seilen und schließlich die erste gefüllte Wasserflasche. Kasi hätte sich diese Geschichte gern auch noch ein viertes Mal angehört, aber Max konnte kaum noch aufrecht sitzen. Wenn Alex so erzählte, hörte es sich in Kasimirs Ohren fast wie eine richtige *Geschichte* an, wie aus einem Abenteuerroman. Nur das Happy End ließ auf sich warten.

Max fiel es tatsächlich von Minute zu Minute schwerer, nicht einfach umzukippen und einzuschlafen. Einmal schlief er tatsächlich ein, verpasste die Passage mit der ersten Flaschenfüllung und sah, als er zusammenzuckte und die Augen aufschlug, als Erstes Kasimir. Als gehöre er nicht dazu, saß der im Schneidersitz über allen. *Bist du etwas Besseres?*, fragte sich Max. *Bist du etwa eine Spinne, hinaufgeklettert, um deine Opfer zu betrachten?* Am liebsten hätte er einfach den untersten Stein des Haufens, auf dem Kasi thronte, herausgezogen, den Berg so ins Rollen gebracht, Berg und Mädchen in den Brunnen gespült und wäre durch den dann freien Ausgang nach oben spaziert. Er widerstand aber, schob nur mit der Fußspitze ein wenig Schutt zur Seite und legte sich neben seinen Bruder. Dieser nahm das Angebot eines Körpers dankbar an und schmiegte sich an Max' Schulter.

»Willst du da oben schlafen?« Auch Alex hatte sich hingelegt, ausgerechnet so, dass das einzige geröll- und schuttfreie Plätzchen genau neben Max lag. Alex folgte Kasis Blick und zählte diesen Platz, Kasi und Max zusammen und verstand. Er an Kasis Stelle hätte auch nicht neben Max schlafen wollen. Also überließ Alex sein Stück Boden Kasimir und legte sich neben Max. Keine fünf Minuten später schliefen die Jungen ein.

Kasimir beendete seine Nacht vor allen anderen, gerade, als wenige Meter über ihnen die ersten Sonnenstrahlen durch die Zweige brachen und die in der zurückliegenden Nacht abgekühlten Steine der Ruine neu aufheizten. Während Alex' Bein zuckte und Max von Spinnen träumte, genoss eine Eidechse diese Wärme und in den Bäumen und Sträuchern zwischen den beiden Turmfingern jagten Vögel nach der ersten Mahlzeit für ihre hungrige Brut. Vom richtigen Platz aus konnte man vierzig Meter tiefer das Band der Steina erkennen, fast noch schwarz. Aber an ein, zwei Stellen berührte bereits der neue Tag diesen gewundenen Streifen und verschüttete Gold und Silber. Das Plätschern des über abgeschliffene Steine springenden Wassers klang hinauf bis zur Spitze der Ruine und dort, wo sich dieses Wasser beruhigte und vor einem Damm in die umliegende Wiese und eine kleine Schonung mäanderte, tauchte ein Biber auf. Über die dem Wasserlauf folgende Straße jagte ein Motorrad Richtung Bonndorf, füllte das Tal kurz mit seinem Lärm, bevor Plätschern und Vogelgesang erneut die Oberhand gewannen. Weit und breit kein menschlicher Laut. Weit und breit kein Mensch.

Kasi, in der zurückliegenden Nacht immer wieder aus dem Schlaf geschreckt, fühlte sich, als habe er überhaupt nicht geschlafen. Ein paar Stunden mussten aber vorüber sein, so jedenfalls lautete die Meinung seiner Blase. Kasi tastete nach seiner Lampe. Er fand sie, dämpfte mit dem T-Shirt das Licht, stieg über Alex, Max und Timi hinweg und verschwand Richtung Toilettenraum.

Neben dem Fass lag seit gestern ein Felsbrocken. Alex hatte ihn hierhergeschleppt, weil er beim Wasserlassen stehen wollte *wie ein Mann*. Kasi öffnete seine Hose.

»He, warum setzt du dich nicht drauf? Alle Mädchen sitzen schließlich beim Pinkeln!«

Kasi zuckte zusammen und fuhr herum, sein Urin zeichnete eine dünne Linie auf die Außenseite des Fasses. Max stand am Eingang! »Siehst du, du kannst es nicht.« Max stieß Kasimir vom Stein und stieg selbst hinauf. »Schau genau hin, so wird das gemacht!« Max erleichterte sich gut hörbar. Er ließ seinen Urin in das Fass plätschern, als könne er mittels dieser Lautstärke das, was er in den Händen hielt, vergrößern oder wenigstens seinen Zuhörern Größe vorgaukeln. *Ein großes Ding macht eben viel Krach*, hatte Max' Stiefvater einmal zu seiner Mutter gesagt, als er sich wieder einmal genau so erleichtert und damit die Kritik seiner Frau provoziert hatte. Und kleine Mädchen pinkelten eben daneben.

Bevor sie sich erneut an den Steinhaufen wagten, schöpften die Kinder Wasser und füllten dieses in den alten Kessel. Mit Max' Hilfe ging es deutlich schneller, auch hatte er um dieses Wasser gebeten. Nachdem sie den Kessel zu einem knappen Drittel gefüllt hatten, verschwanden Max und Alex und Kessel nach hinten.

»Dass *ich* mal meine Hose waschen muss!«

»Ach, ist doch nicht weiter schlimm«, sagte Alex, »hätte einem von uns genauso gut passieren können.«

»Ist es aber nicht.« Max wollte so schnell wie möglich die Spuren seiner Schwäche tilgen. Die Jungen stellten den Kessel neben ihr Toilettenfass. Max ging in die Hocke.

»Alles in Ordnung?«

»Ja, geht schon.« Max' Hände zitterten noch immer. Aber es ging, es musste gehen, wenn er auch noch immer nicht wusste, wozu. Aber er hoffte, dass die Spinnen es ihm früher oder später verrieten – den Grund für alles.

Den Grund *hinter* allem.

Alex blieb in den folgenden Minuten auf Max' Bitte hin am Eingang stehen und wachte über das Waschweib und dass keiner der Kleinen spionieren kam. Max zog Hose und Unterhose aus und warf sie in das kalte Wasser. Das abgebrochene Ende einer Lanze funktionierte er zum Kochlöffel um und rührte damit in der sich zügig braun verfärbenden Brühe.

»Hattest du keine Angst, so ganz allein hier hinten?« Max rührte weiter, als habe er Alex' Frage nicht verstanden. »Hattest du Angst?«

Max richtete sich auf.

Max hatte Alex sehr wohl verstanden, die Worte und auch den Sinn dieser Worte. Angst. Konnte man das, was er empfunden hatte, *Angst* nennen? Vielleicht, vielleicht aber auch nicht. Er erinnerte sich an seine ausgetrockneten Lippen, seine Träume, seine Enttäuschung. Er dachte an Spinnen und sagte schließlich *Nein* und rührte weiter, allerdings nur zwei Umdrehungen, dann stoppte die Kochlöffellanze erneut. Max sah auf und zu seinem Freund herüber.

Freund?

»Doch, ich hatte Angst.«

Alex, der sich bei Max' Worten umgedreht hatte, sah schnell wieder in die alte Richtung, denn der Freund stand unterhosenlos und mit einer keine Fragen offenlassenden Verfärbung seines Hinterteils vor dem Kessel. Nein, das musste man nicht sehen, ganz bestimmt nicht.

»Und jetzt? Ist es jetzt besser?« Wieder ließ sich Max mit seiner Antwort Zeit, allerdings nicht, um diese zu finden, sondern weil er sich nicht sicher war, ob der Zeitpunkt für so viel Ehrlichkeit wirklich schon hier im Raum stand. Aber wenn man einmal begonnen hatte, die wirklichen Gedanken auszuplaudern, dann durfte man es ruhig auch ein zweites Mal, entschied Max, vor allem, wenn man ohne Hosen dastand. Was brauchten die Gedanken noch Hosen?

»Weiß nicht, was jetzt ist«, sagte Max. »Ich weiß, dass ich Hunger habe und mir kalt ist.« *Und Spinnen mich beschützen.*

»Glaubst du, dass wir es schaffen?« Alex flüsterte, die Kleinen mussten dieses Gespräch nicht hören. Sie sollten weiterhin an die Großen glauben und daran, dass diese den Sieg im Auge behielten, auch wenn ihnen die Decke auf den Kopf fiel. »Glaubst du an eine reelle Chance, hier rauszukommen?«

Max schüttelte den Kopf, dieses Mal, ohne lange zu überlegen. »Nein«, sagte er, dabei fischte er seine keineswegs saubere Unterhose aus der Brühe. Er reinigte mit ihr sein Hinterteil und warf die Hose zurück ins Wasser. »Ich glaube, dass ihr mich hättet in Ruhe lassen sollen, dann hätte ich es vielleicht schon bald hinter mir gehabt. Aber so …«

»Was *so*?«

»Na ja, mit dem Wasser ziehen wir alles nur in die Länge.« Max fand, dass der Reinheitsgrad seiner Kleider nun den Anforderungen eines Dreizehnjährigen genügte und beendete den Spülgang. Er zog Hose und Unterhose aus dem Wasser, wrang sie aus und hängte sie über den Rand des Toilettenfasses.

»Leg sie doch nebenan auf die Fässer«, sagte Alex. »Ist doch blöd hier, wenn einer mal muss.« Max zögerte, dann streckte er Alex die Sachen hin.

»Legst du sie rüber? Ich bleib hier, bis das Zeug trocken ist.« Weder Timi noch Kasi sollten ihn so sehen. Das Mädchen auf keinen Fall! Doch Alex zögerte. Die immer noch ziemlich stinkenden Sachen in die Hand nehmen? Er schüttelte den Kopf, bevor Max sich aber über das Verhalten seines Freundes aufregen konnte, hatte der schon die eigene Hose ausgezogen, stand nun in seinen beinahe knielangen Boxershorts da und hielt Max sein Beinkleid hin.

»Da, bis dein Zeug trocken ist. Aber wasch dir vorher vielleicht noch mal den Hintern ab, ja?«

Max leerte den Inhalt des Kessels in das Toilettenfass und Alex holte frisches Wasser, welches nicht nur dem Hinterteil seines Freundes, sondern auch als zweiter Waschgang dessen Hosen zugutekam. Als Max sich in Alex' etwas zu enge Hose gequetscht hatte (zum Glück gab es einen Gummibund), fühlte er sich deutlich wohler. Und müde.

In den folgenden Stunden stand Alex unterhalb der Decke und warf Steine und Schutt nach unten, Timi, Max und Kasi schafften den Abraum beiseite, konnten dabei aber kaum mit Alex Schritt halten. Kasis Arm und Max' Schwäche standen einem schnellen Erfolg im Wege, einzig Timi rannte hin und her und der Jüngste schleppte die schwersten Brocken. Als Max zum wiederholten Male schwankte und sich diesmal fast eine Minute an der Wand festhalten musste, hielt Alex die Zeit für eine Unterbrechung für gekommen.

»Pause.« Er rutschte nach unten. Kasi spülte sich den Mund aus.

»Ich hab mal irgendwo gelesen …«

»Gelesen.«

»… dass man Schuhe essen kann.« Kasis Magen knurrte. In den zurückliegenden Stunden hatte er an nichts anderes als an Essen gedacht und die Gerüche all dessen, was während des Steineschleppens vor seinem inneren Auge auferstand, hatten dabei abwechselnd in der Nase des Jungen gehangen: zuerst frisches Brot, noch warm, sodass die Butter darauf schmolz. Danach der Geruch, der in der Küche hing, wenn seine Mutter in einem kaum anzuhebenden gusseisernen Topf Fleisch und Gemüse für sein geliebtes Gulasch anbriet. Dem Duft nach hatte sie das Rotkraut bereits fertig, mit Speck und Apfelstücken …

»Schuhe? Essen?«

»Ja«, sagte Kasi und schluckte den in seinem Mund versammelten Speichel. »Man kann das Leder in ganz dünne Streifen schneiden und dann darauf herumkauen.«

»Schmeckt das?«, fragte Timi. In der Stimme des Jüngsten schwang Hoffnung. Er hatte in den Stunden seit der Rückkehr seines Bruders kaum ein Wort gesprochen. Obwohl er noch am kräftigsten zu sein schien, fiel ihm, wie Alex von seinem erhöhten Posten aus beobachtet hatte, die Arbeit immer schwerer. Der Vergleich einer brennenden Kerze drängte sich auf, einer Kerze, die kurz vor dem Verlöschen noch ein letztes Mal, so hell wie während des ganzen langen Abbrennens nicht, aufflackerte, um schließlich zu verlöschen. Wie lange hielt so ein Timidocht? Und was kam danach?

»Ob es schmeckt, weiß ich nicht, hab es noch nie probiert. Aber Leder kommt von Tieren und die essen wir ja schließlich auch.« *Oder bist du Vegetarier?*, wollte er noch fragen, verkniff es sich aber. Max und Vegetarier! Aber – so Kasis nächster Gedanke –, angenommen, jemand in ihrer Situation wäre tatsächlich Vegetarier, was machte der dann jetzt? Sah er zu und verhungerte mit reinem Gewissen, während alle anderen an Schuhsohlen kauend überlebten?

»Es gibt da nur ein kleines Problem, wenn ich mich richtig erinnere«, sagte Alex und nahm die Lampe.

»Was für ein Problem?«, wollte Max wissen.

Alex strahlte zuerst Kasis Schuhe an. Von da wanderte der Lichtkegel weiter zu Max', Timis und schließlich zu den eigenen Füßen. Alex nickte.

»War gut gemeint, Kasi«, sagte er, »aber keiner von uns trägt *Leder*schuhe.« Die Kinder betrachteten gegenseitig ihr Schuhwerk: bunte Kunststoffteile, versehen mit den kaufentscheidenden Schriftzügen des jeweiligen Herstellers. Timis Schultern sackten nach unten und Alex meinte, dass sich die Schatten unter den Augen des Kleinen weiter verdunkelten. Auch Kasi fiel in sich zusammen. Er griff sich an die verletzte

Schulter und streichelte diese, starrte dabei auf seine Füße und durch diese hindurch. Plötzlich aber leuchteten seine Augen, er sprang auf und am Brunnen vorbei zu seinem Rucksack.

»Den können wir essen!«, sagte er und hielt ihn in die Höhe. »Teilweise jedenfalls.« Und tatsächlich, beide Trageriemen und der Boden bestanden aus Leder. Kasi warf seinen Rucksack quer durch den Raum, Alex fing ihn auf. Sie starrten auf diesen Schatz, selbst Max, der nur Timi zuliebe seine Skepsis über all dieses nutzlosen Tun nicht lauthals herausschrie, konnte nicht verhindern, dass ihm das Wasser im Mund zusammenlief. Er schluckte und rutschte ein kleines Stück näher. Am liebsten hätten sie sich alle sofort auf diese unerwartete Mahlzeit gestürzt, sich darum gebalgt, sie sich in den Mund gestopft, nur um noch ein paar Stunden mehr hier unten leben und hoffen zu dürfen. Am Schluss knieten die Kinder im Kreis um den Rucksack. Alex hielt sein Taschenmesser in der Hand – ein Schlachter, der, bevor er das Leben des Opfers beendete, ein kleines Gebet dachte.

»Darf ich wirklich?«, fragte er mit einem Blick auf Kasi. »Der war bestimmt nicht billig.« Kasi konnte sich ein Lachen nicht verkneifen. »Also dann.«

Alex der Schlachter beendete das Rucksackleben und zerschnitt einen der beiden Trageriemen. Anschließend suchte er sich einen möglichst flachen Stein, legte diesen vor sich auf den Boden und den Riemen darauf. Das erste Stück bekam Timi, einen zwei Zentimeter breiten Streifen (Filet?), den sich der Kleine sofort in den Mund steckte.

»Du musst dünner schneiden«, sagte Kasi, »ungefähr so«, seine Finger zeigten einen kaum noch sichtbaren Spalt. »Als ob du Speck schneidest.«

Die folgenden Streifen schaffte Alex tatsächlich hauchdünn und nach vier weiteren Schnitten kaute jedes der Kinder im Dunkeln auf einem nach Kasis Rucksack schmeckenden Kaugummi herum.

»Ich kann das nicht runterschlucken«, unterbrach Max schließlich das Schweigen. Er spuckte aus und tastete nach Timis Flasche. »Das Zeug verstopft einem höchstens den Magen. Haben die Typen das eigentlich überlebt? Ich meine die, von denen du angeblich gelesen hast?« Kasi ignorierte die versteckte Anschuldigung, er lüge.

»Natürlich haben ein paar überlebt, sonst hätten sie ja wohl kaum ein Buch darüber schreiben können«, sagte er. »Außerdem habe ich ja nicht gesagt, dass es gut schmeckt oder weich ist. Aber es ist wenigstens etwas Essbares.« Er kaute weiter und schluckte den schmalen Streifen schließlich herunter. Auch Alex hatte mittlerweile die Vorspeise bewältigt und machte sich nun daran, den Hauptgang zu tranchieren. Jeder bekam ein zweites Stück, einzig Max verzichtete.

»Kein Mensch wird uns hier finden«, sagte Max, als wolle er seinen Kameraden den Appetit verderben. »Und aus eigener Kraft schaffen wir es auch nicht. Wir werden hier einer nach dem anderen verhungern. Selbst, wenn wir uns gegenseitig auffressen«, Timi drehte unweigerlich den Kopf in die Richtung, in der Rufus' Grab lag, »wird es keiner schaffen. Wir werden hier verrecken, lederriemenfressend verrecken!« Max packte einen Stein und schleuderte ihn durch den Raum. Alex spürte einen Lufthauch, unmittelbar darauf krachte das Geschoss an die Wand.

»Spinnst du?!«

»Ach, es ist doch wahr. Ihr tut so, als gäbe es eine richtige Chance. Aber ich hab da hinten gespürt, dass es die nicht gibt. Niemals. Einer nach dem anderen wird den Löffel abgeben!« Max schrie jetzt, sprang auf. »Zuerst vielleicht Timi und dann das Mädchen. Danach dürfte ich dran sein. Und du, Alex, du kannst dann noch unsere Knochen abnagen und weiter schön Wasser schöpfen und davon träumen …«

»Hör auf!« Timi hielt sich die Ohren zu. Er weinte, er wollte nichts von diesem Sterben hören! Aber sein großer, starker Bruder wollte und auch dem liefen jetzt die Tränen übers Gesicht.

»... und das alles nur wegen dir und deinem bescheuerten Ritterspielchen! Du bist schuld! Du hast uns in dieses Loch gelockt! Ich wollte das alles gar nicht! Am liebsten ...«

»Es gibt doch jemanden, der weiß, wo wir sind.« Alex sprach leise, mehr zu sich als zu den anderen. Timis Weinen stockte und Max vergaß, was er am liebsten tun würde; hatten sie das eben richtig verstanden?

»Was hast du gesagt?«

Eigentlich hatte Alex niemandem etwas von Leni erzählen wollen, aber mittlerweile schien ihm alles egal. Sollten sie es doch wissen und sich an diese kleine Hoffnung hängen, besser jedenfalls, als so wie eben herumzuschreien und mit Steinen zu werfen. Lieber eine sich kaum erfüllende Hoffnung als gar keine. Max nahm Alex die Lampe aus der Hand und leuchtete ihm ins Gesicht.

»War das jetzt eben ein Witz?« Alex schüttelte ohne aufzusehen den Kopf. »Willst du uns verarschen und noch mehr quälen?«

»Nein, will ich nicht. Und es stimmt: Leni weiß, wo wir sind.« So, jetzt wussten sie Bescheid.

»Und wieso ist dann noch niemand hier?«, lautete logischerweise Max' nächste Frage. »Wieso hören wir nichts? Wieso gräbt da draußen keiner nach uns?«

»Weil Leni wahrscheinlich noch nichts gesagt hat«, antwortete Alex. Jetzt musste er den anderen auch die ganze Wahrheit sagen. Er sah in die Gesichter seiner Freunde, drei Augenpaare, die an seinen Lippen hingen, bereit, jeden Funken Hoffnung aufzufangen, einzusaugen und damit ihre Lebensgeister zu nähren.

Alex erzählte ihnen vom letzten Abend in seinem Kinderzimmer, von Lenis Bitte, mitkommen zu dürfen und vom Nein des großen Bruders. Und Alex erzählte auch von seiner Drohung der Schwester gegenüber. »Wenn sie uns verrät, werde ich jede Nacht heimlich in ihr Bett pinkeln und alle werden denken, dass sie es war.«

»Na und, das ist doch nicht so schlimm«, sagte Timi und musste an sein eigenes Bett denken, in dem sich selbst heute noch ab und an am Morgen ein ziemlich großer Fleck befand, vor allem, wenn er am Abend zuvor heimlich Max und seine Computerspiele beobachtet hatte. Klar, Mama schimpfte und Papa sah ihn dann an, als sei er mordsmäßig enttäuscht von seinem Jüngsten, aber das verging schnell wieder. »Leni wird es bestimmt verraten!« Sie musste!

»Genau. Außerdem ist sie ein Mädchen und Mädchen halten nie ein Versprechen. Sie machen früher oder später immer den Mund auf«, dozierte Max und versuchte dabei überzeugend zu klingen, überzeugend und stark. Er wollte an diese Hoffnung glauben! Auch, wenn er sich eben noch über diese ganze Sinnlosigkeit ausgelassen und sich scheinbar mit dem eigenen Ende abgefunden hatte, wollte er hoffen! Er wollte leben, wie jedes der Kinder hier! Er hatte zwar Angst vor dem Danach, davor, was das Mädchen über ihn und sein Verhalten hier unten erzählen würde, aber jede Demütigung, jede Strafe schien ihm plötzlich besser als ein langes und von Spinnenlawinen begleitetes Ende hier unten.

»Mann, Alex«, sagte Kasi, »wieso hast du das nicht schon früher gesagt?« Kasi krabbelte an Timi vorbei zu Alex. Er wollte ihn in den Arm nehmen, sich freuen, aber Alex schob ihn zur Seite.

»Leni wird den Mund halten«, sagte er. »Sie hat solche Angst, dass ich das wirklich mache. Sie wird kein Wort sagen. Ich schöre es euch.« Alex wusste, dass dies der Wahrheit entsprach. Und trotzdem hoffte auch er auf eine ihr Versprechen brechende kleine Schwester. Was blieb auch weiter übrig?

Hoffen.

28 Man muss sich nur umdrehen

Gernot Seiler begann diesen neuen Tag mit dem Gefühl, dass das Leben heute mehr von ihm erwartete als das Totschlagen eben dieses Tages. Max wusch seine Hose aus und Seiler frühstückte. Die Kinder schleppten Steine, da konnte man den alten Mann auf dem gewundenen Asphaltband sehen, welches Wittlekofen mit dem Wanderparkplatz an der Steina verband. Und gerade, als Kasimirs Lederriemen und Alex' Beichte neuen Mut verbreiteten, stand nur wenige hundert Meter entfernt Gernot Seiler am Ufer des kleinen Flüsschens. In Sichtweite der Burgruinen watete Hasso im ihm bis zum Bauch reichenden Wasser – eine willkommene Abwechslung zur Hitze dieses Vormittags.

Seiler selbst hatte bisher zuerst den Wanderparkplatz und dessen beide Mülleimer, anschließend die Ränder des einzigen vom Parkplatz abgehenden Weges inspiziert, aber außer zwei Pfandflaschen und der einen Scheibenwischer imitierenden Handbewegung eines Motorradfahrers nichts gefunden. Die Flaschen versteckte Seiler im Gras, für später; den Motorradfahrer bedachte er mit einem Fluch, welcher einer ganzen Familie das ewige Fegefeuer gesichert hätte.

Die Stunden verstrichen, ohne dass Seiler einen Hinweis auf den Verbleib der Kinder fand. Wonach genau er suchte? Das hätte er selbst gern gewusst, genauso wie er damals gern gewusst hätte, was er der davongehenden Mona-Lisa nachrufen sollte. Hinterher ist man immer schlauer.

»Dieses vermaledeite *Hinterher*«, sagte Seiler. Er folgte seinem Hund um einen ganze zehn Meter den Weg säumenden Holzstapel herum an den Wasserlauf und fand eine Stelle, an der das Flüsschen eine Kurve zeichnete. Das stete Anrennen des Wassers hatte im Laufe der Jahre das Ufer unterspült. Seiler stellte seinen Rucksack ab, zog Schuhe und Strümpfe aus und krempelte die Hosen nach oben. Er setzte sich ins Gras und streckte zuerst nur eine Zehe, schließlich beide Füße ins Wasser. »Puh, ist das kalt.« Nach wenigen Minuten veränderten seine normalerweise blauweiß marmorierten Unterschenkel und Füße ihr Aussehen und besaßen farblich zuletzt mehr Ähnlichkeit mit dem zarten Rot des Apfels, den Seiler zerschnitt und sich scheibchenweise in den Mund steckte, als mit dem Rest dieses alternden Körpers.

Seiler hatte in der zurückliegenden Nacht noch weniger geschlafen als sonst, die *Unterhaltung* mit seiner Liebe wollte einfach nicht mehr von ihm lassen. Man darf einen Fehler nicht wiederholen. Schön gesagt für jemanden, der dir dabei nicht einmal in die Augen sieht.

Lag hinter Mona-Lisa ein ähnliches Leben wie hinter ihm, fragte Seiler sich wieder und wieder. Bereute sie vielleicht auch seit fünfzig Jahren, bereute sie, dass sie ihn einfach (wortlos) hinter sich gelassen hatte? Den Geliebten – vergessen? Das Gras streichelte ihre Füße, Obstbäume säumten den Weg des geschlagenen Mädchens und die Sonne sah ihr nach und erkannte als Einzige, was der jungen Frau da bei jedem Schritt aus dem langen Zopf rieselte und zwischen Steinchen und Staub auf Nimmerwiedersehen verschwand: die Erinnerung an Gernot Seiler. Und als das Mädchen das Elternhaus erreicht hatte, wusste es nicht einmal mehr, warum sie dieses am Morgen verlassen hatte.

»Blödsinn.« Seiler warf den Apfelrest ins Wasser und sah ihm nach, bis er über eine kleine Stromschnelle sprang und verschwand. »Wie kann sie mit mir sprechen, wenn sie mich vergessen hat? Hasso, was meinst du: hat sie oder hat sie nicht?« Hasso, an die Selbstgespräche seines Herrchens gewöhnt, sah nicht einmal herüber.

Seiler saß hier, weil er Mona-Lisa liebte, ganz einfach. Er saß hier, weil sie sich im Recht befand: Man durfte einen Fehler kein zweites Mal begehen. Einmal – in Ordnung, nicht schön, aber es konnte eben passieren. Beim zweiten Mal allerdings wusste man, was einen nach diesem Fehler erwartete und ein Mann, der dann nicht dazugelernt hatte, nun, bei dem handelte es sich eben um einen dummen Mann. Die letzte Nacht hatte ihm seine Liebe nicht zurückgebracht, auch hatte sie seinen Fehler nicht korrigiert. Aber in den endlosen Stunden zwischen Sonnenunter- und Sonnenaufgang hatte Seiler die Zukunft gesehen, eine Zukunft, die er jetzt noch verändern konnte. Er mochte keines dieser fünf Kinder, trotzdem wusste er, dass Selbstvorwürfe auf ihn warteten, sollte einem von ihnen etwas geschehen.

»Manchmal muss man eben über den eigenen Schatten springen«, erklärte Seiler seinem Hund. »Blöder Spruch, als ob das ginge. Aber weißt du, was mir letzte Nacht klar geworden ist? Dass man am einfachsten über den eigenen Schatten springt, indem man sich umdreht. Ich hätte mich damals nach ihr umdrehen sollen, dann hätte ich diesen Schatten hinter mir gehabt. Aber so …« So hatte er ein ganzes Leben bei jedem Schritt auf eben diesen Schatten gestarrt und sich immer weiter von Mona-Lisa entfernt, was auch nicht half. Ganz im Gegenteil, denn jeder Schritt weg vom Licht seines Lebens hatte diesen vor ihm hergehenden Schatten noch mehr in die Länge gezogen. Und noch ein Stück.

Wie konnte man nur so dumm sein?! Seiler schüttelte den Kopf über so viel Einfalt. Man musste sich nur umdrehen! Diese Erkenntnis hatte ihn heute Morgen früher als gewohnt aus dem Bett getrieben und mit einem Hauch Euphorie übergossen. Auch nach fünfzig Jahren konnte er sich noch umdrehen, was hinderte ihn daran? Nur die eigene Borniertheit, verletzter Stolz. Nur der sorgsam gefütterte Dieb, der Tag für Tag das eigene Leben stahl: Scham. Zuerst das mit diesen Kindern klären und danach …

In Seilers Bauch kribbelte es. Er fühlte sich stark und hatte heute, abgesehen von dem Fluch gegen den Motorradfahrer – aber diesen hatte der verdient –, den ganzen Tag noch nichts

Schlechtes gedacht. Selbst der ersehnte eigene Todestag spielte heute in seinem Denken keine Rolle, ganz im Gegenteil. Die Aussicht, bald nach Bettmaringen hinüberzugehen und da mit seiner Suche nach Mona-Lisa zu beginnen, erfüllte ihn mit Vorfreude. Aufgeregt wie ein kleiner Junge am Weihnachtsabend, schlich sein Denken heute um diesen Vorsatz und das Schönste dabei: Seiler wusste, dass er damit das Richtige tat, sehr, sehr spät vielleicht, aber eben noch nicht zu spät. Hoffte er. Denn in einem halben Menschenleben konnte viel passieren und vielleicht gab es längst keine Mona-Lisa mehr.

»Aber dann hab ich's wenigstens doch noch versucht.« *Und vielleicht wird es anschließend mit diesen Selbstvorwürfen etwas besser*, fügte er in Gedanken hinzu, Hasso musste schließlich nicht alles wissen.

Seiler reinigte das Messer im Gras und klappte es zusammen. Kurz überlegte er, ob er vielleicht wieder einmal barfuß gehen sollte, entschied sich aber für die sichere Variante. So ein kleines Steinchen konnte böse Folgen haben, gerade in seinem Alter. Er pfiff Hasso aus dem Wasser, schimpfte nicht einmal, als der sich (Absicht?) direkt neben seinem Herrn die Tropfen aus dem Fell schüttelte und schulterte den Rucksack.

Zurück auf dem Weg, überlegte Seiler zum hundertsten Male, was die Kinder vor vier Tagen hier heruntergelockt haben könnte. Es gab diese beiden Ruinen – sicher, ein gerade für Jungen in ihrem Alter verlockendes Ziel. Seiler selbst hatte als Kind beide Gemäuer mehr als nur einmal besucht, auch wenn ihn persönlich die deutlich kleineren und längst nicht so gut erhaltenen Reste der Burg Steinegg weitaus mehr angezogen hatten als ihr Gegenüber. Woran dies lag? »Was weiß denn ich.« Seiner Meinung nach verhielt es sich mit diesen beiden Ruinen da wie mit zwei Menschen oder zwei Städten oder auch Räumen. Man sah einen Menschen, betrat einen Raum oder eine neue Stadt und fühlte sich sofort wohl, in einer nicht so recht fassbaren Weise zu Hause. Und bei anderen Menschen, Orten und Räumen war genau das Gegenteil der Fall, ohne dass man dabei sagen konnte, was genau einen da so maßlos störte. Aura. Ja, entschied Seiler, Aura konnte das richtige Wort sein. Die eigene Aura und die der Steinegger Burg – das hatte gepasst.

Sollten die Kinder an den Ruinen gespielt haben, wieso hatte der Hubschrauber sie dann nicht entdeckt?

Seiler blieb stehen und drehte den Kopf zu den zwischen Baumwipfeln auf den Wanderer herabsehenden Bauten. Er kannte die schmalen, von Unkraut überwucherten Wege hinauf und verspürte wenig Lust, den Ruinen einen persönlichen Besuch abzustatten. Wahrscheinlich wäre dies eh ein überflüssiger Besuch, denn wie sollte ein alter Mann mehr erkennen können als ein Hubschrauber? Was, wenn sie den Weg über Steina und Straße hinauf Richtung Ebnet genommen hatten? Da oben gab es eine Wanderhütte, vielleicht steckten sie dort? Aber Seiler schüttelte sofort den Kopf und entschied auch diese Möglichkeit abschlägig. Die Hütte lag direkt an einem Forstweg, der vielen Autofahrern als Abkürzung diente, einer hätte mit Sicherheit die Kinder beobachtet. Es existierte also nur eine wirklich plausible Erklärung für das spurlose Verschwinden der Kinder: sie hatten hier unten am Wanderparkplatz ein Auto bestiegen. Seiler blieb stehen. Ja, das musste es sein. Aus welchem Grund auch immer, hatten sich die fünf auf den Weg gemacht und am Parkplatz dann ein Auto bestiegen. Ob zufällig oder vorher geplant – es spielte vorerst keine Rolle.

Seiler sah zurück. Sollte er mit seiner Vermutung richtig liegen, ergab eine Suche hier unten kaum noch Sinn. Das Einzige, was ihm dann noch zu tun bliebe, wäre der Weg zur Polizei. Über das Gesicht des alten Mannes huschte ein Lächeln. Mit Sicherheit fand sich in Wittlekofen noch ein Polizist, heute Morgen jedenfalls stand noch ein blau-weißes Fahrzeug am Sportplatz. Er könnte heute mit dieser ganzen Geschichte abschließen und morgen früh schon zu Mona-Lisa aufbrechen!

»Hasso. Wo steckst du wieder? Komm, wir sind fertig hier.« Aber von Seilers Begleiter keine Spur. »Hasso?« Seiler steckte sich zwei Finger in den Mund, versuchte seinen Pfiff, der früher einmal die Gläser im Schrank zum Klirren gebracht hatte. Aber der weitgehend zahnlose Mund eines Mittsiebzigers erwies sich als unbrauchbar. »HASSO!«

Der Rüde tauchte hinter der Wand aus Holz auf, die bereits ein ganzes Stück hinter dem alten Mann lag. Er zeigte sich, wedelte mit dem Schwanz, aber statt reumütig zu seinem Herrchen zu rennen, ihn anzustupsen und so um Verzeihung zu bitten, verschwand er sofort wieder hinter dem Stapel.

»Was hast du denn jetzt wieder?« Seiler warf der Ruine Steinegg einen letzten Blick zu und machte kehrt.

Am Ende der den Weg säumenden Wand aus sorgfältig aufgeschichteten Hölzern fand er seinen Hund. Hasso steckte kopfüber in Brennnesseln, wedelte mit dem Schwanz. Abwechselnd scharrte er und zerrte an einem Fund, den Seiler vom Wegrand aus nicht identifizieren konnte. Wahrscheinlich ein hier verendetes Stück Wild, schätzte Seiler, der wusste, welch magische Anziehungskraft Verwesungsgeruch auf seinen Freund ausübte. Fast noch stärker als die Hinterlassenschaften der Hundedamen am Wegesrand. Die leckte er wenigstens nur mit entrücktem Blick und angelegten Ohren ab, bei etwas Verwestem oder – Achtung, der größte anzunehmende Unfall – in einem frisch mit Jauche gedüngten Feld, kannte Hasso aber kein Halten mehr. Folgte er sonst auch aufs Wort, übernahm bei solchen Anlässen einer dieser Urzeitinstinkte das Kommando über den Hund und zwang diesen, sich in dem Fund zu wälzen. Seiler hasste das Ergebnis solcher Aussetzer seines Hundes, durfte er diesen doch anschließend baden, was nicht verhinderte, dass Hund und Haus drei Tage lang nach Verwesung oder Jauche rochen.

In der Hoffnung, Hasso durch schnelles Eingreifen vom erwarteten Wälzen in seinem Fund abzuhalten, packte Seiler das

Tier am Halsband und zog es zurück. Aber statt den Kadaver eines von Maden und Würmern zerfressenen Hasen oder Fuchses zu finden, lag da nur ein schwarzer Sack, ein Rucksack genauer. Einer seiner Trageriemen hatte sich an einem etwas aus dem Holzstoß ragenden Stamm verfangen, weshalb Hasso den Fund nicht einfach hatte nach draußen ziehen können. Er hatte es zwar versucht, aber bis auf ein paar Löcher im Stoff nichts ausrichten können.

»Was interessiert dich denn so an diesem Ding?«, fragte Seiler. Hasso gehörte nicht zu den Hunden, die sich in Säcke, Katzen oder Kinder verbissen. Auch jetzt nicht, wie Seiler mit einem Blick zurück feststellte: Hasso saß auf dem Weg und die Aufregung, welche den Schweif des Rüden kontrollierte, warf Kieselsteine nach rechts und nach links. Seiler richtete sich auf, wollte den Rucksack schon Rucksack sein lassen und den Heimweg antreten, als er sich an etwas erinnerte: Die fünf vermissten Kinder – jedes Einzelne von ihnen hatte einen Rucksack auf dem Rücken getragen. Natürlich, zweifelsfrei hatten dies seine alten Augen an jenem Morgen nicht identifizieren können, schon gar nicht aus dieser Entfernung, aber als er jetzt noch einmal den Gänsemarsch der Ausreißer in Gedanken vor sich sah, trug jeder von ihnen etwas auf dem Rücken. Rucksack oder Buckel.

Er löste den Fund von seinem Anker und trug das schwarze Ding auf den Weg; Hassos Aufregung stieg.

»Was ist denn? Stinkt doch gar nicht.« Von seinem Hund umtanzt, brachte Seiler den Rucksack zu einem Baumstumpf. Hasso setzte sich vor seinen Herrn. Seiler öffnete den Reißverschluss, griff hinein und als er die Hand zurückzog, hielt er ein pechschwarzes Handy in den Fingern. Hasso legte den Kopf auf die Seite, Speichel tropfte von seinen Lefzen.

29 Wind

»Max, komm mal hoch! Und bring die Lampe mit!«

Außerhalb der unter der Roggenbacher Ruine verborgenen Katakomben schien die Sonne und hatte vor einer guten Stunde ihren Zenit überschritten. Während Gernot Seiler seinen Fund untersuchte, steckte Alex mit dem Kopf voraus bis zum Gürtel in dem niedrigen Gang, den er bisher hatte freilegen können. Von unten betrachtet sah es aus, als habe man einen Halbwüchsigen im Fels eingemauert und nur Gesäß und die angewinkelten Beine draußen gelassen. Kasi musste an Rufus denken.

Alex hatte gerade mithilfe seines Schwertes einen Stein freibekommen, als plötzlich etwas seinen nackten Rücken berührte. Ein Streicheln, wie mit einer Feder. Seine Nackenhaare richteten sich auf. Alex kroch zurück, aber außer ihm befand sich keines der Kinder hier oben. Aber er täuschte sich nicht, da war etwas, eine Winzigkeit, ein Hauch nur, über seine Haut gepustet.

Die Kinder hatten sich darauf geeinigt, dass es eine Hoffnung gab, sie sich aber auf diese Hoffnung allein nicht verlassen durften. Ein fünfjähriges Mädchen konnte alles machen, konnte es aber auch lassen. Sollte die Angst vor ihrem großen Bruder groß genug sein, ihr bis auf Weiteres den Mund zu verstopfen …

»Was ist?« Die Lampe in der Hand, erreichte Max die Grabungsstelle. »Hast du was gefunden?«

»Ich weiß nicht. Eben kam es mir so vor, als ob jemand über meinen Rücken gepustet hätte«, antwortete Alex. Timi und Kasi unterbrachen ihre Arbeit und sahen nach oben. *Eine Berührung*, dachte Alex, *ein Streicheln und Anschmiegen.* Die Augen des Jungen wanderten zu Rufus' Grab, aber es lag ungeöffnet unter einem Berg Schutt begraben. Aber was interessierte so ein bisschen Dreck eine Seele und einen Geist?

Alex wollte das nicht denken, aber es ging nicht anders: was, wenn Rufus' Seele sich befreit hatte und nun durch diesen Raum schwirrte und ihn gerade eben am Rücken berührt hatte?

Nein, es gab keine Geister!

In der Welt da oben mochte diese Aussage ihre Richtigkeit haben, wie aber verhielt es sich hier in diesem Berg? Normale Leichen verschwanden in dicht abgeschlossenen Särgen entweder im Ofen oder unter einer ziemlich dicken Schicht Erde. Alex und Max hatten letzten Sommer auf dem Friedhof einen Mann dabei beobachtet, wie der mit einem kleinen Bagger ein Grab ausgehoben hatte. Nachdem Bagger und Mann verschwunden waren, hatte Alex all seinen Mut zusammengenommen. Max hatte ihn provoziert (Wetten, du traust dich nicht!) und Alex die Provokation angenommen. Ein Sprung über die Friedhofsmauer und ein zweiter Sprung in das mit Kunstrasenmatten ausgeschlagene Grab. Ein solches Loch bot, vermutete Alex jetzt, wahrscheinlich ausreichend Sicherheit gegen eventuelle Geister und Seelen, Rufus aber lag unter losem Geröll. Warum redeten immer alle von Seelen, wenn es keine gab? Wenn aber eine Seele existierte, wo steckte diese jetzt? Weiterhin in Rufus?

»Und? Was ist jetzt?« Max leuchtete in das von Alex in den zurückliegenden Stunden gegrabene Loch. Kaum fünfzig Zentimeter hoch verschwand es in derselben Richtung im Berg, in der früher einmal der Wendeltreppengang nach oben geführt hatte.

»Kriech mal da rein.«

»Und wozu?« Max verstand nicht, was er hier sollte, was er in diesem sinnlosen Loch sollte. Aber wozu sich mit Alex streiten. Reinkriechen, kurz warten und wieder rauskriechen. Fertig.

Max' Oberkörper verschwand in dem kurzen Gang. »Und jetzt?«, kam es gedämpft.

»Spürst du irgendwas?«

»Nein.«

Max hatte dieses *Nein* noch nicht richtig ausgesprochen, als etwas über seinen ebenfalls nackten Rücken fuhr, ein Gefühl, als läge er nach dem Baden halbnackt auf dem Sofa, während Mutters Fingerspitzen seinen Rücken berührten. Aber das ging nicht, das konnte nicht sein! *Mutter?!*

Max fuhr zurück, wollte sich aufrichten und schlug mit dem Kopf gegen die Decke.

»Au!« So schnell er konnte, kroch Max nach draußen.

»Hast du es auch gespürt?«

Ohne sich um seinen Freund zu kümmern, rutschte Max die Halde hinunter, erst am Ausgang in den Fässerraum kam er zum Stehen. Er zitterte am ganzen Körper.

»Du hast es auch gespürt, ja?«

»Und ob!« Max zerrte sich das Shirt über den Kopf und zog es wieder an. Er fror plötzlich.

»Was ist denn? Was habt ihr gespürt?« Kasi legte den Helm zur Seite. Er kletterte ein kleines Stück die Halde hinauf, ließ es dann aber bleiben und rutschte zurück. »Was ist denn da oben?«

»Irgendwas wie ein, wie ein – Luftzug.« Der Geist des schwarzen Ritters.

»Ein Luftzug?« Alex nickte. »Dann hast du es geschafft!« Kasi nahm Timi in den Arm, aber weder Timi noch Alex, geschweige denn Max begriffen die Tragweite dieses Satzes.

»Was geschafft?«

»Na, den Durchbruch!« Aber Alex schüttelte den Kopf.

»Ich bin noch lange nicht durch. Da vorn«, er zeigte in den Gang, »liegt Stein an Stein. Das dauert noch ewig.« Kasi aber ließ sich nicht entmutigen. Er nahm Anlauf, rannte die erste Hälfte der Halde nach oben, stürzte, kroch weiter und schaffte es schließlich mit Alex' Hilfe bis ganz nach oben. Statt aber wie Alex und Max in den Gang zu kriechen, steckte er sich nur den Finger in den Mund und hielt diesen vor das Loch. Und tatsächlich, Kasi spürte Kälte, spürte einen kaum wahrnehmbaren Hauch.

»Was machst du?«

»Kennst du das nicht?« Alex schüttelte den Kopf und Kasi erklärte ihm und den anderen, was er tat, wieso man mit einem nassen Finger die Windrichtung bestimmen konnte, vorausgesetzt, es existierte Wind. Und hier gab es definitiv einen solchen! Ein Luftzug, der irgendwohin musste, durch diesen engen Gang hier nach … draußen! »Versteht ihr? Der letzte Stein, den du rausgeholt hast, der hat ein kleines Loch nach draußen aufgemacht! Über uns ist also nicht alles komplett eingestürzt! Wir schaffen es! Wir schaffen es!« Und jetzt verstanden auch Alex und Max und Timi. Der so lange ersehnte Durchbruch – sie hatten ihn geschafft. Anders zwar, als wieder und wieder vorgestellt und gewünscht, aber Alex hatte mit diesem Stück Fels eben eine Verbindung zur richtigen Welt aufgetan und auch wenn kein Licht hereinfiel, auch wenn am anderen Ende dieser Verbindung keine Retter standen und sich mit ihnen freuten, sie hatten es vollbracht!

Für Timi und Max gab es nun kein Halten mehr. Die beiden Brüder stürmten nach oben, steckten sich wie Kasi und Alex einen Zeigefinger in den Mund und hielten diesen in den Wind.

»Er kommt von da!« Timi zeigte in den Gang.

»Blödsinn«, widersprach sein Bruder, »es zieht von hier nach draußen.« Letztendlich aber spielte die Windrichtung für keines der Kinder eine Rolle, einzig und allein, dass Wind existierte, besaß eine Bedeutung.

»Schaffen wir es heute noch?«, wollte Timi wissen. Er sah sich bereits in den Armen seiner Mutter. »Sind wir heute Abend zu Hause?« Die anderen lachten und Max nahm seinen kleinen Bruder sogar in den Arm.

»Heute ganz bestimmt nicht«, sagte Alex und ein Stück von Timis Freude verflog. »Aber, wenn alles gut geht, vielleicht in zwei oder drei Tagen. Oder? Was meinst du, Kasi?«

»Ja!« Ja, sie könnten es tatsächlich schaffen! Ja, drei, vielleicht auch vier Tage schienen realistisch! Und ja, egal ob Leni nun ihren kleinen Mund hielt oder nicht, es gab jetzt eine wirkliche Chance, keine erhoffte, erträumte und nur vorgestellte Chance, sondern eine greifbare, nein – Kasi nahm seinen Finger zum vierten Mal in den Mund und hielt diesen in den Wind –, es existierte eine spürbare Chance. *Wir werden es schaffen!*

»Verdammter Mist! Das Ding sitzt so was von fest!« Auf dem Bauch liegend zerrte Alex an einem Felsstück. Es bewegte sich minimal, er spürte, wie die Luft seine Hände umspielte und in einem nur wenige Zentimeter breiten Spalt verschwand, dem Weg in die Freiheit.

Die Entdeckung dieses Weges mobilisierte in den Kindern sämtliche noch vorhandene Reserven. Ohne ihre Kraft durch Worte zu vergeuden, arbeiteten sie: Alex in dem von ihm geschaffenen Gang, Max an dessen Öffnung, wo er die von Alex gelösten Steine in Empfang nahm und nach unten rollte, und Kasimir und Timi am Fuße der Halde. Die Kinder schwitzten und selbst Alex, der sich bei seiner Arbeit kaum richtig bewegen musste, lief der Schweiß von der Stirn. Vergessen die Angst vor einem langen und langsamen Hungertod, vergessen die Angst vor dem, wie die Erwachsenenwelt da draußen mit diesen Kindern weiter verfahren würde, wie sie auf Rufus' Tod reagierte. Vergessen selbst die Streitigkeiten zwischen Max und Kasimir. Alle vier sahen Licht am Ende des Tunnels und sie wollten alles in ihrer Macht Stehende tun, dieses Licht zu erreichen, sich in dieses Licht zu legen und in diesem Licht zu leben. Leben.

»Gebt mir mal irgend so ein Lanzenstück, ich brauch einen Hebel.« Mit seinen Fingern kam Alex einfach nicht mehr weiter. Er hatte einen Spalt geschaffen, durch den die Luft wie durch eine Düse nach draußen jagte. Beide Handflächen passten hinein, Alex konnte diesen Felsbrocken von der Größe eines Wassereimers packen, auch ein paar Zentimeter hin und her bewegen, aber er konnte ihn nicht entscheidend aus dem umgebenden Material herauslösen. Er benötigte einen Hebel. Kasi suchte ein unterarmlanges Stück heraus und warf es Max auf die Halde, der gab es an Alex weiter. »Und leuchte mal richtig hier herein.«

Max drehte die neben ihm liegende Lampe in die gewünschte Richtung und der Rest des Raumes verschwand im Dunkel, während Alex mit dem Lanzenhebel gegen seinen Schatten und den die nahe Freiheit blockierenden Felsbrocken ankämpfte. Er steckte die verrostete Spitze in den Spalt, packte das Holz, betete, dass es gelingen möge und begann, mit beiden Händen zu drücken. Die zurückliegenden Jahrhunderte aber behielten ihre Kraft für sich und ließen die Kinder im Stich, schon beim zweiten Drücken brach das Holz und zerbröselte in Alex' Händen.

»Ach, Scheiße!« Aber Alex wollte nicht aufgeben, nicht jetzt, nicht so kurz vor dem Ziel. Einen Hebel! Er brauchte einen Hebel! Und sie besaßen auch einen! »Max?«

»Was?«

»Gebt mir mal eine von den leeren Taschenlampen hoch. Am besten deine, die ist doch am längsten, oder?«

»Wozu?«

»Komm, jetzt mach nicht lang. Die Lanze hier ist abgebrochen und ich brauch was anderes!«

Obwohl Max nicht verstand, wie aus einer Stabtaschenlampe ein Hebel werden konnte, ließ er Timi das wertlose Ding heraufwerfen und gab sie weiter an Alex. Der schlug sie mehrere Male in den vorbereiteten Spalt, bis er den Griff der Lampe in diesen hineinquetschen konnte. Wieder packte er sie mit beiden Händen und wieder betete er. Und diesmal hielt der Hebel. Der Felsbrocken ächzte, stöhnte in seinem Bett, wollte nicht geweckt werden, wollte sich weder bewegen noch seinen Platz verlassen. Er wollte nicht, Alex aber schon. Wieder und wieder drückte er, zerrte, Staub und kleine Steine rieselten auf ihn nieder. Alex wusste, der Berg konnte jeden Augenblick über ihm zusammenstürzen und ihn wie den schwarzen Ritter bei lebendigem Leibe verschütten. Aber gab es eine Alternative? Natürlich nicht. Der Aufzug steckte fest, die Rolltreppe klemmte, also musste dieser verdammte Stein da weg, ob er nun wollte oder nicht. Zeit zum Aufstehen.

Alex warf sich mit seinem ganzen Gewicht auf die Lampe, er rutschte ab und schlug sich am Fels die Knöchel beider Hände wund, den Kampf aber gab er deswegen noch lange nicht auf. Abwechselnd scharrte er aus den lockeren Rändern Dreck nach hinten zu Max und rüttelte an dem Stein und plötzlich gab dieser seinen Widerstand auf.

»Ja!« Alex bekam das Monster mit beiden Händen zu fassen, zog es zu sich heran, rutschte zurück und zerrte weiter, bis beide außerhalb des von den Kindern geschaffenen Ganges erschienen. Gemeinsam schoben Alex und Max den Felsbrocken bis an die Kante.

»Achtung!« Kasi und Timi versteckten sich im Durchgang zum Fässerraum. Max gab dem Fels den entscheidenden und wohlverdienten Tritt, dieser verlor das Gleichgewicht und polterte nach unten, wo er an Rufus' Grab seine letzte Ruhestatt fand.

»Ist der Gang jetzt frei? Können wir raus?« Timi konnte es kaum noch erwarten. Er kletterte zu seinem Bruder und wollte schon an den beiden Großen vorbei in die Freiheit flüchten, als Alex ihn gerade noch an der Hose zu fassen bekam und zurückzog.

»Nichts da. Zuerst ich.« Sichtlich enttäuscht trat Timi zurück. Alex nahm einen Schluck Wasser, spuckte in die Hände.

»Also dann. Mal sehen, was hinter dem Stein ist.« Er kurbelte die einschlafende Lampe munter und krabbelte in seinen Gang. Als er aber die Stelle ausleuchtete, an der bis eben noch dieser Felsbrocken gelegen und sich gewehrt hatte, prallten all seine Hoffnungen und Wünsche gegen die dort befindliche massive Felsformation. Vor Alex lag eine Wand aus Stein, unterbrochen nur von einem winzigen Spalt, durch welchen die Luft nach draußen zog. Selbst wenn die Kinder eine Brechstange besessen hätten, hier kämen sie auch damit nicht weiter – zu schmal dieser Spalt und zu massiv das Gestein, welches er trennte. Alex' Finger fuhren über diese raue Fläche und er erkannte, dass er sich am Ende seines Ganges befand. Hier kam er keinen einzigen Zentimeter mehr weiter. Vielleicht ein Stück tiefer, vielleicht etwas weiter rechts? Vielleicht. Aber wo sollte er die Kraft dazu hernehmen, wo? Alex legte sich auf den Bauch, vergrub das Gesicht in seinen Armen und mit diesem dünnen Luftzug flogen all seine Träume und Hoffnungen, seine Kraft und Motivation davon. Schluss. Aus. Vorbei. Seine Kraft reichte nicht einmal mehr für ein paar Tränen.

30 Die Spieluhr

Vor Gernot Seiler breitete sich im Gras der Inhalt des von Hasso gefundenen Rucksacks aus: ein Handy, eine Decke, Taschenlampe und eine Metallflasche, dem Schüttelgeräusch nach noch zur Hälfte gefüllt. Außerdem zwei Schokoriegel, ein Feuerzeug und eine Dose mit Broten. Seiler öffnete Letztere und Hasso konnte kaum noch still sitzen. Seiler schlug ein Geruch entgegen, der Hassos Interesse an diesem Rucksack mit einem Schlag erklärte: Käse! Hasso legte die Ohren an und kam auf allen vieren näher gekrochen. Seine Augen – ein einziges Flehen. Herrchen aber kannte kein Erbarmen.

»Nichts da.« Die Büchse (der Käsepandora) schloss sich und eine Hand wedelte das Tier weg. »Gehört uns nicht. Diebe sind wir zwei niemals nicht, verstanden?« Seiler warf die Dose ins Gras und richtete sich auf. Was sollte das? Auf den ersten Blick sah der ganze Kram nach genau dem aus, was er selbst für ein kleines Ferienabenteuer eingepackt hätte, abgesehen von dieser kleinen *Schachtel*, die Seiler immer noch nicht als Telefon identifiziert hatte. Essen und Trinken, eine Decke, Feuerzeug, Lampe – was brauchte man mehr für einen Tag im Wald? Gut, ein Taschenmesser vielleicht, aber das hätte er selbst am Mann getragen, wahrscheinlich auch der Besitzer des Rucksacks. Auf den ersten Blick also alles nichts Besonderes. Bei genauerem Hinsehen aber störte den alten Mann irgendetwas. Er konnte es nicht sofort beim Namen nennen, nahm die Dinge eins nach dem anderen noch einmal in die Hand, aber es wollte und wollte ihm nicht einfallen. Gerade aber als er drauf und dran war, alles zurück in den Sack und diesen in sein altes Versteck zu werfen, öffnete sich im Kopf des Mannes eine Schublade und plötzlich konnte er nicht mehr nur sehen, sondern jetzt verstand er auch, was er da sah: der Rucksack und jedes der in ihm versteckten Mitbringsel waren schwarz. Kein Grau, kein dunkelbraun – schwarz. Einzig die Verpackung der beiden Schokoriegel brachte ein wenig Farbe ins Spiel, aber auch dies auf schwarzem Folienuntergrund. Und während Seiler die Sachen jetzt mit ganz anderen Augen betrachtete, wanderte noch einmal die Kinderkarawane an ihm vorbei: Eins, zwei, drei, vier, fünf. Und Nummer fünf – richtig, komplett in Schwarz gekleidet, als ginge das Kind auf eine Beerdigung und nicht zum Spiel. Dazu die Stimme der alten Probst, als sie ihn vom Verschwinden der Kinder unterrichtet hatte: *Und dann dieser Neue, kennst du auch. Wohnen erst ein halbes Jahr hier. Der Junge läuft immer ganz in Schwarz durch die Gegend.*

Seiler zählte eins zum anderen und am Ende dieses Zusammenzählens hätte er Stein und Bein geschworen, dass vor ihm hier das Zeug von genau diesem schwarz gekleideten Jungen lag. Also hatten sie doch kein Auto bestiegen! Und Richtung Ebnet brauchte man auch nicht nach ihnen zu suchen. Hier, genau hier hatten sie sich herumgetrieben.

»Das ist es, Hasso!« Seiler sprang auf, bereute aber im gleichen Moment die abrupte Bewegung. Seit einem Hexenschuss vor drei Jahren mied er jede zu plötzliche Bewegung und der Hexenschuss mied den alten Mann. Jetzt kratzte der Besenstiel der Alten an seinem Allerwertesten.

Hasso glaubte, Herrchens Freude könnte etwas mit der Büchse zu tun haben, die er keine Sekunde aus den Augen gelassen hatte. Er suchte sie aus den schwarzen Hinterlassenschaften heraus und brachte sie Seiler.

»Später«, sagte der und nahm Hasso die unerreichbare Lieblingsspeise aus dem Fang. »Vielleicht später.« Die Büchse verschwand, Seiler packte zusammen.

Beladen mit zwei Rucksäcken, machte sich Gernot Seiler auf den Rückweg. Er freute sich, denn dieser Fund stellte nicht nur ein eindeutiges Indiz dar, sondern befreite den alten Mann im selben Zuge auch von allen Erklärungslügen. Ohne diesen Rucksack hätte er sich und sein spätes Handeln rechtfertigen müssen, mit dem Rucksack auf der Schulter konnte er aber sagen, dass er Holz sammeln wollte und dabei diesen Fund hier gemacht hatte. Und spätestens der Vater des Jungen würde den Rucksack und alles darin erkennen. So musste Seiler die von ihm beobachtete Kinderkarawane mit keinem Wort erwähnen und auch nichts erklären. Zufall, dass er das Ding gefunden hatte – da habt ihr ihn, macht damit, was ihr wollt, findet die Ausreißer oder eben auch nicht, aber lasst den alten Gernot Seiler bitte schön in Ruhe. Wunderbar.

So von einem Gefühl der Hochstimmung getragen, hatten Seiler und Hasso fast schon den Wanderparkplatz erreicht, als rechter Hand ein kaum noch zu erkennender Trampelpfad abzweigte. Seiler blieb stehen. Er kannte den Weg, dieser führte geradewegs hinauf zur Steinegg und von da aus auf dem Höhenrücken, an dessen vorderster Kante die Ruine über dem Steinatal thronte, bis nach Wittlekofen. Ein winziger Umweg nur, dachte Seiler. Vielleicht gab es da oben noch mehr Hinweise auf den Verbleib der Kinder? Oder die Kinder selbst. Sie könnten ihm erklären, warum dieser schwarze Junge seinen Rucksack versteckt hatte, könnten auf dem gemeinsamen Rückweg ins Dorf erzählen, wovon sie sich die vergangenen Tage eigentlich ernährt hatten, was sie sich bei diesem *Spiel* gedacht hatten. Das würde Ärger geben, wusste Seiler und bog nach rechts ab. Nicht nur die eigenen Eltern werden den Bengeln die Ohren lang ziehen, nein, das richtige Spektakel werden die von der Polizei veranstalten. Geschieht ihnen recht, freute sich der alte Mann, und dachte an die ungezählten Streiche der Kinder, den Diebstahl seiner Äpfel und Birnen und die Untätigkeit der Eltern dieser kleinen Diebe.

Der fast gerade den Hang hinaufführende Weg erwies sich doch als steiler, vor allem aber als zugewachsener, als Seiler in Erinnerung hatte. Kaum ein Wanderer verirrte sich auf das alte Gemäuer und die wenigen Spaziergänger und ihre Hunde bevorzugten den paarlauftauglichen Weg die Steina entlang zur Roggenbacher Ruine. Seiler sah zur Sonne hinauf – so gegen zwei schätzte er, also kein Grund zur Eile. Er wischte sich den Schweiß von der Stirn und suchte einen Stock aus dem Unterholz. Mit diesem als Stütze ging es leichter und nach einer weiteren halben Stunde, in der er zuletzt vor lauter Brombeergestrüpp und Brennnesseln kaum noch vorwärts kam, erreichte er endlich die ersten Steine des vergessenen Gemäuers.

Die im Gegensatz zu ihrer Schwesterburg nur schwer zu erreichende Ruine besaß keinerlei touristische oder kulturhistorische Bedeutung, falls doch, interessierte sich aber niemand dafür. Seiler stieg auf einen Mauerrest. Ja, da drüben auf der Schwesterburg, da hatte jemand eine Treppe gebaut und auch der von der Straße aus einsehbare Hang des Burghügels wurde regelmäßig von Bäumen befreit. Die Steinegg jedoch ließ man zuwachsen. Aber gut, viel gab es hier auch nicht mehr zu bewahren: die Reste eines Turmes, Mauerwerk, welches wohl einmal ein Gebäude gewesen sein mochte, die Überbleibsel der einstigen Einfriedung – damit hatte es sich dann auch schon.

Seiler betrachtete die ihm einmal so vertrauten Relikte. Wie durch ein Loch in der Zeit gestolpert, verwandelte er sich dabei zurück in ein Kind. Der Krieg hatte ein Ende gefunden und dieses Ende den Himmel von Tieffliegern und Bomberstaffeln gereinigt. Nach und nach kehrten Väter und Ehemänner zurück, nicht alle, aber viele. Sein Vater nicht. Hier oben hatte Seiler oft stundenlang gesessen und an diesen Vater gedacht, an den großen, starken Mann in Uniform, der ihn in die Luft geworfen hatte und vor seinem Sohn salutierte. Alles sah hier noch genau so aus wie damals.

Hasso hechelte. Er suchte sich einen Platz im Schatten und sein Herrchen folgte ihm. Seiler setzte sich an den Fuß des Turmes. Die von Flechten und Moos im Laufe der Jahre mit einem grünen Film überzogenen Steine bekamen nur in den Morgenstunden ein wenig Sonne ab. Hund und Mann suchten die Nähe dieser Steine und genossen die in ihnen gespeicherte Kühle.

»Sieht nicht so aus, als ob die Bengel hier waren, was?« Nirgends abgebrochene Äste, keine zu Türmchen aufgestapelte Steine, keine Lagerfeuerreste. Seiler war wohl der erste Besucher seit Wochen, wenn nicht seit Monaten. »Schade. Hätte sie gerne ins Dorf geführt und mir ein paar der Ohrfeigen angesehen, die dort auf sie warten.« Na gut, man konnte im Leben eben nicht alles haben. Das Wichtigste – überhaupt einen Hinweis zu entdecken und mit diesem das eigene Fehlverhalten zu übertünchen – hatte er geschafft. Seine Arbeit war damit erledigt, morgen gab es etwas noch Wichtigeres zu tun.

Seiler schüttete sich etwas Wasser auf die Hand und hielt diese Hasso hin, danach trank er. Sein krummer Rücken schmerzte, aber hier zwischen Steinen und Erinnerungen zu sitzen tat gut. Seiler empfand es beinahe wie ein Nachhausekommen. Oder wie das Finden eines Spielzeuges, eines nie vermissten oder gar mit einer Erinnerung bedachten Gegenstandes aus Kindertagen, das einem ganz unvermutet in die Hände fällt und eine nicht enden wollende Spieluhr voller Bilder, Gerüche und Töne in Gang setzt. Seilers Spieluhr drehte sich, während er einen Apfel zerschnitt und Stück für Stück im Mund verschwinden ließ. Er fühlte sich wohl, trotz der Schmerzen im Rücken. In einem ihm nicht so richtig greifbaren Sinne fühlte er sich zufrieden und mit sich selbst im Reinen. Und dieses Kribbeln in der Magengegend hatte den Weg zurück zu ihm gefunden. Er lächelte, steckte das Messer neben sich ins Gras und freute sich.

»Morgen wird die Welt verändert, Hasso.« Der Hund öffnete ein Auge. »Morgen suchen wir sie.« Endlich wieder ein Ziel, eine Hoffnung. Er hoffte, sie zu finden und er hoffte, dass sie ihm verzeihen konnte. Mehr nicht, aber auch nicht weniger. Mit dieser Hoffnung im Kopf und eingelullt von der Spieluhr seiner Kindheit, schlief Seiler ein.

31 Das Bild

»Lieber Gott. Bitte mach doch, dass Leni alles verrät.« Timi klammerte sich an seinen Super-Jesus, mit gefalteten Händen und die Augen geschlossen. Auf Letzteres hätte er allerdings auch gut verzichten dürfen, denn ob er nun die Augen öffnete oder schloss, die Dunkelheit blieb die gleiche. Kasis Kurbellampe lag zwischen den Kindern, lichtlos, und keines der Kinder hatte protestiert, als Alex sie vorhin ausgeschaltet hatte. Wozu noch Licht?

Einer nach dem anderen hatten die Kinder den Kopf in den Gang gesteckt und sich von der Endgültigkeit seines Endes überzeugt. Konnte es wirklich sein, dass die ganze Arbeit der vergangenen Tage an einer Felswand endete? Einfach so? Die Türe vor der Nase zugeschlagen, abgeschlossen und den Schlüssel weggeworfen?

Kasi hatte schließlich vorgeschlagen, die Schutthalde noch weiter abzutragen und den Gang so ein Stück tiefer zu legen. Vielleicht könnte man auf diesem Weg unter der abgeschlossenen Tür hindurchkriechen. Doch es blieb nur ein Vorschlag, denn keiner der Jungen besaß noch Kraftreserven, weder körperlich noch mental. Den Gang zu graben, all das Geröll zur Seite zu schleppen und zwischendurch immer wieder das Seil aus dem Brunnen zu ziehen, hatte die Kinder bis an den Rand des körperlichen Zusammenbruchs getrieben, die Hoffnung aber, mit ihrer Arbeit diesem Gefängnis entfliehen zu können, hatte ihnen immer wieder neue Kraft gegeben. Jetzt aber lagen sie nebeneinander, ohne Hoffnung und damit auch ohne Kraft. Wozu noch einmal von vorn beginnen? Sie würden es ja doch nicht mehr schaffen. Tiefer zu graben bedeutete gleichzeitig, auch viel mehr Schutt abtragen zu müssen, Alex schätzte grob die vierfache Menge. Lächerlich. Schon jetzt konnte sich Timi kaum noch auf den Beinen halten, schon jetzt stolperte der einarmige Kasimir immer wieder über umherliegende Steine, behauptete zwar, es läge an der fehlenden Brille, Alex aber wusste, dass der Grund wohl eher in seinen nachlassenden Kräften zu suchen war. Ein Wunder überhaupt, dass Kasi so lange durchgehalten hatte, trotz seines verletzten Armes. Obwohl sich dessen Zustand seit der Urinkur deutlich gebessert hatte, lagen trotzdem noch Äonen zwischen dem Jetzt und einem normalen, einsatzfähigen Arm. Vorhin hatte Kasi in das Toilettenfass uriniert, statt die Tropfen aufzufangen und seinen Verband damit zu tränken. Alex hatte es gesehen, aber nichts gesagt, wozu auch? Wozu sollte Kasi noch seine Wunde pflegen, bevor diese verheilt wäre, lagen hier unten schon fünf mausetote Kinder, abgemagert bis auf die Knochen und mit toten Augen – Material für die Abenteurer von Übermorgen.

»Lieber Jesus, mach bitte ein Wunder, du kannst das do…«

»Halt die Klappe, Timi, bitte halt die Klappe.« Zusammen mit diesen Worten versetzte Max seinem Bruder einen Stoß in die Seite. Timis Gebet brach ab.

»Lass ihn doch«, sagte Alex, »vielleicht hilft es ja.«

»Ja klar, beten hilft. Und morgen fliegen gebratene Tauben durch die Luft, ich weiß.« Max griff in den neben ihm liegenden Dreck und warf eine Handvoll Steinchen zur Seite. »Ich hab es euch von Anfang an gesagt: Wir kommen hier nicht raus!« Diesmal widersprach keiner, aber alle dachten sie das Gleiche: *Wir werden sterben.*

»Weiß einer noch, wie viele Tage inzwischen vergangen sind?«, fragte Alex. Interessierte ihn die Antwort auf diese Frage wirklich? Ließ sich mit dieser Antwort irgendetwas Sinnvolles anfangen? Nein und noch mal Nein, aber lieber eine überflüssige Frage stellen, als in dieser Stille zu hocken, dem eigenen Herzschlag zu lauschen und den Atemgeräuschen der anderen zuzuhören.

»Fünf? Oder sechs.« Max hatte bis zum dritten Schlafen noch mitgezählt, dann kamen die Spinnen. Aber fünf oder sechs könnte passen, vielleicht auch sieben, wer wusste das schon. Auf jeden Fall dürften sie annähernd eine Woche verschollen sein.

»Glaubt ihr, dass sie noch nach uns suchen?«

»Bestimmt!«, antwortete Kasimir wie aus der Pistole geschossen. »Meine Eltern werden nie aufhören, nach mir zu suchen!«

»Da wäre ich mir bei meinem Alten nicht ganz so sicher«, sagte Alex und auch Max ging Ähnliches durch den Kopf. Vielleicht suchten sie wirklich noch, dann aber wohl eher mehr nach ihrem Timi als nach ihm. Mutter vielleicht, aber *Stief*-Vater? Nein, Max schüttelte den Kopf, nein, der würde wohl eher froh sein, Max endlich aus dem Haus zu haben, vor allem auf diese Weise, denn verschüttet in der Roggenbacher Ruine konnte Max niemandem etwas erzählen, er nahm alles mit sich ins Grab. Besser ging es eigentlich nicht, mit Max' Wissen ausgestattet, könnte man sogar auf die Idee kommen, Timis Vater habe dies alles hier arrangiert. Allerdings müsste er dann aber doch noch seinen Sohn retten, seinen *richtigen* Sohn, danach aber sah es im Moment ganz und gar nicht aus. Im Gegenteil, Max vermutete, dass Timi wohl als Erster die Sache hier beenden dürfte. Timi zitterte, ob vor Kälte oder Angst – unwichtig.

»Mein Vater wird alles auf den Kopf stellen, um uns zu finden! Und irgendwann kommt er auch hier zur Ruine«, *und spürt, dass ich hier unten sitze,* dachte Kasi, sagte aber: »und ihm fällt bestimmt irgendwas auf. Vielleicht sieht man ja von draußen den Erdrutsch? Vielleicht ist ja einer der Türme eingestürzt oder so.«

»Hoffentlich kommt dein ach so toller Papa, bevor wir alle verhungert sind«, sagte Max. »Gibt es eigentlich irgendwas, was der nicht kann?« Kasi überlegte, aber ihm fiel nichts ein und Max fragte auch nicht weiter. Er hatte weder Lust auf einen Streit mit dem Mädchen noch wollte er noch mehr von dessen tollen Eltern hören, für ihn stand fest, dass Kasimir log, denn wie der es immer darstellte, konnte es gar nicht sein. Aber wen interessierte jetzt noch die Wahrheit, wen eine Lüge?

»Ich hab Angst vor dem Sterben.« Timi setzte sich auf und schmiegte sich an seinen Bruder. »Ich will das nicht.«

»Ich habe auch Angst«, sagte Alex, ganz leise nur, aber jeder verstand ihn. »Und ich will das alles auch nicht, aber ich kann es nicht mehr rückgängig machen. Leider.« Auch Alex setzte sich jetzt auf. Er holte tief Luft. »Es tut mir leid. Also, dass ich euch hier runtergeführt habe, meine ich. Es tut mir ehrlich leid.«

»Und? Das bringt jetzt auch nichts mehr«, sagte Max. »Ob es dir leid tut oder nicht, es ändert nix. Leider.«

»Trotzdem wollte ich euch das sagen. Ich dachte, wir haben ein paar lustige Stunden …«

»Am Anfang war's ja auch ganz lustig!«

»Für dich vielleicht!«, sagte Kasi und hielt sich den Arm.

»… aber dass wir alle sterben, das wollt ich echt nicht.« Selbst Max hielt den Mund. Er spürte, dass Alex das ehrlich meinte.

»Bleibt dann gar nichts von uns übrig?«, fragte Timi und wischte sich seine Tränen an Max' T-Shirt ab. »Sind wir dann einfach … weg?«

»Unsre Knochen bleiben hier«, erklärte Max. »Das wird von uns übrig bleiben.«

»Nein«, Max hatte ihn wieder nicht verstanden, »ich meine so wie, wie …«

»Unsere Seele?«, fragte Kasi.

»Ja. Auch. Aber ich kann mir nicht vorstellen, dass wir einfach nicht mehr leben und alles weitergeht. Ich habe immer gelebt, seit ich lebe. Es muss doch noch irgendwas kommen. Danach, meine ich.«

»Wir kommen doch in den Himmel«, sagte Kasi und so, wie er es sagte, nahmen es sogar Max und Alex widerspruchslos hin. Kasis Stimme formulierte keine Hoffnung, keine Vermutung, sondern eine Tatsache und in dieser Stimme schwang dabei eine unterschwellige Anklage gegen Timi, als könne Kasi die Zweifel des Achtjährigen absolut nicht verstehen.

»Sicher?«, wagte Timi trotzdem zu fragen. Natürlich kannte auch er all das, was Pfarrer und Religionslehrer erzählten, aber stimmte das auch? Wo befand sich denn diese Seele jetzt und wie sollte sie aus diesem Berg herauskommen? Und wieso hatte noch niemand diesen Himmel entdeckt? Vom

Mond aus musste er doch zu sehen sein oder von der Raumstation. Aber kein Mensch der Welt hatte diesen Ort jemals gesehen! Also musste er ziemlich weit weg liegen, vermutete Timi, so weit weg, dass man ihn noch nicht einmal mit dem besten Fernglas entdecken konnte. Wie sollte dann aber eine Seele bis dahin fliegen können? Erfror sie nicht unterwegs oder erstickte sie?

»Ganz sicher. Meine Eltern haben es mir erzählt und meine Eltern lügen nicht«, sagte Kasi. »Können wir die Luft sehen?« Timi schüttelte den Kopf, dann, als Kasi nichts mehr sagte, fiel ihm ein, dass dieser ja ebenfalls nichts sehen konnte.

»Nein.«

»Aber es gibt sie doch. Und wir sehen auch nicht den Mittelpunkt der Erde und es gibt ihn.«

»Das ist ja wohl alles ganz was anderes«, sagte Max.

»Und wieso? Das sind alles Sachen, die es gibt, wir aber nicht sehen. Wie den lieben Gott und den Himmel und die Hölle.« Alles ganz einfach.

»Jetzt fang noch mit der Hölle an! Willst du Timi Angst machen?!«

»Nein. Er hat ja auch nichts Böses getan«, sagte Kasi und wusste genau, was Max jetzt dachte. »Aber wenn es einen Himmel gibt, für die Guten, dann müssen die anderen ja auch irgendwohin. Mama sagt, es gibt eine Hölle.«

»Und wenn schon, Kinder stecken die da bestimmt nicht hin«, sagte Max und obwohl ihn dieses ganze Gott- und Himmel- und Höllegerede eher aufregte denn interessierte, blieb Kasimirs letzter Satz zwischen den Ohren des Jungen hängen und bastelte da an einem Echo. Wenn es nun doch eine Hölle gab? Und wenn sie da auch Kinder annahmen? Wie lange konnte man sich eigentlich noch *Kind* nennen? Wer entschied das oder was? Die eigenen Taten? Nein, Max schüttelte den Kopf, er war noch immer ein Kind! Erst wenn man den Mopedführerschein machen durfte, wurde man ein kleines bisschen erwachsen, mit einem eigenen Ausweis noch etwas mehr und so ganz erwachsen erst am achtzehnten Geburtstag. Und selbst danach galt – soweit er wusste – noch nicht das Gleiche wie für die alten Erwachsenen, vor allem, wenn man etwas ausgefressen hatte. Wenn also die Menschen schon so rücksichtsvoll waren, konnte Gott nicht einfach einen Dreizehnjährigen in die Hölle werfen, nur weil der einmal zugebissen hatte!

Außerdem existierte kein Gott! Man starb und danach gab es nichts mehr, ganz einfach. Tot eben.

Einer nach dem anderen schliefen die Jungen ein, Kasi als Erster, gefolgt von Alex und selbst Timi weinte sich vor seinem Bruder in den Schlaf, obwohl die Sonne da draußen noch lange nicht ans Zubettgehen dachte. Max lag wach, weil Timis Schultern bebten und ihn vom Schlaf abhielten. Und weil ihm diese Sache mit der Hölle einfach nicht mehr aus dem Kopf wollte. Je mehr er sich auf etwas anderes zu konzentrieren versuchte, desto deutlicher sah er einen Gehörnten vor sich, brennende Felswände und dazwischen überall Kessel, in denen Kinder hockten, Kinder, die andere Kinder gebissen hatten, manchen steckten noch Fleischfasern zwischen den Milchzähnen. Eine Kinderhölle oder wenigstens ein kinderfreundlicher Nebenraum der Hölle. Kleine Kessel und kleine Streckbänke (Streckbänke gab es, der Pfarrer hatte es im Kommunionunterricht selbst erzählt! Auch, dass man *nackt* daraufgebunden wurde.), kleine Schellen für die Hälse und kleine Lagerfeuer, über denen kleine Teufel Kinder an kleinen Spießen brieten.

Als Max endlich in einen kranken Schlaf fiel, hatte sich Timis Atem längst beruhigt, ging ebenso gleichmäßig wie der der anderen und im Gegensatz zu seinem großen Bruder träumte Timi einen schönen Traum, einen Traum, welcher die Gesichtszüge des Jungen entspannte, ihm sogar ein Lächeln auf die Lippen legte. Max hingegen befand sich auf geradem Wege in die Hölle, an einer Weggabelung, an der zwei alte Männer standen, einer der beiden ganz in weiß gekleidet, mit weißem Bart und einem goldenen Stecken in der Hand und großen braunen Augen. Auf seiner Schulter hockte ein Kätzchen und dieses Kätzchen – Max erkannte es auf den ersten Blick – trug noch immer Max' Schnürsenkel um den Hals. Ein richtiger Junge hat immer einen Schnürsenkel in der Tasche und ein richtiges Kätzchen einen solchen um den Hals. Der weiße Mann sagte kein Wort, schien nachzudenken und das Kätzchen schnurrte ihm dazu ihre Lügengeschichten ins Ohr.

Ganz anders der zweite Mann. Dieser trug einen schwarzen Umhang, aber unter diesem Umhang glühte alles. Dieser Schein blendete Max, der Junge bedeckte die Augen mit beiden Händen, konnte aber gerade noch erkennen wie sich dieser Umhang öffnete, Flammen hervorschlugen und wie aus diesen Flammen wiederum ein Würfel vor seine Füße fiel. Der Würfel glühte, tanzte über den Weg und hinterließ brennende Grashalme und zu Glas verbackenen Sand. Vor Max' Füßen endete der Tanz, der Würfel drehte sich um die eigene Achse, entschied sich schließlich und legte sich auf die Seite.

Vier.

Bedeutete das jetzt etwas Gutes oder Schlechtes?

Der Weiße warf nun seinerseits einen Würfel in die Luft, ein Ding, welches glänzte, strahlte und auf seinem Weg zu Max alles, was es berührte, in Gold verwandelte. Max wünschte sich, dass der Würfel seine Schuhe berührte, aber dieser folgte nicht den Wünschen des Kindes, sondern ausschließlich dessen Taten. Er tanzte, zögerte, überlegte und legte sich schließlich neben das brennende Double. Max wagte kaum hinzusehen.

Eins.

Max erkannte die Zahl, fragte sich noch, ob der Gewinner nach Zahlenwert oder nach Schulnoten ermittelt wurde, als der schwarze Mann ihn am Handgelenk packte und diese Frage mit Tatsachen beantwortete. Max wehrte sich, schlug um sich! Die Hand! Die Hand verbrannte ihn! Er konnte sein eigenes, verkohltes Fleisch riechen und die Hand ließ ihn nicht los!

Kasi erwachte von Max' Stöhnen. Obwohl noch Timi und Alex zwischen den beiden Jungen als Puffer lagen, übertrug sich die Unruhe des Älteren über die ganze schlafende Kinderkette bis zu ihrem anderen Ende, wo Kasi sie in Empfang nahm und sich aufsetzte. Er fror und ahnte, dass ihm und den anderen diese Kälte sehr bald nichts mehr ausmachen würde. Im Augenblick aber quälte sie ihn, mehr noch als sein Hunger. Dem konnte man wenigstens mit einigen Schlucken Wasser und einem Stück von seinem Rucksack einen vollen Magen vorgaukeln, mit dem Frieren ging dies nicht; entweder es war einem kalt oder eben nicht, ein Dazwischen existierte nicht.

Kasi stand auf, tastete nach der Wand und streckte sich. Er nahm den verletzten Arm aus der Schlinge und streckte auch diesen und – Ironie des Schicksals – mit jedem Mal funktionierte dieser besser. Ruhe, Wasser, ja, vielleicht sogar der eigene Urin hatten Kasis geschwollener Schulter gutgetan und, ein Weiterarbeiten vorausgesetzt, hätte Kasi zum ersten Mal seit drei oder vier Schlafperioden wieder richtig mit anpacken können. Aber heute, so viel stand fest, heute würde kein einziger Stein seinen Platz da oben verlassen, heute würde nicht mehr gearbeitet werden. *Heute wird auf den Tod gewartet.* Und ein ganz klein wenig auf ein Wunder. Kasimir kannte all die Märchen und Geschichten, die Sagen und auch ein Gutteil der Geschehnisse aus der Bibel und wusste, dass es diese Wunder manchmal gab, ja, es gab sie sogar heute noch, wenn auch auf der anderen Seite der Weltkugel. Die Sache mit diesen Bergleuten in Chile zum Beispiel: über dreißig Männer wochenlang Hunderte Meter tief unter der Erde eingesperrt und am

Ende hatten sie alle überlebt. Das konnte man Wunder nennen und Kasi war wie seine Eltern und viele, viele andere Menschen auf der Welt felsenfest davon überzeugt, dass bei dieser Sache Gott seine Finger im Spiel gehabt haben musste. Wunder geschahen also auch heute noch, warum also nicht auch hier? Aber bis dahin hieß es eben warten, die Bergleute da in Chile hatten auch gewartet.

Max warf sich auf seinem Staubbett herum und stöhnte. Sollte kein Wunder geschehen, würde niemals jemand etwas von dem hier erfahren, nicht von Max' Träumen, nichts von Kasis heilender Schulter, nichts von ihren Befreiungsversuchen. Für die da oben würden die Kinder einfach nur weg sein und selbst, wenn man in einer Tage oder Jahre zählenden Zukunft ihre Leichen entdeckte, würde sich niemand vorstellen können, was sich wirklich zugetragen hatte. Kasis Finger berührten die Wand und diese Berührung wirkte wie ein kleiner Zauber. Sein Körper straffte sich und plötzlich wusste er, was zu tun war: Sie mussten, so lange sie dies noch konnten, eine Nachricht hinterlassen!

Dieser Einfall wirkte auf Kasimir wie eine Wärmedecke, die Gänsehaut verschwand, er spürte neue Kraft und Energie in seinem Körper. Ja, selbst wenn sie dieses Loch hier niemals wieder lebend verlassen sollten, selbst dann mussten seine Eltern erfahren, dass er es gut gehabt hatte in seinen letzten Stunden und dass Kasimir sie liebte. Und er wusste auch schon, welche Nachricht er ihnen hinterlassen wollte: keinen Text, keinen Abschiedsbrief, sondern ein Bild, DAS Bild. Ein paar Striche nur, die Mama und Papa sofort identifizieren würden, Striche, die ihnen sagen konnten, dass mit ihrem Kasi bis zuletzt alles in Ordnung war.

Kasi sank auf die Knie und tastete nach seiner Lampe. Er fand sie neben Alex' Kopf, kroch mit ihr zurück zur Wand und schaltete das Gerät ein. Er musste einige Sekunden kurbeln, dann aber sah Kasi wie am Ende einer Kinovorführung die

Wand aus der Dunkelheit auftauchen und er wusste, dass er das Richtige tat. Wenn er sein letztes bisschen Kraft für dieses Bild opferte, würden das Alex und Timi und vor allem Max wahrscheinlich nicht verstehen, aber seine Eltern würden es verstehen und hoffentlich auch die Eltern der anderen.

Kasi stocherte im umherliegenden Schutt nach einem passenden Stein, suchte und probierte nacheinander fünf verschiedene Exemplare aus und verwarf jedes von ihnen. Mit diesen Steinen konnte er den hellen Putz der Wand zwar aufritzen, aber er konnte nie und nimmer auf diese Weise sein Bild malen. Während der Junge noch überlegte, fiel sein Blick auf die zwischen den Nischen rußgeschwärzte Wand. Und auf die unter diesen Rußflecken angebrachten Halterungen! Kasi stand auf, ging zur ersten Halterung und griff hinein. Leer. Ebenso die zweite und die dritte, in der vierten Halterung aber fand er, was er suchte: den kaum fingerlangen verkohlten Rest einer vor Hunderten von Jahren abgebrannten Fackel. Er nahm sie, probierte sie aus und freute sich wie seit Tagen nicht mehr.

Kasimir legte die Lampe so auf einen Stein, dass sie seine Leinwand erhellte, gleichzeitig aber keinen der Kameraden blendete. Timi und Alex drehten ihm den Rücken zu, Max hingegen, dessen Traum immer bedrohlicher zu werden schien, durfte ziemlich bald erwachen, so vermutete Kasi, er musste sich also beeilen.

Kasi kniete sich hin und zeichnete ohne lange zu überlegen eine flache, von rechts kommende Hand und in diese Hand legte er eine Kugel. Kasi schielte zu Max – dieser hatte noch nichts bemerkt. Aber wenn er erwachte, wusste Kasimir, würde ihm Max, egal was er vom Meisterwerk da an der Wand auch hielt, Fackelrest und Lampe wegnehmen und in den Hintern treten. Er musste sich beeilen und er beeilte sich und legte eine zweite Hand, diesmal von links kommend, auf seine Kugel. In dieser Kugel stand nach wenigen Minuten ein Haus mit rauchendem Schornstein, jede einzelne der aufsteigenden Wolken ein Herz – zuerst winzig, von Wolkenherz zu Wolkenherz aber immer größer. Neben das Haus – *sein* Haus – stellte er eine Frau im Rock, einen Mann und dazwischen ein Kind. Es folgte die obligate Blume, ein Vogel und eine unter der oberen Hand hervorstrahlende Sonne, wie er sie immer malte: mit lachendem Gesicht und einem leichten Schielen.

Kasi trat zurück und betrachtete sein Werk. Ja, das würden sie verstehen und sie würden hoffentlich ein klein wenig beruhigter sein, denn dieses Bild – es hing in verschiedenen Ausführungen am Kühlschrank, an seiner Zimmertür und (gerahmt!) im Flur – hatte er immer nur in glücklichen Momenten gemalt, das erste Mal im Kommunionunterricht, als er wusste, dass er nun bald zu den Großen gehören würde und wie diese am Abendmahl teilnehmen durfte.

»Nein! Weg! Weg!« Max saß plötzlich aufrecht, ein Licht blendete ihn! Sie wollten ihn verbrennen, seine Augen auslöschen, sie …

»Max!« Timi fuhr in die Höhe, Alex erwachte und während der Sekunden, in denen Max noch, gefangen zwischen Traum und Hier, schrie und die Hände vors Gesicht schlug, registrierte keines der Kinder Kasi, das Bild und die brennende Lampe. Max aber erwachte und mit diesem Erwachen ließ er sich von seinem Bruder beruhigen. Alex drehte sich zu Kasimir um, wollte etwas sagen, da fiel sein Blick auf das Bild an der Wand. Mit offenem Mund betrachtete er es. Plötzlich hatte er Tränen in den Augen, er schluckte.

»Dir hat es gefallen da oben, ja? Ich meine, bei deinen Eltern.« Kasimir nickte.

»Ja«, sagte er, »bei Mama und Papa, das, das«, jetzt verschwamm auch für ihn das Bild hinter einem nassen Schleier, »das ist der schönste Platz auf der ganzen Welt. *War* der schönste Platz.«

32 Kein einziges verdammtes Wort!

»Was soll denn der Scheiß?« Max stolperte aus seiner Kinderhölle, Kasis Bild half ihm dabei. Max starrte es an, sah zu dem Mädchen, das noch immer die Taschenlampe und ein verkohltes Stück Holz in der Hand hielt, und schüttelte den Kopf. »Kein Wunder, dass ich Albträume bekomme, wenn du hier mit der Lampe rumfuchtelst und mir ständig ins Gesicht leuchtest!«

»Hab ich gar nicht! Ich hab die Lampe extra so gedreht, dass …«

»Ach, und was machst du jetzt gerade? He?« Kasis Lampe strahlte Max mitten ins Gesicht. Kasi drehte sich zur Seite. »Mit solchem sinnlosen Kinderkram hinderst du uns am Schlafen. Danke! Echt, vielen Dank …«

»Hör auf, Max. Das Bild ist schön. Ich hätte auch Lust, was zu malen, irgendeinen letzten Gruß von uns.«

Spinnen, Spinnen, tausend winzige Spinnen. Ein ganzes Spinnenheer!

»Einen letzten Gruß …« Max trank einen Schluck, spuckte die Hälfte davon aber sofort wieder aus, als könne er den Mund gar nicht schnell genug wieder leer bekommen, um Alex nach dem Adressaten dieses Abschiedsbildes zu fragen. »Für wen willst du denn deinen letzten Gruß malen, he? Deinen Alten vielleicht? Wird sich freuen, genauso wie mein Alter, das Arschloch.«

»Papa ist kein A…« Timi, der, bisher ganz gefangen von Kasis Bild, den Streit nur mit einem Ohr mitbekommen hatte, musste widersprechen. Papa war kein A-Loch. Natürlich wusste er, dass Max einen anderen Vater hatte und mit Papa oft nicht so gut auskam, trotzdem gehörte sich dieses A-Wort nicht.

»Ach, Timi«, Max gab seinem Bruder einen Klaps, »wenn du alles von deinem Papa wüsstest, was ich weiß, würdest du ihn wahrscheinlich genauso nennen wie ich. Wetten?« Timi ignorierte die ausgestreckte Hand.

»Stimmt gar nicht! Ich würde das nie zu ihm sagen! Außerdem, was weißt du denn für Sachen?«

Max schüttelte den Kopf. »Willst du ganz bestimmt nicht wissen«, sagte er und seine Stimme wechselte ins Leise, eine Nuance ernsthafter und tiefer. Max senkte den Kopf. »Nein, das willst du nicht wissen.«

»Wie immer«, sagte Timi daraufhin, »erst hast du eine große Klappe und dann kneifst du.«

»Pass bloß auf, was du sagst!« Max nahm eine Handvoll Dreck und warf sie nach Timi.

»Spinnst du?!«

Ich nicht, aber die Spinnen spinnen. Sie spinnen Spinnentücher und mit denen decken sie ihre Spinnenbeute zu.

»Kommt«, Alex nahm Kasi den Fackelstift aus der Hand, kletterte auf den an der Wand aufgeworfenen Schutt und zeigte auf eine leere Fläche, »was sollen wir für die da oben hinterlassen?«

»Fünf Kreuze«, antwortete Max. »Fünf Kreuze mit unseren Namen drauf.« Und ein paar Spinnweben dazwischen.

»Ach, dass du nie mal mitmachen kannst. In ein paar Stunden oder Tagen sind wir alle tot.« Timi stiegen bei dieser von Alex ausgesprochenen Wahrheit die Tränen in die Augen. »Sollen wir uns bis dahin streiten? Können wir nicht, sozusagen zum Abschluss, eine einzige Sache *gemeinsam* machen?!«

»Ich mach mit«, sagte Timi, verließ seinen Platz und ging zu Alex. Auch Kasi unterstützte den Vorschlag, einzig Max blieb am Boden.

»Ich kann aber nicht malen«, sagte er.

»Das ist doch schnurzpiepegal! Ein Strichmännchen wirst du ja wohl noch hinbekommen, oder? Da«, Alex nahm Kasi die Lampe aus der Hand und zeigte damit auf dessen Bild,

»Kasi hat auch nur Strichmännchen gemalt. Und? Sieht doch gut aus oder?«

»Oh ja!« Timi konnte es kaum noch erwarten. Malen! Malen und dabei nicht an den Tod denken. »Jeder malt sich hier drauf und untendrunter schreiben wir unsere Namen.«

Max betrachtete das noch immer im Rampenlicht stehende Mädchenkunstwerk. Er hätte so etwas nie hinbekommen, aber das Mädchen konnte. *Na ja, soll er doch, nützen wird es auch dem lieben Kasimir nichts, ob gut gemalt oder schlecht – am Ende holen ihn die Spinnen und schleppen ihn zusammen mit allen anderen in die Kinderhölle.* Max gefiel Kasis Werk, auch wenn es in ihm, wie übrigens auch in Alex, eine seltsame Traurigkeit hervorrief. Die Menschen da in der Kugel verwandelten sich für Max in Timi, in Mutter und Stiefvater. In eine richtige Familie. Er selbst aber, er gehörte nicht dazu. Er stand wahrscheinlich irgendwo weit außerhalb der Kugel und Vater rief ihn nur, wenn er ihn brauchte. Ihm würde dieses Bild gefallen, nur er, Mutter und der liebe kleine Timi. Und Max, der Bastard, versteckte sich da, wo er hingehörte, im Nichts.

»Also gut«, willigte Max schließlich ein, »aber nur ein Strichmännchen! Mehr bekomme ich echt nicht hin.« Hoffentlich würde *Stief*Vater sich über seine letzte Nachricht ärgern.

Timi sah seinen Bruder mit leuchtenden Augen an. *Danke*, sagten sie und die Tränen stiegen schon wieder in ihm auf.

»Geht doch«, sagte Alex und gab Timi den Fackelrest. »Hier, du darfst anfangen, wenn du willst.« Timi nickte und nahm den *Stift*. »Aber mal dich nicht so riesig, wir wollen auch noch danebenpassen.« Timi maß zwischen seinen Händen eine Spanne von gut vierzig Zentimetern ab.

»So?« Alex nickte.

»Ja, das passt. Denk aber dran, dass unsere Namen noch untendrunter müssen.«

»Muss das sein?«, fragte Max. »Meinst du nicht, dass es auch so reicht?« Aber Alex schüttelte wie erwartet den Kopf.

»Lieber mit Namen, dann wissen sie später wenigstens ganz genau, wer wer ist auf dem Bild.«

Timi begann mit einer dicken senkrechten Linie – seinem Körper. An das obere Ende dieses Striches malte er ein Ei, welches er mit zwei Augen und einem lachendem Mund in das eigene Gesicht verwandelte.

»Gut so?«, fragte er, drehte sich um und sah zu Kasi. Der nickte und Timi arbeitete weiter. Er hatte in seinem Leben schon Hunderte Strichmännchen gemalt, aber noch niemals solch ein großes und noch nie auf einem so riesigen *Blatt* mit einem so kratzigen *Stift*. Aber es ging und ihm gefiel es. Wenn dieses Bild erst einmal fertig sein würde und jedes Männchen einen Namen besaß, dann konnten sie, so Timi, nicht mehr richtig sterben. Etwas von ihnen würde dann zurückbleiben und wahrscheinlich ewig leben, wie diese Höhlenbilder, die Steinzeitmenschen vor Tausenden Jahren gemalt hatten und die es immer noch gab. Die Menschen existierten nicht mehr, aber ihre Bilder und deshalb lebten diese Menschen irgendwie auch noch, so Timi.

»Am meisten Angst hatte ich dort oben immer vor der Dunkelheit. Und davor, dass Mama oder Papa oder Max etwas zustoßen könnte. Oder mir. Und manchmal habe ich auch Angst davor, dass mein Papa genauso wie der richtige Papa von Max irgendwann weggeht. Ist doch komisch, oder?« Timi erwartete keine Antwort, redete sofort weiter. »Jetzt sitzen wir hier unten, es ist dunkel und ich werde meine Eltern nie wiedersehen.« Timi zeichnete sein rechtes Bein, es sah aus wie ein Halbmond mit einem Haken am unteren Ende. »Ich will nicht tot sein. Ich will lieber in meinem Bett liegen und mich vor der Nacht fürchten und dass uns etwas passiert.« Es folgte das linke Bein und schließlich beide Arme, zum Schluss setzte er seinen Namen darunter, auf der Seite stehend und von unten nach oben zu lesen.

»Sieht richtig gut aus«, sagte Alex und klopfte dem Jüngsten auf die Schulter.

»Wirklich?«

»Ganz ehrlich.« Alle nickten. Timi freute sich, trotz seiner Ängste. Aber Alex ließ ihm keine Zeit, sich zu freuen, er nahm ihm den Stift aus der Hand und reichte diesen an Kasi weiter. »Jetzt du.«

Kasimir wusste, dass er seine Eltern irgendwann wiedersehen würde, entweder wenn die Decke sich öffnete, Licht und Erwachsengesichter herabsahen und sie retteten oder aber dann eben im Himmel. Es gab einen Gott! Und es gab einen Himmel! Und es gab ein Leben nach dem Tod! Es musste so sein!

In Kasis Leben hatte es bisher wenig Anlass gegeben, über den Wahrheitsgehalt dessen, was seine Eltern ihm Tag für Tag erzählten und vorlasen, nachzudenken, geschweige denn daran zu zweifeln. Er war mit diesem Glauben, mit seinem Wissen um Gott und allem, was dazugehörte, aufgewachsen und im Denken des Jungen stellten Gott, Himmel und das Leben nach dem Tod Wahrheiten dar, Wahrheiten zwar, welche er nicht beweisen konnte – auch gab es keine Bilder dieser Wahrheiten –, trotzdem existierten sie und als Kasi jetzt von Alex den Stift empfing, spürte er Gottes Anwesenheit. In seinem Nacken sträubten sich mit einem Mal die Härchen und ein Schauer lief ihm über Rücken und Arme. Kasi drehte sich um, aber niemand stand hinter ihm. Alle saßen oder standen sie auf ihren Plätzen und einzig Kasi spürte Gottes Atem. Kasi lächelte, wandte sich der Leinwand zu und setzte den schwarzen Fackelrest an. Er wusste, dieses Bild hier würde Gott gefallen! Gott liebte es, wenn die Menschen zusammenhielten und er hasste es, wenn sie sich stritten und sich schlugen. Aber das alles lag jetzt hinter den Kindern.

»Ich hatte im richtigen Leben immer Angst vor einem Krieg. Oder einem Tsunami.«

»Müsste ein ziemlich großer Tsunami sein, wenn er uns Angst einjagen will«, warf Max ein, Kasi aber fuhr in seinem Monolog fort, als gäbe es gar keinen Max und auch keinen Timi, keinen Alex. Er zeichnete und es existierten nur der (noch) lebendige Kasi und sein entstehendes Strichebenbild und mit ebendiesem unterhielt er sich. »Und ich hatte Angst vor Meteoriten, also dass irgendwann einmal einer auf unser Dorf stürzt und uns alle auslöscht, dass ich als Einziger überlebe und meine Eltern tot unter dem Haus liegen und …«

Timis Blicke hingen an Kasis Hand, folgten dieser von oben nach unten, vollführten einen Kreis, als Kasimir einen Kreis zeichnete. Er hörte Kasi zu, ohne wirklich etwas zu hören, ohne zu verstehen. In seinen Ohren steckten vom Druck in seinem Kopf geformte Stöpsel und ein Tränenschleier verwischte die Linien, die Kasi zeichnete. Malte Kasi einen toten Kasi neben den bereits toten Timi an die Wand? Bisher, so dachte Timi, bisher hatten sie allesamt gelebt, wenn man einmal von Rufus absah. Sie lebten noch, jetzt aber verewigte einer nach dem anderen den eigenen imaginären Grabstein über einem ebenso imaginären Grab. Sie starben, einer nach dem anderen. Sie starben, indem sie ihre Skelette an die Wand warfen. Wer einen letzten Gruß zeichnete, hatte sich abgefunden und wer sich abgefunden hatte, war bereits zur Hälfte am Ziel. Sollte es das jetzt wirklich gewesen sein?

Timi wischte sich die Tränen weg, aber der kleine, magere Timi da am Fels und der inzwischen fast vollendete Kasi sahen dadurch nicht lebendiger aus, ganz im Gegenteil. Unter dem Schleier aus Tränen hatten sie sich wenigstens noch bewegt, jetzt aber hielten sie still und die Tränen kamen zurück. Sterben? Jetzt schon? Einfach nicht mehr da sein, obwohl das Leben dort oben immer noch weiterging? Niemals wieder in Mamas Armen liegen? Nie wieder in einen Kaugummi beißen, ihn unter die Schulbank kleben und da vergessen und sich Wochen später über das im Mund zerkrümelnde Etwas freuen? Nie wieder vor Seilers Hund davonlaufen?

Timi vergrub das Gesicht in seinen Händen. So viele *Nie wieder*, so viel Endgültigkeit – zu viel für einen Achtjährigen.

Plötzlich hob Timi den Kopf. Zuerst starrte er auf den Kasi an der Wand, der inzwischen den kleinen mageren Timi neben sich an der Strichmännchenhand hielt und lächelte, als träfen sich die Kinder da auf dem Fels zu einem Sonntagnachmittagspiel und nicht zum Sterben. Timis Augen wanderten über Kasimirs Rücken und dessen immer noch viel zu dicke Schulter und weiter zu Alex, der, den Kopf in die Hand gestützt, dem für immer und ewig unentdeckt bleibenden Künstler bei der Arbeit zusah. Alex' Augen lagen tief, fand Timi, viel tiefer als sonst, als seien diese bereits auf halbem Wege in ihr Grab und von diesen Augen führten dünne helle Linien durch den Staub auf der Haut des Großen zu dessen Kinn. Alex hatte geweint und bestimmt fanden sich ebensolche Linien auch auf Max' Wangen, der aber drehte dem Bruder den Rücken zu, wirkte im Halbschatten eher wie ein (Grab-)Stein denn wie ein lebendiges Kind. Hier die sich gerade verdoppelnden Kinder und da der Schutt, eine Gefängnistür aus Staub und Geröll und Fels. Aufgeben? Sterben? Sich abfinden?

Gerade als Kasi sich umdrehte – dabei unverhohlen seinen Stolz über das soeben vollendete Kunstwerk in die Gruft lächelte – und Alex den Stift geben wollte, sprang der Jüngste der kleinen Gruppe auf. Timi rannte zwischen Max und dem abgedeckten Brunnenschacht hindurch, kletterte auf die Geröllhalde und bevor einer der Großen etwas sagen konnte, kauerte Timi schon unter der Decke und warf, was er zu packen bekam und wozu seine wenigen noch verbliebenen Kräfte ausreichten, nach unten.

»Spinnst du?!« Ein Stein verfehlte Max nur um wenige Zentimeter. Max sprang auf und zwei Schritte zurück. »He, hör auf!« Aber Timi dachte nicht im Entferntesten an Aufgabe. Er wollte raus! Timi wollte leben, wollte den Sommer riechen, wollte zum ersten Mal in seinem Leben freiwillig und gern in die Schule gehen, wollte Kaugummis kauen und laufen, laufen, laufen. Stein um Stein rollte nach unten. Schon nach wenigen Sekunden lief kranker Schweiß ihm in Strömen über den Körper, bluteten Timis Hände, er aber merkte nichts. Er spürte weder seine Fingernägel abbrechen noch die Haut seiner Hände platzen. Timi spürte das Leben, vielleicht ein allerletztes Mal. Leben. Was interessierten da die aufgescheuerten Knie, von denen Blut an dem Geröll, auf dem er arbeitete, kleben blieb?

Leben!

»Ich will nicht sterben!«, schrie er, packte einen Stein und schleuderte ihn nach unten, und Timis Wut, seine Verzweiflung trugen das Geschoss. »Ich will raus! Ich will zu Mama!« Der Junge sah längst nicht mehr mit den Augen; Tränen rannen ihm übers Gesicht, vermischten sich mit Schweiß und tropften als Salzgemisch von Timis Kinn. Seine wunden Hände sahen für ihn. Mit diesen erkannte er die vielen ineinander verkeilten kleinen Türen, die dieses Gefängnis verschlossen. Aber sie mussten doch zu öffnen sein! Es musste einen Weg hier heraus geben! Weg mit diesen Steinen, weg, und auch diesen und den hier, alle sollten sie weg und wenn er sie am Schluss auch nur noch mit aus Knochen bestehenden Händen aus dem Weg räumen sollte, sie mussten weg!

Plötzlich spürte er eine Hand. Alex riss Timi zurück. Einen Moment glaubte Timi an einen Erwachsenen, der ihn retten kam, aber es blieb nur ein kurzer Moment, noch nicht einmal eine Sekunde währte dieses Glück. Mit seinem Blut beschmierte Steine rieselten aus Timis Händen, er fiel zurück und in Alex' Arme.

»Komm, Timi, hör auf. Wir sind doch da, Timi.« *Alles wird gut*, lag auf Alex' Zunge, aber er ließ diese Hoffnungsworte dort liegen. Nichts würde gut, wusste er, gar nichts. Er drückte den Kleinen an sich, Timi wehrte sich, wollte weiterarbeiten, er musste, aber Alex hielt ihn fest. »Pssst, Timi, pssst.« Ganz fest drückte er den Jüngsten an sich, wiegte ihn hin und her und redete auf ihn ein, wie ein Vater, der das in einem Albtraum gefangene, schreiende Kind mitten in der Nacht aus seinem Bett hebt und zurückholt, zurück in die warme, beschützte und sorgenfreie Wirklichkeit. Alex hielt Timi fest und er hielt sich an ihm fest. Tränen liefen auch ihm wieder übers Gesicht. Es tat so unendlich gut, den Kleinen an sich zu pressen und als Timi endlich die Gegenwehr aufgab und nun auch seine Arme um den Älteren schlang, bahnten sich auch dessen Angst und Verzweiflung einen Weg. Alex heulte los, schluchzte, und die Worte, die er Timi weiter zuflüsterte, Worte, die beruhigen und beschützen sollten, zerrissen, rieselten auf die Steine und verschwanden, ohne beruhigt oder beschützt zu haben. Timi spürte Alex, wie die Angst dessen Körper schüttelte und er spürte die Tränen, die dieser auf seiner Schulter vergoss und ganz von allein löste sich eine Timihand und begann, Alex zu streicheln. Timis Finger fuhren durch Alex' Haar und sollte sie irgendwann einmal jemand finden, würde sich dieser Jemand über die parallel verlaufenden Blutspuren in diesen Haaren wundern. Timi streichelte Alex.

Max konnte diese beiden Weicheier keine Minute länger mehr mit anzusehen und ertragen. Wie in einem dieser billigen Filme, dachte er, Filme, die unter der Woche im Privatfernsehen liefen und deren einzige Aussage *Dummheit, vermischt mit sehr viel Schleim* hieß, knieten die beiden eng umschlungen da oben auf dem Berge, ein Liebespaar, kurz bevor es der Schlag traf. Max riss sich von diesem ihn abstoßenden Anblick los, nahm Kasi den Fackelstift aus der Hand und stieß den Jungen zur Seite.

Ohne sich allzu viele Gedanken über die Wirkung zu machen, die sein Bildnis auf künftige Entdeckergenerationen haben sollte, schmierte Max ein Strichmännchen an den Fels. Sein Pendant stand mit erhobenen Armen neben dem kleinen Bruder, obwohl dieser sich bereits ziemlich weit links gemalt hatte, in der Annahme, dass sie dem Alter und der Körpergröße entsprechend nebeneinanderstehen sollten und Timi nun einmal ganz am Rand zu stehen hatte. Aber Max wollte nicht den ganzen Rest der Ewigkeit neben Kasi stehen! Vielleicht malte der sie dann heimlich auch noch Hand in Hand! Bloß nicht! Also quetschte er sich links neben Timi, obwohl der Untergrund hier schon nicht mehr so glatt und einladend lächelte. Aber was machte das schon. *Dieses Bild wird eh niemals irgendwer anschauen, es wird zusammen mit uns hier unten sterben und weder von dem scheiß Bild noch von uns wird die dämliche Welt da oben jemals wieder etwas hören oder sehen.* Max, der nur im Unterricht – und dies gezwungenermaßen – Stift oder Pinsel in die Hand nahm und für seine Werke selten mehr als ein *mangelhaft* erntete, kratzte mehr als dass er malte seinen Körper auf die Leinwand.

»Ich würde sonst was geben, wenn ich wieder nach oben könnte«, hörte er Alex auf dem Liebesberg in Timis Schulter schluchzen. Ein Arm, viel zu lang, aber egal. Dann hatte er eben einen langen und einen kurzen Arm, wer wollte das später noch nachprüfen? »Ich würde sogar freiwillig jeden Tag zu meinem Alten gehen und mich an den Nackenhaaren ziehen und einsperren lassen. Wirklich!«

»Macht das dein Vater?«, fragte Timi. Max wusste, dass Klein-Timi sich solch einen Vater nicht vorstellen konnte, einen Vater, der schlug, einen Vater, der … Timis schöne, kleine, heile Welt. Immer behütet, immer beschützt und am Himmel dieser kleinen Timi-Welt zogen höchstens einmal ein paar lustige Schönwetterwölkchen vorüber, Wölkchen, deren über die Timi-Welt ziehende Schatten nicht verdunkelten, sondern nur der Schönheit wegen existierten, von Wolkenbergen oder Unwettern keine Spur. Nicht einmal einen einzigen Gedanken hatte Timi an so etwas je verschwendet.

»Es hat ihm Spaß gemacht, mich einzusperren«, hörte Max Alex hinter seinem Rücken antworten. Max zeichnete wie von Sinnen, fuhr jeden Strich mehrfach nach, als wolle er sich in die Wand graben. »Er hat zwar immer gesagt, dass das nur zu meinem Besten wäre, aber er hat es für sich getan, weil es ihm gefiel, mich zu demütigen. Egal was ich gemacht habe, er hatte etwas daran auszusetzen und dabei habe ich mir nichts mehr gewünscht, als dass er ein einziges Mal sagt, dass ich etwas gut gemacht habe. Letztes Jahr habe ich ihm zum Geburtstag ein kleines Regal gebaut, mit neun Schubladen für seine Schrauben und Nägel. Ich hab echt lange daran gearbeitet und weißt du, was er gesagt hat? Er hat mir zwei Mal erklärt, was alles daran falsch war und wie er es an meiner Stelle gemacht hätte! Mutter hat es ihm schließlich in seine Werkstatt gestellt, aber benutzt hat er es nie. Im Frühjahr habe ich es dann genommen und verbrannt und Vater hat bis heute nichts gemerkt. Nichts. Mir zu sagen, dass ich nichts kann, mich einzusperren – das hat er nie vergessen, mein Regal sofort. Schade nur, dass ich, dass ich …«

»Was?«

»In den Stunden, die ich im Keller sitzen musste, habe ich mir immer vorgestellt, dass ich irgendwann einmal besser sein werde als er. In allem. Und stärker und größer.« Ein Schluchzer. »Aber dieser Tag wird jetzt niemals kommen.«

»Hat deine Mutter dir nicht geholfen?«, fragte Timi.

»Mutter?« Alex' Stimme überschlug sich, als habe Timi soeben die verrückteste Frage des ganzen Universums aufgeworfen. »Mutter hat selbst Angst vor meinem Alten. Und sie sagt immer, dass er es doch nicht so meint, dass er mich liebt und nur das Beste für mich will. Er kann es eben nur nicht so zeigen wie andere. Toll, dafür kann ich mir echt was kaufen.

Drauf geschissen sag ich dir, Timi. Und *drauf geschissen* habe ich auch zu meiner Mutter gesagt und von ihr auch gleich noch eine gefangen.«

Armes Kerlchen, dachte Max, lächelte und malte seinen Kopf, einen ziemlich großen Kopf sogar. *Wasserkopf* kam ihm in den Sinn, er strich diesen Terminus aber sofort wieder und ersetzte das *Wasser* durch *Spinnen*. Max starrte auf das Kunstwerk und unter seinem Blick verwandelte sich der unproportionale Max da auf der Wand in ein Spinnentier. Aus seinem (Wasser)Kopf wuchsen Zangen. Das Wesen löste sich von seinem in die Ecke gequetschten Außenseiterdasein und krabbelte über den lächelnden kleinen Bruder hinweg zu Kasimir, dem Mädchen mit den langen Haaren. Und die Zangen klammerten sich an die Stelle unterhalb dieses glücklichen Gesichtes, packten den dünnen Strich und drückten zu. Max lächelte. Er könnte eingreifen und sein Spinnenabbild verjagen, aber wozu? Die Spinne tat das, was er hätte tun sollen, längst hätte erledigen müssen. Sie drückte und drückte, und drückte so dieses bescheuerte Lächeln aus dem Kasikopf, drückte seine Augen heraus und das Strichmännchen bekam keine Luft mehr. *Steckt auch in mir eine Spinne?*, fragte sich Max, während sich die Wand hinter Kasis Kopf blau verfärbte. Musste er selbst hier unten sterben, um als Spinnentier wiedergeboren zu werden, wie das bei den Raupen und Schmetterlingen ist? Warum nicht? Er könnte hier und jetzt ein Leben beenden, welches sich nie von dieser wohl nur bei anderen Kindern existierenden schönen Seite gezeigt hatte, wie zum Beispiel bei Timi und diesem doofen Kasimir. Im Sterben würde er sich verpuppen und in einigen Tagen diesen Kokon durchbrechen und sollte das Mädchen zu diesem Zeitpunkt noch am Leben sein, könnte er das mit ihm tun, was seine Fantasie gerade den Spinnenmax mit Kasimir tun ließ! Es gab ein Danach! Ja, das Leben würde weitergehen, besser und ehrlicher und gerechter als jemals zuvor! Er würde sich, sobald die Arbeit an dem Mädchen erledigt wäre, durch die Spalten im Geröll nach draußen kämpfen und – jetzt leuchteten Max' Augen, jetzt strahlte sein Gesicht in einer Art religiöser Verzückung – er würde zu Vater krabbeln.

»Ich wünschte mir, mein Alter hätte mal irgendwas mit mir unternommen, also außer mir Kopfnüsse zu geben und mich wegzusperren.« Alex befreite sich aus Timis Umarmung, wischte sich das nasse Gesicht an seinem T-Shirt ab und legte den Kopf auf beide Arme. Er betrachtete den Schutt, auf dem er saß, starrte durch diesen hindurch. Nur ein einziges Mal mit Vater etwas spielen, einen Bogen bauen vielleicht. Letztes Jahr hatte er einmal heimlich Kasimir und dessen Vater im Wald beobachtet. Die beiden saßen auf der kleinen Lichtung, auf die sich Alex manchmal zurückzog, wenn er allein sein wollte. Aber an diesem Tag saß Kasi mit seinem Vater bereits auf Alex' Moos und dieser Vater hatte mit seinem Sohn gesprochen. Er hatte auf Vögel gezeigt und Kasi deren Namen verraten. Er hatte Pflanzen genommen, zwischen den Fingern zerrieben und sein Kind daran riechen lassen und Alex hatte aus seinem Versteck heraus auf diese Idylle gestarrt, als säße er vor einem Fernseher, in dem gerade eine Dokumentation von einem bisher unentdeckten Volksstamm irgendwo im Urwald lief. Hätte sein eigener Vater sich doch ein einziges Mal die Zeit für so einen Nachmittag genommen. Sicher, Alex' Vater wusste bestimmt weder die Namen all der Vögel noch irgendwas über Kräuter und Gräser. Aber irgendetwas wusste er und Alex sehnte sich bis zum heutigen Tage danach, dass sein Vater das, was er wusste, seinem Sohn erzählte und erklärte. Zeit mit ihm verbrachte. Aber der konnte es offensichtlich nicht, weder mit ihm noch mit Leni, die aber sperrte er wenigstens nicht in den Keller.

Zum Schluss hatte Kasimir den Kopf auf die Schenkel seines Vaters gelegt, der ihn gestreichelt und dazu eine Geschichte von Waldgeistern und solchem Zeug erzählt – der

Moment für einen geordneten Rückzug. Vielleicht, überlegte Alex jetzt, vielleicht hatte er Kasi wegen dieses Nachmittages nicht gemocht, ihn geärgert und sich über ihn lustig gemacht, wann und wo immer sich eine Gelegenheit dazu bot. Denn Kasi besaß wie es aussah genau das, was er selbst sich wünschte: einen Vater, der sein Kind liebte und diese Liebe zeigen konnte. Alex hob den Kopf und betrachtete Kasi, der noch immer unterhalb der Schutthalde stand, unbeweglich und allem Anschein nach von einer Situation, in der ein Achtjähriger zuerst durchdrehte und anschließend den ungekrönten Anführer der kleinen Truppe, den stolzen Ritter, trösten musste, total überfordert. Kasis und Alex' Blicke trafen sich und Alex konnte für einen kurzen Moment die Gedanken des anderen lesen: Bist du jetzt wieder normal?, fragten sie. Geht es wieder? Aber dieser übernatürliche Augenblick des Gedankenlesens wanderte vorüber, weiter, zu einem würdigeren Empfänger, vor allem zu einem Empfänger, der noch viele Jahre und nicht nur ein paar Stunden zu leben hatte, Jahre, um diese Gabe einzusetzen und zu nutzen. Kasis Blick wandelte sich zurück in einen normalen Blick und Alex rutschte die Halde hinunter.

Max hatte mittlerweile sein Kunstwerk vollendet – ein seltsam missratenes Abbild seiner selbst. Trotzdem stand er mit hängenden Armen vor diesem Werk und betrachtete es mit einem breiten Lächeln, als sei dieses Bild das Schönste auf der ganzen Welt. Aber wenigstens lächelte Max, dachte Alex und auch Kasi, und Timi, der Alex nach unten folgte, freuten sich, weniger über das Bild als über Max' Gesichtsausdruck. Wer lächelt und sich über sein Strichmännchen freuen kann, der beißt nicht, der wirft nicht mit Steinen, der macht nicht in die Hose.

»Sieht gut aus«, sagte Alex. Er trat neben Max und dessen Spinnenmännchen krabbelte umgehend zurück an seinen ihm zustehenden Platz neben Timi. Niemand außer Max durfte es sehen! Sollten sie sich doch an diesem missratenen Trugbild freuen, Max wusste mehr, viel mehr. Und als Einziger hier im Berg wusste er um eine Zukunft! Max reichte Alex den Fackelrest und trat zurück. Sollten sie doch ihre kindischen Bildchen an die Wand kritzeln, er konnte warten, auf seine Verwandlung warten und – Max' Blick streifte Kasis Arm – er konnte auf seinen Moment warten! Das Leben konnte also doch schön sein, schön und gerecht, ausgestattet mit acht behaarten Beinen und zwei Zangen an einem großen Kopf.

Leben.

Alex stellte sein Abbild neben Kasimir und er fand, dass er da gut stand. Sicher, er hätte sich auch neben Max gemalt, aber irgendwie fand er diese sich so ergebende Bildkomposition viel besser: die beiden Kleinen in der Mitte und zwischen ihm und Max ein gehöriger Abstand. Alex zeichnete sich, wie vom richtigen Leben vorgegeben, ein ganzes Stück größer als Kasi und auch sein Bild bekam ein Gesicht, Augen, Haare, einen Mund. Als er den Stift zu Letzterem ansetzte, zögerte er jedoch. Sollte sein Alex nun lächeln oder die Mundwinkel nach unten ziehen? Alex spürte die Blicke der anderen auf seiner Hand ruhen, zögerte noch eine Sekunde und zog dann schließlich einen geraden Strich quer unter seine Augen. Alex trat zurück, betrachtete sich und nickte, ja, so passte es; kein falscher Optimismus, aber auch kein Trübsinn. Diesem Gesicht konnte alles widerfahren, Gutes und Schlechtes und es schien auf alles vorbereitet. Ja, so war es gut.

Die letzte große Arbeit der Kinder schien beendet. Schien, denn ohne sich mit langen Erklärungen aufzuhalten, griff Kasi erneut nach dem Stift und neben Alex stand nach wenigen Strichen ein weiteres Kind, ein Kind ohne Mund und ohne Augen.

»Was soll'n der Scheiß jetzt wieder?«, fragte Max. »Hä? Was soll das da?« Max starrte auf den Neuankömmling an der Wand und verstand als Einziger im Raum nicht, wen Kasimir da soeben verewigt hatte.

»Das ist Rufus«, sagte Alex. »Stimmt's?« Kasi nickte.

»Rufus?« Max hatte den Schwarzen längst vergessen. Rufus. Hieß nicht der Kerl so, der sich an seine von der Decke baumelnde Beute gehängt und so die Decke zum Einsturz gebracht hatte? Ja, genau! Rufus, der Typ, dem sie all das hier zu verdanken hatten! Der Typ, der sich anschließend aus dem Staub gemacht und sie allein zurückgelassen hatte! Und der stand jetzt zusammen mit ihm für alle Ewigkeit an dieser Wand?! Nein! Max wusste, sobald die Verwandlung abgeschlossen sein würde, verschwand dieser Schwarze! *Ich werde mit acht Steinen gleichzeitig auf sein Abbild einschlagen und es von der Wand tilgen, es mit Spinnweben überdecken. Nichts soll an diesen Feigling erinnern, nichts!*

»Gut, jetzt sind wir komplett«, sagte Alex und trat einen Schritt zurück. Da hatten sie sich nun also alle ein letztes Mal versammelt: Max, daneben Timi, Hand in Hand mit Kasimir. Es folgten er selbst und schließlich Rufus. Kasi hatte auch dessen Namen daruntergeschrieben. Fünf Strichmännchen, fünf Namen. Ein Ende. »Jetzt kann mein Vater den da einsperren«, Alex Kinn zeigte auf die Wand. »Jetzt kann er zuschlagen und hoffentlich bricht er sich dabei die Finger und …«

»Kannst du endlich mal mit deinem Gejammer aufhören!« Max fuhr herum und stieß Alex beide Handflächen gegen die Brust. Alex taumelte zwei Schritte zurück und Max folgte ihm. »Glaubst du eigentlich, du bist der Einzige, der ein Arschloch als Vater hat?! He? Los, sag schon: glaubst du, bei mir war alles toll?«

Alex schüttelte instinktiv den Kopf, wollte etwas erwidern, aber Timi kam ihm zuvor. Der Jüngste packte Max am Arm und zog ihn zurück.

»Hör auf!«, schrie er und die Wände warfen seine Worte immer wieder zurück. Selbst der Raum mit den Fässern wollte sie nicht haben. »Papa hat uns nie geschlagen! Papa ist gut!«

»Von wegen!« Max verlor das Interesse an Alex, drehte sich um und packte Timi an beiden Schultern. Er schüttelte ihn und spürte, wie vier weitere Gliedmaßen unter seiner Haut bebten, wie sie nach draußen wollten, zu diesem dummen kleinen Timi. Sie wollten ihm die Augen öffnen und die Ohren. »Weißt du, was dein ach so toller Papa mit mir macht, immer wieder, seit ich denken kann?« Timi schluchzte. »Er will, er will …« Plötzlich ging Max vor seinem kleinen Bruder in die Knie, Tränen rannen ihm übers Gesicht und die Anstrengung, die ihm dieser Moment abverlangte, schüttelte die Schultern des Jungen. Instinktiv streckte Timi die Hand nach seinem Bruder aus, wollte trösten. Aber er konnte nicht, die Kraft dazu fehlte ihm. Max log, wenn er Papa ein A-Loch nannte, jede andere Möglichkeit stand Äonen außerhalb seiner Vorstellungskraft. Max erzählte Lügen – wenn Timi auch nicht wusste warum, so wusste er doch, dass dem so war. Und einen Lügner durfte man nicht trösten, konnte man gar nicht, wollte man sich nicht an dessen Lügen beteiligen. Timis Hand fiel zurück.

»Er … er zwingt mich, sein Ding anzufassen!« Max spuckte diese Worte aus wie ein nach Knoblauch schmeckendes Gummibärchen. Er würgte es seinem Bruder vor die Füße und dieser starrte mit offenem Mund auf den Lügner und das, was dieser ausgespuckt hatte.

»Nein! Du lügst!«, schrie er schließlich und hielt sich die Ohren zu.

»Ich lüge nicht!« Über Max' Wangen liefen Tränen. Er sah auf, griff nach Timis Handgelenken und als habe er durch dieses erste Geständnis eine nur für ihn existierende Mauer durchbrochen, sprudelten die Worte nur so aus ihm hervor. Die Wahrheit sagen, endlich herausschreien, was keiner wissen soll! Aber die Wahrheit würde in diesem Berg bleiben, eingewoben in tonnenschwere Spinnwebengeflechte. Was interessierten noch die Ohren des Mädchens, was interessierte Alex' Meinung?

»Vier oder fünf war ich, als ich es zum ersten Mal tun musste. Er hatte seine Hose geöffnet und gesagt, dass das alle Kinder machen müssen, sonst kommen sie nicht in den Himmel. Und ich hab es gemacht. Meine nassen Hände musste ich an einem besonderen Tuch abputzen und sollte ich jemals irgendwem von unserem kleinen Geheimnis berichten, würde er mir meine Hände abhacken! Kannst du dir das vorstellen, Timi? Dein toller Vater lässt es sich von mir besorgen und droht, mir meine Hände abzu...«

»Nein!« Timi liefen die Tränen in Sturzbächen übers Gesicht. Aus Mund und Nase tropfte Rotz. Er versuchte sich zu befreien, wollte sich gleichzeitig die Ohren zuhalten und mit beiden Fäusten auf Max einschlagen, der aber hielt den Bruder fest und redete immer weiter.

»Fast jeden Tag ging er mit mir runter in seine Werkstatt und er schloss hinter uns ab und setzte sich auf seinen Sessel und öffnete die Hose. Als du dann größer wurdest, hatte ich Angst, dass er mit dir das Gleiche macht, Timi, deshalb habe ich niemandem etwas erzählt! Deshalb habe ich immer zugesehen, dass du und er nie allein da unten in seiner Werkstatt seid! Ich habe es für dich getan, Timi, für dich!« Max zog seinen Bruder zu sich, wollte ihn umarmen, der aber wehrte sich. »Und dein Vater hat genau gewusst, wie sehr ich dich liebe und dass ich es niemals zulassen würde, dass dir etwas geschieht. Und jetzt erpresst er mich damit, er erpresst mich mit dir!« Timi schüttelte den Kopf, zum Schreien fehlte ihm die Kraft. »Er hat gesagt, ich muss es ihn nun richtig machen lassen, sonst macht er es mit dir und als ich nicht verstand, was er mit *richtig* meinte, hat er mir die Hosen runtergezogen, ich musste mich auf den Boden knien und dann, dann ...«

... hat er dich in den Arsch gefickt, dachte Alex. Sofort biss er sich auf die Zunge.

Max stieß Timi zur Seite, nahm den Fackelstift, stürzte zu seinem Ebenbild und strich es mit zwei Strichen durch: *Angst* und *Hass* hießen die Striche, sie bildeten ein riesiges X, genau über Max und verwandelten sich vor seinen Augen in *Scham* und *Wut*, in *Liebe* und *Tod*.

»Es tut so weh«, sagte Max, jetzt viel leiser und mehr zu sich selbst. Er weinte und auch über Kasis Wangen liefen Tränen. »Es tut weh und es ist nicht richtig und Mama hat so getan, als ob es das nicht gäbe. Einmal hat sie am Fenster gestanden, als dein Vater das mit mir gemacht hat, gerade als er losschrie. Das tut er immer, wenn es so weit ist. Ich habe Mutters Gesicht ganz genau gesehen. Aber es ist verschwunden, einfach so. Sie hat mir an diesem Abend eine Tafel Schokolade mit ins Bett gegeben, aber sie hat nichts gesagt, KEIN EINZIGES VERDAMMTES WORT!« Die Spinne würde sich auch um sie kümmern, um Mutters verlogene Zunge, würde diese herausreißen und einweben. Ja, die Spinne würde alles rächen, alles wieder gutmachen, alles ungeschehen machen. Die Spinne.

Die Kraft aus Timis Beinen schwand, seine Knie knickten ein, als seien diese Gelenke einzig und allein zum Auf-den-Boden-Sinken geschaffen. Er wollte dies alles nicht hören, wollte es nicht, nannte den großen Bruder einen Lügner und wusste doch, dass dieser die Wahrheit sagte. Tausend Gedanken schossen dem Kind gleichzeitig durch den Kopf, Hunderte Bilder, die plötzlich einen Sinn erhielten: Vaters Lächeln, wenn er Max mit einer Kopfbewegung in die Werkstatt beorderte, ein Lächeln, welches sich so sehr vom üblichen Lächeln am Küchentisch unterschied. Max' Gereiztheit, wenn er aus der Werkstatt zurückkam und dann nur noch allein sein wollte, stundenlang duschte und anschließend in seinem Zimmer verschwand, Chips und Schokolade in sich hineinstopfte und wie von Sinnen am Computer Monster abknallte. Timi durfte nie solche Spiele spielen, nie durfte er so fressen wie Max. Timis Süßigkeiten wurden rationiert, Max durfte machen, was er wollte. Und auch, dass Max immer zur Stelle war, wenn der Zufall Vater und Timi einmal allein in einen Raum steckte, auch dieses Wunder bekam durch das Geständnis des großen Bruders mit einem Mal einen Sinn: Max hatte ihn beschützt, die ganzen Jahre hindurch beschützt, vor dem eigenen Vater.

Max spürte eine Hand auf seiner Schulter. Er wusste, ohne hinsehen zu müssen, wem sie gehörte. Das Mädchen, natürlich, unser liebes Mädchen. Es musste ihn trösten. Schämte es sich jetzt wenigstens für das eigene Glück? Schämten sie sich alle für ihre heilen Welten, ihre verlogenen Glückseligkeiten? Aber Max ahnte, dass sie sich wahrscheinlich mehr für ihren Freund schämten, einen, der den Arsch hinhielt und den Stiefvater mit diesem Arsch machen ließ, was dieser auch immer wollte. Aber jetzt war es wenigstens endlich raus, dachte Max, und er fühlte sich tatsächlich erleichtert, befreit. Die Tatsache, dass sein Geständnis niemals den Weg aus diesem Gefängnis hier finden würde, beruhigte ihn. Nicht auszudenken, Kasi oder Alex kämen frei und erzählten im Schulbus vom eben Gehörten! Er könnte sich sofort am nächsten Baum aufhängen, am besten in Bonndorf an der Kirchturmspitze, für jeden sichtbar und mit heruntergelassenen Hosen. Der Arsch ist tot. Endlich.

Eine Straße würden sie wohl nie nach ihm benennen, wer wollte schon in der Max-Arschficker-Straße wohnen? Freiwillig keiner. Ein Kinderheim könnten sie dort höchstens errichten, dann wüssten die lieben Kleinen wenigstens vom ersten Tag an, was ihnen blühte. Aber Max-Spinnen-Allee – das klang gut! Ja, wiedergeboren würde er alles, was an diesen früheren Max erinnerte, tilgen. Er würde es einspinnen, verpacken und weghängen und alle, die zu diesem alten Leben einen Beitrag geleistet haben, mit dazu. Hierher würde er sie schleppen, vielleicht auch nach hinten in den Toilettenraum. Ein breites Grinsen verzerrte jetzt das Gesicht des Jungen zu einer Grimasse. Ja, genau über dem halb vollen Toilettenfass würde er *ihn* aufhängen und alle Spinnenheere sollten kommen und *ihn* quälen, mit Zangen, mit Beinen voller Widerhaken. Ja, wusste Max, das würde ein guter Moment sein, ein ehrlicher und ein gerechter Moment. Ein abschließender Moment!

Kasi stand tatsächlich hinter Max und berührte diesen zum ersten Mal in seinem Leben freiwillig. Er hätte gern etwas gesagt, aber er wusste nicht was. Irgendwie schien ihm alles, was Worte sagen konnten, so platt, so unbedeutend gegenüber dem Leid des anderen. Sicher, Gott hätte trösten können, wenn man an Gott glaubte. Aber selbst mit diesem Glauben ausgestattet, konnte Kasi die Frage nach dem Warum nicht beantworten. Warum ließ Gott so etwas zu? Warum nur? Bald könnten sie ihn danach fragen, bald.

Der Körper, den Kasi an der Schulter berührte, dieser Körper zitterte. Kasi schob dieses Zittern Max' Aufregung zu, vielleicht hatte er auch etwas Angst, bestimmt sogar! Wie konnte man seine letzten Stunden verstreichen sehen, ohne Angst zu empfinden? Immer, wenn man etwas bewusst zum allerersten Mal tut, ist man aufgeregt, hat Angst oder wenigstens so etwas

Ähnliches, wusste Kasi. Das erste Mal zur Schule gehen – Angst. Das erste Mal auf einem Fahrrad ohne Stützräder sitzen – Angst. Das erste Mal allein mit dem Zug fahren – ebenfalls Angst. Warum also sollte man ausgerechnet beim Sterben keine Angst empfinden, schließlich tat man auch dies zum allerersten Mal. Und zum letzten Mal – doppelt Grund, sich zu fürchten.

Max schüttelte Kasis Hand ab. Den Bruchteil einer Sekunde kreuzten sich die Blicke der Kinder und Kasi erkannte, dass da mehr sein musste als nur Angst. Max' Augäpfel zitterten. Kasi trat einen Schritt zurück. Er fror plötzlich, begann selbst zu zittern und spürte zum ersten Mal in seinem Leben den kaum zu bezwingenden Wunsch, loszuschreien, zu toben, davonzulaufen. Er hatte einem Verrückten in die Augen gesehen! Dieser Blick eben hatte nichts mehr mit dem Max von früher zu tun gehabt, weder mit dem ausdruckslosen Starren, welches immer so gut zu Max' unbeweglicher Mimik gepasst hatte, noch mit der Gier und der Lust in seinen Augen, mit der er den von der Decke hängenden Kasi gequält hatte. Etwas in Max hatte sich verändert, erkannte Kasi, und es hatte sich nicht zum Guten verändert. Kasi fürchtete sich, aber nicht vor diesem Berg und dem Tod, sondern vor Max.

Der kurze Augenblick des Erkennens ging vorüber. Max nahm eine Wasserflasche, trank zwei Schlucke und schüttete sich den Rest über den Kopf. Erst als Max' Haare und seine Kleidung wie auf seine Haut gemalt an ihm klebten, wandte er erneut den Kopf. Seine Blicke irrten durch den Raum, sprangen von Ziel zu Ziel und blieben am Ende doch wieder an Kasimir hängen. Dieser trat instinktiv einen weiteren Schritt zurück. Das da, das waren nicht mehr die Augen eines normalen Kindes. Kasi starrte in Augen, die lachten, die schrien, die ihn packen wollten! Und tatsächlich gingen Max' Gedanken in diesem Moment in ebendiese Richtung. Max sah das Opfer, das er durch den Berg gejagt hatte, das er gefunden und aufgehängt und beinahe auch gefressen hätte. Aber noch immer lief dieses Opfer frei umher, beschmutzte die Luft und Max' Spinnenschulter und versuchte dabei so unschuldig und brav zu schauen, als sei es hier in der Endrunde zu »Tantchens Liebling«: *Meine sehr verehrten Damen und Herren im Publikum, liebe Zuschauer daheim an den Geräten – hier sind unsere herzallerliebsten Finalisten: Alex, der Geschlagene, Timi, der Arschfickerbruder und last but not least Kasi, die heilige Grinsefresse, auch niedliches Schleimbeutelchen genannt. Einer nach dem anderen wird nun die Fragen der Jury beantworten und ihr Lieben, denkt daran: Es geht nicht um den Wahrheitsgehalt eurer Antworten, sondern darum, ob sie den Tantchen gefallen! Schleimt, was das Zeug hält! Pustet den alten Schachteln Zucker in den Allerwertesten, sie werden es euch danken. Lasst euch herzen und küssen, umarmen und zwischen schlaffen Brüsten ersticken – nur so habt ihr eine Chance!*

Ja, wusste Max, das süße Mädchen würde den Wettkampf gewinnen. Aber was es nicht wusste – als Hauptpreis wartete kein goldenes Grinsehalsband erster Ordnung und auch kein Schatz und auch keine Belobigung vor der versammelten Schule; auf den Erstplatzierten wartete eine Umarmung, eine achtarmige Umarmung. Das Mädchen würde gewinnen und er, Max die Spinne, den Preis überreichen, ihn an sich drücken und wie vorhin auf dem Felsenbild beide Zangen um den stinkenden Hals legen und ganz langsam zudrücken.

Max klemmte beide Hände unter die Arme. Diese Hände, sie wollten unbedingt das Mädchen berühren, sehnten sich nach diesem, aber noch war die Zeit nicht gekommen, noch mussten sie warten. Noch ein bisschen, nur noch ein ganz kleines bisschen. Aber wenn es so weit war, würde er sich auf das Opfer stürzen, es beißen und lähmen, in ein Gewirr haarfeiner Fäden verpacken und unter die Decke hängen!

Max riss sich von der künftigen Beute los und drehte sich um. Aber auch da wieder ein Mädchen, ein Grinsemädchen aus Strichen und Linien! Widerlich!

33 Auf Burg Steinegg

Hassos Zunge beendete Seilers Nickerchen. Der öffnete die Augen und es dauerte einen Moment, bis er sich im Jetzt und Hier zurechtfand. Er identifizierte die Burg Steinegg, auch seinen Hund, glaubte sich zuerst aber nur ein paar Tage nach Kriegsende. Bis er sich an Dinge erinnerte, die, von der Warte dieser Tage aus gesehen, in einer Zukunft liegen mussten, bis er seine Hände sah – ein Ansammlung trockener Haut, Falten, grauer Haare, geplatzter Äderchen. Ein Wimpernschlag ließ fünfundsechzig Jahre verstreichen. Aber eine Zukunft, das wusste der wieder alte Mann, eine Zukunft gab es noch immer!

Von den eigenen Händen wanderte Seilers Blick zur Sonne. Nickerchen – von wegen; einen ausgewachsenen Nachmittagsschlaf hatten er und Hasso da hingelegt. Das Gestirn verschwand soeben hinter den Baumwipfeln und Seiler schätzte, dass jetzt ungefähr die Dame von der Tagesschau ihre Gruselmeldungen verlesen dürfte, bevor das Abendprogramm begann. Er schüttelte den Kopf – den ganzen langen Nachmittag verschlafen, so etwas war ihm noch nie passiert. Wenn er krank im Bett lag schon, aber das kam so selten vor, dass es nicht zählte. Fühlte er sich krank? Natürlich nicht, ganz im Gegenteil. Er stand auf und streckte sich. Von wegen krank. Er lebte!

Der lange Schlaf hatte ihm gutgetan, Rücken und dessen Verlängerung schmerzten kaum noch. Auch sonst fühlte er sich jünger, kräftiger – lebendiger. Was so ein kleiner Vorsatz – und ein Schläfchen – doch alles für Wunder bewirken konnten.

»Komm, wir müssen uns beeilen.« Seiler nahm die beiden Rucksäcke; ein letzter, wahrscheinlich der allerletzte Blick seines Lebens über diese Ruine. Er suchte und fand den kaum noch als solchen zu erkennenden Trampelpfad, der ihn zurück ins Dorf führen sollte. Wenigstens hatte der schwarze Junge daran gedacht, eine Taschenlampe einzupacken, freute sich

Seiler, denn so, wie Sträucher und Gräser in den Weg hingen, wie die Nacht aus dem Wald ihre Finger nach ihm ausstreckte, würde er sie brauchen können.

Seiler ging voran und Hasso folgte in Herrchens Fahrwasser. Plötzlich aber blieb dieses Herrchen stehen. Seiler sah zurück und kratzte sich. Er betrachtete den vor ihm liegenden Wald, die Ruine und den Himmel und ein Lächeln huschte über sein Gesicht, das Lächeln eines Lausbuben, dem soeben die Idee für ein wundervolles Abenteuer gekommen war. Noch zögerte der alte Mann. Hätte er selbst in diesem Augenblick aber den Ausdruck seiner Augen und dieses Lächeln sehen können, er hätte bereits gewusst, was nun folgte.

Seiler machte kehrt.

»Was hältst du von einer Nacht im Freien, Hasso? Das wär' doch mal wieder was, oder nicht?« Die Antwort des Hundes bestand aus Schwanzwedeln. Und so folgte er seinem Herrchen zurück zur Ruine.

Seiler lehnte das Gepäck an eine Mauer und sah sich um. Die Nachmittagsschlafstelle schien ihm perfekt auch als Nachtlager. Und daneben gab es reichlich Platz für ein kleines Lagerfeuer!

Die folgende Stunde suchte Gernot Seiler die Umgebung zuerst nach trockenem Holz ab, danach schnitt er junge Weidentriebe und legte diese zu einem Lager aus, darüber die schwarze Decke aus dem schwarzen Rucksack.

»Braver Junge«, sagte Seiler, »hat wirklich an alles gedacht. Ob er wohl geahnt hat, dass ich dic Decke gebrauchen könnte?« Hasso blieb eine Antwort schuldig und folgte stattdessen dem Alten in einen Himbeerstrauch, wo der sich sein Abendessen zusammensuchte. Auch fand er ein paar Pilze.

Kurz nach Sonnenuntergang knisterte vor Seilers Lager ein kleines Feuer. Er selbst saß auf einem Stein, zwischen Stein und Seilers Hinterteil sein leerer Rucksack.

»Wegen der Hämorrhoiden, weißt du. Scheußliches Zeug, auch noch eins von den Dingen, die einem den Abschied erleichtern sollen.«

Seiler schnitzte an einer mehr als armlangen Weidenrute. Zufrieden mit seiner Arbeit, legte er das Messer zur Seite und spießte ein halbes Dutzend Pilze auf. Hasso beobachtete jeden Handgriff und nachdem die Pilze drei Viertel ihres Volumens ausgeschwitzt und sich goldbraun – an manchen Stellen auch schwarz – verfärbt hatten, nachdem Seiler sein Bedauern über das Nichtvorhandensein einer Prise Salz Ausdruck verliehen, sich aber auch über die Qualität des in der schwarzen Flasche befindlichen Wassers gefreut hatte, erhielt Hasso eines der Brote aus der schwarzen Dose. Seiler selbst traute diesen und dem Duft, den sie absonderten, nicht. Zwar überlagerte der Käsegeruch alles, aber wenn etwas vier Tage bei dieser Hitze im Wald gelegen hatte, konnte es nicht mehr gut sein. Hasso würde dies nichts ausmachen, oft genug besuchte er Seilers Komposthaufen und je mehr etwas stank, desto besser fand er es.

»Nicht schlecht, was? Uns geht's richtig gut«, schmatzte Seiler. Abwechselnd steckte er sich ein Stück Pilz und eine Beere in den Mund, den letzten Apfel hatte er für den kommenden Morgen reserviert.

Der Abend legte nach einem rosafarbenen ein graues Tuch über das Land und tauschte dieses kurz darauf gegen eines in Schwarz aus. Seiler vermutete, dass die Nacht eine Frau sein musste, die ausprobierte und sich umentschied und dann noch etwas anderes hervorholte. Aber schließlich hatte sie das passende Tuch gefunden, hie und da aber Lücken gelassen. Seiler konnte deutlich beide Türme der Roggenbacher Ruine erkennen. Die Steine leuchteten beinahe, das Wort *Knochen* kam ihm in den Sinn.

»Morgen früh sehen wir noch kurz da drüben nach, dann liefern wir den Rucksack ab.« Die Suche nach Mona-Lisa begann dann eben einen Tag später, was machte das schon? Ein Tag hin, einer her – nach fünfzig Jahren spielte das keine Rolle mehr.

Seiler und sein Hund teilten den letzten Pilz miteinander, danach erhielt Hasso noch ein Stück Käse und nachdem er den näheren Umkreis des Rucksacks nach weiteren Leckerbissen abgesucht hatte, rollte er sich neben seinem Herrchen zusammen. Gute Nacht. Gernot Seiler aber wollte noch nicht schlafen. Nach seinem Nickerchen noch viel zu munter, lag der erste Toilettengang hinter ihm. Jetzt warf er Ästchen um Ästchen ins Feuer und wartete auf Gang Numero zwei. Bis dahin ergab die Mühe sich hinzulegen keinen Sinn. Aber selbst wenn er müde gewesen wäre – dieser Abend schien ihm viel zu schön, um ihn einfach wegzuschlafen. Keiner wusste, dass er hier saß. Suchten sie jetzt auch schon nach ihm? Seiler lachte. Nein, bestimmt nicht. Keiner dürfte ihn vermissen und Suchtrupps in den Wald hetzen – einer der vielen Vorteile der Einsamkeit: man konnte tun und lassen, was man wollte.

Erste Sterne blitzten und aus dem Tal kletterte angenehm kühle Luft die Hänge herauf. Obwohl es noch immer an die zwanzig Grad haben dürfte, legte Seiler sich die Decke über die Schultern.

Was Mona-Lisa wohl in diesem Augenblick gerade tat? Dachte sie an ihn, ebenso wie er nur noch an sie denken konnte? Ahnte sie etwas von seinem Entschluss? Seiler verdrehte den Kopf nach einem Stern und stellte sich vor, dass auch sie in diesem Moment exakt zu diesem winzigen Lichtpunkt aufsah. Dieses Licht da spiegelte Seilers Blick zu ihr und Mona-Lisas zu ihm zurück. Wie oft hatte er sich dies in den zurückliegenden Jahrzehnten vorgestellt, wie oft sich gefragt, was sie wohl jetzt gerade machte. Seiler freute sich auf das Morgen und fürchtete sich auch davor. Lebte sie noch? Brachte sie gerade ihre Enkelkinder ins Bett? War sie gesund? Glücklich?

Hasso sah seinem Herrchen nach. Dieses ging an die Mauer und urinierte tröpfchenweise. Früher, ging es Seiler durch den Kopf, ja früher hätte er in einem hohen Bogen und einem Bäume unterspülenden Strahl Ruhe für die anschließende Nacht geschaffen. Aber heute …

»Was soll's. In einer solchen Nacht kann ein alter Mann wie ich gerne ein paar Mal aufstehen. Oder Hasso, was meinst du dazu?«

Nichts. Wie immer.

34 Über dem Abgrund

Max schlief. Er lag zusammengekrümmt unmittelbar vor dem Ausgang in den Fässerraum. Timi, anfangs in den Armen des großen Bruders, hatte sich, als Max' Atem ruhiger und gleichmäßiger wurde, aus diesen Armen befreit, war ein Stück zur Seite gerutscht und erst da – allein – hatte auch er endlich einschlafen können.

Am Fuße der Schutthalde, halb liegend, halb sitzend, zählte Kasi Max' Atemzüge. Steine und Geröll bildeten die Unterlage für Kasis Rücken, Regenjacke und die Reste seines Rucksacks formten eine nur unzureichende Matratze. Er spürte jeden einzelnen Stein, Kasimir aber registrierte diese Tatsache sowie die mit diesem Umstand einhergehenden Schmerzen nicht weiter. Er hatte sich diesen am weitesten von Max entfernten Platz gewählt, um nicht in dessen Nähe liegen zu müssen, trotzdem sorgte aber genau dieser Max jetzt dafür, dass Kasi keine Ruhe fand. Immer, wenn er die Augen schloss, tauchten Max' Augen auf. Und diese Augen, so dachte jetzt Kasimir, während Gernot Seiler seinem Stern eine Kusshand zuwarf und sich Rufus' Decke über den Kopf zog, diese Augen erschienen ihm gefährlicher als all die Felsen, das Gestein ihres Gefängnisses und selbst der Berg darüber. Kasimir hatte

Angst. Er dachte an Max' Augen, an dessen aufgerissenen Mund und beschützte instinktiv den verletzten Oberarm, eine Wunde, welche zwar schon seit Stunden nicht mehr so richtig schmerzte und die er kaum noch bewusst registrierte, die aber vorhin, beim kurzen Blick in Max' Augen, plötzlich wieder angefangen hatte zu brennen. Jetzt pochte sie, als wolle sie den Besitzer dieser Wunde wecken, ihn warnen und zu einer Umkehr auffordern. Aber wohin umkehren?

Max schnarchte. Ab und an stoppte dieses Schnarchen, als hätte Max das Atmen (endlich) eingestellt, aber gerade, wenn Kasimir diese Möglichkeit ernsthaft in Betracht zu ziehen begann und sein Herz ein wenig schneller schlug, röchelte Max, legte seine Zunge wieder ordentlich in den Mund und alles begann von vorn. Kasimir zählte die Schnarcher und wusste inzwischen, dass Max ungefähr fünfzehn Mal schnarchte, bevor seine Zunge nach hinten fiel und für eine kurze Pause sorgte. Kasis Vater schnarchte ähnlich, jedenfalls wenn er auf dem Rücken lag und einmal hatte er seinem Sohn das mit der nach hinten fallenden Zunge erklärt und dass man daran ersticken konnte. Wie schön wäre es, dachte Kasimir und drückte mit dem Schulterblatt einen Stein zur Seite, wie schön wäre es, wenn das jetzt bei Max passieren würde. Ja, das wäre schön und wahrscheinlich auch richtig. Kasi dachte dies und entschuldigte sich nicht einmal dafür, im Gegenteil. Er wusste, dass Gott bestimmt ebenso dachte wie er, er wusste nur nicht, warum Gott diesen Gedanken dann noch keine Taten hatte folgen lassen. Vielleicht beim nächsten Mal, und Kasimir zählte wieder von vorn und wartete auf die folgende Pause.

»Kannst du auch nicht schlafen?« Alex tastete nach der neben ihm liegenden Lampe und schaltete sie ein.

»Mach sie bitte wieder aus«, sagte Kasi, »sonst weckst du ihn noch.«

»Wen? Max?« Der Lichtstrahl schwenkte zu Max und Timi, aber keiner der Brüder bemerkte die Veränderung. Timi hatte das Gesicht zwischen Wand und Arm unter einem Zipfel seiner Jacke vergraben und Max lag auf dem Rücken – die Arme zur Seite gestreckt, als gehörte all das hier unten einzig und allein ihm – und erarbeitete sich gerade die nächste Atempause.

»Bitte, mach sie aus. Ich will ihn nicht sehen.« Alex zuckte nur mit den Schultern, erfüllte aber Kasis Wunsch. Er legte sich die Lampe auf den Bauch, Kasimirs Lampe. Seine Finger spielten mit der kleinen Kurbel, drehten sie einige Millimeter nach vorn und wieder zurück, klappten sie ein und wieder auf. Wie hatten sie sich alle über dieses Ding lustig gemacht, erinnerte er sich. Und jetzt?

»Wie geht's deinem Arm?«, fragte Alex, allerdings nicht so sehr, weil es ihn interessierte, sondern um überhaupt etwas zu sagen. Auch er konnte nicht schlafen, auch er zählte wie Kasimir wieder und wieder Max' Schnarchintervalle, was das Warten aber nicht abkürzte, sondern ganz im Gegenteil nur noch mehr in die Länge zog. Die Zeit wollte und wollte nicht vergehen. Zogen sich alle letzten Stunden eines Lebens derart in die Länge? Gab es in jedem Leben zum Schluss so viele Fragen und Gedanken? So viele Erinnerungen, die man am liebsten auslöschen möchte? Aber auslöschen ging nicht, das Leben war kein Film, aus dem sich hinterher einfach so die missratenen Szenen herausschneiden ließen, um der Nachwelt die perfekte Inszenierung eines (scheinbar) perfekten Lebens zu hinterlassen. Nein, wusste Alex jetzt, das Leben konnte sich alles merken, jede noch so kleine Gemeinheit, jeden Auslacher, jeden Gedanken und als wolle dieses Leben sich zum Ende hin für dieses frühe Ende rächen, fielen Alex nur noch die vielen, vielen schlechten Momente dieses Lebens ein und gerade Kasimir hatte eine Menge von denen abbekommen.

»Kasi?«

»Ja.«

»Dein Arm?«

»Ist okay«, antwortete Kasimir. Der Arm, der Arm – was interessierte noch dieser Arm?

Kasimir setzte sich auf.

»Alex?«

»Was?«

»Max macht mir Angst«, flüsterte Kasi. Er rutschte einige Zentimeter Richtung Alex und stoppte erst, als die Füße der beiden Jungen aneinanderstießen.

»Aber er hat sich doch bei dir entschuldigt«, antwortete Alex. Ihm gingen ganz andere Dinge durch den Kopf, Max kam dabei nur am Rande vor. Mit Max' Rückkehr aus dessen selbstgewähltem Exil, vor allem aber mit dem Handschlag zwischen Kasi und Max, hatte sich für ihn die ganze Angelegenheit erledigt. Jetzt ging es ans Sterben, was interessierte da noch Max' Ausraster, außerdem, hatte Kasi nicht eben selbst gesagt, dass es seinem Arm besser ginge?

»Trotzdem. Hast du vorhin Max' Augen gesehen?« Kasi wartete ein paar Sekunden, Sekunden, in denen Alex ungesehen mit den Schultern zuckte. »Vorhin, als er sein Strichmännchen durchgestrichen hat ...« Max hatte weitere fünfzehn Atemzüge bewältigt, jetzt fiel seine Zunge nach hinten. Stille. Oder hatte ihn das Geflüster geweckt?

»Was war da?«

»Pst.« Kasi hielt den Atem an und wartete und gerade als er dachte, Max werde nie wieder einen Schnarcher von sich geben, röchelte der, hustete und begann einen neuen Zyklus. »Als er sein Bild durchgestrichen hat, da sah er irgendwie, irgendwie ... verrückt aus.«

»Ach, das bildest du dir nur ein. Wegen dem, was er mit dir gemacht hat.«

»Hast du seinen Blick gesehen?«, fragte Kasi. »Hast du vorhin in seine Augen gesehen?«

»Ich weiß nicht.« Kasi hörte, wie Alex sich kratzte. Alex versuchte, sich zu erinnern, aber ihm fiel keine Max betreffende

Erinnerung ein. Wahrscheinlich, weil ihn zu diesem Zeitpunkt zu sehr die eigenen Tränen beschäftigt hatten. Und Max' Geständnis. Aber an dieses Geständnis wollte er gar nicht weiter denken, es verursachte in ihm so ein ganz komisches Gefühl. Scham? Schämte er sich für seinen Freund, tat er ihm leid? Alex wusste es nicht und wollte auch nicht länger darüber nachdenken und vor allem wollte er es sich nicht vorstellen. Und tat es doch.

»Max' Augen sahen aus wie die Augen eines Verrückten.«

»Hast du schon mal einen gesehen? Einen Verrückten, meine ich?«

»Nein. Aber …«

»Na also. Woher willst du das dann wissen?«, fragte Alex. Er wollte nicht über Max sprechen, auch nicht über dessen Blick. Viel lieber hätte er von Kasi etwas über Gott und das alles erfahren. Kasi schien darüber mehr zu wissen als sie alle zusammen, vor allem aber schien er daran zu glauben; aber Kasimirs ganzes Denken kreiste im Augenblick um Max.

»Ich weiß es eben, so ein Gefühl. Und überhaupt, dass er sein Männchen durchgestrichen hat, das ist doch nicht normal!«

»Was ist schon normal, vor allem in unserer Situation? Bei dem, was Max uns vorhin gestanden hat«, Alex sah den am Boden knienden Max, dahinter dessen Stiefvater, »kann ich es ihm nicht verübeln, wenn er ein bisschen irre guckt.« Alex schaltete Kasis Lampe ein und verscheuchte das peinliche Bild.

Kasimir zog seine Jacke über die Schultern. Alex schien ihn nicht zu verstehen oder nicht verstehen zu wollen, aber er hatte eben diesen Blick nicht gesehen. Vielleicht galt dieser Blick ja ausschließlich Kasimir, und Timi und Alex sah er mit ganz anderen Augen an?

»Am liebsten würde ich Max fesseln, solche Angst hab ich vor ihm.«

»Ach, jetzt spinnst du aber, Kasi! Gut, Max war nicht gerade nett zu dir und wahrscheinlich werdet ihr auch nicht mehr die dicksten Freunde, aber …«

»Aber er benimmt sich so komisch, als ob, als ob …« Kasi suchte nach dem richtigen Wort, einem Wort, welches Max' Verhalten bestmöglich beschrieb, aber nichts schien diesem Verhalten so ganz gerecht werden zu können. »Als ob er das alles hier gar nicht registriert, verstehst du? Selbst, als er das von seinem Stiefvater erzählt hat – kein Wort von Angst vor dem Tod. Oder dass er hier rauswill und, nachdem er das hier alles überstanden hat, seinen Stiefvater anzeigt. Nichts. Und auch um Timi kümmert er sich kaum noch. Er starrt nur vor sich hin und lächelt sein Bild da an.« Kasis Kinn zeigte zur Wand und Alex leuchtete in die angegebene Richtung. »Er hat sich einfach durchgestrichen. Ich hab Angst, dass er auch mich durchstreicht. Und dann dich und Timi.« Alex zuckte nur mit den Schultern.

»Und wenn schon, soll er doch. Was interessiert mich, ob er den da«, der Lichtstrahl zeigte auf Alex' Ebenbild, »ob er den durchstreicht. Ich …«

»Ich meine nicht die Strichmännchen. Ich meine *uns*.« Kasi berührte zuerst sich am Bein, danach Alex. »Ich hab Angst, dass Max durchdreht und mir was tut.«

»Ach was«, wiegelte Alex ab. »Max ist nicht verrückt. Er ist vielleicht nicht so wie du oder ich, aber nein, verrückt ist er nicht. So, und jetzt lassen wir das, es gibt Wichtigeres. Zum Beispiel, wie es weitergeht. Und wie das alles so ist, wenn man tot ist.« Denn das war der Punkt, der Alex nicht schlafen ließ, der ihn wirklich interessierte: Was wartete auf sie? Kasi brauchte einen Moment, bis er verstand, was Alex meinte. Als er verstand, lächelte er. »Was ist? War irgendwas komisch an meiner Frage?« Kasi nickte.

»Ja.«

»Und was?«

»Na, eben alles. Woher soll ich denn wissen, wie das ist, wenn man tot ist? Ich war's noch nie.«

»Das weiß ich doch. Aber du bist der Einzige, der das alles ganz gelassen angeht.«

»Abgesehen von Max.«

»Lass doch jetzt mal Max aus dem Spiel. Im Ernst: Was denkst du, wie es da ist, im *Himmel*?«

Kasi sah auf seine Hände, schmutzige Hände mit schwarzen Rändern unter den Fingernägeln. Er betrachtete die beiden dünnen Handgelenke. All die Abbildungen des Gekreuzigten waren falsch. Keine Nägel der Welt konnten, nur durch die Handflächen getrieben, einen ganzen Mann am Kreuz halten. Kasi hatte dazu eine Dokumentation im Fernsehen gesehen (und die folgende Nacht kaum geschlafen). Hier – Kasis linker Daumen bohrte sich in den rechten Unterarm – zwei, drei Fingerbreit vor dem Handgelenk, da mussten die Nägel gesteckt haben, nicht in der Hand. Er hatte sich kreuzigen lassen, für sie alle, sogar für einen Max. Kasi lächelte.

»Ich glaube, dass es hell sein wird. Und warm. Und dass alle Menschen gut miteinander umgehen.«

»Und wieso glaubst du das, wenn du noch nicht dort warst?«, fragte Alex.

»Weil meine Eltern ein Buch haben voller Geschichten von Menschen, die schon tot waren, halt nur ganz kurz.«

»So wie der Typ da aus Dillendorf?«

»Der beim Marathon tot umgefallen ist?« Alex nickte, genau den meinte er: Ein Mittvierziger, der im vergangenen Sommer kurz vor dem Ziel zusammengebrochen war und nur durch Drücken auf sein Herz gerettet werden konnte. Hatte immer wieder in der Zeitung gestanden. Und der, der ihm auf dem Herz rumgedrückt hatte, hatte 'ne dicke Auszeichnung erhalten.

»Der war doch auch tot. Aber darüber, wie das ist, dieses Totsein, habe ich von ihm nie was gelesen.«

»Wer weiß, vielleicht hat er nichts erlebt, vielleicht will er auch nicht drüber reden. In dem Buch jedenfalls erzählen die Leute, dass sie so etwas wie ein Licht gesehen haben und dass sie sich glücklich gefühlt haben und gar nicht wieder zurückgewollt hätten.«

»Zurück?«

»Na, eben hierher, ins richtige Leben.«

Alex kurbelte neues Licht in ihr Gefängnis und versuchte, sich das aus dem Buch irgendwie vorzustellen, aber es wollte und wollte nicht klappen. Wie kam man zu diesem Licht und vor allem: was? Der Körper blieb doch hier! Was also verschwand dann in dieses Glück?

»Hast du das selbst gelesen?« Kasi schüttelte den Kopf.

»Nein«, sagte er, »mein Vater hat es mir vorgelesen.« Natürlich, dieser tolle Vater. Er ging nicht nur mit in den Wald und erklärte alles Mögliche, er las auch noch Gruselgeschichten vor. »Letztes Jahr hatte ich ziemlich oft Albträume und Angst vor dem Sterben«, sagte Kasi, »da hat er mir die Geschichten erzählt.«

»Hat's wenigstens geholfen?« Kasi nickte.

»Ja. Ich will zwar nicht sterben, aber ich habe jetzt keine Angst mehr davor. Jesus, also, der ist schon für uns gestorben …«

»Hä?«

»Du gehst nicht gern in die Kirche, oder?«

»Hör mir bloß auf mit dem Scheiß! Nicht mal zu Weihnachten geh ich in die verdammte Kirche!«

»Du sollst nicht fluchen.«

»Blödsinn.« Alex streckte sich und lächelte. »Fluchen ist geil.«

»Was soll daran …«

»Alles«, fiel ihm Alex ins Wort. »Fluchen ist der Ersatz für alles das, was man als Kind nicht kann: ein Tritt in den Arsch meines Vaters, ein ausgestreckter Mittelfinger für den Pfarrer …«

»Alex!«

»… oder für unsere lieben Lehrer ein …«

»Hör bitte auf«, sagte Kasi und rutschte auf seiner *Matratze* hin und her.

»Warum? Ich find Fluchen toll.«

»Ich nicht.«

»Fluchst du nie?«

Kasi schüttelte den Kopf. »Wann denn?«, fragte er. Alex suchte nach einer kasitauglichen Scheißsituation.

»Zum Beispiel, wenn du dir mit dem Hammer auf den Daumen schlägst. Sagst du dann nicht *Scheiße* oder so was?«

»Nägel schlägt mein Papa ein.« Alex verdrehte die Augen.

»Und was ist, wenn du mit dem Fahrrad stürzt und dir das Knie aufschlägst? Was sagst du dann?«

»Au«, antwortete Kasi wahrheitsgemäß.

»Hä?«

»Na, *Au* eben.«

»Und sonst nichts? Kein *Mist* oder *Scheiße* oder *verdammter Mist* oder …«

»Nein, das würde Gott bestimmt nicht gefallen«, sagte Kasi.

»Und warum hat Gott uns dann diese Worte gegeben?«, fragte Alex und freute sich über diesen Gedankenblitz. Aber Kasi wusste auch darauf eine in sein Weltbild passende Erklärung.

»Solche Worte sind bestimmt vom Teufel«, sagte er und nickte dazu. »Bestimmt.«

»Blödsinn! Oder glaubst du etwa, dein Gott erfindet eine Sprache und lässt dann den Teufel darin rumpfuschen?«

Kasimir überlegte einen Moment, dann zuckte er mit den Schultern. Er wusste es nicht und es interessierte ihn auch nicht besonders.

»Es gibt so viel, was ich nicht weiß. Aber bestimmt werden wir im Himmel alles erfahren, das jedenfalls hat meine Mutter gesagt. Im Himmel werden alle Fragen beantwortet und deswegen habe ich auch keine Angst vor dem Tod. Vor dem

Sterben schon, vor dem Tod nicht. Ich weiß, dass wir dort oben Rufus wiedersehen und irgendwann auch unsere Eltern und alle anderen auch.«

Dürfte ziemlich eng werden in diesem Himmel, ging es Alex durch den Kopf. Wenn alle jemals gelebten Menschen da versammelt waren … Es musste ein schönes Gefühl sein, wenn man all dieses Zeug glauben konnte, vor allem jetzt, in einer solchen Situation.

»Irgendwie beneide ich dich«, sagte Alex. Er sah Kasimir in die Augen und Kasimir hatte das Gefühl, in die Augen eines Erwachsenen zu blicken, ja selbst erwachsen zu sein. »Ist bestimmt toll, so ohne Angst sterben zu können.«

»Ich hab Angst. Aber ich weiß eben auch, dass es dort oben ganz toll sein wird.«

»Weiß?«

»Okay, ich *glaube* es, aber das macht für mich keinen Unterschied. Es wird bestimmt alles gut.« Sterben wollte Kasi nicht, aber für ihn hieß *sterben* nicht mehr als *weggehen*. Natürlich, er verließ dabei ein Leben und Menschen, die er liebte, aber es hieß auch, dass das, was auf einen wartete, alles Erdenkliche übertraf. Jeder Abschied tat weh, aber deswegen verzweifeln?

Zehn Minuten sagte keines der Kinder ein Wort. Sie dachten über das Kommende nach und Alex versuchte wieder und wieder, sich Kasis Himmel vorzustellen; es endete aber immer bei dicken Engeln, vorbeifliegenden Gestalten mit Harfen in der Hand und Kirchenmusik. Er hoffte, dass er mit dieser Vorstellung sehr weit neben der Realität lag, am besten auf der Rückseite dieser Realität.

»Versprichst du mir etwas, Alex?«

»Was?«

»Versprich mir bitte, dass du zu mir hältst, wenn Max irgendwas macht. Dass du mich beschützt.« Alex setzte sich auf und leuchtete Kasi ins Gesicht.

»Du hast echt Angst vor ihm.« Kasi nickte.

»Ja, ich hab Angst und …«, Kasi und Alex warteten Max' Schnarchpause ab, »… und ich weiß, dass er etwas machen wird. Ich allein hab gegen Max aber keine Chance.«

Alex setzte sich neben Kasimir und legte diesem ganz behutsam den Arm um die Schultern.

»Ich versprech dir, wenn Max irgendeinen Scheiß macht, helf ich dir. Okay?« Kasi nickte. »So, und jetzt schlaf.« *Am besten für immer*, fügte Alex in Gedanken hinzu und wünschte auch sich einen Schlaf, aus dem es kein Erwachen mehr gab, der unmerklich in den Tod hinüberführte. Und hoffentlich in Kasis Himmel endete.

Max schlug die Augen auf. Wie bei jedem Erwachen dauerte es auch dieses Mal einige Augenblicke, bis er sich in der Wirklichkeit zurechtfand, aber diese Augenblicke wurden von Mal zu Mal kürzer und ließen ihm jetzt noch nicht einmal Zeit, sich über diese absolute Finsternis zu wundern, geschweige denn nach dem Schalter seiner Nachttischlampe zu tasten. Er erwachte, zwinkerte ein paarmal – und erinnerte sich an den Spinnenmax an der Wand!

Wie hatte die Spinne ihre Nacht verbracht? Stand sie noch ganz außen, neben Timi, oder hatte sie die Dunkelheit für das Kasistrichmännchen genutzt? Oder hatte sie gar ihren Platz an der Wand verlassen und sich um den richtigen Kasimir gekümmert, ihr Gift in das Mädchen gespritzt, es gelähmt und eingesponnen und …

Max konnte nicht länger ruhig liegen bleiben. Auf allen vieren tastete er sich voran, erkannte Timi an dessen Haaren, stieß gegen die Wand und folgte dieser nach rechts zu Alex. *Die Lampe wird bei Alex liegen, wie immer.* Alles Wichtige bunkerte der in seiner Nähe: Trinkflasche, Taschenmesser, Lampe. Und richtig, wie von Max vermutet, fand er die Lampe in Alex' Hand. Er befreite sie, rutschte ein Stück zurück, kurbelte und

– hatte nur noch Augen für sein Abbild an der Wand. Ohne zu überlegen, hatte er diesen Max da mit einem großen X durchgestrichen und damit in eine riesige Spinne verwandelt! Wie schön sie aussah. Wie sehr sie sich vom Geschmiere der anderen unterschied.

Max starrte auf sein Kunstwerk und nach wenigen Sekunden existierten nur noch er und dieses von ihm geschaffene Spinnenwesen. Wie eine Weissagung klebte es an der Wand und wartete auf die Erfüllung der Prophezeiung, bis dahin aber wollte es sich mit seinem Schöpfer unterhalten, wollte ihm Kraft geben, denn die Kraft, die es in diesen Jungen fließen ließ, diese Kraft würde zu ihm zurückkehren, von dieser Kraft wollte es sich in den Tagen der Verpuppung ernähren. Max lächelte, auch wenn das Strichmännchenmädchen wie auch das richtige Mädchen immer noch existierten. Es wäre schön gewesen, wenn die Spinne während der zurückliegenden Stunden beides ausradiert hätte, ja, aber noch schöner wäre es, dies alles mit der Spinne zusammen zu erledigen.

Das Licht weckte Kasi und Kasi weckte Alex. Timi erwachte, als sein großer Bruder ihn rüttelte und auf die Wand mit dem gemeinsamen Bild zeigte. So schön. So groß und so stark. Sterben? Max lachte. *Ich werde nicht sterben, nein, ich nicht!* Auf ihn wartete eine Verwandlung, ein wundervolles neues Leben.

Rache!

Ein neutraler, jetzt den Raum betretender Beobachter hätte beim Anblick der einzelnen Kinder keine Sekunde daran gezweifelt, dass dieses Bild Max tatsächlich mit Energie versorgte. Als Einziger besaß sein Körper Spannung und Wille, einzig seine Augen leuchteten. Timi hatte mit seinem letzten Aufbäumen am Vorabend fast all seine wenigen Kraftreserven aufgebraucht, endgültig verbrannt hatte sie aber Max' Geständnis. Wozu, so dachte Timi, während er sich wieder auf die Seite fallen ließ, wozu in eine Welt zurückkehren, die so aussah, wie der große Bruder sie ihm gestern beschrieben hatte? Er wusste, er könnte Vater nie wieder in den Arm nehmen, nie wieder mit ihm reden. Und Mama? Stimmte, was Max über sie gesagt hatte? Es gab keinen Grund, daran zu zweifeln, trotzdem passte das alles nicht. Wie nur hatte sie das mit Max geschehen lassen können? Wie mit diesem Wissen die liebste Mutter der Welt sein, die Gute-Nacht-Geschichten vorlas, Pflaster auf Timis Knie klebte, ihm sein Lieblingsessen kochte? Nein, es lohnte sich nicht mehr, in diese richtige Welt zurückzukehren, denn diese Welt, die Timi kannte, die existierte nicht mehr.

»Haben wir noch Wasser?«, fragte Kasi und ließ Max keine Sekunde aus den Augen. »Haben wir noch etwas?«

Max starrte weiter auf sein Bild, Timi schien wieder eingeschlafen zu sein. Alex hielt seine leere Flasche in die Höhe und registrierte dabei – als hätte Kasis Frage das Tor zu seinem Durstgefühl aufgestoßen – den eigenen ausgetrockneten Mund. Er sah sich um. Neben Max lag eine leere Flasche, die andere, ebenfalls leer, keine zwei Meter davon entfernt. Er stand auf und versammelte die drei Behälter neben dem Brunnen. Anschließend nahm er Max die Lampe aus der Hand. Max ließ es geschehen, er sah Alex nicht einmal an, sondern an diesem vorbei. Max' Pupillen zitterten und zum ersten Mal dachte Alex das Wort *verrückt* und verwarf es nicht sofort wieder als ein Hirngespinst Kasis. Aber Alex wollte nicht über dieses Wort nachdenken, er wollte Wasser. Er drehte sich um, kurbelte Licht in Kasis Lampe und ging zu Timi.

»Hier«, sagte er und hielt dem Jüngsten die Lampe hin. Der aber wollte nicht. Wozu noch an der Lampe drehen? Wozu brauchten sie noch Licht, wozu Wasser? Er fühlte sich so unendlich müde. Timi wollte nur noch hier liegen bleiben, sich nie wieder bewegen, die Kälte aus dem Gestein in den eigenen Körper kriechen lassen und schlafen. Und nie wieder erwachen. »Los! Schlafen kannst du später noch.« Ohne Rücksicht auf Timis Pläne zerrte Alex den Jüngsten auf die Beine, Timi murrte, nahm aber schließlich doch die Lampe, setzte sich im Schneidersitz neben den auf dem Kopf stehenden Tisch und begann, wie eine Maschine an der kleinen Kurbel zu drehen.

»Seht euch das an!« Max sprang plötzlich auf, fuchtelte mit den Armen, berührte immer wieder mit beiden Händen das gemeinsame Bild an der Wand. Wie von Sinnen hüpfte er hin und her, lachte dabei, schlug sich auf die Schenkel. »Seht ihr? Seht ihr das? Sie bewegt sich, ja, wirklich, sie lebt.«

Alex, der gerade die Abdeckung des Brunnenschachtes wegziehen wollte, ließ das Tischbein los. Sein erster Gedanke galt Kasimir und dem Versprechen der Nacht. Die Blicke der Jungen trafen sich und Alex zwinkerte Kasi zu. *Ich erinnere mich an meine Worte*, sollte dieses Zwinkern bedeuten.

»Gib mir die Lampe! Schnell!« Max schrie jetzt, tanzte mit ausgebreiteten Armen, streckte schließlich eine Hand nach hinten. Timi legte ihm die Lampe hinein. Sofort sprang der Lichtkegel auf den durchgestrichenen Max. »Seht doch! Timi, komm, sieh sie dir an.« Statt aber zu seinem Bruder zu gehen, trat Timi einen Schritt zurück. Irgendetwas störte ihn an Max, er benahm sich nicht wie ein richtiger Max, eher wie etwas Fremdes, das sich nur Max' Haut übergestülpt hatte, wie in diesem Film mit den Außerirdischen, von denen manche im Kopf eines Menschen saßen und von da aus alles steuerten. Saß so ein kleines Männchen in Max' Kopf? Timi wollte nicht noch mehr Überraschungen. Er wollte keine Außerirdischen im Kopf seines Bruders und auch keine im eigenen! Er wollte sich verstecken, wollte auf keinen Fall sehen, was Max sah. Timi schlich im Rückwärtsgang an Alex vorbei und stand schließlich direkt hinter diesem, als Max plötzlich herumfuhr, Alex ins Gesicht leuchtete und auf ihn zu sprang.

»Ihr Idioten! Ihr blinden Idioten! Los«, Max' Hand schoss nach vorn und die Lampe direkt auf Alex zu. Instinktiv riss der beide Arme nach oben und wich vor der heransausenden Hand zurück. Er stieß gegen den hinter ihm stehenden Timi, dessen rechte Ferse blieb an der Tischkante hängen, Timi verlor das Gleichgewicht, stürzte und landete ungebremst auf dem jahrhundertealten Tisch.

Im ersten Moment sah es noch lustig aus, vor allem aus Kasis Perspektive, von der Wand aus und in sicherer Entfernung zu diesem Schauspiel: Timis wedelnde Arme, wie er – ein Maikäfer –, auf den Rücken fiel, dieser Anblick zauberte ein kurzes Lächeln auf Kasis Lippen. Das Timis Sturz folgende Geräusch aber fror dieses Lächeln zuerst ein, dann verwandelte es dieses Lächeln in einen Schrei.

Endlose Jahre hatten einst massives und starkes Holz in eine nur noch von wenigen Fasern zusammengehaltene Karikatur seiner selbst verwandelt, eine Karikatur, welche nicht einmal mehr eine vorsichtig auf ihr abgestellte Getränkekiste sicher getragen hätte, geschweige denn Timis ungebremst herabknallendes Gewicht. Den Bruchteil einer Sekunde hielt die Unterlage noch, die Trägheit der Holzfasern stützte das Wort *Hoffnung*, bevor aber eines der Kinder überhaupt richtig verstand, in welcher Gefahr Timi schwebte, zerbröselte die Brunnenabdeckung. Timi spürte das Verschwinden der Unterlage – Schwerelosigkeit für einen winzigen Augenblick.

Das Kind bekam das am Brunnenrand liegende Seil zu fassen. Das Seil stürzte in die Tiefe, Timis Hände berührten Stein und das Kind spürte diesen Stein unter seinen Fingern verschwinden. Noch vor ein paar Minuten hatte Timi einschlafen wollen, sterben, weil seinem Empfinden nach nichts mehr existierte, wofür es sich zu leben lohnte. Und manchmal erfüllen sich eben Wünsche, leider aber meist gerade die, welche man doch überhaupt nicht erfüllt sehen wollte. Timi konnte die Nähe des Todes mit Händen greifen und alles in ihm wollte plötzlich wieder leben, weiter atmen und auf den Tod *warten*. Und hoffen. Seine Fingernägel kratzten über

Sandstein, brachen ab. Er sah Max, der, noch immer die Taschenlampe in der Hand, den Mund aufriss und etwas schrie, was Timi nicht verstand. Auch Alex bewegte sich wie in Zeitlupe. Timi fragte sich gerade, ob dies jetzt tatsächlich alles so langsam, Bild für Bild, ablief oder ob er es nur so empfand, ob dies in den letzten Sekunden eines Lebens so üblich sei und Rufus eine ähnliche Erfahrung hinter sich hatte, als sich etwas um Timis Handgelenk schloss – sofort lief der Film wieder in Normalgeschwindigkeit.

Kasi hatte die Gefahr, in der Timi schwebte, zwar nicht als Erster erkannt, aber als Erster darauf reagiert. Er hatte sich von der Wand abgestoßen, war gesprungen, zum Brunnenrand geschlittert und im allerletzten Augenblick schlossen sich seine Finger jetzt um Timis Arm. Kasis Kopf ragte über dem Abgrund, da ging ein Ruck durch seinen Arm und riss diesen beinahe heraus, zerrte das Kind an den Rand des Brunnens und darüber hinaus. Kasi schrie und sein Schrei vermischte sich mit den Hilferufen des Jüngsten. Max brüllte den Namen seines Bruders, während Alex, der ohne nachzudenken erkannte, dass in wenigen Augenblicken beide Kinder im Brunnen verschwinden mussten, Kasi am Fuß packte und so den drohenden Absturz verhinderte.

Als Timi spürte, dass sich sein *Wunsch* vielleicht doch noch nicht erfüllen sollte, riss er den rechten Arm nach oben. Er strampelte, seine Füße suchten den in die Tiefe führenden, gemauerten Schlund nach einem Vorsprung ab, fanden, rutschten ab und suchten weiter. Jede seiner Bewegungen zog ihn und Kasi einige Zentimeter tiefer in diesen Schlund.

»Alex!« Trotz Alex' Hilfe rutschte die Brunnenkante unter Kasis Brust Millimeter um Millimeter weiter Richtung Bauch. Timis Leben hing an seinem Arm, aber wenn die Großen nicht bald etwas unternahmen …

Max schüttelte endlich seine Verwirrung ab, ließ die Lampe fallen und sprang zum Brunnen. Neben Kasimir fiel er auf die

Knie, streckte sich nach seinem Bruder und bekam ihn zu fassen. Das Ziehen und Zerren an Kasis Arm ließ nach, aber nicht die Schmerzen in diesem Arm. Blut sickerte durch den verkrusteten Verband.

»Ich hab dich, Timi!« Max hielt Timi mit beiden Händen, die Brunnenkante hatte fast Kasimirs Bauchnabel erreicht. Der Kleine schwebte in die Höhe. Wieder festen Boden unter den Füßen, riss er sich los, schrie, schlug beide Hände vors Gesicht. Der Tod klebte wie ein riesiges Spinnennetz überall an und im Körper des Achtjährigen. Alles brannte, jede Faser, jeder Nerv aufs Empfindlichste gespannt, wusste Timi nicht, wie er diese Angst noch länger aushalten könnte. Er wollte endlich heim, wollte leben! Er rannte auf den Schutthaufen, weinte und brach auf dessen Gipfel zusammen.

Max stürzte dem Bruder hinterher. Timi durfte nichts geschehen! Er war für ihn verantwortlich, er liebte ihn wie sonst nichts.

»Timi.« Max wollte Timi in den Arm nehmen, der aber schrak vor der Berührung zurück. Doch dann erkannte er Max, den richtigen Max, den guten und ihn beschützenden Max, den Max, den er liebte und er ließ sich umarmen und umarmte selbst. Gerettet. Max drückte den kleinen Körper an sich, küsste sein Gesicht, seine Hände und Arme, Max weinte. »Alles wird gut, Timi. Alles. Wir haben dich. Dir kann nichts mehr passieren. Ich …«

»MAX!«

Alex' Schrei kam zu spät. Sie hatten sich um Timi gekümmert, sie hatten ihn gerettet und dabei die Gefahr, in der Kasimir schwebte, schlichtweg übersehen. Wie eine menschliche Wippe, so lag Kasimir über dem Abgrund. Jeden Muskel angespannt, versuchte er, sich steif zu machen, Kopf und Brust nach oben zu biegen. Er hielt dabei die Luft an, denn ein einziger Hilfeschrei hätte die aufgebaute Körperspannung in Pudding verwandelt und das Kind in den Abgrund geschickt.

Er dachte daran, die Arme nach vorn zu reißen und sich so an der gegenüberliegenden Kante abzustützen, aber konnte dies funktionieren? Die jetzt nach hinten gestreckten Arme vorzuholen hieße, das Gleichgewicht zu verlieren und zu stürzen. War sein verletzter Arm dem eigenen Gewicht bereits wieder gewachsen? Und wenn nicht, konnte er sich mit nur einem Arm so über dem Schacht halten?

Antworten auf diese Fragen erhielten weder Kasimir noch die anderen Jungen. Kasi verlor das Gleichgewicht. Zehn Kinderjahre rutschten unter Kasimirs Körper davon, blieben zurück. Kasi sah die Welt über sich versinken. *Wie kann etwas versinken, das sich über mir befindet,* fragte er sich. Aber diese Welt, kreisrund, sie schrumpfte, konzentrierte sich in einem kleiner werdenden Kreis. Einer Kugel? Schwebte er durchs Weltall und da, dort über ihm, flog die Heimat davon?

Max sah gerade noch ein Paar Füße verschwinden. Alex schrie und sprang zum Rand – aber zu spät.

LETZTER TAG

35 August

Nichts von dem ahnend, was sich nur wenige Hundert Meter entfernt abspielte, erwachte Gernot Seiler. Ein Blick zum Himmel verriet ihm, dass es wohl so gegen Mitternacht sein mochte, vielleicht auch eine halbe Stunde früher oder später, so genau ließ sich das hier unten im Tal, eingesperrt zwischen Tannen, welche die Sicht versperrten, nicht sagen.

Seiler blieb auf dem Rücken liegen, zog sich die Decke bis ans Kinn und verschränkte die Arme unter dem Kopf. Eigentlich sollte er jetzt aufstehen, aber da unten drückte nichts, gut, vielleicht ein ganz kleines bisschen, aber längst nicht so wie gewohnt. Jedenfalls nicht aufstehenswürdig. Es kam ihm so vor, als sei alles mit dem Hier und Jetzt einverstanden und wollte dies den alten Mann so lange wie möglich genießen lassen, vielleicht ein allerletztes Mal, wer wusste das schon.

Seiler suchte den Himmel nach Mona-Lisas Stern ab, nach dem einen Auge, welches sie beim Einschlafen vielleicht gemeinsam betrachtet hatten, aber natürlich hatte dieses Auge nicht unbeweglich stundenlang auf Seilers mitternächtliches Suchen warten können. Längst irgendwo im Westen verschwunden, betrachtete der Stern jetzt andere Liebende, wurde von diesen gesucht und hoffentlich auch gefunden. Der erste und der letzte Gedanke eines jeden Tages: Mona-Lisa.

Obwohl Seiler kurz vor dem Einschlafen noch einen armdicken Stamm in die Glut gelegt hatte, stieg jetzt nicht mehr als eine dünne Rauchsäule in die Nacht. Seiler rutschte zur Feuerstelle, pustete gegen das verkohlte Holz und als dieses zu glühen begann, legte er zuerst einige vertrocknete Grashalme, danach dürre Ästchen darüber. Noch einmal pusten, dann züngelte eine erste Flamme, fand Nahrung. Ja, wusste

Seiler, während er sich die Hände wärmte, dieser Monat war der ideale Monat, um die Suche nach seiner Liebe endlich zu beginnen, denn der August erzählte von Wärme und vom Ernten – ein ehrlicher Monat.

In Seilers Augen verkörperte jede Jahreszeit – ja sogar jeder Monat – eine Frau, jedoch nie die gleiche. Der Mai kam wie ein junges Mädchen angerannt, mit offenem, langem Haar und einem Strahlen in den Augen, welches jeden um den Verstand bringen konnte. Sie tanzte und drehte sich und sang. Aber Schnee- oder Hagelschauer, ein später Bodenfrost – und die Glut des Mädchens verwandelte sich in Tristes, an welcher die Natur den ganzen Rest des Jahres noch zu knabbern hatte.

Der November erschien als altes Weib, einer der wenigen wirklich ehrlichen Monate. Dieses Weib versprach nichts, gaukelte, anders als der Januar, nichts vor, sondern zeigte sich so, wie es war: gebeugt, voller Frostbeulen und mit von Feuchtigkeit gekrümmten Fingern und leeren Brüsten. Selbst ein warmer Tag konnte dieses Bild nicht verdrängen, die Alte blieb alt und krank und hässlich.

Was aber Novemberwärme nicht schaffte, das vermochte der Januar. Schwappte milde Luft aus dem Süden über die Alpen, kam dann vielleicht auch noch Föhn hinzu, dann zauderten Mensch und Natur zuerst, fielen letztendlich aber doch auf das Locken dieser viel zu schönen Frau herein. Seiler verglich diese milden Januartage immer mit der schönsten aller Frauen, der Unerreichbarsten, mit der, die ihn im Normalfall nicht einmal beachten, geschweige denn anlächeln würde. Man konnte es nicht glauben, aber sie lächelte weiter und weiter und zuletzt tappte jeder in ihre Falle. Meisen begannen zu zwitschern und in den Bäumen stieg neues Leben auf. Katzendamen räkelten sich in der Sonne und genossen dabei die vielen Verehrer, die in gebührendem Abstand ihr Locken beobachteten. Und die Menschen gingen hinaus ins Freie und gerade, wenn man zu *glauben* begann, das Wissen um den Kalenderstand ignorierte und vor der Schönheit in die Knie ging, drehte die sich einfach weg, schlug den Kragen auf und zeigte Mensch und Natur die kalte Schulter. Ein ganz übler Monat, um seine Liebe zu suchen. Ganz, ganz übel.

Seiler zerteilte seinen eigentlich fürs Frühstück vorgesehenen Apfel und steckte sich einen Bissen in den Mund.

Nur im August konnte er, wenn überhaupt, Mona-Lisa noch finden. Morgen.

Dem Befehl seiner Blase folgend, schlug Seiler nun doch die Decke zurück, aber es störte ihn kein bisschen. Mit sich und der Welt im Reinen, erledigte er, was erledigt werden musste, legte anschließend noch etwas Holz ins Feuer, zog sich die Decke über die Ohren und schlief unmittelbar darauf ein.

36 Rettung

Vom Geschehenen paralysiert, wagten weder Timi noch Max eine Bewegung. Sie hielten sich in den Armen. Max versuchte, über Timis Schulter hinweg das gemeinsame Bild an der Wand zu erkennen, aber die Dunkelheit hatte es verschluckt wie fast alles in diesem Raum. Kasimirs Hinterlassenschaft lag neben Alex und ihr Glimmen hatte mit dem Licht einer Taschenlampe kaum mehr etwas zu tun. Max kniff die Augen zu Schlitzen zusammen; gab es den durchgestrichenen Max noch? Stand er weiterhin an seinem Platz?, fragte sich sein Schöpfer. Plötzlich fror Max. Was, wenn seine Gedanken den Spinnenmax von der Wand geholt hatten, wenn diese Spinne eben das Mädchen – Max' Wunsch entsprechend – in die Tiefe geworfen hatte? Nein, dies war unmöglich, kein Mensch der Welt konnte mit seinen Gedanken eine Zeichnung an der Wand in Bewegung setzen! Und wenn doch? Hatte er selbst gestern nicht genau dies beobachtet? Wie sein Abbild über die beiden anderen Figuren geklettert war und dem Mädchen-

Strichmännchen die Kehle zugedrückt hatte? Max zitterte. Das Mädchen hatte sich vor einer halben Minute verabschiedet und er zitterte? Max wartete auf seinen Jubelschrei, aber statt sich zu freuen, hielt er einen kleinen Bruder im Arm und ließ sich von dessen Angst anstecken. Timis Angst schürte Max' Angst und er hatte Angst, Angst vor sich selbst, Angst vor der Macht, die seine Gedanken ganz offensichtlich besaßen. Er konnte seine gedachten Spinnen töten lassen, einfach so.

Kasis Sturz hatte Alex wie ein Schlag ins Gesicht getroffen. Er saß vor dem Brunnen, unfähig, einen klaren Gedanken zu fassen, unfähig, sich zu bewegen und einen Blick in die Tiefe zu werfen. Das Sterben hatte also begonnen, anders zwar als erwartet, aber der Berg hatte Rufus wohl inzwischen verdaut und Hunger nach einem zweiten Opfer bekommen. Das von Timi in den Brunnen gerissene Seil bewegte sich noch, als habe es der Berg im Maul, während er auf Kasi herumkaute. Und sie hatten gedacht, dieser Brunnen könne sie retten, wenigstens für ein paar Tage am Leben erhalten. Stattdessen entpuppte sich diese Rettung nun als Fluch. Hätten sie ihn doch niemals entdeckt.

Das Maul des Berges atmete und stöhnte, schmatzte und sein Speichel plätscherte wie frisches Wasser. Alex sah auf: rief dieses Maul jetzt nach ihm? Wollte es ein zweites Opfer, einen Alex zum Dessert? Alex schüttelte den Kopf. Begann es jetzt auch schon bei ihm, das mit den Stimmen im Kopf? Kam das so, wenn man ganz langsam starb, wenn man verhungerte, gefangen in einem Berg? Hörte man dann den Tod rufen, ihn stöhnen und flüstern? Oder …

Alex packte die Taschenlampe so plötzlich und so heftig, dass Timi und Max zusammenschraken. Alex kurbelte, rutschte zum Brunnenrand und leuchtete hinab. Ganz da unten, auf dem Spiegeltablett am Grund des Brunnens, trieb eine Kinderleiche, aber nicht wie man es von einer solchen erwarten durfte, mit gespreizten Armen und dem Gesicht im Wasser. Die Leiche da unten bewegte sich im Speichel des Berges und der eine große Spiegel bestand aus Tausenden Fragmenten, die sich unablässig vereinten und wieder zerbrachen und noch einmal zueinanderfanden. Die beiden Leichenarme ruderten und das Leichengesicht sah jetzt nach oben, öffnete den Mund und rief mit Kasimirs Stimme Alex' Namen!

Kasi lebte!

»KASI! Kasi lebt! Max, Timi, schnell, kommt her und helft mir!«

Das Brüderpaar reagierte nicht sofort. Timis Augen weiteten sich – es dauerte eine Handvoll Sekunden, bis der Achtjährige wirklich verstand, dann aber befreite er sich aus Max' Umarmung, rutschte die Halde hinab und kniete sich neben Alex. Max jedoch, der verstand zwar die Worte, auch ihre Bedeutung, nicht aber den Sinn des Ganzen. Wieso sollte das Mädchen noch leben? Besaßen er und seine Spinne doch nicht diese allumfassende, mädchentötende Macht? Oder erlaubte sich Alex nur einen Scherz, auf seine Kosten verstand sich, immer auf Max' Rücken. Nein, wusste Max, Alex log. Da unten, am Grund des Brunnens, da lag diese Brillenschlange, eingepackt in Millionen haarfeiner Spinnweben, geschaffen von seinem Ebenbild. Da unten, da hing die Nahrung für die Zeit nach seiner Verpuppung! Das Mädchen war tot! Alex erzählte Lügen, Lügen, nichts als Lügen!

Max sprang auf und stürzte seinem Bruder hinterher. Alex stand neben dem Schacht und hielt das Seil mit beiden Händen. Wollte er Wasser schöpfen? Jetzt? Auf seinen Scherz anstoßen und über Max lachen?

Aber Alex hatte nicht gelogen, Max genügte ein flüchtiger Blick in die Tiefe. Kasi lebte und die Strichmännchenspinne hatte versagt.

Er selbst aber würde nicht versagen!

Max stieß Alex zur Seite und riss diesem das Seil aus der Hand. Plötzlich wusste er, dass dies hier alles nur eine Prüfung für ihn sein konnte. Die Spinne hat das Mädchen gestoßen und jetzt – die Prüfung – war es an Max, das Begonnene zu vollenden. Er zerrte am Seil, aber am anderen Ende, tief unten am Grund der Spinnenhöhle, klammerte sich die Beute an diesen Strohhalm. Max rannte wie von Sinnen im Kreis um das Loch im Boden, zog, schüttelte das Seil, ließ kurz locker, um sofort wieder mit seinem ganzen Gewicht daran zu zerren. Er musste das Ding da unten abschütteln, das erwartete man von ihm, das erwartete er selbst von sich. Reißen, schütteln, rennen, über Timi springen.

»Spinnst du?!« Alex kam auf die Beine und stellte sich Max in den Weg, wollte ihm das Seil wegnehmen. Aber so einfach ließ sich ein Auserwählter nicht von einem ihm als Nahrung Versprochenen aufhalten, egal ob der Versprochene nun Kasi oder Alex hieß. Max rannte, stieß Alex die Schulter gegen die Brust und ihn so aus dem Weg, riss am Seil und plötzlich (Höret den tausendstimmigen Jubel des Spinnenchores!) verlor dieses seine Last und Max das Gleichgewicht. Er stolperte gegen die Wand, drehte sich um und lachte. Und mit einem Lächeln im Gesicht, das vor Zufriedenheit und Glück mit Kasis Lampe um die Wette strahlte, zog er das Seil aus dem Brunnen, Zentimeter um Zentimeter glitt über den Rand. Konnte das Mädchen schwimmen?

»Hört doch, wie schön unsere Brillenschlange winseln kann, fast wie ein Hündchen«, sagte Max. Er wusste, dass er jetzt, in diesem Augenblick, all seine Probleme gelöst hatte: niemals würde dieses Mädchen etwas erzählen können, keine einzige seiner Lügengeschichten würde diesen Berg verlassen, nur er, Max die Spinne, war hierfür auserkoren und während Rufus unter Steinen verfaulte, würde die Mädchenleiche, am Grund des Brunnens wie in einer Marinade schwimmend, die Zeit bis zu Max' Wiedergeburt in genießbarem Zustand überstehen.

Alex' Taschenmesser riss Max aus seinen Träumen. Plötzlich spürte er die Klinge am Hals.

»Du bist krank«, schrie Alex und riss Max das Seil aus den Händen. »Krank bist du. Und böse!« Alex drehte sich zum noch immer am Rand des Brunnens kauernden Timi um. Abwechselnd leuchtete der nach unten, wo Kasimir wie eine Fliege im Wasserglas um sein Leben ruderte, und zu Max. Timi verstand nichts von dem, was hier geschah, nicht dass Kasimir noch lebte, nicht das Verhalten des großen Bruders. Wie es schien, galten keine alten Gesetze mehr, weder die der Natur noch die zwischen Geschwistern. Timi ahnte nicht einmal, dass seine eigenen Hände für Kasimirs Überleben verantwortlich zeichneten. Schwerelos über der Brunnenöffnung liegend, hatte er auf der Suche nach einem Halt das Seil in die Tiefe gestoßen. Kasi hatte im Fallen den Rettungsanker zu fassen bekommen, sich an diesen geklammert, war an ihm nach unten gerutscht und hatte so den Aufschlag deutlich gemildert. Kasis Hände bluteten, Hautfetzen klebten am Kunststoff des Seiles, das gerade den Brunnenrand erreichte. Aber Kasi lebte, auch wenn das Greifen nach diesem Seil beinahe die Arme des Jungen herausgerissen hatte, er lebte und die Schuld daran trug Timi.

Und jetzt? Wie lange konnte Kasimir noch in seinem Wasserglas schwimmen, wie lange noch nach einem Halt an der schmierigen Wand suchen und ihn nicht finden?

Timi sprang auf. Er nahm das Seil und ließ, was sein Bruder Stück für Stück nach oben gezogen hatte, wieder hinab.

»Kasi, hier. Pass auf, ich lass das Seil wieder runter!«

»Nein!«, schrie Max, aber Timi drehte sich noch nicht einmal mehr nach seinem Bruder um. Kasi hatte ihn gerettet und jetzt rettet er Kasi, egal was Max dazu sagte. Der Rettungsanker fand seinen Weg nach unten, berührte Kasis Fingerspitzen.

Vom Messer an seinem Hals und von Timis Verrat gelähmt, starrte Max auf den kleinen Bruder. »Nein«, flüsterte er dazu und immer wieder »Nein«. Das gerade erst nach oben gezogene Seil verschwand im Boden, aber das durfte nicht sein. Niemand hatte das Recht, das von ihm begonnene Werk zu zerstören, noch nicht einmal ein kleiner Bruder.

»NEIN!«, brüllte Max und sprang nach vorn.

Die an seinen Hals gehaltene Klinge rutschte darüber hinweg und Alex aus der Hand. Max beachtete weder seinen früheren Freund noch den Kratzer am Hals – er sah nur noch Timi und das Seil und wusste, dass er eingreifen musste, wollte er nicht die Spinnen für immer gegen sich aufbringen. Er streckte die Arme aus, beugte sich nach vorn, öffnete den Mund zu einem weiteren »NEIN!«, als …

… Alex' Faust ihn stoppte. Knapp unterhalb des Auges getroffen, flog Max' Kopf nach links und der dazugehörende Körper schwankte ebenfalls in diese Richtung. Aber Max' Willen schien in diesem Augenblick unbezwingbar. Er blieb kurz stehen und schüttelte den Kopf, ohne dabei von Alex in irgendeiner Form Notiz zu nehmen – für Max existierte nur die ihm von der Spinne gestellte Aufgabe. Er stolperte weiter und Alex' zweiter Schlag traf ihn am Kinn. Alex schrie auf, Max hingegen fiel nach hinten.

Als Max nur drei Minuten später aus seiner kurzen Ohnmacht erwachte, lag er mit auf dem Rücken gefesselten Händen im Dreck. Alex hatte ein Stück vom Seil abgeschnitten und zuerst Max' Arme, anschließend dessen Füße gefesselt. Und zum Schluss beides zusammengeknotet.

»Kasi?«, schrie Alex nach unten und der aufgerissene Rachen des Berges schrie dieses Wort zurück. »Kasi, kannst du dich festhalten? Wir ziehen dich hoch.« Das von Timi zurückgegebene Seil bewegte sich unmerklich und Timi kniete neben diesem Seil, leuchtete mit Kasis Lampe in die Tiefe und kurbelte und kurbelte, obwohl die Lampe schon ihr Bestes gab.

»Vielleicht«, kam es aus der Tiefe. »Meine Hände sind ganz wund, ich weiß nicht, ob ich das schaffe.«

»Probier es, ja?«

»Okay.«

»Fertig?« Alex spürte die Bewegungen im Seil und wie sich das an seinen Händen ziehende Gewicht verdoppelte.

»Ja.«

Alex wickelte sich das Seilende ums Handgelenk und auch Timi griff nach dem Seil. »Zusammen«, sagte Alex und wusste doch ganz genau, dass es nun einzig von ihm und seiner Kraft abhing, Kasimir zu befreien. »Und nicht loslassen, Timi! Kasi hängt dran.« Timi nickte und hinter Timi lag Max, in hoffentlich sicherer Entfernung.

Kasi fror, das eiskalte Wasser hatte innerhalb weniger Sekunden die ganze brennende Glut in seinem Innern gelöscht. Dieses letzte Aufbegehren aus Adrenalin und Hoffen – erfroren und so steif wie die Arme und Beine des Kindes. Die Achterbahnfahrt der letzten Minuten, Absturz, Rettung durch das Seil, das Verschwinden desselben und den neuerlichen Lichtschein am Horizont, all das wäre für einen gesunden Erwachsenen schon viel, für ein durch Hunger und einen verletzten Arm geschwächtes Kind konnte es das Ende bedeuten. Kasimir aber wollte leben. Er klammerte sich an das Seil und wartete auf die Fahrstuhlreise nach oben, aber schon, als sich dieser Fahrstuhl mit einem ersten Ruck in Bewegung setzte, wusste Kasi, dass er diese Fahrt nicht überstehen konnte. Seine Handflächen brannten schlimmer als Max' Biss damals und beide Schultergelenke fühlten sich an, als habe jemand Nägel in diese getrieben und anschließend tonnenschwere Gewichte an sie gehängt. Jedes Mal, wenn Alex und Timi da oben wieder einen Schritt schafften und das Seil weitere zehn, zwanzig Zentimeter in die Höhe schwebte, verdoppelte sich das an Kasis Nägeln hängende Gewicht und nach dem dritten Schritt fand er nichts mehr, was er diesen Schmerzen und den Bleigewichten in seinem Innern entgegensetzen konnte. Die Füße des Jungen steckten noch im Wasser, da rutschte ihm das Seil durch die Finger. Zeitgleich mit dem Platschen unten im Brunnen fielen Alex und Timi auf den Rücken.

»Kasi? Alles in Ordnung?«

»Ja. Aber ich schaff das nicht. Ehrlich, ich hab's versucht, aber es tut so weh und …«

Max kicherte.

»Warte, ja?« *Wo soll ich denn hin?* »Ich überleg mir was, Kasi. Wir holen dich da raus, versprochen.«

Alex sah sich um. Der Kessel? Nein, selbst wenn er nach unten gepasst hätte, Kessel und Kasi würden er und Timi nie und nimmer wieder nach oben schaffen können. Nein, eine andere Lösung musste her, vielleicht so was in der Art, wie sie es im Fernsehen machten, wenn sie jemanden abseilten.

»Kannst du dir das Seil unter den Armen durchziehen und vor der Brust verknoten?«, fragte Alex nach unten und erhielt ein *Ich probier's*. Aber Kasis steife Finger schafften es nicht einmal, das Seil um den eigenen Oberkörper zu schlingen, geschweige sicher zu verknoten. Wie ein Hund im Wasser tretend, versuchte er es dennoch drei Mal, dann gab er auf.

Alex aber hatte in der Zwischenzeit die Lösung gefunden, jetzt wusste er, wie sie Kasi nach oben bringen konnten. Er erklärte es Kasi, zog nebenher das Seil aus dem Schacht und, als es neben ihm im Staub lag, band er Max' Stabtaschenlampe an das nasse Ende. Max protestierte, schimpfte und fluchte, aber außer ihm selbst nahm niemand davon Notiz. Selbst Timi dachte nur noch an Kasis Rettung. Einen Bruder? Hatte er jemals einen Bruder besessen? Sie ließen die Lampe nach unten.

»Hast du sie?«

»Ja«, antworte Kasi. »Und jetzt?«

»Zieh sie richtig in die Mitte, sodass es wie ein T aussieht. Also eines, das auf dem Kopf steht. Hast du?«

»Ja.«

»Und jetzt setz dich drauf. Ein Bein rechts und eines links und halt dich gut fest. Warte, ich lass das Seil noch ein Stück weiter runter.«

Kasimir schaffte es wie von Alex beschrieben auf Max' Stabtaschenlampe. Er spürte die Rundungen des Metalls an seinen Oberschenkeln, umklammerte das vor seiner Brust aufsteigende Seil und wusste, dass er, sollte auch dieser Versuch scheitern, hier unten ertrinken dürfte. Unweigerlich sah er Max' Gesicht in der Öffnung dort oben, wie Max sich freute und ihm beim Sterben zusah. Nur ein einziges Mal verschwand dieses Gesicht für ein paar Sekunden, als Max Steine aufsammelte, Steine, die er anschließend einen nach dem anderen auf den Ertrinkenden fallen ließ und dabei lachte. Nein, wusste Kasi, Max durfte nicht siegen und er wollte, sollte er denn sterben müssen, kein Maxgelächter als Begleitmusik! Kasi klammerte sich an das Seil, spürte das Rucken in diesem, registrierte, wie das Bergwasser Bauch, Beine und Füße freigab, wie er nach oben schwebte. Kein Max der Welt durfte triumphieren! Niemals.

Niemals!

Max' Lampe stützte das Kind, der Gedanke an Max gab ihm Kraft. Meter um Meter zogen die Wände des Brunnens an Kasimir vorbei – Schatten nur, rau und böse. Immer wieder rutschte das Kind über diese Wände. Kasi versuchte, sich mit den Füßen abzustützen, mitzulaufen, aber nach spätestens zwei Schritten kippte er zur Seite und schlug mit Schulter und Gesicht gegen den Stein. Aber wenigstens kam er voran und während Alex und Timi an Kasis Befreiung arbeiteten und nach und nach im Durchgang zum Fässerraum verschwanden, beobachtete Max und wünschte sich ein Wunder. Oder wenigstens eine Spinne. Eine einzige kleine Spinne könnte seine Fesseln lösen, er selbst aufspringen, Alex einen Tritt verpassen und diesen samt Seil zu dem Mädchen in den Brunnen schicken und anschließend Timi mit beiden Fäusten zur Ordnung rufen. Aber die Spinnen schliefen oder aber sie wollten einfach nicht. Hatte er in ihren Augen versagt?, fragte sich Max und kannte auch die Antwort, als die braunen Haare des Mädchens aus dem Boden schwebten. Ja, er hatte versagt. Er hatte dieses Theater da nicht verhindert, im Gegenteil, erst mithilfe seiner Lampe konnte dies hier passieren, nur wegen ihm.

Max rollte sich zur Seite, so, dass er das Bild an der Wand sah, das mit ihm als Spinne. Noch stand sie an ihrem Platz, aber das würde nicht immer so bleiben, wusste er. Das hier, das konnte keiner Spinne gefallen, nie im Leben. Wer ließ sich schon gern die Butter vom Brot nehmen? Wer das Brot gleich mit dazu? Hier aber, hier kletterte gerade das Spinnenbutterbrot aus dem Brunnen und das alles nur, weil er versagt hatte. Versagt. Er.

Ein Wunder, wie die Welt, auch wenn sie sich nur aus Felswänden, Dämmerlicht und drei Kindern zusammensetzte, wieder auferstand. Stück für Stück kam das Kreisrund dieser Welt näher, jetzt konnte Kasi in sie hineinsehen, spürte er den Brunnenrand und wie die Freunde ihn über diesen hinweg zurück ins Leben zogen. Alles tat ihm weh, er fror – aber er lebte. Aber Alex ließ weder sich noch Timi und schon gar nicht dem Geretteten Zeit, dieses Wunder zu genießen.

»Steh auf, Kasi, los! Schnell!« Aber Kasimir wollte nur noch liegen, sich ausruhen und schlafen. Er zitterte und wo er lag, zeichnete nach wenigen Sekunden ein nasser Schatten die Umrisse des Jungen nach. Schlafen, dachte Kasi und überhörte Alex' Worte, nur noch schlafen. Doch Alex ließ ihn nicht. Er packte Kasi unter den Armen und richtete ihn auf. »Du musst hüpfen. Komm, mach es so wie ich.« Der Griff, der Kasimir aufrecht hielt, lockerte sich, Alex hüpfte auf der Stelle und Kasi ging in die Knie.

»Lass mich bitte«, flüsterte er, »lass mich schlafen.« Er drehte sich auf die Seite, klemmte beide Hände zwischen die Knie und schloss die Augen. Kasis Zähne schlugen gegeneinander, der ganze Körper zitterte, er aber spürte nichts von dieser Kälte, nur eine wohlige Müdigkeit, eine Schwere, die er so niemals für möglich gehalten hätte. Er fror nicht, jedenfalls nicht in sich drinnen. Dort gab es Wärme, Erinnerungen, die wärmten, Träume, die sich wie eine dicke Wolldecke ausbreiteten, eine von Mutter gehäkelte Decke, die nach Mutter roch und wärmte wie ihr Körper und …

Alex drehte Kasi auf den Rücken, zerrte ihm das tropfnasse T-Shirt über den Kopf und gab es Timi.

»Hier, wring es aus und leg es über eines der Fässer nebenan.«

»Aber nicht auf meine Hose!«, schrie Max. Alex richtete sich auf. Max' Hose und Unterhose – beides hatte er längst vergessen. Timi sollte sie mitbringen, so bekam Kasi wenigstens untenrum etwas Trockenes zum Anziehen.

Max' Kleidungsstücke fühlten sich klamm an, auch rochen sie nicht so, wie frisch gewaschene Wäsche riechen sollte. Aber egal, Kasi musste aus dem nassen Zeug raus. Alex befreite den Jungen von Hose, Unterhose und Socken, die Schuhe hatte er im Brunnen zurückgelassen. Mit dem eigenen Shirt trockneten sie Kasi notdürftig ab, zogen ihm unter Max' Protestschreien dessen Hose an und schleppten ihn zur Wand, genau unter Kasis Bild von seiner kleinen, heilen Welt.

»Wir müssen ihn irgendwie wärmen«, sagte Alex und sah sich um. Aber wie? Es existierte keine Feuerstelle, es gab keine Kleidungsstücke, die Kasis Zittern aufnehmen und wegwärmen konnten, nichts. Während Alex noch nachdachte, hatte Timi sich aber bereits erinnert, an das eigene Frieren und an das, was in solchen Fällen half wie sonst nichts auf der Welt. Timi legte sich neben Kasimir und nahm diesen in die Arme. Kein Blatt passte mehr zwischen beide Kinder.

»Komm«, sagte Timi zu Alex, »leg dich auf die andere Seite.«

Alex holte die herumliegenden Regenjacken, deckte damit Kasi und Timi zu und kroch zuletzt selbst unter diese Decke.

»Zieh dein T-Shirt nach oben«, sagte er zu Timi, nahm Kasi in den Arm und drückte seine Brust gegen Kasis Rücken, schlang beide Beine um Kasimirs Beine.

Nach zehn Minuten hörte Kasimirs Zittern auf. Die Lüge einer inneren Wärme verließ den Jungen, nahm die Gewichte aus seinen Gliedern und gab ihm sein gewohntes Empfinden zurück. Kasi spürte die Kälte tief in sich drinnen, gleichzeitig aber auch die Wärme aus den beiden anderen Körpern.

»Danke«, sagte er.

»Sei still«, sagte Alex leise.

»Ohne euch wäre ich jetzt bestimmt schon tot.«

»Ohne dich wäre ich tot«, antwortete Timi und schmiegte sich noch etwas näher an Kasimir. »Du hast mir das Leben gerettet.«

Kasi erinnerte sich an die Sekunden vor seinem Brunnensturz. Ja, er hatte Timi das Leben gerettet, ständig retteten sie sich gegenseitig, einer den anderen wie richtige Freunde. Kasi versuchte ein Lächeln.

»Ja, das hab ich wohl.« Kasi wusste, dass es ohne ihn keinen Timi mehr geben würde und er fühlte sich gut bei diesem Gedanken. So aussichtslos alles hier in diesem Gefängnis auch schien, aufgeben durfte man nie. Und wenn doch, wie vorhin, als er selbst beinahe ohne Gegenwehr erfroren wäre, wenn doch einer von ihnen aufgeben sollte, dann mussten die anderen für ihn kämpfen, wie Timi und Alex es für ihn getan hatten.

»Zeig mal deine Hände«, sagte Alex. Vorhin, als er Kasi aus dem Brunnen gezogen hatte, waren ihm die fleischfarbenen Linien auf den Handflächen des Zehnjährigen aufgefallen, doch da hatte es Wichtigeres gegeben. Jetzt erinnerte er sich daran. Kasis Hände erschienen vor ihm, Alex nahm die Lampe und hielt die Luft an.

»Sieht es schlimm aus?«, fragte Kasi. Er selbst traute sich nicht hinzusehen. »Wird es wieder verheilen?«

Der Umstand, dass der Junge während seines Sturzes das Seil zu fassen bekommen hatte, dürfte ihm das Leben gerettet haben, vorerst jedenfalls. Aber zu welchem Preis! Timi richtete sich auf, auch er wollte etwas sehen, Alex aber drückte den Jungen zurück auf sein Lager und schüttelte den Kopf. Kasis Handflächen besaßen nicht mehr viel Ähnlichkeit mit dem herkömmlichen Bild einer Handinnenseite: dort, wo bei Alex und Timi feine Linien verliefen, glänzte bei Kasimir eine einzelne breite Schneise aus rohem Fleisch und erinnerte Alex an Bilder aus dem Biologieunterricht.

»Wir sollten das verbinden«, sagte Alex, etwas Besseres fiel ihm nicht ein. Sein Magen rumorte. Aber zum Glück verschwanden Kasis Hände wieder in ihrem Versteck.

»Später«, sagte Kasi und schloss die Augen, »das können wir später machen.«

»Wir verbinden sie und wenn du …«

»Natürlich«, unterbrach ihn Kasi, »wenn ich mal muss, pinkel ich drüber.«

Und diesmal muss niemand vor mir niederknien.

Kasis Kopf kippte zur Seite und sein Blick blieb an Max hängen. Das schwache Licht seiner neben Alex liegenden Lampe konnte Kasis Widersacher kaum von der Wand lösen, alles verschmolz in einem Gemisch aus Grau, mal etwas heller, dann wieder dunkler, dabei aber immer grau. Nur Max' Augen, die leuchteten wie zwei Sterne und sie leuchteten genau zu ihm hin.

»Was, was wird aus Max?«, fragte Kasi. Er hatte, als Alex ihm die Kleider ausgezogen hatte, kurz Max' auf dem Rücken zusammengebundene Arme und Beine gesehen, wusste, dass so von ihm keine Gefahr ausgehen dürfte, trotzdem spürte er das Böse herübergaffen. Und fürchtete sich davor. »Bleibt er da liegen?«

Alex richtete sich zur Hälfte auf, nahm die Lampe und beleuchtete ihr größtes Problem.

»Solange wir schlafen ist es besser, wenn alles so bleibt wie es ist«, sagte er. »Oder, Timi, was meinst du?« Aber Timi wusste gar nichts mehr, jedenfalls nicht, wenn es sich um Max handelte. Er wusste, Max hätte Kasi ohne mit der Wimper zu zucken ertrinken lassen und das, obwohl der ihm, Timi, doch das Leben gerettet hatte. Nein, Max war krank, im Kopf krank. Und gefährlich. Timi wollte nicht, dass sein Bruder so an der Wand liegen musste, er wollte aber auch nicht im gleichen Raum mit einem ungefesselten Max schlafen.

»Aber etwas Wasser sollten wir ihm geben«, flüsterte Timi, als habe er Angst, dass der große Bruder dies hören und als Schwäche auslegen könnte. Max würde bestimmt keinem Gefangenen etwas zu trinken geben, aber Timi war nicht Max.

»Ja«, sagte Alex und krabbelte unter der Regenjackendecke hervor, »das stimmt. Ich hab auch Durst.« Alex löste Max' Taschenlampe vom Ende des Seiles und ersetzte sie durch Timis Colaflasche. Als er die Flasche in den Brunnen hinabließ, stellte er sich so, dass er Max sehen konnte, selbst gefesselt traute er ihm nicht mehr. Aber Max blieb regungslos, beobachtete allerdings genau, was um ihn herum geschah. Als Alex aber mit der gefüllten Flasche zu ihm kam, schoss sein Kopf nach vorn und schlug damit gegen Alex' Hand. Die Flasche fiel zu Boden.

»Wollt ihr mich vergiften?«, schrie er. »Das ist es doch, was ihr unter eurer Decke ausgeheckt habt: vergiften, einen gefesselten Jungen einfach so vergiften – das könnte euch so passen, ja? Keinen Tropfen trinke ich von dieser Brühe! Das Mädchen hat doch bestimmt vor Angst in den Brunnen gepinkelt! Und das soll ich jetzt trinken?« Max lachte und spuckte aus.

»Nichts trinke ich, keinen Schluck. Nie und nimmer.« Er warf sich auf die Seite und versteckte das Gesicht an der Wand.

Alex wollte etwas sagen, öffnete bereits den Mund, zuckte dann aber nur mit den Schultern. »Dann eben nicht«, sagte er, nahm die Flasche und ließ sie ein zweites Mal in den Brunnen hinunter. Selbst wenn Kasi ins Wasser gepinkelt haben sollte – was machte das noch? Ihn störte es nicht, jedenfalls nicht so sehr, dass er deswegen verzichten wollte. Er trank, gab auch Timi und Kasi etwas, dann löschte er die Lampe.

Von seinen Freunden gewärmt, schlief Kasi fast augenblicklich ein und wähnte sich dabei im Bett seiner Eltern. Mutter und Vater wärmten ihren Schatz und Gott passte auf die kleine Familie auf. Kasi lebte, befand sich in Sicherheit und die Gefahr lag verschnürt am anderen Ende des Raumes. Timi folgte Kasis Beispiel und auch Alex schloss die Augen. Nur Max konnte nicht einschlafen, selbst, als er nichts mehr sehen konnte, sah er. Was er aber sah, hätte beunruhigender nicht sein können. Er musste etwas unternehmen.

37 Zwischen Himmel und Hölle

Timis neuerlicher Verrat traf Max tiefer, als der es sich im ersten Moment der Ohnmacht und der Wut selbst einzugestehen bereit war. Trotzdem fand er alle nur möglichen Rechtfertigungsgründe für das Verhalten des kleinen Bruders: Timi hatte Angst vor Alex, Max' Geständnis hatte das Kind verwirrt oder – und dies schien Max der realistischste Grund – in Timis kleinem Kopf tickten nicht mehr alle Einzelteile im Gleichschritt. Timi war verrückt – so einfach konnte es manchmal sein. Ja, dachte Max und rollte sich auf die andere Seite, Timi wusste einfach nicht mehr, was richtig und was falsch war, wusste nicht mehr, was er tat. Er folgte einfach dem anscheinend Stärkeren, also Alex, dass ihn mit Max mehr als nur ein zufälliges Zusammensein hier verband – das hatte er wohl schlichtweg vergessen.

Hatte Timis Verhalten etwas mit den Spinnen zu tun? Oder lag es nur an diesem Berg, der Dunkelheit und der Angst, die das Kind von innen her auffraßen? Hatte der Bruder sich ganz bewusst gegen das Richtige entschieden? Nein, das auf keinen Fall, so etwas würde Timi nie und nimmer tun, wusste Max, trotzdem wollte dieser Gedanke, einmal in seinem Kopf angekommen, einfach nicht mehr fort. Ein Bruder, der bei vollem Bewusstsein das Liebste auf der Welt verriet – nein, das konnte nicht sein!

Und wenn doch?

Plötzlich war Max hellwach, als habe jemand außerhalb seines Denkens einen Vorhang zurückgezogen und wie Sonnenstrahlen durch ein offenes Fenster, so fielen die Zweifel am Verhalten des kleinen Bruders in sein Bewusstsein. Er versuchte sich aufzusetzen, schaffte aber nur ein Knien mit nach hinten gezogenen Armen. Seine Zweifel schütteten kleine, verrückte Geister in Max' Blutbahn, winzige Tröpfchen, die durch seinen Körper tobten, alles anstießen und weckten und zum nächsten Hafen schwammen, wo sie ebenfalls nichts als Aufregung und Lärm erzeugten. Max' Herzschlag sprang nach oben, Schweißperlen liefen ihm in die Augen. Sollte Timi dies bei vollem Bewusstsein entschieden haben, dann, ja dann …

Es gab einen Himmel und es gab folglich auch eine Hölle – die Spinnen hatten ihm beides verraten. Einen Himmel für die, welche zur richtigen Zeit die richtigen Entscheidungen trafen und eine Hölle für den dummen Rest, der sich dem großen Willen verschloss. Zu letzterer Fraktion gehörten Max' Meinung nach mit Sicherheit Rufus und Kasi, das Mädchen ganz besonders. Alex hätte Max bis vor ein paar Tagen – doch damals wusste er noch nichts von den Spinnen – der Himmelsfraktion zugeordnet, heute aber schien dies nicht mehr ganz so klar. Nach dem, was er sich in den letzten Stunden geleistet hatte, dürften die Spinnen Alex wohl doch eher für sich haben wollen, allerdings nicht (Himmel) als ihresgleichen, sondern (Hölle) als Fresspaket an der Decke. Nun gut, selbst schuld. Dummer Alex.

Wie aber verhielt es sich mit Timi?

Max' Füße und Hände kribbelten. Die straff sitzenden Fesseln schränkten die Blutversorgung ein, drückten auf Sehnen und Nerven, aber in Max' Fantasie hatte dies durchaus seine Richtigkeit so. Es kribbelte, als sei ein ganzes Ameisenheer in diesen Händen und Füßen unterwegs – ein ganzes Spinnenheer. Den Schutz der Dunkelheit nutzend, kamen sie die Wände herab und versorgten ihren Verbündeten mit neuem Leben. Wie sie in diesen Verbündeten hineinkommen konnten? Max stellte sich diese Frage nicht. Hier ging es um Spinnen, um DIE Spinnen und diese konnten alles, wirklich alles. Sogar Timi bestrafen, ob nun der Bruder des Verbündeten oder nicht.

*Halb*bruder.

Noch ein Argument gegen Timis Sicherheit.

Wäre er selbst der Richter, er würde Timi für seinen Verrat bestrafen.

Dieser letzte Satz, den Max genau so Wort für Wort dachte, gebar einen für Max unglaublichen zweiten Satz: Ließen sich die Spinnen betrügen?

Max wartete nach diesem Gedanken auf eine angemessene Antwort seiner Spinnen, auf das Platzen seiner Hände und Füße, wartete auf ein Spinnenheer, das sich von der Decke abseilte und über den Frevler herfiel. Aber Max' Freunde konnten keine Gedanken lesen! Sie konnten so unendlich viel, aber seine Gedanken zu entziffern, dazu fehlte ihnen etwas. Max dachte diesen Gedanken ein zweites und ein drittes Mal, ohne dass eine Reaktion der Spinnen erfolgte. Sie bekamen es nicht mit.

Max wollte Timi nicht als Vorrat für wen auch immer enden lassen. Er wollte keinen eingesponnenen Timi, egal was der auch getan hatte. Der Tag würde kommen, an dem der Kleine seine Augen öffnete und sehen konnte, Max würde ihm dabei helfen. Und ihn bis zu diesem Tage beschützen. Und Max wusste auch schon, wie …

»Timi.« Nur ein Flüstern, der Hauch einer Stimme. »Timi.« Max rollte sich ein Stück in die Richtung, aus der er drei Kinder im Schlaf atmen hörte. »Timi, wach auf. Ich weiß, wie wir dich retten können.«

Zur selben Zeit, als Max bei seinem Bruder anlangte und ihm ins Ohr flüsterte, leuchtete im Osten der Himmel über den beiden Ruinen bereits in einem Gemisch aus Violett, Rosa und Blau. Über Gernot Seiler und auch gegenüber, oberhalb der Roggenbacher Ruine, überwogen noch die Farben der Nacht und einige letzte Sternenaugen zwinkerten zu Mann und Hund herab, aber eins nach dem anderen schloss die Nacht diese Augen und in höchstens einer halben Stunde, so Seilers Schätzung als er erwachte, dürften erste Sonnenstrahlen die gegenüberliegenden Hänge in Brand setzen.

Wie schon in der Nacht, pustete der Alte als Erstes in die Glut und legte trockenes Gras und eine Handvoll Zweige nach. Als die Flammen loderten, erleichterte er sich im Wald und aß anschließend den Rest seines Apfels. Anschließend packte er seine Sachen, hielt Hände und Rücken noch einen Moment an die Flammen, dann trat er das Feuer aus.

Von der Ruine Steinegg führte ein schmaler Pfad ziemlich gerade hinunter in die Einkerbung zwischen den beiden Burghügeln, kreuzte da den vom Wanderparkplatz kommenden breiten Hauptweg und wand sich hinauf zur Roggenbacher. Seiler schulterte beide Rucksäcke und nahm seinen Stock. Die Türme der gegenüberliegenden Ruine leuchteten blutrot als er aufbrach, dahinter schwarzer Wald.

»Was meinst du, Hasso, 'ne halbe Stunde? Halbe Stunde, bis wir drüben sind und dann noch zwei zurück ins Dorf?« Danach einen Polizisten suchen, den Rucksack abliefern, seine Geschichte erzählen und anschließend ... Seiler freute sich wie ein frisch Verliebter, konnte es kaum erwarten, endlich aufzubrechen. Gut, heute dürfte es nicht mehr reichen, aber morgen um diese Zeit, da würden er und Hasso schon aus dem Dorf sein. Morgen.

Die avisierten dreißig Minuten Fußmarsch hinüber zur Schwesterburg dehnten sich wie ein nagelneuer Gummibund und als Seiler und Hasso endlich zwischen den beiden Türmen der Roggenbacher Ruine auftauchten, lag ein mehr als einstündiger Spaziergang hinter dem Paar. Einerseits behinderte zu Beginn noch Dunkelheit, vor allem aber der kaum als solcher zu identifizierende Pfad schnelleres Vorankommen, andererseits legten weder der alte Mann noch sein Hund besondere Eile an den Tag. Wie dem Alten, hatte auch Hasso die Nacht im Freien gutgetan. Er fühlte sich jung und stark in dem fremden Revier und nahm es ohne Skrupel sofort für sich in Besitz; kaum ein Baumstamm rechts und links ihres Weges blieb von ihm verschont, selbst Grasbüschel oder tief hängende Zweige bedachte er mit ein paar Tropfen Urin. Sollte doch einer kommen und ihm das hier alles streitig machen, sagten aufgerichtete Ohren und Schwanz des Rüden, er konnte es an diesem Morgen mit jedem aufnehmen.

Gernot Seilers Langsamkeit folgte anderen Beweggründen. Zwar blieb auch er zwei Mal stehen und ließ ein paar Tropfen zurück (welche Hasso umgehend mit der eigenen Duftnote übertünchte), aber das war nicht die Ursache für seine Verspätung. Seiler genoss diesen Morgen. Wieder und wieder blieb er stehen und blickte zu den annähernd waagerecht einfallenden Sonnenfingern über seinem Kopf auf. Je weiter er in die Einkerbung zwischen den beiden Burghügeln und damit in den Morgendunst hinabstieg, desto deutlicher erschienen diese Finger, denn die Feuchtigkeit des Flüsschens lag hier unten dick wie ein Wattetuch zwischen den Bäumen. *Hatte es in den vergangenen fünfzig Jahren jemals solch wundervolle Momente gegeben?*, fragte sich Seiler. Er konnte sich nicht daran erinnern, weder an Tautropfen, in denen tausend winzige Sonnen tanzten, noch an Baumstämme, welche der Morgen dampfen ließ, nicht an diesen Geruch aus Wärme, Leben und Lust. Wieder und wieder blieb er stehen, sah sich um und trug dabei ein Glänzen in den Augen, welches einem Zwanzigjährigen gut gestanden hätte, bei einem Mittsiebziger aber irgendwie nicht so recht passen wollte. Er lächelte den ganzen Weg zwischen beiden Burgen und als er sein Ziel erreichte und sich auf einen Stein setzte, lächelte er weiter. Das Leben war schön.

»Und, siehst du irgendwas?«, fragte er seinen Hund. Seiler selbst sah nichts, abgesehen von einer alten Feuerstelle, die aber konnte mit den gesuchten Kindern nichts zu tun haben. Erste Grashalme wuchsen bereits zwischen verkohltem Holz. Hasso nahm die Ruine für sich in Besitz, nichts, weder das Verhalten des Tieres noch das, was Seiler sehen konnte, deutete darauf hin, dass die Kinder sich hier herumgetrieben hatten. Seiler wollte seine Alibisuche bereits abbrechen und auf direktem Weg zurück nach Wittlekofen gehen, als sein Blick an der Wendeltreppe, die hinauf auf den kleineren der beiden Türme führte, hängen blieb. Er wusste, dass es eigentlich unnötig war, da hinaufzusteigen, fast schon eine kleine Eselei, schließlich konnte er auf den taunassen Stufen ausrutschen und stürzen, aber plötzlich wusste er, dass er da hinaufsteigen *musste*. Warum? Bestimmt nicht, weil er von da aus irgendetwas zu entdecken hoffte, ganz bestimmt nicht. »Weil wir von da oben das ganze Tal überblicken können. Was meinst du, alter Junge, sollen wir?«

Ohne eine Antwort seines Hundes abzuwarten, ließ Seiler die Rucksäcke zurück und kletterte die Betonstufen hinauf. An einem kleinen Durchlass musste er den Kopf einziehen. Es folgten im ehemaligen Innern des Turmes zwei weitere Treppenabsätze, dann hatte er den höchsten Punkt erreicht, über sich nur noch die Unendlichkeit, zu seinen Füßen schwarze, auf der gegenüberliegenden Seite des Tales mit Feuer übergossene Hänge. Tief unten wand sich die Steina und begrüßte diesen Tag mit aufsteigenden Dunstfetzen, Nebelschwaden, die zwischen den Strahlenfingern dieses Morgens zerbröselten. Seiler beugte sich über das Geländer, spuckte in die Tiefe und genoss die Wärme auf seinem Rücken. Und sollte …

Hassos Bellen riss den Alten aus seinen Morgenträumen.

Seiler sah nach rechts, wo das ehemalige Zentrum der Burg noch weitgehend im Dunkeln lag, von Hasso keine Spur. Sein Bellen, schätzte Seiler, musste irgendwo da hinten aus diesem Gesträuch kommen, welches den zweiten Turm wie ein Halsband umschloss. Hatte das Tier etwas gefunden? Einen Hinweis auf die Kinder vielleicht oder doch wieder nur einen Fuchsbau?

Begleitet von Hassos Kläffen, stieg Seiler die Stufen hinab.

»Wird bestimmt nur eine Maus sein«, sagte er, »oder ein Falkenjunges, das aus dem Nest gefallen ist.«

Max drehte sich, so gut es ging, auf den Rücken. Bellen? Ein Hund? Da im Fels?

Max hatte Timi wach bekommen, nein, nicht durch Flüstern, sondern durch die eine schon Hunderte Male von ihm an dem Kleinen ausprobierte Art, durch Pusten in dessen Ohr. Stück für Stück hatte Max sich an die Kindergruppe herangerobbt, für die wenigen Meter über den Steinboden fast vierzig Minuten gebraucht und sich dabei Knie und Ellenbogen wund gescheuert. Zusätzlich zu den die Gelenke immer enger umklammernden Stricken ergab dies einen Schmerzcocktail, welcher jedes andere Kind zum Stillliegen und Weinen gebracht hätte, nicht aber Max. In seinem Kopf existierte nur noch ein Gedanke, eine alles beschließende Mission: Max fiel die Aufgabe zu, den kleinen Bruder zu retten, trotz allem, was der ihm angetan hatte. Aber *retten* bedeutete in diesem Fall nicht *Sonne* oder *Elternhaus* und erst recht nicht *Befreiung aus dem Berg*, nein, diese Begriffe verband sein Geist längst nicht mehr mit Rettung. Max musste den Kleinen davor bewahren, eingesponnen und an die Decke gehängt zu werden. Alles konnte Max sich vorstellen, nur nicht, sich in den ersten Stunden seiner bevorstehenden achtbeinigen Existenz von diesem kleinen Bruder zu ernähren. Nein, das durfte nicht sein!

Mitgegangen, mitgefangen, sagte Max' Mathelehrer in dessen Kopf und vollendete das Urteil: *mitgehangen.*

Über den Köpfen des Brüderpaares bellte bereits ein erster Höllenhund. Es gab keine Zeit mehr zu verschwenden, wusste Max, jeden Augenblick konnten sich die Wände öffnen und Spinnen und Höllenhunde über die Verdammten herfallen. Timi aber durfte nichts geschehen und der einzige Ort, welcher in Max' Augen Sicherheit versprach, hieß: Brunnen. Warum sonst wohl hatte Kasis Gott sein Engelchen da hinabgeworfen? Spinnen mögen kein Wasser und Höllenhunde, aus Glut und Feuer bestehend, ganz sicher auch nicht. Einzig im Brunnen ließ sich Timi retten und da konnte er auf die gemeinsame Zukunft mit seinem Bruder warten und das Spinnengericht hier oben einfach vorüberziehen lassen.

Max beglückwünschte sich zu dieser Erkenntnis.

Max hatte Timi gefunden und gepustet. Und wie von ihm erhofft, hatte Timi die Augen geöffnet und seinen Bruder erkannt. Ja, dieser allererste Augenblick, welcher dem Schlafe folgte, nur dieser verdiente das Wort *Ehrlichkeit.* Bereits eine halbe Minute später bestimmten wieder Vor- und Nachteile, alte Kränkungen, Erwartungen und was nicht alles das eigene Denken, in diesem ersten Moment aber existierte nichts als Ehrlichkeit und der Erwachende reagierte ehrlich, wie Timi jetzt. Er hatte sich gefreut und den Bruder in den Arm genommen.

Jetzt saßen die Brüder nebeneinander am Rand des Brunnens. Timi hatte gefragt, ob er die Lampe holen sollte, was

Max aber nicht wollte. Die Dunkelheit war sein Verbündeter, verbarg die Öffnung im Boden, die Max jetzt mit den Füßen ertastete und vor der Timi eine Heidenangst haben dürfte. Max wusste, dass er im Lampenschein den Kleinen nie und nimmer an den Rand des Brunnens dirigieren könnte, so aber, der eigenen Sehkraft beraubt, saß er jetzt nur wenige Zentimeter vor der Öffnung, ahnte nichts und genoss trotz allem die Nähe des Bruders.

»Willst du mir die Stricke wirklich nicht abnehmen?«, fragte Max schon zum vierten Mal, erhielt jetzt aber nicht einmal mehr eine Antwort. Beim ersten Mal hatte Timi noch den Kopf geschüttelt und auf Alex verwiesen, beim zweiten Mal nur erklärt, dass er das nicht dürfe und jetzt, jetzt waren ihm wohl sogar diese wenigen Worte zu viel. Und die Höllenhunde kratzten bereits am Fels, wollten Timi, den kleinen Timi und der klammerte sich an Lügen. Ja, wusste Max, das Erwachen zog vorüber und das Denken setzte neu ein und damit die Lüge.

Timi vermutete, dass Max ihn nur wegen dieser Fesseln geweckt hatte. Gut, ein ganz klein wenig vielleicht auch, weil er nicht so allein in seiner Ecke liegen wollte, hauptsächlich aber bestimmt wegen der Stricke, mit denen Alex Max' Hände und Füße zusammengebunden hatte. Aber die durfte er nicht lösen. Aber er durfte sich hinlegen.

»Soll ich dich streicheln?«, fragte Max.

»So wie Mama?«

»Wenn du willst. Leg dich hin und ich dreh mich um, sodass meine Finger deine Nase berühren.«

»Ich kann mich doch hinter dich legen«, sagte Timi und wollte sich schon erheben.

»Nichts da. Ich rutsche rum«, denn Timi musste zwischen Max und Brunnen bleiben.

Timi legte sich auf die Seite, ein kalter Luftzug stieg aus dem nur wenige Zentimeter entfernten Brunnen auf, legte sich über Timis Arm und hinterließ Gänsehaut. Das Kind aber ordnete dieses Frösteln der ersten Berührung durch Max' Finger zu. Wie Mutter streichelte Max Timis Kopf, immer an derselben Stelle, zwischen Nase und Haaransatz. Zuerst tat es immer so gut, später, wusste Timi und wartete bereits darauf, später störte es ein ganz klein wenig, tat beinahe weh, so überempfindlich wurde die Haut unter diesen Streicheleinheiten. Aber als es so weit war, wagte Timi nicht, sich zu bewegen, er wollte Max nicht auch noch das Letzte wegnehmen. Er ließ sich weiterstreicheln und mit der Zeit betäubte diese mechanische Fingerbewegung Timis Stirn und jetzt, als in seinem Traum ein Hund bellte, spürte er die eigene Stirn kaum noch. Er wollte sich ausruhen, dem Hund in seinem Kopf lauschen und einschlafen. Vielleicht könnte er von einem Hund träumen, das wäre schön. Timi hatte sich immer schon einen Hund gewünscht, einen, der neben seinem Bett schlafen durfte und der bereits seit Stunden auf ihn im Flur wartete, wenn er aus der Schule kam. Aber Mama wollte nicht, wegen all der Haare und dem ganzen Dreck, den solch ein Tier mache und Papa mochte kein Gekläff im Haus. Gab es im Himmel Hunde? Bekam da jeder, der wollte, einen geschenkt? Und konnten diese dann auch fliegen? Timi lächelte bei der Vorstellung eines geflügelten Cockerspaniels. Und freute sich darauf. Die Augen fielen ihm zu und Alex und Max und Kasi verschwanden und ließen den Jungen mit seinem Hund allein. *Charlie* sollte er heißen, oder, ein Weibchen, *Charline*. Der Himmel war bestimmt groß genug für einen Hund, so groß, dass sich niemand da oben an den Haaren und dem Bellen störte und auch die Tennisbälle, die Timi für sein Tier werfen wollte, nie in einen fremden Garten flogen. Vielleicht besaßen sogar diese Tennisbälle Flügel, so wie bei Harry Potter? Dann ließen sich die verrücktesten Spiele spielen, dann …

Der Hund in Max' Kopf besaß keine Flügel und wenn doch, dann hätten diese gebrannt. Und dieser Hund rannte auch keinen geflügelten Tennisbällen hinterher, sondern Kindern, schreienden Kindern, in einem Berg gefangenen Kindern, die er packte und seinem Herrn vor die Füße warf. Max' Finger bewegten sich völlig von allein und streichelten Timis Stirn. Das Bewusstsein, dass dies jetzt die allerletzten Berührungen mit dem menschlichen Timi sein mussten, zauberte so etwas wie Melancholie in Max' Denken. Abschied – nie ein schönes Wort. wenn man etwas Geliebtes zurücklässt. Max liebte Timi, so sehr, dass er jetzt tun musste, was kein Junge jemals mit seinem Bruder tun sollte, aber es gab weit und breit keine andere Möglichkeit, Timi zu beschützen. Max lächelte. Er hatte sich immer, vor allem, wenn er hinter seinem Stiefvater in dessen Werkstatt hinabstieg, gefragt, warum er eigentlich auf dieser Welt war. Nur, damit ein anderer seinen Spaß hatte? Damals wie heute schien ihm dies als Begründung für die eigene Existenz zu wenig. Zufall? Pech? Das wollte Max nicht glauben – wie jämmerlich wäre ein Leben, wenn es nur auf diesen beiden Begriffen aufbaute. Max hatte sich immer an seine Aufgabe geklammert und diese Aufgabe lautete: Timi beschützen. Jetzt, als Max ein Stück näher rutschte, um in wenigen Augenblicken so kräftig wie nur möglich drücken zu können, jetzt wusste er, dass dieses Beschützen tatsächlich den Grund für die eigene Existenz darstellte. Timi war da oben, in der richtigen Welt, zu schwach, um auf sich selbst aufpassen zu können und hier unten erst recht. *Timi wird überleben,* wusste Max und spannte jeden Muskel an, *Timi wird, genauso wie sein großer, starker Bruder, ein neues Leben beginnen. Ein besseres Leben.*

»Aber da ist doch gar nichts.« Gernot Seiler stand bis zur Hüfte in Brennnesseln und versuchte, einen Blick auf das zu erhaschen, was Hasso so außer Rand und Band brachte. Das Tier scharrte, hatte bereits ein Loch gegraben, in dem sein Kopf bis zur Hälfte verschwand, aber soweit Seiler sehen konnte, hatte der Hund nur ein paar Steine freigelegt.

»Komm, Hasso, lass die Mäuse in Ruhe.« Seiler verließ das aus überwuchertem Geröll und Mauerresten bestehende Fleckchen am Hang unterhalb des zweiten Turmes, das Tier aber scharrte weiter, bellte dazu, mal in das von ihm gegrabene Loch hinein, mal zu seinem Herrchen hinüber. Dieses, Rucksäcke und Stock in der Hand, rief noch einmal: »Hasso! Hierher!« Und endlich reagierte das Tier. Es sprang aus den Brennnesseln, statt aber zu seinem Herrchen zu rennen, blieb es am Rand des Gestrüpps stehen und bellte das Herrchen an. »Und was bitteschön soll das jetzt wieder?«, fragte Seiler, erhielt ein weiteres Wau seines Hundes, dann verschwand dieser erneut.

Gernot Seiler kannte seinen Hasso, kannte jeden Blick, jede Stellung seiner Ohren. Und jedes Bellen. Für jemanden, der selbst keinen Hund besaß, klang wahrscheinlich alles ähnlich, Seiler aber konnte jedem Bellen einen Begriff zuordnen. Hasso kannte keine Worte, also musste er alles, was er sagen wollte, in ein Geräusch verpacken, zum Beispiel das herzzerreißende Bellen, wenn im Dorf eine Hündin läufig war und Hasso, statt zu ihr zu rennen, die Nacht eingesperrt neben seinem Herrchen verbringen musste. Oder das wilde Kläffen, wenn ein Fremder dem Grundstück zu nahe kam. Hasso konnte durch Bellen zum Spiel oder Spaziergang auffordern, konnte – wieder mit einem ganz anderen Klang – einer Katze nachjagen. Das, was Seilers Hund jetzt aber von sich gab, konnte der spontan keiner der ihm bekannten Mitteilungen zuordnen. Gut, am ehesten vielleicht der Aufforderung zum Spiel, aber soweit Seiler eben gesehen hatte, gab es in diesem Loch nichts zum Spielen.

Im Vertrauen darauf, dass ihn sein einziger Freund nicht zum Narren halten wollte, ließ Seiler die Rucksäcke fallen und ging noch einmal zurück. Seinen Stock benutzte er wie eine Machete, schlug Brennnesseln und Unkraut nieder und stand schließlich neben dem von Hasso gegrabenen Loch.

»Also ich seh nix«, sagte Seiler. Hasso, als wolle er dem Alten eine zweite Chance geben, trat zwei Schritte zurück, gab den Blick in die Vertiefung frei und sah zu seinem Herrchen auf. Aber das schien nichts von dem zu riechen, was Hasso riechen konnte. *Wau!* Das Herrchen konnte auf zwei Beinen gehen und ganz anders bellen als er selbst, es konnte Stöckchen in der Pfote statt im Maul tragen, es konnte aber nicht einmal die einfachsten Gerüche aufnehmen. *Wau!* Aber wenigstens benutzte Hassos Herrchen jetzt seinen Stock.

Seiler stemmte diesen unter den von Hasso freigelegten Felsbrocken – irgendetwas musste sich darunter befinden, ohne Grund, das wusste der Alte, benahm sich sein Hasso nicht wie ein Straßenköter. Der Stock fand eine kleine Nische, Seiler zwängte ihn hinein und warf sich dem Tier zuliebe mit seinem ganzen Gewicht gegen das Holz. Der Stein bewegte sich, Hasso kläffte, plötzlich aber gab es einen Ruck, der Stein verschwand im Boden, Gernot Seiler stürzte und Hasso setzte über sein Herrchen hinweg und verschwand mit dem Kopf in dieser Öffnung, so tief, dass Seiler schon Angst bekam, das Tier müsse jeden Augenblick ganz darin verschwinden.

Die Tore der Hölle öffneten sich früher als erwartet. Max, mit dem Rücken zu Timi und dem Brunnen, konnte plötzlich sehen. Ein Arm aus Licht schoss aus dem Trichter in den Berg, tauchte alles in einen unwirklichen, roten Schein und verschwand so schnell wie er gekommen war. Nur die Dämmerung blieb.

Und der Höllenhund.

Max starrte nach oben. Er konnte die von Seiler geschaffene Öffnung nicht sehen, aber er konnte einen Felsbrocken sehen, der auf die Halde stürzte, ihren Hang hinabrollte und dabei Alex und das Mädchen nur um wenige Zentimeter verfehlte. Mit diesem aus der geöffneten Hölle herabgeworfenen Fels verwandelte sich Max, verwandelte sich alles. Alex sprang auf, sah nach oben, packte Kasimir und zog ihn zur Seite. Der Donner des gegen die Wand schlagenden Steines, das Kläffen des Hundes über ihren Köpfen und die Schreie der Kinder machten aus ihrem Gefängnis tatsächlich einen Vorhof der Hölle. Alex entdeckte Timi und Max und erkannte sofort die Gefahr. in welcher der Kleine schwebte. Max starrte nach oben, das Gesicht zu einer seltsam entrückten Grimasse verzerrt. Er lächelte, seine Augen strahlten und für einen kurzen Moment vergaß er die eigene Mission, wartete nur noch auf das millionenfach aus der Hölle wabernde Heer der Spinnen. Wie sie wohl aussahen? Brannten sie, brannte der Hund, welcher ihnen den Weg ebnete, brannten sie, wie er selbst vielleicht bald?

Timi, erinnerte sich Max, *Timi muss noch gerettet werden.* Schnell, die Zeit rannte davon.

Max warf sich nach hinten; nur ein kräftiger Schubs, wusste er, und Timi würde in die Tiefe stürzen und Erlösung finden. Aber Timi saß nicht mehr an seinem Platz. Max kippte nach hinten, ohne auf den erwarteten Widerstand zu treffen. Aus dem Augenwinkel heraus nahm er eine Bewegung wahr, doch es handelte sich weder um den Schatten einer Spinne noch hatte der Höllenhund den Sprung herab gewagt, Timi rollte sich zur Seite, schrie dabei, als wäre er nicht ganz richtig im Kopf. Hatten ihn die Spinnen bereits erreicht? Nein, Angst ließ das Kind schreien. Er hatte Max' Berührungen genossen, beinahe wäre er eingeschlafen, als Fels und Licht in das Gefängnis stürzten und Timi die Augen öffnete. Und er den Kopf zu dem kalten Luftzug hin drehte. Keine zwanzig Zentimeter neben ihm öffnete der Berg, der ihn schon einmal um ein Haar verschlungen hatte, sein Maul. Timi rannte zu Alex und Kasi, versteckte sich hinter diesen, schrie und schlug die Hände vors Gesicht, während Max vor den Augen seiner Mitgefangenen nach hinten kippte, ohne die von ihm erwartete Aufgabe erfüllt zu haben. Und der Rachen der Berges wartete.

Seiler vermutete, dass Hassos Nase das Versteck eines Marders entdeckt und er selbst mit seinem Stock dieses Versteck zum Einsturz gebracht hatte. Hier gab es sicher eine ganze Menge Hohlräume und Kammern, erklärte sich der alte Mann das Verschwinden des Steines, verborgene Plätze, seit Jahrhunderten von Ratten, Mäusen, Füchsen und Mardern bewohnt. Wenn sich Hasso aber nicht bald beruhigte, dann würde dieses Versteck hier sein Grab. Hasso folgte keinem seiner Befehle, ganz im Gegenteil, er tat, als gäbe es kein Herrchen, als existierte keine Gefahr. Er kläffte gegen Timis Schreie an und schaffte es so, dass kein einziges Geräusch aus dem Berg nach draußen drang.

Seiler ging zu seinem Rucksack, nahm die außerhalb des Dorfes sonst nie benutzte Leine und klickte den Karabiner in Hassos Halsband. Anschließend zerrte er das Tier weg von der Gefahr.

»Du Spinner! Was soll das, Hasso?« Hasso bellte weiter Richtung Loch. »Komm jetzt!« Gernot Seiler bückte sich nach den beiden Rucksäcken.

»Hallo?«

Seiler richtete sich auf, lauschte. Wenn doch Hasso wenigstens für eine Sekunde mit seinem Gekläffe aufhören könnte! Kindergeschrei? Wer trieb sich um diese Uhrzeit schon hier herum? Es dürfte höchstens sieben Uhr sein, schätzte er. Seiler beugte sich über die rechts neben ihm aufragende Mauer – aber nichts, der gewundene Pfad von der Steina herauf zur Burg lag menschenleer. Vögel zwitscherten, Hasso bellte – ansonsten nichts.

»Aus, Hasso! Platz!«, befahl er seinem Hund. Der legte sich mit gespitzten Ohren neben Seiler ins Gras, ließ dabei aber seinen Fund keinen Moment aus den Augen.

Seiler kratzte sich am Kopf; das musste er sich eingebildet haben, hier war nichts, von ihm abgesehen kein Mensch weit und breit.

»HALLO!«

Hasso sprang auf und zu seinem Loch hin, riss Seiler die Leine aus der Hand. Der Kopf des Tieres verschwand erneut im Boden und sein Kläffen klang jetzt wieder gedämpft, wie aus einem abgeschlossenen Nachbarraum, und Gernot Seiler wusste, dass er sich nichts eingebildet hatte. Das Rufen musste aus Hassos Loch kommen!

Er zerrte das Tier zur Seite und legte sich auf den Bauch. Er versuchte etwas zu erkennen, aber da unten herrschte eine Finsternis, die jeder Nacht zur Ehre gereicht hätte.

»Ist da jemand?«, rief er in diese Finsternis hinein. »Hallo?«

So schön konnte also Kindergeschrei klingen. Niemals zuvor hatten Seilers alte Ohren etwas Schöneres gehört.

Alex konnte dieses Glück kaum fassen: der Berg hatte sich aufgetan, Sonnenlicht flutete zu den Kindern herab und als sei dieses Glück noch nicht genug, erschien jetzt ein schwarzer Schattenkopf in diesem winzigen Loch da oben! Doch Zeit, sich an diesem Glück zu ergötzen, es zu genießen und als das zu empfinden, was es war – ein Wunder – blieb Alex nicht. Max lag am Brunnen und eine einzige falsche Bewegung konnte ihn in die Tiefe befördern – mit auf dem Rücken zusammengebundenen Händen und Füßen. Alex hechtete nach vorn, packte Max am Arm und zerrte ihn aus der Gefahrenzone. Max schrie, die Schnüre zerrissen die Haut an seinen Gelenken, er schrie, weil er versagt hatte. Doch Alex kümmerte sich weder um Max' Wunden noch um dessen Versagen; er zog ihn zum Durchgang in den Fässerraum, warf einen Blick auf Kasi und Timi und stürzte auf die Halde. Er fuchtelte mit beiden Händen in der Luft herum wie ein Gestrandeter auf einer einsamen Insel, am Horizont der Luxusliner.

»Hier«, schrie Alex, »wir sind hier!«

»Ich seh nix, mein Junge«, kam es von oben. »Seid ihr die Kinder, die vor einer Woche verschwunden sind?«

»Ja. Und ...« Was Alex noch nach oben rief, ging in Timis Schreien unter. Das Kind hielt es nicht mehr hinter Kasi versteckt aus. Alles in den zurückliegenden Tagen Erlebte schoss ihm durch den Kopf: noch einmal sah er Kasi von der Decke baumeln und Max' Gebissabdruck in dessen Schulter. Ein weiteres Mal stürzte die Decke ein, ragten Rufus' Beine aus dem Schutt, kämpften die beiden Großen. Und dann dieser Brunnen! Timi wusste, dass der Brunnen ihn haben wollte, zwei Mal bereits – ein drittes Mal durfte es nicht geben. Dort oben winkte die Freiheit. Er konnte nicht mehr länger warten. Das Leben hatte in diesem Augenblick ein zweites Mal begonnen, jetzt wollte er zu diesem Leben. Timi stürzte an Alex vorbei und begann, in den Trichter hineinzuklettern. Nur vier, fünf Meter lagen zwischen ihm und der Öffnung da oben, das konnte er schaffen.

»Nein, Timi, warte!« Doch der Junge hörte nichts mehr. Diesem Loch schenkte er mehr Aufmerksamkeit als der Wand, die er hinaufkletterte, als den kleinen Tritten und Spalten. Er kletterte, schrie dabei, schaffte einen guten Meter, dann rutschte er ab und stürzte neben Alex in den Schutt.

»Alles in Ordnung da unten?«, fragte Seiler.

»Hast du dir wehgetan, Timi?« Der Achtjährige stieß Alex zur Seite, sprang auf die Beine und wollte einen zweiten Anlauf nach oben starten, doch Alex hielt ihn zurück. Und auch Kasimir stellte sich Timi in den Weg.

»Wir kommen raus, Timi«, sagte Kasi, »du darfst nicht durchdrehen, hörst du?« Timi wehrte sich, trat Alex auf die Füße, dann hatte er das wenige an Kraft, was der Berg ihm noch gelassen hatte, aufgebraucht. Timi sank auf die Knie, sein Weinen wurde leiser, zuletzt zitterten nur noch seine Schultern. Er ließ sich zur Seite fallen und starrte durch einen Vorhang aus Tränen hinauf zum Licht am Ende dieses Tunnels. Woran keiner mehr wirklich geglaubt hatte, es schien wahr zu werden: Rettung.

»Ihr da unten – alles in Ordnung? Geht's euch gut?«

Timi wollte gerade von Rufus und von Kasis Arm erzählen, etwas von der eigenen Angst nach oben schreien, da legte Alex ihm die Hand auf den Mund. »Nicht jetzt«, sagte er zu Timi und schüttelte den Kopf. »Dafür ist später noch Zeit.« Dann wandte er sich wieder dem Schattenkopf über ihnen zu. »Geht schon. Lassen Sie eine Leiter runter?« Denn dass da oben Rettungsmannschaften warteten, ausgestattet mit Leitern, Seilen und Lampen, stand für Alex außer Frage. Umso mehr überraschte ihn Seilers Antwort.

»Leiter? Kinder, ich bin allein und von einer Leiter weit und breit keine Spur. Aber ich hol Hilfe, ja? In zwei Stunden bin ich im Dorf und …«

»Nein!«, schrie Timi. Er wollte nicht noch einmal allein gelassen werden. »Du darfst nicht weggehen, hörst du? Bitte, nicht weggehen.« Timi wollte einen erneuten Anlauf nach draußen starten, diesmal aber schaffte er es nicht einmal mehr auf die eigenen Beine. Er rollte die Halde hinunter, beide Hände nach Seiler ausgestreckt. »Bitte, nicht weggehen.«

»He, he, he, langsam, Junge! Du tust ja gerade so, als würde ich das Loch wieder zumauern. Würd ich doch nie im Leben machen. Aber allein bring ich euch hier nicht raus, so einfach ist das.«

»Ja«, sagte Alex, »wahrscheinlich haben Sie recht.«

»Und ob ich das hab«, antwortete Seiler. Er schob mit einer Hand Hassos Kopf zur Seite. »Geh weg, Hasso, du kannst hier nicht helfen.«

Hasso, wiederholte Kasimir in Gedanken und plötzlich saß er wieder auf Seilers Apfelbaum und warf gestohlene Früchte in Max' Hände.

»Hasso?«, fragte er und wünschte sich, nie auf diesen Baum gestiegen zu sein. »Sind Sie, sind Sie Herr Seiler?« Jeder im Dorf wusste, wie sehr der alte Seiler und sein Hund Kinder hassten, dachte Kasi. Jeder wusste, dass dieser Mann mit nichts und niemandem etwas zu schaffen haben wollte. Was, wenn er sich nun erinnerte, wenn er sich an die Apfeldiebe erinnerte und an die Streiche, die Max und Alex ihm gespielt hatten? Was, wenn er einfach wegging, ohne Rettung zu rufen?

Seiler setzte sich neben das Loch. Hatte er sie also doch tatsächlich gefunden, Sachen gab es. Wenn er das seiner Mona-Lisa erzählte … Seiler betrachtete die enge Öffnung und lächelte. So ein langes Leben lag hinter ihm, aber so gut geschlafen wie letzte Nacht hatte er ewig nicht. Und solch gute Nachrichten, wie er sie in zwei Stunden überbringen konnte, hatte er noch niemals zuvor einem Menschen überbracht. Musste man wirklich erst so alt werden, um sich gut zu fühlen, um ein Ziel vor Augen zu haben? Er zuckte mit den Schultern und streichelte seinen Hund, der zurück zum Loch sprang und erneut zu scharren begann.

»Ja, Hasso, du hast wie immer recht – das Loch ist viel zu klein. Kommt ja gar nicht genug Luft und Licht nach unten.« Seiler nahm seinen Stock und beugte sich über die Öffnung. »Geht mal besser zur Seite«, rief er, »ich versuch, das Loch hier ein bisschen größer zu machen, ja?«

»In Ordnung«, kam es von unten, wo die drei Jungen den Gefahrenbereich verließen und sich an die Wand schmiegten.

Ein weiteres Mal setzte der Alte den Hebel an, schickte seinen Hund zur Seite und lehnte sich gegen den Stock. Dieser Stein aber wollte nicht so einfach nachgeben.

»Wirst du wohl«, sagte Seiler, holte tief Luft und sprang mit allem, was er hatte, gegen das Holz. Er zerrte, drückte, Schweiß rann ihm nach wenigen Sekunden übers Gesicht und tief unten im Berg hörten die Kinder den alten Mann kämpfen, hörten ihn fluchen und ächzen. Max schöpfte bei diesen Geräuschen neue Hoffnung, aber diese Hoffnung auf herabstürzende Steine wurde enttäuscht. Gerade startete Seiler einen letzten Versuch, als sich die Welt um ihn herum zu drehen begann.

»Was soll das jetzt wieder«, flüsterte er, breitete beide Arme aus und suchte nach einem Halt. Doch die Bäume tanzten, Hasso schwebte wie von Zauberhand emporgehoben durch die Luft, die Sonne hüpfte und plötzlich war da der schlimmste Schmerz, den er jemals im Leben gespürt hatte. Eine Faust saß in seiner Brust und drückte alles, was sie zu fassen bekam, zusammen. Wie Stromstöße, so jagten Schmerzschauer aus der Brust kommend in Arm und Hals, jeder Stoß stärker als der Vorgänger. Seiler fiel auf die Knie, aber die Welt drehte sich weiter und der alte Mann mit ihr. Bis ihm schwindlig wurde und er das Gesicht ins Gras legte. Die Faust in seiner Brust hatte den Hals erreicht und drückte und drückte und was sie noch an Luft in diesen Körper ließ, reichte vorne und hinten nicht aus, diesen am Leben zu erhalten.

Gernot Seiler drehte sich auf den Rücken. Das Letzte, was er spürte, war Hassos Zunge, das Letzte, was er hörte, die Rufe eines Kindes und Hassos Fiepen. Das Letzte, was er sah, war ein strahlend blauer Himmel mit einer sich drehenden Sonne. Das Letzte, was er dachte, hieß *Mona-Lisa* und zum ersten Mal seit fünfzig Jahren sah sie ihm direkt in die Augen und zum ersten Mal seit fünfzig Jahren lächelte sie.

Die Schmerzen ließen nach, verschwanden so plötzlich, wie sie gekommen waren. Wärme flutete in Seilers alten Körper. Und Glück. Der Himmel über Seilers Gesicht bekam Risse, blaue Farbe blätterte ab und zum Vorschein kam Mona-Lisa. Gut, sie wartete auf ihn.

Sehr gut.

Gernot Seiler starb.

38 Das Licht der Welt

An die Stille hatten sich die Kinder in den hinter ihnen liegenden Tagen gewöhnt, langsam zwar und, wie Max' Beispiel zeigte, auch nicht in jedem Fall ohne Folgeerscheinungen, aber sie hatten gelernt, mit dieser Stille zu leben. Wenn man mitten drin steckte in diesem Zauberwürfel, der sich *Leben* nannte und von allen Seiten Ablenkungen, Bilder und Geräusche auf einen einstürmten, wenn Gott unablässig an diesem Würfel drehte und beinahe minütlich alles durcheinanderbrachte, dann hieß das Ergebnis *Leben* und, einmal in dieses Spiel hineingeboren, wusste man es einzuschätzen, filterte ganz automatisch Wichtiges von Unwichtigem, fand sich zurecht, auch wenn die Richtungen und Wege sich änderten, denn die Zutaten zu diesem Leben blieben immer die gleichen. Hier im Berg aber galten diese Gesetze plötzlich nicht mehr. Die Ohren hörten nur noch den eigenen Herzschlag darin rauschen, Augen sahen einzig das beleuchtete Gegenüber – nichts, was vom Hier und Jetzt ablenkte, Stille, welche alles auf den eigenen Mittelpunkt hin konzentrierte und danach das diesen Mittelpunkt umschließende Kind mit diesem Konzentrat allein ließ. Stille – sie schärfte die Sinne.

Fünf Tage Stille hinterließen ein Haus, aus dem alles Überflüssige verschwunden war: keine Erinnerungsstücke ohne Erinnerung versperrten mehr den Blick, kein Tand und Kitsch blockierte mehr die wichtigen Türen. Plötzlich, ohne all den gesammelten Plunder, fand man sich wieder zurecht, entdeckte längst vergessene Türen und Fenster und hatte Platz zum Tanz im eigenen Wohnzimmer. Und dann stieß ein alter Mann die Wohnungstür auf und warf eine Lkw-Ladung Geräusche ins Haus, Geräusche, die aber nicht mehr wie noch vor einer Woche zu einem unbeachteten und an der Wand im Hintergrund klebenden Brei verschmolzen, sondern jedes für sich ausreichten, die Jungen in den Wahnsinn zu treiben. Vogelgezwitscher drang in den Berg und rief bei jedem einzelnen der Kinder Erinnerungen wach, besser als jedes Fotoalbum. Wind raschelte durch die über der kleinen Öffnung weilenden Bäume, rieb Blätter aneinander, löste eines von ihnen vom Holz und warf es in den Trichter – aus Dummheit, Ignoranz oder um die Wesen da im Berg zu quälen. Oder weil es einfach an der Zeit dafür war. Das Blatt, an den Rändern bereits vertrocknet und braun, in seiner Mitte aber noch dem alten grünen Leben verhaftet, segelte wie ein außer Kontrolle geratener Gleitschirm in die Tiefe, drehte sich bis zum Schluss um die eigene Achse und drei Augenpaare verfolgten dieses Wunder. Kasi vergaß darüber den Schmerz in seinen Händen, Timi den gefesselten Bruder und Alex seine Hoffnung auf baldige Befreiung durch Gernot Seiler. Mit großen Augen sahen sie das Blatt näher kommen und wie es sich zuletzt auf die Schutthalde legte, so selbstverständlich, dass es beinahe schon körperliche Schmerzen verursachte. Keines der Kinder wagte sich zu bewegen, als könne ein unbedachtes Zucken der Hand dieses Wunder vertreiben, das Blatt zurück an den Baum tragen und dieses gerade einmal dreißig Zentimeter messende Tor da oben verschließen. Hasso winselte und wartete wie Alex, Kasimir und Timi auf ein Wort Seilers.

»Drei kleine dumme Jungen, wünschten sie wär'n frei, da fiel ein Blatt auf ihren Kopf, da warens nur noch zwei«, sang Max. Drei Köpfe drehten sich zu ihm um. »Ihr solltet euch mal sehen, wie blöd ihr jetzt guckt«, sagte er und lachte. Max lachte so laut, dass es sogar Hassos Klage übertönte.

Timi schüttelte als Erster seine Erstarrung ab. Er rannte zu seinem Bruder, nahm unterwegs die noch zur Hälfte gefüllte Wasserflasche und leerte deren Inhalt über Max' Kopf. Mit allem hatte Max gerechnet, aber nicht mit einer solchen Reaktion. Er warf den Kopf zur Seite, wollte etwas sagen, hatte den Mund schon geöffnet, da klatschte Timis Hand in sein Gesicht.

»Du bist immer so gemein«, sagte Timi. Tränen liefen ihm übers Gesicht. »Warum? Früher warst du ganz anders.« Und noch eine Ohrfeige. »Alles willst du kaputt machen. Hast du mich denn gar nicht mehr lieb? Max?«

Auch in den Augen des Bruders sammelten sich Tränen. Er starrte durch sie hindurch auf seinen Timi, in dessen Blick alle Enttäuschung dieser Welt lag. Max wollte eine zweite Strophe dichten, eine Strophe, die mit dem Tod des vorletzten Kindes durch einen Höllenhund endete und eine dritte, in der eine Spinne alles regelte, aber Timis Blick brachte alles in ihm durcheinander.

»Da oben ist der Herr Seiler«, sagte Timi und zeigte zur Öffnung, »er holt uns raus und du machst so blöde Sachen. Willst du denn gar nicht wieder nach Hause?«

Nach Hause. Hieß so der Ort, an dem Timis Papa auf Max wartete? Nannte man *nach Hause* das, was ihn wieder in ein schwaches Kind verwandelte?, überlegte Max. Ja, *nach Hause* hieß der Ort, an dem es keine Spinnen gab, wo er knien musste, wo es niemals so schön sein konnte wie hier in diesem Berg. Max schüttelte den Kopf, doch Timi sah es schon nicht mehr. Er hatte sich umgedreht, mit seinem Bruder abgeschlossen und wollte zurück zu den anderen, wollte sehen, wie Herr Seiler sie rettete, da hörte er hinter sich Max' Stimme.

»Nein, ich will nicht wieder zu deinem Papa. Der Berg beschützt mich, Timi und er könnte auch dich vor ihm beschützen.« Timi blieb stehen, zögerte und ging dann doch, ohne sich noch einmal umzudrehen, weiter. »Bleib stehen, wenn ich mit dir rede«, schrie Max. »Schau mich an!« Aber Timi wollte nicht mehr. Er stellte sich zwischen Alex und Kasimir und sah nach oben. Max schrie, dann rollte er sich zur Seite, weiter und immer weiter in den Berg hinein. *Sollen sie doch gehen*, dachte er. *Ich werde diesen Ort hier niemals wieder verlassen.*

»Warum sagt er nichts mehr?«, fragte Kasi. Seit Minuten drang kein von ihrem Retter stammendes Geräusch mehr nach unten.

»Ist er weg?«, fragte Timi.

»Er ist bestimmt ins Dorf, Hilfe holen«, versuchte Alex, eine Erklärung abzugeben, aber irgendwie konnte er selbst nicht an das Gesagte glauben. Auch Kasi schüttelte den Kopf.

»Dann hätte er seinen Hund nicht hiergelassen.«

»Hallo?«, rief Alex, beide Hände zu einem Trichter geformt vor dem Mund. »Herr Seiler?«

Keine Antwort.

»Vielleicht hat er seinen Hund hiergelassen, damit der das Loch bewacht?« Dies schien Timi eine halbwegs einleuchtende Erklärung zu sein. Herr Seiler hatte sich auf den Weg gemacht und Hasso an einen Baum gebunden. Aber warum? Wieso musste ein Loch bewacht werden? Auch Alex wollte das gerade fragen, da lieferte Kasi ein Argument, welches, jedenfalls im Zusammenhang mit dem alten Seiler, alles einigermaßen schlüssig erscheinen ließ.

»Damit wir uns nicht so allein fühlen«, sagte Kasi, »deshalb hat er Hasso hiergelassen.«

»Und ist einfach so gegangen? Ohne ein Wort?«, fragte Timi. Alex zuckte nur mit den Schultern.

»Klar, warum nicht? Du kennst doch den alten Seiler; irgendwie ist er komisch und komische Leute machen komische Sachen.« So einfach. Und an manchen Tagen starben komische Leute auch. Einfach so.

»Wie lange wird er ins Dorf brauchen?«, fragte Timi.

»Also, ich schaffe es in einer halben Stunde«, erklärte Alex, »aber dann renne ich die Hälfte der Strecke. Der Seiler, der braucht mindestens eine Stunde. Eher mehr.«

»Zwei?« Alex nickte. »Und dann noch eine Stunde, bis die Helfer hier sind?« Wieder nickte Alex. Also lagen drei Stunden Warten vor ihnen, hieß das Ergebnis ihrer Überlegungen, die wirklich letzten drei Stunden in diesem Berg. Seiler hatte sich ohne lange Erklärungen auf den Weg gemacht und seinen Hund zurückgelassen – daran wollten sie glauben. Und sie glaubten es.

Die Stunden verstrichen und mit ihnen wanderte das vom Tag durch das Loch geworfene Rund über die Innenseite des Trichters. Wie eine Sonnenuhr erzählte dieser helle Fleck von Minuten, die es niemals wieder geben sollte, doch keines der Kinder trauerte auch nur einer einzigen dieser Minuten hinterher, im Gegenteil: sie sollten verstreichen, diese Minuten, sie sollten sich auf den Weg machen, denn jeder Millimeter, den diese zahlenlose Uhr da oben zählte, brachte die Kinder ihrer Befreiung ein Stück näher. Schulter an Schulter lagen Timi, Kasimir und Alex auf der Schutthalde und sahen nach oben, wollten diesen winzigen Ausschnitt, der ihnen ein paar Zweige und Blätter und dahinter Bruchstücke des Himmels schenkte, keinen Moment aus den Augen verlieren, als könne ein zu langes Zwinkern über ihnen einen Mechanismus in Gang setzen, einen *Sesam-schließe-dich*. Als für den Bruchteil einer Sekunde eine Amsel über diese Öffnung schwebte, schrie Timi auf und riss den Arm nach oben.

»Da! Ein Vogel!«

»Ach was«, sagte Alex, »das war nur ein Blatt.«

»Nein, ein Vogel«, beharrte Timi, »ich hab es ganz deutlich gesehen. Oder hast du schon einmal ein Blatt mit Flügeln gesehen?«

Die Uhr tickte weiter, ohne dass ein Retter erschien, einzig Hasso steckte in unregelmäßigen Abständen seinen Kopf in das Loch, schnüffelte und verschwand wieder. Der Lichtfleck wanderte weiter und die Kinder setzten sich auf. Ihre Rücken schmerzten. Schließlich verließ eines nach dem anderen seinen Platz und als Kasi die inzwischen verstrichene Zeit abschätzte, standen die drei bereits über eine Stunde, liefen umher und ahnten dabei, dass die von Alex geschätzten drei Stunden längst verstrichen sein mussten.

Die Sonnenuhr über ihren Köpfen hatte seit Seilers letzten Worten annähernd ein Viertel der Trichterinnenseite überwandert. Kasis Fähigkeit, sich Rechnungen nicht als Zahlen mit Zeichen dazwischen, sondern als Bilder vorzustellen, half ihm, vieles schneller und einfacher zu verstehen als andere Kinder, das war in der Schule so und auch im richtigen Leben. Und auch hier im Berg. Als Alex vor inzwischen einer halben Ewigkeit von drei Stunden gesprochen hatte, hatte Kasi ganz automatisch das Vierundzwanzigstundenrund der Sonnenuhr da oben durch acht geteilt. Drei mal acht gab vierundzwanzig. *Die Hälfte eines Viertels*, lautete das Ergebnis, danach mussten also drei Stunden verstrichen und Seiler zurück sein. Doch der von Kasimir an der Wand festgelegte Zeitpunkt verging, ohne dass etwas geschah. Hassos Winseln hatte nachgelassen und war inzwischen kaum mehr zu hören. Wahrscheinlich hatte er sich mit seinem Schicksal abgefunden, vermuteten die Kinder und warteten weiter. Jetzt aber, als die Uhr beinahe ein komplettes Viertel des Tages abgemessen, dabei immer weiter in den Berg hineingeblickt hatte und sich seit Kurzem Stück für Stück wieder aus diesem zurückzog, jetzt hielt es Kasi nicht mehr aus. Mittag musste demnach vorüber sein. Fast sechs Stunden vergangen und von Seiler und den Rettern nichts zu sehen und zu hören.

Alex und Timi plagten ähnliche Gedankengänge, wenn ihnen auch Kasis Blick hinter die über die Felswand ziehende Lichtscheibe und deren Bedeutung fehlte. Als Kasi seine Vermutung, dass inzwischen mindestens fünf Stunden verstrichen sein mussten, in den Trichter stellte, widersprach keiner.

»Du meinst, er ist einfach so abgehauen?«, fragte Timi. »Aber dann hätte er doch seinen Hund mitgenommen.«

»Das stimmt.« Alex wusste wie jeder im Dorf, dass dem Alten einzig und allein an seinem Hund etwas lag, auf alles andere pfiff er.

»Ist er überhaupt noch da?«, fragte Kasi.

»Wer?«

»Na, der Hund.« In der Tat hatte sich das Tier schon länger nicht mehr sehen lassen. Hatte Seiler da oben etwa zuerst ein paar Stunden im Gras geschlafen und sich erst vor Kurzem aus dem Staub gemacht? Alex steckte zwei Finger in den Mund und pfiff.

»Er ist noch da!«, rief Timi. Hassos Bellen näherte sich, dann steckte das Tier den Kopf in das Loch, allerdings nur für eine Handvoll Sekunden. Aber wenigstens wussten sie jetzt …

»Gar nichts wissen wir.« Alex nahm einen Stein und warf ihn nach oben. Das Geschoss verfehlte sein Ziel um gut einen Meter, prallte gegen den Fels und Timi musste sich in Sicherheit bringen, um nicht getroffen zu werden. »Ich hab diese elende Warterei satt. Wenn der Alte doch wenigstens eine Leiter dagelassen hätte«, sagte er.

»Wir haben das Seil«, kam es von Kasimir.

»Und?«

»Wenn nichts von oben kommt, müssen wir vielleicht einfach etwas nach oben bringen.«

»Oh ja«, Timi wagte sich wieder zurück in den Trichter, »du kletterst hoch und bindest das Seil an einen Baum und ziehst uns raus, einen nach dem anderen.«

Alex wollte bereits abwinken, hatte die Hand schon erhoben, tat es aber doch nicht. Er stand in der Mitte des sich nach oben hin verjüngenden Trichters und betrachtete die Felswände. Überall gab es Ecken und Kanten, kleine Vorsprünge und Risse in den Wänden, welche mit etwas Glück einer Fingerspitze Halt geben könnten. Bisher hatten ihn diese Strukturen kaum interessiert, denn bevor Seiler das Loch geöffnet hatte, existierte kein Grund, da hinaufzuklettern und nach dem

Öffnen ebenso wenig, schließlich konnte man ganz in Ruhe hier sitzen bleiben und auf die Befreiung warten. Aber es kamen und kamen keine Befreier, die Zeit verstrich und langsam wandelte sich die Euphorie der ersten Stunde in Angst. Alex konnte und wollte sich keinen alten Mann vorstellen, der sie einfach hier allein zurückließ und vergaß.

»Was ist, warum lachst du?«, fragte Kasi als Alex lächelte.

»Ach, ich hab mir gerade vorgestellt, dass der alte Seiler losmarschiert ist, um Hilfe zu holen und unterwegs alles vergessen hat. Ich kenn das von meinem Opa. Manchmal erkennt der mich gar nicht mehr und fragt dann Oma, was der Junge hier mache und wo der hingehört. Und wenn sie einkaufen geht, muss sie die Haustüre abschließen und das Telefon verstecken. Letztes Jahr hat er mal für über dreihundert Euro telefoniert. An einem Vormittag. Seiler ist auch ziemlich alt, und komisch sowieso. Vielleicht will er uns ja gar nichts Böses, sondern hat uns einfach vergessen.«

»Und seinen Hund.«

»Genau, den auch. Und jetzt läuft er durch sein Haus und fragt sich, wofür die Fressnäpfe eigentlich im Flur stehen.«

»Meinst du das ernst?«, fragte Kasi. »Man kann uns doch nicht einfach *vergessen*.« Alex schüttelte den Kopf.

»Ich weiß es nicht, Kasi. Ich weiß nur, dass er längst hätte zurück sein müssen.« Alex studierte die Felswand, fand einen möglichen Weg. Er wusste, dass er seit Tagen nichts gegessen hatte, wusste, dass seine Kraft für diese Klettertour wahrscheinlich nicht ausreichen würde. Aber manchmal traf man eben Entscheidungen, von denen man im Nachhinein nie mehr genau sagen kann, wie sie zustande gekommen waren. Diesen Entscheidungen gehen meist nicht einmal übermäßig viele Gedanken voraus, genau genommen normalerweise gar keiner, denn manchmal *weiß* man von einer Sekunde auf die andere einfach, was zu tun ist und geht los, in die richtige Richtung. Alex wusste, dass er da jetzt hinaufsteigen musste, länger warten konnte keiner von ihnen. Er ging zum Brunnen, bückte sich nach dem Seil und band sich dessen nasses Ende um den Bauch.

»Drückt mir die Daumen«, sagte er, »und passt auf, dass das Seil sich nirgends verhakt, ja?« Kasi und Timi nickten. »Und passt auch auf, dass ich euch nicht auf die Köpfe falle.«

»Und Max?«, fragte Kasi, »Was sollen wir machen, wenn er nach vorn kommt?«

»Keine Angst, der ist sicher verschnürt, vor dem braucht ihr euch nicht zu fürchten.«

Max saß im Raum mit den Fässern und hörte jedes Wort. Jetzt, als Alex die beiden Kleinen gerade beruhigt hatte und mit seinem Aufstieg in die Freiheit begann, lächelte Max. Er lehnte den Kopf an ein riesiges Fass und lauschte und das Fass pulsierte, es rauschte, so schön, dass jedes andere Ohr Bilder von an Sandstränden auslaufenden Wellen hinter die geschlossenen Lider gezaubert hätte, Max aber sah nur seine Spinnen. Fässer, bis zum Rand mit Spinnen angefüllt und sie redeten mit ihm und versorgten ihn wieder und wieder mit neuer Energie. Und sie ließen den Jungen Dinge tun, wie gerade eben, als er sich aus dem vorderen Raum hierhergerollt und dabei eine abgebrochene Speerspitze mitgenommen hatte. Warum? Max wusste, dass sein menschlicher Geist diese Frage niemals hätte beantworten können, jetzt aber – und jetzt sprachen die Spinnen – jetzt *wusste* er, lauschte dem Gesang des Fasses, hielt das jahrhundertealte Metall zwischen den tauben Fingern und schabte damit an seinen Fesseln. Alex ließ gerade den zweiten von insgesamt vier oder fünf Metern hinter sich, da gab es einen ersten Ruck und Max konnte die Füße nach vorn strecken. Er biss sich auf die Lippe, um nicht laut loszuschreien, streckte die Beine und legte sich auf den Rücken. Eine ganz kurze Pause nur, ein paar Sekunden, mehr nicht. Der Schmerz ließ nach und Alex kämpfte gegen Meter drei.

Max rollte sich auf die Seite und schabte weiter, er spürte, wie die Fessel kapitulierte und gerade, als Alex einen kleinen Vorsprung erreichte, sich ausruhte und einen Teil des Seiles nachzog und neben sich auf die winzige Stufe legte, gerade in diesem Augenblick schenkten die Spinnen Max zwei neue Hände.

Hasso kannte Kinder und er wusste, dass diese *kleinen Herrchen* schlecht waren. Ein gutes Wort? Fehlanzeige. Ein Leckerli oder ein kurzes Spiel mit seinem Ball? Ebenso wenig. Wenn, dann hatten sie einen Stein übrig oder einen Schneeball, aber niemals etwas Gutes. Als jetzt Alex' Kopf in der von dem Hund geschaffenen Öffnung erschien, sprang er auf. Er stellte sich vor sein *schlafendes* Herrchen, senkte den Kopf und knurrte.

Mit vielem hatte Alex gerechnet, als er den Kopf in seine alte Welt steckte, aber nicht mit einem in seine Richtung springenden Hund. Alex schrak zurück, seine Füße verloren den Halt. In letzter Sekunde bekam er eine in das Loch ragende Wurzel zu fassen, er strampelte, kämpfte, das Seil zerrte an ihm, als habe es sich mit dem Berg verbündet und wolle ihn wieder nach unten reißen. Unter ihm schrien Kasimir und Timi und vor ihm zog Seilers Bewacher die Lefzen nach oben, blieb aber bei seinem Herrchen.

Alex' Fuß fand den alten Vorsprung im Fels. Die Wurzel weiter in der Hand, zog er den Kopf zurück.

»Seiler liegt hier im Gras«, rief Alex nach unten.

»Schläft er?«, fragte Timi.

»Ich weiß nicht, sein Hund steht vor ihm und knurrt.« Alex, nur wenige Zentimeter von der Freiheit entfernt, wusste nicht, was er tun sollte, wenn überhaupt, besaß sein Körper noch Kraft für ein paar Minuten, keinesfalls mehr. »Hallo, Herr Seiler!«, schrie er in der Hoffnung, den Alten so wecken zu können, aber Hassos Knurren blieb die einzige Antwort.

Abstürzen oder von Seilers Hund angefallen werden, so lauteten die beiden vor ihm liegenden Alternativen. Alex entschied sich für Letztere, so wäre wenigstens einer von ihnen aus dem Berg und damit auch das Seil.

Mit der freien Rechten zog Alex das Seil Stück für Stück zu sich und warf es nach draußen – Hasso fletschte die Zähne. Fast fünf Meter unter Alex standen Kasi und Timi und hielten die Luft an. Es existierte kein dritter Weg, kein Wunder an Absturz und Hund vorbei, es ging nur so. Alex holte Luft, dann folgte sein rechter Arm dem Seil nach draußen. Mit geschlossenen Augen steckte er den Kopf in die Freiheit, quetschte den linken Arm durch das Loch, stützte sich ab und zog die Beine nach. Hassos Knurren wandelte sich in wildes Kläffen und erst jetzt, während er sich zur Seite rollte, wagte Alex einen weiteren Blick.

Gernot Seiler lag gute vier, fünf Meter entfernt auf dem Rücken im Gras, sein Hund stand vor ihm. Alex sah die offenen Augen des alten Mannes, einen offenen Mund und wusste, dass Seiler tot war. Und Hasso beschützte sein Herrchen.

»Ist gut, pst, ich tu dir doch nichts«, flüsterte Alex und richtete den Oberkörper auf. Mit dem Loch zwischen sich und dem Hund, beruhigte sich der Herzschlag des Jungen ein wenig, aus dem Innern des Berges drang Jubelgeschrei und Alex spürte zum ersten Mal seit Tagen wieder die Sonne auf seiner Haut. Aber weder nahm er sich die Zeit, diesen ersten Sonnenstrahl bewusst zu empfangen, noch verschwendete er Gedanken an Gernot Seilers Schicksal, wirklich wichtig erschien ihm einzig die Tatsache, dass Seilers Hund nicht über ihn hergefallen war, sondern, wenn auch mit gefletschten Zähnen, im Dunstkreis seines Herrchens blieb. Hasso bellte, knurrte und stellte die Nackenhaare auf, angreifen aber wollte er ganz offensichtlich nicht. Für das Tier gab es Wichtigeres als dieses Kind, ja sogar Wichtigeres, als hinunter zur Steina zu rennen und diesen unsäglichen Durst zu löschen. Er hatte in den zurückliegenden Stunden seinem Herrn mehr als einmal das Gesicht abgeleckt, ihn mehr als einmal angestupst und zum Gehen aufgefordert – ohne Erfolg. Er war bei ihm geblieben und er würde auch weiterhin bleiben, egal wie viele kleine Herrchen noch aus diesem Loch da klettern.

Alex wischte sich eine Träne ab und Hasso setzte sich neben Seiler, beobachtete den Jungen, knurrte aber nicht länger.

Kasi und Timi hielten sich an den Händen. Timi wusste um den Zustand von Kasis Händen, deshalb berührte er sie auch nur ganz vorsichtig, trotzdem stöhnte Kasi. Aber er zog seine Hand nicht zurück und Timi ließ sie auch nicht los, denn er brauchte etwas zum Festhalten. Alex hatte es geschafft! Er hatte es wirklich geschafft und jetzt, wussten die beiden, konnte es sich nur noch um Minuten handeln, bis der Berg auch sie endlich wieder freigab.

Alex zog das Seil nach draußen und befestigte es an einem Baum. Hasso beobachtete das Treiben, ohne einzugreifen.

»Ich lass es jetzt wieder runter, hört ihr?«

»Ja.«

»Wir sehen dich sogar.« Alex ließ das Seil nach unten und versuchte, etwas zu erkennen.

»Timi?«

»Ja?«

»Timi, du musst Kasi das Seil um die Brust binden. Kannst du das?«

»Aber …« Kasi sollte als Erster nach oben? Für Timi hatte festgestanden, dass Alex ihn zuerst hochziehen würde, nicht umgekehrt. »Aber …«

»Es geht nicht anders, Timi. Kasi kann sich mit seinen kaputten Händen das Seil selbst nicht umlegen.« Das verstand sogar Timi, führte aber nicht dazu, dass er dies auch wollte. Er sollte allein hier unten bleiben? Ganz allein?

»Es sind doch bloß ein paar Minuten«, versuchte Kasi zu beruhigen, »Alex zieht mich hoch und lässt das Seil sofort wieder runter.«

»Kannst du dich wirklich nicht selber festmachen?«, fragte Timi trotzdem und kannte die Antwort natürlich. Kasi schüttelte den Kopf und zeigte seine Handflächen.

Wie von Alex befohlen, zog Timi das Seil unter Kasis Armen hindurch und knotete es vor dessen Brust zusammen.

»Bis gleich«, sagte Kasi, dann straffte sich das Seil, verlor er den Boden unter den Füßen. *Hoffentlich hält Timis Knoten*, betete Kasi und schwebte Stück für Stück in die Höhe. Die Trichterwände drehten sich um das Kind und Kasimir dachte an seine Rettung aus dem Brunnen. Und wieder war es Alex, der ihn in die Höhe zog.

Der hatte das Seil zur Sicherheit um einen Baumstamm gebunden. Von diesem Baum führte es über einen fast zwei Meter hohen Mauerrest und von da aus ins Loch und nach unten. Alex stand hinter der Mauer, so konnte er zwar nichts sehen, dafür aber mit seinem ganzen Gewicht am Rettungsanker ziehen. Von seinen Armen spürte er nicht mehr viel, sie fühlten sich an wie zwei Knüppel aus Gummi, zwei schmerzende Knüppel. Das heraufgezogene Seil wuchs neben dem Jungen und gerade als Alex dachte, dass er keine Sekunde länger durchhalten könnte und Kasi, trotz der (nutzlosen) Sicherung am Baum, nach unten knallen würde, hörte er dessen Stimme.

»Ich hab's gleich«, sagte Kasi, »noch nicht loslassen.«

Kasi quetschte Kopf und Arme durch die Öffnung, ein letzter Ruck und er stürzte ins Gras. Hasso knurrte lauter. Kasi drehte sich auf den Rücken und streckte der Sonne sein Gesicht entgegen. Er lebte.

»Wir haben es geschafft.« Und etwas leiser: *»Verdammt noch mal.«* Alex' Gesicht erschien hinter der Mauer.

»Was hast du gesagt?«
»Wir haben es geschafft.«
»Nein, das, was danach kam.«
Kasi lächelte.

»Endlich!« Max massierte seine Gelenke, die zerschnittene Fessel lag am Boden. Wie einst bei dem Mädchen, umschlossen nun auch seine Gelenke rote Linien, aus denen vereinzelt Blut perlte. Das sollte Alex büßen.

Max krabbelte zum Durchgang und richtete sich auf, oder besser: er versuchte, sich aufzurichten. Die unnatürliche Haltung der vergangenen Stunden hatte irgendetwas mit seinen Beinen angestellt; als sie sein Gewicht tragen sollten, knickten sie einfach so unter ihm zusammen und Max fiel auf die Knie. Schon wollte er zur Seite kippen, schlafen, auf neue Kraft warten, da trieben ihn Timis und Kasis Worte zu einem erneuten Versuch. Er verstand die Worte der beiden, wusste, dass sie an ihrer Flucht arbeiteten und Max befahl seinem Körper neue Kraft. Dieses Mal klappte es bereits etwas besser. Max konnte stehen, wenn er auch nicht genau wusste, worauf er da eigentlich stand. Diese beiden Dinger, die aussahen wie Beine, fühlten sich fremd an und dies nicht nur, weil sie in Alex' Hose steckten. Etwas Schweres waberte in diesen Beinen, etwas, das Max' Hirn nicht richtig steuern konnte, trotzdem versuchte er es. Max wusste, dass nur wenige Schritte entfernt das Mädchen flüchtete, wenn er sich jetzt nicht zusammenriss, gab es bald auch keinen kleinen Bruder mehr. Um diese komischen Beine konnte er sich auch später noch kümmern, sich nachher, mit Timi im Arm, über sie wundern.

Max setzte den rechten Fuß nach vorn, vollführte eine Vierteldrehung und zog den linken nach, der aber blieb an seinem Kameraden hängen, Max wollte sich noch an der Wand abstützen, rutschte ab und stolperte in den vorderen Raum. Sein Koordinationsvermögen brachte vier Schritte zustande. Max schwankte, jedes Steinchen entpuppte sich als Gegner und von diesen Gegnern hatten sich Tausende vor ihm versammelt. Einem von ihnen, nicht einmal einem besonders stattlichen Exemplar, gelang es, den Tritt des Jungen endgültig aus der Bahn zu werfen: Max, jetzt im Raum, mehr als eine Armlänge von der Wand entfernt, suchte, fand aber nichts, woran er sich hätte abstützen können und schlug nur drei Schritte vor dem Beginn der Halde, auf der Timis Fingerspitzen gerade das wieder herabgelassene Seil erreichten, auf den Boden.

Timi fuhr herum.

»Bleib bei mir«, flüsterte Max, »bitte, du darfst mich nicht verlassen. Du bist doch noch immer mein Bruder.« Der kleine Bruder aber wollte nicht länger Bruder sein und wollte nicht länger zuhören und folgen und bleiben. Timi sah Max am Boden liegen. Timi sah weit aufgerissene Augen und eine Hand, die sich nach ihm ausstreckte. Timi sah Max auf allen vieren loskrabbeln, genau in seine Richtung. Schon hatte Max den Fuß der Halde erreicht, rutschte über Steine und Schutt, ohne dabei den Blick von Timi zu nehmen.

Timi schrie. Er rief nicht *Hilfe* oder *Hau ab* oder *Zieht mich hoch*, er schrie einfach nur, als habe ihm jemand den Brustkorb aufgerissen, um den Herzschlag des Jungen zu drosseln und zu beenden. Timi schrie, sprang am Seil, das er sich soeben unter den Armen hindurchziehen wollte, empor und klammerte sich fest. Seine Füße zappelten nur wenige Zentimeter über dem Schutt, doch nur ganz kurz, dann schlugen Timis Knie auf den Boden.

Alex hatte das Seil mit nur einer Hand gehalten und sich mit der anderen den Schweiß abgewischt, als Timis Schreie aus der Öffnung drangen und ihm das Seil aus der Hand gerissen wurde. Kasi stürzte zur Öffnung und erkannte als Schatten den auf Timi zu kriechenden Max.

»Schnell! Max ist frei!« Alex packte das Seil. »Halt dich fest, Timi!«

Kasi hatte den Zustand seiner Hände nicht vergessen und wenn, die erste Berührung hätte ihn daran erinnert. Er wusste, dass es wehtun würde, packte trotzdem zu – die Welt verdunkelte sich einen kurzen Moment, sein Griff aber hielt und das Gewicht des Seiles verriet, dass sie Timi am Haken hatten. Kasis Welt drehte sich, seine Handflächen – gerade an den Stellen, die nun wieder dieses Seil berühren mussten – rohes Fleisch. Dieses Fleisch sprang erneut auf und jeder einzelne Zentimeter Seil, den er zum hinter der Mauer verborgenen Alex weitergab, erzählte dem von Kasis Händen.

»NEIN!«

Der geliebte Bruder schwebte davon. Max dachte an Spielfilme, an solche, die in einer hochtechnisierten Zukunft spielten und in denen Menschen in Lichtkegeln verschwanden und in einer anderen, fernen Welt in einem ebensolchen Lichtstrahl zum Vorschein kamen. Die grauen Wände des Trichters und der Schutthaufen auf seinem Grund. Ein schräg hereinfallendes Licht und ein Bruder, der diesem Licht Stück für Stück entgegenschwebte.

Einsamkeit.

Kälte.

Zwei aneinanderklebende Schneeflocken, die in diesem Licht da oben schmolzen und auseinanderfielen. Eine Flocke blieb in einer Schneewehe liegen, die andere stürzte in einen Vulkankrater, schmolz und verdampfte, ehe sie ein Ziel erreichen konnte.

Nein, wusste Max, alles durften sie ihm wegnehmen, alles, aber nicht Timi. Sie hatten ihm seine Beute von der Decke gerissen und seine Hosen dem Mädchen geschenkt, der Berg hier hatte ihm sein altes Leben genommen und Timis Vater ihm seinen Stolz. Sie alle hatten sich verschworen und ihm Licht und Liebe und Leben genommen, aber Timi würde niemand bekommen! Doch der Anblick des Seiles mit dem Geliebten an seinem Ende erzählte längst gegenteilige Wahrheiten: *Tschüss, Max. War schön mit dir, aber jetzt ist es vorbei. Du bleibst bei deinen dummen Spinnen und ich gehe zu Papa.*

Max sah Timi Stück für Stück in die Höhe schweben. Und er sah da oben Timis Vater, versteckt im Gras, und Max wusste, sollte Timi auch nur den Kopf da hinausstecken, würde dieser Vater zupacken, den Kleinen ins nächste Gebüsch stoßen und …

Plötzlich lebten seine Beine wieder, nicht wie früher, aber sie gehörten wieder zu ihm. Max richtete sich auf, schwankte und stürzte aufs Geratewohl los. Seine Finger krallten sich an Felsstücke, verschwanden in Spalten und seine Füße fanden Nasen und Schultern und Hände und Knie des Berges und das alles hielt dieser dem Retter hin und Max kletterte nach oben. Ohne auf Gefahren zu achten, ohne Schritte auszuprobieren, zog er sich weiter und immer weiter, überholte den neben ihm schwebenden Timi. Timi schrie *(Warum schreist du, mein Bruder, warum nur?)* und die Fahrt des Aufzuges stockte. Nur noch zwei Meter trennten Timi vom Licht, nur zwei Meter!

»Timi, hier, meine Hand!«

Kasi hatte sich bei Timis erneutem Schreien auf den Bauch geworfen, die ganze Last des Seiles hing nun an Alex' Armen. Der stolperte mit dieser um eine Buche und wickelte die Nabelschnur um diesen Anker, während Kasimir die Hand in den Berg streckte.

Im Sprung dankte Max seinen Spinnen und der Kraft, mit der sie ihn versorgt hatten. Ja, die Spinnen vergaßen die nicht, die zu ihnen gehörten, anders als die Menschen. Spinnen liebten, Spinnen kämpften – und Spinnen brauchten Nahrung. Max konnte sein Glück kaum fassen: Kasi streckte ihm die Hand hin, das Mädchen hatte erkannt, wozu es geboren war. Das Mädchen wollte mit ihnen kommen! Max sprang, erreichte die ihm entgegengestreckte Hand und packte zu.

Von der unerwarteten Last vollkommen überrumpelt, knallte Kasimir nach vorn und mit dem Gesicht auf der anderen Seite des Loches ins Gras. Zum Glück, denn so verhinderte sein quer über der Öffnung liegender Körper, dass der Junge einfach in dieser verschwand. Kasi schrie, er spürte Hände, die sich an ihm hinaufhangelten, Hände, die seine Schulter erreichten, Hände, die ihm in den Bauch boxten und zur Seite schoben. Max' Gesicht tauchte auf. Grashalme streichelten auf der einen Seite, der nackte Bauch der Mädchenbeute auf der anderen Seite sein Gesicht. Das grelle Sonnenlicht machte ihn einen Moment blind, doch er musste nichts mehr sehen, er hatte gewonnen. Jetzt nur noch die Beute in die Tiefe werfen, zuvor aber …

Max riss seine Rechte in die Höhe und streckte der Sonne, als könne er diese mit einem gezielten Schlag vom Firmament fegen, die Faust entgegen. »Timi gehört mir«, schrie er. »Timi und das Mädchen und …«

Hasso ließ sein Herrchen allein und stürzte sich auf die schreienden Kinder. Was genau ihn dazu trieb? Vielleicht der Lärm, vielleicht Bewegungen, die das Tier als Bedrohung für sich und das, was es zu bewachen hatte, verstand. Vielleicht aber hatte es auch Max' Stimme wiedererkannt und sich an eine der vielen unschönen Begegnungen mit dem Jungen erinnert – es spielte keine Rolle, wichtig war nur, dass Hasso, gerade, als Alex das Seil gesichert hatte und Kasi zu Hilfe eilen wollte, gerade, als Kasi dachte, dass Max am Ende doch diesen Sieg zu sich in den Berg schleppen würde und gerade, als Timi nach oben sah, Hasso sein Herrchen allein ließ, auf die Kinder zurannte und über Kasis nackten Oberkörper sprang. Das Tier kläffte und dieses Kläffen erinnerte den geblendeten Max an den Gesang der Höllenhunde. Hasso geiferte und dieser Geifer spritzte Max ins Gesicht. Er riss die Augen auf und blickte auf zwei Reihen spitzer Zähne, dazwischen eine nasse, ihn besudelnde Zunge. Heraufgezogene Lefzen, Gebell, so laut, dass es in Max' Ohren klirrte, Zahnreihen, die unmittelbar vor seinem Gesicht aufeinanderschlugen.

Max starrte, auf beide Unterarme gestützt, dem verhassten Köter ins Gesicht. *Hätte ich ihn doch einfach vergiftet*, schoss es Max durch den Kopf, *hätte ich ihm doch einen Strick um den Hals gewickelt wie dem Kätzchen, hätte ich ihn doch mit Benzin übergossen und angezündet.*

Hassos Zähne bohrten sich in Max' Schulter, nicht tief, dazu hatte Seiler seinen einzigen Freund zu gut erzogen, aber tief genug, um Max' *Hätte-ich-doch*-Träume zerplatzen zu lassen. Max' Arme knickten ein. Der Griff um Kasis Handgelenk lockerte sich und Kasi rollte zur Seite, im selben Augenblick verschwand Max im Boden. Hasso kläffte dem Jungen noch ein paarmal hinterher, warf Kasi einen desinteressierten Blick zu und rannte zurück zu seinem Herrchen. Er legte sich neben diesen, rollte sich zusammen und spürte am Rücken ein kaltes Bein. Aber er spürte es und es handelte sich um das einzig wichtige Bein.

Max verfehlte Timi nur um wenige Zentimeter, keine Spinne hatte ein Netz für ihn aufgespannt.

Timi, die Augen geschlossen und mit dem unformulierten Wissen im Kopf, dass seine Arme einen Zusammenprall niemals aushalten könnten, spürte den Windstoß des in die Tiefe fallenden Körpers, unmittelbar darauf hörte er einen Aufprall, einen Schrei und wegrutschendes Geröll. Aber er sah nicht nach unten. Max' Wimmern in den Ohren, klammerte er sich an das Seil, bis er einen Ruck spürte und der Aufzug seine Reise fortsetzte. Alex half ihm aus dem Loch. Als Gras die Sohlen des Jungen streichelte, als Sonnenstrahlen seinem Körper das Zittern nahmen und ihn einhüllten, als er die beiden Türme der Roggenbacher Ruine sah und ganz fern das Plätschern der Steina hörte, da begann sich alles um ihn herum zu drehen. Er schloss die Augen, lauschte dem Rauschen in seinen Ohren und fiel neben Kasi ins Gras.

Als die Ohnmacht nach wenigen Minuten endete, bot sich einem imaginären Betrachter vom besteigbaren Fingerturm aus das Bild einer seltenen Idylle: Großvater hatte dem Drängen seiner drei Enkelsöhne endlich nachgegeben, einen Rucksack mit Proviant gefüllt und dem Hund die Leine angelegt. Zusammen hatten sie das uralte Gemäuer erkundet und sich hier zu einer kurzen Rast ins Gras gelegt. Großvater erzählte Geschichten, von sich und seinen Freunden und wie sie vor unendlich langer Zeit die Ruine besucht hätten. Er sprach von Rittern und von im Berg verborgenen geheimen Räumen und Schätzen. Und einem Drachen da unten.

Aber Großvater lebte nicht mehr und die Kinder erblickten gerade erst das Licht der Welt.

Epilog

Fast zwei Wochen nach der Rettung der Kinder wand sich ein nicht enden wollender Trauerzug von der winzigen Kirche des Dorfes hinauf Richtung Friedhof. Das Wetter meinte es gut mit Gernot Seilers weggeworfener Hülle: die Sonne zwinkerte immer wieder durch die vor dem Himmelblau nach Osten treibenden Wölkchen, die einer Herde Himmelsschafen gleich alles Traurige von diesem Tag fraßen, und im Süden schimmerten die Silhouetten der Schweizer Alpen durch den Dunst. Noch ein paar Stunden und die Hitze des Tages würde dieses Bild verwischen, noch aber standen die schneebedeckten Gipfel in der Ferne Spalier.

Den Männern, welche Seilers Sarg trugen, lief der Schweiß von der Stirn, doch keiner von ihnen dachte an Aufgeben, ganz im Gegenteil; sie, alles Verwandte der geretteten Kinder, hatten sich um diese Aufgabe gerissen und da nicht mehr als sechs Sargträger Platz fanden, musste der Sarg unterwegs zwei Mal abgesetzt und von neuen Trägern wieder angehoben werden.

Alles was laufen konnte, lief hinter dem Sarg her zum Friedhof, voran der Pfarrer. Direkt hinter dem Sarg gingen Timi, Kasimir und Alex und hinter den Kindern ganz Wittlekofen, viele Menschen aus den umliegenden Dörfern, ja sogar der Bürgermeister aus Bonndorf, und obwohl keiner von ihnen in den zurückliegenden Jahren und Jahrzehnten mehr als einen Gruß mit dem alten Einsiedler gewechselt hatte, wollten sie ihm doch alle an diesem Tag die letzte Ehre erweisen.

Im Gegensatz zu Rufus' Leiche hatte der alte Seiler nicht erst umständlich geborgen und obduziert werden müssen – seine Todesursache lag für den untersuchenden Arzt auf der Hand: Herzinfarkt. Die Anstrengung, die Hitze, die Aufregung – das alles fügte sich zu einem stimmigen Bild und bereits zwei Tage nach seinem Auffinden hätte der alte Mann eigentlich unter die Erde gekonnt, die Verantwortlichen warteten aber, bis Kasi und Timi soweit wiederhergestellt waren, dass sie, ohne Folgen für ihre Gesundheit befürchten zu müssen, an der Beerdigung teilnehmen konnten, denn das wollten sie unbedingt.

Alex hatte sich erstaunlich schnell erholt, schon drei Tage nach seiner Wiedergeburt konnte er das Krankenhaus verlassen und saß am Folgetag bereits auf seinem neuen Fahrrad. Neben ihm fuhr Leni, noch mit Stützrädern, dafür aber zum ersten Mal schneller als ihr großer Bruder und mit ihrem ganzen Stolz um den Hals: einer ihr von Alex aus dem Berg mitgebrachten Speerspitze. Leni hatte sie gereinigt und ihr Vater ihr ein Loch in den Schatz gebohrt und ein Lederband hindurchgezogen und jetzt ging dieser Vater, Leni an der Hand, hinter seinem Sohn her und empfand Stolz auf diesen Sohn. Immer wieder hatte er in den zurückliegenden Tagen Glückwünsche und Schulterklopfen in Empfang nehmen dürfen; ohne Alex, so der einhellige Tenor, gäbe es keines dieser Kinder hier mehr, Alex hatte sie gerettet – und der alte Seiler.

»Das hätte Rufus gefallen«, flüsterte Kasi.

»Was?«, fragte Alex. Kasi zeigte auf seinen Anzug. Wie die ganze Trauergemeinde trugen auch die drei Jungen dunkle Kleider, Rufus hätte sich nicht einmal umziehen müssen.

Hasso lief mal unter dem Sarg, mal vornweg. Oder er blieb einfach am Wegrand stehen, schnüffelte und – weg mit der ganzen Etikette – hob ein Bein. Timi rannte dann zu seinem Hund, schämte sich ein ganz klein wenig für dessen Manieren und flüsterte ihm Befehle zu, die dieser ignorierte. Aber Hasso wusste inzwischen, dass Timi sein neues, wenn auch recht klein geratenes Herrchen sein musste, und lief der Form halber ein paar Schritte neben diesem her.

Nachdem die Ruine die Kinder freigegeben hatte, war Alex zur nahen Straße gewankt. Das dritte Auto brachte ihn nach

Wittlekofen. Die Retter hatten mithilfe einer langen Stange, an deren Ende eine Schlinge hing, Hasso von seinem Herrchen wegzerren können. Kasi und Timi lagen da noch immer im Gras und ein Arzt untersuchte die beiden gerade ein erstes Mal. Die Frage, was aus dem Hund des Alten werden sollte, hatte Timi auf seine Weise beantwortet. Er war zu dem Hund geschwankt, hatte sich, ehe einer der Erwachsenen eingreifen konnte, neben das Tier ins Gras gesetzt und es in den Arm genommen. Und zum Erstaunen aller hatte Hasso dies nicht nur geduldet, sondern dem Kind auch noch das Gesicht abgeleckt. Hasso lebte seither neben Timi und ersetzte den großen Bruder und Hasso beschützte sein neues Herrchen, wie es Max nicht besser hätte erledigen können. Doch zu beschützen gab es derzeit niemanden und auch Max' Platz im Haus würde noch lange leer bleiben. Sie hatten den Jungen mit einer Seilwinde aus dem Berg gerettet, im Krankenhaus sein gebrochenes Bein und drei angeknackste Rippen versorgt und, nachdem Max ohne Nuancen in der Stimme wie eine Maschine dem Polizisten wieder und wieder und Wort für Wort dieselbe Geschichte der letzten Tage erzählt hatte, ihn in eine Spezialklinik an den Bodensee gebracht. Max hatte alles erzählt, angefangen von seinem Biss in Kasis Arm über die Spinnen bis hin zu seinem Stiefvater. In der Klinik, in der er jetzt lag, konnten sie sich um seine Verletzungen kümmern, Timi hoffte, auch um die Verletzungen im Kopf seines Bruders. Einmal in der Woche fuhren er und Mama und Hasso Max besuchen. Max fehlte dem Jungen, fast noch mehr als sein Vater. Max hatte der Polizei alles erzählt. Wirklich alles. Und drei Polizisten Max' Vater kurz darauf abgeholt. Mama sprach nicht viel von ihm und Timi wollte nicht über ihn reden, jedenfalls jetzt noch nicht. Später vielleicht einmal, heute aber ersetzte Hasso Bruder und Vater und Timis Mutter ließ es geschehen und ärgerte sich, dass sie ihrem Jüngsten diesen Wunsch nach einem Hund nicht schon längst erfüllt hatte.

Seilers Sarg wanderte in ein mit grünem Kunstrasen ausgeschlagenes Loch und bevor es Erde regnete, fielen Blumen aus Seilers Himmel: Zuerst warf jedes der Kinder eine Rose in das Loch, danach einer nach dem anderen der Trauernden kleine Sträuße und Gebinde. Zuletzt, stellte Alex fest, war der ganze schöne Sarg verschwunden, als bestünde der Inhalt dieses Grabes nur aus Blumen.

Hasso trottete vor den drei Jungen her Richtung Sportplatz. Sie ließen den Friedhof und die sich langsam zerstreuende Gemeinde hinter sich.

»Wann wird Rufus beerdigt?«, fragte Timi. Alex und Kasi zuckten nur mit den Schultern. Rufus' Vater hatte am Tag nach der Bergung seines Sohnes sein Haus abgeschlossen und war verschwunden. Vielleicht wusste die Polizei wohin, in Wittlekofen wusste es niemand, nicht einmal Marianne Probst und die wusste sonst eigentlich alles. Ob Rufus' Vater seinen Sohn hier beerdigen wollte oder sonst wo – keiner ahnte etwas und die Polizei durfte nichts verraten.

»Aber irgendwann werden wir es erfahren«, sagte Kasi, »kein Geheimnis bleibt für immer ein Geheimnis.« Alex nickte. Wie eigentlich immer, hatte Kasi auch damit wieder recht. Vor ein paar Wochen noch hätte er dem Mädchen für diese Bemerkung in den Hintern getreten und sich lustig gemacht, aber diese Zeiten waren endgültig vorbei. Nach einem Freund befragt, hätte er heute ohne langes Überlegen *Kasimir* gesagt und der umgekehrt *Alex*. Und Kasimirs Eltern, denen in den ersten Tagen Alex' häufige Besuche bei Kasi alles andere als recht waren, freuten sich inzwischen über die Veränderungen ihres Sohnes: Kasi verbrachte die Tage seiner Genesung nicht etwa nur mit einem Buch im Bett, sondern folgte seinem neuen Freund hinaus ins wirkliche Leben.

Hasso führte die Kinder über Seilers Streuobstwiese. Die Äste bogen sich bis zum Boden. Keiner stützte sie, keiner pflückte das reife Obst und trug es nach Hause. Überall unter den Bäumen lagen je nach Sorte rote oder gelbe Kreise aus Äpfeln. Wespen tummelten sich in diesem Paradies, bohrten Löcher und höhlten die Früchte aus, Vögel pickten an Seilers Obst.

Kasi blieb zuerst etwas zurück, schließlich ganz stehen. Er streckte die Hand aus und berührte den Stamm des Baumes, unter dessen Krone er sich befand.

»Kasi! Komm jetzt.« Kasimir aber konnte nicht fassen, dass er vor drei Wochen noch auf genau diesem Baum hier gesessen und Seilers Hund um den Stamm gewickelt hatte. Drei Wochen erst? Und jetzt lief dieser Hund mit ihnen zwischen den Bäumen seines alten Herrchens hin und her und alles hatte so seine Ordnung und Richtigkeit? Der alte Seiler – tot. Rufus – tot. Max in einem abschließbaren Krankenhaus und er selbst mit einer hässlichen Narbe am Oberarm. Und die Welt drehte sich dennoch weiter?

Kasi streckte die Hand nach einem Apfel aus. Der Reifegrad des Obstes war in diesen drei Wochen von der Krone des Baumes bis zu seinen untersten Ästen hinabgewandert, wie ein Bühnenvorhang, der von oben herabfällt und zuerst das Oberste, danach das in der Mitte, zuletzt das, was unten lag, versteckte. Dieser Vorhang hier aber versteckte nicht, sondern verwandelte sauer in süß und Grün über Gelb in Rot. Kasi streichelte den Apfel, dann umschloss ihn seine Hand und er pflückte ihn. Hasso ließ es geschehen.

»Wenn das der alte Seiler sieht«, scherzte Alex.

»Pst!« Timi legte den Finger auf die Lippen und sah nach oben, aber nichts passierte. Weder öffnete sich der Himmel noch fiel Hasso über die Kinder her. Seiler sah zu, wie auch Alex und Timi Obst von seinem Baum nahmen und es, statt hineinzubeißen, ans andere Ende des Dorfes trugen, auf die Höhe zwischen Wittlekofen und Wellendingen, und dort unter dem Funkmast ablegten.

Wie eine Antenne in den Himmel, dachte Timi, als er seinen Apfel neben einen vertrockneten Blumenstrauß legte, *wie eine Art Verbindung.*

ENDE

Nachwort

Die Idee zu den Apfeldieben kam mir im September 2010. Anders als bei meinem ersten Roman »Rattentanz«, wo ich Geschichte und Personen bereits annähernd zwei Jahre im Kopf mit mir herumtrug, ich verschiedene Sequenzen und Geschehnisse schon fertig vor Augen hatte und nur noch darauf wartete, im Buch an die entsprechende Stelle zu gelangen, um diese niederzuschreiben, entwickelte sich die vorliegende Geschichte aus einer ganz einfachen Idee: eine Handvoll Kinder, eingesperrt und völlig auf sich gestellt. Somit war jeder in meine Tastatur getippte Satz auch für mich Neuland, nur hatte ich im Gegensatz zu Ihnen als meinem Leser die wundervolle Möglichkeit, das Geschehen hin und wieder zu korrigieren, konnte den Kindern in einer zweiten Version des ursprünglichen Textes zum Beispiel den alten Gernot Seiler entgegenschicken. Dies, also das bewusste Bearbeiten und Ausfeilen einer Geschichte, ist für mich mindestens genauso schön wie das hemmungslose Traktieren meiner Tastatur, das Tippen ohne nachzudenken, welches manchmal eher an einen Rausch denn an anstrengende Arbeit erinnert. Wenn diesem Rausch ein annehmbares Ergebnis folgt – prima, nächste Seite. Wenn es aber etwas zu verbessern gibt, ich es versuche und sich hinterher das Gefühl einstellt, dies geschafft zu haben, so ist dies ein wunderbarer Moment.

Die »Roggenbacher Ruinen«, wie die Reste der Burgen Steinegg und Roggenbach genannt werden, existieren tatsächlich und rein zufällig liegen auch sie wieder im Radius meiner täglichen, hundinduzierten Spaziergänge. Wenn die Welt oberhalb dieser Ruinen für mein Buch auch keine große Rolle spielt und ich mit einem Federstrich das gesamte Szenario in eine andere Gegend Deutschlands oder der Welt hätte rücken können, so fand und finde ich es doch wieder schön, meine Protagonisten an reale und mir sehr vertraute Schauplätze zu schicken. Beim Schreiben selbst, weil ich genau wusste, über welche Steine oder Wege die Kinder gerade kletterten oder liefen, aber auch hinterher; so erklärte ich neulich bei einem Spaziergang meinem Sohn (der das Buch erst in ein paar Jahren lesen darf), wo die fünf entlanggingen, wo Rufus seinen Rucksack versteckte und wo Seiler seine alten Füße in die Steina hängen ließ.

Wie schon beim »Rattentanz« überraschten mich meine Protagonisten auch dieses Mal wieder, nicht nur in dem, was das Leben bisher mit ihnen angestellt hatte, sondern vor allem in dem, was sie unter diesen extremen Bedingungen taten und wie sie sich im Laufe des Buches entwickelten. Ich hatte für keines der Kinder einen Plan im Kopf, keiner hieß von vornherein *Bösewicht* oder *Held*, allerdings zeigte jeder ziemlich schnell ein Gesicht, jedoch ein Gesicht, dessen Ausdruck sich im Verlauf der Geschichte veränderte. Erst beim Korrekturlesen wurde mir so richtig bewusst, wie sehr zum Beispiel die Figur des Alex sich verändert, welchen immensen Schritt Seiler auf seine alten Tage doch noch vollzogen hatte.

Als Vater eines Sohnes im Alter meiner Helden habe ich mich sehr oft gefragt, was wohl die Eltern der Kinder gerade durchmachen müssen, wie sie sich vielleicht gegenseitig stützen oder aber sich Vorwürfe machen, halb verrückt werden vor Sorge und Angst, sich streiten – der Versuchung aber, auch über diese Eltern zu berichten, konnte ich widerstehen, wenn mir dies auch nicht immer ganz leichtfiel. Aber das Buch gehörte von vornherein den Kindern und später dann ein wenig Gernot Seiler und dabei wollte ich es belassen.

Auch dieses Buch gäbe es ohne meine Familie so nicht! Ich frage mich manchmal, wie Autoren schreiben, die nicht das Glück einer eigenen Familie haben. Und was vor allem. Wahrscheinlich *Heile-Welt-Bücher*, denn entweder schreibt man doch über das, was man sich wünscht oder aber (wenn man sich kein anderes Leben wünscht) über Dinge, vor denen man sich **nicht** fürchten muss. Ich danke meiner Frau und meinem Sohn, dass sie immer für mich da waren und da sind, auch und gerade in schwierigeren Momenten, die es beim Schreiben natürlich auch gibt. Ohne euch gäbe es auch dieses Buch nicht. Danke, dass ich es schreiben durfte. Danke aber auch meinen Testlesern: Danke für eure Tipps, danke für die Zeit, die ihr mir geschenkt habt!

Ein ganz dickes Dankeschön an dieser Stelle aber auch an den Bookspot Verlag, allen voran an meine Lektorin Eva Weigl! Sie hat und hatte es mit mir nie leicht und sollte Ihnen beim Lesen die eine oder andere Stelle ins Auge fallen, die nicht mit dem Duden konform geht, so ist die Schuld daran einzig und allein beim Autor zu suchen. Mir sind (manchmal haarsträubende) Regeln herzlich egal, Eva Weigl nicht. Ab und an konnte ich mich durchsetzen …

Obwohl ich es eigentlich als unnötig erachte, will ich trotzdem an dieser Stelle darauf hinweisen, dass alle Akteure in diesem Buch meiner Fantasie entsprungen sind! Das trifft so allerdings nur auf die menschlichen Akteure zu, denn bei der *Figur* des Hasso habe ich von meinem eigenen Hund viel, viel Hilfestellung erfahren und es fasziniert mich jeden Tag aufs Neue, dass er – selbst jetzt, wo ich ihn gerade verewigt habe – einfach nur neben mir liegt und zufrieden ist.

Weder Max noch Timi, weder Kasi, Rufus oder Alex existieren und auch einen Gernot Seiler kenne ich *hier* nicht. Warum ich dies dennoch erwähne? Wie im »Rattentanz« liegt natürlich auch jetzt wieder die Vermutung nahe, dass, wenn schon die Spielwiese real ist, auch die Akteure aus der Wirklichkeit herüberkopiert sind. Dem ist aber nicht so. Trotzdem werden Sie aber Kinder aus Ihrem Umfeld wiedererkennen, egal ob Sie selbst nun in Mecklenburg wohnen oder in der Pfalz oder irgendwo in einem Alpental. Kinder wie Kasi leben, wenn sie wohl auch eher einer etwas selteneren Spezies zuzuordnen sind. Es existieren aber auch Jungen wie Max und Alex,

Kinder, mit denen es das Schicksal nicht so gut gemeint hat, wobei *Schicksal* allerdings wohl nicht ganz das passende Wort ist, wahrscheinlich wären an dieser Stelle *Eltern* und *Nachbarn* und *Wegseher* treffender …

Ich ertappe mich jetzt nach Fertigstellung meines Buches oft dabei, dass ich an die verschiedenen Akteure denke und mich frage, wie es ihnen wohl gerade gehen mag. Hat der alte Seiler, dort, wo er sich nun befindet, seine Liebe wiedergefunden? Wie geht es Rufus' Vater? Und wie gefällt Rufus dieses *andere Leben*, ist es schön, wieder mit Mutter und Bruder vereint zu sein? Was wird aus Max? Schafft der es, das Geschehene zu verarbeiten? – Aber das alles sind Fragen und Geschichten, die sich *nach* dem Wort ENDE abspielen und die jeder Leser so wie auch ich ganz für sich allein durchdenken und beantworten kann. Denn mein Job ist wieder einmal erledigt.

Michael Tietz
September 2011

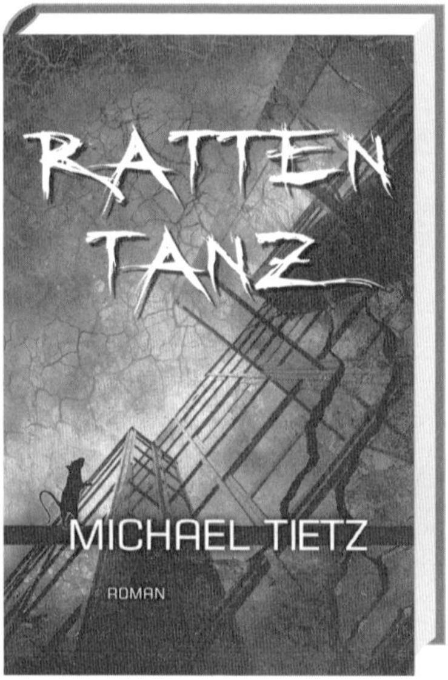

Michael Tietz
Rattentanz
848 Seiten
gebunden
Bookspot Verlag
ISBN 978-3-937357-37-9
22,80 €

23. Mai, 07:00 Uhr
An einem ganz normalen Frühlingsmorgen beginnt der globale Albtraum: Das weltweite Stromnetz bricht von einer Sekunde auf die andere zusammen. Sämtliche Kommunikationssysteme kollabieren, urplötzlich stürzen Flugzeuge vom Himmel, innerhalb von Stunden regieren Chaos, Gewalt und Anarchie. Es geht um das nackte Überleben in einer bis dahin unbekannten Welt - aber nur die wenigsten scheinen dieser Herausforderung gewachsen. Gibt es Hoffnung für die Menschheit oder werden am Ende nur die Ratten triumphieren?

Ein intelligenter, mitreißender Thriller über den totalen Blackout und eine Zivilisation am Scheideweg zwischen Hightech und Mittelalter. Gnadenlos spannend!

»Tietz braucht den Vergleich mit Stephen Kings Roman ›The Stand‹ nicht zu scheuen.«
www.literaturkritik.de

»Rattentanz entwickelt beim Leser nahezu von der ersten Seite an eine unerhörte und atemlos machende Spannung!«
Dresdner Neueste Nachrichten

Bitte beachten Sie die Leseprobe auf den folgenden Seiten!

1

22. Mai, 01:53 Uhr, Wellendingen

Nur in Eva und Hans Segers Küche brannte noch Licht – das einzige in ganz Wellendingen. Der kleine Ort im Südschwarzwald schlief. Dass es die letzte Nacht der alten Zeitrechnung war, wusste keiner.

Eva Seger saß am Küchentisch, vor sich Brot, Butter, Wurst und Käse. Der riesige Holztisch war das Zentrum des Hauses. Auf der massiven Holzplatte sortierte sich der Tag der kleinen Familie. Hier wurde gegessen und gespielt. Hier erledigte Lea ihre Hausaufgaben, rollte Eva Teig aus, las Hans seine Zeitung. Hier schmiedeten sie Pläne.

Evas Haar war vom unterbrochenen Schlaf zerzaust und immer wieder schob sie mit dem Handrücken eine ihrer Locken aus dem Gesicht. Am anderen Ende der Küche wetteiferten die Kaffeemaschine und das Nachtprogramm des Radios. Eine abstoßend muntere Moderatorenstimme versuchte Heiterkeit zu verbreiten.

Die Tür zum Bad war nur angelehnt. Eva hörte den so vertrauten Ablauf: Hans putzte seine Zähne, duschte und rasierte sich. Als er sich zu ihr setzte, roch er nach Rasierwasser.

Eva sah auf die Uhr; noch fünfzehn Minuten, dann musste er los. Waren fünfzehn Minuten genug für das, was sie ihm endlich sagen musste? Natürlich nicht, dachte sie, legte den Stapel Brote übereinander und zerteilte ihn in der Mitte. Wenn sie jetzt von dem erzählte, was in ihr heranwuchs, konnte sie diesen Morgen vergessen. Ebenso diesen Tag und auch den nächsten und übernächsten. Sie musste bis zu Hans' Rückkehr aus Schweden warten, dann aber musste es raus.

Hans Seger, eigentlich Johannes, verbrachte in unregelmäßigen Abständen drei, vier Tage im südschwedischen Malmö. Hans arbeitete für ein Importunternehmen und obwohl er Fisch und alles andere, was aus dem Meer kam, nicht ausstehen konnte – allein der Gedanke an Tintenfischringe verursachte ihm mit der Sicherheit von Ebbe und Flut einen fast unbezwingbaren Brechreiz – hatte er vor zehn Jahren den angebotenen Job angenommen. Abgesehen vom Fischgeruch bei seinen Einkaufstouren war er mit dieser Entscheidung mehr als gut gefahren. Fast zur gleichen Zeit hatte er damals Eva kennengelernt. Und sie hatten sich verliebt, obwohl sie verheiratet war und er selbst die eigene Hochzeit fest geplant hatte.

Eva legte die Brote in eine Dose. Wie immer schrieb sie einen kleinen Zettel. *Wir warten auf dich,* schrieb sie. Der Versuchung, *Wir drei warten auf dich!* zu schreiben und ihn so mit seiner von ihr gefürchteten ersten Reaktion im Flugzeug allein zu lassen, widerstand sie. Das wäre nicht fair, wusste sie. Egal wie oft er nun auch schon gesagt hatte, dass er seine Familie liebe und so, wie sie war, komplett fand, musste sie ihm selbst von ihrer Schwangerschaft erzählen. Vielleicht bei einem kleinen Glas Wein.

Hans war zufrieden mit seinem Leben und seiner Ehe. Er liebte es in dem Dorf zu leben, in dem er selbst aufgewachsen war. Wellendingen hatte kaum mehr als vierhundert Einwohner – einen Tick zu groß, um sich gegenseitig auf die Nerven zu gehen, aber klein genug, um jeden persönlich zu kennen und über ihn Bescheid zu wissen. Von hier aus war es nur ein Katzensprung in die nahe Schweiz. Die Straße von Bonndorf nach Stühlingen durchzog den Ort, Hügel umschlossen ihn und gaben Schutz vor Stürmen. Felder, Wiesen und dichte Wälder ernährten noch immer ein Gutteil der Menschen. Der Ehrenbach folgte als ungefährliches Rinnsal dem Verlauf der Straße und später einem engen, rasch die vierhundert Meter Höhenunterschied überwindenden Tal nach Südosten der Wutach und später dem Rhein zu.

Hans leerte seinen Kaffee und ging zu seiner Frau. Sie sah fantastisch aus! Der dünne Bademantel, vor allem aber der eng zusammengezogene Gürtel, zeigte mehr als er verbarg. Er legte seine Hände um Evas Hüften und küsste ihren Nacken. Sie roch nach Schlaf – die Gerüche ihres Tages, gepaart mit einer Prise Schweiß – und fühlte sich warm und weich an. Hans liebte diese Momente zwischen Nacht und Tag, in denen seine Frau so zerbrechlich und schutzbedürftig in seinen Armen lag.

Sie schmiegte sich an ihn und legte seine Hand auf ihren Unterleib. Natürlich konnte er noch nichts spüren, sie war erst im dritten Monat. Aber es wäre schön, wenn er Bescheid wüsste.

»Liebst du mich?«, fragte sie und schmiegte sich an ihn.

Hans lachte. »Du wirst dich nie ändern, oder? Natürlich liebe ich dich, das weißt du doch.«

»Ich höre es eben gern«, sagte Eva und spielte die Verlegene.

»Ich liebe dich. Und du bist die beste Ehefrau und Mutter und die weltbeste Köchin und Liebhaberin. Zufrieden?«

Eva zögerte und schien, während sie die Dose mit Hans' Broten verschloss, nachzudenken. »Na ja, zufrieden ist was anderes, aber es wird bis übermorgen reichen. Und wenn nicht, ruf ich dich einfach an.«

Sie küssten sich.

»Jetzt muss ich aber.« Nur widerwillig gab Eva ihn frei.

»Hast du deine Krawatte?«

»In meiner Tasche.«

»Deinen Ausweis?«

»Jawoll!«

»Geldbeutel?«

»Ja.«

»Mich lieb?«

»Hab ich.«

Konnte man nach zehn Jahren noch solche Sehnsucht nach einander haben? Eva sah Hans zu, wie er in seine Schuhe schlüpfte und sein Sakko nahm. Er fehlte ihr jetzt schon.

»Hier, dein Flugticket.« Sie lehnte im Türrahmen und hielt ihm das Ticket hin.

Sie war etwas über einssiebzig und hatte schulterlange, braune Locken. Wäre ihre markante Nase, die etwas Indianisches versprach und sie immer weniger störte, nicht einen Tick zu groß gewesen, hätte man sie durchaus als ganz hübsch bezeichnen können; vielleicht ein Gesicht, das zu sehen man sich freut, es aber nach wenigen Sekunden, seiner Banalität und Austauschbarkeit wegen, schon wieder vergessen hat. So aber war sie schön. Und zwar von der Art Schönheit, die keinen Betrachter unberührt lässt. Ihre Nase war dabei der eigentlich störende Telegrafenmast in einer ansonsten perfekt abgestimmten Landschaft: er unterstrich Ebenmaß und Schönheit des Bildes, so wie Evas Schönheit erst durch den vermeintlichen Makel entstand.

»Ist alles in Ordnung mit dir?«, fragte Hans.

»Natürlich. Wieso fragst du?«

»Weiß nicht. Du wirkst als bedrücke dich irgendwas.«

»Ich bin nur müde, vielleicht deswegen.«

Hans ging nach oben zu Lea. Die Siebenjährige schlief tief. Er deckte sie zu und drückte ihr einen vorsichtigen Kuss auf die Stirn.

»Ruf mich im Krankenhaus an, wenn du angekommen bist«, sagte Eva, als er wieder bei ihr war. »Ich habe heute und morgen Frühdienst.«

»Mach ich«, sagte Hans. »Lea ist dann nebenan?«

Eva nickte. »Ich bring sie kurz vor sechs zu Susanne.«

Susanne Faust lebte im Nachbarhaus. Immer wenn Hans kurzfristig nach Schweden musste und Eva, die im zweiunddreißig Kilometer entfernten Donaueschinger Krankenhaus als Schwester auf der Intensivstation arbeitete Frühdienst hatte, kümmerte sich Susanne um Lea. Ihr Mann, Frieder Faust, war wie ein Onkel und Susannes und Frieders Sohn, Bubi, wie ein großer Bruder.

Obwohl Eva wusste, dass Hans alle wichtigen Telefonnummern in seinem Handy abgespeichert hatte, fragte sie ihn auch heute wieder danach. Mit einem Lächeln hielt er ihr sein Handy hin.

»Bis übermorgen«, sagte Hans, nahm seinen Autoschlüssel und öffnete die Tür. »Ich liebe dich.« Alles war wie immer, wenn Hans mitten in der Nacht nach Schweden aufbrach. Wer rechnet schon wirklich damit, dass man sich vielleicht nie wiedersieht?

»Pass auf dich auf«, sagte Eva.

Eva fühlte sich todmüde, konnte aber lange nicht einschlafen. Sie streichelte ihren Bauch und dachte an das Kind, welches in ihr heranwuchs. Hätte sie in diesem Moment gewusst, was auf sie zukommt, hätte sie dieses Kind ohne Zögern hergegeben. Aber wie auch der Rest der Welt ahnte sie nichts von der bevorstehenden Katastrophe. Hans, wusste Eva, wird sich über das Kind freuen. Vielleicht nicht sofort, aber bald. Sie hatten sich zwei oder drei Kinder gewünscht, als dann aber Lea da war und es danach, obwohl sie auf Pille, Kondome und alle anderen Mittelchen verzichteten, zu keiner weiteren Schwangerschaft kam, arrangierten sich mit ihrer Einkindehe. Hans deutlich besser als Eva. Und in letzter Zeit hatte er mehr als einmal gesagt, dass er froh sei, dass Lea schon so groß ist. Hans war achtunddreißig, Eva vier Jahre jünger, und die Vorstellung, mit fünfzig vielleicht noch einen pubertierenden Halbwüchsigen am Tisch sitzen zu haben, gefiel ihm überhaupt nicht.

Aber er wird das Kind lieben, so wie er Lea liebt und vergöttert. Er wird sich zusammen mit Eva freuen – nach dem ersten Schock.

2

23. Mai, 06:58 Uhr, Wellendingen

Der nächste Morgen. Ein Mittwoch. Als das Telefon klingelte, saß Lea zusammen mit Susanne und Frieder Faust in deren Küche beim Frühstück.

»Das ist Papa!«, rief Lea und sprang auf. »Darf ich rangehen?«

Frieder Faust sah kurz von seiner Zeitung auf und nickte. Lea rannte mit wehenden Locken in den Flur zum Telefon und schlug die Küchentür mit einem lauten Knall hinter sich zu. Tassen und Gläser im danebenstehenden Schrank zitterten, klirrten, wie ein Windspiel an einem warmen Sommerabend.

»Lea!«

»Tschuldigung!«, rief sie halbherzig, dann nahm sie den Hörer. »Papa?«, fragte sie in den Apparat, während ein abgehackter Piepton aus dem Radio die verstreichenden Sekunden bis zur vollen Stunde zählte. »Gestern haben wir Deutsch zurückbekommen und ich hatte alles richtig und Lars der Blödmann hat einen Frosch in meinem Ranzen versteckt und der ist dann durch unsere Küche gesprungen und Mama hatte mehr Angst vor ihm als ich und ich habe ihn in ein Glas gesteckt und jetzt steht er in meinem Zimmer und bringst du mir wieder Muscheln mit?« Lea plapperte ohne Punkt und Komma.

Mit dem letzten Ton des Zeitzeichens schaltete eine unsichtbare Hand am Morgen dieses 23. Mai das Radio ab.

»Papa? Papa?« Lea kam in die Küche. Fragend hielt sie Susanne das Telefon hin. Aus dem Hörer sickerte absolute Stille. Kein Besetztzeichen, kein Rauschen, einfach nur: nichts.

»Hast du auf eine Taste gedrückt?«, fragte Susanne. Lea schüttelte den Kopf. Ihre Augen funkelten. Als ob sie nicht wüsste, wie man mit einem Telefon umgeht!

»Dein Papa ruft bestimmt noch mal an.« Susanne Faust nahm Lea das Telefon aus der Hand und brachte es zurück an seinen Platz. Frieder bestand auf Ordnung und ein Telefon auf dem Küchentisch bedeutete Unordnung.

»Mach das Radio wieder an, wenn du schon stehst.« Frieder Faust kaute an einem Wurstbrot und studierte den Sportteil. Faust war mittelgroß, ein Zimmermann mit Stiernacken und riesigen behaarten Händen. »Hast du nicht gehört? Mach das Radio wieder an!« Er sah kurz von seiner Lektüre auf. Wenn er etwas nicht ausstehen konnte, dann waren es zwei Dinge (neben seiner Frau, was die Zahl der unausstehlichen Dinge auf drei erhöhte): etwas zweimal sagen zu müssen und auch nur einen Moment ohne die beruhigende Berieselung durch ein Radio. So, wie dieser Tag begann, konnte er sicher sein, dass es ein mieser Tag werden musste.

Sein Blick folgte Susanne, die, wie Frieder Mitte vierzig, ihre Blütezeit bereits weit hinter sich gelassen hatte. Wenn es denn in ihrem

Leben jemals so etwas wie eine Blüte gegeben hatte. Sie ging leicht vornübergebeugt und die dünnen, fahlen Haare bildeten keinen besonders vorteilhaften Rahmen für ihr unauffälliges Gesicht. Unauffälligkeit schien überhaupt die Maxime ihres Lebens zu sein. Schon immer versuchte sie in dem, was sie sagte, tat, anzog oder wie sie sich zurechtmachte, so unauffällig wie möglich zu bleiben. Und jahrelange Übung – oder einfach nur Talent – hatte dazu geführt, dass sie in ihrer Umgebung kaum noch von jemandem wahrgenommen wurde. Manchmal fragte sie sich, wann, sollte es sie einmal nicht mehr geben, ihr Fehlen auffiele. Und wem.

Lea beeilte sich und kratzte mit ihrem Stuhl über den Steinboden, um vor Susanne am Radio zu sein. Das dabei entstehende krächzend-quietschende Geräusch machte Fausts missratenen Start in diesen neuen Tag perfekt. Von den Zehen bis zu der Stelle, wo vor einigen Jahren noch ein Scheitel gesessen hatte, breitete sich unangenehm Gänsehaut aus. Faust fröstelte.

»Wo steckt Bubi eigentlich? Wollte er heute nicht zu einem Bewerbungsgespräch?«

Bubi, eigentlich Volker, war Fausts zweiundzwanzigjähriger Sohn. Ein Nichtsnutz, wenn er ehrlich war – aber offen zugeben würde er das nie. Frieder war immer stolz darauf, dass sein Spross Manieren besaß, dass Bubi wusste, was richtig und was falsch war. Vielleicht hatte er es auch zu gut mit ihm gemeint und den einen oder anderen Wunsch zu schnell erfüllt. Früher hatte Bubi seinem Vater oft am Wochenende geholfen, wenn der in Schwarzarbeit einen Dachstuhl hochzog, aber diese Zeiten waren nun schon einige Jahre vorbei. Jetzt konzentrierte sich Bubi aufs Fernsehen.

So stolz Frieder Faust früher auf sein einziges Kind war, so sehr war es ihm heute ein Dorn im Auge. Nicht, dass er Bubi nicht mehr liebte, im Gegenteil. Aber Leben und Äußeres des Bengels widersprachen in allem den Ansichten des Vaters und führten permanent zu Spannungen und Streit. Während Faust als eines von drei Kindern in Armut aufgewachsen war und sich Auto, Haus und die regelmäßigen Urlaube mit harter Arbeit und eiserner Disziplin erkämpft hatte, verfiel sein Sohn in Lethargie und Faulheit und lebte vom Geld seines Vaters. Dieser wiederum brachte es einfach nicht fertig, seinen Drohungen Taten folgen zu lassen und Bubi endlich aus dem Haus zu werfen. Was Bubi natürlich wusste und ihn die regelmäßigen Zornesausbrüche seines Vaters geduldig ertragen ließ.

Bubis Mutter, Susanne Faust, war mit ihren fünfundvierzig Jahren bereits eine alte Frau und seit einem Vierteljahrhundert an der Seite ihres Mannes. Meist war es die Rückseite, die sie zu sehen bekam. Frieder ertrug weder Widerspruch noch Diskussionen und seine Entscheidungen traf er einsam und für alle bindend, wenn man von Bubi absah. Schließlich war er es, der das Geld verdiente. Susanne hatte sich mit dieser Ehe arrangiert und eigene Gedanken und Entscheidungen konsequent verlernt. Von Haus aus eher bescheidenen Geistes, wusste sie um ihre intellektuellen und äußerlichen Defizite und hatte diese akzeptiert. Frieder gab ihr die Sicherheit, die sie vor ihm nie gehabt hatte. Als Kind, als Mädchen und erst recht als junge Frau fühlte sie sich stets überfordert, egal ob in der Schule, die sie mit Mühe nach acht Jahren beendete, oder im Umgang mit anderen Menschen. Sie war fleißig und konnte arbeiten wie keine Zweite, was ihr Mann schnell und richtig erkannt hatte. Aber man musste ihr immer wieder sagen, was, wann und in welcher Reihenfolge zu erledigen war. Selbst im Bett. Aber das teilten sie nicht mehr miteinander, seit sich im Sommer Faust und die Frau eines seiner Bauherren etwas zu nahe gekommen waren. Dieser hatte es schnell herausgefunden und dass eine kleine Platzwunde auf Fausts Stirn von einem Arbeitsunfall herrühre, klang im Dorf nun einmal besser als die Wahrheit: der Schlag eines gehörnten Ehemanns. Seit diesem Erlebnis mied Frieder Faust seine Frau und die wiederum vermisste nichts.

»Ich glaube, der Strom ist weg.« Susanne kippte schon zum siebten oder achten Mal den kleinen Schalter am Radio hin und her und immer mit dem gleichen Erfolg – das Gerät blieb stumm.

Faust äffte sie nach: »Ich glaube, ich glaube … Probier halt mal, ob das Licht noch funktioniert.«

Susanne durchquerte die Küche. Leas Augen folgten ihr, während sie ihr Müsli in sich hineinschaufelte und darauf wartete, dass das Telefon erneut klingelte. Susanne betätigte den Lichtschalter in derselben Weise wie vorher das Radio. An, aus, an, aus, an, wobei ihr starrer Blick die Lampe fixierte.

»Ist gut! Lass den Schalter ganz und bring mir noch Kaffee.« Susanne gehorchte und Faust beschäftigte sich weiter mit seiner Zeitung. Dann stand er plötzlich auf und ging in den Flur.

An der Wand über dem Telefon, das auf einem kleinen Schrank stand, hing eine saubere Liste mit allen wichtigen Telefonnummern: Feuerwehr, verschiedene Ärzte, Wasserwerk und der hiesige Stromversorger. Faust nahm den Apparat, ohne noch an Leas eben unterbrochenes Gespräch zu denken und wählte die Nummer des Stromversorgers, wobei seine dicken Finger Mühe hatten, die jeweilige kleine Taste sauber zu treffen.

»Das funktioniert doch auch mit Strom.« Susannes tonlose Stimme folgte ihm in den Flur.

»Scheiße, ja!« Er warf den Hörer auf den kleinen Schrank. Das weiße Spitzendeckchen darunter verrutschte. Susanne strich es glatt, bevor ihr Mann es bemerkte. Die Stille aus dem Telefon machte ihm Angst.

»Wo ist mein Handy?«

»Im Wagen?«

Hinter dem Haus stand zwischen zwei geräumigen Schuppen, die Faust als Lager und Werkstatt dienten, sein Pick-up, auf der Ladefläche Werkzeug, Bretter, Helm und Zimmermannsgürtel. Faust schloss den Wagen auf und suchte im Handschuhfach nach seinem Handy.

»Hörst du das?« Susanne war ihm zum Wagen gefolgt, stand nun hinter ihm und sah zum Himmel.

»Nein. Ich hör nichts.« Als er aber mit dem Handy in der Hand aus dem Wagen kam, hörte er es auch. Ein tiefes, flatterndes Brummen.

Das Geräusch kam nicht von einem Motor. Etwas Ähnliches hatte er einmal auf einem Segelflugplatz gehört, als ein Segler nur wenige Meter entfernt zur Landung ansetzte und im Vorbeiflug einen fast körperlichen Ton hinterließ. Aber dieser Laut jetzt war voller, er war bedrohlich und schwoll in Sekundenschnelle zu einem Fauchen, einem dumpfen Vibrieren an. Unvermittelt prallte eine unsichtbare Wand gegen das Dorf, der Luftdruck stieg und die eben noch singenden Vögel verstummten. Eine Katze verkroch sich unter einem Holzstoß und die Hunde unten im Dorf suchten mit eingezogenem Schwanz und angelegten Ohren Schutz. Schatten flossen über die Dächer Wellendingens und als Frieder und Susanne die Köpfe hoben, sahen sie nur etwa siebzig, achtzig Meter über sich den silbern schimmernden Leib einer Boeing 767. Mit offensichtlich abgeschalteten Triebwerken segelte der mächtige Koloss von Norden kommend über das Dorf. An Bord befanden sich zweihundertvier Passagiere. Der gewaltige Schatten huschte über die Dächer, schien an der Kirche kurz zu zögern und kletterte schließlich den Hang nach Süden hinauf. Dabei verringerte sich der Abstand zwischen dem eisernen Vogel und den vielen Löwenzahnwiesen immer mehr, die Maschine verlor konstant an Höhe und das Gelände schien nach der Boeing zu greifen. Als sie schließlich den höchsten Punkt des kleinen Talkessels, in dem Wellendingen lag, erreichte, passte kaum mehr ein Einfamilienhaus zwischen Wiese und

Bauch der Maschine. Sie verschwand und mit ihr das Geräusch, mit dem sie die Luft zerschnitten hatte, gefolgt von einem breiten Schatten.

»Scheiße! Susanne, was war das?!«

Susanne stand kreidebleich und mit offenem Mund hinter ihrem Mann und starrte nach Süden, wo die Maschine lautlos wie ein Gespenst verschwunden war.

»Onkel Frieder? Was war das?« Lea stand an der Tür. Sie blickte zum Himmel und der Löffel in ihrer kleinen Hand zitterte.

»Wir müssen ...« Was auch immer Frieder Faust sagen wollte, es blieb ungesagt. Die drei starrten auf die im Süden emporsteigende Rauchsäule. Sekunden später lag zuerst Rumoren, dann der Donner einer Explosion in der Luft.

Frieder wählte den Notruf der Polizei, ohne den schwärzer werdenden Rauch aus den Augen zu lassen. Der stieg in den klaren Maimorgen auf und es dauerte lange, bis er mit den wenigen Schönwetterwolken eine ungeliebte Liaison einging. Eine erste Amsel begann wieder zu zwitschern und im Dorf kläffte ein Hund dem Ungeheuer hinterher.

»Ich hab Angst.« Über Leas Wangen kullerten dicke Tränen. »Ich will zu meiner Mama.« Susanne nahm sie in den Arm.

»Tot.« Faust klappte das Handy zusammen und steckte es in die Hosentasche. »Nichts. Nicht einmal ein Freizeichen.«

3

07:02 Uhr, Flug Nummer HL 5681

Beim Ausfall aller Systeme befand sich der Airbus in knapp siebentausend Metern Höhe über der Schwäbischen Alb. Punkt 07:00 Uhr mitteleuropäischer Sommerzeit waren alle Displays und Anzeigen erloschen und das monotone Rumoren der Triebwerke verstummte. Die vor sich hin dösenden Passagiere nahmen die Veränderung kaum wahr. Es war etwas ruhiger im Kabinenraum, das war auch schon alles. Vorerst.

»Es ist mir egal, Vater, wenn du es immer wieder ins Lächerliche ziehst oder in Frage stellst.« Sie schimpfte im Flüsterton und streichelte dabei Kevins Haar. Ihr zehnjähriger Sohn lag mit dem Kopf auf ihren Oberschenkeln und schlief. »Diese Welt ist eine von euch Männern gemachte Welt und sie strotzt nur so von Phallussymbolen! Wie Hunde an jeden Baum, an jede Ecke pinkeln müssen, um ihr Revier zu markieren und sich von der eigenen Existenz zu überzeugen, so müssen Männer offenbar die ganze Welt mit ihrem geliebten Ding dekorieren. Manchmal denke ich, euch geht einer ab, wenn ihr vor einem Turm steht, der heilig in den Himmel aufragt.«

Der Angesprochene, Eckard Assauer, lächelte milde, was seine Tochter nur noch wütender machte. Ihm waren Sybillas Gedanken zwar fremd, aber nicht neu.

»Siehst du«, triumphierte sie, »du lachst mich aus!«

»Mach ich nicht«, erwiderte er der Form halber. Er wusste, wie er auf ihre Angriffe auch reagierte, es war immer falsch. Zustimmung interpretierte sie als opportunistische Verlogenheit (Originalton Sybilla Assauer-Brehm), Schweigen als das Desinteresse eines alten Ignoranten, Widerspruch war für sie Zeichen bornierter Unbelehrbarkeit und ein Lächeln der zweifelsfreie Beweis für die Arroganz und Überheblichkeit der Vertreter dieser Männerwelt.

Als Professor für mittelalterliche Geschichte und Freizeitarchäologe hatte er gelernt, dass nicht auf jede Behauptung geantwortet werden musste. Manchmal sah man sich einem Gesprächspartner gegenüber, den selbst die personifizierte Wahrheit niemals hätte überzeugen können. Und Sybilla gehörte mit Bestimmtheit zu dieser Kategorie Mensch. Sollte es ihr beispielsweise in den Sinn kommen, dass alle Meerschweinchen längsgestreifte Antarktisbewohner seien, so war es nur eine Frage der Zeit, bis sie ihren Kampf für die Verbreitung dieser Wahrheit aufnehmen würde.

»Sieh doch, wie der dort drüben seinen Stift hält!« Sybilla deutete auf einen älteren Herrn, aus dessen Faust ein dicker Kugelschreiber senkrecht herausragte.

»Oder Krawatten!« (Achtung! Ihr Lieblingsthema!) »Nicht nur, dass sie wie ein überdimensionierter Phallus aussehen, ihre Spitze zeigt auch noch genau auf ihn. Keiner soll das gute Stück übersehen! Schaut alle her: Ich bin ein Mann und regiere die Welt!«

»Manchmal könnte man auf die Idee kommen, du wärst neidisch.«

»Aber Vater!« Ihre dunklen, leidenschaftlichen Augen funkelten.

»Würden wir Männer in jedem Kleiderschlitz, in jeder offenen Tür oder jedem Loch in der Landschaft ein Vaginasymbol erkennen und das dann mit deiner Vehemenz angreifen – die Menschheit hätte sich längst ausgerottet.«

»Aber …«

»Psst!« Assauer legte einen Finger auf die Lippen. »Sei bitte einen Moment still.« Sie folgte seiner Aufforderung. Irgendetwas in seinem Blick verriet ihr, dass dies jetzt nicht mehr zu ihrem Wortspiel gehörte.

Eckard Assauer musterte den Innenraum des Flugzeugs und die anderen Passagiere. Einige schliefen, andere sahen zum Fenster hinaus. Ganz hinten quäkte ein Baby, begleitet vom Zischen seiner Mutter, die es zu beruhigen suchte. Zwei Reihen vor ihnen klopfte ein Teenager gegen den kleinen, in der Rückenlehne des Vordersitzes eingelassenen Monitor, der vor wenigen Augenblicken verloschen war und ein japanischer Geschäftsmann klappte sein Laptop zu, wobei ihm seine Erziehung half, die Wut über den plötzlichen Computerabsturz vor den anderen Mitreisenden zu verbergen.

»Was ist denn, Vater?«

»Hörst du das nicht?«

»Nein. Was meinst du? Ich höre nichts«, flüsterte sie.

»Das ist es ja. Ich höre auch nichts.« Er legte seine Notizen auf den freien Platz neben sich und suchte nach einer Stewardess. Aber sie, die doch sonst immer irgendwo irgendwas zu erledigen hatten, schienen spurlos verschwunden.

»Was hörst du nicht, Vater? Jetzt tu nicht so geheimnisvoll.«

»Ich höre die Triebwerke nicht mehr.«

Sybilla richtete sich in ihrem Sitz auf.

Zu den durchaus begrenzten Vorzügen des menschlichen Wesens gehört zweifellos die mehr oder weniger ausgeprägte Fähigkeit der Verdrängung durch Gewohnheit. Dinge, Umstände oder eben Geräusche, die anfänglich maßlos stören, verlieren sich nach und nach in den Untiefen unserer Gewöhnungsfähigkeit. Wohl eine der wichtigsten Voraussetzungen menschlicher Entwicklung. Denn wie sonst, wenn nicht durch Gewohnheit und Anpassung, sollte es möglich sein, dass Menschen unter Umständen existieren können, die eigentlich jedem Wohlbefinden zuwiderlaufen. Ignoranz, gepaart mit einer gesunden Portion Anpassungsfähigkeit – und plötzlich verliert die Kälte Grönlands, eingepackt in einen dicken Pelz, ihren Schrecken. Triste Wohnsilos der Großstädte verwandeln sich, sobald der Fernseher eingeschaltet ist, in das frische Grün der Welt und selbst der bitter-beißende Geruch des eigenen Partners lässt sich irgendwann ertragen. Menschen verdrängen, was sie stört, so sie es nicht ändern können oder die Kraft hierzu fehlt. Und so lässt es sich selbst mit Geräuschen leben, die für den, der sie nicht kennt, die Hölle sind. Menschen leben an Autobahnen und Rangierbahnhöfen, sie arbeiten in Stahlwerken und sie sitzen stundenlang in Zügen und genießen nach einiger Zeit sogar das unablässige Rütteln und das rhythmische Tatack-Tatack des dahinjagenden Ungetüms. Und sie ignorieren das monotone Surren und Brummen laufender Düsentriebwerke.

Erst als ihr Vater sie darauf aufmerksam machte, fiel Sybilla die Stille auf. Und jetzt, da sie die Stille wahrnahm, bekam diese etwas Beängstigendes. Es war nicht nur das Nichtvorhandensein eines Geräusches, es waren die Informationen und Tatsachen, die das Gehirn mit diesem Geräusch verband. Waren das Heulen und Jaulen der Triebwerke zu hören, funktionierten diese, trieben die Maschinen an und rasten ihrem Ziel entgegen. Aber ebenso eindeutig fielen die Schlussfolgerungen aus, wenn die Triebwerke schwiegen.